James Houston
Sie kommen wie Füchse
aus den Wäldern

James Houston

Sie kommen wie Füchse aus den Wäldern

Aus dem Amerikanischen
von Marlies Single
und Werner J. Egli

Büchergilde Gutenberg

Originaltitel: Ghost Fox
Originalverlag: Harcourt Brace Jovanovich, New York
Lektorat: Ursula Heckel
Mit einer Karte des Autors
Umschlaggestaltung: Hannes Jähn, Köln

Lizenzausgabe für die Büchergilde Gutenberg,
Frankfurt am Main Wien Zürich
mit Genehmigung des Blanvalet Verlages GmbH, München

Die deutsche Ausgabe erschien unter dem Titel
»Wie Füchse aus den Wäldern«
Gesamtherstellung: Mohndruck Graphische Betriebe GmbH, Gütersloh
ISBN 3-7632-2487-4 · Printed in Germany 1981

In Gedenken an meinen Vater,
James Donald Houston,
der mich lehrte, das Volk der
Indianer zu respektieren und
zu schätzen.

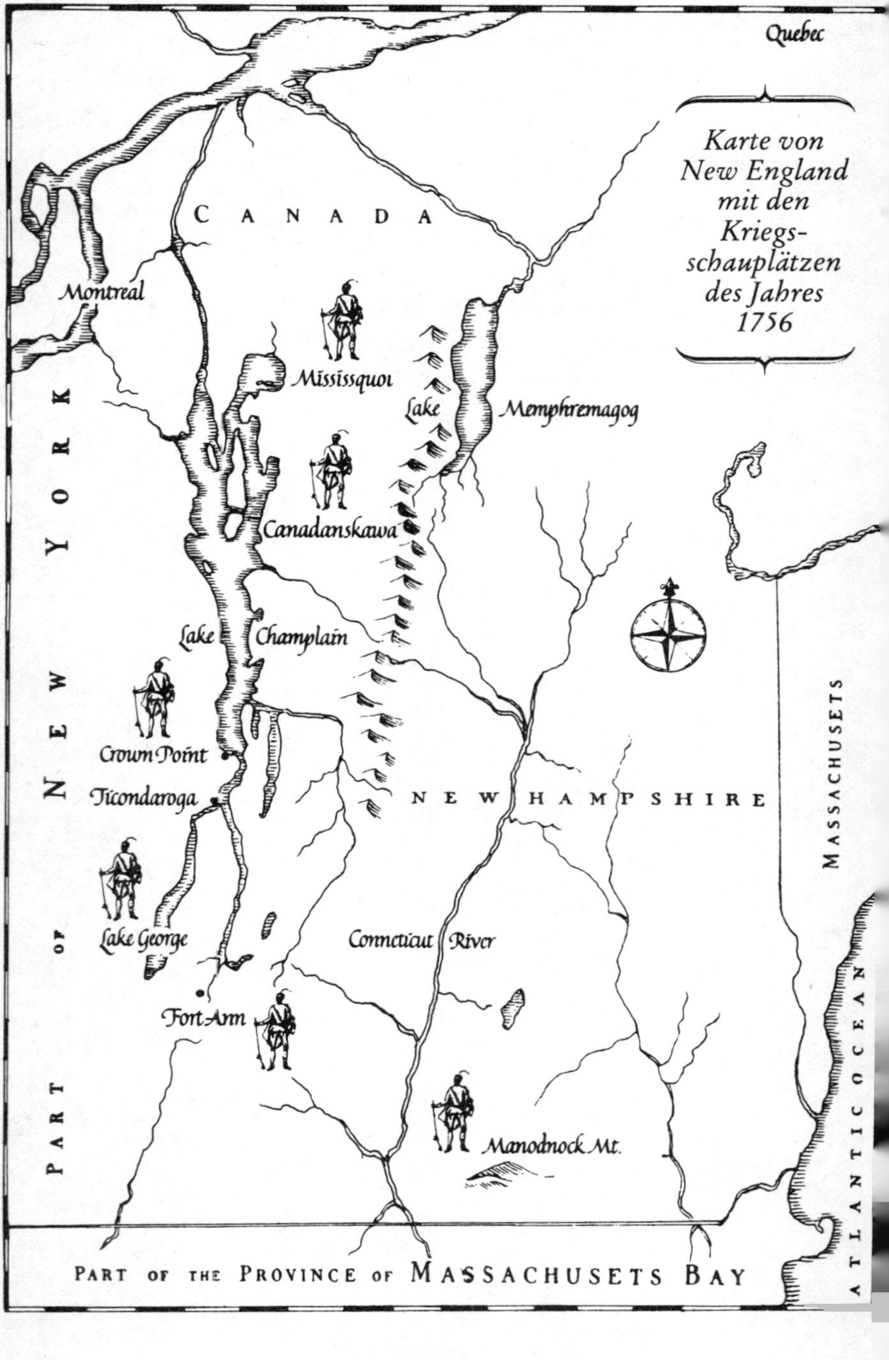
Quebec
Karte von New England mit den Kriegs-schauplätzen des Jahres 1756
CANADA
Montreal
Mississquoi
Lake Memphremagog
Canadanskawa
Lake Champlain
NEW YORK
Crown Point
Ticondaroga
Lake George
Fort Ann
NEW HAMPSHIRE
Connecticut River
Manodnock Mt.
MASSACHUSETS
ATLANTIC OCEAN
PART OF NEW YORK
PART OF THE PROVINCE OF MASSACHUSETS BAY

A ring of silver foxes,
a mist of silver foxes,
come and sit
around the hunting moon.
– *Abnakilied*

Sie kommen wie Füchse
aus den Wäldern.
Sie greifen an wie Löwen.
Sie fliehen wie Vögel,
verschwinden, bevor
sie wirklich erschienen sind.

– *aus den Briefen von*
Pater Jerome Lalomant
The Jesuit Relations, 1659

Einleitung

Die französisch-indianischen Kriege (1690–1760) waren eine verbissene Auseinandersetzung zwischen England und Frankreich, um den nordamerikanischen Kontinent unter Kontrolle zu bringen. Es waren lange und wilde Konflikte, die ein Vorspiel zur amerikanischen Revolution darstellten.

Um ihre militärischen und politischen Ziele zu erreichen, verbündeten sich die Engländer mit den sechs Nationen der mächtigen Irokesenföderation. Die Franzosen, von Kanada aus operierend, versicherten sich der Unterstützung durch die Abnaki, die Ojibwa, die Ottawa und die Micmac.

Brutale Gewalttaten wurden nicht nur geduldet, sondern von den Franzosen und von den Engländern, die sich schnell an die indianische Lebensart anpaßten und sich gewisse indianische Eigenarten für ihre Ziele zu Nutze machten, geradezu gefördert.

Die Nordweststämme, bewaffnet durch ihre sogenannten zivilisierten weißen Alliierten und mit Erfahrung in jener Kampfart, die heute als Guerilla-Krieg bezeichnet wird, wurden zu einer neuen und beängstigenden Bedrohung. Jede Kultur, die weiße und diejenige der Indianer, übernahm das Schlimmste von der anderen, und vereint wurde ein Haß geboren, der sich heute noch, zwei Jahrhunderte später, durch tiefes Mißtrauen gegeneinander zeigt.

Während der Kämpfe in der Mitte des achtzehnten Jahrhunderts fanden untrainierte Farmer- und Hinterwäldlerkompanien heraus, daß sie mit ihren langen Jagdgewehren, aus dem Hinterhalt heraus und mit Hilfe verbündeter Indianer, ganze Regimenter, die in europäischer Kriegsmanier kämpften, vernichten konnten. Die regulären Truppen waren für den Nahkampf in der Wildnis schlecht ausgerüstet. Isolierte Forts und verstreute Farmen wurden zu Schauplätzen unzähliger Überfälle und blutiger Massaker. Kein Waldpfad und kein Wasserweg waren mehr sicher. Gefangene wurden entweder niedergemacht oder in eine fremdartige und ungewisse Zukunft verschleppt.

Es gibt zwei Gründe, warum trotz der Fülle dieser Geschehnisse kaum historisches Material darüber zu finden ist: Erstens endete fast alles, was damals geschah, mit dem spurlosen Verschwinden jener unglücklichen Grenzerfamilien. Zweitens waren die wenigen, die diese Auseinandersetzungen überlebten, meistens kaum in der Lage, sich zu artikulieren und ihre Erfahrungen niederzuschreiben. Trotzdem gibt es genug lebendige Zeugnisse aus Briefen, Kommentaren und überlieferten Erinnerungen, um Historikern und Forschern ein Panorama des damaligen Lebens am Rande der Zivilisation, wo zwei völlig verschiedene Kulturen aufeinanderprallten, zu vermitteln.

An einem warmen, regnerischen Morgen im September 1759 erreichten die französisch-indianischen Kriege ihren Höhepunkt. Vor den Mauern der Festung Quebec stießen James Wolfes englische Truppen, unterstützt durch Indianer und schottische Hochländerkompanien, auf die französische Armee unter Louis Joseph Montcalm. Beide Generale verloren ihr Leben. Die Briten trugen den Sieg davon und eroberten dadurch ganz Kanada.

Dieses Buch erzählt die Geschichte eines Mädchens aus New England, das während des französisch-indianischen Krieges von marodierenden Indianern geraubt und in die Gefangenschaft verschleppt wurde. Obwohl die Geschichte in Romanform geschrieben, die Personen von mir erfunden wurden, sind die geschichtlichen Hintergründe authentisch, und das geographische Bild entspricht demjenigen, das ich während meiner Reisen in diesem Gebiet vorgefunden habe.

Im Zentrum meiner Suche nach dem, was damals geschehen ist, fand ich eine Wahrheit, die lebendiger und eindrucksvoller ist als das, was uns die Geschichtsbücher vermitteln: Es ist eine unbändige Kraft, die der menschliche Geist auf seiner endlosen Suche nach Freiheit entwickelt.

James Houston

Lake Memphremagog
Im Grenzgebiet Vermont-Quebec

Teil eins

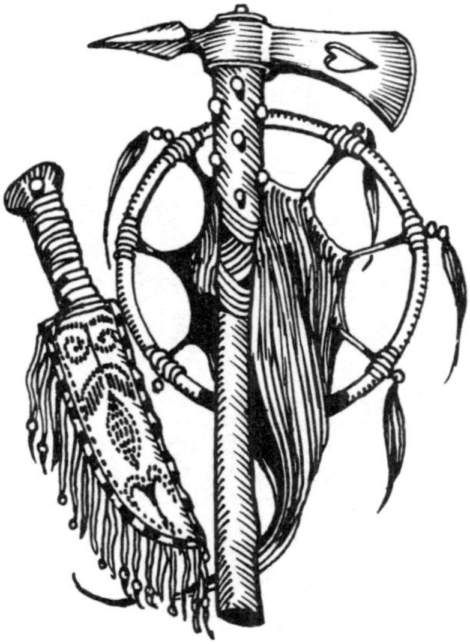

1

Sarah hörte den Schrei einer Frau und schrak hoch. Sie saß kerzengerade in ihrem engen Bett, horchte angestrengt und starrte in die Dunkelheit hinaus. Ein kalter Schauer kroch durch ihren Körper, und sie zog die Decke höher über ihre nackten Schultern. Sie hatte das beängstigende Gefühl, daß fremde Augen sie beobachteten, sie aus der Dunkelheit heraus anstarrten. Sie wartete, lauschte, aber der Schrei wiederholte sich nicht. War es vielleicht ihre eigene Stimme gewesen, die sie aus dem Schlaf gerissen hatte?

Sie schlüpfte aus dem Bett und durchquerte die Mansarde mit ein paar kleinen schnellen Schritten. Mit der ausgestreckten Hand tastete sie nach ihrem älteren Bruder Joshua. Aber er war nicht da. Sein Bett war unberührt.

In panischer Angst eilte sie durch die Dunkelheit, bis ihre Hände die schmalen Schultern ihres jüngeren Bruders Benjamin berührten. Sie schüttelte ihn heftig.

»Benji! Benji! Wo ist Josh? Er schläft nicht hier.«

»Ich weiß nicht, wo er ist«, murmelte Benjamin. »Wie sollte ich wissen, wo Josh ist?«

»Hast du auch eine Frau schreien hören?« fragte Sarah mit bebender Stimme.

»Nein. Ich habe nichts gehört.«

»Es war schrecklich!« stammelte sie. »Vielleicht stirbt eine Frau auf dem Weg unter den Eichen!«

Benjamin gähnte. »Wahrscheinlich hat die Eule nen Hasen erwischt. Hasen schreien wie Weiber, wenn sie von der Eule gebeutelt werden. Außerdem«, schnaubte Benjamin unwillig, »warum sollte denn ausgerechnet zu dieser Zeit dort draußen im Stockdunkeln eine Frau herumspazieren!«

»Weiß ich auch nicht«, sagte Sarah. »Aber das war kein Hase. Das muß eine Frau gewesen sein. Oder vielleicht ein Geist.«

Benjamin kletterte widerwillig aus seinem Bett, tapste zum

Fenster hinüber und guckte durch eine der kleinen Scheiben. Es hatte während der Nacht stark geregnet. Nun trieben schwere Wolken am Himmel und ließen nicht einen Schimmer des Augustmondes oder der Sterne durchsickern.

»Da draußen ist niemand!« sagte Benjamin. »Du mußt geträumt haben. So nen verrückten Traum.« Er ging zurück und ließ sich wieder in sein Bett plumpsen.

Vielleicht hatte Benjamin recht. Sarah versuchte sich einzureden, daß sie diesen unheimlichen Laut gar nicht gehört hatte. Sie suchte den Himmel im Osten nach einem Zeichen des kommenden Morgen ab. Und sie wünschte, daß ein Wind aufkommen und die Stille aus dem Wald fegen würde.

Sarah fürchtete diese tödliche Stille, die vor der Morgendämmerung kam. Sie wandte sich um und tastete sich zum Stuhl zurück, auf dem ihre Kleider lagen. Ihre Hände zitterten noch, so schlimm hatte sie der Schrei erschreckt.

»Steh auf!« fuhr sie Benjamin an. »Es ist schon spät. Im Haus ist es feucht und kalt, und Peleg schläft noch. Er hat sich überhaupt nicht ums Feuer gekümmert, dieser Kerl! Beeil dich gefälligst, oder willst du vielleicht, daß dich Vater wieder mal anbrüllen muß?«

»Ich komm ja schon«, sagte Benjamin mit schlaftrunkener Stimme.

Er saß bewegungslos in der Finsternis auf der niedrigen Bettkante, mit knochigen blassen Schultern, und starrte seine Schwester an. Neuerdings fing er an, sich für Dinge zu interessieren, die er an ihr entdeckte. Sie drehte ihm den Rücken zu, und er wurde sauer.

»Sarah, wenn du meinst, du kannst mich heute wieder herumkommandieren, dann erzähle ich Mom von dir und Peleg!« sagte Benjamin. »Ich habe gesehen, wie du . . .«

»Tu das, Benjamin Wells!« unterbrach sie ihn und versuchte, die gestrenge Stimme ihres Vaters nachzuahmen, »tu das, und eine gehörige Tracht Prügel ist dir sicher!« Sarah fand ihren Rock, zog ihn an und verstaute schnell ihre Bluse. Nachlässig flocht sie ihr kastanienfarbenes Haar zu einem dicken Zopf. »Halt besser deinen geschwätzigen Mund vor Mom!« zischte sie, schnappte Hemd und Hose ihres Bruders vom Stuhl und warf sie ihm vor die Füße. »Josh ist nicht nach Hause gekommen. Beeil dich jetzt und hilf mir unten!«

Sie drehte sich um, hob den Eisenriegel, öffnete die Tür und betrat das Treppenhaus.

Benjamin hörte, wie ihre bloßen Füße am oberen Treppenabsatz kurz zögerten, dann aber schnell die steilen Stufen hinuntertapsten.

Obwohl es im großen Wohnraum dunkel war, fand sich Sarah gut zurecht. Sie nahm den langen, eisernen Feuerhaken von der Wand und stocherte so lange vorsichtig in der grauen Asche des offenen Herdes herum, bis sie unter den verkohlten Holzstücken ein Nest roter Glut freigelegt hatte. Sie nahm eine Handvoll Föhrenspäne aus einer Holzkiste, streute sie über die Glut und blies vorsichtig hinein, bis die leichten weißen Holzflocken in Flammen aufgingen, die ihr flackerndes Licht an die Decke warfen. Gespensterhafte Schatten huschten über die Dielen der großen Wohnküche, und Sarah fuhr erschrocken herum. Es schien ihr, als wäre sie nicht mehr allein. Es mußte der Teufel sein, der hier im Raum war und sie belauerte. Sie roch seinen penetranten Gestank, und sie fühlte seine heimtückische Gegenwart.

Plötzlich flog die Hintertür auf, und Benjamin trampelte über die Dielenbretter. Er warf einen Armvoll trockenes Reisig vor den Kamin, und jäh war der Teufel aus dem Raum verschwunden.

»Geh und hol mir die gespaltenen Birkenscheite«, sagte Sarah. »Ich brauche sie jetzt.«

Benjamin ging in die Dunkelheit hinaus, kam aber schnell mit drei kleinen Scheiten zurück. Er ließ sie auf den Herd fallen, und ohne daß ihn Sarah darum bitten mußte, ging er nochmals hinaus und brachte zwei große Eichenscheite herein.

Sarah legte die Holzscheite auf das Feuer und beobachtete, wie die ersten gelben Flammen hungrig an ihnen hochzüngelten.

»Ich möchte wissen, was Josh aufgehalten hat«, sagte Sarah. »Nach der schrecklichen Sache, die dem armen Mister Martin im letzten Frühjahr passiert ist, sollte man eigentlich meinen, daß Josh genug Verstand im Kopf hat, um sich nachts nicht draußen im Wald herumzutreiben. Wenn es nicht wegen dir und Großvater wäre, würde ich dieses verrückte *jeepi*-Haus heute noch verlassen. Genau wie Kate. Ich schwör, daß ich's tun würde! Ich bin alt genug!« Sarah tippte mit dem Finger gegen ihre Brust. »Das würde schon klappen. Kate würde mir eine Anstellung im Gasthaus besorgen. Ich würde mir haargenau das gleiche Kleid zum Bedienen nähen, wie ihres. Mit einem schönen großen Ausschnitt, der bis hier hinunter reicht.«

»Damit würdest du dir glatt eine Lungenentzündung holen und womöglich daran sterben«, sagte Benjamin.

»Das würde ich eben nicht«, gab Sarah zurück. »Ich würde eine Menge Trinkgelder bekommen, genau wie Kate. Sie erzählte mir, daß manchmal, wenn die englischen Offiziere aus Boston heraufkommen und genug Rumpunsch konsumiert haben, einem Mädchen einen Penny oder sogar ein Zwei-Pence-Stück in den Ausschnitt stecken, ohne daß etwas dabei wäre. Einfach nur so.«

»Das glaube ich nicht!« warf Benjamin ein. »Das ist zuviel Geld, einfach so für nichts und wieder nichts.«

Sarah beobachtete, wie Benjamin sich auf die Zehenspitzen stellte und Großvaters altes Häutermesser aus einem Wandbrett zog. Er setzte sich auf den Kaminsims und begann, lange Späne von einem geraden dünnen Ast zu schneiden.

Benjamin war zwölf Jahre alt. Sein Gesicht war tief gebräunt von der Sommersonne. Wilde braune Haarsträhnen hingen ihm weit über den Hemdkragen herunter. Zwischen seinen Augen hatte sich eine dünne Trotzfalte in seine Stirn gegraben. Die meiste Zeit über war er ernst, aber manchmal lachte er, benahm sich wie ein wilder Junge und machte allerhand Blödsinn.

»Hey, wenn der Rest von dir mal zu deinen großen Händen und Füßen paßt, bist du bestimmt eine stattliche Erscheinung«, neckte ihn Sarah. »So dünn und klapprig wie jetzt bleibst du ja zum Glück nicht ewig.«

Sie lachten beide, und Benjamin gab ihr zum Spaß mit dem Stöckchen einen Klaps auf das Hinterteil.

»Was soll das eigentlich werden, was du da machst?« fragte Sarah, eifrig bemüht, das Gespräch mit ihrem Bruder in Gang zu halten, um den Gedanken an den Schrei aus dem Wald nicht mehr aufkommen zu lassen.

»Pakwak«, antwortete Benjamin in der Sprache der Pennacook-Indianer.

»Was soll das?« schnappte Sarah. »Rede englisch!«
»Du verstehst mich doch«, gab Benjamin zurück. »Was habe ich gesagt?«
»Nun, etwas von einem Pfeil, glaube ich. Aber du weißt doch, daß es dir in diesem Haus verboten ist, ein heidnisches Wort zu benutzen.«
»Du hast doch selbst dieses Haus eben ein *jeepi*-Haus genannt. *Heebi-jeepi* ist das indianische Wort für Geister. Außerdem verstehst du doch Indianisch. Naamhok hat mitgeholfen, dich großzuziehen. Und du hast immer nur in der Pennacook-Sprache mit ihr geredet, bevor es Vater verboten hat.«
In diesem Moment ging die Tür auf, und Großvater kam in den Wohnraum. Er nickte seinen beiden Enkelkindern zu.
»Der Gockel kräht und 's Feuer brennt«, sagte er und streckte ächzend seine Glieder. »Guten Morgen, Kinder. Ich hoffe, daß ihr heute morgen nicht mit dem linken Fuß aufgestanden seid.«
»Bestimmt nicht«, sagte Sarah und lächelte ihrem Großvater zu. Benjamin zeigte ihm den Pfeil, an dem er gerade arbeitete.
John Sinclair war lang und dünn wie ein Zedernholzpfahl. Seine blaßblauen Augen blinzelten unter buschigen Brauen aus einem lederhäutigen Gesicht, das von einer Mähne weißen Haares umrahmt war. Er bewegte sich mit einer fast vornehmen Steifheit, wie sie einem Mann im Alter von sechsundsiebzig Jahren gut anstand. Nur sein Rücken war etwas gebeugt. In jungen Jahren war er Soldat gewesen. Seine besten Mannesjahre hatte er als Holzfäller in den Wäldern von New Hampshire verbracht. Seine Handgelenke waren vom Schwingen der schweren Axt fast so dick geworden wie Wagenachsen. Den leichten federnden Gang, mit dem er sich auf der Jagd an das Wild herangepirscht hatte, hatte er noch nicht ganz verloren.
»Ist Josh nach Hause gekommen?« fragte er.
»Nein, noch nicht«, sagte Sarah. »Er nimmt sich mehr Zeit zum Herumtreiben, jetzt, wo die Heuernte eingebracht ist.«
»Er läuft nicht dem Parker-Mädchen nach, falls du das denkst«, sagte Großvater. »Josh ist ganz allein in die Stadt marschiert, um in den Sold des Königs zu treten. Er will sich in Robbie Crandall's Kompanie anmustern lassen. Als Hampshire-Freiwilliger. Der Herr im Himmel weiß, wie froh sie noch sein werden, ein paar

tüchtige Wildtöter wie deinen Bruder in ihren Reihen zu haben. Von denen haben doch die meisten keine Ahnung von Tuten und Blasen.«

»Josh hätte besser bis zum nächsten Sommer warten sollen«, sagte Sarah. »Er ist viel zu jung, um schon Soldat zu sein.«

»Schätze, daß ihn der Hafer gestochen hat«, kicherte Großvater. »Der meint doch, daß er nicht mehr in den Norden hochkommt, bevor der Krieg vorbei ist. Josh sagte mir, er fürchte, daß noch in diesem Jahr 1755 alles vorbei ist. Er glaubt, daß er den ganzen Krieg verpaßt und nicht mehr dazukommt, einen einzigen Schuß auf einen Franzosen oder einen ihrer Scheißindianer abzufeuern, wenn er hier noch einen Sommer vertändelt. Im Winter ist es dort oben einfach zu verdammt kalt, um noch weiter Krieg zu spielen. Da gefrieren einem die Kugeln im Musketenlauf. Benjamin, habe ich dir eigentlich jemals erzählt, wie wir hier zu unserem Besitz und dem Land gekommen sind?«

Der alte Mann machte eine Pause, die seine Frage erst richtig zur Geltung brachte. Er liebte nichts mehr, als seinen Enkeln von früher zu erzählen. Sarah lächelte, und Benjamin blickte ihn erwartungsvoll an. Sie waren beide begeisterte Zuhörer, wenn Großvater seine Geschichten erzählte.

»Am Anfang war jeder Siedler auf sich allein gestellt. Wir mußten um jedes Stück Boden feilschen, das wir von diesen Indianern haben wollten. Denkt nur immer daran, daß die meisten Friedenspfeifen, die wir ihnen gaben, auf der anderen Seite ein Axtblatt hatten. Die Leute, die hier herum leben wollten, mußten schlau sein. Gesund und schlau – oder tot. Euer Urgroßvater, Jonathan Sinclair, hatte keine Bedenken, mit dem Stamm der Red Hands Handel zu treiben und ihnen seine wertvollen Waren abzugeben, um dafür ein Stückchen ihres Landes zu ergattern. Sie gaben ihm das ganze Gebiet, das zwischen ihrem Winterlager bei Nippawam und dem Mastik River liegt. Um ihm zu zeigen, wie fair sie sein können, schickte der alte Häuptling seinen eigenen Sohn aus, um meinem Vater den besten Weg durch die Wildnis zu zeigen. Sie rannten zusammen im Morgengrauen los, und sie rannten den ganzen Tag westwärts, schliefen, rannten dann nordwärts, schliefen wieder und rannten ostwärts, bis sie zum Fluß kamen. Die beiden waren flinke Läufer, und am Ende hatten sie ein Gebiet von vierzigtausend Acres umlaufen, das jetzt meinem Vater gehörte. Beim Landübergabe-Fest, das die Indianer abhielten, gab mein Vater dem Häuptling der Red Hands acht Faden weiße Wampum-Perlen, sechs Spiegel, sechs purpurne Samtröcke, zehn Tauschäxte, zehn lange Messer, zehn Scheren, zehn Maultrommeln, sechs Stangen Tabak und sechs schwere Eisenkessel. Nein, keinen einzigen Tropfen Rum. Er hielt nichts davon, den Indianern Alkohol zu geben.«

Der alte Mann atmete tief ein und fuhr dann fort: »Eine Menge Leute aus der Umgebung von Monadnock lachten über meinen Vater und meinten, er hätte einen Narren aus sich gemacht, weil er mehr unbrauchbares Land gekauft hatte, als er jemals bearbeiten, verkaufen oder verschenken könne. Aber die Leute irrten sich. Er lebte glücklich und zufrieden mit seiner Familie, und er teilte all das wilde Hügelland mit den guten Jagd- und Fischgründen mit den Red Hands. Das sind gute, rechtschaffene Leute, diese Indianer. Immer hilfsbereit und gastfreundlich, wenn man sie in Frieden läßt.«

»Könnten wir nicht wieder auf diese Art leben, Großvater?« fragte Sarah. »Ich meine, wenn all diese englischen Soldaten dort bleiben würden, wo sie hingehören, und wenn die Franzosen mit ihren Indianern nach Kanada zurückkehrten, gäbe es doch überhaupt keinen Grund zum Kämpfen.«

Die Tür am anderen Ende der großen Küche öffnete sich. Sarah erkannte die Hand ihrer Mutter auf der Türklinke. Sie blieb im Türschatten stehen, ohne Anstalten zu machen, den Raum zu betreten.

»Mutter?« rief Sarah mit sanfter Stimme. »Komm herein, Mutter.«

Eine große hagere Frau betrat zögernd den Raum, machte die Tür hinter sich zu und lehnte sich mit dem Rücken dagegen, als ob sie dadurch einem Ansturm von draußen standhalten könnte. Ihre Augen waren groß und scheu wie die eines Mädchens.

Benjamin zeigte ihr stolz seinen Pfeil.

Großvater sagte: »Guten Morgen, Tochter. Hattest du einen ruhigen Schlaf?«

Elizabeth Wells zuckte zusammen und schüttelte ihren Kopf. Das in der Mitte gescheitelte und streng zurückgekämmte Haar, die dunklen Ringe um ihre Augen unterstrichen noch die Spuren der Müdigkeit, die ihr Gesicht zeichneten. Wie Sarah war sie barfüßig und trug eine graue Schürze über ihrem Kleid.

»Es . . . es tut mir leid, was gestern beim Abendessen geschah«, flüsterte sie fast weinend. »Ich wollte nicht, daß es so endet. Ich rede zuviel.«

»Es war nicht dein Fehler«, sagte ihr Vater mit tiefer, ärgerlicher Stimme.

»Es war . . . ich sollte nicht reden, wenn er so ist.«

Sie ging durch den Raum, öffnete die Tür nach draußen, nahm zwei hölzerne Milcheimer vom Wandbrett und schlug sie gegeneinander, um die Spinnen herauszuklopfen.

»Wir haben heute zehntausend Dinge zu tun, Sarah«, sagte sie. »Außer Marmeladekochen müssen wir die Tische und Böden spänen und schrubben. Ich hoffe, du hast einen Topf mit Holzasche gefüllt, wie es dein Vater befohlen hat. Wir müssen Seife machen und auch einen neuen Bezug für seinen guten Sessel weben. Dein Vater sagt, daß dieses Haus voller Schmutz ist.«

Elizabeth ging hinaus, und die gefleckte Katze tauchte aus den tiefen Schatten auf und folgte ihr wie ein Dieb in das Dämmerlicht.

»Ich schwöre, daß sich diese Frau noch zu Tode arbeitet, nur weil es dein Vater so will!« sagte Großvater grimmig.

»Ich glaube, daß sie diese Nacht nicht zur Ruhe kam, weil Josh zur Armee geht«, flüsterte Sarah. »Sie ist ganz erledigt heute morgen. Man sieht, daß sie die halbe Nacht hindurch geweint hat.«

Sarah folgte ihrer Mutter hinaus. Für einen Moment blieb sie stehen und schaute andächtig auf das Wunder des neuen Morgens. Ein brandrotes Glühen erhellte den Horizont im Osten. Am Waldrand warfen mächtige Föhren schwarze Silhouetten in die Dämmerung, die von den ersten goldenen Lichtstreifen aufgerissen wurde. Hinter den Bäumen hoben sich dünne Nebelschwaden wie bleiche Gesichter und trieben hinaus über die steinigen Felder. Von einem Walnußhain jenseits des Flusses hob sich mit schauerlichem Gekrächze ein Schwarm Krähen und machte Jagd auf eine Eule.

Sarah ging mit zwei Eimern zur Quelle, füllte sie mit Wasser und kehrte zum Haus zurück. Sie leerte das Wasser in den großen schwarzen Wasserkessel. Mit beiden Händen hob sie den Kessel an den Halter und schwenkte ihn über die heißeste Stelle des Feuers.

»Achtung!« sagte Benjamin plötzlich. »Er kommt!«

Sie hörten die derben Stiefel auf der Treppe. Sarah und ihr Großvater warfen sich einen schnellen Blick zu und starrten dann wieder in das Feuer. Die innere Küchentür flog auf, und der Vater der Kinder kam herein. Er war groß und schmalschultrig, ein Stadtmensch aus Boston, mit einem Kugelbauch und den weichen, schmalen Händen eines Hauptbuchhalters. Und tatsächlich führte er, als einzigen Beitrag zur Farmarbeit, nur die Bücher der Farm. Sein Kopf war bis auf einige Stoppeln kahlrasiert. Drei schwarze Stoffpflaster, die an seinem Schädel klebten, dienten zur Befestigung der graugepuderten Perücke, die von seiner Hand baumelte. Seine Hose und sein Hemd waren aus gutgewebtem Leinen-Wollgemisch, und er trug Stiefel aus bestem englischen Leder.

»Wo zum Teufel ist eure Mutter?« fuhr er Sarah an und übersah dabei bewußt seinen Schwiegervater.

Sarah deutete mit dem Kopf zur Hintertür und sagte, ohne ihn anzusehen: »Sie ist beim Melken, wie immer.«

»Was soll das heißen, ›wie immer‹?« donnerte ihr Vater. »Werd nur ja nicht aufsässig, Mädchen!«

Benjamin sprang nervös auf und versuchte, das Häutermesser hinter seinem Bein zu verbergen. Er kannte seinen Vater als einen aufbrausenden Mann mit unberechenbarem Temperament. Besonders morgens.

»Sklaventreiber!« brummte Jonathan.

Caleb Wells warf ihnen allen dreien einen verächtlichen Blick zu. Er nahm ein Horngefäß von der Anrichte und stampfte zum Geschirrschrank hinüber. Er nahm einen Schlüssel aus einem Versteck, öffnete eine Tür und zog einen großen Krug mit Rum hervor. Er drehte den anderen den Rücken zu, schenkte ein, trank, schluckte, hustete, nahm noch einen Schluck, keuchte wie ein Maultier und schob den schweren Krug auf seinen Platz zurück. Er knallte die verbogene Schranktür zu und schloß sie ab. Die Perücke warf er achtlos auf den Tisch, während er die Küche durchquerte. Er stieß die Außentür auf und hielt seine Hände trichterförmig an den Mund.

»Peleg, steh auf!« brüllte er zur Scheune hinüber. Dann drehte er seinen Schädel zu der Hütte am Rande der Hirschweide und brüllte: »Das gilt auch für dich, Nashua! Steht auf, ihr zwei faulen Bastarde! Und du, Weib!« schrie er seiner Frau zu, »was brauchst du so lange, verdammt? Melkst du die Kuh oder fummelst du am Bullen rum? Mach, daß du reinkommst!«

Sarah hörte das Kuhgatter zuknallen und das Geräusch nackter laufender Füße, und sie sah den Inhalt eines Milcheimers auf ihren Vater zufliegen, der davon voll getroffen wurde.

»Schrei mich nicht an!« rief ihre Mutter hysterisch. »Ich bin nicht dein Knecht und auch nicht dein Indianersklave! Sarah und ich stehen jeden Morgen vor Tagesanbruch auf, und wir schuften den ganzen Tag hindurch und manchmal bis spät in die Nacht hinein! Niemand hilft uns dabei!«

Caleb Wells blickte ungläubig an sich herunter. »Herrgott, Weib! Das ist mein bestes Hemd! Tropfnaß von Kuhmilch! Was soll ich jetzt in die Stadt anziehen?«

Großvater zog seinen Kopf wie eine Taube zwischen die Schultern, weil er befürchtete, sich nicht mehr beherrschen zu können und laut herauszulachen. Und er war stolz auf seine Tochter, die es diesem Stadtfrack aus Boston, den sie nie und nimmer hätte heiraten sollen, heimzahlte.

»Es ist mir egal, ob es dein einziges und bestes Hemd ist oder nicht!« sagte Elizabeth Wells, und ihre Stimme zitterte vor Erregung.

Sarah drehte ihnen den Rücken zu und zerrührte Klumpen im Haferbrei. Ihre Mutter tat ihr leid, weil sie wußte, daß ihr trotziger Widerstand schon wieder gebrochen war.

Benjamin versuchte, ein paar letzte Schnitzel von seinem Pfeil zu schneiden, aber sein Vater riß ihm das Messer weg und warf es hoch über Benjamins Kopf und außer Reichweite in einen der eichenen Deckenbalken.

»Laß das Messer dort, wo es ist!« brüllte er. »Die ganze Zeit verbringst du damit, Pfeile zu schnitzen und in einer gottverdammten heidnischen Sprache herumzuschnattern wie ein Indianersklave! Aber lesen und schreiben, das kannst weder du noch deine blöde Schwester! Was ist fünf plus acht? Zähl nicht an deinen Fingern herum! Antworte mir!«

Benjamin verhielt sich still.

»Na, da siehst du's! Du bist dumm! Beide seid ihr dumm wie Kröten.«

Sarah stieß ihren Bruder an. »Benjamin, geh und hol deinen kleinen Bruder aus dem Bett. Und setz ihn gleich auf den Topf. Nicht, daß er wieder auf den Boden macht. Und zieh ihn richtig an, hörst du?«

Während Sarah den Haferbrei vom Feuer nahm und Butter hineintat, hörte sie, wie ihre Mutter hinter Benjamin die Treppe hochging, langsam, wie eine alte Frau. Das soll also das Leben sein, dachte sie. Werde ich in sechzehn Jahren genauso abgeschafft und müde sein wie sie?

Caleb Wells marschierte keuchend und fluchend im Raum herum, während er versuchte, seine Hose abzuwischen. Er zog das milchgetränkte Hemd aus und knallte es auf den Boden. Ohne auf Großvater zu achten, knurrte er Sarah an: »Deine Mutter muß wahnsinnig sein! Wenn sie so weitermacht, wird sie sich eines Tages noch wundern! Schau dir das Hemd an! Sie weiß verdammt genau, daß ich den Gestank von Kuhmilch ums Verrecken nicht ausstehen kann. Los, mach mir meinen Tee, Mädchen! Und beeil dich gefälligst!«

Er wischte seine Brust mit der Perücke trocken. Sarah holte den Tee und goß schnell seine große Tasse voll, während er bereits wieder zum Geschirrschrank hinüberschielte. Plötzlich drehte er sich um, ging in den Flur hinaus und brüllte nach einem Hemd.

Nach einer Weile kam er zurück. Er trug ein sauberes Hemd und fummelte an den geflickten Ärmeln herum. Als Elizabeth, gefolgt von Benjamin, der etwas unbeholfen das Baby in den Armen trug, den Raum betrat, befahl Caleb Wells: »So, jetzt alle zu Tisch! Verstanden! Augenblicklich!«

In wenigen Sekunden kniete die ganze Familie, ausgenommen Joshua, um den Tisch herum. Jeder an seinem Platz. Zwischen Sarah und Benjamin kniete ihr dreijähriger Bruder Timothy. Er fing an, in Pennacook von Gottvater und Jesus zu murmeln. Es war ein Gebet, das ihm Nashuas Frau, Naamhok, beigebracht hatte.

Caleb Wells begann das Morgengebet. Mit lauter Stimme sprach er die Worte, und während er die dicke Bibel in den Händen hielt, tat er so, als ob seine Augen das Gebet ablesen würden, obwohl er es ja inzwischen fast auswendig konnte. Elizabeth formte die Worte mit ihren Lippen, ohne einen Laut von sich zu geben. Und während sie beteten, nährte sie das laut schmatzende Baby an ihrer Brust.

»Amen«, stieß Caleb Wells schließlich mit herausgepreßtem Atem hervor. – *»Nanna leketsch!«* piepste der kleine Timothy.

Sie erhoben sich miteinander und fingen zu essen an.

»Weib, ich frage mich, ob diese Kinder eigentlich Weiße oder Indianer sind! Aus ihrer Art zu reden läßt sich das wohl nicht mehr eindeutig feststellen!«

»Wenn diese Kinder von beiden Rassen die besten Eigenschaften besitzen, sind sie vielleicht so, wie der Allmächtige die Menschen erschaffen wollte!« erwiderte Großvater schnell.

Sarah, Benjamin und Timothy teilten sich dieselbe große Holzschüssel. Sie tauchten ihre Hornlöffel in den Haferbrei und aßen hastig. Es war wie ein Spiel. Wer schneller ißt, kriegt mehr.

»Benji«, flüsterte Sarah, »du läßt Timothy seinen Anteil, ja!«

»Ich frage mich, wo Josh jetzt ist«, sagte Elizabeth Wells besorgt. »Glaubst du, daß sie ihn einfach mit in den Krieg genommen haben, ohne daß er noch einmal nach Hause kommen darf, um sein Nachthemd, seine Strümpfe und eine warme Decke zusammenzupacken?«

»Wir können froh sein, wenn wir den Jungen überhaupt jemals wiedersehen!« sagte Caleb Wells. »Verdammter Narr! Ich sagte ihm doch, daß er den Armeeaufkäufern fernbleiben soll!«

»Den Teufel sagst du!« schnappte Jonathan. »Wenn wir Farmersleute anno 1744 alle von der Armee weggeblieben wären, würde über deinem geliebten Boston heute die französische Fahne wehen, und es gäbe keine New Hampshire-Kolonie, in der sich Leute wie du breitmachen können!« Er donnerte die Faust auf den Tisch. »Ich bekam damals eine Bleikugel verpaßt und fing die Gelbsucht von den Franzosen, bevor wir ihnen ihre Festung wegnahmen! Aber hat sie das aufgehalten? Beileibe nicht! Erst im letzten Frühjahr mußten wir vierzig unserer Jungs ausschicken, um im eigenen Land ein Fort zu errichten. Kaum standen die Palisaden, schwammen dreihundert Kanus in aller Heimlichkeit den Allegheny herunter, vollgepackt mit Franzosen und Indianern, die bis an die Zähne bewaffnet waren. Sie nahmen uns das Fort wieder ab und gaben ihm natürlich einen ihrer höchst phantasievollen französischen Namen. Nun betreiben sie ihren Pelzhandel von dort aus und kriegen langsam den Westen unter Kontrolle. Wenn wir die Franzosen weitermachen lassen, bauen sie Forts vom Lake Champlain bis hinunter nach Louisiana. Im Süden wimmelt es schon von diesen französischen Acadians, die König George aus unserem Gebiet und aus Nova Scotia vertrieben hat. Die rotten sich dort unten zusammen und fiebern einem Kampf entgegen. Wenn die Franzosen hier im Norden sich mit ihnen zusammentun, dann erobern sie alles, was . . .«

»Himmel, muß ich mir das eigentlich alles anhören!« brummte Caleb Wells, und seine Familie beendete das Frühstück in Stille.

Später, als Sarah dabei war, das Geschirr zu spülen, hörten sie einen Pfiff. Und der große Hund fing an zu bellen.

»Es ist Josh!« rief Sarah, öffnete mit Schwung die Tür und rannte den Weg hinunter, um ihn zu begrüßen. »Haben sie dich genommen?« rief sie ihm zu. »Du bist doch nicht etwa schon in der Armee, oder?«

»Hey, was denkst denn du! Die nahmen mich auf der Stelle«, sagte Josh und zeigte ihr stolz die neuen Shillinge des Königs. »Ich muß bis Sonnenuntergang gepackt haben. Sie werden hier vorbeikommen und mich abholen. Robbie Crandall und all die andern.«

Joshua betrat das Haus, zog seinen Stuhl unter dem Tisch hervor und hockte sich an den Tisch. Die Familie war wie erstarrt. Abschätzende Blicke trafen ihn. Nach dem langen Nachtmarsch sah sein Gesicht bleich und etwas abgespannt aus. Sarah hatte schon recht, eigentlich war er viel zu jung, um schon Soldat zu werden.

»Wann holen sie dich ab, Josh?« fragte Elizabeth endlich. »Ich werde Vater bitten, Peleg an deiner Stelle zu schicken. Er ist unser Leibeigener, und Vater kann über ihn verfügen. Josh, hör mir bitte zu, du bist viel zu jung für diesen Krieg!«

»Tut mir leid, Mom. Es würde nichts ändern, wenn du Vater darum bittest«, sagte Joshua. »Selbst wenn er Peleg schickt, werde ich gehen. Und wenn wir beide weg sind, wer soll dann die Farmarbeit verrichten?«

»Dann möge dich Gott beschützen, Josh«, sagte die Frau. »Du bist wie dein Großvater: stolz und mit einem Kopf aus Stein.« Sie erhob sich und machte eine Handbewegung, als wolle sie alle ihre Befürchtungen wegwerfen. »Sarah, geh schnell und mische das Weizenmehl. Wir wollen Josh einen Kuchen für die Reise backen und dann noch seine Lederhose flicken und ihm eine Mütze schneidern. Beeil dich, Sarah!«

Joshua schaffte es nicht, sein Frühstück zu essen. Müde hockte er auf seinem Stuhl, und sein Kopf sackte immer wieder auf seine Brust hinunter. Schließlich erhob er sich schwerfällig, schlurfte die Treppe hoch und schlief den ganzen Morgen hindurch, ohne sich von den dicken blauen Schmeißfliegen stören zu lassen, die in seinem Zimmer herumsummten.

Der herrliche Spätsommertag zeigte sich in dunstigem Blau, und der verlockende Duft von frischgeschnittenem Heu lag in der Luft, aber Sarah arbeitete so angespannt, daß sie davon kaum etwas merkte. Nicht einmal das warme Licht der Sonne vermochte die beklemmende Ahnung, von der sie seit den frühen Morgenstunden geplagt wurde, zu verdrängen. Im Gegenteil, sie hatte sich noch verstärkt, und daran änderte sich auch nichts, als ihr Vater endlich in seinem Arbeitszimmer, wo er die Buchhaltungsunterlagen, seine Briefe und die Landkarten aufbewahrte, verschwand. Er schlug die Tür mit lautem Knall hinter sich zu, und Sarah sah ihn erst wieder, als die Mutter zum Abendessen rief.

Als er herauskam, war sein Gesicht gerötet und sein Gang unsicher. Schwerfällig ging er um den Tisch herum zu Joshuas Platz und warf eine große Zinnfeldflasche auf den Tisch. »Hier, Junge, das ist für dich!« sagte er mit schwerer Zunge.

Elizabeth schnappte die Flasche, zog den Pfropfen heraus, schnüffelte an der Öffnung und schüttete die Hälfte des Inhalts ins Feuer, das in einer orange-blauen Stichflamme explodierte.

»Bist du verrückt, Weib!« brüllte Caleb Wells. »Das ist eine Vergeudung, für die dich der Teufel holen soll!«

Sie wich seinem Blick nicht aus, als sie frisches Quellwasser aus einem Krug in die Feldflasche goß. »Es ist unverantwortlich genug, daß du den armen Jungen in den Krieg ziehen läßt!« sagte sie und schüttelte den Inhalt der Flasche durcheinander. »Aber ich werde nicht zusehen, wie du ihn vor meinen Augen zu einem Rum-Säufer machst!«

»Ein Soldat kämpft nicht von Wasser allein«, sagte er höhnisch.

»Wie willst du das wissen?« schnaufte Jonathan. »Du warst nie Soldat, und der Herr im Himmel weiß, daß du auch nie Wasser trinkst!« Er wandte sich an Joshua. »Reg dich nur nicht auf, Josh, du kriegst deine Rumration bald vom König, falls diese Sergeanten mit ihren immer trockenen Kehlen nicht schon deinen Anteil weggesoffen haben, bis du dort oben bist.« Er lachte. »Im übrigen haben wir vor zehn Sommern die Soldaten in Louisbourg nur geschlagen, weil wir verdammt guten Rum in unseren Bäuchen hatten. Wenn diese Franzosen nicht aufhören, ihren verpißten Brandy zu trinken, kriegen sie von euch noch einmal die Hucke voll. Kommt, laßt uns beten und endlich essen.«

Sarah und ihre Mutter hatten zwei wilde Truthähne gebraten, die Benjamin und Großvater in den Wäldern jenseits des Flusses geschossen hatten. Es gab außerdem gekochte Bohnen, Sommerkürbis und Indianerpudding, alles Joshuas Lieblingsspeisen. So wundervoll das Essen auch schmeckte, Sarah brachte fast keinen Bissen hinunter. Ab und zu warf sie einen Blick zu Joshua hinüber und versuchte sich einzureden, daß sie ihn vielleicht doch unversehrt wiedersehen würde.

Die Sonne war untergegangen, als sie mit dem Nachtessen fertig waren. Sarah erhob sich, um den Tisch abzuräumen, aber Großvater legte ihr die Hand auf den Arm und sagte:

»Warte, Mädchen. Ich habe Josh etwas Wichtiges zu sagen.«

Er hüstelte und beugte sich etwas vor. Dann öffnete er den Mund, wollte etwas sagen, aber seine Stimme versagte. Elizabeths Augen füllten sich mit Tränen. Großvater stand abrupt auf und ging zum Kamin, wo er die englische Muskete von der Wand nahm. Der lange Lauf schimmerte bläulich im Abendlicht, und die Messingbeschläge am Kolben aus gestreiftem Tigerahorn glänzten, als wären sie aus poliertem Gold. Der herrliche Vorderlader hatte einen brandneuen Flintstein im Schloß.

Großvater streckte Joshua das Gewehr entgegen. »Nimm sie, Josh«, sagte er leise. »Sie gehört dir. Gott möge dir beistehen und dich vor Gefahren schützen.« Er übergab Joshua den schweren, ledernen Kugelbeutel und ein Pulverhorn. »Josh, ich habe eine Karte auf dieses alte Horn gekratzt.« Sein Zeigefinger folgte zitternd einigen Linien. »Sie zeigt dir den Weg von hier zum Connecticut River, dann westwärts zum Hudson Valley und dann ganz hoch bis zum Lake Saint Sacrament und zum Lake Champlain. Dahinter liegt die Insel von Montreal und noch weiter am Fluß entlang geht es nach Quebec. Ich gebe dir das Horn, damit du den Weg findest, Josh ... den Weg zurück nach Hause.«

Großvater machte eine kleine Pause und holte tief Luft. »Josh, schau immer danach, daß du genug Pulver hineintust und es richtig stopfst. Darauf kommt es an, auf das Stopfen. Und vergiß den Flitzpfropfen nicht! Der ist wichtig zur Verdämmung. Dann die Bleikugel. Richtig runter mit ihr. Zuletzt tust du immer ein paar Schrotkugeln rein. Wenn du mal so nen Knilch in den Büschen herumkriechen hörst, ohne daß du ihn sehen kannst, dann ziel so ungefähr mitten hinein und laß die Schrotkugeln nach ihm suchen. Und paß auf, daß du immer hinter einem guten dicken Baum stehst oder zumindest flach auf dem Bauch liegst, wenn du nachladen mußt. Die meisten Soldaten erwischt es beim Nachladen, und ...«

Großvater brach ab. Joshuas Mutter fing wieder zu weinen an, hastete plötzlich die Treppe hoch und kam mit der grauen warmen Schafwolldecke zurück, die sie vor langer Zeit einmal für das Ehebett gewebt hatte.

Sarah setzte sich auf den kleinen Schemel neben dem Feuer. Sie fühlte sich elend. Sie besaß nichts, was sie Joshua hätte mit in den Krieg geben können. Und Joshua blieb am Tisch sitzen, vornübergebeugt und mit hängenden Schultern. Er starrte unverwandt in seinen Teller, der noch voll war. Die Knöchel seiner Hände, mit denen er krampfhaft die Muskete auf seinen Knien festhielt, schimmerten weiß durch die Haut.

»Josh, ich weiß nichts, was ich dir sonst noch auf deinen Weg mitgeben könnte«, sagte Großvater. »Du solltest vielleicht noch wissen, daß ich stolz auf dich bin. Paß gut auf dich auf, mein

Junge! Ich habe noch ein Stück Land, das ich dir gern vermachen würde. Sieh zu, daß du schnell heimkommst, bevor . . . bevor ich gehen muß.«

Joshua stand auf. Seine Bewegungen waren steif wie die einer hölzernen Puppe, und ohne seinen Blick zu heben, sagte er halblaut: »Ich . . . ich muß nach . . . nach den Schafen sehen.« Er stürzte durch die Hintertür hinaus, die Muskete immer noch fast krampfhaft in seinen Händen haltend.

Sarah wußte, daß die Schafe Josh nicht brauchten, nicht um diese Tageszeit. Aber sie selbst würde ihn sehr, sehr vermissen. Schweigend stand sie auf und half ihrer Mutter, Joshuas Tornister zu packen. Als sie die Kerze anzündete, fiel eine Träne in Joshs Wintermokassins, die Nashuas Frau für ihn gemacht hatte.

Der Hofhund bellte. Sarah und ihre Mutter zuckten zusammen. Sie hörten die eisenbeschlagenen Hufe von Pferden auf dem steinigen Boden, und plötzlich erklangen wirbelnde Trommelschläge, die schnell lauter wurden. Der Lichtschein einer Laterne drang durch die Nacht und tanzte über die Scheiben des kleinen Fensters in der Vorratskammer.

»Gott, sie kommen früh, um unseren Josh abzuholen«, sagte Elizabeth, stand hastig auf, und der Nähkorb fiel von ihren Knien auf den Boden.

Joshua kam in die Küche gerannt, steckte die Muskete unbeholfen zwischen seine Knie, um die Hände zum Packen freizuhaben. Er zog ein paar Sachen aus dem Tornister, stopfte anderes Zeug hinein und nahm wieder einiges davon heraus. Alles, was er tat, ergab keinen großen Sinn, und eigentlich tat er es wohl nur, um die letzten Minuten rumzukriegen.

Großvater öffnete die große Eingangstür. Sarah konnte den Lieutenant sehen, der auf einem großen Falben saß, und einen Sergeanten, der eine Kugellaterne trug, die an einem langen gebogenen Stock über seinem Kopf baumelte. Hinter ihnen bewegte sich eine Kolonne von vielleicht zwanzig oder fünfundzwanzig Farmerjungen, von denen die meisten verschiedenfarbene Soldatenmäntel trugen. Obwohl die Kolonne alles andere als im Gleichschritt ging, gaben sich die Jungs sichtlich Mühe, einigermaßen wie marschierende Soldaten auszusehen. Die meisten von ihnen hatten Vaters Muskete geschultert, einige aber besaßen nur Ahornstöcke, die immerhin ein bißchen Ähnlichkeit mit einer Muskete hatten.

»Wir haben heute die Uniform gekriegt!« rief einer der Kierstead-Jungs, die unten bei der Dutchman-Mine zu Hause waren. »Der Sergeant hat bestimmt eine, die dir paßt, Josh. Beeil dich und probier sie an!«

Joshua legte die Muskete und seinen Tornister weg und lief zum Sergeanten, der ihm einen Mantel entgegenhielt. Joshua steckte die Arme hinein und zog den Mantel über seine Schultern. Er paßte gut. Er probierte einen Hut, dann noch einen, und der saß besser.

Als er zum Haus zurückkam, schien es Sarah, als ob aus ihrem Bruder von einer Minute auf die andere ein Mann geworden wäre. Er kam herein und blieb stehen, groß und hager. Der Uniformrock und die Soldatenmütze machten aus ihm fast eine Persönlichkeit.

Während ihm seine Mutter half, den Tornister umzuschnallen, rannen ihr dicke Tränen über das Gesicht. Sie nahm das Pulverhorn vom Tisch und hängte es über seine Schulter. Niemand sagte ein Wort. Auch Caleb Wells stand im Raum, als wäre er stumm und unfähig, sich vom Fleck zu bewegen.

Joshua packte seine Mutter und küßte sie auf die Wange. Er nahm die Hand seines Vaters und drückte sie. Dann umarmte er Großvater. Schließlich drehte er sich Sarah zu. Ihre Blicke trafen sich. Er nahm die Unterlippe zwischen seine Zähne, drehte den Kopf, ergriff seinen Kugelbeutel und rannte davon.

Elizabeth rannte zur Tür und rief dem Lieutenant mit zitternder Stimme zu: »Hey, du dort, Robbie Crandall, paß nur gut auf meinen Joshua auf! Schau zu, daß ihm nichts zustößt! Verstehst du mich, Robbie! Hör mich an! Paß auf ihn auf! Und möge der Allmächtige euch alle beschützen!«

»Ja, ich habe Sie verstanden, Mrs. Wells«, erwiderte der große, schlaksige Müllerssohn auf dem Pferd. »Er wird schon vorsichtig sein.«

Robbie hat wahrscheinlich selbst die Hosen voll, dachte Sarah, als sie zusah, wie er den schweren Ackergaul seines Vaters umständlich herumzog und wie ein Fuhrmann mit der Zunge schnalzte. Die ungehobelten Rekruten versuchten, sich hinter ihm aufzureihen, drängelten, schoben und drückten einander umher wie Gänse, die den Fuchs in der Nähe wußten.

Sarah nahm Joshuas Muskete vom Tisch und rannte hinaus und den Weg hinunter hinter ihrem Bruder her.

»Josh!« rief sie. »Josh! Vielleicht brauchst du das Ding eines Tages.«

Sie holte ihn ein und wollte ihm die Muskete übergeben, aber als er danach griff, wich sie furchtsam zurück. Er packte die Muskete und mußte sie ihr entreißen.

»Ich bin bald zurück«, stieß er hervor. »Paß auf, daß . . .« Seine Stimme brach. Er drehte sich um und rannte hinter den Soldaten her. Die Dunkelheit schluckte ihn, und sie hörte nur noch seine Schritte auf dem Kies der Straße. Dann tauchte er wieder im Licht der Laterne auf, die der Sergeant an der Stange trug, und er drehte sich um und rief: »Wiedersehen, Sarah! Wiedersehen, Mom!«

Sarah spürte, wie heftig ihr Herz schlug, als der Lichtschein kleiner wurde und verlöschte. Joshuas Hund jagte bellend den Weg hinunter, hinter den Soldaten her.

Sarah hörte die Stimme Joshuas aus der Finsternis. »Geh heim! Geh heim! Geh und paß auf Sarah auf!«

Der große Hund kläffte und kam zu ihr zurückgerannt. Er schmiegte sich winselnd gegen Sarahs Beine. Sarah drehte sich um und blickte zur Silhouette des Hauses hinüber. Da standen sie alle, im Eingang des Hauses zusammengedrängt. Ihre Mutter mit dem Baby auf dem Arm, Großvater mit Benjamin und dem kleinen Timothy, bewegungslos wie Statuen vor dem flackernden Widerschein des Feuers. Und Sarah hörte ihre Mutter rufen, und die Stimme klang, als käme sie von weit, weit her.

»Josh, gib auf dich acht! Hörst du? Paß auf!«

Als die Soldaten längst die Biegung der Waldstraße hinter sich gelassen hatten und Sarah nicht einmal mehr ihre Schritte hören konnte, stand sie noch mit dem Hund auf dem Weg, lauschte in den Wald hinaus und versuchte, die Dunkelheit mit ihren Blicken zu durchdringen. Aber sie hörte nur die Frösche quaken und sah das Aufglühen umherschwirrender Glühwürmchen, die ein Gewirr von Lichtstreifen durch die Dunkelheit zogen.

2

Am folgenden Morgen schien die ganze Familie müde und nervös zu sein. Sarah mußte sich selbst immer wieder daran erinnern, daß Joshua nicht mehr zum Frühstück erscheinen würde.

»Heute versammeln sie in der Stadt die ganze Kompanie, und dann marschieren sie los«, sagte Elizabeth Wells mit fast flehender Stimme. »Ich möchte unbedingt noch einmal meinen Joshua sehen, und ich bete zu Gott dem Allmächtigen, daß es nicht das letztemal sein wird.«

Caleb Wells tat, als hätte er nichts gehört.

Großvater Jonathan hob den Kopf. »Dann geh ich eben mit dir, Tochter, wenn dein Ehemann dich nicht begleiten will. Wir können sie sehen, wenn sie an der Kreuzung vorbeikommen. Weiter geh ich nicht. Ich pfeif darauf, in die Stadt zu fahren und mir dort die erbärmlichen Großmäuler anzuhören, die über die Rotröcke da und über die Franzosen dort quatschen, als ob sie was davon verstünden. Außerdem fangen meine Augen glatt zu tränen an, wenn ich diese verlotterten Miliztruppen vor der Kirche stehen sehe, diese dreizehnjährigen Hosenscheißer mit ihren Rotznasen, und die alten Pfeffersäcke mit ihren aufgeplatzten Uniformen über den Bierbäuchen und den rostigen Musketen, die mal hierhin und mal dorthin zeigen, weil ihre unwürdigen Besitzer die ganze Zeit nichts anderes denken als daran, grölend und lärmend die nächste Kneipe zu stürmen, sich vollaufen zu lassen und den Serviermädchen in den Hintern zu kneifen, daß sie . . .«

Caleb Wells verschluckte sich fast am Tee und schnaufte. »Es überrascht mich, daß du so frei von der Leber weg über das Arschkneifen bei Serviererinnen redest, wo doch deine eigene Enkeltochter Kate eine von dieser Sorte ist!«

»Kate kann schon auf sich aufpassen«, erwiderte Jonathan. »Gott weiß, daß sie in diesem Haus schon früh genug gelernt hat, wie man mit Betrunkenen umgehen muß! Du und dieser Peleg, ihr seid keinen Deut besser als die Schlimmsten, die sie je in dieser Kneipe antreffen mag!«

»Verdammt soll er sein, dieser Peleg!« schimpfte Caleb Wells. »Er war es, der Kate in diese Schande getrieben hat. Natürlich hat sie dabei auch noch kräftig mitgeholfen, wie du dich sicherlich erinnerst. Dauernd rannte sie runter zur Scheune und kletterte zu ihm auf den Heuboden. Wie eine billige Scheuermagd!«

»Du hast Kate weggejagt!« rief Elizabeth. »Du hast behauptet, sie würde ganz bestimmt ein Baby kriegen, aber du hast dich geirrt! Sie war nicht schwanger! Trotzdem mußte sie gehen, und sie wird nicht wiederkommen. Wegen dir!« Tränen rannen über ihre Wangen. »Und jetzt ist Josh auch fort!«

»Oh, der wird bald genug wieder hier sein!« sagte Caleb Wells. »Aufgeblasen und großmäulig wie alle Soldaten. Es ist zu spät im Jahr. Du kannst sicher sein, daß sie nicht mehr zum Kämpfen kommen. Die Franzosen haben eine Todesangst vor unseren britischen Truppen, den Schotten und den Hessen. So tief im Süden sind wir völlig sicher. Ich sage dir, wir werden nicht einmal ein einziges kleines Scharmützel zu sehen kriegen!«

Jonathan Sinclair beugte sich vor. »Gut«, sagte er. »Gut, wenn wir so sicher sein können, wie du sagst, dann möchte ich von dir wissen, warum die Farmer um Monadnock herum das Winterfutter auf die kleinen Heuschober verteilen, die überall in den Wäldern versteckt sind, anstatt es in der Farmscheune aufzubewahren? Die Schafe und Rinder werden draußen im Wald gehalten, und die Schweine laufen frei herum . . . und was ist mit all dem Pulver und Blei, das unten am Fluß im Blockhaus gelagert ist?«

»Alles Quatsch!« schnappte Caleb Wells. »Die tun das, weil die meisten von ihnen Angst vor ihrem eigenen Schatten haben, und den anderen fehlt wohl der Platz in ihren kümmerlichen Scheunen!« Ärgerlich rückte er seinen Stuhl zurück und erhob sich. »Auf jeden Fall muß heute jemand hierbleiben und aufpassen, daß Peleg und Nashua sofort im Wald verschwinden, wenn Hufschläge ertönen. Ihr wißt ja, was das erste ist, was diese Scheißmiliz tut: Leute ausschicken, die in der Gegend herumspionieren und Farmhelfer in ihre Scheißarmee zwingen. Daß wir jetzt bei der Arbeit auf Josh verzichten müssen, ist schon schlimm genug!«

»Das ist wohl alles, was dich plagt!« rief Elizabeth. »Für dich ist Josh nicht mehr als ein Farmhelfer, wie?!«

»Ich bleibe hier«, sagte Benjamin plötzlich. »Ich warne Peleg und Nashua, wenn die Miliz kommt.«

»Ausgerechnet!« rief Sarah aus. »Wenn man dich mal braucht, dann jagst du doch sowieso gerade hinter Rebhühnern her! Nein, ich bleibe hier. Mit Benji. Ich könnte es nicht ertragen, mich noch einmal von Josh verabschieden zu müssen.«

Großvater stand auf und holte die alte Muskete aus der Ecke, die er und Benji oft zur Truthahnjagd benutzten. Er hob das Pulverhorn an sein Ohr, schüttelte es, hielt es dann ins Licht, um zu sehen, wieviel Pulver es noch enthielt.

»Benji, erinnere mich daran, daß ich neues Gewehrpulver mache. Es ist nicht viel davon übrig.« Er quälte sich in seinen engen braunen Mantel, setzte seinen Hut auf, verließ das Haus und stapfte zur Scheune hinüber. Seine Bewegungen waren steif und staksig, wie die eines Reiters. »Tochter, mach, daß du bereit bist, wenn ich mit dem Wagen zurückkomme!« rief er mit einer sanften Stimme. »Und falls noch jemand mitkommen will, soll er sich bereithalten oder daheimbleiben!«

»Ich komme mit, ob's dir paßt oder nicht!« knurrte Caleb Wells. »Ihr könnt euch alle an der Kreuzung aufstellen. Ich habe in der Stadt zu tun. Geschäftlich.«

Benjamin und Sarah standen in der Eingangstür und schauten zu, wie ihre Mutter die Muskete und das Baby dem Großvater überreichte und in den Wagen kletterte. Dann nahm sie das Baby wieder in ihre Arme und ließ sich mit Timothy zusammen zwischen zwei dicken Hafersäcken nieder, die sie während der Fahrt davor schützten, gegen die Seitenwände des Wagens zu stoßen. Sarah sah, wie Großvater das Pulverhorn um seinen Hals hängte und die Muskete schußbereit über seine Knie legte. Der Hahn war halb gespannt. Caleb Wells nahm die Zügel in seine Hände.

»Wir sind bis zum Abend zurück!« rief Elizabeth. »Sarah, paß mit dem Feuer auf. Sieh zu, daß du mit dem Putzen fertig wirst und daß die Bohnen früh genug in den Ofen kommen. Und wenn du noch Zeit übrig hast, kannst du einen Sack Wolle auskämmen.«

Caleb Wells drehte sich auf dem Wagenbock. »Peleg!« brüllte er zur Scheune hinunter, wo der aus Schottland stammende und zur Zwangsarbeit verurteilte Knecht stand. »Peleg, mach, daß du die Mauer repariert hast, bis wir zurück sind! Und falls hier Rotmäntel auftauchen, verschwindest du besser im Wald, sonst überreden sie dich, mit ihnen zu kommen. Das ist so sicher, wie du geboren bist! Laß Sarah ihnen ein Geschichtchen erzählen.«

Peleg, der dabei war, einen schweren Feldstein hochzuwuchten, blickte auf und nahm die Gelegenheit wahr, sich auf einer langen Brechstange aufzustützen. Mit dem Hemdsärmel wischte er den Schweiß von seinem Gesicht und nickte mit dem Kopf gerade so stark, um zu zeigen, daß er die Worte seines Herrn verstanden hatte.

»Du auch, Nashua!« rief Caleb Wells quer über das Feld dem säbelbeinigen Indianersklaven zu. Nashua trieb geduldig einen Ochsen an, der eine Ladung Steine zu der Mauer schleppen sollte, an der Peleg arbeitete. »Laß ja keinen deiner nichtsnutzigen Verwandten hier auf der Farm herumbetteln oder auf ihren alten Begräbnisstätten jammern! Es ist jetzt unser Land, nicht mehr ihres!«

Nashua duckte sich, als hätte sein Herr nach ihm geschlagen, und zog mit nervösen Fingern seine Hose hoch, ein sicheres Zeichen dafür, daß er verstanden hatte.

»Sie können auf meinem Land beten, wenn sie wollen!« rief Jonathan bestimmt.

Joshuas großer Jagdhund schnüffelte nachdenklich an den frischen Pferdeäpfeln herum, und als der Wagen anfuhr und die Straße hinunterholperte, trottete er hinterher. Sarah und Benjamin winkten. Sie konnten es beide kaum erwarten, die Farm endlich für sich allein zu haben. Schon bald verschwand der Wagen im hochwirbelnden Staub, der sich unter den mächtigen Eichenbäumen, die die Straße säumten, ausbreitete.

Benjamin knallte die schwere Tür zu, lüpfte Sarahs Rock und kniff sie in den Hintern. »Du wünschst dir sicher, es wäre Peleg, oder?«

Sarah wirbelte herum, rot im Gesicht, lachend, griff ihm rasch zwischen die Beine und sagte: »Halt nur dein Lästermaul, du Lümmel!«

Benjamin flitzte durch das Haus, stürmte durch die Hintertür hinaus und Sarah hinter ihm her. Sie rannten um den Schuppen herum und über den Hof. Sie sprangen über die Steinmauer, jagten durch das hohe Gras und hinüber zu einer wilden Brombeerhecke, die von den Vögeln schon fast leergefressen war. Sarah und Benjamin pflückten, was noch übrig war, und warfen die Beeren in Sarahs Schürze.

Sarah Wells war gerade siebzehn Jahre alt geworden. Sie war hübsch, würde aber niemals das werden, was der Kneipenwirt, bei dem Kate arbeitete, einen ›steilen Zahn‹ nannte. Sie hatte einen kräftigen, aber trotzdem geschmeidigen Körper und ein sonniges Gemüt. Ihr Haar, das früher rot wie Feuer gewesen war, hatte sich allmählich in ein leuchtendes Kastanienbraun verwandelt. Sie vergaß meistens, ihr Häubchen zu tragen oder ihr Haar hochzubinden. Sie hatte es einfach in der Mitte gescheitelt, und der sorglos geflochtene Zopf hing ihr hinten bis zu den Hüften hinunter. Sie war groß gewachsen, und ihr Gesicht mit den grauen Augen war durch die Sommerarbeit im Freien leicht gebräunt. Ihr kräftigen Hände waren mit Schwielen bedeckt, und sie war noch kein einzigesmal in ihrem Leben so krank gewesen, daß sie einen Tag im Bett hätte verbringen müssen. So, wie sie aussah, und so Gott wollte, war sie dafür geschaffen, mindestens ein Dutzend Kinder auf die Welt zu bringen und großzuziehen.

Als Sarah und Benjamin zum Haus zurückgingen, bemerkte Sarah, daß die Blätter an den Bäumen schon einen Hauch von Gelb zeigten. Sie fürchtete einen Frost und dachte dabei sofort wieder an Joshua. Wo würde er diese Nacht schlafen? Wahrscheinlich irgendwo da draußen in einem Straßengraben. Sie suchte den Himmel nach Regenwolken ab, fand aber keine.

Sie gingen nebeneinander her um die Wegbiegung, und zum erstenmal erschien ihr die Farm beinahe fremd und verlassen. Sogar das warme Licht der Augustsonne vermochte dem Haus keinen einladenden Ausdruck zu geben. Es war nicht mehr als ein häßliches, fast viereckiges Holzhaus. Eine rohgezimmerte Bretterbude, in der das Feuerholz für den Winter untergebracht war, stand an der Rückseite des Hauses. Haargenau in der Mitte der Vorderfront war die breite, nägelbeschlagene Bohlentür, und rund um das Haus herum, im ersten und im zweiten Stockwerk, waren neun kleine Fenster mit hundert teuren Butzenglasscheiben, in Boston hergestellt, durchsichtig wie gesplittertes Flußeis. Das Haus hatte schiefergrau gestrichene, stark verwitterte Schalenbretterwände, auf denen der Rost der Nägel dunkle Läufe gezogen hatte. Das breite Dach aus Zedernschindeln war rußgeschwärzt und steil aufgerichtet, damit im Winter die schweren Schneelasten leicht abrutschen konnten. Ein mächtiger Kamin aus grobgehauenen Quadersteinen überragte den Giebel. Er führte den Rauch von allen sechs Feuerstellen ab. Das Haus stand wie eine Festung auf einer Anhöhe, von der aus die Umgebung gut zu überblicken war.

Sarah blickte auf die breite Steintreppe, die vom Hof zur Vordertür hochführte. Die Stufen waren aus dem Granit des alten Flußbettes herausgebrochen, auf Schlitten geladen und von einem doppelten Ochsengespann zum Haus hochgeschleift worden. Es war ein Haus, an dem jeder Balken von geübter Hand mit der Axt zugehauen worden war, so daß einer haargenau auf den anderen paßte. Großvater hatte es mit Hilfe seiner entfernten Nachbarn so gebaut, daß es Wind und Wetter und auch einem feindlichen Angriff trotzen konnte. Es gab unzählige geheime Verstecke und schmale Schießscharten und einen tiefen Quellbrunnen mitten im Haus. Rund um das Haus herum waren alle Bäume, die einem Angreifer Deckungsmöglichkeiten geboten hätten, gefällt worden.

Auf der Hirschweide und der Begräbnisstätte der Indianer waren längst alle Bäume gefällt, das Unterholz abgerodet und bis auf ein paar der schwersten Brocken alle Steine weggeschafft worden. Meistens weidete dort jetzt eine kleine Herde von Schafen. Jedes Feld und jede Weide war von einer Steinmauer umzogen.

Sarah sah sich um. Jenseits des alten Biberdammes schlängelte sich der Fluß durch das Land, und seine Stromschnellen glitzerten auf wie Silber. Rundherum war der Wald; dunkelgrün bis auf die ersten Spuren der Herbstfarben, zog er sich wie ein endloser Ozean über die Hügel hinweg nordwärts und westwärts, so weit das Auge reichte.

Sarah und Benjamin stopften sich eine Handvoll Brombeeren in den Mund und liefen zum Haus hoch. Unterwegs hielten sie an, um einen frühen Schwarm von Wandertauben zu bewundern. Zu Tausenden flatterten die Vögel über die Stoppelfelder, ihre Flügel schwarz im gleißenden Licht der Sonne. Benjamin rannte ins Haus, stieg in der Küche quietschvergnügt auf einen Stuhl und zog pfeifend das Messer heraus, das sein Vater in den Deckenbalken geworfen hatte. Er sprang vom Stuhl, als Sarah hereinkam, und fing unbekümmert an, an seinem Pfeil herumzuschnitzen. Die Arbeiten, die noch zu machen waren, schien er längst vergessen zu haben.

Sarah hörte den harten Schlag, mit dem ein Kieselstein gegen die Außenwand der Vorratskammer schlug. Schnell huschte sie zum kleinen Fenster und sah Peleg hinter dem Haus herumlümmeln. Er grinste herüber und deutete unverhohlen mit dem Daumen zur Scheune hinunter.

Sarah ging in den Wohnraum zurück, wo Benjamin auf dem Kaminsims hockte. »Hör zu, ich muß jetzt meine Arbeit tun, Benji! Als erstes gehe ich hinunter zur Scheune und bring den Truthähnen ihr Futter. Und du«, fügte sie hinzu, »und du hörst besser mit diesem nutzlosen Herumschnippeln auf und hilfst Nashua, den Ochsen auf Trab zu bringen. Hast du mich verstanden, Benji?«

»Klar habe ich verstanden. Aber glaube nur nicht, daß ich nicht weiß, was du mit Peleg in der Scheune treibst! Ich habe dich mit eigenen Augen gesehen, genauso wie ich im letzten Sommer während der Heuernte Kate gesehen habe, oben auf dem Heuboden mit Peleg. Sie waren splitternackt, und . . .«

»Du hältst besser dein Plappermaul und tust, was ich dir gesagt habe, Benjamin Wells. Und zwar ein bißchen plötzlich!«

Sarah langte nach ihm, nahm seinen Kopf zwischen ihre Hände und rubbelte liebevoll seine Ohren. Benjamin quiekste wie ein Ferkel, befreite sich aus ihrem Griff und rannte aus dem Haus.

Sarah öffnete den Geschirrschrank, nahm den Krug heraus und schüttete eine große Portion Rum in die Futterschüssel.

Mit der Schüssel in der einen und dem Sack mit dem Truthahnfutter in der anderen Hand, ging sie vorsichtig den holprigen Weg zur Scheune hinunter. Hinter dem Beet mit den Gurken und

Kürbissen hörte sie einen Eichelhäher rufen, und für eine Sekunde glaubte sie im gelb werdenden Blattwerk das Hickoryhaines blitzschnell den Schwanz eines Eichhörnchens gesehen zu haben. Genau wie wir, dachte sie, sind sie damit beschäftigt, die Herbsternte einzubringen und den Vorrat für einen langen kalten Winter anzulegen.

Sarah erreichte die Scheune, stellte den Futtersack auf den Boden und öffnete vorsichtig die Tür, um nichts vom Rum zu verschütten. Die Sonne warf staubige Lichtbalken durch die Löcher im großen Scheunendach in den Heustock hinein und auf den hartgestampften Lehmboden. Sarah holte tief Luft. Ein würziger Geruch aus süßem Gras, Dung und Sauermilch hing im stillen Zwielicht der Scheune.

Sarah trat ein.

»Jetzt hab ich dich!« flüsterte der junge schottische Knecht, der plötzlich hinter ihr auftauchte und ihr seinen starken Arm um die Hüften legte, während er mit der anderen Hand nach der Schale griff.

»Oh, Peleg, du hast mich zu Tode erschreckt!« japste Sarah.

»Ich will, daß du mir gehörst!« erwiderte er und zog ihre Hüften gegen sich. »Hüpf hoch die Leiter und hinein ins weiche Heu, Mädchen. Ich bringe dir ein Schweinchen-auf-dem-Heuboden-Spielchen bei.«

»Versuch mich nur nicht auf den Arm zu nehmen, Peleg McNair. Ich bin heute furchtbar traurig. Mein Bruder Josh ist letzte Nacht fortgegangen, und wegen dir konnte ich heute nicht mit zur Kreuzung gehen, um ihn auf dem Marsch nach Norden zu sehen. Josh ist es, der dich davor bewahrt hat, in die Armee eingezogen zu werden, und er ist es auch, der uns gegen diese Franzoseneindringlinge beschützen wird. Vergiß das nur nicht, Peleg!«

Peleg grinste und nahm die Schüssel aus Sarahs Händen, während er mit den Fingern seiner anderen Hand an ihrer Bluse herumnestelte.

»Rühr mich nur nicht an, du«, sagte sie. »Benji hat mir erzählt, wie du mit Kate Liebe gemacht hast.«

Er hob die Schüssel an seinen Mund. Über den Rand hinweg blickte er Sarah hungrig an. »Dieser Winzling bildet sich allerhand Zeug ein«, sagte er und nahm einen tiefen Schluck von dem Rum. »Dein Bruder Josh hat's jetzt gut«, seufzte er. »Dem kann nichts mehr passieren. Die einzigen, die von den Engländern als Kanonenfutter an die Front abgeschoben werden, sind doch arme geknechtete Hochlandburschen, wie ich einer bin.« Er nahm noch einen Schluck. »Ich schwöre dir, Sarah, mein Mädchen, du und dieser schwarze Rum, ihr seid das einzig Gute, was deine Familie auf dieser Farm zu bieten hat.«

»Meine Familie bietet dir weder das eine noch das andere an!« schnappte Sarah. »Du versuchst uns beide zu stehlen, das ist es, was du tust!«

Peleg lachte auf. »Hoch die Leiter, Mädchen, und hör auf, über Dinge zu reden, von denen du keine Ahnung hast.«

»Beruhige dich lieber, Knecht! Ich werde jetzt diese Truthahnmaische im Wasser einweichen. Du bist verrückt, wenn du denkst, daß ich mit einem deiner Sorte auf den Heuboden steige!« Sie blickte Peleg offen an und fragte: »Glaubst du wirklich, daß Josh gut aufgehoben ist?«

»Natürlich tu ich das«, sagte Peleg. »Komm jetzt, Mädchen! Auf geht's!«

Peleg kitzelte sie und jagte sie die Leiter hinauf. Während er hinter ihr hochkletterte, hielt er die Schüssel so geschickt, daß er nicht einen einzigen Tropfen vergoß.

Dort, wo Peleg schlief, hatte er sich ein bequemes Nest gemacht. Sarah hüpfte über eine zerfetzte graue Decke, und als sie sah, daß er die Schüssel mit dem Rum hinstellte, kreischte sie auf und rannte durch das Heu davon. Peleg jagte hinter ihr her, erwischte sie am Rock und riß sie nieder. Sie rollten im Heu herum, lachend, rangen wortlos miteinander, umschlangen einander, hörten plötzlich auf und starrten sich in die Augen.

»Es ist herrlich, mit dir zusammenzusein!« sagte Peleg. »Mit dir ist die Knechtschaft auf dieser Schollenbrecher-Farm schon fast erträglich, besonders an den wenigen Tagen, wenn dieser gottverlassene Vater in die Stadt geht, um seine Konten in Ordnung zu bringen. Mädchen, weißt du, was ich mir überlege? Ich überlege mir, ob du vielleicht ein Baby kriegen könntest. Kate hat von mir keins gekriegt.«

»Vielleicht bist du es, der keins machen kann«, murmelte Sarah, während sie Strohhalme aus dem Zopf zog, der sich beim Herumtoben gelöst hatte. »Ich wünschte, mein Vater hätte das gewußt, bevor er Kate davonjagte. Im übrigen hast du nur noch knapp ein Jahr von deiner Zwangsarbeit abzuleisten«, sagte sie. »Dann bist du frei und kannst ohnehin tun, was du willst. Was hast du dann vor, Peleg? Willst du hier in dieser Gegend bleiben?«

»Natürlich nicht!« sagte Peleg bestimmt und langte nach der Schale. »Es ist möglich, daß ich nach Boston gehe und mir auf dem Weg dorthin sozusagen ein streunendes Pferd unter den Nagel reiße, mit dem ich dann ins Fuhrgeschäft einsteigen kann. Zusammen mit nem anderen Kumpel aus einer schottischen Hochland-Sippe. Man sagt, daß zwei Männer auf diese Art gut ihr Auskommen bestreiten können. Aber der Teufel weiß, daß ich nicht mein ganzes Leben damit verbringen werde, für ein paar fette englische Trottel Bierfässer hierhin und dorthin zu transportieren. Ich versuche mein Glück lieber weiter im Westen, vielleicht im Chemung Valley oder sogar am Ohio. Man sagt, daß die Erde dort so schwarz und fruchtbar ist wie Torf. Ein Mann kann dort so viel Land kriegen, wie er roden kann.«

»Möchtest du etwa ganz alleine dorthin gehen, Peleg?« fragte Sarah. »Ich meine – würdest du niemanden mitnehmen, nicht mal eine Frau?«

»Nun«, sagte er und schlürfte den letzten Rumtropfen aus der Schale, »nun, ich hab schon gedacht, daß ich mal mit dir darüber reden sollte, nur wollte ich eigentlich zuerst sicher sein, daß du zumindest ein Baby kriegen und . . .«

In diesem Moment hörten sie, wie jemand den schweren Holzriegel am Scheunentor hochhob. Sie wandten ihre Köpfe und lauschten. Es gab eine kurze Pause, bevor das Tor, ächzend in seinen rostigen Angeln, ein Stück weit aufschwang.

»Benji«, sagte Sarah mit einem strengen Ton in ihrer Stimme. »Mach, daß du rauskommst, und zwar auf der Stelle! Hast du mich verstanden, Benji?!«

Kein Laut war zu hören.

»Benji, hörst du mich?« fragte Sarah. Keine Antwort.

Peleg stemmte sich auf seinen Ellbogen hoch. »Nashua, bist du das?« rief er hinunter. »Nashua!«

Totenstille.

Zusammen hoben die beiden ihre Köpfe aus dem Heu und schauten zum halboffenen Tor hinunter. Dort stand, von einem Sonnenstrahl getroffen, ein großer hagerer Mann, dessen Körper so dunkel war wie der Walnußholzkolben der Muskete, die er in der Armbeuge hatte. Er trug eine ausgebleichte rote Decke, die er auf Soldatenart über der Schulter zusammengebunden hatte, auf der gleichen Stelle, an der sein Pulverhorn und seine Streitaxt hingen. Um seinen Hals trug er den silbernen Kragen eines Offiziers der britischen Armee und eine Kette aus den Krallen eines Schwarzbären. Sein Kopf und seine Hände aber waren indigoblau angemalt, und der sehnige, muskulöse Körper, bis auf die rote Decke und einen Lendenschurz nackt, war mit schwarzen Zick-Zack-Streifen dekoriert. Seine Leggins waren aus teurem blauem Stroud, seine Mokassins ohne Verzierungen. Auf seinem glattrasierten Schädel trug er einen Kamm aus Fell. Es war ein gefärbtes Stück Rückenfell von einem Hirsch, so gestreckt, daß sich die Haare aufgebläht hatten wie der Schwanz eines Rotfuchses.

Der Mann blickte zu ihnen hoch, sein Gesicht war ohne Ausdruck. Draußen im Freien, vom Feld hinter der Scheune her, hörte Sarah ›Brown Lad‹, den Ochsen, Töne von sich geben, die sie noch nie gehört hatte. Es war wie ein würgendes Stöhnen, das plötzlich erstarb. Peleg kniete behutsam auf und zog mit zitternden Fingern seine Hose hoch.

Ein zweiter Mann trat lautlos durch den Eingang. Er war jung, starkknochig und muskulös, aber so mager, daß man unter seiner Kriegsbemalung jede einzelne Rippe sehen konnte. Seine Skalplocke war mit der getrockneten, diamantgemusterten Haut einer Schlange zusammengebunden, deren Klappern an seinem rotgefärbten Schädel herunterhingen. Eine breite Narbe zog sich vom Ende seiner linken Braue am Auge vorbei hinunter zum Mundwinkel. In der rechten Hand hielt er einen der eleganten französischen Tomahawks.

»Wer sind sie?« flüsterte Sarah. »Ich habe noch nie einen Pennacook mit dieser Bemalung gesehen. Auch keinen Pequot. Die sind nicht aus der Umgebung.«

»Sarah«, flüsterte Peleg und seine Stimme zitterte. »Sarah, ich glaube, das sind Abnaki. Französische Abnaki. Die sind auf dem

Kriegspfad. Ich bin ganz sicher. Die Gänseflinte deines Großvaters ist unten in der Gerätekammer, und sie ist geladen. Traust du dich, sie zu holen? Und vergiß nicht das Pulverhorn und den Kugelbeutel. Lauf so schnell und leise, wie du kannst. Beeil dich! Um Gottes willen, beeil dich!«

Sarah erhob sich, kroch durch das Heu, öffnete leise das Bühnentor und ließ sich draußen zu Boden gleiten, wie sie es schon hundertmal getan hatte. Aber diesesmal zitterten ihr die Knie vor Angst, und es fiel ihr sogar schwer, ruhig zu atmen. Leise rannte sie an der einen Seite der Scheune entlang auf die Gerätekammer zu. Als sie die Tür erreichte, sah sie die Silhouette eines Mannes, der regungslos im Halbdunkel der Kammer stand und die Gänseflinte Großvaters in den Händen hielt. Als Sarah zurückwich, sprang er aus der Kammer in das Licht der Sonne, das seine Kriegsbemalung aufleuchten ließ. Er verlegte ihr den Rückweg zu Peleg.

Sarah versuchte etwas zu sagen, aber nur ein paar stotternde Laute kamen über ihre Lippen. Sie drehte sich um und tat so, als ob sie nach irgend etwas suchte. Da entdeckte sie die leichte Gabel, die sie zum Heuen benützten. Sie ergriff sie, drehte sich um und ging eilig auf das Wohnhaus zu.

Aus der Scheune hörte sie Peleg lärmen: »Wer seid ihr? Versucht nur nicht, hier hochzukommen! Raus, verdammt noch mal! Raus!« Sein Gebrüll war zornerfüllt. »Nashua! Nashua, komm her und hilf mir!« Und dann überschlug sich seine Stimme. *»Hilf mir!«*

Sarahs Beine schienen wie gelähmt, als sie versuchte, noch schneller zu gehen. Sie hatte Angst, sich umzusehen. Sie warf einen Blick hinüber zu der Steinmauer und sah ›Brown Lad‹ am Boden knien, mit einem dummen Ausdruck im Gesicht, das schwere Holzjoch auf seinem Nacken und das Hinterteil noch immer in die Luft streckend. Seine Kehle war aufgeschlitzt, und dunkles Blut ergoß sich in Stößen über den Boden. Neben dem Ochsen lag Nashua, mit dem Gesicht zur Erde, zuckend im Todeskampf, sein Hinterkopf blutrot, dort, wo ihm jemand den Skalp weggerissen hatte.

Sarah hörte das sanfte Geräusch von schnellen Mokassins hinter sich. Sie schielte zurück, und was sie sah, brachte sie beinahe zu Fall. Zwei junge Abnaki, mager wie Rennhunde und in schillernder Kriegsbemalung, kamen leichtfüßig hinter ihr her. Sie starrte angestrengt auf das Haus, das so klotzig und unbezwingbar vor ihr stand. Sie wünschte verzweifelt, im Haus zu sein, die Türen zu und verrammelt. Sie wollte in ihrem Bett sein, mit der Decke über ihrem Kopf. Sie wünschte, daß dies alles nur ein Alptraum war, von dem sie aufwachen und in Sicherheit sein würde.

Vom Hirschfeld kam die Stimme von Nashuas Frau Naamhok herüber. Ein durchdringender Schrei, der jäh endete. Sarah nahm ihre Röcke hoch und fing an zu laufen.

Den beiden Abnaki bereitete es stilles Vergnügen, sie zu verfolgen. Sie waren wie Knaben, die ein Häschen jagen. Sie gluckerten einander zu wie Rebhühner, heulten wie Buschwölfe, und sie wußten, daß es ein leichtes sein würde, Sarah einzufangen, wann immer sie dazu Lust hatten. Sie waren ihr bereits so nahe, daß sie ihr dunkelrotes Haar zu fühlen glaubten, ihren jungen Körper, warm und fügsam, wenn ihre harten braunen Hände ihr die Kleider vom Leibe rissen. Sie starrten auf ihre nackten laufenden Füße, und sie sahen bereits ihre langen weißen Beine, völlig entblößt ihren Blicken freigegeben.

Ein anderer Abnakikrieger kam um die Ecke des Hauses. Alle drei rannten jetzt auf Sarah zu, nahmen sie in die Zange, lachten und blökten wie Kälber. Sarah drehte sich um und rannte in die Lücke zwischen dem Schafstall und dem Haus. Die dünnen Eisenzinken blinkten auf wie gebogene Dolche. Plötzlich schrie sie, warf sich herum und drang hysterisch schreiend mit der Heugabel auf die Abnaki ein, ihre Zähne zusammengepreßt, ihr Gesicht rot vor Zorn und Entsetzen.

Die Abnaki hatten nicht damit gerechnet. Sie hatten nicht geglaubt, daß sie den Mut besaß und sich zur Wehr setzen würde. Sie fingen an, in einem Kreis um sie herumzulaufen, heulten einander zu und kamen ihr dabei immer näher. Sie bellten wie Füchse und krächzten ihr zu wie zänkische Eichelhäher, froh darüber, daß das Spiel aufregender und sogar ein bißchen gefährlich geworden war, froh, daß es noch nicht vorüber war. Sie feuerten einander an, sprangen abwechselnd blitzschnell auf Sarah zu, wichen geschickt den mörderischen Zinken der Heugabel aus und sprangen wieder zurück. Völlig außer sich, schrie Sarah erneut, und mit aller Kraft schleuderte sie die Heugabel gegen den aufdringlichsten der Krieger. Er warf sich zur Seite, aber zu spät. Eine der Zinken bohrte sich tief in die Muskeln seines Oberschenkels.

Überrascht sprang er zurück und öffnete dadurch für Sarah eine Lücke im Angriffskreis. Sie rannte hindurch, als ein paar rotbemalte Hände nach ihr greifen wollten. Sie jagte um die Ecke des Hauses und sprang die zwei Stufen zur Eingangstür hoch. Verzweifelt hob sie den Riegel und warf sich gegen die schwere Tür. Sie war von innen verriegelt.

»Benji! Benji!« schrie Sarah. »Laß mich rein!«

Sie bekam keine Antwort. Ein hoffnungsloser Seufzer entrang sich ihren Lippen.

Blaue Hände griffen in ihr Haar, packten sie, zerrten sie rückwärts von der Treppe und in das lange Sommergras hinein. Sie öffnete den Mund, wollte schreien, brachte aber keinen Laut heraus.

Die drei Abnaki standen um sie herum und redeten aufgeregt aufeinander ein. Der Krieger, dessen Oberschenkel sie mit der Heugabel verletzt hatte, kam heran und zeigte ihr die Wunde. Er gab ihr einen harten Tritt in die Rippen. Dann tauchte er einen Finger in das Blut, das aus der Wunde floß, und zog mit dem roten Finger sorgfältig einen Streifen von ihrem Haaransatz über die Stirn und den Nasenrücken. Dann ließ er sich mit gespreizten Schenkeln über ihr auf die Knie nieder, und mit beiden Händen riß er ihr die Leinenbluse über der Brust auf.

Sarah hörte, wie die anderen beiden jetzt versuchten, mit wuchtigen Hieben die schwere Eingangstür aufzubrechen. Sie hieben ihre Tomahawks in das Holz, aber die Tür widerstand ihnen. In ihrer Enttäuschung zertrümmerten sie alle erreichbaren Fensterscheiben und freuten sich dabei wie Kinder. Dann trotteten sie zur Rückseite des Hauses und drangen durch die Hintertür ein. Sarah hörte, wie der Innenriegel der Eingangstür zurückgeschoben wurde.

Der erste, der herauskam, hatte den Kessel mit dem heißen Wasser mitgenommen. Er kam herüber, beugte sich über Sarah und goß das kochende Wasser langsam über ihren nackten Schultern aus. Sarah schrie, fast ohnmächtig vor Schmerzen. Der Krieger, der rittlings auf ihr kniete, schnaubte und schlug ihr hart den Handrücken ins Gesicht. Dann sprang er auf und riß sie am Haar hoch. Sie fiel auf die Knie, und er warf ihr eine Rohhautschlinge um den Hals. Er zog sie so fest, daß sie kaum mehr Luft kriegte.

Sarah war zu entsetzt, um noch weinen zu können. Sie fühlte nicht einmal die Brandblasen, die über ihren Schultern schmerzhaft anschwollen. Sie sah auch nicht, daß ihr Rock zerfetzt und die Bluse bis zu ihrem Nabel aufgerissen war. Ihre Augen hingen wie gebannt an der glänzenden Schneide eines Tomahawks, der von einer blutrot angemalten Hand herunterhing und vor ihrem Gesicht hin und her pendelte.

Wie aus weiter Ferne drang eine Flut böser Worte auf sie ein, die sie nicht verstehen konnte. Aber sie wußte, daß sie jeden Augenblick ihr Leben verlieren konnte. Um Atem ringend, griff sie mit beiden Händen nach der Rohhautschlinge an ihrem Hals, und es gelang ihr, sie etwas zu lockern, aber der junge Krieger mit den roten Händen und dem Tomahawk riß die Schlinge mit einem Ruck so eng, daß Sarah von ihr beinahe erwürgt wurde. Sie fühlte, wie alle Hoffnung schwand. Benjamin, Peleg, Nashua und Naamhok waren bestimmt alle schon tot.

Sarah wußte, daß sie den Abnaki jetzt auf Tod und Verderben ausgeliefert war. Und alle Geschichten, die sie über Siedler, die von den Wilden gequält und massakriert worden waren, gehört hatte, jagten durch ihre Sinne, während vor ihren Augen der Tomahawk in der roten Hand hin und her schwang wie die Sense eines Mähers.

Langsam wurde ihr Verstand wieder klarer, und so etwas wie ein urwüchsiger Selbsterhaltungstrieb wurde in ihr wach. Sie wollte am Leben bleiben!

Vorsichtig blickte sie aus den Augenwinkeln zum Haus hinüber. Sie hörte, wie die Abnaki das Schloß des Geschirrschrankes zertrümmerten. Sie brachen in lautes Triumphgeschrei aus, als sie den Rumkrug von Caleb Wells fanden. Sie hörte, wie die Steinguttöpfe ihrer Mutter auf dem Küchenboden zersplitterten und die Zinnteller scheppernd vom Regal fielen. Alles in ihr verkrampfte sich, als sie hörte, wie die Krieger brennende Holzstücke aus dem Kamin zerrten und über die Fichtenbretter des Fußbodens schleiften.

Vier Abnaki taumelten aus dem Haus. Entweder waren sie alle schon völlig betrunken, oder aber sie taten so und wollten Eindruck machen. Sie rülpsten und kläfften wie junge Hunde. Einer hatte den besten grünen Wollschal ihrer Mutter um die Hüften geschlungen. Ein anderer hatte sich ihres Vaters Punschschüssel aus Zinn auf den Kopf gesetzt. Sie wankten hinunter zur Scheune und schwenkten die wenigen Sachen, die sie aus dem Haus gestohlen hatten. Zwei Holzbehälter voll Schwefel und Salpeter, ein Sack Maismehl, ein Spiegel, ein Sirupeimer aus Messing, ein Spazierstock mit einem Knauf aus dem Knochen eines Wales und die besten Schuhe ihres Vaters mit den Silberschnallen.

Plötzlich zerrte der Krieger mit den roten Händen hart an der Rohhautleine. Aber Sarah war diesmal darauf gefaßt. Sie hielt die Schlinge am Hals mit beiden Händen fest und konnte dadurch verhindern, daß sie sich noch enger zusammenzog. Gleichzeitig sprang sie auf, der Krieger zog sie vorwärts, und sie war gezwungen, ihm demütig zu folgen wie ein Hund.

In der Nähe der Scheune entdeckte sie das Schaf, das von der Familie ›Pretty Penny‹ genannt wurde. Es äugte hilflos herüber und hustete Blut. Ein Pfeil war tief in seinen Körper eingedrungen. Nur noch das Gefieder am Ende des Schaftes ragte heraus. ›Brown Lad‹, der Ochse, war zur Seite gefallen und lag leblos am Boden. Irgendwo in den Büschen flötete ein Pirolweibchen sein melodisches Liedchen. Ein Männchen antwortete ihm. Der Tod paßte einfach nicht in diesen sanftblauen Spätsommermorgen.

Bei der Scheune stieß der Abnaki mit der Narbe im Gesicht das breite Tor ganz auf und trat heraus. Er hielt einen dicken Halfterstrick in beiden Händen. Plötzlich zog er ihn mit aller Kraft an. Sarah hörte einen erstickten Schrei, und im nächsten Moment kam Peleg herausgetaumelt. Sein Gesicht war fast bis zur Unkenntlichkeit zerschlagen. Mit einer Hand suchte er nach einem Halt am Torpfosten, mit der anderen hielt er den Halfterstrick fest. Eines seiner Augen war beinahe zugeschwollen, und aus seinem Haar rann Blut über sein rechtes Ohr den Hals hinunter und über seine Schulter. Sein Hemd war ihm vom Oberkörper gezerrt worden und hing in blutigen Fetzen über seine Hose.

Der narbengesichtige Abnaki versuchte, ihn vom Torpfosten wegzuzerren, aber Peleg klammerte sich daran fest. Von den anderen Kriegern angestachelt, stieß der Abnaki einen kehligen Laut aus, riß blitzschnell seinen Tomahawk aus dem Gürtel und drang wütend auf Peleg ein.

Sarah schrie.

Der Krieger schwang den Tomahawk hoch und schmetterte ihn mit der flachen Seite auf Pelegs Kopf. Peleg torkelte stöhnend vom Torpfosten weg, fiel vornüber und landete auf Händen und Knien im feuchten Kuhdreck. Sarah biß in ihre Handballen, um nicht erneut aufzuschreien. Zusammen mit einem andern Abnaki zerrte der Krieger mit der Narbe im Gesicht Peleg auf die Füße. Sarah sah, wie Peleg mit glasigem Blick hin und her schwankte, und sie wußte, daß er nicht mehr voll bei Bewußtsein war.

Der andere Abnaki warf eine zweite Schlinge um Pelegs Hals, und unter trunkenem Geheul zogen sie ihn den Kuhpfad entlang. Einer zerrte von vorn, der andere von hinten, so, als ob sie einen Bären aus dem Winterschlaf geweckt hätten, um ihn lebendig gefangenzunehmen.

Peleg stolperte und knallte gegen die Steinmauer. Er versuchte, sich daran hochzuziehen, und Sarah wollte zu ihm gehen, um ihm zu helfen, aber sie wurde so heftig zurückgerissen, daß sie für einen Moment das Gefühl hatte, der Riemen hätte ihre Kehle durchschnitten. Der Krieger mit dem roten Gesicht brüllte sie wütend an und zog seinen Tomahawk. Er schwang ihn gegen Sarahs Kopf, und Sarah verlor das Bewußtsein.

3

Sarah hatte weder den Warnruf gehört noch den heranstürmenden Mann gesehen, der mit einem wilden Satz auf den Krieger mit den roten Händen zustürzte und mit einem wuchtigen Faustschlag den niedersausenden Tomahawkschlag abblockte. Sie erwachte erst aus ihrer Ohnmacht, als das Gegröle betrunkener Männer tief in ihr Bewußtsein drang. Sie richtete sich etwas auf und sah, wie einer der Krieger Peleg dabei half, das blutende Ohr zu verbinden. Er wickelte ihm den Ärmel des zerfetzten Hemdes um den Kopf – nicht um barmherzig zu sein, sondern wohl nur, um zu verhindern, daß Peleg eine Blutspur hinterlassen würde, der jedermann leicht folgen konnte. Sarah wandte den Kopf und blickte zum Haus hinüber. Qualm drang aus den eingeschlagenen Fenstern.

Die Abnaki machten sich zum Aufbruch bereit. Es waren fünf Krieger. Sie reihten sich hintereinander auf. An die Spitze stellte sich der große Mann mit dem Bärenkrallenhalsschmuck und dem silbernen Offizierskragen. Sarah und Peleg wurden in die Mitte genommen. Dann setzten sie sich in Bewegung, den Pfad hinunter, auf dem Sarah Stock und Stein kannte, nordwärts, den Wäldern entgegen. Sarah trottete vorwärts. Hoffnungslos.

Als die Sonne hoch im Zenit stand, schwenkten die Abnaki nach Westen ab. Vor ihnen tat sich ein schmaler Waldweg auf, von dem Sarah nicht gewußt hatte, daß es ihn überhaupt gab. Der älteste der Krieger blieb etwas zurück und schnitt eine lange dünne Weidenrute ab. Er fing an, die Weidenrute sanft hin und her zu schwingen, während er rückwärts den anderen folgte. Sorgfältig richtete er mit dieser Methode jeden Grashalm wieder auf, den sie niedergetreten hatten, so daß nicht die geringste Spur zurückblieb. Schließlich erreichten sie die Uferbank eines Flusses.

Die Abnaki wateten geradewegs in das seichte Wasser hinein,

und als Sarah zögerte, zerrten sie sie an der Leine den Abhang hinunter. Sie stolperte, fiel auf die Knie und rutschte in das Wasser hinein. Wie ein müder Jagdhund schlappte sie von dem Wasser, wurde erneut hochgerissen und tiefer in den Fluß hineingezogen. Ihre Füße rutschten auf den schlüpfrigen Flußsteinen, und es war ihr unmöglich, die Arme zu benutzen, um das Gleichgewicht zu halten, denn sie hielt mit ihren Händen krampfhaft die Schlinge fest, um nicht von ihr erdrosselt zu werden. Sie fiel hin, taumelte mühsam wieder hoch und sah, wie Peleg seine blutverschmierte Hand im kalten Wasser durch den Fluß zog. Im selben Augenblick blickte sein Peiniger, der Krieger mit der Narbe im Gesicht, zurück, grinste und riß Peleg an der Leine von den Beinen. Sarah schrie eine Warnung, sprang gleichzeitig vorwärts und versuchte, Peleg zu fassen zu kriegen, um ihn vor dem Ersticken oder dem Ertrinken zu bewahren. Jäh zog sich die Schlinge an ihrem Hals zusammen, würgte sie, riß sie zur Seite, und sie stürzte erneut ins Wasser, schlug sich an den Flußsteinen Hände und Knie auf.

Sarah zog wie verrückt an der Halsschlinge, während sie auf allen vieren durch den Fluß kroch. Und sie betete, daß sie und Peleg diesen entsetzlichen Tag lebend hinter sich bringen konnten, während der große Krieger mit der Bärenkrallenkette und dem Silberkragen Peleg am Haar packte und ihm den Kopf in den Nacken riß. Er schlug ihm zweimal die Hand ins Gesicht.

Peleg hatte nicht mehr die Kraft, auszuweichen oder sich gar zur Wehr zu setzen. Er hustete und würgte dann mühsam hervor: »Nein, nicht mehr!« Dann hustete er wieder krampfhaft, und es waren die ersten menschlichen Laute, die er von sich gab, seit sie ihn niedergeschlagen hatten. Sarah spürte fast so etwas wie neue Hoffnung in ihr aufsteigen.

Zwei Abnakikrieger zerrten Peleg auf die Füße und stützten ihn. Peleg schnatterte vor Kälte, denn das Wasser des Flusses war eisig, und er hatte viel davon geschluckt. Mit schlotternden Knien stand er im Fluß, schüttelte den Kopf und rang keuchend um Atem. Langsam kehrte sein Bewußtsein zurück. Er hob die Hände, griff nach seinem Kopf, und seine Augen wurden plötzlich klar und groß.

»Haar! Pusik!« sagte der Krieger mit der Narbe und ließ den

Zeigefinger seiner linken Hand gegen die rechte offene Hand schnappen. Der jüngere Krieger, er trug einen Bogen und einen Köcher voll Pfeile, begriff sofort. Er löste seine Schlinge von Pelegs Hals und überließ den Gefangenen dem Krieger mit der Narbe als alleinigen Besitz.

Sarah war etwas erleichtert, als sie sah, daß Peleg wieder seine Sinne zusammenbrachte. Das war immerhin etwas. Und mit neuer Kraft folgte sie dem großen Krieger, der flußaufwärts weiterging. Das Narbengesicht schien am Zustand seines zitternden, halb ohnmächtigen Gefangenen wenig interessiert zu sein. Mit großen Schritten platschte er durch das Wasser und zog Peleg hinter sich her. Die Rohhautschlinge schnitt ihm fast den Atem ab, und Peleg japste pfeifend nach Luft.

Sarah stolperte vorwärts, und es gelang ihr, die Leine zu fassen zu kriegen, an der Peleg hing. Sie lockerte mit der einen Hand die Schlinge an Pelegs Hals, und mit der anderen versuchte sie, ihre eigene lose zu halten. Das Narbengesicht drehte den Kopf und warf ihr einen düsteren Blick zu. Er brummte etwas, aber er versuchte nicht, sie zu hindern.

Als Sarah bemerkte, wie Pelegs Augen zufielen und er wieder ins Taumeln geriet, keuchte sie: »Gib acht, Peleg, daß du nicht hinfällst! Fall nicht! Hilf mir, meinen Rock um die Hüften zu binden. Dann kann ich dir besser helfen. Mit dem Rock im Wasser komme ich nicht gut voran.«

Benommen wie er war, begriff Peleg doch und versuchte, ihr zu helfen. Als ihr Rock hochgezogen und um ihre Hüften gebunden war, fiel es ihr leichter, sich im Wasser zu bewegen. Es war ihr zwar mehr als unangenehm, diesen Wilden soviel von ihren Beinen zu zeigen und sie dadurch noch zu anderen Dingen herauszufordern, aber sie hatte keine Wahl.

Im Laufe des Nachmittags wurden die Gefangenen von den Abnaki etwas in Ruhe gelassen, so lange sie Schritt halten konnten. Beinahe lautlos arbeiteten sie sich flußaufwärts, einer hinter dem anderen.

An manchen Stellen war der Fluß derart überwachsen, daß er wie durch einen dunkelgrünen Tunnel floß. Das eiskalte Wasser lähmte Sarahs Beine, bis sie kein Gefühl mehr in ihnen hatte. Einmal verlor sie das Gleichgewicht, griff mit der Hand nach einem

Halt und erwischte einen morschen Zedernast, der mit einem Knall barst. Die Abnaki hielten sofort an und warfen ihr strafende Blicke zu. Der Anführer, der Krieger mit der Bärenkrallenkette, dem Silberkragen und dem blaubemalten Kopf, gab ihnen in der Zeichensprache das Signal, ruhig zu sein und zu lauschen. Der Krieger mit den roten Händen wirbelte herum und hieb Sarah die Faust derart in den Leib, daß sie zusammenknickte und ihr die Luft wegblieb. Ihr Herz hämmerte wild auf bei der Vorstellung, daß sie jederzeit von einem tödlichen Streich seines Tomahawks getroffen werden konnte. Er zerrte sie hoch, und schweigend setzten sie sich wieder in Bewegung.

Sarah beurteilte am Stand der untergehenden Sonne, daß sie nach Nordwesten unterwegs waren, hinauf zum Hochland, das zwischen den Bergketten lag und von dem sie bis jetzt nur gehört hatte. Es war unwegsames Gebiet mit heimtückischen Sümpfen, mächtig emportürmenden Bäumen und sturmgefegten Skelettwäldern. Kein weißer Siedler hatte sich je in dieses auf keiner Landkarte verzeichnete Territorium getraut, das von schroffen Bergen, wilden Tieren und von heidnischen Menschen beherrscht wurde, von denen das Gerücht umging, daß sie ihre Feinde rösteten und zu Tode marterten.

Die Reihe der Abnaki vor Sarah glitt lautlos durch die langen Abendschatten. Sie waren darauf bedacht, jedes Geräusch zu vermeiden, denn sie waren Krieger und Jäger, die sich daran gewöhnt hatten, immer mit der Gefahr zu leben. Der Anführer hatte die Hudson-Bay-Handelsdecke über seine Schultern hochgezogen. Unter seiner bronzefarbenen Haut spielten geschmeidig seine Rückenmuskeln. Auf den Köpfen seiner Gefährten klebten die gleichen Hirschschwanzkämme. Sie trugen Bogen, und ihre Köcher waren mit fremdartigen Zeichen bedeckt. Federn und Fetzen von bunten Handelstüchern flatterten von ihren Waffen, und ihre Beutesäcke verwischten die Umrisse ihrer Körper, so daß sie im gesprenkelten Licht des Laubwaldes kaum zu erkennen waren. Sie erschienen Sarah wie dämonische Fabelwesen aus einer anderen Welt.

Gerade als Sarah glaubte, vor Erschöpfung nicht mehr weitergehen zu können, wateten die Abnaki aus dem Wasser, kletterten die steile Uferböschung hoch und suchten einen geschützten

Platz auf, der zwischen mächtigen Zedern versteckt war. Der älteste der Krieger kam als letzter, immer noch mit der Aufgabe betraut, sorgfältig alle Spuren zu verwischen. Die Krieger zogen und stießen ihre beiden Gefangenen unter einen großen, überhängenden Felsbrocken. Sarah vermutete, daß die Abnaki schon auf ihrem Weg nach Süden hier gelagert hatten, denn sie schienen den Platz gut zu kennen.

Der älteste der Krieger, er war klein und klotzig gebaut, kletterte über einen Vorsprung und setzte sich oben auf einen Steinbrocken. Er blieb dort und blickte wachsam hinaus in das Land.

Die Abnaki waren ruhiger geworden. Die tiefe Erregung, in die sie der erfolgreiche Überfall im Feindesgebiet gebracht hatte, war verklungen. Der Rausch des feurigen Schnapses, den sie getrunken hatten, war vorüber und überließ sie der Wirklichkeit. Sie waren jetzt nüchtern und hungrig. Und sie waren wachsam. Argwöhnisch schnupperten sie in der Luft herum, um einen Fährtensucher der Pennacook, der mit der Nase eines Wiesels ausgestattet und ihnen womöglich bis hierher gefolgt war, früh genug auszumachen. Es fiel ihnen bestimmt nicht schwer, sich vorzustellen, wie ihre Verfolger vielleicht irgendwo in der Finsternis der dichten Wälder herumschlichen, Pennacook und weiße Waldläufer. *Awanoots* nannten sie diese weißen Männer, die mit Tomahawks bewaffnet waren, ihre Feinde skalpierten und die Wälder so gut kannten, als wären sie hier geboren und aufgewachsen.

Sarah und Peleg, denen die Schlingen abgenommen worden waren, lagen in der tiefsten Stelle der Felsnische. Mit dem Gesicht nach unten, wie man es ihnen befohlen hatte. Allmählich war die Dunkelheit unter die Felsen gekrochen, und die beiden Gefangenen konnten hören, wie die Abnaki getrocknetes Hirschfleisch aßen und ihre Bäuche mit dem Maisschrot von Sarahs Mutter vollschlugen.

Sarah und Peleg bekamen weder Essen noch Wasser. Kein Feuer wurde angezündet. Sarah tastete vorsichtig nach Pelegs Hand. Sie war eiskalt. Sarah wußte nicht, ob Peleg schlief oder tot war. Sie hielt seine Hand fest. Das war alles, was sie tun konnte. Und sie merkte nicht, wie sie von einem ohnmachtsähnlichen Schlaf übermannt wurde. Sie erwachte erst wieder, als sie in der Morgendämmerung von einem Abnaki wachgerüttelt wurde.

Sarah brauchte nicht länger als einen Moment, um zu erkennen, daß der brennende Schmerz auf ihren blasenbedeckten Schultern und die würgende Halsschlinge nicht zu dem Alptraum gehörten, aus dem sie wachgerissen wurde. Die Abnaki zerrten sie und Peleg zum Fluß und erlaubten ihnen endlich, ein bißchen Wasser zu trinken, bevor sie sich wieder in Marschordnung aufstellten und die Gefangenen in ihre Mitte nahmen.

Sie marschierten nordwärts, bis die Sonne hoch über ihnen stand. Auf einen Befehl des Anführers verließen sie das eisige Wasser und brachen sich einen Pfad westwärts durch dichtes Unterholz. Am Abend schlugen sie ihr Lager auf einer weiten Biberwiese auf, die von mehreren Wasseradern durchzogen war und von einem Adlerpärchen bewacht wurde. Die Vögel kreisten über ihnen, bis es dunkel wurde.

Der Krieger mit den roten Händen führte Sarah zu einem abgestorbenen Ahornbaum, der vom Sturm gefällt worden war, und bedeutete ihr, so viel Feuerholz zu sammeln, wie sie tragen konnte.

Als sie zum Lagerplatz zurückkehrten, bemerkte Sarah, daß einer der Krieger eine Mulde ausgehoben hatte und darin Zweige und Holzspäne zum Schwelen brachte. Sarah wurde zu der Mulde gestoßen, und sie verstand sofort. Sie kniete nieder und blies sanft in die Glut, bis die Flammen kamen. Vorsichtig legte sie trockenes Holz nach, erst die kleinen Ästchen, dann die größeren Aststücke des Ahorns. Es gelang ihr tatsächlich, ein fast rauchloses Feuer zu machen, und aus der tiefen Mulde drang kaum ein Lichtschein.

Ein Krieger setzte den gestohlenen Siruptopf und den Sack mit dem Maisschrot vor Sarahs Füße. Schnell füllte sie den Messingtopf mit Wasser aus einem schmalen Bachlauf, eilte zum Feuer zurück und schüttete einige Handvoll Maisschrot hinein. Peleg starrte hungrig herüber.

»Salz?« fragte sie. Sie hatte keine Ahnung, daß die Abnaki Salz verabscheuten. Sie versuchte ihnen mit einer schüttelnden Bewegung ihrer Hand zu zeigen, was sie meinte, und es gelang ihr sogar, ein bißchen zu lächeln, um ihre Sympathie zu gewinnen. Aber die Krieger verstanden sie nicht und versuchten auch nicht, ihr zu antworten, und Sarah hörte nur, wie ihr Magen zu knurren begann. Der Hunger war schon fast unerträglich.

Als der Brei anfing, Blasen zu werfen, rührte sie langsam mit einem Stecken darin herum, bis er dick wurde. Sie wickelte den Saum ihres Rockes um ihre Hand, packte den heißen Eisengriff und nahm den dampfenden Topf vom Feuer.

Der Anführer deutete auf eine flache Stelle zwischen sich und dem Narbengesicht. Sarah kam der Aufforderung gehorsam nach und setzte den Topf zwischen die Krieger. Die beiden jungen Bogenschützen, die abseits des Feuers gesessen hatten, erhoben sich, streckten sich wie Hauskatzen und kamen zum Feuer. Sarah bewegte sich vorsichtig zu Peleg hinüber und ließ sich bei ihm auf die Knie nieder. Er lehnte an einem verrotteten Baumstumpf und betastete sein blutverschmiertes Ohr.

»Peleg, wenn sie glauben, daß du arg verletzt bist, nehmen sie dich vielleicht nicht mehr weiter mit«, flüsterte sie. »Ohne dich könnte ich es nicht durchstehen!«

Peleg gab keine Antwort.

Sarah blickte hinüber zu den fünf Abnaki, auf die ab und zu flackernder Feuerschein fiel. Der Gedanke an das Essen bereitete ihr Schmerzen im Magen. Die Gestalten erschienen ihr wie gefräßige Raubvögel, die ihr sterbendes Opfer belauern. Der Anführer griff in seinen Beutesack und nahm einen großen Zinnlöffel heraus, den er aus Mutters Küche gestohlen hatte. Unbeholfen versuchte er, ihn richtig zwischen die Finger zu nehmen, schaufelte dann ein bißchen von dem Brei aus dem Topf, leckte daran, nahm einen Mundvoll und schluckte. Während er Sarah aus seinen dunklen Augen anstarrte, schluckte er den Rest, sagte etwas zu den anderen und gab den leeren Löffel weiter. Der flackernde Flammenschein warf tanzende Schatten über sein Gesicht mit der Adlernase und den hochstehenden Backenknochen.

Die Bemalung seines Gesichtes, die im grellen Licht des Tages so auffallend hervorstach, wirkte jetzt im warmen Licht der Feuerglut so natürlich wie die Zeichnung im Gefieder eines Erpels.

Der Krieger, der Sarah am meisten Furcht einflößte, war Pelegs Peiniger, das Narbengesicht. Als er den Kopf drehte, hatte Sarah Zeit, die Narbe in seinem Gesicht genau anzusehen. Sie teilte die linke Augenbraue und verzerrte dadurch die Form seines Auges, wurde breit und zog sich über seine Wange hinunter zum Mundwinkel. Es mußte ein fürchterlicher Hieb gewesen sein, von dem der Abnaki getroffen worden war.

Die beiden jüngsten Krieger, sie waren kaum älter als Sarah selbst, saßen mit dem Rücken zu ihr. Beide waren mit Pfeil und Bogen bewaffnet. Derjenige, der Sarahs Leine hielt, war ein schlanker geschmeidiger Kerl mit fast schlangenhaft wirkenden Bewegungen, die Sarah dazu verleiteten, ihm den Namen ›Snake‹ zu geben. Er hatte kleine stechende Äuglein, und wann immer er sich bewegte, mußte sich Sarah auch bewegen, da er die Leine stets straff hielt. Und er bewegte sich oft, denn er genoß es, sie zu demütigen und seinen Triumph auszukosten. Sarah haßte ihn dafür mehr als alle anderen. Der zweite Bogenschütze war derart ruhig und unzugänglich, daß Sarah keinen wirklichen Eindruck von ihm gewinnen konnte. Er hatte ein hageres Gesicht. In Gedanken nannte ihn Sarah ›Squirrel‹, weil die tätowierten Linien, die von seinen Mundwinkeln in Aufwärtsbögen zu den aufgeschlitzten Ohrläppchen führten, sie an die Fellzeichnung eines Streifenhörnchens erinnerten.

Als die Abnaki fertiggegessen hatten, stand der Anführer auf. Er kam herüber und warf den fast leeren Topf achtlos zwischen Sarah und Peleg auf den Boden. Heißhungrig machten sie sich über den klebrigen Brei her, und Sarah hielt Peleg den Topf hin, so daß er die letzten Reste aus ihm herauslecken konnte.

In derselben Nacht fesselte der Krieger, den Sarah ›Snake‹ getauft hatte, ihr die Handgelenke zusammen, so daß sie mit ihren Fingern nicht an den Knoten herankommen konnte. Er machte dasselbe mit Peleg und band sich beide Leinenenden oberhalb seines Knies um den Oberschenkel. Zur Unterhaltung der anderen führte er dann einen kurzen Pantomimenakt vor. Er zog sein Messer, machte ein fürchterlich wütendes Gesicht, beugte sich über die Gefangenen und tat, als würde er ihnen die Kehle aufschlitzen. Nicht von einem Ohr zum andern, sondern von oben nach unten, so wie man einen Hirsch aufschlitzt, den man abhäuten will. Die anderen hatten ein bißchen Spaß, und ›Snake‹ fühlte sich großartig.

Sarah duckte sich unter dem beißenden Rauch des Feuers hinweg und rollte sich in die Wärme der Glut hinein. Sie fühlte einen schweren, kantigen Stein gegen ihre Rippen drücken. Einen Stein konnte man gut als Waffe benützen. Vielleicht wenn sie schliefen. Sie könnte damit ›Snake‹ töten. Der unsinnige Gedanke erschreckte Sarah. Allein der Versuch würde genügen, um von den Abnaki auf der Stelle ermordet zu werden. Sie versuchte, sich das Sterben vorzustellen. Aber sie hatte keine Vorstellung von der Zukunft. Sie hob den Blick zum Nachthimmel und bewunderte die Sterne. Wie konnten sie so heiter und strahlend ihre Bahn ziehen, als ob sich unter ihnen auf der Erde überhaupt nichts geändert hätte?

Sarah erwachte am frühen Morgen, zitternd vor Kälte. Ihre Arme waren steif, und sie hatte kein Gefühl mehr in den Händen. Ihre Gelenke waren fest zusammengeschnürt. Die Müdigkeit wich schnell von ihr, als sie sich ihrer furchtbaren Lage bewußt wurde. Sie war eine Gefangene, eine Sklavin, die jeder Indianer schlagen, schänden oder töten konnte.

Vorsichtig, um nicht durch eine ungeschickte Bewegung die Leine auch nur ein bißchen zu bewegen, drehte sie sich auf den Rücken. Sie beobachtete, wie die Wipfel der Föhren vom ersten Licht der aufgehenden Sonne getroffen wurden und sich ihre Äste röteten. Ein Eichelhäher flog über sie hinweg, sah die schlafenden Gestalten und stieß einen Warnruf aus. Ein Rotfuchs antwortete mit heiseren Kläfflauten.

Peleg setzte sich auf, beugte sich nach vorn, preßte die Arme gegen seinen Leib und schaukelte leicht vor und zurück. Sie wußte, daß er unter schrecklichen Schmerzen litt, aber sie wagte nicht, ihn anzusprechen.

Der Anführer erwachte, richtete sich auf und rieb sich den Schlaf aus dem Gesicht. Dann stand er auf, ging in die Büsche und erleichterte sich geräuschvoll. Er kam zurück, warf einen kurzen Blick auf die Gefangenen und ging über sie hinweg zum Feuer. Mit dem Mokassin schob er Asche und verkohlte Holzstücke in die Grube, warf sie mit Erde zu und streute vorsichtig Blätter und Fichtennadeln darüber, bis man von der Feuerstelle nicht mehr die geringste Spur erkennen konnte.

Als sie den Lagerplatz wieder verließen, blieb ›Squirrel‹, der Junge mit den tätowierten Schnauzhaaren, für eine Weile zurück und wischte mit einem Föhrenwedel alle verräterischen Zeichen und Spuren aus.

An diesem Abend kochte Sarah den Rest des Maisschrotes, und die Krieger erlaubten ihr und Peleg erneut, die Reste aus dem Topf zu kratzen. Völlig erschöpft kauerte Sarah am Boden und starrte in den leeren Topf hinein. Der Hunger bohrte in ihr, und sie fing an zu wimmern, während sie näher an Peleg herankroch.

»Wie lange ist es her, seit wir zusammen in der Scheune gelegen haben?« flüsterte sie.

»Weiß ich nicht«, murmelte Peleg. »Ich wünschte, wir wären dort, jetzt.«

»Laß deinen Kopf ansehen«, sagte sie und hob sanft sein blutverklebtes Haar. »Tut es furchtbar weh?«

»Es ist ein bißchen besser«, erwiderte er leise. »Aber in meinem Kopf stimmt etwas nicht. Ich . . . ich kann mich nicht mehr daran erinnern, wie alles passiert ist. Ich meine, wie sie uns gefangengenommen haben. Es ist weg. Alles wie ausgewischt.«

»Ich habe zweimal zurückgeschaut«, flüsterte Sarah. »Ich sah zwar ein bißchen Rauch, aber es war nicht viel. Hoffentlich ist das Haus nicht abgebrannt.« Ihre Augen füllten sich mit Tränen. »Ich bete für Benji. Ich bete dafür, daß er weggerannt ist und sich im Wald verstecken konnte.«

»Er ist ein schneller Läufer«, sagte Peleg. »Es ist gut möglich, daß er ihnen entwischt ist.«

Ein harter Tritt in den Rücken warnte Sarah, still zu sein. Erneut wurde sie von jenem Gefühl der Hoffnungslosigkeit überwältigt. Sie legte sich hin und fiel irgendwann in einen tiefen Schlaf.

Am Morgen fing es zu regnen an. Am Himmel trieben tiefhängende Wolken. Das einzig Gute am Regen war, daß er Sarahs verbrühte Schultern kühlte.

Wie lange war das nun schon her? fragte sie sich erneut. Sie versuchte die Tage zu zählen, aber sie konnte sich nicht erinnern, wie lange sie schon unterwegs waren. Ihr Verstand schien nicht mehr genau arbeiten zu können. Sie war durcheinander, und die Hoffnungslosigkeit in ihr wuchs mit jedem neuen Versuch, rückwärts zu zählen. Es war lange her. Eine Ewigkeit. Und trotzdem waren Pelegs Wunden kein bißchen geheilt, genausowenig wie ihre eigenen . . .

Der kalte Regen, der während der nächsten Tage fiel, schien die Zeit zu einem endlosen Band mühsamer Tagesmärsche und eisiger nasser Nächte, in denen der Hunger und die Erschöpfung dem Schlaf wichen, zusammenzufügen. Einmal in der Nacht hatte der Anführer Sarah aufgeweckt und ihr den Mund mit getrocknetem Hirschfleisch vollgestopft. Sie sah, wie er dasselbe für Peleg tat. Sarah kaute das Fleisch langsam, und es schmeckte ihr besser als alles, was sie jemals in ihrem Leben gegessen hatte.

Tag für Tag schlugen sich die Abnaki mit ihren Gefangenen mißgelaunt und leise durch die Wälder, wie ein Rudel kranker Wölfe. Sie bewegten sich nordwärts und westwärts, den steil in die Wolken aufragenden Bergen entgegen. Sie schubsten, schlugen und zerrten die Gefangenen vorwärts, quer durch einen Skelettwald, über ein Gewirr von blankgenagten, vom Sturm gefällten Baumstämmen hinweg, die schlüpfrig waren, als ob sie mit Bärenfett bestrichen wären. Inzwischen hatte der Regen die Bemalung der Krieger, bis auf das wetterfeste Zinnoberrot, weggewaschen.

Eines Morgens blies der Wind die Wolken fort, und gegen Abend war die Luft frisch und klar. Sarahs zerlumpte Kleider waren seit vielen Tagen zum erstenmal trocken, und sie fühlte sich sogar etwas besser.

Es war beinahe dunkel, als sie ein großes Reh entdeckten, das an einem Wassertümpel stand und trank. Als es die Witterung der Menschen aufnahm, hob es den zierlichen Kopf und äugte ihnen aus scheuen Augen entgegen. Dann jagte es mit anmutigen weiten Sprüngen in den Wald hinein, und für einen Moment war nur noch der weiße buschige Schwanz zu sehen. Der älteste der Abnaki lieh sich von ›Squirrel‹ den Bogen und den Köcher aus und glitt lautlos durch die Büsche in die Dunkelheit hinein.

Ungefähr nach einer Meile, mitten in einem lichten Fichtenwäldchen, schlugen sie ihr Lager auf. Nachdem sie ein kleines Feuer entfacht hatten, schlugen die Krieger ihre Decken um sich und kauerten dicht beisammen nieder, unterhielten sich und deuteten ab und zu in einer Art auf Sarah und Peleg, die nichts Gutes versprach.

Im Unterholz knackte ein Ast, und die Krieger griffen nach ihren Waffen. Schnaubend vor Freude darüber, daß es ihm gelungen war, seine Gefährten zu überraschen, trat der alte Jäger in den Lichtschein des Feuers. Er wuchtete das große, weißbäuchige Reh von seinen Schultern und warf es vor den Kriegern auf den Boden. Dann gab er ›Squirrel‹ den Bogen und den Köcher zurück.

Der Anführer zog das Häutermesser von Sarahs Großvater aus seinem Gürtel und zog es an seinem Messer ab. Er grinste Peleg zu, prüfte die Schärfe der Klinge mit dem Daumennagel, kauerte bei dem Reh nieder und stieß ihm das Messer unter der Kinnlade in den Hals. Blitzschnell schlitzte er das Reh dann der Länge nach auf. Noch nie im Leben hatte Sarah gesehen, wie jemand ein Tier derart schnell und gekonnt abhäuten und zerlegen konnte. Schon nach wenigen Minuten stieß er das dunkelrote Herz und die Leber in den dampfenden Topf, den ein anderer Krieger an einer Astgabel über das Feuer gehängt hatte. Er warf einige Brocken vom Rückenfett dazu, und nach kurzer Zeit schwamm im Topfe eine kräftige goldgelbe Fleischbrühe. Allein schon der würzige Duft, der Sarah in die Nase stieg, war beinahe unerträglich. Die restlichen Stücke brieten in der Glut.

»Lieber Gott, mach, daß sie mit uns teilen . . .« flüsterte Sarah inbrünstig.

»Oder verdamm ihre Seelen in die Hölle, wenn sie's nicht tun!« knurrte Peleg.

Die Abnaki schauten argwöhnisch nach ihnen. Dann fingen sie an, vor den Augen ihrer halbverhungerten Gefangenen das halbrohe Herz und die Leber zu essen. Sie taten dies nicht so barbarisch, wie Sarah es erwartet hatte. Fast elegant benutzten sie die Spitzen ihrer Messer, nahmen ihr Mahl beinahe so vornehm wie Hauskatzen zu sich und schleckten sich danach ihre Lippen und die Finger sauber.

Sarah lächelte ihnen zu. »Hunger!« sagte sie und deutete auf ihren Mund. »Er. Ich. Hungrig! *N'gattopui!*«

Der Anführer hatte verstanden und nickte.

Peleg rückte näher an die Abnaki heran und sog gierig den Duft des bratenden Fleisches ein. Sarah blieb stumm und wie gelähmt sitzen. Ihre Blicke hingen an dem Topf, und der Hunger nagte wie eine Ratte in ihr.

Die Gesichter der Abnaki blieben ohne Rührung, während sie ruhig miteinander redeten und die Nacht mit einem Rhythmus ihrer wohlklingenden Laute erfüllten.

»Mattapewiwak nik schwannakwak!« sagte Narbengesicht, und Sarah verstand, daß er die Weißen als teuflische Kreaturen bezeichnete.

Als sie sich sattgegessen hatten, stand der Anführer auf, zerrte den Nacken und die Vorderschultern des Rehes aus der Glut, schleuderte sie den Gefangenen hin und rief: *»T-chunno!«*

Peleg fing die fetttriefende Kostbarkeit im Flug. Sie war noch so heiß, daß er sich die Hände daran verbrannte. Sarah kroch zu ihm hin, und zusammen zerrten sie mit Fingern und Zähnen das Fleisch von den Knochen und schlangen es hinunter. Es war die erste richtige Mahlzeit, seit sie die Farm verlassen hatten, und sie schlugen sich ihre eingeschrumpften Bäuche voll. Zusammen tranken sie Regenwasser aus einer Pfütze, und ohne einen Gedanken an die Strapazen des langen Marsches zu verschwenden, rollten sie sich am Boden eng zusammen und schliefen so friedlich ein wie kleine Kinder. Sarah vergaß sogar ›Snake‹, den Krieger, der sie an der Leine hatte.

Am Morgen las Sarah in aller Ruhe die Rehknochen zusammen und schlug sie mit einem scharfen Stein auf. Sie verteilte die Knochen an die Abnakikrieger, gab Peleg einen und behielt einen für sich.

Beim Aufbruch umwickelte der alte Jäger die übriggebliebenen Fleischbrocken mit einem Stück Fell, machte ein Bündel und lud es auf Sarahs Rücken. Er zeigte ihr, wie man durch ein Kopfband, das man am Bündel befestigte und über die Schultern um die Stirn trug, eine Last leichter tragen konnte. Dann machten sie sich auf den Marsch, und jeder saugte an einem Knochen. Die Krieger und die Gefangenen lachten und scherzten zusammen, beinahe fröhlich, und wer seinen Knochen ausgelutscht hatte, warf ihn in die Büsche.

Am Abend, als die Dunkelheit aus den Wäldern kroch, machten sie halt, entfachten ein Feuer und hängten das in lange Streifen geschnittene Rehfleisch darüber. Und als sie mit Essen fertig waren, warfen sie ihren Gefangenen erneut einige Fleischbrocken zu.

»Mein Kopf ist schon beinahe klar heute abend«, flüsterte Peleg Sarah zu und wischte sich dabei mit der Hand den Mund ab, damit die Abnaki die Bewegungen seiner Lippen nicht sehen konnten. »Ich kann sogar wieder mit beiden Augen sehen. Ich dachte, das eine würde für immer blind bleiben.«

»Wunderbar«, erwiderte Sarah leise, atmete erleichtert auf und lächelte ihm zu, während sie aßen. Ihre Schultern brannten wie Feuer, dort, wo der schwere Fleischpacken aufgelegen und die Haut über den Brandblasen weggescheuert hatte.

Es schien, als ob die sternklare Nacht und das Essen die Krieger etwas aufmunterten. ›Squirrel‹ und ›Snake‹ benahmen sich wie gutgelaunte Kinder. ›Snake‹ ahmte die Rufe eines balzenden Rebhuhnes nach, und ›Squirrel‹ antwortete mit dem sanften Gluckern eines Weibchens. Sie lachten auf indianische Art leise in die vorgehaltenen Hände hinein und warfen Sarah bedeutungsvolle Blicke zu.

Ohne zu überlegen, antwortete ihnen Sarah. Sie gluckerte wie ein zweites Rebhuhnweibchen. Ihre Stimme war voller Verlokkung, und die Abnaki lachten.

»Schiki a na lenno«, erklärten sie und meinten damit, daß Sarah ein Rebhuhn ausgezeichnet nachahmen konnte, und sie ermutigten sie weiterzumachen.

Sie wiederholte den Lockruf, und sie redeten lachend in ihrer Sprache auf Sarah ein. Sie versuchte, ihnen mit Worten aus der Pennacooksprache zu antworten, die sie von Naamhok gelernt hatte.

Peleg, der neben Sarah hockte, konnte an den Gesichtern der Krieger erkennen, daß sie fast alles, was Sarah sagte, verstanden, und dem Klang nach schienen sich die beiden Sprachen ziemlich ähnlich zu sein.

Sarah sang ein Liedchen, das sie gelernt hatte, als sie noch ein kleines Mädchen gewesen war. Es war ein Lied, das Pennacookmütter ihren Kindern beim Schlafengehen vorsingen. Der Anführer der Abnaki sang ebenfalls ein Lied, das demjenigen von Sarah sehr ähnlich war. Sie verstand die Worte, und es schien, als ob sie dadurch die Abnaki erfreuen konnte.

Der Anführer, er war der größte unter ihnen, stand auf.

»Je m'appele Chango!« sagte er zu Sarah auf französisch, um ihr seine Zugehörigkeit zu den Franzosen zu demonstrieren und um damit aufzuschneiden, daß er noch eine andere Sprache kannte. Zur Bekräftigung tippte er mit seinem dicken Daumen fortwährend gegen seine Brust.

»Chango«, sagte Sarah lächelnd und zeigte auf ihn. »Ich . . . Sarah«, fügte sie schnell hinzu und legte die Finger gegen ihre Brust. Dann zeigte sie auf Peleg. »Er . . . Peleg!«

Der alte Jäger hatte aufmerksam zugehört. Jetzt zeigte er auf sich und auf das Rehfleisch und sagte: »Norke. Nor – ke. *C'est chevreuil. Oui?«* Er grinste und hielt seine Zeigefinger wie Hörner an seinen Kopf. »Hirsch«, sagte er dazu, um ihr zu zeigen, daß er sogar ein Wort in drei verschiedenen Sprachen sagen konnte.

Aufgemuntert durch die beginnende Verständigung, drehte Sarah den Kopf und deutete auf den Krieger mit der Narbe im Gesicht.

»Olamon«, sagte Chango, beugte sich zum Narbengesicht hinüber und strich mit seinem Zeigefinger über den zinnoberrot gefärbten Schädel. *»Peinture rouge.«*

»Rot?« fragte Sarah. »Sein Name bedeutet ›Rote Farbe‹?«

Der alte Jäger, also Norke, nickte beipflichtend und deutete mit seinem runzeligen Gesicht auf Chango. »Chango, *mon capitaine!«* verkündete er und deutete auf den Anführer, der zugleich ihr Kriegshäuptling war. *»Ilau.«*

Sarah nickte. »Ja, ich habe verstanden. *Ilau,* das bedeutet, daß Chango der Anführer dieses Trupps ist.«

»Die scheinen allmählich aufzutauen«, sagte Peleg. »Sing ihnen etwas auf englisch vor. Die bewundern unsere hübschen Lieder.«

Sie getraute sich zuerst nicht recht, aber als Peleg sie noch einmal drängte, fing sie zu singen an:

»Zwitschervöglein sitzt im Hof auf dem Zaun,
Hi ho hio-ho
Hi ho hio-ho
Zwitschervöglein ist so klug, man glaubt es kaum,
Hi ho hio-ho
Zwitschervög . . .«

Ihre Worte erstickten jäh, als ihr durch einen Ruck an der Leine die Kehle zusammengeschnürt wurde. Würgend fiel sie auf ihre Knie, und ›Snake‹, der Bogenschütze, sprang auf und trat mit einem Fuß die Leine nieder, so daß Sarah vornüberstürzte und die Schlinge nicht lockern konnte. ›Snake‹ lachte auf und blickte sich Beifall heischend nach seinen Gefährten um.

Peleg duckte sich, preßte die Hände gegen seinen Kopf und zog die Oberlippe von den Zähnen. Wie ein Irrer starrte er die Abnaki an.

Chango streckte gebieterisch seinen Arm aus, machte mit zwei nach oben gebogenen Fingern ein Zeichen, das dem jungen Krieger befahl, die Schlinge um Sarahs Hals zu lösen. ›Snake‹ warf trotzig den Kopf herum und weigerte sich, die Leine freizugeben. Da nahm Chango seine Muskete auf, spannte den Hahn, hob den Lauf und richtete die Mündung mitten auf das Gesicht des jungen Kriegers. Die Leine wurde schlaff, und ›Snake‹ warf das Rohhautende in die Büsche. Er setzte sich hin und bewegte sich nicht mehr. Seine Blicke waren auf die schwarze Mündung gerichtet, als ob er jeden Augenblick die Detonation erwartete.

Sarah zerrte mit den Fingern an der Schlinge herum, befreite ihre Kehle und rang gierig nach Luft. Allmächtiger, er wird ›Snake‹ erschießen, dachte sie. Und sie hoffte, daß es Chango wirklich tun würde. Langsam senkte sich Changos Musketenlauf, aber er ließ den Hahn gespannt.

Sie scherzten und sangen jetzt nicht mehr. Mit finsteren Gesichtern hockten sie schweigend am Feuer, bis ›Snake‹ sich erhob und leise wegging. Es verging eine lange Zeit, bis er zurückkam und die Leine wieder hochnahm. Er band das Ende an sein Handgelenk und legte sich unter seine Decke. Die anderen Abnaki umhüllten sich ebenfalls mit ihren Decken und legten sich schlafen.

Sarah lag auf dem Rücken, hielt die Hand auf dem Mund, um

ihr Schluchzen zu unterdrücken. Für eine kurze Zeit war sie beinahe wohlwollend und freundlich behandelt worden. Sie hatte reden, lachen und singen können, als wäre sie ein freier Mensch. Und einer dieser Barbaren hatte ihr schon fast so etwas wie Zuneigung entgegengebracht, hatte sie sogar beschützen wollen. Für sie war Chango ihr Retter. Und sie sah ihn anders als vorher. Fast imponierte er ihr in seiner würdevollen Art und mit seiner langen Muskete und den hübschen blauen Leggins und dem glitzernden Offizierskragen der britischen Armee. Er war schon eine interessante Erscheinung, dieser Abnakikrieger.

Irgendwann schlief Sarah ein, und sie erwachte spät am Morgen, als Peleg sie an der Schulter rüttelte. Die anderen waren auf. ›Snake‹ saß mit dem Rücken zu ihr und ignorierte sie. Vielleicht fürchtete er, sie aus dem Schlaf zu reißen, wenn er sich bewegte. Chango schien ihn ebenfalls beeindruckt zu haben.

»Sarah, steh auf!« flüsterte Peleg. »Sie brechen auf!«

Sie marschierten bis zum Mittag durch den Wald, überquerten dann einen hohen Hügelrücken, und vor ihnen breitete sich ein weites Gebiet aus, das von einem Waldbrand heimgesucht worden war. Aus der verbrannten Erde ragten schartige schwarze Baumstümpfe, zwischen denen kreuz und quer verkohlte Stämme lagen.

Die Abnaki bewegten sich am Rand des Brandgebietes. Ihre Füße wirbelten graue Aschenwolken auf. Sarah mochte dieses verwüstete Gebiet nicht. Ihre Füße und der zerrissene Rock wurden schwarz von der Asche und vom Ruß, aber sie kamen hier besser voran, als wenn sie sich einen Weg durch Bäume und Unterholz hätten bahnen müssen. So wie das Gebiet aussah, mußte der Brand durch Blitzschläge während eines Trockengewitters entfacht worden sein.

Sarah und Peleg waren froh, endlich aus den dichten Wäldern heraus zu sein. Während der nächsten zwei Tage kamen sie am Rand des Brandgebietes mühelos voran. Auch die Abnaki schienen besser gelaunt, je weiter sie nach Norden vorstießen und aus dem tiefen Feindgebiet herauskamen.

Als sie nach zwei Tagen einen Felsgrat erreichten, endete das verbrannte Gebiet so abrupt, wie es begonnen hatte. Zwischen ihnen und den eisgrauen Bergketten, die sich im Norden bis nach

Kanada erstreckten, lag ein weites Tal, in dem sich grüne Wiesen, die dunklen Wälder und die Inseln bunter Herbstbäume wie ein Flickenteppich ausgebreitet hatten. Hoch über dem Tal kreisten Adler mit weißen Köpfen und suchten nach Beute.

Ein scharfer Kälteeinbruch ließ die Abnaki schneller marschieren. Die schier endlose Weite dieser einsamen Wildnis erschreckte Sarah. Sie ahnte, daß es kein Zurück für sie gab, wenn sie einmal dieses Tal und die dahinterliegenden Berge hinter sich hatte.

Es war fast dunkel, als die Abnaki sich dazu entschlossen, endlich das Lager einzurichten. Ohne daß sie dazu aufgefordert wurden, die Stricke von ihren Hälsen herunterhängend, sammelten Sarah und Peleg Feuerholz. Plötzlich stieß Chango einen zischenden Warnlaut aus und machte mit der Hand ein Zeichen, still zu sein. Sarah hörte in der heranschleichenden Dämmerung einen harten Schlag, so, als hätte jemand da draußen mit der Axt einen Hieb gegen einen Baum geführt. Chango schlich geduckt wie eine Raubkatze heran und bedeutete ihnen, sich flach auf den Boden zu legen. Die Krieger waren in ihren Bewegungen erstarrt. Sie lauschten.

4

Sarah und Peleg saßen mit dem Rücken gegen den Wind, der von Norden her durch das Tal fegte. Es war beißend kalt, die schlimmste Nacht, seit sie unterwegs waren. Trotzdem wurde kein Feuer gemacht. Die Abnaki zogen ihre Decken über die Köpfe wie Squaws und kauten an getrockneten Fleischstreifen. Sarah und Peleg bekamen nichts.

Regungslos hockten die Abnakikrieger in der Dunkelheit und lauschten durch das Heulen des Windes und das Rauschen der schwingenden Zweige nach einem verdächtigen Geräusch, das ihnen einen sich nähernden Feind verraten hätte.

»Ich bin steif vor Kälte«, flüsterte Sarah. »Was meinst du, von wem dieser Hieb stammte? Indianer oder Soldaten?«

»Keine Ahnung«, murmelte Peleg. »Väterchen im Himmel, für eine Decke würde ich ein Vermögen hergeben.«

Die ganze Nacht hindurch ließ Chango immer zwei Krieger miteinander abwechselnd Wache halten. Es war längst Tag, bevor sie alle zu ihrem Schlaf gekommen waren, und sie brachen das Lager ab, als die Sonne hochkam. Sie tranken Wasser aus einem eiskalten Fluß und eilten dann auf einem fast unsichtbaren Pfad westwärts, durch einen Wald mächtiger Ahornbäume, deren Blätter die ersten roten Tupfen trugen, als ob sie mit Blut besprenkelt worden wären.

Sarah teilte mit Peleg fünf schrumpelige Holzäpfel, die sie auf dem Weg fand. Das war das einzige, was sie an diesem Tag zwischen die Zähne kriegten.

Am Spätnachmittag machten sie halt. Die Abnaki waren besonders wachsam. Ständig starrten sie in den Wald hinein. Chango und Norke, der alte Jäger, flüsterten miteinander. Schließlich teilten sie den Trupp in zwei Gruppen. Zuerst machten sich Chango, Olamon und Peleg leise davon. Norke wartete eine Weile. Dann führte er ›Snake‹, ›Squirrel‹ und Sarah auf einem anderen Pfad in den Wald hinein. Norke bewegte sich außerordentlich vorsichtig und warnte die anderen, keine Geräusche zu machen. Er hielt oft an, stand still und lauschte.

Als die Sonne unterging, hörten sie den Schrei eines Habichts. Es war ein bekanntes Signal der Mohawk-Indianer. Norke spannte seine Muskete. *»Pekkeniwi«*, flüsterte er und winkte ›Snake‹ und Sarah in das Unterholz hinein. Er und ›Squirrel‹ schlichen den Pfad hinunter, lautlos wie Schatten.

Während sie in ihrem Versteck eng beisammen niederkauerten, stieg Sarah der penetrante Geruch von Farbe und ranzigem Bärenfett in die Nase. ›Snake‹ roch widerlich. Er preßte seinen heißen Körper gegen sie, drehte den Kopf und schnüffelte an ihr. Dann rümpfte er verächtlich die Nase, zog sein Messer aus der Scheide und drückte die Spitze der Klinge gegen ihre Kehle. Sarah starrte in seine Augen und wagte nicht mehr zu atmen.

Plötzlich zischte er durch die Zähne, spuckte in die Blätter, stand auf und zog ihre Halsschlinge enger. In der aufkommenden Dämmerung zog er sie den Pfad hinunter. Sie folgte ihm dicht auf und versuchte, mit ihren nackten Füßen in seinen Fußstapfen zu gehen, um ja nicht auf einen dürren Ast zu treten.

Als sich der Pfad teilte, beugte sich ›Snake‹ nieder und fühlte die feuchten, verrotteten Blätter ab, um herauszufinden, welchen Pfad ›Squirrel‹ und Norke gewählt hatten. Er ging einen Schritt weit auf dem linken Pfad, kam zurück zur Abzweigung, stieß Sarah zu Boden und kauerte sich neben ihr nieder. Dann hielt er die hohlen Hände gegen seinen Mund und imitierte den Ruf einer Eule. Sie warteten lange, lauschten, bekamen aber keine Antwort. Sarah zuckte zusammen, als er sich plötzlich bewegte und sein Kriegsbeil ihren Schenkel berührte.

Langsam stand er auf, duckte sich und schlich den anderen Weg hinunter. Sarah folgte ihm, zitternd vor Kälte und Angst. Plötzlich tauchte in den Büschen ein Schwarzbär auf, drehte sich und trampelte schnaufend durch das dichte Unterholz davon. Sarah stolperte in ihrer Furcht und stürzte. Sie rollte sich am Boden eng zusammen und legte ihre Arme schützend um ihren Kopf. Aber ›Snake‹ ließ die Rohhautleine fallen und huschte davon. Im nächsten Moment war er zwischen den Bäumen verschwunden.

Sarah sprang hoch und versuchte, die Dämmerung mit ihren Blicken zu durchdringen, aber er blieb verschwunden. Sarah taumelte vorwärts, stolperte über einen Wurzelstock, stürzte erneut und kroch im feuchten Laub ein Stück den Pfad entlang. Schließlich entdeckte sie ihn. Er stand aufrecht neben dem Wurzelstock einer vom Sturm gefällten Fichte. Sein Bogen war halb gespannt.

Sarah kroch auf allen vieren auf ihn zu und hielt ihm beinahe flehend die Leine entgegen. Nichts erschien im Moment schrecklicher, als allein in diesem unheimlichen Wald zurückgelassen zu werden. ›Snake‹ drehte den Kopf. Seine Augen waren groß und klar. Er schnüffelte in den Wind wie ein Fuchs, der die Witterung einer Beute aufnehmen will. Schließlich nahm er die Leine auf und führte sie den schmalen Wildpfad entlang, bis sie an den Rand einer kleinen Mulde kamen. Dort hielt ›Snake‹ an. Irgend etwas schien nicht in Ordnung. Sie warteten angespannt, ›Snake‹ lauerte. Dann machte er ein paar Schritte vorwärts, geduckt, um nicht gegen die tiefhängenden Zweige zu stoßen.

Sarah war dicht hinter ›Snake‹, als plötzlich ein armdicker Ahornbaum hochschnappte. Eine Schlinge aus geflochtenen Rohhautschnüren legte sich um den Hals des jungen Bogenschützen und riß ihn von den Beinen. Wild um sich schlagend, hing ›Snake‹ hoch über Sarah am Seil. Keuchend und japsend versuchte er, die Schlinge von seinem Hals zu reißen.

Sarah stand für Sekunden wie gelähmt. Sie sah die Ranke, die vor ihm über dem Boden gespannt war und als Auslöser für die Schlingenfalle gedient hatte. ›Snake‹ hatte sie mit dem Mokassin berührt. Sarah riß den Kopf hoch, und ein wildes Gefühl ergriff sie. Mit beiden Händen packte sie die Leine, die von ihrem Hals zu seinem Handgelenk führte. Mit aller Kraft zog sie, und ›Snake‹ gab schreckliche, krächzende Laute von sich, während er verzweifelt versuchte freizukommen. Sarah starrte zu ihm hoch, und sie mußte sich Mühe geben, nicht in ein Triumphgeschrei auszubrechen, als seine Bewegungen langsam erlahmten. Am Boden kauernd, die Augen auf die hängende Gestalt von ›Snake‹ gerichtet, wartete sie auf seinen Tod.

Als er sich nicht mehr rührte, zog sie sich an der Leine hoch, mit der sie ›Snakes‹ Sterben beschleunigt hatte. Sie löste die Schlinge von ihrem Hals, streifte sie über den Kopf und ließ sie hängen.

Sie war frei! Frei, davonzulaufen! Aber wohin? Ihr Herz polterte und sie duckte sich, als sie spürte, wie die Furcht zurückkehrte. Sie taumelte ein paar Schritte auf dem Pfad zurück, den sie gekommen waren. Dann verharrte sie. Sie hörte ein Geräusch, und ein kalter Schauer lief über ihren Rücken. Jemand schlich sich an sie heran. Sarah stand wie angewurzelt.

Die Gestalt eines Mannes tauchte auf und stürzte sich auf sie. Er packte sie am Haar, und sie fühlte die Klinge seines Messers an der Kehle. Er zog ihren Kopf mit einem harten Ruck nach unten, so daß sie vornüberfiel. Er stieß sie mit einem Knie gegen den Boden, und Sarah spürte, wie er sich über ihr umdrehte. Dann hörte sie einen gequälten Laut. Er mußte den am Baum hängenden ›Snake‹ gesehen haben.

Er entließ sie langsam aus seinem Griff. Sie drehte den Kopf und erkannte den alten Norke. Er lauschte. Dann zog er japsend wie ein Fuchsweibchen seinen Atem ein, um die anderen zu rufen. Es kam keine Antwort. Argwöhnisch blickte er in die Finsternis, so, als fürchte er eine neue Gefahr.

Er zwang Sarah auf die Beine und stieß sie hinüber zu dem Erhängten. Sie mußte sich an die Beine des Toten hängen, um den Ahornbaum, an dem er hing, so weit herunterzubiegen, daß Norke die geknüpfte Schlinge an ›Snakes‹ Hals durchschneiden konnte. Der Körper des jungen Bogenschützen fiel auf Sarah und glitt dann langsam durch das Geäst der Büsche zu Boden.

Der alte Jäger kauerte sich bei dem Toten nieder, und Sarah hörte, wie er leise ein Todeslied in seine Hände wimmerte. Sarah ließ sich neben ihm nieder und sah zu, wie Norke den Toten sanft auf die Seite rollte und ihm die Beine in die Knie zog. Er brach einen Zweig von einer Zeder und legte ihn über die Augen des Toten. Dann fing er an, ›Snake‹ mit Blättern und Moos zuzudekken, bis man nichts mehr von ihm sehen konnte.

Als er damit fertig war, packte er Sarah fest am Handgelenk und führte sie weg, sorgsam nach Fallen oder Schlingen Ausschau haltend. Sie machten einmal halt, als ein Laut aus dem Wald drang, den der Jäger nicht unterbringen konnte. Es klang wie das Husten eines Bären oder eines Mannes. Norke stieß den tiefen, pfeifenden Schrei eines Nachtfalken aus. Keine Antwort. Alles blieb still, und den Rest der Nacht verbrachten sie in den tiefen Schatten, die vom bleichen Licht des Mondes nicht erreicht wurden. Sie verhielten sich so still wie die Bäume um sie herum, und selbst das Geräusch, mit der eine Spitzmaus ein Blatt bewegte, hätte ihnen zur ersten Warnung einer drohenden Gefahr werden können.

Als endlich der Morgen dämmerte, war es Sarah, als ob eine ungeheure Last von ihr genommen würde. Verbissen, ohne eine Spur Müdigkeit zu spüren, folgte sie Norke durch Mulden und Senken, in denen überall verstreut Findlinge herumlagen. Schließlich erreichten sie ein weites Tal, und Sarah konnte in der Ferne das Wasser eines Sees glitzern sehen. Es war kurz vor Mittag, als sie einen Wildpfad entdeckten, der am Ufer des Sees entlangführte. Aber Norke hielt es für zu gefährlich, dem Pfad zu folgen. Er nahm Sarahs Hand, überquerte den Pfad mit einem Sprung und zog Sarah hinter sich her. Er führte sie zu einer Stelle, die zur Zeit der Schneeschmelze stets vom See überflutet wurde. Jetzt, im Spätsommer, war es eine geborgene Bucht inmitten von dichtem Ufergestrüpp und Unterholz.

Norke ließ Sarah stehen und fing an, zwei in den Büschen versteckte und mit Zweigen zugedeckte Kanus freizulegen. Schließlich grub er wie ein Schildkröteneiersucher hier und da im Sand herum, bis er sechs Paddel ausgebuddelt hatte. Er entfernte sich ein Stück, ohne daß er Sarah irgendwo festband. Mit dem Messer stocherte er am Rand der Uferböschung herum und kehrte danach mit einigen braunen Wurzelknollen zurück.

Er machte es sich auf einem querliegenden Baumstamm bequem, teilte die Knollen mit seinem Messer in zwei Hälften und aß sie, kräftig kauend. Als er bemerkte, wie Sarah die Knollen mit hungrigen Blicken verschlang, spießte er eine mit der Messerspitze auf und gab sie ihr. Sie stopfte sie sich in den Mund, zerbiß sie und zerkaute sie angestrengt. Sie hatte einen Geschmack wie eine Zwiebel. Sarah schluckte sie schnell und bettelte um eine neue. Er lächelte ihr zu und gab ihr die letzte Wurzel.

Zum erstenmal bemerkte Sarah, daß sich von seinen Augenwinkeln dünne Falten wegzogen, so wie sie es von Großvater her kannte. »*Kenn, kenn*«, sagte sie dankend, deutete auf ihren Mund und sagte leise: »*N'gattosomi* – ich habe Durst.«

Sie wollte aufstehen und zum See gehen. Norke langte nach ihr und hielt sie am Arm zurück. »*Sehe-prenez garde*«, sagte er, was soviel bedeuten sollte, als daß sie möglicherweise von Feinden beobachtet und auf freier Strecke sofort entdeckt würden. Er zeigte über seine Schulter zum Waldrand und sagte: *»T'kebi«*. Das war das Abnakiwort für Quellwasser, und er führte sie zu einer kleinen frischen Quelle. Sie knieten nieder und tranken.

Als sich Sarah umdrehte, erstarrte sie vor Entsetzen. Sie blickte mitten in das Gesicht von ›Squirrel‹, der im wilden Farnkraut hockte und sie anstarrte, als wüßte er, daß sie einem unsichtbaren Feind geholfen hatte, seinen Gefährten ›Snake‹ zu töten.

Den Rest des Nachmittags blieben sie in ihrem Versteck, und die ganze Zeit hindurch ließ ›Squirrel‹ Sarah nicht aus den Augen. Kurz bevor es dunkel wurde, hörten sie auf der Uferbank über ihnen Schritte. Kies löste sich von der Böschung und fiel in die Mulde hinein. Der alte Jäger riß sein Beil vom Gürtel und wirbelte herum. In diesem Moment wurde Peleg aus den Büschen gestoßen, und er stolperte die Böschung herunter. Sarah atmete erleichtert auf.

Hinter Peleg kamen die beiden Abnakikrieger Chango und Olamon.

»Peeyamak«, sagte Chango, und Sarah lächelte ihnen zu und grüßte ebenfalls in der Sprache der Abnaki.

Während die Krieger sich kurz unterhielten und berieten, fragte Peleg flüsternd nach ›Snake‹.

»Er ist tot«, flüsterte Sarah zurück. »Ich erzähl dir später alles.«

»Gut«, sagte Peleg. »Wir fanden einen Platz, wo ein Lagerfeuer gebrannt hatte. Chango meint, es wären Mohawk dort gewesen. Wir entdeckten Hunderte von Mokassinabdrücken. Unter ihnen waren auch einige Abdrücke von Stiefelabsätzen. Es waren mindestens zwei oder drei Soldaten mit den Mohawk. Ich glaube, von jetzt an werden wir laufen müssen, wenn wir ihnen entkommen wollen. Diese Scheißheiden hier werden uns mit nach Kanada nehmen. Gott weiß, was sie mit uns dort oben alles anstellen werden. Wir überleben diesen Winter kaum. Bist du bereit, mit mir wegzulaufen?«

»Ja, sicher«, sagte Sarah schnell. »Aber sie werden uns keine Gelegenheit dazu geben.«

»Wir müssen uns eben eine Gelegenheit verschaffen«, flüsterte Peleg. »Und zwar bald!«

Sie merkte, daß ihn der Gedanke ebenso aufregte wie sie.

Der alte Norke kam, legte Sarah wieder eine Schlinge um den Hals und bedeutete ihnen erneut, still zu sein.

»Irgend etwas scheint sie immer noch nervös zu machen«, flüsterte Peleg.

»Ich glaube, sie wagen es nicht, auf den See hinauszupaddeln, bevor es dunkel ist«, erwiderte Sarah leise.

Die Abnaki hockten sich in der geschützten Mulde zusammen und palaverten. Allmählich kroch die Dämmerung aus dem Wald und legte sich über den See. Plötzlich wurden die Abnaki und die Gefangenen vom Knall einer Kanone hochgeschreckt. Ein donnerndes Echo rollte der Länge nach über den stillen See hinweg.

Peleg hatte sich hochgeworfen.

»Väterchen im Himmel!« stieß er hervor. »Das war eine Kanone! Und sie ist nicht weiter als eine Meile entfernt von hier!«

Er starrte zu den Abnaki hinüber. Sie starrten zurück, und ihre Gesichter blieben ausdruckslos. Sarah und Peleg lauschten angestrengt, aber sie konnten kein Musketenfeuer hören, kein Schlachtenlärm drang an ihre Ohren. Peleg schaute zum Himmel hoch, um die Zeit herauszufinden. Die ersten Sterne glitzerten. Im Westen glühten noch einige Wolkenbänder. Peleg wandte sich an Sarah.

»Du, ich glaube . . .«

Peleg wurde unterbrochen, als Olamon, das Narbengesicht, aufsprang und sich zwischen Peleg und Sarah stürzte. Wütend zog er an ihren Halsleinen, eine Warnung, daß sie endlich mit Reden aufhören sollten.

Chango hatte sich erhoben. Er schlich lautlos in die Richtung, aus der der Kanonenschuß gekommen war. Die anderen standen auf und folgten ihm. Sie gingen dem Ufer entlang, blieben aber in der Deckung des Unterholzes, bis sie zu einer schmalen Landzunge kamen. Geduckt suchten sie sich einen Weg durch die Büsche der Landzunge, bis sie zu einer mächtigen, umgestürzten Föhre kamen. Sarah und Peleg wurden gezwungen, sich im Schutze des Baumstammes auf den Bauch zu legen, während die Abnaki niederkauerten und durch das Geäst über den See blickten. Und als sich Peleg und Sarah unbeobachtet fühlten, hoben auch sie ihre Köpfe und lugten über den mächtigen Stamm hinweg.

Zu ihrer Überraschung sahen sie nichts weiter als ein Militärlager, eine Meile entfernt auf der anderen Seite der Bucht.

Sie konnten erkennen, wo man bereits Palisaden errichtet hatte. Über dreißig weiße Armeezelte schimmerten in der Dämmerung. Eine britische Fahne bewegte sich träge im Abendwind. Einige rotberockte Offiziere und Unteroffiziere waren zu erkennen. Sie wanderten zwischen den vielen Soldaten in gewöhnlichen Arbeitskleidern herum.

Olamon bemerkte, daß Peleg und Sarah ihre Köpfe erhoben hatten. Schnell stieß er sie zurück in den Kies, drohte zuerst Peleg und dann Sarah mit wilden Gesten, die zweifellos bedeuteten, daß er sie umbringen würde, falls sie noch einmal die Köpfe hoben.

Die Abnaki beobachteten weiterhin die Soldaten bei der Errichtung des neuen Forts. Sie wiesen auf Einzelheiten hin, die ihnen wichtig erschienen, und redeten dabei leise miteinander. Sarah hielt den Kopf unten und lauschte. Mehr als ein paar gelegentliche Axthiebe war nicht zu hören. Über ihnen hämmerte ein Spechtpärchen seine Schnäbel in die Borke eines Baumstammes, und Sarah wünschte, noch einmal einen Blick auf das Lager werfen zu dürfen, um sicher zu sein, daß es wirklich existierte.

»Das war die Feierabendkanone, die wir gehört haben«, sagte Peleg. »Die Briten feuern sie jeden Abend ab, um zu demonstrieren, daß sie Pulver zum Verjubeln haben. Das Fort der Franzosen ist viel weiter nördlich, oben am Lake Champlain.«

»Ich habe noch nie ein richtiges Fort gesehen«, flüsterte Sarah zurück. Sie zitterte vor Erregung.

»Väterchen im Himmel, schau dir diese Rotröcke an! Ich würde ein Vermögen dafür geben, wenn wir dort drüben sein könnten, mitten unter ihnen und richtig in ihrem Schutz. Ich glaube, ich werde etwas tun, das gefährlich werden kann. Bist du bereit, Sarah? Jetzt oder nie! Ich will nicht wie ein Stier niederknien und darauf warten, daß mich diese Teufel abschlachten! Oder dich! Bist du bereit, mit mir wegzulaufen, Sarah?«

»Ich geh mit dir«, sagte Sarah und griff zitternd nach seiner

Hand. Peleg richtete sich geräuschvoll auf und starrte demonstrativ über den Baum hinweg. Olamon bleckte seine Zähne vor Wut und zog mit aller Kraft an Pelegs Halsleine. Peleg rang nach Atem, griff mit beiden Händen an die Schlinge, und als sein Atem wieder frei war, rief er: »Es lebe der König und seine Rotröcke, die dort drüben . . .«

Peleg schaffte es, auf die Beine zu kommen, obwohl Olamon an der Leine zerrte und ihn zu Boden werfen wollte. Er stolperte rückwärts gegen den dünnen Stamm eines Ahornbaumes. Durch den Aufprall wurde die Krone des Baumes mit ihren gelben und roten Blättern geschüttelt. Aber das genügte Peleg nicht. Er drückte den Stamm mit seinem Gewicht nach hinten und ließ ihn dann frei. Der dünne, hohe Baum schwang hin und her, so daß man ihn von der anderen Seite des Sees gut hätte sehen können.

»Oh, Gott, beschütze uns!« keuchte Sarah. »Wir müssen es jetzt versuchen!«

Die Abnaki starrten auf Peleg und trauten ihren Augen nicht. Es war Chango, der zuerst reagierte. Er gab Olamon einen Wink, und das Narbengesicht sprang auf. Er packte Peleg am Arm und drehte ihn ihm auf den Rücken. Gleichzeitig schlug er ihm die Hand auf den Mund, wirbelte ihn herum und zerrte Sarahs Halsleine hoch. Er zog seine Gefangenen weg vom Baumstamm und tiefer in den Wald hinein, auf den gleichen Weg, den sie gekommen waren und der zu der versteckten Bucht führte.

Peleg tat, als hätte er nicht die Kraft, sich zu wehren. Aber Sarah wußte, daß Peleg nur auf seine Chance wartete. Und Olamon merkte es nicht. Als er mit seinen Gefangenen außer Sichtweite war, schlug er Sarah mit dem Handrücken ins Gesicht. Er ließ Pelegs Arm los, knurrte wie ein Wolf und trat ihm mit dem Mokassin ins Kreuz.

»Kschingalel!« schnappte er grimmig und trieb Peleg fluchend und mit Fußtritten voran, während er gleichzeitig die Schlinge an Pelegs Hals zurückriß. Dann riß er seinen Tomahawk aus dem Gürtel.

Er jagte Peleg den Pfad hinunter und zwang Sarah, ihnen zu folgen. Als er mit seinem Tomahawk zu einem fürchterlichen Schlag ausholte, stieß Sarah einen Warnruf aus. Peleg warf sich herum, kauerte sich nieder und hielt sich die Hände schützend über den Kopf, erstarrt vor Entsetzen.

Pelegs Drehung kam so überraschend, daß Olamon das Gleichgewicht verlor und der Schlag mit dem Kriegsbeil weit daneben ging. Peleg warf sich hoch wie ein gehetzter Bär und packte seinen Peiniger am Handgelenk und an der Kehle. Sarah sah, wie er verzweifelt versuchte, dem Abnaki das Knie in die Magengrube zu stoßen. Peleg rang um sein Leben. Und er brauchte alle Kraft dazu, den Arm mit dem Tomahawk daran zu hindern, einen tödlichen Hieb zu führen.

Die beiden fielen, überrollten sich keuchend am Boden. Peleg war breitschultrig und stark vom Heben der schweren Mauersteine, aber Olamon war geschmeidig wie ein Panther. Sein Körper schien nur von Sehnen zusammengehalten zu werden. Er drehte sich so heftig herum, daß sich sogar Pelegs Griff, der Olamons Hals mit der Kraft eines Schraubstockes zusammendrückte, lockerte. Als Olamon blitzschnell zurückwich, blieben Pelegs Finger in den Augenhöhlen des Abnaki hängen. Olamon fuhr hoch und stieß seinen bemalten Schädel mitten in Pelegs Gesicht. Blut rann aus seiner gebrochenen Nase.

Sarah schrie, zerrte an ihrer Halsschlinge und fiel hart auf den Pfad. Olamon wirbelte herum und versuchte, zu einem Schlag mit dem Beil auszuholen.

Pelegs Hände, die wild in der Luft herumfuhren, bekamen den Lauf der Muskete zu fassen, die dem Abnaki beim Kampf vom Rücken über die Brust gerutscht war. Peleg drückte die Muskete hoch und wie eine mächtige Brechstange gegen die Brust des Abnaki. Sarah, die auf dem Pfad lag, hörte, wie Olamons Schlüsselbein brach. Es knackte wie ein dürrer Ast. Olamon stöhnte auf vor Schmerzen, und das Beil glitt aus seinen Händen.

»Jetzt bring ich dich um, Bastard!« stieß Peleg hervor, während er sich auf den stolpernden Krieger stürzte. Sie fielen beide, und Peleg schnappte nach dem Tomahawk. Er schwang seinen rechten Arm zurück, zielte genau auf die Mitte von Olamons Schädel und spaltete ihn mit einem einzigen Schlag der schweren Waffe.

»Peleg!« kreischte Sarah.

»Komm mit mir, Sarah!« keuchte Peleg und riß den Tomahawk frei. Er warf sich herum und rannte zum Rand des Sees hinunter. Sarah sah, wie er das kleinere der beiden Kanus umdrehte und zum Wasser stieß. Er warf zwei Paddel hinein, fiel wie ein vom Teufel Besessener über das zweite Kanu her und schlitzte mit einem mächtigen Schlag des Tomahawks den Boden auf. Die restlichen Paddel schleuderte er wie Speere in den See hinaus. Noch einmal drehte er sich um und rief nach Sarah.

Sarah kniete auf dem Pfad, gelähmt vor Angst und Schrecken. Sie sah, wie er das kleine Kanu ins tiefere Wasser hinausstieß. Sarah taumelte hoch, kam aber nur wenige Schritte weit, bevor sie von der Halsleine zurückgerissen wurde. Sie rutschte aus und fiel in das blutige Gras. Als sie sich drehte, sah sie, daß sie immer noch mit der Leine am Handgelenk des Toten festgebunden war. Er starrte sie aus toten Augen an, sein Gesicht wie die gespaltene Maske eines Dämons.

»Sarah! Sarah!« rief Peleg vom Kanu her, während er die Schlinge von seinem Hals zog. Er blickte zurück und sah, wie sie neben dem blutüberströmten Krieger hochtaumelte, dessen Arm mit der Leine vom Boden gehoben wurde.

»O Gott, ist er nicht tot?« rief Peleg. »Sarah! Sarah!«

Vom Lärm in der Bucht aufgeschreckt, kamen Chango und die beiden andern über die Böschung heruntergerannt. Sie brüllten verwirrt durcheinander, als sie ihren Gefangenen entdeckten, der mit kräftigen Stößen in einem ihrer Kanus in die Freiheit paddelte. Chango riß seinen Tomahawk hoch, rannte durch die Bucht und ins Wasser hinaus, bis es zu seinen Hüften reichte. Aber das leichte Kanu aus Birkenrinde hatte schnell Fahrt gewonnen. Chango mußte einsehen, daß er keine Chance hatte, den Fliehenden noch einzuholen.

Norke lief hinunter zum Seeufer und spannte dabei den Hahn der schweren Schrotflinte von Sarahs Großvater. Als Norke niederkniete und den Doppellauf ins Ziel brachte, schrie Sarah auf. Norke zielte auf Pelegs gebeugten Rücken und schoß!

5

Peleg brüllte auf vor Schrecken, als zwei Ladungen Schrot wie Hagelschlag das Wasser hochpeitschten und durch die Wand des Kanus drangen. Blut trat aus einem halben Dutzend Wunden auf seinem Rücken. Er verkrampfte sich, schreiend vor Schmerzen, und paddelte, so schnell er konnte.

Als Chango sah, daß Norke getroffen hatte, nahm er die Muskete von seinem Rücken, spannte den Hahn und zielte sorgfältig. Der Hahn schlug mit dem Zündstein auf, Funken flogen in die Pulverpfanne, aber es gab keine Explosion. Voller Abscheu schüttelte Chango die nasse Muskete, drehte sich um und rannte hinter ›Squirrel‹ her zur versteckten Bucht.

Zusammen hoben sie das große Kanu ins Wasser und sprangen hinein. Sie lärmten wütend, als sie sahen, wie das Wasser durch den langen Schlitz im Boden hereinströmte.

Die beiden Krieger sprangen heraus. Bis zu den Hüften im Wasser stehend, mußten sie zusehen, wie ihr Gefangener über den See paddelte, dem Soldatenlager entgegen. ›Squirrel‹ holte die im See schwimmenden Paddel.

Peleg war frei! Und er lebte!

Sarah hörte den Schotten lärmen: »Ahoi! Ahoi! Ich bin Engländer! Gott segne den König! Helft mir! Helft mir! Ich bin Engländer! Ahoi!«

Norke kam mit vor Enttäuschung und Wut gesenktem Kopf das Ufer entlang auf Sarah zu. Plötzlich blieb er stehen und starrte auf den Platz, wo in einem weiten Umkreis das Gras und die Büsche niedergedrückt waren. Im Zentrum des Kampfplatzes lag Olamons Leichnam mit ausgestreckten Armen und Beinen. Die Klapperschlangenhaut hing los von seiner Skalplocke. In seinem Schädel klaffte ein breiter Spalt.

Die drei Abnaki warfen Sarah kalte Blicke zu. ›Squirrel‹ zog sein Messer aus der Scheide, packte sie am Zopf und zwang sie in die Knie. Chango hielt ihn besonnen davon ab, die letzte lebende Gefangene auch noch zu verlieren. Für eine Weile standen sie still und beinahe niedergeschlagen herum und blickten über den See hinweg zum anderen Ufer, wo die Soldaten zum Landesteg hinunterliefen, um den Fremden im Indianerkanu zu empfangen.

Sarah blieb kniend am Boden. Sie zitterte vor Angst. Am anderen Ufer sah sie eine Meute von Mohawk-Indianern, die sich am Anlegeplatz versammelten. Ihre plumpen Kanus aus Ulmenrinde lagen wie angetriebene Baumstämme am Seeufer. Die roten Röcke der Soldaten flogen im Wind.

Zum zweitenmal auf dieser höllischen Reise bückte sich Norke und schnitt Sarahs Leine vom Handgelenk eines Toten. Er sah sie auf eine neugierige, fast ehrfurchtsvolle Art an, und wieder hörte sie ihn mit seiner rauhen Stimme ein Totenlied singen. Als er damit fertig war, versteckten die drei Abnaki ihren toten Gefährten in den Büschen. Dann wirbelten sie herum, drehten sich wild im Kreis, schienen mit ihren Händen die Luft aufspießen zu wollen, machten seltsame Zeichen und deuteten heftig über den See; als wollten sie die Geister des Toten auf ihre Feinde, die Mohawk, jagen. Und das war es genau, was sie taten. Sie wollten nicht, daß die Geister ihres toten Gefährten ihnen auf dem Weg nach Norden folgten, jammernd und klagend, nach Blutrache schreiend.

Dann hoben sie das aufgeschlitzte, große Kanu auf ihre Schultern. Sarah wurde ein Platz zwischen ihnen zugewiesen, sie mußte tragen helfen. Eilig bewegten sie sich ins Landesinnere, von der Furcht gejagt, daß man eine Kriegerschar hinter ihnen herschicken würde.

Der Mond kam heraus, als sie sich einen steilen Berghang hocharbeiteten. Sie fanden eine bewaldete Hügelkuppe, wo sie sich gegen ihre Verfolger verteidigen konnten. Chango kletterte auf einen Baum, postierte sich hoch oben in der Krone und beobachtete den Pfad, der vom See herüberführte.

Norke befahl Sarah, ihm beim Ausgraben der fadenähnlichen, zähen Wurzelfasern der Zedern zu helfen. Er stopfte ihr die Wurzeln in den Mund, und sie mußte darauf herumkauen, bis sie durch ihren Speichel aufgeweicht waren. Mit einer eisernen Sattlerahle nähte Norke mit diesem Material den langen Schlitz in der

Rinde des Kanus. ›Squirrel‹ half mit, Balsamine und Pinienharz zu sammeln. Sarah mußte es weichkneten, und Norke erhitzte die Klumpen in einer winzigen Feuergrube unter seiner Decke, so daß von außen kein Feuerschein zu sehen war. Vorsichtig verteilte er den klebrigen Brei mit einem flachen Stück Holz und seinen lederhäutigen Fingern über der Naht am Kanuboden und machte sie dadurch wasserdicht.

Chango entdeckte im glitzernden Mondlicht auf dem See drei Kanus der Mohawk. Sie bewegten sich wie schwarze Wasserflöhe auf das Ufer zu. Die Soldaten und die Mohawk suchten also nach ihnen, und es war für die Abnaki zu gefährlich, hier oben zu bleiben. Auf dem Wasser jedoch hatten sie mit ihrem schmalen Kanu eine gute Chance, die Mohawk abzuhängen.

Kleine Wolken zogen über den Mond hinweg wie eine Herde Schafe. Es wurde dunkel, und die Abnaki nutzten die Gelegenheit, den Hügel hinunter und zum See vorzustoßen. Sie schoben das Kanu ins Wasser. Nacheinander kletterten sie hinein. ›Squirrel‹ zuerst, dann Sarah, dann Norke und Chango. Alle gaben sich Mühe, die reparierte Stelle im Kanuboden nicht zu belasten. Die Krieger zwangen Sarah, sich flach hinzulegen, mit dem Gesicht nach unten. Sie sah, wie die Naht Falten in den Harz drückte, die aufplatzten. Wasser drang ein. ›Squirrel‹ befahl ihr, das Wasser mit dem Mund abzusaugen und über den Rand des Kanus zu spucken.

Am Heck des Kanus kniete Chango rittlings über ihrem Unterleib. Sie fühlte die Wärme seines Körpers, der sich im Rhythmus, mit dem er das Paddel durch das Wasser stieß, bewegte. Sie kamen gut voran, und bevor der neue Tag graute, mußte Sarah die Position von ›Squirrel‹ im Bug des Kanus einnehmen. Wenn sie mit dem Paddel aus dem Rhythmus fiel, bekam sie einen Schlag in den Nacken. Sie fürchtete und haßte ihre Peiniger, die gleichmäßig ihre Paddel tief in das Wasser stießen und das Kanu schnell vorantrieben, auf ein Sarah unbekanntes Ziel und Schicksal zu. Es erschien ihr wie ein Wunder, daß sie noch am Leben war, aber trotzdem weinte sie, und sie fragte sich, ob sie überhaupt froh darüber sein konnte, am Leben zu sein . . .

Sie erkannte am Himmel das Sternbild des Bären und wanderte mit ihren Blicken bis zum Polarstern. Großvater hatte ihr einmal erklärt, daß der Polarstern der einzige beständige Orientierungspunkt am Himmel sei. Sie beobachtete ihn, und für eine Weile verstärkten die Erinnerungen an Zuhause ihre Verzweiflung.

Sarah mußte beim Paddeln mit den anderen abwechseln, während sie zwei Nächte lang dem Ostufer des Sees folgten. Die Schwielen, die sie noch vom Heuen an den Händen hatte, schwollen zu Blasen, platzten, und das Fleisch darunter rieb sich an den Paddelgriffen blutig.

Am Ende der dritten Nacht, als der Morgen dämmerte, sahen sie zwei andere Abnakikanus. In einem paddelten eine Frau und ein Kind. Ein Mann saß in der Mitte und rauchte seine Pfeife. Die Abnaki lebten sofort auf und lärmten zu den Kanus hinüber. Sie bekamen Antwort.

Als sie am nördlichen Ende des Lake Saint Sacrament ankamen, zogen sie das Kanu ans Ufer und machten sich bereit, es zu tragen. In diesem Moment klang Gesang auf. Die Abnaki äugten mißtrauisch durch das Schilfgras. Auf einem Pfad, der zum Ufer führte, trotteten zehn Männer heran, die ein wuchtiges Kanu mit hochgezogenen Enden auf ihren Schultern trugen. Im Rhythmus ihrer Schritte klopften sie mit der Hand gegen die Außenwand des Kanus und sangen:

»Les files du roi s'en va chassant
Avec son grand fusil d'argent,
Rouli, roulant, ma boule roulant,
En roulant ma boule roulant.«

Als sie das Ufer erreichten, rief der Mann am Bug einen Befehl, und sie ließen das Kanu vorsichtig in das Wasser gleiten.

»Voyageurs«, sagte Chango, während sie die Männer beobachteten, *»coureurs de bois.«* Chango und seine Krieger schienen vor ihnen keine Angst zu haben.

Wegen ihrer dunklen Haut und einem wilden Durcheinander von farbenprächtigen französischen Stoffkleidern und indianischem Hirschlederzeug konnte Sarah kaum einen vom anderen unterscheiden. Aber sie wußte, daß es sich um die Frachtleute für einen kanadischen Händler handeln mußte. Es waren Weiße dabei, einige Indianer, Mischlinge, aber sie alle amüsierten sich damit, Sarah zuzuwinken und ihr auf französisch Dinge zuzurufen, die sie nicht verstehen konnte.

Nach einer Weile kam der Händler den Pfad herunter. Er trug eine enge, flaschengrüne Jacke mit Messingknöpfen, eine rotweiße Schärpe um seine Hüften, kniehohe Stiefel aus Seehundsfell und einen Biberhut. Er sang ganz für sich allein ein anderes Liedchen und knallte fröhlich mit seinem kurzen Marineoffiziersstöckchen die blutroten Ahornblätter von den Ästen. Er besaß eine mächtig gebogene Nase und Zähne, die so weiß schimmerten wie die Innenseiten von Muscheln. Er drehte sich lachend um und rief nach dem Indianermädchen, das hinter ihm hereilte. Das Mädchen war jünger als Sarah und von zierlicher Gestalt. Es hatte Mandelaugen und hohe, sich klar abzeichnende Wangenknochen.

»*Enfant chien! Vite, vite!*« rief er dem Indianermädchen zu.

Die Männer beim Kanu lachten lauthals, und einer half dem andern, die schweren Biberfellpacken vom Rücken zu nehmen. Sarah beobachtete, wie sie die Ladung im Kanu verstauten und sich dann auf ihre Plätze setzten. Der Händler und das Mädchen stiegen ein und stießen das Kanu aus dem seichten Wasser auf den See hinaus. Sie sangen wieder lauthals, während sie das Kanu südwärts den See hinuntersteuerten. Ihre Paddel blitzten in einem perfekten Rhythmus auf und ab.

Chango befahl seinen Gefährten, das Kanu ebenfalls zu heben. Sie gehorchten, und hintereinander trotteten sie den Handelspfad entlang nordwärts. Obwohl der Pfad bergab einem wilden Flüßchen voller Stromschnellen und Steinbrocken folgte, vermochten sie auf diese Art nicht lange das Tempo zu halten, und schließlich ließen sie das Kanu von den Schultern gleiten, drehten es um und trugen es auf Abnakiart. So wanderten sie gemütlich die letzte Meile des Handelsweges, machten unterwegs noch zweimal Pause und erreichten schließlich das Ufer des Lake Champlain.

Sarah blieb stehen und staunte. In einiger Entfernung, auf einer Anhöhe zwischen dem Wald und dem See, befand sich ein riesiges Soldatenlager, und unten, am Ufer, standen etwa hundert Zelte. Chango und Norke beobachteten Sarahs Gesicht, in dem sich grenzenlose Überraschung zeigte. Chango wies stolz auf die Lichtung, die Zelte und die Männer, die mit dem Aufbau eines Forts begonnen hatten.

»*Carillon*«, sagte er und deutete auf die Palisaden. »*Awanoots*, Franzosen.«

Alle vier schienen stolz auf den neuen französischen Armeeposten und das sich weit ausdehnende Indianerdorf zu sein, das aus vielen Hütten und Zelten bestand. Sarah erblickte die große weiße französische Flagge, die sich im Morgenwind leicht bewegte. Und plötzlich fragte sie sich, ob sie auch so viel Mut wie Peleg aufbringen konnte, um ihre Chance wahrzunehmen. Dort drüben waren Soldaten. Nicht weit entfernt. Sie hätte mit hochgerafftem Rock nur wenige Minuten gebraucht, um dorthin zu kommen. Sie stellte sich auf die Zehenspitzen, um einen besseren Ausblick zu bekommen und die Distanz zwischen sich und der nächsten Soldatengruppe zu schätzen.

Als ob Chango Gedanken lesen könnte, packte er sie am Handgelenk, blickte ihr hart in die Augen und befahl ›Squirrel‹, ihr erneut die Schlinge um den Hals zu legen, während er mit Norke zusammen der Siedlung einen Besuch abstatten wollte.

Am Abend kamen sie dann zurück, ein bißchen betrunken, aber fröhlich. Sie ließen ›Squirrel‹ die letzten Schlucke Brandy aus einem hölzernen Kanister trinken, trugen dann etwas schwerfällig das Kanu ins Wasser und paddelten erneut nordwärts.

Warum sie jetzt nachts reisten, wußte Sarah nicht, aber wahrscheinlich wollten sie der Tageshitze, die in diesem Gebiet herrschte, ausweichen. Sobald sie ein Stück weit im See draußen waren, hörten Norke und ›Squirrel‹ zu paddeln auf. Chango verlagerte sein Gewicht im Bug des Kanus und stieß Sarah an. Aber Sarah hing müde im Boot und schaffte es nicht mehr, aufrecht zu sitzen. Der Hunger und die Strapazen hatten ihr zugesetzt, und als sie den Kopf hob, spürte sie, wie ihr schwindelig wurde. Die Sterne über ihr fingen zu flackern an, und dann hatte sie das Gefühl, als würde sie durch den Nachthimmel schweben . . .

Sarah verlor ihre Sinne, während sie den See überquerten. Einmal glaubte sie, wie durch Nebelschleier hindurch Worte zu vernehmen. Französische Worte, die aus weiter Ferne in ihr Bewußtsein drangen. *»Minuit! Tout va bien!«* rief jemand am Ufer des Sees.

Chango schüttelte Sarah wach und befahl: *»Maskwamozi!«*

Sie öffnete die Augen und stellte fest, daß sie auf festem Boden lag. Es war Abend, und der See breitete sich zwischen den Wäldern aus, grau und still wie von einer Eisdecke überspannt. Nebelschleier hingen über ihm. Die drei Abnaki lagen um eine Feuergrube herum wie eine Familie von Rotfüchsen, und ihre Augen glitzerten im Feuerschein, so daß sie richtig schlau und listig aussahen. Chango sang ein Lied, um den Wind zu beruhigen.

Sarah wurde aufgetragen, einen dünnen, knochigen Hundefisch zu kochen, den Norke mit einem schnellen Schlag seines Paddels im seichten Gewässer erlegt hatte. Als sie am Feuer niederkauerte und im Topf mit dem Fischbrei herumrührte, brachten die Flammen ihr Gesicht zum Glühen, während der Nachtfrost ihr eine Gänsehaut über den Rücken jagte.

Sie erschrak, als lautes Röhren wie ein Echo von den dunklen Hügeln herunterrollte. Sofort warf Chango Sand über die Flammen und über die Glut in der Grube. Sie lauschten in die stille Dunkelheit hinaus. Ein zweites, tief aus einer Kehle kommendes Röhren drang zu ihnen herunter.

»Moziia!« flüsterte Chango, der neben Sarah kauerte. »Elch.«

Sie hörte, wie er vorsichtig den Ladestock vom Lauf seiner Muskete nahm. Er schüttete einen durch Erfahrung bemessenen Schuß Pulver in den Lauf, riß ein Stück Stoff von Sarahs Unterrock, umwickelte damit ein schweres Bleigeschoß, schob es in die Mündung und stieß es mit dem Hickory-Ladestock tief in den Lauf hinein. Er erhob sich, zog sein Messer aus der Scheide und löste ein Stück Rinde von einer Birke. Er rollte das Stück zu einem trichterförmigen Horn zusammen. Dann lief er geräuschvoll hinunter zum Kiesstrand und arbeitete sich platschend in den See hinaus, bis er ziemlich weit draußen stand. Seine gebeugte Gestalt hob sich schwarz gegen das silberne Mondlicht ab. Sarah sah, wie er das Rindenhorn an den Mund nahm und gegen die Hügel richtete. Er stieß ein tiefes lockendes Röhren durch das Horn. Ein lautes Brüllen war die Antwort. Chango wartete. Röhrte wieder. Der Ton ließ Sarah schaudern.

Chango beugte sich tiefer, füllte das Horn mit Wasser und ließ es durch die kleine Öffnung in den See plätschern. Es klang, wie wenn eine Kuh in die Viehtränke hinter Vaters Scheune urinierte.

Im Unterholz wurde es laut. Zweige und kleine Bäume brachen knackend, ein riesiges Tier brach durch die Büsche und trottete den Hügel herunter. Einmal hielt es an und schien zu lauschen. Chango lockte wieder. Es wechselte die Richtung, arbeitete sich durch das Buschwerk und trottete zum Ufer. Sarah konnte das Tier jetzt nicht mehr sehen, hörte aber das Platschen vom See her und sah die weißen Wasserringe, die sich am dunklen Uferstreifen ausbreiteten.

Norke, der zwei Fackeln aus Birkenrinde hergestellt hatte, steckte diese in die Feuerglut und blies heftig hinein, bis sie in Flammen aufgingen. Er hob sie hoch über seinen Kopf. Die Flammen warfen Licht auf den See hinaus, und zum erstenmal konnte Sarah deutlich die Umrisse des Tieres erkennen, das knietief im Wasser stand. Es war ein riesiger Elchbulle mit einem weit ausladenden Schaufelgeweih.

Kaum hatte sie einen Blick auf das Tier geworfen, flogen Funken in die Pulverpfanne von Changos Muskete, und eine grellorange Feuerzunge schoß aus der Mündung, als die Muskete losging. Das mächtige Tier grunzte auf und schwankte, als es von dem schweren Bleigeschoß getroffen wurde.

Norke und ›Squirrel‹ sprangen auf die Beine und liefen zum See hinunter. Sarah folgte ihnen. Sie konnten das riesige Tier würgende Laute ausstoßen hören. Es taumelte im seichten Wasser und schwang den langen Kopf schwerfällig hin und her. Mit seinen Geweihschaufeln peitschte der verwundete Elch das Wasser hoch.

Chango hatte sich auf das Tier gestürzt, die abgeschossene Muskete auf dem Rücken. Mit der freien Hand packte er den Elch an den Nüstern, riß ihm den Kopf hoch und stieß ihm das Messer durch die Kehle. Pfeifender Atem entrang sich der Luftröhre des

Tieres. Blut spritzte. Der Bulle stürzte, und Sarah sah, wie das dunkle Blut sich im Wasser ausbreitete.

Norke winkte sie herüber, und Sarah wickelte ihren Rock um die Hüften. Zusammen mit dem alten Jäger und ›Squirrel‹ stieg sie ins Wasser. Chango watete hinter ihnen zum Ufer zurück, nahm die Muskete vom Rücken und stützte sich gemütlich darauf, während er wartete, daß sie das Fleisch zum Ufer brachten.

Am Anfang war es leicht, den schweren Kadaver mit den Wellen hereinzubringen, aber als sie auf Grund kamen, war der mächtige Körper des toten Tieres nicht mehr zu bewegen.

Sarah mußte, zusammen mit Norke und ›Squirrel‹, die rauhe Fellhaut vom warmen Körper des Elchs ziehen. Sie nahmen das Tier aus und hoben Herz und Leber auf. Dann zerlegten sie den Rest und trugen die Fleischstücke zum Feuer. ›Squirrel‹ lachte, als er den stinkenden Hundefischbrei in den See schüttete.

Als das Holz niedergebrannt und die Feuergrube mit hitzeschleudernder Glut gefüllt war, schnitt Norke einen zähen dünnen Jungbaum, spitzte ihn zu und trieb ihn am Rand der Feuergrube tief in die Erde. Mit einem doppelten Riemen hängte er einen schweren Hinterschenkel des Elchs über die Glut. Er zeigte Sarah, wie man das hängende Fleischstück über dem Feuer rotieren lassen konnte, indem man es drehte, bis die beiden Riemen zu einer engen Spirale aufgewunden waren. Er ließ das Fleischstück los, das sich jetzt durch das Eigengewicht drehte, zuerst in die eine Richtung, dann in die andere. Sarah beobachtete, wie der Saft in das Feuer tropfte und sich auf dem Fleisch allmählich eine Kruste bildete. Ein wunderbarer Duft breitete sich aus, und Sarah konnte schon den Geschmack des Fleisches auf der Zunge spüren.

Als sie dann endlich aßen, herrschte keine gespannte Stimmung mehr unter ihnen. Sie jagten Sarah nicht einmal aus dem Feuerschein, sondern sie ließen sie einfach sitzen und ignorierten sie, während sie redeten. Sarah hörte aufmerksam zu und verstand viel von dem, was sie sagten. An diesem Abend durfte Sarah soviel essen, wie sie nur wollte. Es gab mehr als genug Fleisch für alle. Und sie aßen, bis sie nicht mehr konnten und sich vor Wohlbehagen schnurrend am Boden ausstreckten und in ihre Decken schlüpften.

Sarah machte es den Kriegern nach und legte sich mit dem Kopf gegen das ausgehende Feuer. Sie schlief zwischen ihnen, und es war das erstemal, daß sie nicht an einen von ihnen festgebunden war. Es war ein seltsames Gefühl, und als sie darüber nachdachte, wurde ihr bewußt, daß sie jetzt schon weit im Norden sein mußten. So weit, daß die Abnaki nicht mehr mit ihrer Flucht zu rechnen brauchten.

Sarah versuchte, sich die Einzelheiten des langen Marsches in ihre Erinnerung zurückzurufen. Er erschien ihr als eine schier endlose Qual, hervorgerufen durch eiskalte Nächte in versteckten Lagern, durch die ständige Nähe des Todes, das Sterben der beiden Krieger und die furchtbare Trennung von Peleg, durch Regen, Frost und Hunger. Und Sarah fragte sich zum hundertsten Male, welches Schicksal sie am Ende des Weges erwarten würde. Im Halbschlaf meinte sie plötzlich zu sehen, wie eine Gruppe von wilden Squaws keifend auf sie eindrang. Sie schrak hoch und zitterte bei dem Gedanken, bald mit Indianerfrauen zusammenzutreffen.

Als Sarah erwachte, waren die Morgennebel schon bis zu den Wipfeln der Bäume gestiegen. Auf der anderen Seite des Sees sah Sarah einen großen Hain von Birken, die Stämme silbern und kerzengerade im Licht des Morgens, die Kronen leuchtend wie gelbe Flammen. Jeder einzelne Stamm spiegelte sich im dunklen, stillen Wasser. Dort, wo die Forellen aus dem Wasser schnellten, um nach den letzten Herbstfliegen zu schnappen, breiteten sich auf der stillen Oberfläche silberne Ringe aus. Ein fremdartiges Gefühl überkam Sarah beim Anblick dieses unberührten Landes, das sie in sich aufnahm, als wäre sie ein Teil von ihm.

Sarah wandte den Kopf und sah Chango auf einen Ellbogen gestützt daliegen. Er sah auf sie nieder wie ein Herr auf seine Sklavin. Ja, ich gehöre dir, dachte Sarah. Ohne dich wäre ich verloren. Ich wüßte nicht, wie ich in dieser Wildnis ohne dich am Leben bleiben könnte. Hast du Nashua getötet? Und Naamhok, seine Frau? Hast du meinen Bruder Benjamin getötet?

Als ob er ihre Gedanken hätte verstehen können, hob er den Kopf. Das Licht der Morgensonne traf seine Augen und ließ sie aufleuchten. Er schien zu ahnen, was in ihrem Kopf vorging und hob warnend seinen Zeigefinger.

Sarah stand auf und half Norke und ›Squirrel‹, die besten Fleischstücke des Elchs in das Kanu zu laden.

Während zweier langer Tagesreisen sahen sie nicht einmal ein Anzeichen von Menschen. Zu beiden Seiten des Sees waren die Ufer ein einziges Gewirr von moosbehangenen Felsbrocken, sturmgefällten Fichten, dichtem Unterholz und dazwischenliegenden Sümpfen, die sicher noch nie von einem Menschen betreten worden waren. Sarah vermutete, daß sie sich bereits in Kanada befanden, und sie fragte sich, wie weit sie von Montreal entfernt sein mochten und vom Fort von Quebec. Und sie erinnerte sich an alle diese schrecklichen Geschichten, die sie über das Indianerdorf Saint Francis gehört hatte.

Am folgenden Tag, als sie eine Landzunge umfuhren, tauchte vor ihnen plötzlich eine Ansammlung von Hütten auf, die zusammengedrängt am Seeufer standen.

»Canadanskawa«, erklärte Chango und bedeutete ihr, sich auf den Boden des Kanus zu legen.

Vom nahen Ufer her konnte sie Hunde bellen und Kinder schreien hören. Chango begann, sich mit zwei Personen zu unterhalten, die am Ufer stehen mußten. Eine von ihnen hatte die krächzende Stimme einer alten Frau. Sarah konnte vieles von dem, was gesagt wurde, verstehen. Es hörte sich fast an, wie wenn Naamhok Pennacook sprach. Chango beantwortete die Fragen vom Ufer, indem er in das Kanu hineindeutete und dann zwei Finger hochhielt. Dann zeigte er den beiden Personen am Ufer die dünne Skalpstange, von der die zwei frisch erbeuteten Skalps von Nashua und Naamhok herunterhingen.

Schließlich paddelten sie weiter. Für drei weitere Nächte sah sie den Abendstern aufgehen und die Abnaki sich vor ihm verbeugen. Während Sarah ruderte, war ihr Oberkörper von den Bewegungen erhitzt, aber von der Hüfte abwärts zog die Kälte in ihre Glieder und ließ sie zu Eis erstarren.

Eines Abends sah sie graue Rauchfetzen unter den Sturmwolken dahinjagen. Der Rauch kam vom Ufer und trieb über den See hinweg. Dort, wo er aus dem Wald kam, mußten Leute leben.

Norke blickte sich nach Chango um. Als er sah, daß Sarah ihn beobachtete, deutete er zum Ufer und sagte: »Missisquoi. *Ma Maison.* Mein Haus.«

Sarah erschauderte. Sie wußte, daß die lange Reise jetzt ein Ende nahm. Und das neue Leben, das hier auf sie wartete, machte ihr Angst.

Sie landeten in einer Bucht, noch ziemlich weit vom Platz entfernt, wo das Dorf sein mußte. Sie zogen das Kanu ans Ufer, suchten eine windgeschützte Stelle an der Böschung und befahlen Sarah, sich mit dem Rücken gegen einen Baumstamm auf den Boden zu setzen.

Einem Beutesack aus Hirschleder entnahm Norke mehrere kleine Lederbeutel. Er öffnete einen nach dem anderen und schüttete pulverisierte Farben auf ein Stück Holz. Rot, Blau, Grün, Gelb und Schwarz. Chango holte ranziges Elchfett aus einem anderen Sack. Er begann etwas von dem Fett mit Ocker und Rot in seiner Handfläche zu vermischen, bis er ein feuriges Rot hatte. Mit dem Daumen strich er die Farbe auf Sarahs Stirn, malte ein großes V und zwei daumendicke Streifen, die von ihren Augen über die Wangen bis zum Kinn führten.

»Ich fürchte mich«, sagte Sarah leise.

Chango nickte. »Ja«, sagte er. »Du bist eine Frau. Und es werden Frauen von toten Kriegern sein, die über dein Leben bestimmen.«

Sarah konnte ihn gut verstehen. Er sprach langsam, betonte jedes Wort und machte mit seinen Händen Zeichen.

›Squirrel‹, der ebenfalls in seiner Handfläche eine Farbe gemischt hatte, entblößte seine Nagetierzähne, beugte sich zu ihr herüber und strich ihr zu beiden Seiten der breiten roten Streifen etwas schmalere ins Gesicht. Indigoblau. Mit dem Rest der Farbe bemalte er ihre Ohren. Chango kniete nieder, und mit einem Kamm der Hudson Bay Company, den er aus der Tasche nahm, teilte er Sarahs Haar in der Mitte und färbte die weiße Kopfhaut im Scheitel mit Ockerrot. Dann nahm er vom Blau und zog einen Strich von ihrem Haaransatz senkrecht über die Stirn und den Nasenrücken zur Nasenspitze und von dort in einem kühnen Bogen um den Mund herum. Die ganze Bemalung wurde mit größter Sorgfältigkeit ausgeführt, begleitet von vielen Diskussionen über die Farbauswahl und die Zeichnung. Die Gesichtsbemalung eines Gefangenen schien äußerst wichtig zu sein. Sarah mußte dann auch noch ihren zerlumpten Rock glattstreichen. Die Vorderseite der Weste wurde notdürftig zusammengezogen. Die Krieger brachen Eis aus einem kleinen Tümpel, und Sarah mußte mit dem schmutzigen Wasser ihre blasenbedeckten Hände und Füße säubern. Sie gab sich alle Mühe, obwohl sie sich nicht vorstellen konnte, jetzt besser auszusehen.

Als sie fertig war, zog Chango einen der kleinen Taschenspiegel heraus und ließ sie stolz einen Blick auf ihr verwandeltes Ebenbild werfen. Sarah erschrak und fing an zu weinen. Chango steckte den Spiegel weg und sagte: »Jetzt bist du bereit. Bete, daß du lebst, wenn die Sonne das nächstemal aufgeht.«

Die Rohhautschlinge wurde wieder um ihren Hals gelegt und eng gezogen. Dann machten sich Chango, der Anführer, ›Squirrel‹, der junge Bogenmann, und Norke, der alte Jäger, selbst zurecht. Die Angst in Sarah wuchs. Sie sah zu, wie sich die Krieger nicht mehr mit den leuchtenden Farben bemalten, mit denen sie zuvor dekoriert gewesen waren. Statt dessen rieben sie ihre Wangen und Schultern mit Bärenfett ein und bepflasterten sich mit grauer Asche, die sie von einem Lagerfeuer mitgenommen hatten. Sie machten weiße Kreise um ihre Augen und zogen dünne schwarze Striche über ihre Wangen, die aussahen, als würden ihnen Tränen über das Gesicht laufen.

Als sie um die Landzunge herumpaddelten und sich ihrem Heimatdorf Missisquoi näherten, veränderten sich die drei Abnaki. Sie begannen mit einem tiefen monotonen Gesang und wiederholten immer wieder die gleichen zwei Trauerlieder für die Krieger, die unterwegs gestorben waren. Dazwischen stieß Chango einen schrillen Aufschrei aus, der anzeigen sollte, daß sie immerhin einen Gefangenen mitbrachten.

Männer, Frauen und Kinder, die meisten von ihnen halbnackt, versammelten sich unten am Landesteg. Chango schlug sich mit der flachen Hand gegen die Seite des Kopfes, und einige Frauen am Ufer fingen an, laute, wimmernde Töne von sich zu geben. Andere stießen nervöse, japsende Bellaute aus, wie Füchse, und verleiteten dadurch die Schlittenhunde im Dorf, loszuheulen.

»Yeh, yeh, yeh, yeh, yeh, yeh«, sangen sie in einem langsamen dumpfen Rhythmus, mit dem sie ihre Verzweiflung über den Tod der zwei Krieger zum Ausdruck brachten.

Chango zog sein Paddel ein und warf es in das Kanu. Dann erhob er sich und rief: »Wir kommen zurück vom Marsch des Todes. Nur eine unwürdige Gefangene bringen wir euch.« Er packte Sarahs Haar und riß ihr den Kopf in den Nacken, so daß die Leute am Ufer ihr Gesicht sehen konnten.

Als Chango ihnen zurief, daß es sich bei den beiden toten Kriegern um ›Snake‹ und Olamon handelte, stimmten die Frauen ein lautes, heulendes Wehklagen an, das sich aber bald in ein bösartig zischendes Geräusch verwandelte. Eine magere alte Frau trat vor und hämmerte sich ihre knochigen Fäuste gegen den Kopf. Sie riß sich den Umhang vom Leib und entblößte ihre Brüste. Ihre Fingernägel gruben sich tief in die Haut. Sie riß sich kreuz und quer blutige Wunden. Schließlich drängten sich noch andere Frauen in die Nähe der Alten, und als das Kanu anlegte, begannen sie, Sarah zu bespucken.

Ein buckliger alter Mann mit zerzaustem Haar kam zum Kanu und beugte sich über die Gefangene. Er fuchtelte mit einer Rassel, die aus zwei Schildkrötenpanzern verfertigt war, über Sarahs Kopf herum und stieß grimmig klingende Worte aus. Mit der knorpeligen Hand löste er das Rohhautseil von der Ruderbank und zerrte Sarah, so grob er nur konnte, aus dem Kanu. Die Schlinge würgte Sarah, und der Alte stieß sie im seichten Wasser auf Hände und Knie nieder. Wie ein Hund wurde sie durch das Wasser getrieben, und Sarah versuchte verzweifelt, sich der Frauen zu erwehren, die auf sie eindrangen. Die Kinder brüllten und bewarfen Sarah mit Dreck. Frauen schleuderten ihr Sand in die Augen. Ausgemergelte Hunde, denen das Fell von den Rippen hing, sprangen schnappend an ihr hoch.

Sarah weinte. Es waren nicht die Schmerzen, die sie quälten, sondern es war das Gefühl, daß diese Menschen sie verabscheuten. Sie spürte, wie die Fußtritte sie trafen. Man schlug nach ihr, zerrte an der Leine und versuchte, ihr die Luft abzudrücken.

Plötzlich verstummte der Lärm um sie herum. Sie war von einem harten Schlag getroffen worden und stürzte. Sie sah die verzerrten, schreienden Gesichter, und sie versuchte, mit ihren Armen Kopf und Körper gegen die Schläge zu schützen. Sie spürte jetzt kaum mehr die Schmerzen, wenn sie von Hieben und von Steinen getroffen wurde, aber sie merkte, daß sie am Arm und an den Haaren weggeschleift wurde, in eine lange Holzhütte hinein, wo sie an einem der Stützpfosten festgebunden wurde. Ihre Lungen flatterten, und sie bekam kaum mehr Luft, als sie sich mit der Zunge das Blut von den geschwollenen Lippen leckte. Halb bewußtlos lag sie da, starrte aus leeren Augen in die Dunkelheit, verängstigt wie ein verwundetes Reh. Nach kurzer Zeit übermannte sie die Erschöpfung, und sie schlief ein.

Als sie wieder zu sich kam, war sie fast verrückt vor Durst. Ihr Mund war ausgetrocknet und voll Sand. Die Zunge klebte am Gaumen, und die aufgerissenen Lippen schmerzten. Ein Auge war zugeschwollen. Die Nase tat weh. Vielleicht war sie gebrochen. Sie versuchte, sich in der rauchgeschwängerten Dunkelheit umzusehen. Niemand war hier. Sie war allein. Das verwitterte Dach über ihr war voller Löcher. Dem muffigen Geruch von Fäulnis und Urin nach befand sie sich in einer Hütte, die nicht bewohnt wurde.

Sie lag auf dem kalten, schmutzigen Boden und beobachtete das Abnakidorf durch die niedrige Türöffnung. Sie sah die magere Alte, die sich mit ihren Fingernägeln die Wunden beigebracht hatte, vor der Hütte auf und ab humpeln. Sie jammerte und wütete in ihrem Leid. In ihrer Hand trug sie einen rußgeschwärzten eisernen Topf.

»Taliwan«, krächzte sie. »Taliwan! Taliwan!«

Aus einer der Hütten jenseits des rechteckigen Platzes kam ein junger Mann. Mit gesenktem Kopf ging er zu der Alten. Sie nahm seine Hand und tunkte sie in den Topf. Als er sie wieder herausnahm, war sie rot, und Sarah konnte nicht erkennen, ob es Blut oder Farbe war, was heruntertropfte. Auch seine andere Hand wurde von der Alten in den Topf gesteckt und kam blutrot wieder zum Vorschein.

Sie zog ein Kriegsbeil unter ihrem Umhang hervor. Es war ganz aus Eisen, lang und dünn, mit einer ungewöhnlich ausgearbeiteten Schnittkante, die blankgeschliffen war. Sie legte diese Waffe in die Hand des jungen Mannes, der wahrscheinlich ihr Sohn war. Dann trat sie nahe an ihn heran und flüsterte lange auf ihn ein. Schließlich zeigte sie auf den Eingang der verlassenen

Hütte, in der Sarah lag. Sarah sah ihn herankommen. Sie kroch in die hinterste dunkle Ecke, so weit vom Stützpfosten weg, wie es die Leine erlaubte. Der junge Mann mußte sich tief herunterducken, als er die Hütte betrat. Sie hörte den schweren Atem und starrte auf die roten Hände mit dem französischen Tomahawk. Langsam kam er auf sie zu, und sie duckte sich und hörte sich selbst winseln wie ein Tier. Er blieb stehen, und seine Augen suchten in der Dunkelheit nach ihr.

Teil zwei

6

»Willst du eine hungernde und wehrlose Frau töten?« fragte Sarah.

Er starrte sie lange an, drehte sich plötzlich um und verließ die Hütte.

Während der nächsten Zeit brachte man Sarah weder Essen noch Trinken. Und die Kälte nagte an ihr. Sie hätte die Rohhautschlinge von ihrem Hals nehmen können, aber sie hatte Angst davor, ohne sie entdeckt zu werden. Und an eine Flucht mochte sie nicht einmal denken. Als der Durst so quälend wurde, daß sie es kaum mehr aushalten konnte, versuchte sie die Feuchtigkeit aus der vermoderten Ulmenrinde der Hüttenwand zu saugen. Aber sie schmeckte derart bitter und ekelerregend, daß Sarah sie ausspucken mußte.

Am Spätnachmittag des dritten Tages ihrer Abgschiedenheit kam Chango. Sie war so froh, sein vertrautes Gesicht zu sehen, daß sie die Kraft fand, aufzustehen. *»Arami«*, rief sie ihm freudig zu.

Er kam herüber und löste die Leine vom Stützpfosten. »Ich dachte nicht, daß du noch lebst«, sagte er.

Er führte sie in das gleißende Tageslicht und über den menschenleeren Dorfplatz. Der Tanzplatz in der Mitte bestand aus hartgestampfter Erde und war von einem Kreis mannshoher Pfähle umgeben. Die Wohnhütten waren rund um den Platz herum aufgebaut. Als Chango Sarah an einem T-förmigen Pfahl vorbeiführte, der genau im Zentrum des Tanzplatzes in den Boden gerammt war, bemerkte sie, daß rundherum die Erde verbrannt war. Und vom Querbalken des Pfahles hing eine vom Feuer schwarzgebrannte Menschenhand. Sarah drehte den Kopf weg. Dieser neue Schreck verjagte für einen Moment den Gedanken an Durst und Hunger, von denen sie schon so lange gepeinigt wurde.

Sie kamen zum Eingang der größten Hütte, und Chango stieß

sie hart hinein. Der aufdringliche Geruch, den die dort eng zusammengepferchten Menschen ausströmten, ließ Sarah fast ohnmächtig werden. In der Mitte der Hütte brannte ein Feuer, und an den beiden Enden hing je eine eiserne Öllampe von hölzernen Trägerpfosten, die mit Schlingen aus Elchhaut zusammengebunden und mit großen Ulmenrindenstücken bedeckt war. Es war furchtbar heiß in der Hütte, und Sarah bekam kaum genug Luft zum Atmen.

Chango blieb stehen und fing an, in einem singenden Tonfall eine Rede zu halten. Er betonte dabei jedes einzelne Wort, so wie es sich für einen Krieger gehörte, der einem geachteten Häuptling eine Geschichte erzählt. Der Häuptling, ein uralter Mann mit harten schwarzen Augen und einer gebrochenen Nase, trug einen dunkelbraunen Offiziersmantel mit silbernen Ketten und unzähligen angenähten Silberspangen und Medaillen. An seinem Ohr baumelte ein Paar silberne Kreuze. Während Chango sprach, saß er unbeweglich da.

Dann wandte er den Kopf und sah geradewegs in Sarahs Augen. »Du gehst nicht mehr von hier weg«, sagte er. »Ich sehe dich sterben. Hier in Missisquoi!«

Sarah senkte ihrenKopf mit dem schrecklich bemalten Gesicht. Deutlich war jetzt ihr blutroter Scheitel sichtbar, von dem ihre strähnigen Haare herunterhingen.

›Squirrel‹, der Krieger mit dem tätowierten Gesicht, sprang auf. »Sie hat mitgeholfen, zwei unserer Krieger zu töten! Sie *muß* sterben!«

»Was sagt die Mutter?« fragte Chango.

Changos Frage löste ein endloses Palaver aus, dem Sarah in ihrem Entsetzen nicht zuzuhören vermochte. Sie stand schwankend im erhitzten Gestank, der die Hütte füllte.

Plötzlich hob der Häuptling die Hand, zeigte mit seinem langen knochigen Finger auf den Eingang und sagte mit ruhiger Stimme ein paar Worte. Eine Frau zog ihren Umhang aus weichgegerbtem Hirschleder über den Kopf und schlüpfte hinaus.

Sekunden später drängte sich ein grobschlächtiger Mann durch den niedrigen Eingang. Ein Weißer. Er richtete sich auf, rümpfte die Nase und blinzelte, bis sich seine Augen an das düstere Zwielicht gewöhnt hatten. Er war so groß wie Sarahs Vater, mit einem groben, geröteten Gesicht und fettig glänzendem schwarzem Haar, das unter einem randlosen Filzhut hervor bis auf seine Schultern fiel. Er trug die schmutzige Uniform eines französischen Soldaten. Sie mochte einmal weiß gewesen sein, mit hellblauen Aufschlägen. Um seinen Fettwanst hatte er eine breite bunte Schärpe gebunden, mit einem eingewebten gelben Blitz und langen Fransen, die von seiner Hüfte herunterhingen. Seine rehledernen Beinkleider steckten in kniehohen, mit Perlenstickereien verzierten Mokassins. In seinem Gesicht sprießten die Bartstoppeln wie die Stacheln eines Igels. Er hatte sich seit Wochen nicht mehr rasiert. Mit der Grandezza eines Schwarzbären bahnte er sich einen Weg durch die Menge in den Beraterkreis.

Sarah wollte ihn zu Hilfe rufen, aber ihr Mund war so trocken, daß sie keinen Laut herausbrachte.

Der Mann trat neben den Häuptling und blieb in einer erwartungsvollen Haltung still stehen. Er wartete darauf, reden zu dürfen.

Endlich drehte sich ihm der Häuptling würdevoll zu und redete in einem furchtbaren Durcheinander von Abnaki und Französisch auf ihn ein. Als er fertig gesprochen hatte, warf der Häuptling Sarah wieder einen Blick zu. Dann drehte er den Kopf und nickte der alten Frau zu, die ihren ältesten Sohn ›Snake‹ verloren hatte. Die Frau brach sofort in lautes Wehklagen aus, richtete sich jammernd auf den Knien auf, hob ihre Hände und rief mit krächzender Stimme: *»Kenn, kenn!«*

Sarah kannte diese Worte, die Dank bedeuteten, und sie war sicher, daß man beschlossen hatte, sie der Alten zu überlassen. Es war ›Snakes‹ Mutter, die über Sarah verfügen konnte, und ihr jüngerer Sohn Taliwan, dessen Hände immer noch blutrot waren, trat aus dem Schatten und stellte sich neben die Alte.

Der Weiße in der Franzosenuniform übersetzte für Sarah die Rede des Häuptlings. Er sprach in schnellem Französisch, und als er geendet hatte, rief er: *»Comprenez-vous?«* Abschätzende Blicke belauerten Sarah dabei.

Sarah antwortete nicht.

»Enfant chien!« sagte er mit lauter Stimme, zeigte dabei auf Sarah und fragte mit starkem Akzent auf englisch: »Nun, du kleines Luder, hast du mich verstanden?«

»Nein, Sir. Ich . . . spreche englisch.«

»Dann sag ich's dir auf englisch! Ich bin Clovis LaMontagne, Korporal des Infanterieregimentes La Sarre und französischer Militärberater für die Abnaki. Du gehörst jetzt jener weinenden Mutter dort. Sie wird dich als Sklavin behalten. Verstanden? Sklavin! Sie sagen, daß du bei ihrem älteren Sohn gewesen bist, als er in der Schlinge starb. Sie wissen nicht, was passiert ist, aber sie glauben, daß du ein bißchen beim Sterben mitgeholfen hast. Vielleicht *oui*, vielleicht *non*. Mir egal, wie es war. Dieser Häuptling und sein Beraterstab haben beschlossen, daß du der Mutter gehörst, sozusagen als Entschädigung für ihren Sohn. Du hast Schwein gehabt. Es gibt Leute hier, die dich auseinanderreißen und die Stücke als Krähenfraß an die Stangen hängen möchten!« Er zeigte über das Feuer hinweg. »Diese Versammlung hat der Mutter die Bewilligung gegeben, mit dir zu tun, was sie will. Vielleicht verbrennt sie dich. Vielleicht behält sie dich. Vielleicht schneidet sie dir die Sehnen in den Kniekehlen durch, damit du nicht weglaufen kannst. Wer weiß. Sie wird entscheiden.«

In der Sprache der Abnaki beschimpfte er dann die Engländer und die mit ihnen verbündeten Irokesen so lauthals und kräftig, daß jedem Abnaki wieder einmal klar wurde, wer diese Gegend zur Zeit unter Kontrolle hatte.

Sarah schielte zu der Alten, senkte den Kopf und starrte auf den dunklen Erdboden. Sie hörte, wie Kinder immer und immer wieder das gleiche Abnaki-Wort für Feuer sangen. Die Alte begann zu jammern. Sarah hob den Kopf und starrte gebannt auf die Alte, die ein brennendes Stück Holz aus dem Feuer zerrte und es mit dem glühenden Ende gegen ihre linke Hand schlug.

Der französische Soldat sagte: »Sie ist furchtbar traurig. Du hast mitgeholfen, zwei *Menschenwesen* zu töten. Sie glauben, die einzigen wirklichen Menschen auf dieser Welt zu sein. Wir *awanoots,* die Weißen, stehen unter ihnen. Aus diesem Grund würde es ihnen nichts ausmachen, dich einfach zu verbrennen. Der kleine Vetter dort will dir Holzsplitter unter die Fingernägel stoßen und sie anzünden wie Kerzen. Keine Ahnung, was sie mit dir tun werden.« Er zuckte die Schultern. »Vielleicht bittest du besser den Allmächtigen um Gnade, solange du noch eine Zunge hast.«

Der Häuptling, der sich vom Lärm rundherum nicht stören ließ, beugte sich zu den versammelten Ratsmitgliedern und flüsterte auf sie ein. Dann sprach er zu der Alten, die ihm mit einer weinerlichen Stimme antwortete. Der Franzose übersetzte für Sarah, was gesagt wurde.

»Die Mutter sagt, daß sie ihren Sohn um eine Entscheidung gebeten hätte, und ihr Sohn sagt, daß er dich bis auf weiteres am Leben lassen will. Sie meint, daß sich ihr vielleicht später einmal eine Chance bietet, dich gewinnbringend zu verkaufen.« Der Soldat grinste. »Die Alte ist versessen auf Silberspangen, und sie glaubt, daß sie für dich in Montreal ein paar kriegen könnte.« Er lachte und zwinkerte ihr zu. »Wer weiß, vielleicht kaufe ich dich für mich. Ich würde dir ein paar französische Soldatentricks beibringen, du kleines Luder.«

Er lachte erneut und sagte etwas auf französisch zu dem Häuptling. Der Häuptling kicherte, lehnte sich zurück aus der Hitze des Feuers und musterte Sarah. Chango entspannte sich neben ihm, und auch die anderen lehnten sich zurück.

Als der Korporal merkte, daß die Ratsversammlung zu Ende war, drehte er sich um und rief ein paar Kindern, die sich am Eingang herumbalgten, zu: »Wo steckt dieses nichtsnutzige Weib, das mir gehört? Bringt sie her, *vite, vite*!« Die Kinder rannten davon, und der Korporal drehte sich Sarah zu. »Ich bin wie ein Schwarzrock, ein heiliger Jesuit, verstehst du? Ich bringe diesen kleinen Bastarden Französisch bei.«

Die Kinder kamen zurück und trieben eine grobknochige blonde Frau vor sich her. Sie hatte mächtige Brüste und war mit Lumpen und speckigen Hirschlederstücken behangen. Sie blieb vor Sarah stehen und schaute sie an wie eine Mutter ihr krankes Kind. Dann drehte sie den Kopf und starrte aus kalten Augen in das Gesicht des Franzosen. »Was willst du von mir?«

»Hol mir meine Pfeife, Weib, und zwar schnell!«

»Ich hab sie dir mitgebracht«, sagte sie mit einer kalten Stimme und hielt ihm die Pfeife hin.

»Zünd sie an!«

Während sie Tabak in die zerbrechliche graue Tonpfeife stopfte, ging sie langsam in der Hütte umher, so daß alle Abnaki die Prozedur bewundern konnten. Dann nahm sie einen brennenden Zweig aus dem Feuer, steckte die Pfeife in ihren schiefen Mund und zündete sie sorfältig für ihn an.

»So, das wär's, Korporal. Ich geh jetzt.« Sie wollte sich umdrehen, blickte aber dann noch einmal auf Sarah und nickte ihr zu. »Was werden sie mit dem Mädchen machen?« fragte sie.

»Das geht dich einen Scheiß an!« stieß der Korporal hervor. »Und du stehst still, Weib, bis ich dir befehle, abzutreten!«

Er kehrte ihr den Rücken zu, zwinkerte Sarah erneut zu und fragte mit fast lüsterner Stimme: »*Alors*, kleine Sklavin, wie gefällt dir meine alte Leibeigene aus Pennsylvania? Schau sie dir an! Ziemlich verbraucht, eh? Sie wurde genau wie du verschleppt. Den ganzen langen Weg von einer Farm im Westen kam sie hierher, um mir zu dienen. Sie ist stark wie ein Pferd. Die holt Wasser, sammelt Feuerholz und hält nachts mein Bett warm. Sie hat gute Zähne und fette Brüste. Aber sie wird langsam alt und launisch. Ich muß sie schlagen, um noch was aus ihr rauszuholen.« Er lachte und zeigte in die Runde. »Diese Abnaki nennen sie Hawk. Das zeigt, wie gescheit diese Leute sind. Sie haben die Bösartigkeit, die in ihr steckt, in ihren Augen erkannt. Ich sage dir, wenn die mich noch einmal mit ihrem bösen Blick angeht, *sacre bleu*, dann schlage ich ihr die Augen blau!«

Hawk, die blonde Frau, starrte mit ihren Falkenaugen durch den dicken Rauch und schien seinen Ausbruch nicht zu hören. Ihre Blicke hingen an Sarah, während die Ratsmitglieder die Pfeife des Franzosen im Kreis herumgehen ließen. Als alle geraucht hatten und die Pfeife ausgegangen war, legten sie sich wieder zurück und entspannten sich.

»Faule Hunde!« knurrte der Korporal. »Schau sie dir an! Ich bin der wahre Häuptling hier.« Er hämmerte die Faust gegen seinen Brustkorb, während er vor Sarah fast eine kleine Verbeugung machte. »Der König von Frankreich sandte mich aus, diesen Wilden als Berater beizustehen. Schau sie dir an! Die können kaum Französisch und überhaupt kein Wort Englisch! Absolute Heiden! Aber kämpfen können sie wie die Teufel. Außerdem sind diese meine Krieger hier wie Mönche. Sie haben sozusagen das Gelübde der Ehelosigkeit abgelegt. Zölibat nennt man das. Oh, es kann schon sein, daß sie mal draußen im Wald ein bißchen ausrutschen . . . eh, Sarah? Natürlich nur ab und zu. Die glauben nämlich, daß ihre Kampfkraft nachläßt, wenn sie mit einer Frau schlafen. Ich halte mich natürlich nicht an diesen Glauben. Nicht wahr, Hawk?« Er hob drohend seine Hand. »Antworte mir, verfluchtes Weibsbild!«

Er griff nach ihr und zerrte sie mit sich, weg aus dem Ratskreis, stieß sie dem Ausgang der Hütte zu und ins Freie hinaus.

Als ob ihr Aufbruch ein Signal gewesen wäre, sprang die Alte auf Sarah zu und wuchtete ihr den Stock gegen den Rücken. Die Abnakifrauen, die im Hintergrund saßen, lachten und zollten ihr Beifall. Die Alte trieb Sarah mit Stockschlägen zum Ausgang.

Sarah rannte hinaus und blieb stehen. Auf der anderen Seite des Platzes betrat der französische Korporal eine mittelgroße Rindenhütte, die sich nicht von den anderen Behausungen unterschied. Über ihr schwebte nur die Fahne Frankreichs, die so schmutzig war, daß man die Krone und die drei Lilien auf dem weißen Grund kaum mehr erkennen konnte. Die blonde Frau folgte dem Korporal.

Das Versammlungshaus, aus dem Sarah kam, war das größte im Halbkreis der Hütten, die um den Tanzplatz herumstanden Es hatte zwei Feuerstellen und breite Rauchöffnungen. Wenn die meisten standen, hatten zwischen siebzig und achtzig Leute in ihm Platz. Zu beiden Seiten des Versammlungshauses standen drei andere Hütten, die aber nicht einmal halb so groß waren.

Teils um den Tod ihres Sohnes zu rächen, teils um damit zu prahlen, trieb die Alte Sarah vor sich her wie ein Bauer sein Schwein, das er auf dem Markt verkaufen wollte. Die Abnaki des Dorfes blieben zurück und bewunderten glucksend und kichernd die Art, wie die Alte ihre Sklavin behandelte. Die verwilderten Schlittenhunde, die in der Nähe jedes Hütteneingangs herumschlichen, hätten Sarah angegriffen, wenn die Alte sie nicht mit ihrem Stock hätte davon abhalten können.

Ihre neue Besitzerin trieb Sarah auf eine vergammelte Hütte zu. Rundherum lagen Knochen und allerlei Abfälle. Die Eingeweide von Fischen und Elchen hingen von einem rohgezimmerten Gestell neben dem Eingang.

Im Innern der Hütte sah es anders aus. Der Boden war dick mit Schilfgras bedeckt. Von den halbrund gebogenen Stützpfosten der Hütte hingen getrocknete Hirschfleischstreifen und allerlei Kräuter und Rindenkörbe, die bis zum Rand mit Beeren gefüllt waren. Noch nicht gegerbte Hirschfelle und mächtige Fleischbrocken hingen von einem biegsamen Geflecht aus zusammengebundenen Zweigen. Im Gegensatz zu dem Gestank, der im Versammlungshaus geherrscht hatte, war die Luft hier erfüllt vom Duft wilder Äpfel, frisch gegerbten Hirschleders und des Süßgrases, das die Frauen zum Flechten ihrer Körbe benutzten. Sarah stieg der vertraute Geruch würziger Süße in die Nase, der beim Aufkochen von Preiselbeeren und Hickorynüssen entstand.

Als sich ihre Augen an das verrauchte Zwielicht gewöhnt hatten, entdeckte Sarah Taliwan, den Jungen mit dem langen schwarzen Haar und dem hübschen Gesicht. Er saß mit ausgestreckten Beinen am Feuer, zerbrach vorsichtig kleine Zweige und legte sie in einem ganz bestimmten Muster in die Flammen. Hinter ihm stand ein Pfostenbett, das gegen die Stützpfosten der Hütte gebunden war. Die Liege bestand aus einem Rost dünner Baumstämme, auf dem ein Durcheinander von verbleichten wollenen Handelsdecken und Fellstücken herrschte.

Hinter einer Trennwand aus Rinde sah Sarah die Feuer und Schlafplätze von zwei anderen Familien. Im Lichtstrahl, der durch eines der Rauchlöcher in die Hütte fiel, beugte sich eine uralte Großmutter über ein Feuer. Zwei Tragkrippen, in denen je ein Baby aufgehoben war, hingen von den Stützpfosten. Die einzigen Laute, die zu hören waren, kamen von kichernden Kindern, die mit winselnden Welpen spielten.

Die Alte blieb stehen und starrte Sarah fortwährend hart an, während sie auf ihren Sohn einredete, der zu Sarah hochschielte und ab und zu irgend etwas murmelte, was Sarah nicht verstehen konnte. Die Alte nahm ein Büschel von Sarahs Haar in die Hand und zog daran, als ob sie die Festigkeit, mit der es am Kopf festgewachsen war, prüfen wollte. Dann rieb sie etwas von der Farbe um Sarahs Mund herum weg, drückte ihr mit Daumen und Zeigefinger in die Wangen, bis Sarah den Mund öffnete und sie ihre Zunge und Zähne untersuchen konnte. Sie schien zufrieden, zerrte Sarahs Bluse auf, warf einen Blick auf die kleinen, festen Brüste und öffnete schnell das Rockband. Sarah spürte, wie ihr zerfetzter Rock und der Unterrock an ihren Beinen hinunter auf den Boden rutschten. Die Alte fing an, Sarah sorgfältig zu untersuchen, und machte ihren Sohn auf einen eiternden Schnitt über Sarahs Knie aufmerksam. Taliwan nahm die Unterlippe zwischen die Zähne und blickte Sarah an, ohne allerdings Interesse für die Wunde zu zeigen.

Die neue Herrin drehte Sarah um, untersuchte ihren Rücken und die Hinterbacken. Schließlich gab sie Sarah einen Klaps auf den Hintern und befahl ihr, sich anzuziehen.

Als Sarah damit fertig war, übergab ihr die Alte einen Messingeimer, stieß sie durch die Öffnung hinaus und lärmte hinter ihr her wie ein Maultiertreiber, während sie zu einem schmalen Flüßchen zeigte, das in einiger Entfernung zum See hinunterfloß.

Sarah hetzte zum Bach. Sie dachte nur noch an Wasser, aber die Abnaki, von denen sie beobachtet wurde, sahen mit Vergnügen, mit welchem Schwung sich die neue Sklavin an ihre Arbeit machte.

Sarah fiel am Fluß auf die Knie, und während sie den Eimer vollaufen ließ, trank sie gierig und ohne sich darum zu kümmern, daß sie beobachtet wurde. Sie klatschte sich das Wasser mit beiden Händen ins Gesicht und in ihren Mund und über ihre geschwollenen Augen. Sie versuchte, ihre aufgerissenen Lippen normal zu bewegen. Es gelang, und sie nahm den vollen Eimer, erhob sich und eilte zur Hütte zurück.

Die Alte und ihr Sohn waren dabei, ein Mahl aus abgelagerter zarter Elchleber zu verzehren. Die Reste warfen sie Sarah zu. Die Elchleber stank so stark, daß Sarah Angst hatte, sie zu essen. Aber als sie sah, daß die Alte und ihr Sohn ihr Mahl beendet hatten, ohne von Magenkrämpfen heimgesucht zu werden, hielt Sarah die Luft an und würgte die Leberklumpen hinunter. Ihr schmerzender und verkrampfter Magen beruhigte sich etwas, und da Sarah nicht wußte, was sie hätte tun können, blieb sie einfach am Feuer hocken und musterte die Alte, die sattgefressen gegen die Rindenwand lehnte und sitzend einschlief. Sarah blickte über das Feuer hinweg zu Taliwan, der mit angezogenen Knien an einem Pfosten seines zerwühlten Bettes hockte. Seine dunklen feuchten Augen waren starr auf Sarah gerichtet. Sarah konnte in ihnen weder Freundschaft noch Feindseligkeit entdecken.

Für die Nacht wurde Sarah ein Platz auf dem schilfgrasbedeckten Boden zugewiesen. Zum Zudecken bekam sie nur ein altes zerfleddertes Hirschfell. Außerdem lag sie in Griffnähe der Alten. Sarah versuchte, sich so eng zusammenzurollen wie eine Katze, aber ihre Füße ragten unter dem Hirschfell hervor und blieben so kalt, daß sie nicht einschlafen konnte.

Obwohl sie von ihrem Elend bedrückt war, erwachte in ihr ein Gefühl neuer Erwartung. Es war das erstemal, seit sie im Abnakidorf war, daß sie Zeit und Ruhe fand, über einige Dinge nachzudenken. Sie hatte den schrecklichen Marsch überlebt. Man hatte ihr nicht die Kehle durchgeschnitten. Sie war auch nicht verbrannt worden, wovor sie sich eigentlich am meisten gefürchtet hatte. Statt dessen hatte man sie diesem alten keifenden Weib übergeben, das sich über den Tod seines Sohnes hinwegzutrösten versuchte, indem es auf seine neue Sklavin einschrie und einschlug. Vom jüngeren Sohn allerdings, von Taliwan, glaubte Sarah nichts befürchten zu müssen.

Während sie ihren Gedanken nachhing, schob sie ihre Füße in einen leeren Rindenkorb, der in ihrer Nähe lag. Langsam wärmten sich ihre Füße, und sie schlief ein.

Am Morgen krächzte die Alte wie eine verletzte Krähe nach Sarah und jagte sie zum Feuerholzsammeln aus der Hütte. Es war noch dunkel. Hinter den Bäumen zogen die ersten Lichtstreifen, kalt wie Bleistangen, am östlichen Horizont auf. Ein kühler Wind trieb gespenstische Nebelschwaden über den See, und die Inseln tauchten darin ein. Sarah zog ihr zerfleddertes Hirschfell über den Kopf und eilte in den Schutz des Waldes hinter dem Dorf. Sie arbeitete schnell, um die Kälte aus ihren Knochen zu vertreiben. Sie sammelte einen großen Haufen abgestorbenes Holz und zerbrach die Äste über ihrem Knie, so daß sie alle etwa gleich lang waren. Dann schnürte sie alles zu einem großen Bündel zusammen und benutzte ihre alte Rohhautschlinge als Tragseil.

Wachsam blickte sie sich mehrmals nach allen Seiten um. Gerade als sie sicher war, nicht beobachtet zu werden, hörte sie ein schwaches Geräusch. Sie drehte sich um und erstarrte. Die blonde Frau aus Pennsylvania stand vor ihr. Sie hielt ihren Finger gegen die Lippen, und zusammen starrten sie lauschend in den dunklen Wald hinaus.

»Sprichst du Englisch?« fragte Hawk.

Sarah nickte. »Ich bin Engländerin, ja!«

»Woher kommst du?« fragte Hawk, deren Englisch einen harten europäischen Akzent hatte, der sich noch verstärkte, wenn sie schnell sprach.

»Tolman«, sagte Sarah. »Das ist in der New Hampshire Colony, in der Nähe der Monadnock Mountains.«

»Sie haben dich direkt hierher gebracht?«

»Ja«, sagte Sarah. »Peleg, unser Knecht, der mit mir gefangengenommen wurde, ist unterwegs geflohen. Ich habe versucht, mit ihm abzuhauen, aber es ging schief. Bist du schon lange hier?«

Hawk verzog ihr Gesicht. »Zu verdammt lange!« knurrte sie. »Mehr als zwei Jahre, sogar schon fast drei mit dieser Drecksau von einem Soldaten. Er kaufte mich einer alten Frau ab. Genauso eine wie die, mit der du lebst. Aber er ist schlimmer als irgendeiner dieser Wilden. Sei vorsichtig, wenn du in seine Nähe kommst!« Hawk blickte nervös über ihre Schulter zurück. »Paß zu jeder Zeit auf dich auf. Diese Leute sind hinterhältig. Die sind immer auf der Lauer. Ich versuche, dich ab und zu am frühen Morgen hier im Wald zu treffen, wenn du Holz sammelst. Es ist die beste Zeit, um miteinander zu reden. Diese Indianer sind nicht wie aufrechte Farmersleute.« Abscheu klang in ihrer Stimme mit. »Diese faulen Hunde verschlafen den halben Morgen. Wenn du hier draußen bist und mit mir reden willst, klopfst du zehnmal gegen einen Baum wie ein Specht. Wenn ich hier draußen bin und mit dir reden will, dann klopfe ich zehnmal ... genau so, verstehst du?«

Sarah nickte.

»Sei vorsichtig und laß sie nicht entdecken, daß wir miteinander reden. Die würden wütend werden und uns vielleicht gehörig verprügeln, oder uns einen oder sogar zwei Finger abschneiden. Denk dran! Die tun solche Dinge. Als ich herkam, war da ein kleiner weißer Sklavenjunge im Dorf. Eines Tages ließen sie ihn einfach draußen erfrieren. Sei vorsichtig!«

Hawk blickte sich noch einmal gehetzt nach allen Seiten um, bevor sie sich unter ihrem mächtigen Bündel Feuerholz duckte und davoneilte. Sarah wartete einige Minuten, bevor sie auf einem anderen Pfad zum Dorf zurückging.

Auf dem Weg zurück dachte Sarah über ihre neue Freundin nach. Die Abnaki mußten ihre Art genau erkannt haben, als sie ihr den Namen Hawk gegeben hatten. Er paßte genau zu ihr. Sie war schnell und stark. In ihrem Blick war die instinktive Wachsamkeit eines Falken. Sie hatte seltsam runde, kaukasische Augen, in denen das Weiß schimmerte wie feines chinesisches Porzellan. Die Iris war von einem ausdrucksvollen Blau mit einigen gelben Flecken. Als sie Sarah von der Hinterhältigkeit der Abnaki erzählt hatte und darüber, was sie von ihrem Soldaten hielt, gesprochen hatte, hatte sie die Brauen über ihren Augen zusammengezogen, was ihrem Gesicht den furchterregenden Ausdruck eines Raubvogels verliehen hatte.

In dieser Nacht wurde der Wind kalt, und Herbstregen peitschte das Dorf. Heftige Windstöße drückten den Rauch in die Hütten zurück. Aus einer dunklen Ecke am anderen Ende der Hütte hörte Sarah einen alten Mann husten. Die Babys weinten, und irgendwo wimmerte ein Kind. Die Alte hatte Sarah erlaubt, die Reste von einem Fisch, oder was immer es auch gewesen sein mochte, aus dem rußgeschwärzten Kessel zu kratzen und zu essen.

Die Alte kroch zuerst in das Bett, gefolgt von ihrem Sohn. Sarah lag wiederum auf dem Boden. Plötzlich fiel ein schweres schwarzes Bärenfell über sie. Wahrscheinlich hatte es der Sohn der Alten aus dem Bett gestoßen. Dankbar umhüllte sie sich mit dem warmen zottigen Fell und schlief sofort tief, bis die Alte am nächsten Morgen aufsprang, ihr das Bärenfell vom Körper riß und ihr so lange Fußtritte versetzte, bis Sarah auf die Beine taumelte. Sarah bemerkte, wie der Sohn von seinem warmen Bett aus alles beobachtete.

Es war Zeit, das Feuer in Gang zu bringen und in den Wald zu gehen, um den Holzvorrat für diesen Tag zu sammeln.

In der Nähe des Seeufers hatte sich eine Gruppe von Abnaki versammelt, und am entfernteren Ende der Bucht sah Sarah eine blaßgraue Schlangenlinie, die sich durch den Wald bewegte. Sarah entdeckte Hawk unter den Frauen und ging zu ihr und blieb neben ihr stehen. Der Franzosenkorporal stützte sein Fernrohr auf einem umgedrehten Kanu auf und beobachtete das gegenüberliegende Ufer.

»Oui! Oui! Soldats! Awanoots!« verkündete er stolz. »Soldaten auf dem Weg nach Norden!« rief er Hawk aufgeregt zu. Dann drehte er sich den Abnaki zu und brüllte: *»Amasoor!* Ich brauche das große Kanu und sechs gute Paddler. Chango, willst du mit mir über den See gehen?«

Der Korporal und seine Paddler verbrachten den Tag und die Nacht auf der anderen Seite des Sees in einer Bucht. Sarah konnte den Widerschein ihrer Feuer sehen. Am nächsten Tag, kurz vor Mittag, kamen sie zurück. Der Korporal sprang ans Ufer und klatschte in die Hände.

»La belle victoire!« lärmte er. *»La guerre est finis!«* Und zu Sarah gewandt fügte er hinzu: »Für euch Kolonialisten ist der Krieg gelaufen!« Er ging auf die Abnaki zu, die sich am Ufer versammelt hatten, und blieb bei Sarah und Hawk stehen. »Der Krieg ist aus für euch und euren britischen General Johnson und seine blutigen Mohawk-Verbündeten! Die Männer, die du am anderen Ufer gesehen hast, sind Soldaten seiner Majestät, *le Roi de France* und *les Canadiens*, die von einer siegreichen Schlacht nach Quebec zurückkehren. Sie haben mir von der großartigen Schlacht erzählt, die sie unter dem Kommando des großartigen Generals, Le Baron Dieskau, am Lac Saint Sacrement geschlagen haben!«

»Dieskau?« fragte Hawk schnell. »Das klingt, als ob es ein deutscher Name wäre. Ist er auf der anderen Seite des Sees mit den Soldaten?«

»Non«, erwiderte der Korporal. »Er wurde verwundet während der Schlacht. Genau wie dein berühmter General Johnson!«

»Haben sie Indianer-Verbündete bei sich?«

»*Non, non,* natürlich nicht.« Der Korporal schüttelte den Kopf. »Die sind vor ihnen heimgegangen. Und bei der Schlacht hätten sie auch kaum etwas getaugt, haben mir die Soldaten berichtet.«

»Wie viele französische Soldaten habt ihr dort drüben gesehen?« fragte Sarah.

»Oh, mindestens dreißig«, sagte er. »Vielleicht mehr. Sie marschieren langsam, wegen ihren Verwundeten.«

»Nur dreißig Soldaten! Und keine Indianer! Nicht einmal ein General! Das hört sich aber gar nicht nach einem Sieg an!« höhnte Hawk. »Das klingt nach einer Niederlage!«

»Was willst du schon vom Krieg wissen?!« schnaubte der Korporal. »Sieh zu, daß du mir von diesem wäßrigen Bier bringst, das du gebraut hast, und etwas von dem Wildbret, oder ich schwöre, daß ich dich mit der flachen Seite meines Schwertes grün und blau schlage, Weib!«

Hawks Augen weiteten sich, als sich ein verächtlicher Zug in ihr Gesicht legte. Sie drehte sich um und marschierte zur Hütte. Ihr Rücken war gerade wie ein Ladestock, und sie schwang ihre Arme wie ein preußischer Wachmann bei seinem Rundgang.

Am nächsten Morgen wollte Sarah Hawk sprechen. Sie traf im Wald auf sie, aber als sie auf die blonde Frau zuging, drehte ihr Hawk den Rücken zu, tat, als ob sie Sarah übersehen würde, und entfernte sich geschäftig von ihr. Sarah nahm instinktiv die Gefahr wahr, drehte sich um und machte sich an die Arbeit.

Nach einigen Minuten sah sie aus den Augenwinkeln eine kaum erkennbare Bewegung in einem Zedernhain, und im nächsten Moment tauchte ›Squirrel‹, der Krieger mit dem tätowierten Gesicht, auf. Er kauerte nieder und blickte herüber. Sarah spürte fast die tödliche Gefahr, die von diesem Mann ausging, der ihr wohl den Tod mehr wünschte als jeder andere Mensch im Dorf. Sie beeilte sich, das Feuerholz zu bündeln, und rannte dann aus dem Wald in die Sicherheit des Dorfes zurück.

Drei Nächte danach, als aus dem Versammlungshaus Gesang und die begleitenden Schläge einer Trommel drangen, faßte sich Sarah ein Herz und schlich in der Finsternis zum Eingang. Sie sah, wie ein Abnaki einen weißen Hund tötete, abhäutete und den blutigen Kadaver in einen mächtigen Kessel mit kochendem Wasser warf. Sarah kauerte bewegungslos im Nachtschatten der Hütte und sah zu, wie die Krieger den Hund verzehrten. Als alle gegessen hatten, kickte der Häuptling in die Glut des Feuers, und ein Funkenpilz breitete sich im Ring der Krieger aus. Ein Dutzend Männer ließen sich rund um das Feuer herum auf allen vieren nieder und wühlten im Sand herum. Neun von ihnen fanden Tomahawks, die dort vergraben gewesen waren.

Am folgenden Abend hatten sich alle bereit gemacht. Chango

hatte diese neun Männer zu einem Kriegstrupp formiert und führte sie zum See hinunter. In fünf Kanus paddelten sie südwärts, dem östlichen Seeufer entlang.

Während der nächsten zehn Tage wurde das Abnakidorf für Sarah fast so etwas wie eine neue Heimat. Mit der Zeit wurden ihr die einzelnen Personen so vertraut, daß sie die Abnaki nicht mehr nur als eine einzige Meute Wilder betrachtete, sondern als eine Gemeinschaft verschiedener Personen mit verschiedenen Charaktereigenschaften. Einige waren schnell, andere langsam, einige fröhlich, andere traurig, einige hübsch, andere häßlich. Sie lernte, daß Taliwan schnell zum Lachen zu bringen war und daß die Alte zwar versuchte, bösartig mit ihr umzuspringen, ohne es allerdings durchhalten zu können. Sie nannte Sarah *nunksquaw*, junge Frau.

Die Hunde waren die ersten, die Sarah akzeptierten. Dann die Kinder. Sie lernte viele Abnakiwörter von ihnen.

Das Wetter schlug wieder um. Es wurde wärmer. Riesige Schwärme von dicken Enten mit roten Schnäbeln schnatterten von Nordwesten über das Dorf hinweg. Sie entflohen den eisigen Wassern der Großen Seen und waren auf dem Weg zur Atlantikküste, die ihnen Schutz und Nahrung bot.

Während dieser Zeit wagte es Sarah nicht ein einzigesmal, sich mit Hawk im Wald zu treffen, obwohl sie die blonde Frau zweimal in einiger Entfernung sah. Einmal beim Holzsammeln und einmal beim Wasserholen.

Die anstrengendste Arbeit für Sarah war das Strecken und Schaben von großen Elchhäuten, die an viereckigen Holzrahmen zum Trocknen aufgespannt waren. Die Alte lehrte Sarah, wie sie den messerscharfen Schaber, der aus dem Schulterblatt eines Schwarzbären hergestellt war, zu benutzen hatte, um die ganze innere Fettschicht herunterzukratzen, ohne daß das Fell dünne Stellen oder gar Löcher bekam.

Jede Nacht, wenn die Alte im Schlaf tief und geräuschvoll atmete, fiel das Bärenfell über Sarah, und sie umhüllte sich damit. In einer Nacht, kurz bevor sie einschlief, fühlte sie, wie eine Hand vom Bett herunterlangte und sie an der Nase berührte. Weiche

Finger bewegten sich sanft über ihr Gesicht, berührten ihr Kinn und ihre Lippen. Sie lag still und von Erwartung erfüllt, während die Hand sich neugierig an ihr heruntertastete, über ihre Brüste hinweg, um dann ihren Schoß und ihre Schenkel zu liebkosen. Sie hörte sich leise in ihrer lustvollen Erregung aufstöhnen, und sie wunderte sich, wie sanft sich Taliwans Berührung anfühlte. Sie hörte ihn schwer atmen in seinem warmen Bett über ihr, und sie bebte und zitterte am ganzen Körper. Nach einer Weile legte sie ihre Hand auf seine und preßte sie fest gegen ihren Schoß. Sie blieben so, bis Sarah einschlief.

Sarah erwachte vor der Alten und sah, wie der alte Jäger Norke von der Trennwand herüberstarrte. Er warf ihr leise ein fettes Rebhuhn zu, das noch warm war. Dann drehte er sich um und huschte schnell davon.

Sarah rupfte den Vogel, nahm ihn aus und ließ ihn in den großen Fleichtopf gleiten. Vorsichtig versteckte sie ihn unter der dikken gelben Fettschicht. Irgendwann würde sie ihn unbemerkt herausnehmen und essen können. Sie legte das Bärenfell sachte aufs Bett und fing an, das Feuer zu entfachen. Sie hustete, um sicher zu sein, daß die Alte aufwachte, und verließ die Hütte ungeheißen, um Feuerholz zu holen.

Als sie an der Hütte mit der französischen Fahne vorbeiging, hörte sie, wie der Korporal Hawk fluchend beschimpfte. Sarah sehnte sich danach, sie wiederzusehen. Für sie war diese starke Frau aus Pennsylvania fast so etwas wie eine Mutter geworden. Auf jeden Fall bedeutete ihr Hawk mehr, als ihr die eigene Mutter jemals bedeutet hatte, und sie verlangte danach, ihr ihre neuesten Erlebnisse zu erzählen und ihr die Zuneigung, die ihr Taliwan entgegenbrachte, anzuvertrauen. Aber sie verspürte eine unbegründete Furcht davor, daß irgend etwas Schreckliches passieren könnte. Immerhin war der Franzosenkorporal genauso unberechenbar wie die Abnaki, und so zwang sich Sarah zur Wachsamkeit und Vorsicht.

Als sie an diesem Tag den Platz erreichte, wo sie Holz sammelten, blickte sie lange den Waldweg zurück und hielt nach Hawk Ausschau. Sie klopfte zehnmal mit einem Stück Holz gegen einen abgestorbenen Baumstrunk, aber ihre Freundin schien außer Sicht- und Hörweite zu sein.

Über Sarahs Kopf hingen die Wolken wie daunengefüllte Kissen. Bald würde es Schnee geben. Die Bäume, jetzt fast ohne Blätter, streckten die oberen Äste ihrer Kronen zusammen, als duckten sie sich vor den ersten Boten der Winterstürme.

Plötzlich kam Hawk ohne jede Vorsicht über die toten Baumstämme geklettert.

»Sarah! Sarah!« rief sie laut und fast außer Atem. »Sie sind alle unten beim Anlegeplatz versammelt! Komm schnell! Kanus kommen den See hoch. Es sind die Krieger, die einen Kriegszug in den Süden unternommen haben. Die Abnaki sagen, daß sie Gefangene haben. Weiße!«

Auf verschiedenen Pfaden rannten Sarah und Hawk zurück ins Dorf. Sarah ließ das Holzbündel in der Hütte der Alten fallen und lief hinunter zum Anlegeplatz. Auf dem See waren die Krieger dabei, mit ihren vier Kanus anzulegen. Einige Kinder waren derart aufgeregt, daß sie knietief in das eiskalte Wasser rannten. Sieben frisch bemalte Krieger paddelten stolz ihre Kanus dem Ufer zu. Für sie war es ein großer Moment, und so, wie sie sich aufspielten, hofften sie wohl, daß er ewig dauern würde. Weggehen und Heimkommen waren für die Abnaki besondere Ereignisse.

Sarah und Hawk blieben etwas hinter der aufgeregten Menge zurück, die sich am See versammelt hatte. Wenn sie sich auf die Zehenspitzen stellten, konnten sie in die Kanus hineinsehen. Sarahs Herz hämmerte gegen ihre Brust, als sie die zwei gefangenen Männer erblickte, deren Gesichter mit rotem Ocker und schwarzen Streifen bemalt waren. Beide trugen keine Kleider mehr. Sarah hielt lange den Atem an, da sie zuerst glaubte, der wuchtigere der beiden Männer wäre Peleg. Die Gefangenen waren halb sitzend und halb liegend in den zwei führenden Kanus untergebracht. Sie waren blutiggeschlagen; ihre Halsschlingen waren grausam fest zusammengezogen und mit den Enden an den Kanus festgebunden. Sarah wußte beim Anblick der Männer sofort, daß es sich um Engländer handelte.

Der Franzosenkorporal rannte zum Ufer und unterhielt sich lärmend mit den ankommenden Kriegern. Plötzlich drehte er sich um, warf die Arme in Bestürzung hoch, daß alle Abnaki auf ihn aufmerksam wurden, und brüllte: »Ihr *awanoots*-Weiber dort hinten, hört euch an, was ich zu sagen habe! Wir haben ein Kanu verloren, und drei unserer besten Männer wurden von den Red Snakes, den Irokesen, niedergemetzelt! Unsere tapferen Krieger mußten schwer kämpfen, um ihre Gefangenen behalten zu können! Einen mußten sie über Bord werfen, um schneller voranzukommen und diesen verdammten Mohawk-Kannibalen zu entkommen! Ihr zwei Sklaven, macht eure Augen auf! Seht ihr diese englischen Säue, diese Irokesen-Freunde? Sie werden in der Glut der Hölle geröstet werden, und das wird euch beiden eine Lektion sein! Habt ihr gehört?!«

Sarah schauderte.

»*Yah! Yah! Yah!*« Der Gesang der Menschenmenge wurde lauter, als man die beiden Gefangenen aus den Kanus zerrte und sie zwang, im eiskalten Wasser wie Tiere niederzuknien. Sarah versuchte, nicht zu schreien und nicht hinzusehen, als die Gefangenen geschlagen und getreten und von den Frauen und Kindern mit Steinen und Kies beworfen wurden. Sie öffnete erst wieder die Augen, als die Gefangenen hochgeschleift wurden, mitten durch die höhnende, schreiende und schlagende Meute hindurch und in jene Hütte hinein, in der man auch Sarah am Anfang untergebracht hatte.

Der Häuptling, der in der Nähe des Einganges stand, streckte seine Hände dem lärmenden Mob entgegen. Die Menge verstummte sofort und kam zur Ruhe. Sie wußten, daß der Häuptling ihnen die Gefangenen nur nicht ausliefern wollte, um sie für noch weit schlimmere Torturen aufzubewahren.

Sarah wagte es nicht, an diesem Abend das Versammlungshaus zu betreten, aber mit Hawk zusammen kauerte sie an der hinteren Schmalseite der langen Hütte und lauschte. Die Versammlung verlief monoton, da die Ratsältesten lange Reden hielten; manchmal aber wurde es laut durch die leidenschaftlichen Zwischenrufe und die scharfen Schreie.

»Ich verstehe nicht sehr viel«, flüsterte Sarah Hawk zu. »Aber ich denke, daß sie keinen der beiden als Sklaven nehmen werden. Sie werden beide töten. Verbrennen. Sie überlassen den Großen der Takawak-Familie für die beiden Söhne, die in der Nähe von Fort Henry getötet wurden. Beide Familien fordern Rache. Man will die beiden Gefangenen einen Lauf machen lassen.«

»Das ist schrecklich!« stieß Hawk hervor. »Spießrutenlaufen ist das Schlimmste, was es gibt. Jedermann darf einmal mit einem langen Knüppel auf die Gefangenen einschlagen. Die meisten sind tot, bevor sie auch nur in die Nähe des Pfahles kommen. Am Abend, ob sie tot sind oder lebendig, werden sie verbrannt.«

Im Versammlungshaus kam es zu einer großen Aufregung.

»Die leidtragenden Mütter bemalen ihre Gesichter schwarz«, erklärte Hawk weiter. »Das ist ein Zeichen dafür, daß die Gefangenen verbrannt werden. Sarah, wir können froh sein, daß wir Weiber sind und sie uns nicht verbrannt haben. Mein Scheißfranzose behauptet, daß die beiden Rotröcke sind und keine Kolonialisten. Richtige englische Soldaten von den Armeeschiffen.«

Die beiden sahen zu, wie die Gefangenen aus dem Versammlungshaus geschleift und in die verlassene Hütte gebracht wurden, wo man sie festband. Als sich Sarah nach Hawk umdrehte, war diese in der Dunkelheit verschwunden. Sie hob ihre Augen zum Himmel und sah, daß schwere Wolken die Sterne zum Verlöschen gebracht hatten. Der feuchte Wind blies traurig seufzend durch die Bäume, während Sarah auf die Hütte der Gefangenen zuschlich. Sie vermutete, daß die beiden Soldaten am selben Pfosten festgebunden waren, an dem man sie gefesselt hatte. Er war im hinteren Teil der Hütte, entfernt vom Eingang, an dem der Wächter hockte.

Sarah nahm ihren Eimer auf und stahl sich hinter die Hütte, so als wollte sie zum Bach gehen. Als sie bei der Rückwand anlangte, hörte sie die Gefangenen flüstern.

Sie kauerte nieder, legte die Hand an den Mund und sagte leise: »Könnt ihr mich hören? Seid ihr Engländer?«

Keine Antwort.

»Seid ihr Engländer?« wiederholte sie.

»Ja«, kam die zögernde Antwort. »Wer bist du?«

»Ich bin Sarah Wells. Man hat mich aus Tolman, New Hampshire, verschleppt. Ich lebe jetzt hier bei diesen Leuten. Hört zu, morgen wird es schlimm für euch! Versucht, in dieser Nacht zu entkommen! Wenn ihr nicht weglaufen könnt, wehrt euch, so gut ihr könnt. Good-bye! Gott beschütze euch. Und ... wehrt euch!«

Sarah eilte hinunter zum See, von der Furcht getrieben, daß andere sie vielleicht gehört hatten. Sie wußte jetzt nicht mehr, ob sie überhaupt selbst noch sicher war. Es fing an zu regnen.

Als Sarah am nächsten Morgen erwachte, schien es ihr, als hätte sie die ganze Nacht nicht geschlafen. Unaufhörliches Donnergrollen hatte sie wachgehalten, bis sie dann im Morgengrauen leicht eingedöst war. Als sie erwachte, war es bereits hell. Sie hörte, wie draußen Kinder schreiend und lärmend durch die Pfützen rannten.

Sarah stand auf, und durch den Eingang sah sie, daß die meisten Männer unten im See knietief im Wasser standen und sich mit rauhem Sand abschrubbten und reinigten, bevor sie mit dem Ritual der Gefangenentötung anfingen. Junge Mädchen kreischten in Erwartung der bevorstehenden Hinrichtung. Sarah ging in die Hütte zurück, und sie wußte, daß die beiden Soldaten in dieser Nacht nicht hatten fliehen können.

Der Korporal kam herein mit knallrotem Kopf und aufgeregt wie alle anderen im Dorf. »Sie werden gefüttert, die beiden«, sagte er. »Sie kriegen Essen und Wasser, damit sie länger durchhalten. Es dauert nicht mehr lange, bis man sie herausholt, Sarah. Der Häuptling und Chango sagen beide, daß du mit in der Reihe stehen mußt, wie alle andern auch.«

»Ich könnte sie nicht schlagen«, sagte Sarah stockend.

»Mach, was sie von dir verlangen, Sarah. Du mußt wie die anderen im Spalier stehen und draufschlagen, oder die Leute lassen *dich* zwischen den Reihen durchgehen und schlagen *dich* tot. Aber keine Angst, du kleines Luder, das Spießrutenlaufen ist nur *un petit hors d'oeuvre* vor dem großen Braten! Die Engländer sind nicht so tapfer«, höhnte er. »Du wirst sie wie Schweine schreien hören, wenn sie von den Schlägen getroffen werden!«

Er drehte sich um, bückte sich und ging durch den niederen Eingang hinaus. Einige Augenblicke später kam Hawk herein, äugte wachsam in der Hütte herum. »Du mußt rauskommen und zusehen, Sarah«, sagte sie. »Es macht einen schlechten Eindruck, wenn du dich in der Hütte versteckt hältst. Wir müssen in der Reihe stehen und mit den anderen Squaws die ›Yeh-heys‹ aufsagen. Und tu so, als würdest du auf die Gefangenen einschlagen, sonst wirst du womöglich umgebracht. Hörst du mich? Umgebracht!«

Als von draußen ein bösartiges Raunen in die Hütte drang, machte Hawk kehrt und eilte hinaus.

Sarah wartete und lauschte. Das Raunen schwoll an. Es klang wie von einem Schwarm wütender Bienen. Dazwischen Kläfflaute von Hunden. Das Trampeln von Mokassins und der Donner vieler Stöcke, die gegen den gefrorenen Boden gehämmert wurden. Sarah hörte Chango einige Befehle rufen. Jetzt hielt sie es keinen Moment mehr länger in der Hütte aus. Sie mußte wissen, was vor sich ging.

Draußen sah sie die beiden Gefangenen nebeneinander stehen. Sie erschienen ihr so hilflos wie zwei junge Schafe, die darauf warten mußten, geschlachtet zu werden. Sie waren beide nackt. Man hatte ihnen die Hände auf dem Rücken gefesselt. Ihre Gesichter waren schwarz angemalt.

Im Zentrum des Tanzplatzes waren zwei mit Regenwasser vollgesogene Pfähle in den Boden gerammt worden. Um beide waren Büschel von Birkenreisig aufgeschichtet, alle mit Wasser befeuchtet, so daß sie nicht zu schnell niederbrennen konnten.

Sarah beobachtete in ohnmächtiger Angst, wie zwei lange menschliche Linien geformt wurden, die ihren Anfang bei den Gefangenen nahmen und sich bis zu einem bemalten Pfosten zogen. Die Lücke dazwischen war gerade so breit, daß ein Mann mit ausgestreckten Armen durchlaufen konnte. Chango, der Kriegshäuptling, ging die Reihen entlang und überprüfte die Schlagstöcke. Strenge Regeln herrschten bei diesem Spiel. Es war niemandem erlaubt, eine tödliche Waffe zu benutzen. Nur Stöcke aus Holz waren zugelassen. Auch der letzte in der Reihe sollte noch einen Schlag auf einen Gefangenen abgeben können, bevor dieser bewußtlos wurde oder sich bei dem bemalten Pfosten in Sicherheit bringen konnte. Man hoffte sehr, daß die Gefangenen nicht erschlagen wurden, denn das würde den Abnaki die Unterhaltung am Abend verderben.

Am Anfang weigerte sich Sarah, sich in die Reihe zu stellen. Viele der Frauen, besonders die alten Weiber, bedachten sie dafür mit vernichtenden Blicken. Die Abnaki nahmen unterdessen begierig ihre Plätze ein. Jeder trug einen Ahornprügel bei sich, armdick und stark genug, einem Mann sämtliche Knochen im Leib zu brechen.

Der Franzose, nun hochrot im Gesicht und trotz der Kälte schwitzend, schrie Sarah einen Gruß zu und winkte dann mit beiden Händen Hawk, daß sie herüberkommen und Sarah mitbringen solle. Aus der Erinnerung an ihren Vater und die Art, wie er sich benahm, wenn er getrunken hatte, schloß Sarah, daß beide, der Häuptling und der Korporal, nicht mehr nüchtern waren. Sie fragte sich nur, woher die beiden den Alkohol hatten.

Hundert feindliche Augen richteten sich auf sie. Sie wurde vorwärtsgestoßen, und man drückte ihr einen Stock in die Hand.

Als Chango sah, daß alles bereit war, ging er zwischen den Reihen zurück zu den Gefangenen. Er trat neben sie, blickte die Männer für einen Moment an, drehte sich um und gab das Kommando anzufangen.

In diesem Augenblick trat eine alte Frau vor, nahm eine Handvoll Dreck vom Boden auf und schleuderte ihn dem größeren der beiden Soldaten in das rußgeschwärzte Gesicht. Sie stieß die Hände von sich, ein Zeichen dafür, daß sie den Gefangenen nicht haben wollte. Damit war sein Schicksal besiegelt, und sie trieb ihn auf die Reihen zu. Ein Abnaki schnitt die Fesseln durch, mit denen dem Gefangenen die Handgelenke auf dem Rücken zusammengebunden waren. Dann trat er dem Soldaten in den nackten Hintern und stieß ihn hart vorwärts, so daß er zwischen die beiden langen Reihen von singenden und lärmenden und schreienden Leuten taumelte. An den beiden Ehrenplätzen am Anfang der Reihe schlugen ihn zwei ältere würdige Krieger mit ihren schweren Stöcken und trieben ihn weiter auf seinem qualvollen Weg. Der Gefangene rutschte aus und stürzte in den Dreck, aber es gab keine Gnade für ihn.

Ein anderer Stock wurde ihm ins Gesicht geschlagen, und beide Knochen in seinem linken Handgelenk wurden zerschmettert, als er den Schlag abwehren wollte. Während er die rechte Hand mit gespreizten Fingern schützend vor sein Gesicht hielt und sein linker Arm an seinem Körper herunterbaumelte, die Schulter nach vorne gedrückt, wurde er von einem neuen furchtbaren Schlag gegen die Hüften getroffen. Als er sich herumwarf und seine Geschlechtsteile schützen wollte, schlugen zwei grölende Weiber wild auf ihn ein und versuchten, sein Becken und seine empfindlichen Schienbeine zu treffen. Gleichzeitig stieß ihm ein junger Abnaki seinen Stock zwischen die Beine und drehte ihn herum, so daß der Gefangene sein Gleichgewicht verlor und erneut in den Dreck flog. Er kam wieder hoch, bevor die Nächststehenden ihn schutzlos erwischen konnten. Er bog sich wie eine Schlange und entging mit einem Seitensprung zwei schwungvollen Schlägen. Aber der dritte traf ihn und brach ihm die Nase.

Er wankte wie ein Betrunkener.

Nun hatte er fast die Stelle erreicht, wo mit leichenblassen Gesichtern Sarah und Hawk standen, ihre Ahornstöcke erhoben, als ob sie nach ihm schlagen wollten. Aber als der Gefangene sich duckte und Blut von seinen Augen schüttelte, täuschte ein Abnakikrieger mit seinem Stock einen Schlag vor. Der Gefangene wich aus, und gleichzeitig sprang ein anderer Krieger vor und traf ihn mit einem schmetternden Schlag am Hinterkopf. Der Soldat stürzte mit dem Gesicht nach unten zu Boden, die Glieder von sich gestreckt, wie ein durch einen Genickschuß getöteter Ochse.

Die beiden Krieger drehten ihn um und untersuchten ihn. Sie hoben seine Arme und ließen sie wieder fallen. Schließlich erhoben sie sich und senkten vor Scham ihre Köpfe. Sie hatten nicht beabsichtigt, ihn zu töten.

Die restlichen Leute im Spalier, die noch nicht zu ihrem Schlag gekommen waren, machten ihrem Unmut brüllend Luft und beschimpften die beiden übereifrigen Narren, die den Gefangenen getötet hatten.

»Den anderen her! Den anderen her!« riefen sie. »Laßt den anderen los!«

»Schickt die beiden Killer mit den ungeschickten Händen aus der Reihe! Sie haben ihr Vergnügen gehabt!«

»Laßt ihn endlich los! Yah, yah, hey, hey, hey!«

Alle stampften mit den Füßen und grölten: »Yah, yah, hey, hey«, und kamen dadurch der Ekstase näher. »Hey, hey, yah, yah!« brüllten sie immer und immer wieder.

Diejenigen, die schon einen Schlag abgegeben hatten, mußten sich ans Ende der Reihe in die Nähe des bemalten Pfostens begeben. Sie gehorchten, ermahnten aber die anderen, nicht zu hart zuzuschlagen, damit sie wenigstens einen Gefangenen für das Fest am Abend hatten.

Sarah blickte die Reihe entlang, und das kalte Grauen packte sie, als sie merkte, daß auch sie vom Reiz dieses leidenschaftlichen und barbarischen Spiels gefangen war. Der tote Soldat lag immer noch dort, wo er gefallen war, ein furchterregendes Hindernis auf dem Weg, den sein Kamerad zu gehen hatte.

Die Arme des kleinen, kräftigen Mannes wurden losgeschnitten, und Sarah hörte, wie der Korporal ihm zubrüllte: »Wenn du den bemalten Pfosten erreichst, wirst du von ihnen nicht erschlagen.« Sie sah, wie der Gefangene seine Schultern vor und zurückbewegte, um seine steifgewordenen Muskeln zu lockern und den Blutkreislauf in seinen Armen wieder in Gang zu bringen. Er hatte eine breite Brust, schmale Hüften und die muskulösen Schenkel eines Ringkämpfers.

Er ist schon so gut wie tot, dachte Sarah, und wahrscheinlich schafft er es auch nicht bis zum Ende der Reihe.

Sie beobachtete atemlos, wie er eine Hand schützend über seine Geschlechtsteile legte und die andere über seinen Magen. Er duckte sich mit vorgehaltenem Kopf und wartete. In seinem schwarz bemalten Gesicht leuchtete hart das Weiß seiner Augen. Er erinnerte Sarah an einen jungen starken Bullen, den sie einmal auf der Weide einer Nachbarfarm gesehen hatte.

Diesmal wurde die junge Witwe, die tiefe Kratzer auf ihren Wangen hatte, vorgeschickt, um den Dreck auf den Gefangenen zu werfen. Sie lehnte ihn damit ab und übergab ihn den Leuten, seine Tapferkeit zu erproben.

Chango stieß ihn vorwärts und ließ ihn in die Lücke zwischen den Reihen hineintaumeln. Die Abnaki erhoben ihre Keulen und schrien in wilder Begeisterung auf.

7

Der Engländer rannte los. Kopf voran und im Zickzack. Aber anstatt sich zu schützen, wie es alle von ihm erwarteten, duckte er sich plötzlich und sprang den ersten Krieger an. Wie ein Kampfstier rammte er dem Abnaki den Kopf in den Bauch und entriß ihm den Knüppel. Er holte in einem gleichmäßigen Bogen weit aus, schmetterte den Knüppel mitten auf den Schädel des Kriegers und tötete ihn auf der Stelle. Sarah sah, wie die Arme des Abnaki schlapp vom Körper wegsprangen, als wären sie in Stücke gefallen.

Mit einemmal war es totenstill auf dem Dorfplatz. Die Menge starrte aus ungläubigen Augen auf den nackten Soldaten, der breitbeinig über dem toten Abnakikrieger stand, einem jungen Burschen, den alle gut gekannt hatten.

Der nackte Soldat Seiner Majestät, des Königs von England, blickte sich nach Chango um. Das schwarze Gesicht war maskenhaft starr. Dann lachte er plötzlich, lachte die Menge aus und verfluchte sie.

Er machte einen kraftvollen Schritt über den Toten hinweg, sprang an und lief zwischen den Menschenreihen hindurch auf den bemalten Pfosten zu.

Er rannte in tödlicher Stille. Sarah hörte nur die Geräusche seiner nackten Füße auf dem nassen Erdboden. Sein Atem ging schnaubend. Er drohte jedem, an dem er vorbeikam, mit seiner Keule. Frauen schrien und flohen. Sarah machte einen Schritt rückwärts, als er an ihr vorbeilief, geduckt wie ein Raubtier. Sogar die jungen Krieger wichen vor ihm zurück, in Furcht vor seiner Tollkühnheit und seiner unbeherrschten Kraft, mit der er seinen Hickoryknüppel schwang und die Stöcke der Krieger zur Seite schlug. Er brach einem Krieger den Arm und traf einen anderen derart hart an der linken Brust, daß er bewußtlos hinfiel. Er stürmte auf die stärksten Krieger, die am Ende der Reihe aufgestellt waren, zu und jagte sie vom bemalten Pfosten weg in die

Flucht. Als er schließlich den Pfosten erreichte, brachen die Abnaki lärmend in Gelächter und Lobgeschrei aus.

Der englische Soldat kauerte beim Pfosten nieder und wusch sich mit Dreckwasser aus einer Pfütze die schwarze Farbe vom Gesicht. Dann sprang er auf und rannte noch einmal zwischen den Reihen hindurch und hielt dabei seinen Hickorystock wie eine Soldatenlanze, mit der er alle, die noch in der Reihe standen, bedrohte. Sarah hörte ihn keuchen und grunzen und fluchen, als er angerannt kam. Und durch den Lärm der Abnaki hindurch hörte sie die helle Stimme von Hawk, die den Soldaten triumphierend anfeuerte, und der Korporal brüllte auf französisch dazwischen. Sarah konnte nicht verstehen, ob er den Gefangenen verfluchte oder ob er ihn hochleben ließ.

Der Engländer durchbrach die Reihen, warf sich herum, schwang den Stock wie ein Verrückter und brüllte: »Los, ihr Bastarde! Kämpft! Los! Ich bringe euch um! Was ist mit euch, ihr Flatterärsche? Kämpft! Ich bringe euch alle um, schön der Reihe nach, euch blutigen Bastarde, die ihr meinen Johnny getötet habt!«

Die Krieger umringten ihn lärmend und lachend und voll freudigem Stolz auf diesen Mann, der ihnen blanken Mut und unbändige Kraft zeigte.

»Das ist kein Weißer!« rief der Kriegshäuptling. »Das ist kein *awanoots*, das ist vielleicht ein Abnakikrieger, der in der Gestalt eines Engländers heimgekehrt ist! In diesem Mann wohnt der Geist eines wahren Kriegers! Wir werden ihm einen anderen Namen geben! Wir werden ihn in unseren Reihen aufnehmen! Wir werden ihn ehren! Und er wird für uns kämpfen!«

Chango ging auf den Engländer zu. Er blieb dicht vor ihm stehen. Sie blickten sich in die Augen, und plötzlich fingen beide an, schallend zu lachen. Chango warf seinen kurzen Knüppel auf den Boden. Der kleine Engländer warf den Hickorystock weg. Beide streckten die Hände gegeneinander aus und umarmten sich.

Der Engländer wurde von einer Gruppe Krieger in die Mitte genommen. Sie legten ihre Arme um ihn, als wäre er ein alter Freund von ihnen, und sie führten ihn in das Versammlungshaus, ohne ihn noch einmal zu fesseln. Sie ehrten ihn, und sie taten es mit der Hochachtung vor einem tapferen Mann und einem mutigen Krieger.

Da das ganze Dorf der Versammlung beiwohnen wollte, fanden Sarah und Hawk keinen Platz mehr im Versammlungshaus. Aber von draußen hörten sie die Stimme des Korporals, der die Engländer wie die Pest haßte. Er riet den Abnaki, den kleinen starken Engländer sofort zu töten oder ihn hinunter zum nächsten Dorf zu geleiten und ihn von den Leuten dort verbrennen zu lassen. Aber Chango und der Dorfhäuptling lachten ihn aus.

»Als Gefangener zu sterben, wäre für einen Krieger wie ihn eine Schande«, sagte der Häuptling. »Wir können auch keinen Sklaven aus ihm machen. Gebt ihm eine junge Witwe für diese Nacht, und morgen, wenn der Wind gut ist, werden wir ihn mit einem Kanu nach Norden bringen. In Richtung Quebec. Die Engländer werden den Franzosen für einen mutigen Mann wie ihn viele Silberlinge als Lösegeld bezahlen, damit sie ihn lebend nach Hause bringen können. Und sein Vater wird sehr stolz auf ihn sein.«

Drei Nächte nach dem Mitte-November-Mond des Jahres 1755 wachte Sarah auf und spürte, wie sich die Erde unter ihr bewegte, für einen Moment ruhig war und dann jäh zu beben anfing. Jemand schrie auf, als der große Kupferkessel zu Boden fiel.

Sarah setzte sich auf. Voller Angst starrte sie in die Feuerglut, die plötzlich auseinanderbrach. Funkenregen hoben sich zum Dach der Hütte.

Überall im Dorf sprangen die Leute von ihren Schlafstellen und versuchten zu stehen, aber der Boden unter ihnen schaukelte, und viele von ihnen verloren das Gleichgewicht und stürzten. Das Dorf war erfüllt vom Schreckensgeschrei der Männer und Frauen und vom Gebrüll der verängstigten Kinder. Sarah hörte, wie eine Stimme in Abnaki rief, daß dies der Anfang vom Untergang der Welt sei, der letzte große Spaß, den sich die makaberen Zwerge, die so dicht unter der Erdoberfläche wohnten, ausgedacht hatten, bevor sie die Welt endgültig umdrehen würden.

»Der See! Der See!« schrien sich überschlagende Stimmen.

Sarah rannte hinaus in die Nacht. Sie sah die ganze Oberfläche des Sees zittern und kleine Schaumkronen aufwerfen. Hinter Sarah krachten Fichtenbäume und stürzten. Sie fiel auf die Knie und starrte gebannt auf die Insel, deren Bäume von der unsichtbaren Kraft gestoßen hin und her schaukelten.

Allmählich beruhigte sich die Erde, und das Beben flaute ab. Nach einer Weile war alles still und ruhig. Nichts bewegte sich mehr. Aber der Boden hatte Risse, und einige Steinbrocken waren geborsten.

Zwei Tage später schickte der Häuptling einen Kriegertrupp nach Norden aus, um den Engländer für ein Lösegeld an die Franzosen in Quebec zu verkaufen. Die Krieger taten gut daran, sich zu beeilen, denn die Winterstürme hatten in den Bergen schon Schnee gebracht, und sie würden wahrscheinlich bei der Rückkehr Schneeschuhe tragen und ihren Kram in Schlitten ziehen müssen.

Sarah spürte den kalten Griff des kanadischen Winters, der seine eisigen Finger nach dem Dorf Missisquoi ausgestreckt hatte. Jeder Morgen enthüllte eine breitere Eisdecke, die sich immer weiter in den See hinauszog, und das Wasserloch an der Stelle, wo der Fluß in den See mündete, fror während der Nächte zu.

Eines Morgens, als Sarah erwachte, war es eiskalt in der Hütte, und die ganze Welt schien in der Kälte erstarrt zu sein. Sie entdeckte, daß Taliwan ein weiches Luchsfell über sie geworfen hatte. Sie saß auf und schlug es wie einen Nierenwärmer dankbar um ihren Körper. Sie zog ihre zerrissene Bluse darüber und hängte das Hirschfell wie einen Umhang über Kopf und Schultern.

Als sie sich umdrehte, sah sie, wie Taliwan sie aus dunklen Augen von seinem Bett her anstarrte.

»Kenn«, flüsterte sie, ging auf den Eingang zu und schlug die schwere Elchhaut zurück.

Es hatte geschneit. Trockener Pulverschnee lag wie ein feiner Zuckerguß über jedem Ästchen und auf jeder Föhrennadel. Am westlichen Himmel hing der Mond tief. Sarah blickte hinunter zum See und über die weiße Fläche des schneebedeckten Eises hinweg. Sie sah Schatten, die sich schnell bewegten. Wölfe jagten hinter einem Rentier her, das schneller war als sie. Sarah konnte die Atemwolken vor ihren Köpfen erkennen, die im fahlen Mondlicht zerflossen.

Während dieser Tage wurde für Sarah die Arbeit zur Qual. Mit bloßen Händen mußte sie im Schnee nach Feuerholz suchen und jeden einzelnen Ast vom tiefgefrorenen Boden wegbrechen. Beim Wasserholen mußte sie sich jedesmal zwingen, den brennend kalten Henkel des Kupferkessels in die zerschundenen Hände zu nehmen. Es schien ihr, als müßte sie bis zum Ende ihres Lebens jeden Morgen steif vor Kälte aufwachen und immer die gleiche Arbeit verrichten, als würde sie nie mehr warm und nie mehr frei sein. Sie würde ein Sklave bleiben, ein Sklave dieser Indianer. Und ein Gefühl von hoffnungslosem Zorn erwachte in ihr.

Tag für Tag ging Sarah in den Wald und versuchte, wenigstens mit Hawk ein paar Worte zu wechseln. Hawk und Sarah konnten nur in der Morgendämmerung, wenn die anderen noch schliefen, sicher genug sein und das Risiko eingehen, sich kurz zu treffen. Sie näherten sich einander immer auf verschiedenen Pfaden. Meistens fand Sarah die blonde Frau, bereits irgendwo auf einem querliegenden Baumstamm stehend, ein gebundenes Brennholzbündel zu ihren Füßen und nach Sarah Ausschau haltend, während die Blicke ihrer Falkenaugen wachsam durch den Wald huschten.

Sarah erfuhr, daß Hawk in Pennsylvania kurz verheiratet gewesen war, und zwar mit einem Mann, von dem sie nur als »mein Gatte« sprach. Sie sagte kein Wort über das, was passiert war. Sie sagte auch nicht, wie ihr Mann umgekommen war.

»Hast du eigentlich keinen richtigen Namen?« fragte Sarah eines Tages. »Ich komme mir blöd vor, dich Hawk zu nennen.«

»An diesem Ort will ich keinen anderen Namen. Hawk ist schon in Ordnung, so lange ich eine Gefangene dieser Leute bin und so lange mich dieser dreckige Teufel zwingen kann, mit ihm zu schlafen!«

Einigemale, während sie sich für kurze Zeit im Wald unterhielten, hatte Sarah das Vergnügen, Hawk entspannt und beinahe fröhlich zu sehen. Dann wurde sie jedesmal zu einer gutmütigen jungen Mutter, verständnisvoll und von beruhigender Kraft beseelt.

Hawk erzählte Sarah, daß ihr Hauptproblem Clovis war, der französische Korporal. Vom ersten Tag an, als er aus Quebec gekommen war, um bei den Abnaki als Militärberater zu fungieren, war er wie ein rammliger Kater hinter ihr hergewesen. Schließlich war sie als Ergebnis eines verzwickten Kuhhandels in seine gierigen Klauen gefallen. Sie hatte damals der Sabago-Familie gehört, unter deren Angehörigen ein paar ziemlich durchtriebene Händler waren. Schlau wie sie waren, hatten sie den Korporal so lange von Hawk weggehalten, bis er einen hohen Preis für sie bezahlen konnte. Eines Tages gewann er sechsunddreißig erstklassige Biberpelze vom Oberhäuptling des Dorfes, während man ihm das Abnakispiel »Wer-hat-den-Knochen-in-der-Hand« beibrachte. Am nächsten Tag legte ein langes Kanu mit einigen stockbesoffenen französischen *voyageurs* in der Bucht von Missisquoi an. Als der Korporal sah, was das Kanu geladen hatte, schlug er vor Freude die Hände über dem Kopf zusammen und rief, daß die Heilige Maria, Mutter Gottes, die Franzosen mit ihrem Kanu hergeschickt haben müsse.

Diese *voyageurs* verfrachteten Waren aus dem Armeelager des Quartiermeisters von Trois Rivières hinunter zum französischen Fort San Fredéric am Crow Point. Sie waren in den Stromschnellen des wütenden Riviere Richelieu gekentert. Fünf ihrer Gefährten waren in den reißenden Strudeln ertrunken, und der größte Teil der Fracht war über Bord gefallen. Den Rest, den sie mit Mühe und Not hatten retten können, betrachteten sie als ihr verdientes Eigentum.

Der Korporal, erfreut über die einmalige Gelegenheit, tauschte seine Biberfelle gegen ein Ochsenhorn, das randvoll mit bestem Trois-Rivières Schwarzpulver gefüllt war, sechs rote Wolldecken und ein mittelgroßes Fäßchen voll französischem Handelsbrandy. Mit seinen Schätzen suchte er schnellstens die Sabago-Familie auf. Und *voilà*, der Handel war perfekt und die Sklavenfrau gehörte ihm.

Hawk erzählte Sarah, daß es von Anfang an ein schreckliches Erlebnis gewesen sei. Die Sabago-Familie habe mit dem neuen Brandy ein Saufgelage veranstaltet, und der französische Korporal hätte mehr als jeder andere von dem hochprozentigen Schnaps getrunken. Als er stockvoll war, jagte er Hawk kreuz und quer im Dorf herum, bis er schließlich ohnmächtig zusammenbrach.

Am folgenden Morgen wurde ihr aber schnell klar, daß alles, was sie bis jetzt an diesem Ort erlebt hatte, weit weniger schlimm war als das, was sie mit diesem chronisch geilen Franzosenbock und seinem perversen Sexualtrieb durchstehen mußte. Es genügte ihm nicht, daß er sie selbst zu jeder Tages- und Nachtzeit gefügig machte – er zögerte nicht, sie an jeden, der es sich leisten konnte, auszuleihen. Der Preis konnte, je nachdem, ein Brocken Elchfleisch, ein neues Paar bestickte Mokassins oder ein Biberfell sein. Manchmal bezahlte er mit ihr auch seine Spielschulden.

Hawk haßte ihn beinahe inbrünstig. Sie machte sich so häßlich wie möglich, um möglichst selten seine wilden Gelüste zu wecken und die anderen davon abzuhalten, sie zu begehren und sich auszuleihen. Aber Sarah hatte längst erkannt, daß Hawk selbst mit dem Dreck, mit dem sie ihr Gesicht verschmierte, mit dem strähnigen Haar und den zerfetzten Hirschhäuten, mit denen sie sich behängte, eine anziehende Frau in der Blüte ihrer Jahre war. Ihre hohe glatte Stirn, die vollen, immer geröteten Wangen und ihre großen festen Brüste waren für jeden Mann begehrenswert. Sie wäre vielleicht dick geworden vom Kuchen und vom Pudding, die in einer erfolgreichen Farmersfamilie in Pennsylvania auf den Eßtisch kamen. Aber das mühsame und von Arbeit erfüllte Leben im Abnakidorf und das karge Essen hielten ihren Körper in Form.

Die Freundschaft zwischen Sarah und Hawk vertiefte sich noch über den Winter, und mit der Zeit fühlten sie sich eher wie Geschwister als wie Mutter und Tochter. Ab und zu vertraute ihr Hawk ein paar der intimsten Sachen an, die sie mit dem Korporal erlebt hatte. Es schien, als ob sie diese Dinge lange mit sich herumgeschleppt und unter ihnen gelitten hätte. Aber sobald sie darüber sprach, hellte sich ihr Gesicht auf, und manchmal fing sie an, über diese Dinge so laut zu lachen, daß sie mit ihren Händen den Mund zudrücken mußte, damit man sie nicht hören konnte. Manche Dinge, die sie erzählte, erschreckten Sarah zutiefst, denn der Korporal hatte von Hawk oft die übelsten Sachen verlangt.

Sarah, die nie zuvor von solch wilden Orgien gehört hatte, bekam manchmal vom Zuhören einen brandroten Kopf.

Am Anfang war Sarah zu scheu, um Hawk von ihren eigenen Erlebnissen mit Taliwan zu erzählen. Ihre eigenen Gefühle zu beschreiben, die aus einer zärtlichen Freundschaft zwischen ihr und Taliwan erwachten, war eine andere Sache, als über das rüde Verhältnis zwischen Hawk und dem Korporal zu lachen.

Sie beide, Taliwan und Sarah, hatten schon bald entdeckt, daß die Alte in der frühen Nacht tief schlief. Fast jede Nacht langte Taliwan seitdem nach Sarah, streichelte sie zärtlich, glitt vorsichtig von seinem Bett und schlüpfte zu ihr unter die schwarze Bärenfelldecke.

Taliwan war fast so alt wie Sarah. Allein der Gedanke an ihn ließ sie erzittern. Ihn zu berühren, die samtene Wärme seiner nackten Haut zu fühlen, schien sie zum Glühen zu bringen. Manchmal stellte sie sich ihn in ihren Tagträumen als ein geschmeidiges Tier vor, das sich auf ihr wand und sie in die nach Moschus riechenden Felle hineindrückte, bis sich ihre Schatten im Feuerschein paarten.

Eines Nachts, als Taliwan früh zu Bett gegangen war, wartete Sarah, bis seine Mutter die Augen geschlossen hatte und gleichmäßig atmete. Dann suchte ihre Hand in der Dunkelheit nach ihm, und sie ließ ihre Finger sanft über seine Lippen gleiten, bis er erwachte und zu ihr herunterkam.

In einer anderen Nacht, Taliwan war geschmeidig wie ein Otter aus dem Bett seiner Mutter geschlüpft und hatte sich nackt auf sie gelegt, streichelten seine langen, blauschwarzen Haare ihre Brüste. Sie schlang die Arme eng um ihn und zog ihn leidenschaftlich an sich heran; sie spürte, wie sich ihre Schenkel zitternd öffneten, und sie atmete den Geruch seines Körpers tief ein und schloß die Augen, als er sie fest in das weiche Luchsfell hineindrückte, das sie unter sich ausgebreitet hatte.

All das hätte Sarah Hawk nie erzählen können, obwohl sie sich oft trafen, denn während des frühen Winters hielten es die Abnaki nicht für notwendig, die beiden Frauen genau zu beobachten.

Beide konnten sich ziemlich frei im Dorf bewegen, aber Sarah fand bald heraus, daß sie in den anderen Hütten nicht willkommen war. So verbrachte sie die meiste Zeit draußen bei ihrer Arbeit oder in der Hütte, nahe bei der Alten am Feuer kauernd oder bei irgendwelchen Kindern, die ihr Abnakiwörter beibringen konnten. Es wurde Sarah klar, daß es sich Chango wegen seiner Position als Kriegshäuptling nicht leisten konnte, nett zu ihr zu sein. Norke, der alte Jäger, war anders. Er fürchtete die anderen nicht und begegnete ihr mit offener Freundlichkeit. Wenn er Sarah traf, sagte er immer ein paar Worte auf französisch. Den Winter hindurch wäre er Sarah ein großer Trost gewesen, aber die meiste Zeit verbrachte Norke auf der Jagd.

Weil sie vielleicht fürchteten, daß ihre beiden Sklavinnen fliehen könnten, gaben ihnen der Korporal und die Alte nur zerfetzte Kleider und durchlöcherte Mokassins. Es war ihnen nicht erlaubt, Essensvorräte anzulegen oder Kleidungsstücke aufzuheben oder irgend etwas zu besitzen, was sie nicht auf dem Leib tragen konnten. Ausgenommen der Stunden, die sie in der Dunkelheit mit Taliwan verbrachte, oder der Zeit, in der sie sich mit Hawk unterhalten konnte, fühlte sich Sarah jämmerlich und kalt.

Jeden Monat, während ihrer Menstruation, wurde sie wie alle Abnakifrauen verbannt. Die Alte trieb sie gewöhnlich aus dem Haus und zwang sie, in einer kleinen miesen Rinderhütte zu schlafen, die von den Leuten Gebärhaus genannt wurde. Die Nächte, die sie in dieser Hütte verbrachte, waren so kalt, daß sie vielleicht erfroren wäre, wenn nicht ein zottiger Schlittenhund gekommen wäre und neben ihr geschlafen hätte, so daß sie sich an ihm wärmen konnte.

Obwohl der französische Korporal weder die Ausrüstung noch das Können hatte, hielt er sich den miesen Umständen entsprechend für einen hervorragenden Braumeister. Immer, wenn das Wetter besonders schlecht wurde, kam er auf die Idee, sein Gesöff zu brauen. Er steckte dann ein rohes Stück Elchfleisch zwischen zwei Dachpfosten, so daß es in der Nähe der aufsteigenden Feuerhitze verrotten konnte. Er freute sich besonders dann über sein Geschick, wenn das Fleisch, aufgedunsen, einen derart penetranten Gestank verbreitete, daß Hawk es kaum mehr in der Hütte aushalten konnte.

Schließlich nahm er das Fleischstück herunter und schabte mit dem Messer sorgfältig die blaugrüne, faulige und schmierige Schicht ab, vermischte sie mit einer aufgequollenen Hefekugel und knetete das Ganze gut durch. Jetzt konnte er anfangen, sein berühmtes Rottannenbier zu brauen.

Er befahl Hawk, harzige Winterrinde der Rottanne und ihre grünen klebrigen Nadeln zu sammeln und sie in einem Eisenkessel mit Wasser zu kochen, bis nach einiger Zeit daraus eine zähflüssige Brühe wurde, die wie Hustensaft roch. Später, wenn sich diese Brühe gesetzt hatte, fügte der Korporal die aufgequollene, stinkende, bläulich schimmernde Hefe bei und bedeckte den Kessel mit einer dicken Elchhaut, die er unzählige Male anhob und darunter herumschnüffelte, bis er endlich mit seinem Gesöff zufrieden war. Zum Schluß goß er die scharfe Flüssigkeit vorsichtig in ein leeres Pulverfäßchen und trieb mit einem Faustschlag den Spunt hinein.

Chango und der Korporal leckten in Vorfreude ihre Lippen und zählten an den Fingern die Tage ab, bis sie übereinkamen, daß das Gebräu gerade rechtzeitig zum neuen Jahr trinkbereit sein würde.

Zwei Tage vor dem Jahreswechsel war es bitter kalt, und der Himmel über ihnen war schwer mit Wolken verhangen. Diffuses Winterlicht lag über dem zugefrorenen See. Der alte Norke kam zum Dorf gelaufen und erzählte warnend, daß sich vom Norden her Fremde näherten.

Sarah und Hawk eilten wie alle anderen aus den Hütten. Sie sahen auf der riesigen weißen Fläche des Sees drei Gestalten, die sich auf das Dorf zubewegten.

»Zwei von ihnen sind Schwarzröcke«, stellte Chango fest.

»Es ist ein Montagnais bei ihnen«, fügte Norke hinzu. »Schau dir nur an, wie er seine Hüften schwingen muß, um auf seinen unförmigen Bärentatzen-Schneeschuhen voranzukommen.«

»Siehst du die hohen roten Bogen am Schlitten?« höhnte Chango. »Und schau dir an, wie leicht er ist! Für Geschenke ist in dieser mageren Ladung wohl kaum Platz!«

»Mon Dieu!« fluchte der Korporal. »Warum zum Teufel müssen sie gerade jetzt hierherkommen, wo wir ein Fest feiern und aufs neue Jahr unser Gebräu trinken wollen!«

Fluchend rief er nach der Alten und verlangte von ihr, Sarah und seine eigene Sklavin Hawk zu verstecken. Er befahl ihnen, in der Gebärhütte zu bleiben und sich unter keinen Umständen blicken zu lassen, so lange die Schwarzröcke im Dorf waren. Die Gebärhütte war im Wald versteckt, und er bat die Alte, ebenfalls dort zu bleiben und die beiden Sklavinnen nicht aus den Augen zu lassen, bis die lästigen Priester wieder abgereist waren.

Sofort wurden Sarah und Hawk gezwungen, das Dorf zu verlassen. Sie gingen hintereinander den Waldweg entlang, der zur Gebärhütte führte, und als Sarah einmal über die Schulter zurückblickte, konnte sie gerade noch sehen, wie zwei große, hagere und bleichgesichtige Jesuitenpriester den Anlegeplatz erreichten. Ihre langen schwarzen Röcke schwangen über ihren Schneeschuhen hin und her. Ihr Führer, ein Montagnais, war ein kleiner Mann mit O-Beinen und einem dunklen Gesicht. Er trug eine hohe spitze Kapuze und einen Mantel mit Pelzbesatz und den schönsten Verzierungen aus den gefärbten Borsten eines Stachelschweines.

Als Sarah und Hawk die Gebärhütte erreichten, mußten sie erst einmal Rindenstücke herbeischaffen, um den kleinen Unterschlupf abzudichten. Hawk kickte wütend den Schnee hoch.

»Der Korporal sagt, daß diese Priester von Trois Rivière hochkommen. Letztes Jahr schenkten sie dem Häuptling die Silberkreuze, die er an den Ohren trägt, weil er in den Kämpfen bei den langen Stromschnellen so tapfer gewesen ist. Diese Priester bleiben vielleicht einen ganzen Monat, vielleicht sogar viel länger.«

Sarah sah sich nach der Alten um, die wie eine verletzte Fledermaus im Schnee kauerte und die Ladung Birkenrinde von ihren Schultern wuchtete.

»Soll das heißen, daß wir womöglich einen ganzen Monat in dieser kleinen vergammelten Hütte leben müssen?«

»Wir können von Glück reden, wenn's nur ein Monat ist«, brummte Hawk.

In der Nacht kam Taliwan heraus, um für seine Mutter Wache zu stehen. Die Alte durfte die Nacht in der warmen Hütte einer ihrer Schwestern verbringen.

»Ich glaube, die Schwarzröcke gehen morgen weg«, flüsterte Taliwan Sarah zu. »Der Franzosenkorporal hat sie mit wüsten

Worten empfangen, und jetzt sind sie alle zu verärgert und zu böse, um noch miteinander zu reden. Der Häuptling hat die Silberkreuze von seinen Ohren genommen und in den finstersten Winkel seiner Hütte geworfen. Dann ging er landeinwärts auf eine Elchjagd, und der Montagnais ist dabei, Bienenwachs an die Unterseite seines Schlittens zu reiben. Er will schnell weggehen. Er hat sogar gesagt, daß er weggehen würde, wenn die Sonne aufgeht, mit oder ohne Schwarzröcke.«

Spät am Morgen schlichen Sarah und Hawk in einem Bogen zum See hinunter, um Feuerholz zu sammeln. Als sie vom Waldrand aus zum Dorf hinunterblickten, sahen sie die beiden rabenschwarzen Gestalten der Priester hinter ihrem Führer und seinem Schlitten hereilen, der schon weit entfernt nach Süden unterwegs war.

»Vermutlich ziehen sie es vor, mit den Leuten von Canadanskawa weiter im Süden zu leben«, sagte Hawk. »Ich kann's ihnen nicht verübeln. Die können diesen Mistkerl von einem Soldaten genausowenig ertragen, wie ich es kann.«

Das Rottannenbier war noch zu frisch und schon gar nicht von der Stärke eines Brandys, aber der Korporal war über das Weggehen der Jesuiten derart erleichtert, daß er die beiden Sklavinnen zur Silvesterfeier zurückbeorderte und beiden eine große Horntasse voll von seinem bitteren Gebräu überreichte. Weder Hawk noch Sarah spürten davon eine Wirkung, aber der Korporal und Chango, die während des Jagdausfluges des Dorfhäuptlings die Befehlsgewalt hatten, tranken riesige Mengen von dem grünlichen Gesöff, und nach einer Weile gelang es ihnen, sich selbst vorzumachen, daß sie stockbetrunken wären.

Der Korporal flocht zwei Kränze aus Rottannenzweigen. Den einen setzte er Chango aufs Haupt, den zweiten stülpte er sich selbst auf den Kopf. Er taumelte aus der Hütte und drängte Chango, sich ihm anzuschließen. Sie tanzten im Sternenlicht auf dem Tanzplatz um den bemalten Pfosten herum und riefen den anderen zu, sich ihnen anzuschließen. Aber als die Abnaki sich in ihrer Nüchternheit weigerten, spürte der Korporal wohl, wie die kalte Nachtluft seinen Verstand klärte, und er nahm seine Säuferkrone vom Kopf und warf sie auf den gefrorenen Boden. Dann marschierte er beleidigt auf seine Hütte zu.

»Mach, daß du ins Bett kommst, du Nutte, du!« brüllte er über den Platz nach seiner Sklavin. »Wenn ich mir nicht mein eigenes Vergnügen mache, passiert doch in diesem neuen Jahr 1756 überhaupt nichts, worüber man sich freuen könnte! Was für eine Scheiß-*réveillon de l'an!* Abnaki – Scheiße – Uhuu!«

Am Spätnachmittag eines Wintertages, als Sarah dabei war, für sich aus einigen weggeworfenen Elchlederresten Mokassins zu nähen, bemerkte sie plötzlich, wie sie von Taliwan beobachtet wurde. In seinen Augen leuchtete der Flammenschein des Feuers.

Als er in dieser Nacht zu ihr herunterkam, brachte er ihr ein Geschenk. Es war eine dünne geflochtene Sehnenschnur mit zehn blauen Glasperlen. An beiden Enden hing je ein kleiner Fingerhut aus Messing. Er übergab Sarah das Geschenk und sie hielt es erfreut an ihren Hals, aber er deutete auf seine schlafende Mutter und flüsterte, daß sie wütend würde, wenn sie sein Geschenk an ihr entdeckte. Er nahm es aus ihren Händen, legte die Schnur um Sarahs nackte Taille und befestigte sie so, daß die Perlen und die Fingerhütchen versteckt zwischen ihren Schenkeln herunterbaumelten.

In der frostverhangenen Stille vor der Morgendämmerung heulte ein Wolf den Mond an. Die Alte erwachte, als sie den Wolf hörte, und während sie sich auf die andere Seite drehte, bemerkte sie, daß ihr Sohn nicht mehr im Bett war. Sie lugte über den Bettrand hinunter und sah, daß Taliwan mit Sarah am Boden lag, eng beisammen in der Wärme des schwarzen Bärenfelles.

»Heimtückisches Luder!« krächzte sie in Abnaki. Sie schlug mit ihrem Stock nach Sarah, und vor Wut heulend zog sie ein Beil unter den Fellen und Decken hervor. Sie jagte Sarah barfuß und halbnackt aus der Hütte.

8

Bebend vor Kälte und voller Furcht vor der Axt stand Sarah zuerst auf einem Bein und dann auf dem anderen im eisigen Licht des Mondes. Ihre Füße brachen durch den Schnee, und die scharfe Kruste zerschnitt die Haut um ihre Knöchel wie gebrochenes Glas. Als sie einmal aufblickte, sah sie die blassen Nordlichter, die sich über dem Himmel ausgebreitet hatten. Rund um sie herum hob sich die Wärme in dünnen grauen Rauchsäulen aus den schwarzen Rauchlöchern der Wohnhütten. Und sie hörte, wie die Alte sie im Innern ihrer Hütte verfluchte. Sarah wußte, daß sie es nicht wagen durfte, dorthin zurückzukehren.

Verwilderte Hunde huschten wie schwarze Schatten aus der Finsternis und umkreisten Sarah mit zurückgezogenen Lefzen und gebleckten Zähnen. Sie setzte sich schnell in Bewegung. Sie wußte nicht, wohin sie gehen sollte. Irgendwohin. Sie lief am Rand des Tanzplatzes entlang, und ihre Füße wurden gefühllos vor Kälte. Die Hunde folgten ihr, und die Hütteneingänge schienen sie anzustarren wie die wilden Augen von Dämonen.

Sie hielt vor der Hütte des Korporals an und duckte sich tief. Die französische Fahne war zur Hälfte mit Schnee bedeckt. Mit den Spitzen ihrer starren Finger hob Sarah eine Ecke der Elchhaut, die in der Türöffnung hing. Sie versuchte, einen Blick in die Hütte hineinzuwerfen. Sie vernahm lautes Schnarchen und sah das letzte Aufglühen eines niedergebrannten Feuers. Gehetzt blickte sie über die Schulter. Die Hunde waren dicht an sie herangekommen.

Sie duckte sich, zog die steife Elchhaut zur Seite und kroch in die Hütte. Sie verharrte still und lauschte dem lauten Schnarchen. Als sie sicher war, daß sie den Korporal nicht aufgeweckt hatte, kroch sie weg von den Schnarchtönen und tastete sich durch eine kalte und ihr fremde Dunkelheit.

Instinktiv fand sie die Lagerstätte von Hawk. Sie nahm allen

Mut zusammen, streckte die Hand aus und berührte die schwere Schlafdecke.

»Oh, Jesus! Wer ist das?« stieß Hawk hervor und richtete sich in der Finsternis auf.

»Ich bin's! Sarah!« flüsterte Sarah. »Mir ist drüben etwas Schreckliches passiert!« Sie fing an zu weinen.

Das laute Schnarchen des Franzosenkorporals verstummte. Er grunzte, wälzte sich herum und schnarchte weiter.

»Komm herein zu mir«, flüsterte Hawk und zog Sarah unter ihre Decke. »Du armes, frierendes Ding. Hier, leg deine Füße gegen meine Beine. Und hör auf zu weinen, sonst wacht er auf und macht sich todsicher über dich her!«

Sarah lag zitternd in der warmen Geborgenheit, umschlungen von den Armen ihrer Freundin. Es dauerte lange, bis sich ihr unterkühlter Körper etwas aufgewärmt hatte. Durch die Ritzen im Dach drang schon das Licht der Morgendämmerung.

»Schnarcht er immer so laut?« fragte Sarah.

»Das ist noch nichts«, gab Hawk zurück. »Es ist gewöhnlich viel schlimmer. Du solltest ihn hören, wenn er betrunken ist!«

»Ich hasse dieses Dorf!« stöhnte Sarah. »Müssen wir denn an diesem furchtbaren Ort bleiben, bis wir sterben?«

»Sei still! Wir leben noch!« Hawk hielt ihre Lippen dicht an Sarahs Ohr. »Du mußt jetzt bald gehen. Es wird hell. Schau dort drüben«, sie zeigte in die Nische hinein. »Nimm etwas von dem schönen trockenen Feuerholz und bring es der alten Dame mit.« Sie griff unter das Bett. »Und hier, nimm die Haselnüsse als Geschenk mit. Sie wird dann nicht mehr wütend auf dich sein. Beeil dich! Und paß auf, daß du gut hinauskommst! Und sieh zu, daß dich die Alte nicht wieder rauswirft. Denk daran«, sie kitzelte Sarah, »sei vorsichtig mit ihrem Sohn! Mach keine Spielchen mehr mit ihm!«

Sarah eilte zur Hütte der Alten zurück. Der Groll auf sich selbst regte sich in ihr, seit sie Hawks mahnende Worte im Ohr hatte. In der Hütte setzte sie das Bündel Holz neben der Feuerstelle ab und schaute sich nach Taliwan um. Er war fort. Die Kinder hopsten in der Hütte herum, und der alte Sänger, der den neuen Morgen ankündigte, hockte singend am Feuer und nicht wie sonst unten am Seeufer. Taliwan hatte Sarah erzählt, daß es die große Aufgabe dieses alten ehrwürdigen Sängers war, jeden Morgen für die Geister des Sees, des Landes und des Himmels zu singen und die heiligen Tiere, das Wild, die Fische und die Vögel, darum zu bitten, ihr Fleisch herzugeben, ohne daß die Jäger des Dorfes ihre Seelen zu verletzen bräuchten, so daß die Schöpfung in Harmonie bestehen konnte.

Die Alte hockte am Rand ihres Bettes und blickte Sarah aus verklebten Augen an. Als Sarah ihre Hand ausstreckte und ihr die Haselnüsse anbot, schnappte sie gierig danach und verbarg sie in ihrem Bettzeug. Lange Zeit war es still in der Hütte. Plötzlich machte die Alte mit der Hand eine schleudernde Bewegung, als ob sie Sarah mit Dreck bewerfen wollte. Schließlich zog sie das Beil vom Bett, zeigte Sarah die scharfgeschliffene Schneide und verbarg es wieder.

Sarah blies in die Glut und entfachte das Feuer. Sie fand ihre zerlumpte Bluse und die Mokassins, und sie zog sich an. Das Luchsfell war verschwunden. Die Alte stieß ihr mit dem Fuß den Kupferkessel zu, und Sarah war froh, daß sie die Hütte verlassen und Wasser holen durfte. Wenn sie jetzt vorsichtig war, würde sich der Zorn der Alten bald gelegt haben.

Eine Woche verging. Sarah wagte es nicht, mit Hawk zusammenzutreffen. Taliwan hatte seine Schneeschuhe angeschnallt, seinen Bogen und den Köcher voll Pfeile von der Wand genommen und war in den Wald auf die Jagd gegangen, um seiner keifenden Mutter zu entgehen.

Es wurde noch kälter. Die Babys in den Hütten wimmerten in ihren Tragkrippen und fühlten sich nirgendwo wohl außer an der Brust ihrer Mütter.

Eines Abends, kurz bevor es Nacht wurde, hörte Sarah, wie Taliwan zurückkehrte. Er brachte nur so viel Fleisch mit, wie er leicht tragen konnte, und hatte den Rest seines erlegten Elches in Stücken in die Bäume gehängt. Später sollten die Frauen mit ihren Schlitten und den Hunden das Fleisch ins Dorf holen.

Er betrat die Hütte, und ohne Sarah auch nur eines Blickes zu würdigen, schwang er seine Jagdausrüstung vom Rücken, trank zwei Schalen heiße Fleischsuppe und fing schnell an, sich mit seiner Mutter zu unterhalten. Als er fertiggegessen hatte, legte er sich auf sein Bett und schlief wie ein Toter. Die sieben Tage, die er auf seinen Schneeschuhen im Wald verbracht hatte, waren ihm anzusehen. Sarah legte das Ende des dicken Holzklotzes für die Nacht in die Mitte des Feuers. Dann legten sie und die Alte sich ebenfalls schlafen.

Irgendwann in der Mitte der Nacht erwachte Sarah vom Klang des heulenden Windes. Sie fühlte Taliwans Hand zärtlich auf ihrem Leib, und er glitt von seinem Bett herunter und legte sich zu ihr.

Er hielt seine Lippen dicht an ihr Ohr und flüsterte: »Sie schläft tief. Sie hört uns nicht. Die Sterne sind verschwunden. Ein schlimmer Sturm wird aufkommen.«

Sarah hob den Kopf und öffnete die Augen. »Was ist das für ein neues Ding, das du da um deinen Hals hängen hast?« fragte sie leise.

»Es ist ein Knochen aus dem Flügel des Adlers«, erwiderte er und streckte ihr die kleine weiße Röhre hin, damit sie es sich genauer ansehen konnte. »Sie gab es mir«, sagte er und deutete auf seine Mutter. »Es ist sehr alt, ein heiliger Zauber der *Menschenwesen*. Wenn du durch das eine Ende hineinbläst, stirbt der Wind und der See wird ruhig.«

Sarah nahm den Flügelknochen an ihren Mund und richtete ihn auf seine Mutter.

»Sei vorsichtig!« sagte Taliwan und legte schnell seine Hand auf das andere Ende. »Der Zauber ist mächtig. Du könntest ihr weh tun.«

Sie umschlangen sich, machten sich lautlos übereinander her wie Füchse, die sich paarten, und sie ließen sich von ihrer so lange gezähmten Leidenschaft immer wieder aufs neue davonreißen. Schließlich lagen sie nebeneinander, und von einer Seite wärmte sie die Feuersglut, während von unten her die Kälte in die Decken kroch.

Die Alte hustete im Schlaf. Taliwan verhielt sich ruhig und wartete, bis er sicher war, daß sie nicht erwacht war.

»Hörst du, wie der Wind die Hütte schüttelt?« flüsterte er. »Sie hört es nicht. Sie schläft.« Er richtete sich etwas auf. »Ich habe zwei Elche getötet. Ich kam so nahe an den großen Bullen heran, daß ich ihn beinahe mit der Spitze des Pfeiles berührte, bevor ich ihn ihm mitten ins Herz schoß.«

Sarah blickte lauernd zum Bett hoch, um sich zu vergewissern, daß die Alte wirklich nichts gehört hatte. »Wo bist du hingegangen?« fragte sie ihn sanft.

»Drei Tagesreisen ostwärts, immer auf dem Pfad der Morgensonne«, erwiderte er. »Die Elchgründe sind in der Niederung zwischen den buckligen Hügeln. Das ist der beste Platz, um im Vorfrühling Elche zu finden. Später, wenn der Schnee weg ist, müssen wir nach Memphremagog gehen, um Elche zu jagen.«

»Mem-phre-magog«, flüsterte Sarah. »Wo ist das?«

»Zweimal so weit im Osten wie die Elchgründe entfernt sind. Dort ist ein riesiger See mit vielen Inseln. Unzählige Forellen schwimmen unter seiner Oberfläche. Viele Geister hausen dort. Im Frühling ist der Morgenhimmel voll von endlosen Vogelzügen. Schwärme von Enten, Gänsen und Schwänen schweben wie Wolken über dem See. Im Sommer stehen die Elche bauchtief im Wasser und fressen die Wasserkresse. Ich war noch nie am Südende des Sees, dort, wo die Biber ihre Winterbauten errichtet haben. Man sagt, daß ihre Dämme das Land in einen einzigen großen Sumpf verwandelt haben. Zehn kleine Flüsse fließen aus dem See.« Taliwan hob die Hände und streckte seine Finger. »Ich bin ihnen noch nie gefolgt, aber Norke sagt, daß sie sich im großen Fluß vereinen, der Connecticut genannt wird. Und dieser Fluß nimmt seinen Weg weit hinunter in den Süden und in die Gegend, wo du gelebt hast. Später, wenn ich meine Ausbildung als Krieger abgeschlossen habe«, prahlte er, »werde ich auch auf diesem Wasserweg Streifzüge tief in den Süden machen.«

»Wie oft muß man schlafen, wenn man vom großen See zum Fluß kommen will?« fragte Sarah ihn.

Taliwan zögerte. »Keine Ahnung. Warum fragst du mich? Warum willst du das wissen?«

Er stützte sich auf einem Ellbogen auf und suchte im verlöschenden Licht des Feuers nach ihren Augen. Sie gab ihm keine Antwort, und er schüttelte den Kopf, als wollte er sein Mißtrauen loswerden, bevor er zurück in sein Bett kroch und einschlief.

Am Morgen eilte Sarah fröstelnd durch die eisige Dämmerung. Sie schleppte ein Bündel Äste hinter sich her, genug, um das Feuer den ganzen Morgen zu füttern. Beide, Taliwan und seine Mutter, waren bereits im Freien. Sie spannten die Hunde vor den langen

Schlitten. Ihr Atem umhüllte sie wie Nebelschleier. Der Blizzard, der in der Nacht über Missisquoi hinweggebraust war, hatte neue, mächtige, verharschte Schneewehen hochgeworfen, die wie zu Eis erstarrte Wellen glitzerten. Taliwan spuckte in die Luft, und sein Speichel fiel gefroren auf die harte Schneedecke und rollte wie eine Schrotkugel davon. Die Alte, die ihre beste rote Wolldecke um sich geschlungen hatte, rief dem Franzosenkorporal etwas in Abnaki zu, als sie ihn geduckt in der Kälte stehen und gegen seine Hütte pinkeln sah.

Er machte seine Hose zu, klemmte die Hände unter seine Achselhöhlen und kam über den Tanzplatz. Er hörte sich an, was die Alte zu sagen hatte, drehte sich Sarah zu und übersetzte:

»Diese alte Dame läßt dir durch mich sagen, daß du nichts taugst. Sie möchte lieber Geld haben, um ein paar nützliche Dinge zu kaufen. Sie wird dich in Montreal an den nächsten verkaufen, der dich haben will. So, *bon voyage, Anglaise!* Ich habe dich zwar nie im Bett gehabt, aber was soll's. Selbst hier in Missisquoi gibt es welche, die schärfer sind als du!« Er rieb seine Ohren, um sie warm zu halten, während er ungeduldig dem Gemurmel der Alten zuhörte.

Schließlich unterbrach er sie. »Sie sagt, daß du gut daran tun würdest, den französischen Damen in der Stadt nett zuzulächeln. Vielleicht kauft dich eine. Wenn dich keine haben will, dann verkauft dich die Alte an ein Soldatenbordell, und das schwört sie dir! Hast du verstanden? Das ist nicht meine Idee. *Sie* hat das gesagt. Gerade eben.«

Die erste Tagesreise in Richtung Montreal war lang, aber Sarah wurde gezwungen, derart hart zu arbeiten, daß sie nicht unter der Kälte zu leiden hatte. Da sie gegen den Wind gingen und sie versuchte, dem üblen Gestank von der Pfeife der Alten zu entgehen, marschierte sie vor oder neben dem Gespann und half den Hunden, den Schlitten mit der Alten am Seeufer entlangzuziehen. Im Hügelland lag dann der Schnee auf den Feldern fast hüfthoch, und hier lernte Sarah auf Schneeschuhen zu gehen, wobei sie die hüftenrollenden Bewegungen, mit denen sie sich vorwärtsbringen mußte, Taliwan abschaute.

»Warum hast du mir nicht gesagt, daß sie mich verkauft?« flüsterte sie ihm in der ersten Nacht zu.

»Weil ich keine Ahnung davon hatte«, gab Taliwan zurück. »Glaube nur nicht, daß ich will, daß sie dich verkauft!«

Er rollte sich auf die andere Seite. Sie schliefen beide nicht sehr gut in dieser Nacht.

Gegen Abend des zweiten Tages sahen sie die dünnen Rauchfahnen von drei Feuern. Taliwan hielt das Hundegespann an. Seine Mutter und er steckten die Köpfe zusammen und flüsterten miteinander und versuchten dabei abzuschätzen, wo ungefähr die drei Feuer brennen mochten. Die Alte bedrohte die Hunde so lange, bis sich alle still in den Schnee legten.

Taliwan zog die Bindungen seiner Schneeschuhe enger, säuberte das Schloß seiner Muskete und stieg langsam eine Hügelkuppe hoch, von der aus er einen besseren Überblick hatte.

»Wer ist das?« fragte Sarah die Alte.

»Wir wissen es nicht«, erwiderte sie. »Aber sie haben die Feuer nicht wie Abnaki gemacht.«

Es war schon dunkel, als Taliwan zurückkehrte.

»Ich glaube, es sind Mohawk«, sagte er. »Und es sind noch viele hinter ihnen. Ein großer Kriegstrupp kommt von Westen her.«

»Wir können hier nicht bleiben«, sagte die Alte. »Es ist zu gefährlich hier.«

Sie erhob sich mit steifen Gliedern vom Schlitten und gab dem Leithund einen Fußtritt, daß er aufstand. »Du nimmst diesen Strick hier!« befahl sie Sarah. »Und zieh fest daran! Hast du mich verstanden? Fest! Wir gehen zurück nach Missisquoi. *Merde alors,* ich hasse diese Mohawk!«

Sie reisten fast die ganze Nacht hindurch, bis sie zu dem Platz kamen, wo sie getrocknetes Elchfleisch für ihre Rückreise versteckt hatten. Taliwan fütterte die Hunde und verteilte den Rest an Sarah, seine Mutter und sich selbst. Zusammen richteten sie ein verstecktes Lager ein und schliefen den ganzen kurzen Wintertag. Am Abend hob Sarah im Schnee eine Mulde aus, und Taliwan schlug mit dem Feuerstein Funken, um ein Feuer in Gang zu bringen.

Sarah entfernte sich vom Lager, um Feuerholz für die Nacht

zu sammeln. Irgendwo hielt sie in der Finsternis an, stand still und blickte über den zugefrorenen See hinweg. Die Nordlichter hingen wie verwehte Nebelschleier am Sternenhimmel. Sie beobachtete, wie sie an Stärke gewannen, sich hoch in den Himmel wölbten, verblaßten, um erneut und hell aufzuglühen und wie ein wallender Vorhang aus Licht bis auf die schneebedeckten Hügel herunterzufallen und die verschneite Eisdecke des Sees mit funkelnder Helligkeit zu übergießen.

Die Hunde setzten sich auf und heulten. Sie bekamen Antwort von einem weit entfernten Wolfsrudel, das sich auf das Jagd befand. Sarah hörte die Eisdecke des Sees knacken und aufstöhnen, während sich die klirrende Kälte über ihr ausbreitete. Der Nordwind wimmerte durch die finsteren Kiefernwälder und ließ Sarah erschaudern.

Sie kauerte nieder und versuchte, sich klein zu machen. Die Nacht umhüllte sie wie eine Decke, während sie dem entfernten Geheul der Wölfe lauschte, bis sie von der Kälte zum Lager zurückgetrieben wurde. Sie rollte sich nahe bei Taliwan in den Rentierumhang, den man ihr für die Reise gegeben hatte.

Sie wartete, bis sie sicher war, daß die Alte schlief. Dann berührte sie Taliwan sanft und fragte: »Werden uns die Mohawk folgen?«

»Nein«, sagte Taliwan und lächelte ihr zu. »Diese Feuer waren von zwei Montagnaisfamilien, die einen Elch brieten. Sie bringen Pelze zum Handelsposten. Sie sind harmlose Verbündete der Franzosen.« Er zog sie nahe an sich heran. »Ich wollte nicht, daß du nach Montreal gehst, und ich wollte auch nicht dabeisein, wenn du für Silberspangen verkauft wirst. Meine Mutter braucht die Silberspangen nicht so sehr, wie ich dich brauche!«

Die Alte wollte eigentlich weder reden noch essen, bis sie wieder das Ufer des Lake Champlain erreichten. Sobald sie aber die schier endlose Schneefläche sah, die sich vor ihnen auftat und der sie nur zu folgen brauchten, um nach Missisquoi zu kommen, kicherte sie in sich hinein, zündete ihre stinkende Pfeife an und fluchte ein bißchen auf französisch herum.

»Die kriegen dich nie!« krächzte sie. »*Jamais, jamais!* Ich behalte dich für mich! Zieh fester, *nunksquaw!* Fester! Wir sind bald zu Hause!« Sie drehte sich nach Taliwan um. »Los, erzähl ihr von den Mohawk!« befahl sie krächzend. Aber Taliwan, der Lügen haßte, sagte nichts.

Schließlich erreichten sie Missisquoi, und alles war wieder, wie es zuvor gewesen war. Taliwan verließ das Dorf, um zu jagen, und Sarah langweilte sich am Tage und träumte in den Nächten von Taliwan und von der Wärme des verschwundenen Luchsfelles. Und sie versuchte sich auszudenken, wie es hätte sein können, wenn sie in Montreal an die Franzosen verkauft worden wäre.

Spät in einer Nacht hörte sie plötzlich Hawk schreien. Es erschien ihr beinahe unmöglich, daß diese mutige Frau solche Töne von sich geben konnte. Sarah sprang zum Eingang, schlug die Elchhaut zurück und sah die Frau aus Pennsylvania auf sich zulaufen. Der Korporal hetzte hinter ihr her, den Kopf gesenkt wie ein Stier. In der rechten Hand hielt er eine schwere Kavalleriepistole, und in der anderen schwang er einen kurzen, geknoteten Strick. Sarah erkannte, daß er nicht betrunken war, und diese Tatsache machte ihr angst.

Sarah sah, wie Hawk ausrutschte und in panischer Angst über eine verharschte Schneewehe fiel. Im nächsten Moment war der Korporal über ihr und stieß ihren Kopf mit dem Gesicht nach unten in den Schnee.

Sarah rannte hinaus.

Der Franzose blickte hoch. »Du etwa auch?!« knurrte er sie an. »Willst du auch etwas abkriegen?!«

Grob fesselte er Hawks Handgelenke auf ihrem Rücken zusammen. Er stand auf und zog wild am Strick, wodurch sie förmlich auf die Beine gerissen wurde. Dann trieb er sie mit Schlägen seines Pistolengriffes über den Tanzplatz und beförderte sie mit einem Fußtritt in seine Hütte.

Sarah kroch in die Hütte der Alten zurück und legte sich neben dem Bett auf den Boden. Sie lauschte und war froh darüber, nichts mehr zu hören. Aber als sie dabei war, wieder einzuschlafen, hörte sie den lauten Knall einer Pistole. Sie sprang auf, und alles in ihr verkrampfte sich vor Entsetzen.

Die Alte griff nach ihr, packte sie am Handgelenk und zwang sie auf ihre Schlafstelle zurück.

Sarah blieb wach und lauschte die ganze Nacht hindurch. Aber sie konnte nichts mehr hören, bis der Morgen dämmerte und die Alte von einem Hustenanfall aufgeweckt wurde. Sie befahl Sarah, hinauszugehen und Feuerholz zu sammeln.

Als sie im Wald Hawk beim Holzsammeln entdeckte, wurde ihr vor Erleichterung beinahe schwindelig. Sarah blickte sich nach allen Seiten um, und als sie sicher war, nicht beobachtet zu werden, rannte sie Hawk entgegen.

»O Hawk! Bin ich froh, dich zu sehen! Ich hatte solche Angst, als ich hörte, wie der ...«

Sie brach ihren Satz ab, als sich Hawk umdrehte und sie aus ihrem Umhang heraus unheilvoll anblickte. Ein Auge war völlig zugeschwollen und hatte sich schwarzblau verfärbt. Sie hatte einen riesigen Bluterguß auf ihrer geschwollenen Wange, und Schwarzpulverbrandstellen hatten die eine Seite ihres Gesichtes wie Pockennarben verunstaltet.

»Schau«, preßte sie mühsam hervor und zog ihre Oberlippe hoch, während sie Sarah mit ihrem einen Auge anstarrte wie ein Todesengel. »Dieser Dreckskerl hat mir mit dem Griff seiner Pistole einen Zahn kaputtgeschlagen. Danach hat er den Hahn gespannt und mir die Mündung hinters Ohr gehalten. Eine Stunde lang machte er mir angst und schwor, daß er mich erschießen würde. Zuletzt hat er auf meine Nasenspitze gezielt und das verdammte Ding abgeschossen. Lieber Jesus Christus, ich war die halbe Nacht blind vom Mündungsfeuer, und in meinen Ohren rumort es so stark, daß ich jetzt noch nichts hören kann.« Sie fing voller Verzweiflung zu schluchzen an. »Sarah, laß uns von diesem gottverfluchten Ort weggehen! Laß uns weglaufen von diesen mörderischen Wilden und dem Schweinehund von einem Soldaten! Laß uns zu wirklich anständigen Leuten zurückgehen. Wenn wir dabei sterben, dann sterben wir eben. Es gibt nichts Schlimmeres, als hier zu bleiben!« Sie schleuderte einen Ast auf die harte Schneekruste nieder, und ihr Gesicht war rot vor Kälte und Wut. »Ich will frei sein!«

Es war das erstemal, daß in Sarah der Gedanke an eine Flucht aufkam. Es war ein gefährlicher und aufregender Gedanke, der das Blut in ihren Adern schneller pulsieren ließ. Konnten sie eine Flucht bewältigen? Nur sie beide allein? Sie blickte nach Süden und dachte mit Schrecken an die Hunderte von Meilen, die sie in der unwegsamen Wildnis zurückgelegt hatte. Und Sarah war sich im klaren darüber, daß die Abnaki ihnen viel gefährlicher werden konnten als hungrige Wölfe. Die Krieger schienen zwar in letzter Zeit sorgloser zu sein, aber nur, weil sie glaubten, daß der Winter für ihre Sklaven eine absolut sichere Fessel war. Aber wenn Sarah und Hawk schnell genug rannten, würden sie vielleicht weit genug wegkommen, bevor man sie im Dorf vermißte.

»Wir können jetzt nicht weggehen«, sagte Sarah und deutete auf ihre Spuren im Schnee. »Sogar ein Kind könnte uns folgen. Ihre Hunde würden uns schnell aufstöbern.«

Hawk spuckte auf ihre Abdrücke und blickte hoch zur fahlen Scheibe des Morgenmondes. »Ende April oder Anfang Mai, in einer mondlosen Nacht, gehen wir! Dann wird kaum noch Schnee liegen. Gott wird uns warm halten, und wir werden unseren Verstand benützen, dann sind wir zu Hause, bevor die Stechmücken ausschlüpfen. Kommst du mit mir, Sarah? Bitte! Kommst du mit mir?«

9

»Ja, wir werden zusammen weggehen«, sagte Sarah, ohne allerdings wirklich zu glauben, daß sie noch den Mut aufbringen würden, wenn die Zeit dazu gekommen war.

Mitte März war schon viel vom Schnee weggetaut, und an den Nachmittagen schien die Sonne warm, und der Saft in den Zuckerahornbäumen stieg. Die Schneevögel zwitscherten, und ein Hauch des Frühlings lag in der Luft.

Eines Nachts bemerkte Sarah, daß Vollmond war, und sie erinnerte sich daran, daß Hawk bei abnehmendem Mond fliehen wollte. Und Sarah hoffte, daß die Frau aus Pennsylvania diesen gefährlichen Plan inzwischen aufgegeben hatte.

Die Alte in der Hütte schlief fest, und Taliwan glitt einmal mehr vom Bett, um mit Sarah zu schlafen. Sarah holte tief Atem, als sie fühlte, wie er sanft seine Hand über ihren Körper gleiten ließ und sie zwischen ihre nackten Schenkel legte.

Leise flüsterte er Sarah ins Ohr und erklärte mit einfachen Worten die Gedanken, die ihn beschäftigten.

»Ich werde dich vermissen. Ich werde einsam sein. Ich werde von dir träumen, im Sommer.«

»Warum? Wohin gehst du?« fragte sie.

»Ich will ein Krieger werden«, erwiderte er. »Ich werde in das Haus der Krieger gehen. Ich werde bis auf meine Skalplocke geschoren. Und ich darf nicht mit einer Frau schlafen, denn das würde mich Kraft kosten. Ich werde keine Frau haben, bis ich vom ersten Kriegszug zurückkehre und meine Kriegerprobe bestanden habe.«

Sarah hatte Mühe, seine Worte zu verstehen, aber sie verstand, daß er sie verlassen würde, um ein Krieger zu werden.

»Vielleicht werde ich getötet«, fuhr Taliwan fort. »Wie mein älterer Bruder und wie dein kleiner Bruder.«

Sarah warf die Bärenfelldecke zurück und fuhr auf. Sie hatte jedes Wort verstanden.

»Benjamin ist tot?« fragte sie und machte mit der Hand eine hilflose Geste.

»Ja«, sagte er und deutete mit der Hand südwärts. »Er ist tot. Der Mann mit der Narbe im Gesicht hat ihn im Haus der Pferde getötet.«

»Mein Bruder wurde in der Scheune getötet?« fragte sie ungläubig.

»Ja«, sagte er. »Sein Skalp hängt hier in der Hütte des Kriegers.«

Taliwan legte seine Finger auf ihre Lippen; sie zitterte am ganzen Körper und fing zu weinen an.

Sie legte sich hin, aber als er versuchte, sie zu umarmen, grub sie ihre Fingernägel in seine Brust und zog ihm tiefe Furchen durch die Haut. Er packte ihre Handgelenke und hielt sie fest. Sie fing an zu wimmern. So leise, daß die Alte davon nicht aufgeweckt wurde. Und sie sah, wie sich die Furchen auf Taliwans Brust mit Blut füllten.

»Hast du es nicht gewußt?« fragte er flüsternd.

Sarah bemerkte, daß seine Augen auch feucht waren. Er schien nicht einmal gemerkt zu haben, daß sie ihn gekratzt hatte. Er legte eine Hand über seine Augen und weinte mit ihr. Er war jung, und es tat ihm weh, daß er sie mit dieser schrecklichen Nachricht quälen mußte. Er hatte immer geglaubt, daß sie vom Tode ihres Bruders gewußt hatte. Auch er hatte einen Bruder in diesem endlosen Krieg zwischen den Engländern und den Franzosen verloren, und er ahnte, wie ihr zumute war. Er strich ihr mit den Händen sanft über das Gesicht und zog ihre Tränen in langen feuchten Streifen über ihren Hals und zwischen ihren Brüsten hindurch auf ihren Bauch und in ihren Schoß.

Sie konnte ihn nicht hassen. Es war nicht seine Schuld, daß Benjamins Skalp in der Hütte des Kriegers hing. Aber sie merkte, wie sich in ihr alles verkrampfte, als sie daran dachte, daß Benjamins Leichnam halb verwest in der Scheune lag, wie der Kadaver jenes Kalbes, den sie einmal im Wald entdeckt hatte. Benjamin und Josh waren die einzigen Glieder gewesen, die sie noch mit ihrer Vergangenheit verbunden hatten. Jetzt fühlte sie sich völlig allein, irgendwo in einem fremden Land, umgeben von gefrorenen Seen und Sümpfen und von gefahrvollen Wäldern.

Als sie an diesem Morgen im Wald Hawk begegnete, war Sarahs Blick kalt.

»Sie haben meinen Bruder ermordet!« sagte sie fest. »Wie lange willst du noch warten, bis wir endlich von hier fliehen?« Sie nahm einen Stock vom Boden auf und zeichnete für Hawk eine Karte in den Schnee.

»Das hier ist der Platz, wo wir jetzt sind. Missisquoi.« Sie zog eine Linie geradeaus nach Osten und machte einen Punkt. »Das ist, wo Taliwan den Elch getötet hat, zwischen den buckligen Hügeln. Es sind nur drei Tagesmärsche dorthin.«

»Das weiß ich«, sagte Hawk. »Man hat mich letzten Winter gezwungen, dorthin zu gehen und Fleisch zu holen.«

»Also«, fuhr Sarah fort. »Taliwan sagt, daß die Elchgründe auf halbem Weg zu einem großen See liegen, den er Memphremagog nennt. Wenn wir uns beeilen, dann sollten wir nicht länger als sechs Tage brauchen, um bis zum See zu kommen. Taliwan sagt, daß aus dem Südende des Sees einige kleine Flüsse fließen und in einen großen Strom münden, der südwärts in unser Land fließt. Er sagt, daß dies der Connecticut River ist.«

»Dann müßte es dort viele Siedler geben«, sagte Hawk. »Und Festungen mit englischen und hessischen Soldaten. Oder meinst du nicht, Sarah?«

»Doch, sicher! Da muß es Leute geben. Taliwan redet davon, daß er einen Kriegszug dorthin unternehmen will. Das beweist, daß es dort Siedler gibt.«

Hawks Augen suchten den Wald ab. Sorgfältig verwischte sie Sarahs Zeichnung im Schnee. »Gut, wir werden dorthin gehen.« Sie zeigte nach Osten. »Weg von diesem langen See und seinen Ufern, an denen es nur so von Abnaki, von Irokesen, französischen Kanumännern und heißblütigen Soldaten wimmelt. Und einer von ihnen ist schlimmer als der andere. Wir gehen zuerst ostwärts, Sarah, und dann nach Süden, zurück in die Zivilisation.«

Es wurde warm und die Luft feucht und stickig. Der erste Frühlingsregen peitschte die Hütten von Missisquoi. Schmale Flüsse suchten sich Wege durch die letzten verharschten Schneebänke und Eisreste. Auf der Westseite des Sees standen die ersten dunklen Rinnen von offenem Wasser, und im Süden schmolz das Eis schnell in der Wärme, und der See leuchtete blau in der Sonne. Drei Nächte hintereinander gab es keinen Frost mehr, und ein warmer Wind blies von Süden her. Wie durch Zauberkraft verschwand fast aller Schnee, und ein Netz von Waldpfaden, die sich nach allen Richtungen von Missisquoi entfernten, wurde sichtbar, bedeckt von den aufgeweichten Herbstblättern und den runden schwarzen Kotkügelchen der Schneehasen.

Sarah stand im Eingang der Hütte und sah zu, wie zwei Abnakifrauen ein Kanu aus dem Überwinterungsplatz nahmen. Sie hielten das Kanu an den Außenrändern zwischen sich und stießen es vorsichtig über das blanke Ufereis. Als das Kanu einbrach, sprangen sie hinein, stießen sich mit kräftigen Stößen aus dem Eis heraus und fingen im offenen Wasser zu fischen an.

Hawk kniete vor der Hütte des Korporals am Boden und schabte an einer Elchhaut herum. Auch sie beobachtete die beiden Frauen im Kanu.

Am nächsten Morgen, als Sarah und Hawk zusammentrafen, flüsterte Hawk: »Wir müssen dieses Kanu kriegen.«

»Laß uns überlegen, wie wir es anstellen«, erwiderte Sarah, und sie gingen auf verschiedenen Pfaden zum Dorf zurück.

»Nunksquaw!« rief Chango Sarah zu. »Komm zu mir, du mit deinem roten Haar, das wie der Schwanz eines Fuchses aussieht.«

Er hockte neben einem Flecken übriggebliebenen Schnees und aß frischen Ahornzucker, den eine Frau für ihn gemacht hatte.

»Sprich mit mir«, sagte er. »Norke sagt, daß es dir jetzt möglich ist, die Sprache der *Menschenwesen* zu sprechen.«

»Ich lerne zu reden«, sagte Sarah und benutzte die Abnakisprache. »Aber meine Zunge ist wie die eines Kindes, das nur wenige Worte sprechen kann.« Sie lachte. »Wenn ich Biber-Wind-Messer-Berg sage, wirst du davon kaum etwas verstehen. Ich bin eine Fremde, ein *awanoots*!«

»Wahh!« stieß Chango hervor. »Du lernst schnell. Du kannst schon gut reden. Mit geschlossenen Augen könnte man meinen, daß du eine von unseren Frauen bist.« Er machte eine Pause und dachte einen Moment nach. »Aber wenn ich höre, wie du die

Worte *monadnock*-Berg und *maquim*-Biber betonst, so klingen sie wie von einem Jäger ausgesprochen. Du hast unsere Sprache gelernt, während du mit einem Mann unter der Decke gelegen hast.«

»Ich werde jetzt gehen und von einer Frau lernen, wie man diese Worte ordentlich ausspricht.«

»Nein, tu das nicht«, sagte Chango. »Ich mag es, wie kräftig du *mo-nad-nock* aussprichst. Es erinnert mich an die lange Reise durch die Berge, die wir zusammen gemacht haben. Ich würde gern mehr über dein früheres Leben wissen und über diesen Feigling, der uns das Kanu gestohlen und dich allein zurückgelassen hat. Willst du mit mir über ihn reden?«

»Nein«, sagte Sarah. »Ich habe vergessen, wie man spricht.«

»Du bist immer noch trotzig!« schnappte Chango. »Aber ich glaube doch, daß aus dir vielleicht einmal ein *Menschenwesen* wird. Auch andere glauben das. Einige sagen, daß du eine von uns wirst. Hier im Norden braucht ein Sklave nicht immer ein Sklave zu bleiben. Denk daran!«

Er zeigte mit zwei Fingern auf sie. »Ich warne dich! Bleib weg von diesem Hawk-Weib! Ich habe dich im Wald gesehen, wie du ihr zugeflüstert hast! Gib uns keinen Grund, dich wie sie zu sehen. Hawk wird nie ein *Menschenwesen* werden. Wir glauben, daß irgendein Priester ihr das halbe Herz aus dem Leib geschnitten hat, als sie noch sehr jung war und bevor das Blut in ihr zu fließen anfing. Jetzt ist der Soldat dabei, ihr die andere Hälfte herauszureißen. Ich warne dich, nimm dich in acht vor ihr!«

»Ich muß jetzt Wasser holen«, sagte Sarah.

»Denk an meine Worte, *nunksquaw*!« rief ihr Chango nach.

Am nächsten Morgen trafen sich die Frauen erneut.

»Der Gedanke, daß uns diese Abnaki hinterherpaddeln, macht mir angst!« sagte Hawk. »Wenn sie uns einholen und erwischen, bringen sie uns um!«

»Ich weiß, daß du Kanus nicht magst«, sagte Sarah. »Aber ich habe darüber nachgedacht und weiß, *wie* wir es benützen können. Vielleicht gelingt es uns, sie hereinzulegen. Wenn wir ihnen das Kanu klauen, glauben sie, daß wir auf dem See südwärts gepaddelt sind, und sie werden dort unten nach uns suchen.«

»Hm, vielleicht können wir sie tatsächlich zum Narren halten«, meinte Hawk. »Wir paddeln nur ein kurzes Stück, verstecken dann das Kanu und laufen ins Inland. Sollen wir es versuchen? Die Hunde können auf dem Wasser keine Spur aufnehmen.«

»Ich weiß nicht«, sagte Sarah. »Ich habe solche Angst. Ich bin über dem Gedanken, wie es sein würde, wenn sie uns erwischen, schweißgebadet aufgewacht. Ich glaube, daß sie uns so oder so finden. Es kommt nicht darauf an, wo wir hingehen.«

»Du darfst nicht einmal an so etwas denken!« sagte Hawk streng. »Wenn das Wetter gut ist, verschwinden wir morgen. Wenn wir noch länger warten und dauernd darüber nachdenken, kriegen wir nur noch mehr Angst. Treib etwas zu essen auf und eine Axt, ein Messer und eine Decke, wenn's geht. Ich habe in einem hohlen Baumstamm neben der Quelle einige Ginsengwurzeln versteckt. Die wirken wie ein Zaubermittel und werden uns bei Kräften halten. Dann habe ich noch einen kleinen Sack Mais vom Vorrat des Franzosen. Aber nicht viel. Wenn der Allmächtige uns beisteht, Sarah, dann werden wir ungefähr zwei Monate unterwegs sein, bevor wir zu Hause sind. Das ist ein langer Marsch. Um diese Jahreszeit wächst nichts da draußen. Wir werden nur wenig zu essen finden.«

Sarah versuchte, ihre Gedanken noch schärfer anzutreiben. Sie wußte, daß es jetzt darauf ankam, möglichst an alles zu denken, was wichtig war. Später, wenn sie einmal unterwegs waren, gab es kein Zurück mehr.

»Ich weiß, wo ich im letzten Moment vor unserer Flucht noch eine Decke stehlen kann«, sagte Sarah. »Aber mit der Axt ist es nicht so einfach. Die Alte behält sie dauernd im Auge. Jeden Abend guckt sie erst, ob die Axt noch im Bett versteckt ist, und dann legt sie sich drauf bis zum Morgen. Aber am Nachmittag verläßt sie die Hütte.«

»Ich habe darüber nachgedacht, wann die beste Zeit ist, von hier zu fliehen«, sagte Hawk. »Ich denke, es muß früh am Morgen sein, wenn wir draußen sind zum Holzsammeln. Zu dieser Zeit schlafen alle Leute noch.«

»Wenn ich die Decke und das Beil mitbringen soll, dann können wir erst am Mittag fliehen. Das ist die einzige Zeit, die die Alte nicht in der Hütte verbringt.«

»Dann gehen wir am Nachmittag«, nickte Hawk. »Aber jedermann wird uns sehen können, wenn wir aus dem Dorf gehen und das Kanu stehlen. Wir müssen sie täuschen, so daß sie nicht auf die Idee kommen, daß wir es sind. Eine der beiden Frauen trägt eine rote Handelsdecke, wenn sie fischen geht. Die andere hat ein schwarzes Längsstreifenmuster an ihrem Hirschlederkleid. Du trägst die rote Decke, und ich mache ein paar Kohlestreifen auf mein Gewand, so daß es wie das ihre aussieht. Wenn uns die Leute sehen, denken sie vielleicht, daß wir die beiden anderen Frauen sind.«

»Du bist viel zu groß«, sagte Sarah.

»Ich werde mich ein bißchen ducken. Keine Sorge. Wir treffen uns bei der kleinen Quelle. Schlag deinen Hirschlederumhang über deinen Kopf, wenn du alles hast und zur Flucht bereit bist. Häng den Umhang über deine Schulter, wenn irgend etwas nicht stimmt. Ich werde genau das gleiche tun.«

»Nein!« sagte Sarah schnell. »Wenn ich einmal die Axt und die Decke habe, dann kann ich nur noch laufen. Kein Zurück, Hawk!«

»Du hast recht«, sagte Hawk und holte tief Luft. »Dann gehen wir morgen. O mein Gott, Sarah!« sagte sie und ergriff ihren Arm. »Sollen wir es wirklich tun? Ich fürchte mich zu Tode!«

»Ich auch«, sagte Sarah. »Aber wir gehen trotzdem!«

Sie starrten sich aus großen Augen an. Der Ausdruck ihrer Gesichter enthüllte ihre Ängste und Sorgen. Sie erinnerten sich an die wiederholten Warnungen des Franzosen. Und sie versuchten, nicht an die grausamen Folterungen zu denken, die ihnen die Indianer im Falle eines Fluchtversuches angedroht hatten.

Sie gingen auseinander und arbeiteten schnell, bis jede ein großes Bündel Brennholz gesammelt hatte. Dann eilten sie dem Dorf zu.

Am nächsten Tag, als die Alte am Mittag aus der Hütte schlurfte, wie sie es jeden Tag tat, bückte sich Sarah, um mehr Holz ins Feuer zu legen. Gleichzeitig glitt ihre andere Hand unter die Felle und Decken der Alten und zog das Beil darunter hervor. Sie verstaute es unter ihrem Hirschlederumhang und steckte es in den Bund ihres zerfetzten Rockes. Das Axtblatt lag scharf und kalt an ihrem Bauch, und der lange glatte Eichenholzstiel baumelte zwischen ihren Beinen herunter. Sie hielt für Sekunden den Atem an.

Dann tat sie etwas, was sie noch nie gewagt hatte. Sie langte in den großen Topf und nahm ein fettes Stück Elchfleisch heraus. Sie fischte noch ein zweites, größeres Stück heraus und öffnete die Schäfte ihrer hohen Wintermokassins. Sie legte die Fleischstücke gegen ihre Beine und band sie daran fest, bevor sie die Mokassins wieder verschnürte. Sie angelte noch ein anderes Fleischstück aus dem Topf und aß es schnell, um nicht mit leerem Magen weggehen zu müssen. Sie füllte den kupfernen Wassereimer halbvoll mit Haselnüssen aus dem Versteck der Alten, wickelte die rote Hudson-Bay-Decke zu einer engen Rolle auf und stülpte sie über die Nüsse in den Topf hinein. Dann warf sie einen zerlumpten Fetzen Hirschleder darüber, schlug ihren Umhang um die Schultern und über den Kopf und verließ die Hütte. Sie ging ziellos umher, so als ob sie den Boden nach einer Nuß oder nach einem Knochen oder sonst etwas Eßbarem absuchen würde. Sie hielt den Atem an, als sie die letzte Hütte des Dorfes passierte. Ein erbärmlich dünner Hund bellte sie an, als wollte er allen verkünden, daß die Sklavin mit einem Beil, einer wertvollen roten Decke, Fleisch und Nüssen die Flucht ergriff. Sarah versuchte, wie ein Rebhuhn zu gluckern, um den Hund zu beruhigen, aber sie brachte keinen Laut hervor. Ihre Lippen zitterten, und sie nagte in ihrer Angst darauf herum.

Schnell huschte sie den vertrauten Pfad entlang zur kleinen Quelle. Als sie dort ankam, sah sie sich nach allen Seiten um. Nichts rührte sich, und sie nahm die Fleischbrocken aus ihren Mokassins und verstaute sie zusammen mit den Haselnüssen in einem Beutel, den sie zusammen mit der Wolldecke hurtig im Gebüsch versteckte. Sie füllte den Eimer mit Wasser, ging zur Hütte zurück, leerte das Wasser aus und ging wieder zur Quelle. Sie tat alles genauso, wie sie es immer getan hatte, und alle, die sie sahen, mußten denken, daß sie wie alle Tage ihre Pflicht tat.

Die Sonne verschwand hinter Wolken, und in den Wäldern wurde es dunkel. Die Kälte kroch zwischen die Bäume. Hawk kam nicht. Der Nachmittag verstrich, ohne daß sie auftauchte.

Sarah konnte das Gefühl nicht loswerden, daß man sie beobachtete. Sie wagte es nicht, allein die Flucht zu ergreifen Sie wußte, daß die Alte jetzt zurück in der Hütte sein mußte und wahrscheinlich wie immer auf ihrem Bett hockte. Es gab jetzt keine Möglichkeit mehr, den Tomahawk zurückzubringen. Sarah überlegte, ob sie vielleicht nicht doch einfach davonlaufen sollte.

Sie hörte auf, so zu tun, als sei sie mit Wasserholen beschäftigt. Statt dessen stand sie regungslos bei der Quelle. Lauernd. »Hawk, du verfluchtes Weib!« lästerte sie unterdrückt. »Wo bleibst du? Willst du uns beide umbringen, bevor wir auch nur einen Schritt gegangen sind?« Eine Stimme in ihrem Innern lärmte. »Komm! Komm! Komm! Schnell! Schnell! Schnell!« Sie fürchtete, daß im nächsten Moment die Abnaki über sie herfallen würden. Jeder Baum und jeder Busch schien sich plötzlich in eine verhaßte menschliche Gestalt zu verwandeln.

Sarah hörte, wie auf dem Pfad ein Zweig brach. Sie wirbelte voller Angst herum. Doch nichts geschah. Die Wälder waren wieder totenstill. Minuten verstrichen. Dann hörte sie leise Schritte von Mokassins, die schnell näher kamen und plötzlich hinter den Zedern verstummten. Ein Schatten bewegte sich.

Hawk trat auf die Lichtung. Sie war so nervös, daß sie Sarah im ersten Moment nicht einmal entdeckte. Sie sah sich gehetzt nach allen Seiten um. Sarah hörte ihren keuchenden Atem und roch fast die Angst, die Hawk gepackt hatte. Auf ihrem Gesicht glitzerte trotz der Kühle des Spätnachmittages der Schweiß. Hawk kehrte ihren Hirschlederumschlag um, und Sarah sah die schwarzen Streifen, die sie mit Kohle daraufgemalt hatte.

»Laß uns gehen!« keuchte sie. »Hast du die rote Decke?«

Sarah zog die beiden kleinen Bündel aus den Büschen.

»Häng sie dir über. Sie werden uns sehen. Der Umhang ist alles, was ich mitnehmen konnte. Den Umhang und ein bißchen Essen. Kein Messer. Diese Franzosensau hockte in der Hütte und ließ mich nicht aus den Augen, so als ob er geahnt hätte, daß ich verschwinden will. Trotzdem habe ich ihm den Feuerstein aus der Pistole geklaut. So können wir wenigstens Feuer machen. Hast du das Beil?«

»Ja«, sagte Sarah und faßte sich an den Leib, wo der Tomahawk hing.

Die beiden Frauen drehten einander den Rücken zu und suchten die ganze Lichtung mit der Quelle nach möglichen Zeichen einer Gefahr ab. Dann umhüllten sie sich mit ihren Umhängen, verstauten darunter ihre Sachen und versuchten, den Gang der Abnakifrauen nachzuahmen, indem sie ihre Zehen einwärts drehten und sich vornüberbeugten. Sie umrundeten das Dorf und gingen zu dem Platz, wo das Rindenkanu am See lag.

Alle Abnaki schienen draußen zu sein, um zuzuschauen, wie der Frühling ins Land kam. Hawk war derart verängstigt, daß sie mehreremale zögernd innehielt, sich umsah und dann wieder weiterging. Es schien Sarah, als hätten sie wirklich die ungünstigste Zeit des Tages erwischt, um die Flucht zu versuchen. Die Spannung in ihr war so stark, daß sie am liebsten laut aufgeschrien hätte und einfach davongerannt wäre, nur um endlich den scharfen Augen der Abnaki zu entgehen. Sie sah einen alten Mann aus einer Hütte kommen und geradewegs herüberblicken. Er pinkelte gegen einen Pfosten, drehte sich, breitete seine Arme aus und verbeugte sich ehrerbietig vor der untergehenden Sonne.

Die beiden Frauen gingen schneller. Unten am See lag das Kanu umgedreht auf dem Gestell, so, wie es die beiden Abnakifrauen zurückgelassen hatten. Ohne anzuhalten, nahmen Sarah und Hawk das leichte Kanu hoch, drehten es um, ergriffen zwei Paddel und eilten auf das Eis hinaus. Sie schoben das Kanu in der Spur, die die zwei Abnakifrauen gezogen hatten.

»Bück dich wie ein altes Weib!« flüsterte Hawk atemlos. »Sie beobachten dich!«

Das Kanu schlitterte in den See hinaus, ohne daß sie es stoßen mußten. Trotzdem schien Hawk die Luft knapp zu werden.

»O Gott, Sarah, sei vorsichtig! Wir nähern uns dem Rand! Das Eis ist dünn . . . Halt an! Halt an!«

»Nein, nein!« schnaufte Sarah. »Geh weiter! Bis zum Rand!«

»Die merken es jetzt!« keuchte Hawk. »Sie werden auf uns schießen!«

»Nicht anhalten!« stieß Sarah hervor. »Es ist heller Nachmittag! Sie können alles ganz genau beobachten. Wir sind genau vor ihnen, und sie werden uns töten, wenn wir jetzt anhalten!«

»Das Eis bricht!« flüsterte Hawk entsetzt. »Wir brechen ein! Steig ins Kanu! Um Gottes willen, spring rein!«

Sarah spürte, wie unter ihren Füßen das Eis zusammenbrach, und warf sich kopfüber in das Kanu hinein. Sie glitt mit ihren Beinen blitzschnell über die Ruderbank hinweg und kniete sich auf den Boden. Hawk mußte es hinter ihr genauso getan haben, denn das Kanu brach schräg durch die Eisdecke, krachte mit Schlagseite ins Wasser und kenterte beinahe.

»Grundgütiger Himmel, errette uns!« keuchte Hawk, und das Kanu erbebte vom Bug bis zum Heck. »O Sarah ich habe solche Angst! Noch nie im Leben habe ich gepaddelt!« Die große blonde Frau fing an zu weinen wie ein Kind. Sie legte sich flach auf den Boden des Kanus und klammerte sich mit den Händen an den beiden Außenrändern fest.

Sarah drehte sich schnell um und ergriff eines der roten Paddel.

»Du mußt mir helfen!« rief sie, während sie das Paddel viel zu kräftig auf einer Seite ins Wasser stieß. Das Kanu drehte sich im geborstenen Eis halb herum, bis es mit dem Bug wieder zum Land zeigte. Einige der Abnakimänner standen in der Nähe am Ufer und es sah so aus, als ob sie alles genau beobachteten.

»Setz dich auf!« rief Sarah. »Komm hoch! Hilf mir rudern! Schnell! Wir müssen hier weg!«

»Ich kann mich nicht aufsetzen!« wimmerte Hawk.

»Du mußt!« schnappte Sarah mit zusammengebissenen Zähnen. »Ich bringe dich schon dazu!«

So wie es Chango auf dem Weg nach Norden mit ihr gemacht hatte, holte jetzt Sarah mit dem Paddel aus und versetzte Hawk einen Schlag mit der Kante des Blattes. Hawk kam sofort zur Besinnung. Obwohl sie die Augen geschlossen hielt, setzte sie sich auf und begann, vorsichtig zu paddeln.

Zusammen schafften sie es, am Rand des Eises entlangzugleiten. Sie wagten es nicht, einen Blick zurückzuwerfen, aus Angst, daß jemand Alarm schlagen und man auf sie schießen würde.

»Wir rudern nur hinter diese Landzunge«, stammelte Hawk. »Sobald sie uns nicht mehr sehen können, bringen wir dieses verdammte Schaukelschiffchen an Land!«

Es schien, als ob es ewig dauerte. Endlich hatten sie die Landzunge umfahren und konnten vom Dorf aus nicht mehr gesehen werden. Atemlos hörten sie auf zu paddeln und ließen das Kanu auf den steinigen Grund des Ufers auflaufen. Hawk war derart wild darauf, an Land zu kommen, daß sie das Kanu beinahe umkippte, als sie heraussprang und im knietiefen Wasser an Land hastete.

»Ich liebe festen Boden unter meinen Füßen!« rief sie. »Und ich hasse diese verdammten wackeligen Schiffchen!«

Die Frauen beeilten sich, ihren Plan auszuführen. Sie warfen Steine in das Kanu, und Sarah, zitternd vor Aufregung, zog den gestohlenen Tomahawk aus dem Rockbund und schlitzte den dünnen Rindenboden auf. Wasser quoll hinein. Mit vereinten Kräften stießen sie das Kanu vom Ufer weg und in tieferes Gewässer. Es trieb eine Ewigkeit auf dem See, bis es sich endlich mit Wasser gefüllt hatte. Die beiden Frauen kauerten am Ufer und schauten gebannt und mit hämmerndem Pulsschlag zu, wie das Kanu langsam, mit dem Heck voran, unterging. Es verschwand von der Oberfläche, und die Steinbrocken zogen es wie ein Anker für immer in die Tiefe.

»Gott sei Dank!« Hawk atmete auf und nahm den Umhang von ihrem Kopf. »Jetzt werden sie uns vielleicht weit draußen im See suchen. Sei um Himmels willen vorsichtig und hinterlasse keine Spuren!« warnte sie Sarah. »Nicht einen einzigen Fußabdruck. Geh du zuerst!«

Sie setzten sich in Marsch, blieben am steinigen Ufer der Landzunge und hielten sich außer Sicht des Dorfes. Sie umgingen die Schneeflecken und alle weichen Stellen des Bodens, um nirgendwo Spuren zu hinterlassen, die ihren Fluchtweg hätten verraten können. Sie kletterten auf einen niederen grauen Felsgrat, der sich wie eine lange gekrümmte Wirbelsäule vom See ins Land hineinzog und im Schutze des Waldes verschwand.

Sarah bekam Seitenstechen vom Laufen, und sie hörte, wie Hawk hinter ihr keuchend nach Atem rang, aber die Angst trieb sie weiter. Sie versuchten verzweifelt, so viele Meilen wie nur möglich zwischen sich und die Abnaki mit ihren Hunden zu bringen. Sie hatten inzwischen bestimmt schon die Verfolgung aufgenommen. Das Bild eines blutroten Tomahawks verschwamm vor Sarahs Augen.

»Lauf!« rief Hawk, als sich Sarah nach ihr umblickte. Das von Schwarzpulver verbrannte Gesicht war stark gerötet. »Wir sind endlich frei! Wir sind frei!« Sie warf die Arme hoch und lachte haltlos. »Frei, Sarah, frei!«

Sie trugen die Paddel mindestens eine Meile weit ins Land hinein, versteckten sie in einem Fuchsbau und bedeckten sie mit Steinen. Als sie nicht mehr weiterkonnten, legten sie sich einfach keuchend auf die nackten Steine.

»Wo ist der Kupfereimer?« rief Hawk später. »Hast du den Kupfereimer?«

»Nein«, sagte Sarah und blickte sich um. »Hast du ihn nicht?«

»Ich habe ihn nie berührt! Du mußt ihn am Ufer zurückgelassen haben, wo wir das Kanu versenkt haben.«

»Nein, das kann nicht sein. Ich habe ihn nicht zurückgelassen.«

»Natürlich hast du!« stöhnte Hawk. »O lieber Gott im Himmel, laß ihn nicht von diesen Teufeln gefunden werden! Sie würden sofort die Hunde auf unsere Spur hetzen!«

»Vielleicht haben wir den Eimer mit dem Kanu versenkt!« rief Sarah.

»Nein. Ich habe noch einmal hineingesehen. Außer den Steinen war nichts drin. Komm weiter!«

Hawk übernahm jetzt die Führung, und Sarah folgte. Sie liefen jetzt nach Osten, das Licht der untergehenden Sonne im Rücken.

Sie hielten später noch einmal an, ruhten sich etwas aus und brachten ihre Habseligkeiten in Ordnung. Sie umwickelten die Elchfleischstücke mit der Wolldecke, machten einen Packen daraus, verschnürten ihn mit Streifen aus dem Hirschleder und befestigten ihn auf Sarahs Rücken. Aus einem anderen Lederstreifen machten sie eine Schlinge, um den Tomahawk am Rockgurt anhängen zu können. Hawk drehte die innere Seite des Soldatenmantels nach außen und umwickelte damit ihren kleinen Sack mit dem Mais, den Wurzeln und den Nüssen. Dann verknotete sie einen Ärmel mit dem Mantelsaum und lud sich den Packen in der Art der Soldaten auf den Rücken.

Sie standen auf und zogen weiter nach Osten, durch ein fürchterliches Gewirr von entwurzelten Bäumen und durch dichtes Gestrüpp, dessen Dornen sich wie Zähne durch die Kleider in ihre Haut gruben. Nur mit Mühe konnten sie die Richtung beibehalten. Das Licht wurde schwächer. Die Dämmerung breitete sich aus. Die trockenen Äste krachten unter ihren Füßen wie Pistolenschüsse und schreckten irgendwo in der Nähe ein mächtiges Tier auf. Die beiden Frauen klammerten sich in lähmendem Schrecken aneinander, konnten aber das fliehende Tier nirgendwo entdecken.

Kurz bevor es dunkel wurde, hielten sie an, zitternd und völlig außer Atem. Die eisigen Finger der Nacht krallten sich an ihre schweißnassen Körper.

»Mir ist so kalt, und ich habe Angst davor, mich schlafen zu legen«, sagte Hawk und schaute sich um. »Sie sind da draußen im Wald. Sie kommen uns immer näher!«

Nervös brach sie einen Harzknoten von einer Rottanne. Die Hälfte davon gab sie Sarah. Sie zerkauten das Harz. Es schmeckte nach Rauch.

Sarah kniete nieder, um aus einer Pfütze zu trinken. Sie entdeckte neues Eis an ihrem Rand, und sie betete, daß endlich das warme Frühlingswetter Einzug halten würde.

Sie setzten ihren Weg durch den Wald fort, den Nordstern immer über ihrer linken Schulter. Die Furcht vor den Abnaki ließ sie nicht mehr zur Ruhe kommen. Sarah glaubte inzwischen auch, daß sie verfolgt wurden. Oft blickte sie angstvoll hinter sich, sah aber nur ihre eigenen verräterischen Spuren, die ganz deutlich auf dem frostbedeckten Waldboden zu erkennen waren.

»Wir müssen einen Weg finden, wo wir keine Spuren hinterlassen«, sagte Hawk. »Ich glaube zwar, daß morgen die Fährte hier nicht mehr zu sehen ist, wenn die Sonne den Boden erwärmt, aber es wäre besser, einen höhergelegenen Weg zu finden und über steinigen Boden zu gehen, wo wir keine Spuren hinterlassen.« Sie bewegten sich mit tastenden Füßen durch die Dunkelheit immer höher hinauf. Schließlich erreichten sie einen Felsgrat. Als sie den steinigen harten Boden unter ihren Mokassins hatten, fühlten sie sich etwas erleichtert.

Sarah blickte zum Himmel hoch und erkannte das Sternbild des Großen Bären, der mit seinen sieben Sternen die Form eines riesigen gekippten Behälters hatte, aus dem sich ein unsichtbarer Strom über den Nordstern ergoß. Sie drehten dem Stern die linke Schulter zu und gingen den Felskamm entlang weiter ostwärts.

In der Morgendämmerung machten sie halt und tranken aus einem kleinen Wasserfall, wo das Wasser zu schnell floß, um über Nacht zu gefrieren. Sie aßen ein Stück von dem halbrohen Elchfleisch, das Sarah aus dem Topf gestohlen hatte. Die Ruhepause, das Essen und die wiedererlangte Freiheit ließen in den beiden Frauen ein Gefühl der Zufriedenheit aufkommen. Aber als plötzlich, wie das Signal eines Abnakikriegers, der Schrei einer Eule ertönte, wurden sie erneut von der Angst überfallen.

»Vorwärts!« sagte Hawk und stieß Sarah an. »Schnell! Es kommt jemand!«

Sie waren auf dem Kamm nur ein kleines Stück gegangen, als hinter ihnen die Sonne hochkam und ihr flaches kaltes Licht über das Land ausgoß. Vor ihnen, am Ufer eines kleinen Sees, watete eine trächtige Elchkuh durch sumpfiges Gelände. Sie war nicht mehr als eine Meile entfernt.

»Jeder Abnaki, sogar einer, der weit weg ist, könnte uns hier oben sehen«, sagte Hawk, und sie duckten sich beide und arbeiteten sich den Hang hinunter und wieder in den Wald hinein.

Sie setzten ihren Weg fort, bis sie zu einem umgefallenen hohlen Baum kamen, in dem sie sich verstecken konnten. Sie stocherten zuerst mit einem langen Ast darin herum, um herauszufinden, ob der Baum nicht vielleicht von irgendwelchen Tieren bewohnt war. Als nichts geschah, kroch Sarah zuerst hinein und schubste das Bündel und den Tomahawk vor sich her. Hawk folgte ihr. Im Innern war der Baumstamm feucht, und es roch stark nach Moder. Aber es war ein guter Platz, um sich zu verstecken. Außerdem bot er ihnen Schutz vor dem eiskalten Nebel, der am Nachmittag aufkam.

Erschöpft schliefen sie, bis sie von einem hungrigen Waschbären aufgeweckt wurden, der der Länge nach über den Baumstamm trampelte. Im Innern klang es, als ob ein riesiger Panther mit mächtigen Tatzen über ihnen wäre. Der Anblick eines Abnaki hätte sie wohl kaum mehr erschrecken können. Sie verharrten lange Zeit still im Baumstamm. Dann kroch Hawk rückwärts hinaus, und sie war beinahe sicher, daß in der Nähe ein blutrünstiges Monster nur darauf wartete, ihr in den Rücken zu fallen.

Sarah und Hawk waren überrascht, daß sie allein waren. Es war schon wieder beinahe Nacht. Sie erhoben sich leise, blieben stehen, lauschten angestrengt und hielten die Hände vor ihren Mund, um zu verhindern, daß sich ihr Atem vor dem Gesicht zu weithin sichtbaren Wolken bildete.

Beruhigt kauten beide je eine Handvoll Mais, der aus dem Vorrat des Korporals stammte. Dann warfen sie sich ihre Packen auf den Rücken, und Hawk zeigte Sarah ein Loch in der Seite ihres Elchledermokassins. Das Loch war ziemlich groß, und sie wußten, daß es noch größer werden würde, denn sie hatten keine Möglichkeit, die aufgeplatzte Naht zu nähen. Während sie weitergingen, bemerkte Sarah, daß Hawk bald zu humpeln anfing.

Plötzlich blieb sie stehen. »Gib mir das Beil«, sagte sie. Sarah gab es ihr, und Hawk hieb damit einen langen Stock von einem Ahorn. »Mein Fuß ist aufgerissen. Ich werde diesen Stock als Krücke benützen. Vielleicht geht es morgen wieder besser.« Jäh stieß sie mit dem Stock zu, als ob sie eine Lanze in den Händen hätte. »Wenn mir der Franzose oder irgendein Indianer in die Nähe kommt, kriegt er das hier genau in den Leib!«

Hawk stützte sich auf das eine Ende des Stockes, um ihren Fuß beim Gehen nicht zu belasten, und folgte Sarah mit schmerzverzerrtem Gesicht. Nachdem sie ein gutes Stück zurückgelegt hatten, sahen sie durch die Bäume hindurch einen Fluß, der sich zum See hinunterschlängelte. Das Eis an seinen Rändern schimmerte wie kalter Stahl im Mondlicht. Aus der Ferne waren Stromschnellen zu hören, und sie sahen über den Büschen und zwischen den Bäumen Wasserdampf in die eisige Nachtluft steigen. Sie entschlossen sich, dem Fluß landeinwärts in östlicher Richtung zu folgen und die ganze Nacht zu marschieren.

Im fahlen Zwielicht vor der eigentlichen Morgendämmerung hörte Sarah irgendwo im Wald einen Fuchs kläffen. Sie blieben stehen und hielten den Atem an. Der Fuchs bekam von der anderen Seite des Flusses, nicht sehr weit von den beiden Frauen entfernt, Antwort. Mehrere Kläfflaute erklangen. Sarah drängte sich gegen Hawk und legte ihre Finger über ihren Mund. Sie standen regungslos, von der Angst umklammert, starrten in die Dunkelheit zwischen den Bäumen und glaubten in jedem grauschimmernden Schneeflecken huschende Bewegungen zu erkennen. Sarah wußte, daß die Abnaki den Kläfflaut des Fuchses als Signal verwendeten, wenn sie sich im Gebiet der Irokesen befanden.

Aber sie erinnerte sich auch an das, was die Abnaki auf ihrem Weg nach Norden gemacht hatten, um zu verhindern, daß sie Spuren hinterließen. Sarah rollte ihren Rock hoch und trat in die schnellfließende Strömung. Das eiskalte Wasser durchdrang ihre Mokassins und umschloß ihre nackten Beine. Lähmende Kälte nagte an ihr, und die kantigen Steine im Flußbett waren glitschig von Tang und den Algen. Sie spreizte ihre Beine und hielt die Arme von sich gestreckt, um das Gleichgewicht zu halten, und bewegte sich langsam in der eiskalten Strömung aufwärts. Geborstene Eisstücke wirbelten an ihr vorbei, durch die Kraft des niederrauschenden Schmelzwassers vom Ufer weggebrochen.

Sarah bedeutete Hawk, ihr zu folgen, und Hawk hob ihren Rock, band ihn um die Hüften und stieg in den Fluß. Sie schnappte nach Luft, als die wirbelnden Wasser sich um ihre Schenkel legten.

Nach kurzer Zeit waren Sarahs und Hawks Beine taub vor Kälte, und sie konnten nicht mehr spüren, wie die scharfen Kanten der Felsbrocken ihre Mokassins aufschlitzten.

Die beiden Frauen arbeiteten sich so lange flußaufwärts, wie sie sich auf den Beinen halten konnten. Als der Morgen graute, taumelten sie aus dem Fluß und suchten Holz, um ein Feuer zu machen und die Füße daran zu wärmen, die vor Kälte blau angelaufen waren und längst nicht mehr schmerzten. Wortlos trugen sie das Feuerholz zusammen. Aber als alles bereit war, wagten sie nicht, das Feuer anzuzünden. Sie hatten Angst, daß ihre Verfolger nahe waren und das Feuer riechen oder sogar sehen könnten. Sie gingen weg vom Flußufer und setzten dabei ihre Füße sorgfältig nur auf Steine auf, um keine Fährte zu hinterlassen. In einem dichten Zedernhain versteckten sie sich. Da sie ohne die Wärme des Feuers auskommen mußten, zogen sie ihre Mokassins aus und massierten sich gegenseitig die Füße, indem sie sie mit dem Mantel des Franzosenkorporals trockenrieben. Als Farbe und Gefühl wieder zurückkehrten, breiteten sie den Mantel auf dem Boden aus und benutzten ihn als Unterlage. Sie setzten sich nieder, zogen die Decke und den Hirschlederumhang über sich und schaufelten so lange welke Blätter und Walderde über sich, bis sie völlig zugedeckt waren und nicht mehr gesehen werden konnten.

»Ich wünsche mir, irgendwo auf dieser Welt zu sein, nur nicht ausgerechnet hier!« flüsterte Sarah.

Kalt und hungrig drängte sie sich in Hawks Arme, dankbar für die Wärme des anderen Körpers. Sie lutschte an einer Hickorynuß herum und kostete ihren bittersüßen Saft. Sie war sich des scharfgeschliffenen Tomahawks bewußt, den Hawk in der Hand hielt. Er gab ihr ein Gefühl von Sicherheit. Sie hörte, wie Hawk aufstöhnte, und fühlte sie erzittern, als sich ihre Muskeln entspannten.

Sarah schloß die Augen, und zusammen fielen die beiden Frauen wie müde Kinder in einen tiefen Schlaf.

Wahrscheinlich rettete die Erschöpfung ihnen das Leben, denn gegen Mittag, als die Sonne hoch am Himmel stand, ging ein Mann am Ufer des Flusses lautlos durch das Unterholz. Er hatte eine Muskete in der Hand und lief nur einige Schritte entfernt an ihnen vorbei.

Später, als die beiden Frauen erwachten, entdeckten sie den dunklen Fleck auf dem Boden, wo der Mann gepinkelt hatte, und die leichten Abdrücke seiner Mokassins dunkel im Laub des Waldes. Sie fanden auch den Abdruck am Boden, wo er seine Muskete kurz hingestellt hatte, bevor er weitergegangen war. Er hatte den Fluß wie eine Katze auf einem querliegenden Baumstamm überquert. Seine Spur führte in den finsteren Tannenwald hinein.

Als die beiden Frauen eine schnelle Bewegung zwischen den Bäumen sahen, warfen sie sich auf den Boden.

10

»Uh Es ist nur ein blödes graues Eichhörnchen!« sagte Hawk, und sie sahen hungrig zu, wie es in die Sicherheit der höhergelegenen Äste floh.

Sarah packte Hawk am Arm und flüsterte: »Schnell weg hier! Dieser Mann ist vielleicht noch in der Nähe!«

Sie nahmen ihre Bündel und stiegen den Hang hoch zu dem Felskamm. Geduckt liefen sie in einem weiten Halbkreis ostwärts.

Als sie anhielten, um sich auszuruhen, suchte Hawk nach einem Schleifstein. Sie fand einen, bückte sich, legte die Hirschhaut über den Stein und das Beil, um jedes Geräusch zu ersticken, und begann, das Blatt abzuziehen. Dann befühlte sie die glänzende Schneide mit dem Daumen und schielte dabei mit glitzernden Augen nach allen Seiten. Ihr ganzer Körper war angespannt und wachsam.

»Noch zu stumpf«, flüsterte sie. »Wenn wir diese Nacht überleben und niemand uns umbringt, werde ich dieses Beil so scharf wie einen Glassplitter machen!«

Sarah nahm die Unterlippe zwischen die Zähne und blickte Hawk für einen Moment mißtrauisch an. Das Abendlicht verblaßte auf Hawks Gesicht. Der Wind hatte sich gelegt. Die Luft wurde beißend kalt. Über ihnen verwandelte sich die Farbe des Himmels in ein tiefes Indigoblau. Im Westen ging der Abendstern auf und stand ganz allein, strahlend wie ein Juwel, am Abendhimmel. Die Ahornbäume spreizten ihr feines Geäst, und das dunkle Immergrün des Waldes hing wie erstarrt in der Stille, die jeden Moment von einem wilden Kriegsgeschrei zerrissen werden konnte.

Sarah und Hawk marschierten die ganze Nacht hindurch. Bis zum frühen Morgen, bis sie nicht mehr weiterkonnten. Sie breiteten die Decke aus und legten sich nieder, um den letzten Bissen Fleisch miteinander zu teilen. Im Osten breitete sich ein riesiges

Gebiet aus. Hinter einer Kette von zerklüfteten Hügeln glühte der Horizont.

Miteinander planten sie den weiteren Fluchtweg. Und sie hofften, daß sie bald jenen Platz erreichen würden, den Taliwan die Elchgründe genannt hatte.

Als Sarah an diesem Tag schlief, träumte sie, daß es sich bei dem Platz nicht nur um einen gewöhnlichen Elchgrund handelte, sondern um ein Paradies, in dem mächtige Fleischbrocken und saftige Früchte von den Bäumen hingen, in deren Geäst unzählige bunte Vögel zwitscherten. Und Taliwan, schön und bronzehäutig, näherte sich ihr lächelnd. Auf seinem Kopf wallte ein Federschmuck.

In der nächsten Nacht schreckten sie auf ihrem Marsch unzählige Rebhühner auf. Die Vögel stoben mit wildem Flügelschlag aus dem Unterholz, in dem sie geschlafen hatten. Während sie marschierten, stellte sich Sarah vor, wie ihre fetten dunklen Brüstchen und ihre saftigen Schenkel und das warme rote Herz und die Leber schmecken würden, aber sie hatten keine Möglichkeit, einen dieser vorsichtigen Vögel oder gar einen der im Mondlicht herumhoppelnden Schneehasen zu erwischen. Erneut erblickten sie vor einem verschneiten Hang die Umrisse einer Elchkuh, die sich ruhelos im Schilf bewegte und niemand an sich herankommen lassen würde.

Verängstigt krochen die beiden Frauen auf einen vereisten Sumpf hinaus. Sie wußten, daß sie auf dieser freien Ebene für jeden Verfolger eine gute Zielscheibe abgaben, aber sie nahmen dieses Risiko in Kauf, um nicht noch eine weitere Nacht in den Wäldern verbringen zu müssen, in denen hinter jedem Baumstamm und hinter jedem Busch eine neue Gefahr lauern konnte. Dreimal brach die schwerere Hawk hinter Sarah durch das Eis. Sie wurde naß bis zu den Hüften, und Sarah hörte sie mit den Zähnen knirschen.

Am Morgen fanden sie Schutz zwischen den Wurzelstöcken von zwei umgefallenen Bäumen. Sie ließen sich nieder, und Sarah nahm Hawks Füße zwischen ihre eigenen warmen Schenkel, bis die bläuliche Färbung der Zehen verschwunden war, und rieb dann die Füße, bis sie rot wurden. Hawk weinte vor Schmerzen und vor Erleichterung darüber, daß ihre Füße noch nicht abgestorben waren und sie noch eine weitere Nacht von ihnen getragen werden würde.

»Ich wünschte, es gelänge uns, eine schlafende Eule zu erlegen«, seufzte sie. »Das würde einen leckeren kleinen Schmaus abgeben.«

Sie kuschelten sich unter dem Hirschhautumhang, den sie über die Köpfe gezogen hatten, zusammen, knackten die letzten Hikkorynüsse und aßen sie.

Hawk rüttelte Sarah wach. Es schneite. Große nasse Flocken sikkerten durch das Geäst der Bäume und bedeckten den Boden um sie herum.

»Jesus Christus, rette uns!« stieß Hawk hervor. »Wird es in diesem gottverlassenen Land eigentlich nie mehr Frühling?«

»Ich hoffe, daß es weiterschneit und dadurch unsere Spuren verdeckt werden«, sagte Sarah und verknotete die Decke über ihren Schultern. »Komm, ich gehe voraus.« Sie nahm einen Stock hoch, um die Festigkeit des Eises zu testen.

»In welche Richtung gehen wir denn?« fragte Hawk. »Ich sehe keine Sonne und keine Sterne, nach denen wir uns orientieren könnten.«

»Ich weiß auch nicht«, sagte Sarah. »Aber mein Großvater sagte mir, daß das Moos auf der Südseite der Baumstämme am stärksten wächst.«

»Wenn das so ist«, sagte Hawk und rieb mit der Hand über die Rinde einer vom Sturm gefällten Kiefer, »wenn das so ist, dann muß dies hier Süden sein.«

»Und in dieser Richtung muß Osten sein«, sagte Sarah und blickte in das Schneegestöber hinaus. »Wir haben keine andere Wahl, als in diese Richtung zu gehen. Komm!«

Sie gingen weiter. Sarah hörte ihren Magen knurren und fühlte, wie ihr vor Hunger die Galle hochkam und der bittere Geschmack ihren Mund füllte. Sie versuchte, an zu Hause zu denken, an Großvater und an Peleg. Aber die einzigen Bilder, die sie sehen konnte, waren die von großen Keulen eines frisch geschlachteten Elchs, die von den Bäumen herunterhingen. Unzählige Male hielt sie an und sah sich nach allen Seiten um. Das Fleischversteck, das sie zu finden hoffte, war vielleicht nur ein paar Schritte vom Wildpfad, dem sie folgten, entfernt, irgendwo zwischen den immergrünen Ästen der Tannen. Vielleicht würden sie aber auch niemals in seine Nähe kommen, oder vielleicht hatten die Abnaki das Fleisch inzwischen längst geholt. Sarah wischte sich die Nase an ihrem Umhang ab und marschierte voller Grimm weiter. Mit dem Stock tastete sie nach Eisstellen, auf denen sie hätte ausrutschen und stürzen können, und sie ging breitbeinig und plattfüßig wie eine alte Abnakisquaw.

Das Land war so groß, daß sie die Elchgründe, von denen ihr Taliwan erzählt hatte, niemals fanden. Aber sie stießen auf eine Hügelkette, und sie fanden ein Tal, das sich zwischen den Hügeln hindurch ostwärts zog. Sie folgten diesem Tal und versuchten, sorgfältig die Richtung einzuhalten. Die Hügel erschienen ihnen wie Berge, und Sarah hoffte, daß der große See, von dem Taliwan geredet hatte, tatsächlich existierte.

Drei Tage lang marschierten sie ostwärts. Sie hatten die ganze Zeit, außer den Innenseiten von Ahornrinden, die sie von den Bäumen schälten, nichts zu essen.

Eines Nachts, bei Halbmond, machten sie sich daran, einen kleinen See zu umrunden, der ihnen den Weg versperrte. Sie hielten an, als sie ein schauriges Heulen vernahmen, das zu einem fürchterlichen Wolfsgeheul anschwoll und sich in einem gespenstischen Echo über dem kleinen See ausbreitete. Das Geheul verklang, und die beiden Frauen standen still und lauschten in die Stille hinaus, duckten sich, um ihre langen schwarzen Schatten im Mondlicht zu verkürzen. Nach einer Weile nahmen sie allen Mut zusammen und schlichen weiter.

Auf dem zertrampelten Schnee, der einen breiten Uferstreifen bedeckte, sahen sie, wie sieben Wölfe einen jungen Elchbullen umzingelt hatten. Sie jagten wie silberne Schatten um ihr Opfer herum. Der Elchbulle stand mit gesenktem Schädel da und erwartete bewegungslos ihren Angriff.

Die beiden Frauen blieben stehen und rührten sich nicht mehr vom Fleck. Sie wußten, daß ihnen von den Wölfen keine Gefahr drohte.

»Die werden den Elchbullen für uns töten«, flüsterte Hawk.

»Ich glaube, daß sie der liebe Gott vielleicht hergeschickt hat, um dies für uns zu tun.«

Die Wölfe saßen oder standen jetzt in Abständen um den Elchbullen herum und warteten auf die beste Chance. Ab und zu bewegte sich einer von ihnen und brachte dadurch den Elchbullen dazu, sich nervös nach links oder rechts zu drehen. Der Elch wußte nicht, wann und aus welcher Richtung der Angriff erfolgen würde, und es war ihm nicht möglich, aus dem tödlichen Kreis auszubrechen. Sarah beobachtete den Elch und verspürte Mitleid mit ihm.

Die Wölfe bewegten sich hin und her wie Tänzer im Mondlicht. Einer von ihnen schoß plötzlich auf den Kopf des Elches zu und täuschte einen Angriff vor. Als der Wolf im letzten Moment zur Seite sprang, warfen sich zwei schwere Rüden in die ungeschützte Flanke des Elches und zerfetzten ihm von hinten die Beinflechsen. Sie hingen an ihm wie Blutegel, die Zähne tief in sein Fleisch gegraben. Der junge Elchbulle wirbelte herum. Die langen Muskelstränge an seinen Hinterbeinen rissen, und er brach hinten ein. Dunkles, dampfendes Blut spritzte in den Schnee. Er versuchte hochzukommen, taumelte und fiel mit dem Hinterteil erneut in den Schnee. Er streckte den Kopf hoch und verdrehte dabei die schreckgeweiteten Augen.

Eine große Wölfin warf sich auf ihn und grub ihre Zähne tief in seinen Hals. Sie hing an ihm herunter, und ihre Zähne wühlten sich in das Fleisch, während sich ihr Körper ruckartig zusammenzog und streckte. Tiefer und tiefer gruben sich ihre Zähne in die Kehle des Elches, bis sie die Halsschlagader durchbissen hatten und das Blut in Stößen aus der Kehle schoß. In diesem Moment schleuderte der Elch in einem verzweifelten Versuch, sich vor dem Sturz zu bewahren, einen seiner scharfen gespalteten Hufe nach vorn. Er traf die Wölfin von der Seite in den Leib und riß ihr die Bauchdecke auf. Sie fiel in den Schnee und schleppte sich schreiend in das starre Binsengras. Dort legte sie sich nieder, sah zu, wie sich ihre fast erwachsenen Welpen knurrend und kläffend über den Elch hermachten, und starb.

Sarah und Hawk verharrten in verzweifelter Erwartung und ließen keinen Blick von den Wölfen. Nichts in der Welt war den beiden Frauen jemals so begehrenswert erschienen wie dieses gewaltige Stück zerfetztes blutiges Elchfleisch. Sarah vermochte kaum mehr das Wasser zu schlucken, das in ihrem Mund zusammenlief. Aber es dauerte fast bis zum Morgen, bis die Wölfe sich sattgefressen hatten. Blutverschmiert legten sie sich um ihre Beute herum nieder und schliefen ein.

»Heilige Maria Mutter Gottes, ich muß ein Stück von diesem Elch haben!« krächzte Hawk. »Ich sterbe vor Magenkrämpfen, wenn ich nicht augenblicklich etwas zwischen die Zähne kriege! Mein Vater hat gesagt, daß Wölfe vor Menschen Angst haben, wenn sie nicht hungrig sind. Komm, wir versuchen sie wegzujagen!«

Zusammen bezwangen sie ihre Angst. Sarah ließ ihre Decke über dem Kopf wirbeln und drosch mit ihrem Stock in der Luft herum. Sie versuchte so laut zu schreien wie Hawk, die einen frisch zugespitzten Stock und den Tomahawk schwang. Nebeneinander jagten sie wie wildgewordene Furien auf die Wölfe zu.

Das Wolfsrudel erwachte, und die einzelnen Wölfe erhoben sich und starrten den schreienden Weibern entgegen. Nie zuvor waren diese jungen Wölfe einem Menschen begegnet. Sie wichen zurück, formierten sich zu einer losen Meute, und nachdem sie vergebens nach ihrer toten Mutter gekläfft hatten, rannten sie das Ufer entlang und verschwanden im Wald. Sie überließen den beiden Frauen einen Schatz, von dem diese während der letzten Tage nur noch geträumt hatten.

Hawk erreichte den Kadaver zuerst, warf sich nieder, hackte mit dem Beil das beste Lendenstück weg und zerfleischte es, schmatzend vor Wonne. Sarah machte es ihr zögernd nach, denn sie hatte noch nie rohes Fleisch verzehren müssen.

Obwohl die Überreste des toten Elches schwer waren, gelang es ihnen, den stark angefressenen Kadaver über die Schneedecke in eine geschützte Mulde zu schleifen. Sie lachten und schwatzten dabei wie aufgeregte Schulmädchen. Schnell bauten sie einen Unterschlupf aus Astwerk und Rinde. Dann sammelten sie trockenes Holz, nahmen Wollfasern aus den Ärmelaufschlägen und den Taschen des französischen Soldatenmantels und schlugen mit dem Feuerstein an der aufgerauhten Seite des Axtblattes Funken, bis endlich der Zunder aufglühte. Vorsichtig bliesen sie hinein, und als eine Flamme hochzüngelte, nährten sie sie mit dem feinen Reisig, das sie gesammelt hatten.

Es war das erste Feuer, das sie zu entfachen wagten, seit sie aus dem Dorf geflohen waren. Sie genossen die Wärme. Mit dem Feuer und der Nahrung kehrte frischer Mut zurück, und ein trügerisches Gefühl der Sicherheit umgab sie. Hawk, die todmüde war, schien ihre geschwollenen und zerschundenen Finger fast in die Flammen halten zu wollen. Sie lachte glucksend vor Entzükken und schloß die Augen, während die Wärme in ihren Armen hochkroch. Dann rülpste sie genußvoll und streichelte ihren vollen Bauch.

Sarah saß auf der anderen Seite des Feuers, und die Hitze färbte ihre Wangen kirschrot. Sie stand auf und hob den Rock hoch, so daß die Wärme von unten her an ihren Beinen hochziehen konnte.

»O Sarah, laß uns Gott danken, daß wir immer noch am Leben sind. Und schau dir nur all das wunderbare Fleisch an, das er uns gegeben hat!« Hawk seufzte. »Ich bin so froh, daß wir so weit weg von jenem höllischen Ort sind. Wahrscheinlich werden uns diese Heiden nie mehr finden!«

Während sie ein Loblied anstimmte, fing sie an, das Fleisch zu zerlegen. Als erstes hackte sie die Reste des langen Lendenstückes aus dem Rücken des Elches und hängte es an zwei Stöcken über das Feuer. Sie ließen es braten, bis es gar, braun und knusprig war. Dann aßen sie davon, bis sie nicht mehr konnten, ruhten sich aus und aßen weiter.

»Sarah, vergib mir, daß ich manchmal in meiner Erregung fluche. Ich habe die schlimmen Worte von diesem gottverdammten Bastard von einem Korporal ... oh, jetzt ist es mir schon wieder rausgerutscht! Entschuldige, bitte!«

Sie schliefen zusammen in ihrem vom Feuer gewärmten Unterschlupf. Sie erwachten mitten in der Nacht, legten mehr Holz ins Feuer, brieten mehr Fleisch, aßen und schliefen wieder. Sarah hatte das Gefühl, als wären sie den Klauen des Teufels entronnen und mitten im Paradies gelandet. Mit vollen Bäuchen und einem Vorrat von frischem Fleisch neben sich lagen die beiden Frauen wie zwei fette Götterbräute auf ihren Decken.

Sie blieben am nächsten Tag in der Senke, aßen, schliefen,

pflegten ihre Wunden, scherzten und lachten im gleißenden Licht der Nachmittagssonne und konnten sich kaum mehr an die Ängste erinnern, von denen sie durch die Wälder gehetzt worden waren.

»Wem gehört dieses Land?« fragte Hawk.

»Niemandem gehört dieses Land. Warum?«

»Nun, wenn es niemandem gehört, dann gehört es jetzt mir!« sagte Hawk, stand auf und stieß ihren zugespitzten Stock zwischen dem Feuer und dem Unterschlupf in den Boden. »Das ganze Land gehört mir!«

»Das alles soll dir gehören?« fragte Sarah. »Und was ist mit mir?«

»U-huh!« lachte Hawk. »Dir gehört jenes sumpfige Stück jenseits des Sees, wo die Wölfe und die Abnaki leben!«

»Herzlichen Dank!« sagte Sarah fröhlich. »Außerordentlich freundlich von dir!« Sie umarmten sich und lachten wie Kinder.

Sarah und Hawk beschlossen, noch eine oder vielleicht auch zwei Nächte in ihrem Lager zu bleiben. Immer und immer wieder stopften sie sich mit dem köstlichen Elchfleisch voll und gewannen so rasch neue Kräfte. Das Fleisch, das übrigblieb, wollten sie braten und, in kleinen Portionen verpackt, mit auf die Reise in den Süden nehmen.

Zusammen zogen sie die restliche Haut von dem Elchkadaver und schabten mit der Kante seines eigenen Schulterblattes die Fleischreste und das Fett weg.

»Ich trockne diese Haut über dem Feuer«, sagte Sarah. »Und wenn du die Sehnen aus dem Rücken des Elches ziehst und sie trocknest, können wir sie später zum Nähen benutzen.«

»Ich weiß, wie man mit einem spitzen Knochenstück Nadellöcher in die Haut macht«, sagte Hawk. »Wir können neue Mokassins nähen.«

Sie waren so sehr mit dem Anfertigen ihrer neuen Fußbekleidung beschäftigt, daß sie lange nicht daran dachten, für die Nacht Feuerholz zu sammeln. Erst als das Licht zu schwach wurde, um die Fadenlöcher noch sehen zu können, erinnerte sich Sarah an das Holz. Sie verließ den Unterschlupf und sah die Wölfe. Es waren sechs, und sie saßen im Halbkreis regungslos am Rand des schwachen Feuerscheins.

»Hawk! schau mal!« flüsterte Sarah und ihre Stimme bebte. »Die Wölfe! Sie sind zurück. Alle!«

»Ach, komm, wir jagen sie einfach wieder weg«, erwiderte Hawk mit ruhiger Stimme. »Komm, hilf mir.«

Sie nahm ihren Stock, und Sarah holte die Axt und die Decke. Zusammen stürzten sie schreiend auf die Wölfe. Wie sie vermutet hatten, drehten die Wölfe um und rannten weg. Aber sie liefen nur etwa ein Dutzend Schritte weit, hielten an und kamen wieder zurück. Der Widerschein des Feuers glühte in ihren Augen.

»Sie werden frecher«, sagte Hawk. »Ich hasse den Blick ihrer Augen. Siehst du, sie wittern das Fleisch.«

»Schrei lauter!« sagte Sarah.

Es half nichts. Der nächste Versuch, die Wölfe zu vertreiben, schlug fehl. Sie kamen immer näher. Die Lefzen von den Zähnen gezogen, das Nackenfell gesträubt und mit funkelnden Augen.

»Die kommen uns verdammt zu nahe!« stieß Hawk schaudernd hervor.

»Sie haben keine Angst mehr«, sagte Sarah. »Die sind zu hungrig, um sich vor uns zu fürchten. Aber ich fürchte mich vor ihnen!«

»Wir . . . wir müssen weg hier!« rief Hawk. »Schnell, nimm ein brennendes Holzstück aus dem Feuer! Dann machen wir, daß wir hier wegkommen!«

Hawk hängte die nahezu fertigen Mokassins um ihren Hals, zog den Soldatenmantel an und nahm einen schweren brennenden Ast aus dem Feuer. Sarah schlug die Decke um ihre Schultern, ergriff ihr Beil und einen brennenden Ast, und dann rannten sie nebeneinander schreiend auf die Wölfe zu und an ihnen vorbei, das gefrorene Seeufer entlang.

Die Wölfe stürzten sich auf den Kadaver und rissen die halbgefrorenen Fleischreste von den Knochen.

»Gott sei Dank, daß sie uns nicht gefolgt sind«, schnaufte Hawk, während sie in der schützenden Dunkelheit ostwärts liefen. »Hörst du, wie sie heulen? Ich habe Angst vor ihnen. Ich habe Angst, mich hinzulegen und zu schlafen.«

»Ich lege mich nie mehr auf dem Boden schlafen«, sagte Sarah, und in dieser Nacht halfen sie einander auf eine mächtige Eiche, in deren Krone sie die Nacht verbrachten. Sie hatten den Mantel und die Decke um sich geschlagen und schliefen. In ihren Alpträumen wurden sie von reißenden Bestien mit glühenden Augen und gebleckten Zähnen verfolgt, und als sie am Morgen erwachten, waren sie so kalt und steif, daß sie kaum mehr vom Baum klettern konnten. Erneut haderten sie mit sich selbst, daß sie nicht wenigstens ein bißchen von dem Fleisch mitgenommen hatten.

Langsam setzten sie ihren beschwerlichen Marsch nach Osten fort. Es dauerte noch zwei Tage, bis sie endlich den See erreichten. Hawk rannte voraus und erreichte zuerst eine Hügelkuppe.

»Hier ist er!« schrie sie und deutete hinunter. »So groß wie ein Ozean!«

Sarah rannte zu ihr hoch und sah den See durch die Bäume.

»Ja, das ist er! Das ist der Lake Memphremagog! Und er ist fast eisfrei.«

Sie setzten sich in den Sonnenschein eines warmen Frühlingstages und staunten über die Weite des Sees. Im Osten ragten kleine Inseln wie die Buckel schwimmender Tiere aus den Nebelschleiern.

»Wir haben ihn endlich gefunden!« preßte Sarah hervor, und sie war den Tränen nahe. »Taliwan hat mich nicht angelogen. Hier ist er. Genau da, wo er gesagt hat. Von hier aus gehen wir südwärts, den kleinen Flüssen entlang, die uns zu dem großen Fluß bringen werden. Wir sind auf dem Weg nach Hause, Hawk! Nach Hause!«

Sie umarmten sich und führten einen etwas kläglichen Tanz auf mit ihren klobigen Mokassins und den zerfetzten Kleidern, in denen sie aussahen wie zwei Hinterhofbettler.

»Siehst du die Gänse dort oben, die heim in ihr Nest fliegen, Sarah? Sie sind frei. Frei wie wir, Sarah. Wir sind frei! Es gibt kein verdammtes Abnakiweib mehr, das herumschleicht und dir ins Kreuz schlägt, wenn du dich gerade bückst, um deine Arbeit zu tun. Keine Soldatenstiefel werden mich noch einmal treten, Sarah! Das verspreche ich dir. Im Moment ist mir zwar eiskalt, und ich bin hungrig, und die Angst kommt, sobald es dunkel wird, und ich weiß, daß rund um uns herum hungrige Biester und bösartige Wilde leben, aber, Sarah, wir sind auf dem Weg nach Süden wie die Gänse dort oben, die hoch über ihren Jägern in Sicherheit dahinziehen. Frei!«

Sarah hatte gehofft, daß es für sie kaum mehr Probleme gäbe, wenn sie erst den Lake Memphremagog erreicht hatten. Sie hatte sich nicht vorstellen können, daß die Seeufer derart schwierig zu begehen sein würden. Sie waren dicht bewaldet und an mehreren Stellen von steil aufsteigenden Felswänden gebildet, mit immer noch verschneiten Westhängen. Sie hätte nie geglaubt, daß sie vier mühsame Tage brauchen würden, um sich bis an das Südende des Sees durchzukämpfen. Zweimal kamen sie vom Weg ab, verirrten sich, waren völlig erschöpft und mußten die letzten Kräfte zusammennehmen, um überhaupt noch weiterzugehen. Sie stürzten, erhoben sich, stürzten wieder und taumelten erneut hoch. Sie schleppten einander über tote Bäume hinweg, arbeiteten sich durch verwildertes Unterholz und zogen sich durch Dornengestrüpp, das ihnen brusthoch den Weg versperrte. Der Marsch schien zu einem Alptraum zu werden, der sich stetig wiederholte. Den einzigen Trost fand Sarah nachts, in ihren Gedanken an Taliwan. Sie erinnerte sich an den katzenähnlichen Geruch seines Körpers, die einschmeichelnde Wärme seiner Haut, und sie fühlte sein weiches Haar, das er gleichmäßig hin und her über ihre Brüste streicheln ließ. Sie wünschte sich nichts mehr, als daß er hier bei ihr im Wald hätte sein können, um sie schützend in seine Arme zu nehmen. Er würde sie nicht hungern lassen. Und er würde immer einen Weg finden. Wenn er nur hier wäre!

Einmal, als Sarah und Hawk zum Wasser gingen, um zu trinken, entdeckten sie große Schwärme von fingerlangen Elritzen, die im seichten Wasser dahinschwammen. Hawk schnitt sich eine langstielige Astgabel zurecht und befestigte ein Stück Elchhaut daran, das als Schleppnetz dienen sollte. Beim ersten Versuch fingen sie drei von den kleinen Fischen, die sie sofort verschlangen, ohne auch nur daran zu denken, sie auszunehmen oder gar zu kochen. Während der nächsten Stunde fingen sie noch achtunddreißig Fische, die sie durch die Kiemen an einer dünnen Weidenrute auffädelten und über einem kleinen Feuer rösteten. Sie waren sich darüber einig, daß sie noch nie im Leben eine solche Köstlichkeit gegessen hatten.

Sie setzten ihren Weg fort und waren davon überzeugt, daß sie entlang des Sees jederzeit frische Fische fangen konnten. Aber das gelang ihnen nicht mehr, und nach Meilen unsäglicher Strapazen erreichten sie das Ende des Sees und den Anfang eines schrecklichen öden Sumpfgebietes. Tausende von abgestorbenen Bäumen ragten blankgenagt in den Himmel oder lagen halb vermodert und moosbehangen im Sumpf, an einigen Stellen zu mächtigen, ineinander verflochtenen Barrikaden aufgetürmt, die den beiden Frauen den Weg versperrten.

Während der nächsten drei Tage hatten sie außer abgestorbener Baumrinde nichts zu essen. Wie Moorgeister bewegten sie sich durch die Einöde. Sie kamen nur langsam voran. Die Kleider, die Decke und der Soldatenmantel waren feucht und schon arg mitgenommen. Tag für Tag hängten sie sich ihre Mokassins um den Hals und wateten barfuß durch den endlosen Sumpf. Nachts hielten sie sich auf trockenen Erdbuckeln auf oder kletterten auf die toten Bäume, wo sie sich bäuchlings wie Pumas auf die Äste legten und die Beine und Arme herunterhängen ließen, um nicht das Gleichgewicht zu verlieren und herunterzufallen. Aaskrähen kamen, setzten sich auf die Äste der toten Bäume und warteten auf den Tod der beiden Frauen. Erschrocken flatterten sie davon, wenn Hawk und Sarah erwachten, von den Bäumen kletterten und sich wieder auf den Weg machten.

»Es sind die Biber, die uns das hier beschert haben!« rief Hawk mit schriller Stimme. »Die haben das ganze Gebiet überfluten lassen! Ich fang sie mir und freß sie auf!« Sie wateten knietief im kalten fauligen Wasser, das voll von ineinander verschlungenen Wurzeln und Ästen war. Die Ärmel des Soldatenmantels hingen von Hawks Schultern wie gebrochene Flügel.

Fluchend stolperte sie, fiel auf die Knie und rutschte mit einem Fuß zwischen die schlüpfrigen Arme eines im Morast versteckten Wurzelstockes. Sie hatten längst aufgehört nachzuzählen, wie oft sie stürzten oder wie viele Tage sie schon unterwegs waren.

»Wenn dieses verteufelte Wasser noch tiefer wird, werden wir schwimmen müssen!« murrte Sarah.

»Ich kann nicht schwimmen!« gab Hawk schnaubend zurück. »Vielleicht lege ich mich morgen einfach auf den Rücken, und der liebe Gott läßt mich heim nach Pennsylvania treiben!«

Während der vierten Nacht im Sumpf verschwanden die Sterne, und um Mitternacht wurde Sarah vom Grollen des Donners aufgeweckt. Weit im Süden sah sie Blitze aufleuchten. Kurz danach prasselte schwerer Regen nieder, und am Morgen roch der aufgewühlte Sumpf wie ein Misthaufen.

Sarah erwachte und fand Hawk weinend. Das war ein schlechtes Zeichen. Sie legte den Arm um Hawks Schultern.

»Ich bin sicher, daß du weinst, weil du dich über das Ende des Winters freust, Hawk«, sagte Sarah leise. »Noch ein bißchen weiter im Süden werden wir so viel zu Essen finden, daß wir bald mehr haben, als wir brauchen. Hast du schon mal im Frühling die jungen Sumacsprößlinge gegessen? Du brauchst nur ihre Enden zu schälen. Sie schmecken so ...«

»Oh, halt doch dein gottverdammts Maul, du Närrin!« kreischte Hawk. »Schau mich an! Man kann jede einzelne Rippe sehen!« Sie zog den Umhang hoch. »Wir haben nichts zu essen! Wir werden tot sein, lange bevor wir in die Gegend mit deinen Sumacpflanzen kommen, und die Scheißkrähen werden unsere Gebeine abnagen!«

Sarah gab ihr keine Antwort, und als ob Hawks Prophezeiung noch unterstrichen werden sollte, wurde es am Spätnachmittag wieder eisig kalt, und ein bretthharter Wind kam auf. Aus dem Regen wurde Hagel, der das schmutziggraue Wasser wie mit Schrotkugeln aufpeitschte. Sarahs Mut sank, als sie so den Winter mit erbitterter Gewalt noch einmal über das Land herfallen sah.

»Bemüh dich nur nicht, ausgerechnet jetzt nach Sumacsprößlingen zu suchen!« sagte Hawk und ahmte dabei Sarahs Stimme nach. »Du dumme Ziege, schau, daß du mir nachkommst, solange du noch gehen kannst! Kein dummes Geschwätz mehr!«

Sie gingen weiter und hörten plötzlich ein Rauschen, das von einem kleinen Wasserfall herrührte. Das Wasser floß über eine steile Böschung, wurde zu einem Fluß, der südwärts von den Sümpfen weg in den Wald floß.

»Der Sumpf ist vorbei!« schrie Sarah und packte Hawk, die wie eine Schlafwandlerin neben ihr hertaumelte, am Arm. »Schau, der Boden vor uns steigt an und die Bäume sind nicht abgestorben! Sie leben!«

Als sie den trockenen festen Boden erreicht hatten, ließen sie sich auf einen Baumstamm nieder und weinten vor Freude.

Nachdem sie sich ein wenig ausgeruht hatten, rafften sie sich auf und gingen weiter nach Süden. Sie folgten einem kaum erkennbaren Wildpfad neben einem schmalen Flüßchen. Sie waren jetzt derart ausgehungert, daß sie längst kein Verlangen mehr nach etwas Eßbaren verspürten. Sie wußten, daß dies ein schlechtes Zeichen war und daß sie nicht mehr lange aushalten würden. Es war ein schrecklicher Fehler gewesen, so früh im Jahr aufzubrechen. In diesem Land gab es im Herbst wenigstens Nüsse und Beeren, wilde Trauben und Holzäpfel. Jetzt hatte noch nicht einmal irgendeine Pflanze zu treiben angefangen.

Der Regen hörte auf, und der Himmel wurde klar. Bei Sonnenuntergang fanden sie einen Platz unter Zedern, wo der Boden trocken war. Sie bauten sich ein Bett aus Zweigen und schliefen völlig erschöpft, bis Sarah plötzlich hochschreckte. Sie hatte einen ganz klaren Alptraum gehabt, die Vision von einem Mann mit blutroten Händen. Jetzt suchten ihre Augen in panischem Schrecken die Finsternis unter den Bäumen nach ihm ab.

Langsam löste sich ihre Verkrampfung, während ihr klar wurde, daß außer Hawk und ihr selbst niemand hier war. Hawk schlief vor Erschöpfung mit weit offenem Mund und atmete rasselnd. Sarah beobachtete, wie die Dämmerung von den Hügeln schlich und sich ihr pfirsichfarbenes Licht über den gezackten Wipfeln der Fichten jenseits des Flusses ausbreitete. Sie fühlte eine mächtige Erleichterung, endlich den Klauen des Sumpfes entronnen zu sein. Sie weckte Hawk auf, und zusammen gingen sie hinunter zum Fluß, um zu trinken.

Als sie niederknieten, hörten sie plötzlich über den Fluß hinweg ein scharfes metallisches Klicken. Sie schauten hoch und blickten in die Augen eines hageren, dunkelhäutigen Mannes, der eine Muskete auf sie gerichtet hatte.

»Er ist kein Indianer!« flüsterte Hawk.

Sarah sprang auf, und nebeneinander stolperten sie durch eine seichte Stelle auf den Mann zu.

Teil drei

11

»Halt!« rief der Alte. »Bleibt, wo ihr seid!«

Die beiden Frauen blieben sofort stehen und starrten ihn ungläubig an. Sein Gesicht war von tiefen Furchen durchzogen und braun wie ein schrumpfliger Apfel. Auf der rechten Seite seines Kopfes hing das lange, stahlgraue Haar in fettigen Strähnen herunter. Die linke Seite seines Gesichtes war derart verstümmelt, als sei er von einer Schrotladung getroffen worden. Das linke Auge schimmerte milchig weiß aus der tiefen Höhle. Seine Nase war lang und scharf wie ein Schnabel, und sein fliehendes Kinn war von grauen Bartstoppeln bedeckt. Es war der verschlagene Blick aus seinem rechten Auge und die grausam schneidende Stimme, die Sarah und Hawk mitten im Fluß anhalten ließen.

»Geht zurück auf eure Seite!« befahl der Mann. »Ich will nicht, daß sich eure blutigen und unglückbringenden Fußstapfen mit den meinen vermischen! Ich habe genug eigenen Ärger. Ihr seid zwei Sklavinnen und den Abnaki davongelaufen, oder? Diese Teufel jagen natürlich hinter euch her, wollen euch schnappen und verbrennen, oder? Also, bleibt mir nur verdammt vom Leib! Ne Kriegerbande hat mich einmal erwischt und geröstet, aber das passiert mir nie wieder, das sag ich euch! Ich laß hier draußen niemand an mich herankommen, außer der da!« Er hob die Hand und deutete mit dem Daumen auf eine kleine Indianerin, die mit ausdruckslosem Gesicht und totenstill zwischen den Büschen neben dem Pfad stand, so daß man sie kaum erkennen konnte. Sie trug ein paar zusammengerollte Pumafelle auf dem Rücken, die noch blutig waren.

»Hier, diese Frau, die ist von den Ottawa im Norden. Sie kennt die Abnaki. Sie kann sie riechen, wenn sie noch meilenweit entfernt sind. Sie kann daran, wie das Fleisch über dem Feuer brutzelt, und daran, wie sich die Blätter der Sträucher kräuseln, erkennen, daß sich Abnaki in der Gegend herumtreiben.« Er spuckte aus. »Wenn ich die Frau nicht hätte, wäre es vielleicht einen Versuch wert gewesen, euch zwei Sklavinnen aufzupäppeln und zu mästen, bis ihr dick genug wärt, um mich in den kalten Nächten, die ich allein draußen beim Fallenlegen und Jagen verbringe, warm zu halten. Aber zur Hölle damit! Sie erledigt das und noch einiges mehr bestens. Überquert diesen Fluß heute nicht mehr und seht zu, daß ihr nie mehr meine Fährte kreuzt, sonst meinen die Abnaki womöglich, ich hätte euch weitergeholfen. Ich will diese gottverdammten Menschenröster nicht noch einmal in meinem Nacken haben!«

Er trat vom Ufer des Flußes zurück, und ein Sonnenstrahl traf die von löchrigen Narben entstellte Gesichtshälfte.

Er zeigte nach Süden. »Boston liegt in dieser Richtung. Macht, daß ihr weiterkommt, und dreht euch verdammt nicht mehr um! Wir wollen keinen Ärger!«

Sarah und Hawk wateten zur Uferbank zurück, und ohne ein Wort zu sagen, taumelten sie in den Wald hinein, während sie im Rücken die drohende schwarze Mündung der Muskete förmlich zu spüren glaubten. Sie gingen nebeneinander, lautlos, und keine fand während der nächsten Zeit die Sprache wieder.

Die Landschaft veränderte sich zusehends vor ihren Augen. An Stelle der mächtigen Tannen- und Fichtenwälder marschierten die Frauen jetzt durch lichte Birken- und Ahornhaine, an denen bereits die Knospen sprießten. Die Hügel wurden flacher und welliger, und unter dem dürren Gras trat hier und da ein Hauch von frischem Grün hervor. Überall roch es nach Frühling.

Etwas später an diesem Nachmittag erblickte Sarah eine graue Birke, an deren Stamm ein halbes Dutzend köstlicher frischer Schwämme wuchs, die wie kleine, mit Puderzucker bestreute Kekse aussahen. Sie kletterte umständlich über einen toten Baum hinweg und riß sich in der Hast, die Köstlichkeiten zu ergattern, an den spitzen Dornen eines Strauches die Hände und die Beine auf. Schon bevor sie in einen der Pilze biß, verriet ihr der Geruch, daß es sich um Zunderschwämme handelte, die eßbar waren. Sie schmeckten kühl und fest wie weißer, ungebackener Teig, bevor er in den Ofen kommt. Es war fantastisch, endlich wieder einmal etwas zwischen den Zähnen zu haben.

Sorgfältig brach Sarah zwei große Schwämme für Hawk vom

Baum und hielt sie hoch. »Komm rüber zu mir!« rief sie undeutlich, den Mund voll von dem kühlen, weißen, gummiartigen Flechtenpilz. »Komm, ich hab zwei für dich!«

Hawk stand stocksteif da, den Kopf zur Seite geneigt. Lauschend. Plötzlich sprang sie hoch und hetzte durch das Dornengestrüpp auf Sarah zu. Sie kniete nieder und untersuchte jeden einzelnen der Schwämme sorgfältig, schnüffelte wie ein Jagdhund daran herum, erhob sich und schlug Sarah die Pilze aus der Hand. Dann riß sie den Tomahawk unter dem Mantel hervor, schlug mit aller Kraft einen Pilz vom Baumstamm und zertrat ihn im feuchten Waldboden mit den zerfetzten Mokassins.

»Das ist Zwergendreck!« schrie sie. »In diesem Baum leben die Eulenreiter, kleine teuflische Wichte, die uns mit ihren schmutzigen Tricks aufs Kreuz legen wollen, die dreckigen kleinen Monster!« Sie hackte wie verrückt auf die anderen Pilze ein, schlug das Beil in den Baum und fluchte.

»Hör auf! Hör auf!« flehte Sarah. »Die sind gut! Das sind die gleichen, die wir daheim in Bärenfett eingelegt und gegessen haben!«

»Zwergendreck!« kreischte Hawk. »Schleimig, faulig und giftig! Spuck es aus!«

Sarah schluckte schnell, was sie im Mund hatte, während sie zusehen mußte, wie der Rest einer bauchfüllenden Mahlzeit vor ihren Augen vernichtet wurde. Sie konnte den unbegründeten Wutanfall von Hawk nicht verstehen.

Sarah war dem Verhungern nahe, und doch glaubte sie, daß sie am Leben bleiben konnte, bis die unmenschlichen Strapazen schließlich ein Ende finden würden.

Hawk jedoch schien völlig verstört. Am nächsten Tag war sie noch wilder und von einem wahnsinnigen Haß auf den einäugigen Trapper, dem sie begegnet waren, beseelt.

»Dieser dreckige Verräter mit seiner *nunksquaw*!« schimpfte sie immer und immer wieder und blickte den Pfad zurück, als ob er irgendwo da hinten mit seiner schußbereiten Muskete zwischen den Büschen kauerte.

Schließlich befiel sie eine tiefe Traurigkeit, und sie ließ den Kopf hängen und blickte starr auf den Boden, während sie vorwärtstaumelte. Sie sagte nichts mehr, wenn Sarah mit ihr redete.

Manchmal hielt sie an und legte den Kopf zur Seite, als würde sie fremde Stimmen hören.

Der Weg durch das Tal war jetzt nicht mehr so anstrengend. Sie gingen über sanfte Hügelrücken, die spärlich mit mächtigen alten Eichen und Ahornbäumen bestanden waren, und durch liebliche lichte Haine voller silberschimmernder Birken.

Sarah, die voranging, hielt an, als sie auf einen richtigen Weg stießen. Es war keiner der schmalen Wildpfade wie die, denen sie so lange durch die Wälder gefolgt waren, sondern ein breiter Weg, der von Menschen benutzt wurde. Zwei Leute konnten gut nebeneinander hergehen.

Die beiden Frauen duckten sich zuerst zwischen die Büsche und hielten sich versteckt. Argwöhnisch beobachteten sie den Weg, und sie kamen zu der Überzeugung, daß es sich um den Zugang zu einem Indianerdorf handelte. Sarah fragte sich, ob am Ende dieses Weges Abnaki leben würden. Sie lauschten, ob sie nicht das Bellen von Schlittenhunden hören konnten, und sie rochen in der Luft nach dem Rauch des Feuers.

Da sie keine Anzeichen irgendwelchen Lebens erkennen konnten, wagten sie es, am Randes des Weges durch das Unterholz zu gehen. Sie bewegten sich so vorsichtig wie zwei schleichende Füchse, voller Sorge, daß sie von fremden Augen beobachtet würden.

Sarah packte Hawk am Arm, als sie am Wegrand einen Stapel sauber geschlagenes Holz entdeckte.

»So was würde kein Indianer tun!« flüsterte sie.

Hawk nickte und richtete sich in neuer Hoffnung auf. »Nur die Weißen schlagen das Holz gleichmäßig lang, damit es in den Kamin paßt.«

»Es müssen Siedler in der Nähe sein!«

Sie versuchten jetzt, schneller vorwärtszukommen, wagten sich aber immer noch nicht auf den Weg hinaus. Hawk sah als erste den kleinen Friedhof mit den vier gemeißelten Grabsteinen, vor ihnen zog sich eine niedere lockere Steinmauer am Pfad entlang. Jetzt waren sie sicher, daß das Land hier einem Siedler gehörte. Sie sprangen zusammen aus dem Unterholz auf den Weg, jubelten vor Freude und rannten stolpernd an der Mauer entlang den Weg hoch, umflattert von ihren zerrissenen und dreckigen

Kleidungsstücken, in denen sie aussahen wie verwitterte Vogelscheuchen.

Hawk schwenkte das Beil über ihrem Kopf. »Wenn ich einem Truthahn begegne«, schnaufte sie und riß ihre Augen weit auf, »wenn ich einem Truthahn begegne oder einem Hühnchen oder einem Schwein, schlag ich's tot! Und wir werden es verspeisen, bevor wir zum Haus gehen und anklopfen!«

Sie konnten die Lichtung durch die Bäume erkennen und rannten zur Biegung des Weges, wo sie anhielten und die Hand in jähem Entsetzen vor den Mund hielten. Mitten auf der Lichtung stand ein Steinkamin, schwarz vom Feuerbrand. Rundherum hingen ein paar verkohlte Balken von halbverbrannten Wänden, die früher ein Farmhaus gebildet hatten.

Als die beiden Frauen die Überreste des Hauses erreichten, konnten sie erkennen, daß die Asche kalt, feucht und vom Regenwasser zerfurcht war. Das Haus mußte vor Tagen niedergebrannt sein. Vielleicht war es schon über eine Woche her. Ein Faß lag zerschlagen neben dem Brunnen. Ein Scherenschnitt aus dünnem Zinn, der einen Soldaten auf einem Pferd darstellte und wahrscheinlich einem Kind gehört hatte, hing von einem schwarzen Brett, bewegte sich im Wind und schlug klingelnd gegen gebrochenes Fensterglas. Sonst war tödliche Stille.

Als sie über die Stelle gingen, wo die Türöffnung gewesen sein mußte, sahen sie den halbverbrannten Babykorb. Sie blieben stehen. In der Mitte des zerstörten Raumes stand ein grobgehauener Tisch mit zwei kurzen Bänken zu beiden Seiten. Eine Seite des Tisches war verkohlt. Die andere war unversehrt, aber voll Ruß.

Hawk blickte sich um, betrachtete die halb niedergebrannten Wände und ging zum Herd. Sie hob den Eisendeckel weg und schaute in den Backofen.

»Das habe ich mir gedacht!« schrie sie. »Ich wußte, daß diese Wilden nicht schlau genug waren, um hier hinein zu sehen!«

Sie griff in die Öffnung und zog einen geborstenen Topf mit gesplittertem Deckel und drei kleine Maiskuchen heraus, schwarz verbrannt.

»Schau dir diese kleinen Küchlein an, Sarah! Und dieser Topf hier ist voll wunderbarer Bohnen!«

Heißhungrig griff sie hinein, nahm eine Handvoll heraus und

stopfte sie sich in den Mund. Sarah tat es ihr nach. Obwohl sie verbrannt und trocken waren, würgten sie die Bohnen hinunter.

»Wasser!« hustete Sarah.

Sie taumelte hinaus und kehrte mit einer hölzernen Schöpfkelle voll Wasser zurück. Sie goß es in den Topf und rührte mit dem Stiel des Schöpflöffels darin herum, bis die Bohnen weich waren. Dann schlangen sie den Brei gierig hinunter. Anschließend aßen sie zwei der harten Maiskuchen. Den letzten hoben sie nach einigem Hin und Her auf und umwickelten ihn mit einem Stück des Hirschleders.

»Die armen Leute«, sagte Sarah gedankenvoll. »Das muß ein schönes Haus gewesen sein. Siehst du, mit wieviel Mühe sie die Lichtung gerodet haben? So etwas wie hier ist auf unserer Farm passiert, als ich gefangengenommen und verschleppt wurde. Ich frage mich oft, ob unser Haus niedergebrannt ist.«

»Wenn wir noch lange genug gehen, wirst du es herausfinden«, sagte Hawk und wandte die Augen von dem halbverbrannten Babykorb ab. »Glaubst du, daß jemals ein Mann für dich ein solches Haus bauen wird?«

»Nein!« sagte Sarah. »Von mir kriegt keiner die Gelegenheit dazu. Ich habe es mir überlegt. Ich will einmal mitten in Boston leben. Sämtliche Indianer haben Angst vor Boston. Ich werde in einer Schankstube arbeiten wie meine Schwester, und ich werde ein weißes Häubchen tragen und richtige elegante Schuhe, und alle vier Tage werde ich frisch gewaschene Kleider anziehen.«

»Das wird sicher sehr schön«, sagte Hawk lächelnd und entblößte dabei einen gebrochenen Zahn. »Ich glaube, du denkst, daß ich zu alt dazu bin. Zum Huren, meine ich. Das ist es doch, was deine Schwester treibt.«

»Nein, du bist dazu nicht zu alt«, sagte Sarah. »Du bist gerade richtig. Du würdest eine gute Hure abgeben, eine mütterliche Hure. Kate hat mir gesagt, daß junge Männer bemuttert werden wollen.«

Sarah log, nur um Hawk ein bißchen aufzumuntern. Natürlich dachte sie, daß eine Frau mit fünfunddreißig viel zu alt war, um ihren Lebensunterhalt auf diese Art zu verdienen. Als sie an ihrem von Lumpen behangenen Körper und an der hageren und knochigen Hawk heruntersah, mußte sie lachen.

»Ich glaube, kein Mensch würde eine von uns haben wollen.«

Sie setzten sich zusammen auf die Bank und hingen ihren Gedanken nach, seufzten ab und zu wie müde Farmersfrauen, die sich in der Küche nach ihrer täglichen Hausarbeit ausruhen.

»Möchtest du vielleicht eine Tasse Tee, meine Liebe?« fragte Hawk lächelnd.

»Nein, danke«, erwiderte Sarah. »Was hast du sonst noch anzubieten?«

»Nichts. Nicht einmal Tee! Entschuldige bitte.«

»Oh, das ist schon in Ordnung«, sagte Sarah. »Etwas Wasser genügt mir vollkommen.«

Beide fingen an zu lachen, aber Sarah hörte plötzlich auf, während Hawk ihren Kopf auf die verkohlte Tischplatte gelegt hatte und hysterisch losweinte.

»Sei still!« sagte Sarah. »Hörst du das Geräusch? Hörst du?«

Hawk wurde sofort still und hielt sich die Hand über den Mund. Sarah stand auf und legte den Kopf schief, um zu lauschen. Hawk rieb ihre Augen aus. Von der anderen Seite der Lichtung drang ein leises Klingeln herüber. Sarah ging zu dem zerschlagenen Fenster und blickte hinaus.

Was sie sah, machte sie sprachlos, und sie sprang zur Türöffnung und deutete mit beiden Händen hinaus. Hawk sprang vom Tisch auf, kippte die Bank um und rannte zur Tür.

Sie sahen, wie ein altes, steifbeiniges Pferd den Weg herunterstolperte und auf das Haus zukam, den Halfterstrick hinter sich herziehend und immer noch den Glockenstrang um seinen Hals. Als das Pferd näher kam und sich etwas drehte, sah Sarah den gefiederten Schaft eines Pfeiles, der tief in seiner Hüfte steckte.

Die beiden Frauen eilten hinaus und konnten das Pferd ohne viel Mühe am Halfter festhalten. Es hatte überhaupt keine Angst vor ihnen. Hawk, die schon seit frühester Jugend auf der Farm ihres Vaters in Pennsylvania mit Pferden umgegangen war, legte ihren Kopf gegen den warmen, weichen Hals des Tieres und fing wieder zu weinen an.

»Vielleicht können wir den Pfeil entfernen«, stieß sie hervor. »Komm, Sarah. Wir führen es dort hinüber. Braves Pferd«, sagte sie leise. »Komm Pferd, komm!«

Sie führten den kastanienfarbenen Wallach zu der niederen Mauer aus Feldsteinen. Sarah hielt seinen Kopf und kletterte auf die andere Seite der Mauer. Auch Hawk brachte sich neben Sarah in Sicherheit. Mit beiden Händen ergriff sie den Schaft des Pfeiles. Sie zog daran, drehte ihn gleichzeitig, um die Spitze im Innern der Hüfte zu lockern, und zog den Pfeil mit einem harten Ruck heraus.

Das Pferd schnaubte und warf seinen Kopf hoch. Durch den starken Zug vermochte Sarah das Halfter nicht mehr festzuhalten. Das Pferd kam frei und schleppte sich, vor Schmerzen wiehernd, über die Lichtung. Nach einer Weile hielt es an und blieb still stehen. Ein dunkles Rinnsal von Blut glänzte an seiner Hüfte.

Hawk starrte fluchend auf den Pfeilschaft. »Diese gottverdammte Pfeilspitze ist abgebrochen und steckt noch drin! Der Gaul kann in einiger Zeit daran eingehen. Warum mußten sie nur auf dieses Pferd schießen?«

Der Wallach beruhigte sich, und sie ging zu ihm, nahm ihn am Halfter und führte ihn zu Sarah zurück.

»Er ist nicht schlimm verletzt«, sagte Hawk. »Ich glaube, ich könnte auf ihm reiten. Halt nochmals seinen Kopf für mich.«

Sie kletterte auf die Steinmauer und zog sich auf den Rücken des Pferdes, ließ sich im Damensitz nieder und hielt sich an der Mähne fest. Das Pferd machte einige Schritte rückwärts, schüttelte den Kopf und blieb stehen.

»Sarah, geh ins Haus und hol unsere Bündel. Wir brechen jetzt auf.«

Sarah holte die Sachen, warf den Soldatenmantel und die Decke über den schweißnassen Pferderücken, ergriff das Halfter und ging vor dem Tier her. Der kleine Maiskuchen und die Bohnen rumorten im Magen und ließen erst richtig den Hunger in ihr aufleben. Als sie den Fluß erreichten, boten sie dem Pferd Wasser an, aber es trank nur wenig. Wahrscheinlich war es an diesem Tag schon am Fluß gewesen und hatte sich am Ufer mit frischen Schößlingen und Sumpfgras satt gefressen. Sein Bauch war dick aufgebläht, und es furzte ständig.

Hawk ritt den ganzen Nachmittag auf dem braunen Wallach. Nur einmal stieg sie ab, um dem Pferd etwas Ruhe zu gönnen und

Sarah den schrecklichen Zustand, in dem sich ihre Füße befanden, zu zeigen. Dann stieg sie wieder auf, ohne auch nur daran zu denken, Sarah ihren Platz anzubieten. Sie machten sich wieder auf den Weg, und Hawk schien in eine Art Trance zu verfallen, während sie sich leicht im Rhythmus der holpernden Schritte wiegen ließ, den Hirschlederumhang über den Kopf gehängt, die Augen geschlossen, ihre Lippen fest zusammengepreßt; den rotbemalten Tomahawk hielt sie krampfhaft in der rechten Hand, das kalte Stahlblatt gegen eine Wange gepreßt.

Der Weg am Fluß war immer noch gut zu begehen, als es dunkel wurde. Sie gingen ein Stück von ihm weg zu einer kleinen Wiese und banden das Pferd am Ast eines Weidenstrauches fest. Wo die Wiese in den Wald überging, fanden sie ein Stück trockenen Bodens. Sie sammelten Gras für eine Unterlage und legten sich zum Schlafen nieder. Hawk redete kein Wort mit Sarah und beantwortete auch keine Fragen. Sie lag still da, und einen Augenblick später hörte Sarah ihren schweren Atem. Sie war eingeschlafen.

Sarah beobachtete den Nachthimmel durch die dünnen, auseinanderstrebenden Zweige des Weidenbusches und schaute zu, wie die Nachtfalken pfeilschnell die Lichtung überflogen. Sie nahm den letzten kleinen Maiskuchen aus dem Hirschleder, leckte ihn rundherum ab und überlegte sich, ob sie nicht eine Hälfte davon essen sollte. Sie entschloß sich aber zu warten, wickelte ihn wieder ein und legte ihn weg. Sie dachte über ihre Lage nach und überlegte, daß ihre Chancen eigentlich seit langer Zeit noch nie so gut gewesen waren. Sie hatten immerhin ein wenig zu essen, ein Pferd und einen richtigen, echten Weg. Außerdem waren sie beide noch am Leben, und so Gott wollte, würden sie vielleicht schon bald auf nette Leute stoßen ...

Sarah dachte daran, wie wohl sie sich in einem richtigen Bett mit einer dicken Daunendecke und sauberen Laken fühlen würde. Und während sie sich das alles vorstellte, schlief sie ein.

Als die Sonne aufging und das orangefarbene Licht durch die Wipfel der Bäume fiel, hatten die beiden Frauen längst ein großes Stück des Weges in südlicher Richtung zurückgelegt. Sie hielten bis zum Mittag nicht mehr an und teilten sich dann erst den letzten Maiskuchen. Sie ließen den Wallach Erlentriebe fressen, während sie ihm eine frische Packung kühlen Schlamm auf die eiternde Wunde legten.

»Wenn ich nur wüßte, ob diese Heiden, die das Haus niedergebrannt hatten, Abnaki aus Missisquoi waren, die nach uns suchen«, sagte Hawk plötzlich.

»Diese Frage macht mir auch schon die ganze Zeit zu schaffen«, antwortete Sarah. »Vielleicht haben sie uns überholt und sind jetzt irgendwo vor uns. Aber an dem Weg hier kann man erkennen, daß in dieser Gegend noch andere Siedler leben müssen. Außerdem haben wir bei dem verbrannten Haus keine Leichen gefunden. Vielleicht sind sie in eine Palisadenfestung geflohen, auf die wir dann bald stoßen müßten.«

Gegen Abend wurde der Weg breiter und mündete in eine Straße ein, die von vielen Wagenspuren zerfurcht war. Die Bäume und Sträucher waren voller Staub. Vielleicht waren hier Truppen mit Wagen und Kanonen durchgezogen. Die Straße schlängelte sich auf eine weite Schleife des Connecticut River zu.

Der Fluß war vom Frühjahrsschmelzwasser angeschwollen, aber Sarah konnte trotzdem noch die Steinbrocken erkennen, die an einer seichten Stelle die Wagenfurt markierten. Sie nahm den Halfterstrick des Wallachs kurz und zog ihn sanft an. Die Durchquerung des Flußes bereitete ihr Sorgen.

Es gelang ihr, das Pferd fast bis an die Furt heranzuziehen. Dann blieb es stehen, wich vor Schreck zurück, wieherte und stieg. Es warf den Kopf zurück, hob die aufgeblähten Nüstern, riß die Augen auf und verdrehte sie in panischer Angst. Sarah versuchte, den Wallach zu beruhigen, und Hawk preßte ihre Schenkel gegen seine Seiten und redete sanft auf ihn ein.

Aber der Wallach schnaubte aufgeregt. Sarah fühlte, wie sein Rist erzitterte, als sie ihn berührte und ihn weiterziehen wollte. Und dann sah sie plötzlich, was den Wallach so erschreckt hatte.

Auf der anderen Seite des Flusses, keine hundert Schritte entfernt, standen fünf Männer. Sarah erkannte Chango sofort, obwohl alle fünf Abnaki ihre Köpfe und Hände rot und blau angemalt hatten und der Blitz als Zeichen von Missisquoi im Zickzack über ihre Körper lief.

Sarah bückte sich unter dem Kopf des Wallachs hindurch, um sich auf der anderen Seite in Deckung zu bringen. Gleichzeitig packte sie ihre Deckenrolle und ergriff Hawks Arm, die erst in diesem Moment die Krieger entdeckte. Sie preßte die Schneide des Stahltomahawks entsetzt gegen ihre Zähne, um einen Schrei zu unterdrücken.

Hawk sprang vom Pferd, und die beiden Frauen rannten in die Büsche auf der Seite der Furt. Sie kletterten über einen toten Baum hinweg durch abgestorbenes Geäst und ein Gewirr von dornigen Ranken und einen bewaldeten Steilhang hinauf. Als sie oben ankamen, hielten sie an und blickten zurück zur Furt.

Sie sahen, wie Chango zum Flußufer rannte, seine Muskete hochnahm und feuerte. Aus der Mündung brach eine Feuerlanze und zerriß eine Wolke von Pulverrauch. Es dauerte etwas, bis der laute Knall des Schusses zu ihnen herüberdrang.

Hawk sprang auf und stand starr, als sie den Wallach taumeln und fallen sah, und dann brüllte sie: »Verdammt sollst du sein, Chango! Du hast mein Pferd getötet!«

In wilder Wut und mit hochrotem Kopf wollte sie den Hang hinunterrennen, aber Sarah konnte sie im letzten Moment packen und in die Büsche zurückzerren. Zusammen rannten sie los und wurden nach kurzer Zeit von der sternenlosen Nacht aufgenommen. Sie wußten, daß es für die Abnaki jetzt zu spät war, ihnen zu folgen. Aber sie waren sich auch im klaren darüber, daß sie morgen im ersten Licht sofort wieder die Verfolgung aufnehmen würden, und sie wünschten sich verzweifelt, bis zum Morgen tausend Meilen Wald zwischen sich und den toten Wallach bringen zu können.

Irgendwann am Morgen merkte Hawk, daß sie den Franzosenmantel im Wald verloren hatte, aber die beiden Frauen waren zu erschöpft und zu hungrig, um sich darüber noch Sorgen zu machen. Sie fanden eine kleine, grabähnliche Vertiefung im Boden, begruben sich selbst unter Blättern und schliefen ein.

Es schien Sarah, als würde sie in kurzen Abständen immer wieder einschlafen und aufwachen, den ganzen Tag hindurch, von Alpträumen gepeinigt. Es war immer derselbe Traum, und jedes mal sah sie, wie Chango mit seinem blauen Schädel zur Furt rannte, die Muskete hochriß, zielte und schoß. Sarah sah, wie sich der grelle Feuerstrahl durch den Rauch fraß, und hörte den peitschenden Knall des Schußes, sah, wie Hawk von der Kugel schwer in die Brust getroffen wurde und das Blut aus einer klaffenden Wunde floß . . .

Als Sarah endlich wach wurde, war es später Nachmittag, und der Himmel hatte sich überzogen. Sie setzte sich auf und schüttelte Hawk leicht an der Schulter. Hawk lag regungslos, und Sarah bemerkte, wie Tränen zwischen ihren geschlossenen Augenlidern hervorsickerten und über ihre Wangen liefen.

»Sarah, Sarah«, preßte Hawk mühsam hervor. »Ich muß die ganze Zeit an den verkohlten Babykorb denken. Ich hatte auch Kinder, weißt du. Zwei kleine Mädchen und drei kleine Buben. Jetzt sind alle tot. Mein Mann auch. Alle sind tot, alle.«

»Wir werden bald zu Hause sein«, sagte Sarah sanft. »Dann fangen wir beide ein neues Leben an. Komm jetzt, wir müssen weiter.«

Hawk zog ihren Hirschlederumhang hoch und zeigte Sarah ihren nackten Körper, an dem man jede Rippe deutlich erkennen konnte.

»Ich werde bald verhungern. Und du wirst auch verhungern. Und erzähl mir nichts über Sumacsprößlinge, die wir essen können. Ich war einmal sogar ein ganz klein wenig fett. Noch damals, als sie mich nach Missisquoi brachten, war ich ein klein wenig fett, und da kaufte er mich und sagte ›*parfait*, gerade richtig‹. Und genau das war ich! Gerade richtig die ganze Zeit hindurch, bis wir weggerannt sind.«

Sie grinste Sarah an, und ihre Stimme schien plötzlich umzuschlagen. »Hör mir zu. Ich erzähl dir jetzt ein Geheimnis, das ich noch nie jemandem verraten habe. Dieser Franzosenkorporal war ein schlimmer Mann, aber nachts im Bett, da war er was Wunderbares. Nicht so schwerfällig und langsam und vom Pflügen müde wie ein Farmer. Er war wild und leidenschaftlich und er küßte, biß und schlug, dieses Schwein.«

Sie kicherte in ihrer Erinnerung. »Du hättest das mal erleben müssen«, sagte sie, blieb eine ganze Weile liegen, und über ihrem Gesicht lag ein verträumtes Lächeln.

Plötzlich setzte sie sich aufrecht. »Wo ist mein Pferd?« schrie sie. »Wer hat mein Pferd gestohlen? Dieser dreckige Franzosenkorporal hat mein Pferd gestohlen!«

»Das Pferd ist tot«, sagte Sarah. »Tot! Hinter uns an der Furt hat Chango es abgeschossen. Erinnerst du dich nicht?«

»Erinnern? Klar erinnere ich mich! Der gottverfluchte Chango! Ich will mein Pferd! Er soll mir mein Pferd zurückgeben!«

Hawk starrte Sarah aus irren Augen an und preßte dabei das Kriegsbeil fest gegen ihr Gesicht.

Zum erstenmal machte sich Sarah klar, daß irgend etwas mit Hawk nicht mehr in Ordnung war. Sie beobachtete die große Frau sorgfältig und bemerkte dabei, daß Hawk durch sie hindurch ins Nichts zu starren schien und sich ihre Lippen seltsam bewegten, so als ob sie mit den Vorderzähnen etwas zerkauen wollte.

»Meine Füße tun weh«, sagte Sarah mit ruhiger Stimme. »Ich möchte mir zum Gehen einen Stock schneiden. Gib mir bitte das Beil.«

»Nein!« schrie Hawk. »Nein! Nein! Nein! Das Beil bleibt immer bei mir! Immer, hörst du!?«

Sarah erhob sich und blickte bestürzt auf Hawk nieder. Ihr Geschrei hatte man bestimmt in einem weiten Umkreis hören können. Die erschrockenen Eichelhäher stießen einen ganzen Schwall von Warnrufen aus, und auch ein paar rote Eichhörnchen gaben Alarm.

»Ich will das Pferd!« stöhnte Hawk. »Ich brauche das Pferd.« Sie fing wieder an zu weinen und zog den Hirschlederumhang über ihren Kopf, kauerte sich zusammen und wiegte vor und zurück wie eine alte Frau.

Sarah legte den Arm um sie und sagte: »Komm mit. Komm mit mir hinunter zum Fluß. Vielleicht finden wir auch ein anderes Pferd. Es kann jetzt nicht mehr lange dauern. Wir sind bald zu Hause, und das kalte Wetter ist vorbei. Es ist jetzt wirklich Frühling, Hawk. Denk doch daran, daß wir wieder im Süden sind. Denk an Zuhause!«

Sarah seufzte bei diesem Gedanken und versuchte, sich ein Bild von der Farm und den blühenden Apfelbäumen ins Gedächtnis zurückzurufen. Aber statt dessen sah sie nur die verbrannte und rußgeschwärzte Hand, die in Missisqoi vom verkohlten Pfahl in der Mitte des Tanzplatzes heruntergehangen hatte.

Sie beugte sich über Hawk und nahm ihr behutsam das Kriegsbeil aus den Fingern. Dann ergriff sie die große Frau liebevoll bei der Hand. Sarah war sich bewußt, daß sie sich zum Fluß zurückarbeiten mußten, egal, wie groß das Risiko auch sein mochte. Sie traute sich nicht zu, noch eine Nacht durch den finsteren Wald zu ziehen. Der Fluß war wie die lange Silbernadel eines Kompasses, die nach Süden zeigte.

Sie folgten dem Rand einer weiten flachen Biberwiese, soweit es ging. Dann schwenkten sie nach Osten ab und gelangten in einen dichten Wald mit sich hoch emportürmenden Weißkiefern. Eine Zeitlang war es weniger mühsam voranzukommen, denn der Boden war mit einem weichen Polster aus Kiefernnadeln bedeckt. Über ihnen flüsterten die schweren Zweige im Wind. Doch bald war der Nadelwald zu Ende, und sie mußten sich erneut durch ein Gewirr von umgefallenen Bäumen kämpfen.

Sarah preßte den Rücken ihrer aufgerissenen Hand zusammen und leckte das Blut von den Wunden. Es war warm und schmeckte salzig, aber es war das einzige, was Sarah an diesem Tag in den Magen bekam. Noch nie in ihrem Leben war sie derart hungrig gewesen. Die verhutzelten Maiskuchen und die Bohnen hatten nur dazu gedient, sie an den Geschmack von richtigem Essen zu erinnern. Als sie kurz anhielten, hieb sie den Tomahawk tief in den Stamm eines Zuckerahornbaumes und versuchte, einige Tropfen des süßen Baumsaftes herauszusaugen, aber es kam nichts.

Sie erkletterten einen Hügelkamm, und Hawk, die auf eine unerklärliche Art neue Kräfte gesammelt zu haben schien, trieb Sarah in das niedere Geäst eines Baumes, damit sie über den Wald hinweg nach dem Fluß sehen konnte. Es war nicht mehr sehr weit. Das Wasser glänzte silbern durch die Bäume.

Mühsam, als ob sie eine alte Frau wäre, befreite sich Sarah aus dem Geäst des Baumes. Hawk hatte sich hingesetzt und hielt ihren Kopf mit beiden Händen. Sarah versuchte sie weiterzutreiben, aber als sie einsah, daß Hawk nicht zu bewegen war, ging sie zu ihr und setzte sich neben sie. Sie schnitt zwei schmale Streifen von ihren Mokassins und gab einen davon Hawk zum Kauen.

Beide waren jetzt fast wahnsinnig vor Hunger. Sarah fühlte sich leicht und schwindelig, so daß sie sich gegen einen Baum lehnen mußte. Am Abend, als sie sich niederbeugte, um aus einer dunklen Pfütze Wasser zu trinken, verlor sie fast das Bewußtsein. Sie fühlte, wie die letzten Kräfte in ihr zerrannen wie der Sand in einem Stundenglas. In ihrer Niedergeschlagenheit erschien es ihr, als ob die Zeit davonrannte und sie niemals mehr ihre Heimat im Süden wiedersehen würde.

Der Abendhimmel brannte in einem grellen Gelb, als die beiden Frauen schließlich doch die letzten Bäume des Waldes hinter sich ließen und zum Flußufer hinunterstolperten. Sie ließen sich nieder und starrten in den vom Schmelzwasser angeschwollenen Fluß hinaus, der braun war vom Dreck, den er von den Uferbänken mit sich riß.

»Dieser Fluß läuft nach Süden«, sagte Sarah. »Er fließt durch Ansiedlungen, wo Soldaten in roten Mänteln herumlaufen. Das Wasser treibt Mühlen an, die Getreide zu Mehl mahlen, aus dem riesige knusprige und heiße Brotlaibe werden.«

»Red nicht über fette Brotlaibe!« kreischte Hawk, während sie auf Händen und Füßen vorwärtskroch. Keuchend beugte sie sich über das Ufer in den Fluß und schlappte das Wasser wie ein Hund.

Plötzlich taumelte sie hastig hoch. Sie drehte den Kopf hin und her und sog die Luft ein. »Ich rieche Rauch!« flüsterte sie Sarah zu.

Sarah hielt ihre Nase in den Wind, konnte aber nichts riechen. Und doch hatte sie das ungute Gefühl, daß jemand in der Nähe war.

»Wir müssen aufpassen!« flüsterte Sarah. »Halt die Augen offen! Vielleicht finden wir am Flußufer etwas Eßbares.«

»Sicher«, gab Hawk bitter zurück. »Kleine Maisküchlein vielleicht!«

Sie krochen dem Fluß entlang nach Süden, und aus der Ferne hörten sie das Rauschen von Stromschnellen. Sie waren noch keine hundert Schritte vorangekommen, als Hawk Sarah am Arm packte und nach vorne zeigte. Versteckt im Dickicht war ein umgedrehtes Kanu zu erkennen. Daneben die Überreste eines Lagerfeuers. Es war mit Wasser gelöscht worden, und jetzt konnte

Sarah auch den scharfen, säuerlichen Geruch von verbranntem Holz wahrnehmen. Die beiden Frauen drängten sich tief geduckt und von lähmende Furcht gepackt zusammen.

»Ich wette, daß dort jemand ganz in der Nähe schläft!« zischte Hawk.

Sie legten sich nebeneinander unter die Büsche und beobachteten das Kanu fast eine Stunde lang. Sie konnten aber keine Anzeichen entdecken, die auf die Anwesenheit von Menschen hätten schließen lassen.

»Glaubst du, daß wir es riskieren könnten, das Kanu zu nehmen und damit nach Süden zu paddeln?«

»Nein! Sobald wir draußen im Fluß sind, könnte uns jeder Indianer in diesem Land sofort sehen!«

»Du hast schon recht«, erwiderte Sarah, »aber vielleicht sehen uns Siedler oder Soldaten zuerst. Man wird uns nie auffinden, wenn wir uns dauernd im Wald versteckt halten.«

»Ich hasse diese kleinen wackeligen Schiffchen, und ich gehe lieber an Krücken tausend Meilen weit, als daß ich mit dir dieses Kanu besteige!« schnappte Hawk.

»Warte hier. Ich seh mal nach, ob es Paddel dazu gibt.«

Vorsichtig schlich Sarah zu dem Kanu und legte sich flach auf die Erde. Sie lugte unter dem Rand hindurch in das Kanu hinein und kroch zum Platz zurück, wo Hawk wartete.

»Es ist ein hübsches kleines Kanu aus Birkenrinde«, sagte sie fast fröhlich. »Ich habe ein Paddel gefunden, das im Sand versteckt ist. Oh, am liebsten würde ich jetzt gleich lospaddeln!«

»Nein! Wir sollten vielleicht vorher ein Stück den Fluß hinuntergehen und uns die Stromschnellen ansehen«, sagte Hawk beinahe wimmernd. »Ich mag das Rauschen nicht. Es macht mich krank.« Sie schloß die Augen. »Alles dreht sich in meinem Kopf . . . Ich habe mich noch nie so . . . so seltsam gefühlt.«

»Komm, ich stütze dich beim Gehen«, sagte Sarah. Sie half Hawk auf die Beine, und sie gingen in südlicher Richtung weiter.

Das Gestrüpp am Ufer war schlimmer, als sie es sich vorgestellt hatten, und als sie schließlich aufgaben, sahen sie, daß sie nur bis zu den ersten Stromschnellen vorgedrungen waren.

»Ich kann nicht mehr weiter«, sagte Sarah. »Ich habe einfach die Kraft nicht mehr. Wir müssen schlafen. Wir nehmen dann das Kanu und brechen in der Dunkelheit auf, wenn uns niemand auf dem Fluß sehen kann. Es sieht nicht so schlimm aus«, fügte sie hinzu. »Wir werden aufpassen, und wenn wir die ganze Zeit rückwärts rudern, wird das Kanu nicht zu schnell werden.«

»Schau dir doch die Gischt hinter der Biegung an!« sagte Hawk ziemlich laut. »Du blöde Ziege, hörst du denn das Rauschen nicht? Ich sage dir, der Fluß ist dort unten furchtbar tückisch!«

»Wir gehen erst einmal zurück«, sagte Sarah sanft, um sie etwas zu beruhigen. »Wir können uns auf dem Weg zum Kanu einen Platz zum Schlafen suchen.«

»Ich habe dir doch gesagt, daß ich nicht einmal in die Nähe von diesem Kanu gehe!« sagte Hawk noch lauter als zuvor. »Du verrückte Ziege, vielleicht schlafen die Abnaki dort!«

Sie schlichen durch den Wald zurück, und unter einer riesigen Buche machten sie sich aus Blättern eine Schlafstelle.

»Gib mir das Beil, Sarah! Wenn jemand in unsere Nähe kommt, möchte ich das Beil bei mir haben.«

Sarah bemerkte Hawks geballte Fäuste und die kalten, listig glitzernden Augen.

»Ich werde es vielleicht selbst benötigen«, flüsterte Sarah.

Hawk entriß es ihr.

»So!« schnappte sie und trieb das Beil tief in den Stamm der Buche. »Wir schlafen so, daß das Beil zwischen uns ist. Die, die es zuerst braucht, kriegt es zuerst.«

Hawk warf sich auf die Blätter nieder. Sarah zögerte, legte sich dann aber steif neben sie.

O Gott, dachte sie, wie gerne würde ich meinen müden Körper in das Kanu sinken lassen. Es wäre so leicht, diesen breiten Fluß hinunterzupaddeln – freundlichen Leuten entgegen, die uns helfen und uns zu essen geben werden.

Sie wartete so lange, bis Hawk tief und regelmäßig atmete. Dann erst schlief auch sie ein.

Sie erwachte, als die langen Abendschatten durch das Gebüsch krochen, hinunter zum Fluß. Sarah lauschte dem entfernten Dröhnen der Stromschnellen, und erst nach einer Weile merkte sie, daß neben ihr kein Atem zu hören war. Hawk war weg.

Sarah fürchtete sich davor, nach ihr zu rufen.

Plötzlich trat die große Frau hinter dem dicken Buchenstamme hervor und stand über ihr.

»Oh, hier bist du ja«, sagte Sarah. »Es hat mir angst gemacht, als ich entdeckte, daß du weg warst.« Sarah warf einen Blick auf den Baumstamm. »Wo ist das Beil? Wir sollten weitergehen, und . . .«

»Ich habe das Beil nicht!« schrie Hawk.

Sarah drehte sich abrupt zu ihr herum und sah sie scharf an. Hawk löste sich vom Baum und lief mit einer Gewandtheit, die ihr Sarah nicht mehr zugetraut hätte, über die schummrige Lichtung. Plötzlich blieb sie stocksteif stehen, den Rücken Sarah zugedreht.

»Gibst du es mir jetzt?« fragte Sarah.

Hawk wirbelte herum. Ihre Augen waren geweitet. »Ich habe dir gesagt, daß ich das Beil nicht habe!« rief sie mit schriller Stimme.

Sarah konnte den Stiel des Beiles mit den glänzenden Messingnägeln unter dem Hirschlederumhang hervorstehen sehen. Hawk hielt das Blatt mit der rechten Hand fest und versuchte es zu verbergen.

Die beiden Frauen standen einander regungslos gegenüber, nur ein paar Schritte voneinander entfernt. Die ersten eisigen Regentropfen klatschten in ihre Gesichter und trommelten auf den laubbeckten Boden. Unter den dichtstehenden Bäumen war es jetzt beinahe dunkel.

»Ich möchte mir einen Gehstock schneiden«, sagte Sarah schwach.

»So, du willst also das Beil?! Hier, du kriegst es!« Sie zog es unter dem Umhang hervor und rannte über die Lichtung auf Sarah zu.

Um dem Schlag mit dem Beil zu entgehen, duckte sich Sarah nach links, warf sich herum und bekam Hawks Arm am Handgelenk zu fassen.

»Du hast mein Pferd umgebracht!« schrie Hawk. Sie wirbelte herum und riß Sarah aus dem Gleichgewicht. Sarah taumelte rückwärts zwischen dichtstehende Roterlen und stürzte. Sofort war Hawk hinter ihr her.

Sarah fürchtete die neue Kraft, die Hawk aus dem Wahnsinn

zu schöpfen schien, und für einen Moment war sie zu überrascht, um sich zu bewegen. Sie hörte, wie sich Hawk mit wuchtigen Schlägen einen Weg durch das Unterholz bahnte, und instinktiv zog Sarah die Beine mit den Knien gegen ihr Gesicht und machte sich so klein, wie es nur ging, um den tödlichen Schlägen des Beiles auszuweichen. Plötzlich rannte Hawk in vollem Lauf gegen Sarahs Beine, und Sarah stieß mit aller Kraft ihre Füße hoch, warf sich gleichzeitig zurück und kam auf die Beine. Rasend befreite sie sich aus dem Gewirr der Erlen. Einige Schritte entfernt lag Hawk mit ausgestreckten Armen und Beinen am Boden, das Beil immer noch in der rechten Hand. Sarah sprang vor und trat ihr mit dem Fuß gegen das Handgelenk.

Hawk schrie erneut gellend auf, packte Sarah am Bein und riß sie zu Boden. Und diesesmal war sie im Vorteil. Als Sarah aufschlug, warf sie sich hoch und setzte sich rittlings auf sie, die Knie auf Sarahs Handgelenken und das Beil in der rechten Hand. Langsam bewegte sie das Blatt vor Sarahs Gesicht hin und her.

Sarah hätte vielleicht versuchen können, sich zu wehren, aber die glitzernden und starren Augen Hawks jagten ihr lähmendes Entsetzen ein. Es schienen unmenschliche Augen zu sein. Sarah sah in ihnen den Wahnsinn und den Willen zum Töten. Wie bei einem wilden Tier.

»Nein! Nein! Nein!« schrie Hawk hysterisch. Dann stimmte sie ein Lied an, erhob sich und drehte sich langsam im Kreis, das Beil wie ein Kruzifix mit beiden Händen gegen die Brust gepreßt. Ihre Augen waren starr geradeaus gerichtet. Es waren tote Augen, die in den vom Regen gepeitschten Zwielicht nichts sahen.

Sarah sprang auf die Beine, rannte in das Unterholz hinein und jagte durch den Wald. Sie hörte, wie Hawks Singen in ein krächzendes Geschrei überging, während sie hinter Sarah her wild durch die Büsche brach. Sarah rannte geradewegs auf den Fluß und auf das Kanu zu, das sie gesehen hatte. Sie handelte ohne Überlegung. Sie erkannte nur instinktiv, daß die Flucht mit dem Kanu die letzte Chance war, die sich ihr noch bot.

Als sie endlich in die Nähe des Platzes kam, wo das Kanu versteckt war, hielt sie an und versteckte sich hinter einem Baumstamm. Hawk, die nur dem Geräusch der Schritte gefolgt war, stürmte so nahe an Sarah vorbei, daß sie sie leicht mit der ausgestreckten Hand hätte berühren können.

Als Hawk vorbei war, kroch Sarah zur Uferbank hinunter, glitt in eine niedere Sandbucht hinein und stellte fest, daß sie sich fast neben dem kleinen Birkenrindenkanu befand. Oben hatte Hawk angehalten und drehte lauschend den Kopf. Sarah blickte im Kreis. Alles war genauso, wie sie es in Erinnerung hatte, und sie drehte das leichte Kanu schnell um.

Sie hörte, wie Hawk nach ihr zu suchen begann, unten am Fluß, mit krächzender Stimme ihren Namen rufend. Während Sarah das Kanu in das Wasser schob, stellte sie sich vor, wie aus allen Richtungen die Abnaki kamen, angelockt vom Geschrei der verrückten Frau.

In diesem Moment entdeckte sie Hawk, die aus den Weidenbüschen hervorbrach, zum Ufer taumelte und wild über den Kieselstrand auf Sarah zuhastete. Sarah stieß das Kanu ins Wasser und sprang hinein. Sie hielt das Kanu an beiden Außenkanten fest und kauerte nieder, um es im Gleichgewicht zu halten, bis es etwas ruhiger im Wasser lag. Dann ergriff sie das Paddel, stieß sich damit ab und fühlte, wie das Kanu von der Strömung des Flußes erfaßt wurde. Behutsam kniete sie mit gespreizten Knien nieder, drückte das Paddel noch einmal gegen die Böschung, und das Kanu trieb in den offenen Fluß hinaus.

Als Sarah den Kopf drehte, sah sie, wie Hawk bis zum Oberkörper im Wasser stand und vorwärtshechtete, um nach dem Kanu zu greifen. Mit ihrer rechten Hand hielt sie noch immer das Beil umklammert.

Sarah warf ihr Gewicht nach vorne und stieß das Paddel in das Wasser, so daß das leichte Kanu weiter in die anschwellende Strömung hinausschoß. Diesmal merkte sie, wie das Knau hart erfaßt und halb herumgerissen wurde, während die Strömung es mit sich zog. Sarah verlor die Kontrolle über das Kanu. Vom Ufer her drang ein heulender Aufschrei durch das Rauschen des Wassers, und sie wußte, daß sie Hawk endgültig entkommen war.

Sarah hörte die große Frau erneut schreien, und als sie den Kopf drehte, sah sie Hawk brusttief im Wasser stehen, das Gesicht in einer Maske des Irrsinns verzerrt. Die Arme hingen an ihr herunter, die Hände waren tief im Wasser.

»Komm zurück, liebste Sarah!« schrie sie. »Du wirst in den Stromschnellen umkommen! Komm zurück! Geh nicht weg von mir! Hier, ich gebe dir das Beil!«

Bei diesen Worten hob sie beide Hände aus dem Wasser. Dann schwang sie den rechten Arm zurück und schleuderte den Tomahawk mit aller Kraft auf das Kanu zu. Er flog in einem weiten Bogen durch die Luft, das Blatt schimmerte im verblassenden Dämmerlicht und klatschte dann weit vom Kanu entfernt in den Fluß und verschwand.

Inzwischen wurde das Kanu schnell flußabwärts getrieben. Es wurde hart herumgestoßen und drehte sich wie ein gefallenes Blatt in der Strömung. Sarah versuchte, es mit kräftigen Paddelstößen davon abzuhalten, gegen vorspringende Uferbänke getrieben zu werden.

Hawk rannte das Ufer entlang. Immer wieder rief sie nach Sarah und hetzte durch das Unterholz, daß ihr die Zweige ins Gesicht schlugen. Sie flehte Sarah an, zu ihr zurückzukommen.

Sarah kniete weinend und am ganzen Körper bebend im Kanu. Sie erinnerte sich daran, wie oft Hawk ihr in der Not beigestanden hatte. Trotzdem wurde ihr klar, daß sie ihre Nähe jetzt fürchtete. Auch als das Kanu eine Biegung hinter sich ließ und schneller und schneller flußabwärts gerissen wurde, hinein in die rauschenden Strudel, hörte sie noch, wie Hawk sich die überwachsene Uferbank entlangarbeitete, durch Weidengebüsch brach und pausenlos ihren Namen rief.

Endlich erstickte Hawks Stimme im Dröhnen des Wassers, im Regen und im Nebel, der sich wie eine Decke über den Fluß gelegt hatte.

Sarah schoß in ihrem Kanu dahin, zitternd vor Angst und Scham. Und der Gedanke, allein auf diesem ihr unbekannten Fluß zu sein, erschreckte sie.

Durch einen Vorhang aus Regen und Nebel konnte sie vor sich ein weißes Band von Stromschnellen erkennen. Dahinter noch eines und noch eines . . . Der Lärm schwoll an, und sie merkte, wie das Kanu in der kraftvollen Strömung von Sekunde zu Sekunde an Fahrt gewann. Sie paddelte heftig auf einer Seite. Der Bug des Kanus drehte sich dem Ufer zu, aber Sarah schaffte es nicht, es in diese Richtung zu bewegen. Panische Angst überfiel sie, als sie erkannte, daß das Kanu völlig aus ihrer Kontrolle geraten war und gefährlich nahe an einem mächtigen Strudel vorbeischoß.

Das Kanu glitt jetzt mit der Breitseite voran den Fluß hinunter und auf einen riesigen Steinbrocken zu, über den sich das Wasser in einem durchsichtigen Schwall ergoß. Das Boot schlug mit der Seite gegen den Fels, drehte sich und wurde gegen einen anderen Felsbrocken geworfen, an dem es hängenblieb. Sarah öffnete den Mund, brachte aber in ihrem Entsetzen keinen Ton heraus. Sie fühlte, wie das Kanu hart gegen den Felsen gedrückt wurde und unter ihren Knien an einer scharfen Kante rieb. Sarah verlagerte das Gewicht, und das Kanu drehte sich. Es wurde von der Kraft des Wassers hochgeschleudert, kam frei und wirbelte einmal im Kreis herum, bevor es flußabwärts gerissen wurde und rasch schneller wurde. Es trieb jetzt genau auf die Stromschnellen zu. Sarah konnte die mächtig saugende Kraft des Flusses förmlich spüren, und sie begann zu schreien, während sie mit aller Kraft paddelte. Irgendwie brachte sie es fertig, das Kanu zwischen zwei Felsbrocken hindurchzuzwängen. Es wurde in einen Strom von schäumendem Wasser gerissen und tanzte über eine lange Kette von gefährlichen kurzen Schnellen hinweg. Sarahs Rücken und die Arme schmerzten, und die Beinmuskeln waren zum Zerreißen gespannt.

Das Kanu wurde von einer Seitenströmung erfaßt und schoß pfeilschnell auf die felsige Uferbank zu. Im nächsten Moment befand sie sich unter niederhängenden Kiefern- und Zedernästen. Es war stockdunkel unter den Bäumen, und das weiß aufschäumende Wasser röhrte und wirbelte unter ihr wie ein Ungeheuer aus der Hölle. Ein überhängender Ast schlug gegen sie. Sarah ließ das Paddel fallen und griff nach ihm. Für eine Weile vermochte sie das Kanu unter sich mit den Füßen festzuhalten, während sie am Ast hing, die Zähne zusammengebissen. Ihre Arme wurden schwächer, und sie wußte, daß es nur noch eine Sache von Sekunden war, bis sie loslassen mußte.

Entsetzt starrte Sarah in das schäumende Wasser um sich herum. Mit einer letzten Anstrengung zog sie die Beine aus dem Kanu und ließ es davongleiten. Als sie ihren Körper abdrehte, um mit der anderen Hand nach einem weiteren Halt zu suchen, brach der Ast. Sie stürzte, spürte, wie sie mit einem Fuß an einem Steinbrocken im tosenden Wasser Halt fand, stieß sich kräftig ab und erreichte mit den Händen die Uferböschung. Sie kroch Hand über Hand an der Böschung hoch, bis sie den freigespülten Wurzelarm einer Zeder erhaschen und sich an ihm hochziehen konnte.

Sie lag auf der Uferbank, keuchend, lachend, weinend und beinahe unfähig zu glauben, daß sie wirklich am Leben war. Sie blieb liegen, wo sie war, die Arme und Beine ausgestreckt, ohne Gefühl und ohne einen klaren Gedanken fassen zu können. Es dauerte eine Ewigkeit, bis es ihr möglich war, sich etwas aufzurichten und auf Händen und Knien vom Fluß wegzukriechen.

Sie hatte das Kanu verloren, die Decke, das Beil, den Feuerstein, und das Schlimmste von allem, sie hatte ihre einzige Freundin verloren. Sie war derart durchnäßt und fühlte sich so entsetzlich, daß sie nicht einmal den feinen Sprühregen spürte, der auf sie niederfiel. Sie ließ sich in die halbvermoderten Blätter eines mächtigen Ahornbaumes sinken. Alles war wie ausgelöscht, alles außer dem Bewußtsein, frei zu sein und an jenem Fluß zu liegen, der in ihre Heimat floß . . .

Als sie erwachte, war es Morgen. Sie lag auf dem Rücken und blinzelte in das grelle Licht der Morgensonne. Ein leises Rascheln drang an ihr Ohr . . . Ein kleiner Vogel vielleicht, oder ein Erdhörnchen. Und wieder raschelte es. Sie drehte den Kopf zur Seite und erblickte ein Paar bestickte Mokassins, aus denen menschliche, rotbemalte Fußknöchel ragten. Daneben stand noch ein Paar Mokassins. Mit blauen Knöcheln.

12

Sarah rollte sich am Boden eng zusammen. Sie wartete auf den Schuß. Er kam nicht.

Sie öffnete die Augen und sah Chango. Er kauerte vor ihr und starrte sie an. Sein Kopf war frisch bemalt. Hinter ihm stand ein junger Krieger.

»Warum bist du von uns weggerannt?« fragte Chango, während er ihren Körper nach Waffen absuchte. »Wir dachten uns schon, daß Hawk davonläuft. Aber wir glaubten, daß du wirklich eine von uns werden würdest.«

»Nein«, sagte Sarah. »Als Hawk bereit war zu gehen, war ich froh, daß ich mit ihr fliehen konnte! Ich hätte nicht zusehen können, wie sie sich mutterseelenallein auf eine solche Reise macht.«

»Es muß für euch im Sumpf schlimm gewesen sein«, sagte Chango. »Du bist nur noch Haut und Knochen. Ich erkenne dich kaum wieder.«

»Hast du etwas zu essen?« frage Sarah. »Ich bin am Verhungern.« Sie senkte den Kopf und blickte auf ihre dünnen Handgelenke nieder.

Chango gab dem jungen Krieger ein Zeichen. Der junge Krieger griff in seine Bärenfelltasche und reichte Chango einen dünnen, lederartigen Streifen getrocknetes Pferdefleisch.

Chango bedeutete Sarah, sich bei einem Baumstamm niederzulassen. Er selbst sprang auf den Stamm und hockte über ihr wie ein exotischer Paradiesvogel. Sein muskulöser Körper war mit grellen Farben bemalt, und die Federn an seinem Kriegsbeutel bewegten sich im Wind. Mit der linken Hand fütterte er sie mit dem getrockneten Fleisch.

Sarah kaute darauf herum und spürte, wie in ihrem Mund wundervolle Säfte zusammenliefen. Langsam, langsam! warnte sie sich, während sie kaute. Sie wußte, daß ihr Magen rebellieren würde, wenn sie das Fleisch zu schnell schluckte.

Als sie fertig war, schaute sie sich um und entdeckte eine kleine nasse Mulde, wo der Regen einen Tümpel gebildet hatte. Sie beugte sich darüber und sog lautlos das kühle, nach Erde schmekkende Wasser ein.

Die endlose Flucht erschien ihr nun wie ein verworrener Traum. Es war kaum zu glauben, daß dies alles überhaupt wirklich passiert war. Ein befreiendes Gefühl der Erleichterung überkam sie. Sie begrüßte die erneute Gefangennahme. Es war fast, als ob sie nach langer Zeit auf alte Freunde gestoßen wäre und jetzt nicht mehr allein für sich sorgen mußte und in Angst und Schrecken vor jedem Waldschatten zu leben brauchte.

Und Chango schien ihre Gedanken zu erraten. Er lächelte, so als wüßte er, daß sie nie mehr vor ihm und seinem Volk davonlaufen würde. Als der junge Krieger eine Halsschlinge geknüpft hatte und sie Sarah um den Hals legen wollte, warf ihm Chango einen abweisenden Blick zu und schickte ihn weg.

»Müssen wir dich festbinden?« fragte er und schaute dabei tief in Sarahs Augen.

»Nein«, sagte sie. »Jetzt nicht mehr. Ich bin es müde, davonzulaufen. Hast du noch Fleisch?«

»Später«, sagte Chango. »Nanhoc und ich, wir werden dir etwas zeigen. Komm!«

Sarah erhob sich und zusammen mit Chango und Nanhoc, dem jungen Krieger, ging sie ein Stück den Pfad entlang, bis Chango sie an der Schulter berührte und vorwärts deutete. Sarah stockte der Atem. Ein paar Schritte vor ihr stand Hawk. Man hatte ihr die Hände auf dem Rücken zusammengebunden und eine Schlinge um den Hals gelegt.

Hinter Hawk stand Norke, der alte Jäger. Er bewachte drei völlig verstörte und verängstigte Gefangene. Es waren zwei Jungen und ein Mädchen, alle drei jünger als Sarah. Auch ihnen hatte man die Hände auf den Rücken gebunden. Ein loser Strick führte zwischen ihren Armen und ihren Hüften hindurch von einem zum andern. Sarah schätzte den ältesten auf fünfzehn oder sechzehn Jahre.

Nanhoc, der junge Krieger mit den blauen Händen, nahm Hawks Halsleine und zerrte sie näher an Sarah und Chango heran. Sarah starrte in das Gesicht von Hawk. Das wilde Feuer in ihren Augen war erloschen. Sie machte einen ruhigen und vernünftigen Eindruck.

»Als ich aufwachte, betete ich, daß du mit diesem Kanu entkommen konntest, Sarah«, sagte sie leise. »Es tut mir weh, dich hier zu sehen.« Ihre Augen wurden eng, und ihr Gesicht rötete sich etwas. »Chango«, sagte sie hart. »Chango, hör mir zu!«

Er wandte sich ihr zu.

»Dieses Mädchen ist meine Schwester!« sagte sie mit brüchiger Stimme. »Ihr habt mich. Ihr habt diese armen Kinder dort. Ihr müßt Sarah nicht auch noch haben. Lauf weg, Sarah! Lauf!«

Im selben Augenblick zog Hawk völlig überraschend so heftig an ihrer Rohhautleine, daß Nanhoc, ihr Bewacher, loslassen mußte. Sie bäumte sich auf und sprang davon wie ein Kavalleriegaul. Bevor jemand sie aufhalten konnte, jagte sie die steile Uferböschung hinunter.

Chango und sechs andere Abnaki hetzten hinter ihr her und versuchten, nach der Leine zu fassen, aber sie kamen zu spät. Hawk warf sich in den Fluß und ruderte sich platschend hinaus gegen die Tiefwasserrinne in der Flußmitte.

»Lauf, Sarah!« schrie sie noch einmal. »Lauf!«

Hinter ihr stürzten sich die Krieger in den Fluß, und bevor Hawk die Flußmitte und das schnell fließende Wasser erreichen konnte, holten sie sie ein. Als sie ausrutschte, wurde sie an den Haaren gepackt, und die Krieger schleiften sie zurück zu Chango. Trotzig starrte sie die Indianer an. Das Haar klebte ihr im Gesicht, und sie rang nach Atem. Wasser tropfte aus ihrem zerfetzten Hirschlederkleid und sammelte sich um ihre Füße herum zu einer dunklen Pfütze.

»Sarah«, keuchte sie, »Sarah, warum bist du nicht weggerannt, als ich dir die Möglichkeit dazu gab?«

»Weil ich nicht mehr rennen kann«, erwiderte Sarah, und ihre Stimme zitterte. »Ich habe genug vom Hungern und vom Verstecken. Ich sterbe lieber, als daß ich auf diese Art noch einmal davonlaufe.«

Chango blickte Hawk kalt an.

»Du lernst es nie«, sagte er. »Wenn du mir gehören würdest, würde ich dich jetzt töten! Ich nehme dich zurück bis zur Furt des Flusses. Und dort werden wir entscheiden, was mit dir geschehen soll.«

Chango wandte sich an die jungen Krieger. »Gebt diesem nutzlosen Hawk-Weib und den anderen etwas von dem Nackenfleisch des Pferdes zum Tragen. Verteilt unsere Lasten an die Gefangenen je nach Größe und nach der Kraft, die sie haben.«

Als alle ihren Packen aufgeladen hatten, führte Chango den Trupp den Pfad hoch. Sarah folgte ihm dichtauf. Die anderen vier Gefangenen waren hintereinander an einem einzigen starken Rohhautseil festgebunden. Hawk am Ende. Der stärkste der Krieger folgte dicht in ihrem Rücken. Er hielt seine lange Muskete in der Armbeuge. Norke und die anderen Krieger kamen nach.

Die Sonne war bereits hinter den Bäumen verschwunden, als sich der Pfad dem Fluß zuwandte. Der Trupp erreichte die versteckte Bucht in der Nähe der Furt. Sarah war überrascht, als sie dort ein kleines, verwittertes Zelt erblickte, vor dem ein junger Abnaki saß. Er rührte in einem rußgeschwärzten Topf herum, der über einem rauchlosen Feuer hing. Als sie sich dem Zelt näherten, blickte er schnell hoch und kratzte warnend an der grauen Zeltplane. Die Eingangsklappe flog auf und Clovis, der Franzosenkorporal, erschien.

Sarah hörte, wie Hawk hinter ihr aufstöhnte und leise zu jammern anfing. Ein Zeichen dafür, daß Hawk den Korporal auch entdeckt hatte.

Der Franzosenkorporal grinste, zerquetschte einen Fluch zwischen den Zähnen und spuckte auf den Boden. Er hatte die Fäuste in die Hüften gestemmt. Die monatealten Bartstoppeln in seinem Gesicht waren gesträubt wie die dunklen Borsten eines wütenden Stachelschweines. Er trug einen neuen Regimentsmantel, der ihm aber nicht paßte.

»Enfant chien«, brummte er. *»Comment allez-vous?«*

Als die Kinder den Mann in der fremdartigen Uniform erblickten, wußten sie nicht so recht, ob sie ihn zu fürchten hatten oder ob sie sich über seine Anwesenheit freuen sollten.

Der Franzosenkorporal blieb still stehen, bis die Reihe der Abnaki und ihrer Gefangenen vor ihm zum Stehen kam.

»Na, also!« stieß er dann hervor. »So habt ihr dieses Luder

doch endlich erwischt! Und die andere auch! Und noch ein paar Neue dazu. Ich habe dir gesagt, Chango, entlang des Flusses ist ein gutes Jagdgebiet, *n'est-ce pas?*«

Chango hob nur die Schultern.

»Gib mir mal die Halsleine!« schnappte der Franzosenkorporal. Er zerrte wütend daran und erniedrigte Hawk in drei Sprachen, so daß ihn alle verstehen konnten. »Bist ja recht dünn geworden, was? Ohne mein Essen! Und dein Kleid hast du auch ruiniert, was?« Er griff nach ihrem Hirschlederkleid und zerriß es über ihrer Brust.

»Willst du sie behalten?« fragte Chango. »Sie macht dir nur Ärger!«

»*Oui, alors!* Ich behalte sie! Sie muß etwas Geld verdienen, damit sie mir den Mantel bezahlen kann, den sie mir gestohlen hat! Aber ich verkaufe sie sofort für einen einzigen lausigen englischen Schilling, wenn sie mir wieder Ärger macht! Und das ist ein Versprechen!« Er lachte rauh auf. »Hast du mich verstanden?« brüllte er Hawk an. »Los, mach, daß du ins Zelt kommst!« Er gab ihr einen harten Stoß. »Und wenn du auf dem Rücken nichts taugst, dann wirst du dieses Flußufer niemals lebend verlassen. *Jamais!*«

Während alle anderen draußen vor dem Zelt des Korporals ausruhten und dem Keuchen, das durch die Planen drang, lauschten, schaute sich Sarah die neuen Gefangenen an. Der größere Junge war mager und nervös. Er mochte ungefähr sechzehn Jahre alt sein. Das Mädchen war vielleicht dreizehn, der kleinere der beiden Knaben mit dem kastanienbraunen Haar bestimmt nicht älter als fünf oder sechs.

In dieser Nacht flüsterte ihr das völlig eingeschüchterte und verstörte Mädchen seinen Namen zu. Sie hieß Marthanna Williams, und sie erzählte Sarah, daß die Abnaki drei Farmen englischer Siedler überfallen und niedergebrannt hatten. Dabei waren ihnen elf Gefangene in die Hände gefallen. Marthanna Williams sagte leise und mit tränenerstickter Stimme, daß die Abnaki ihre Eltern und alle anderen älteren Gefangenen ermordet hätten.

Sarah bemerkte, daß die Abnaki ihren jungen Gefangenen Mokassins gegeben hatten. Der Grund dafür, so vermutete Sarah, war die Absicht der Abnaki, aus diesen Gefangenen Kinder des eigenen Stammes zu machen. Wahrscheinlich wollte man sie an Familien abgeben, die in letzter Zeit in den Kämpfen mit den weißen Eindringlingen einen Sohn oder eine Tochter verloren hatten oder denen von den englischen Verbündeten, den Mohawk, aus dem Hinterhalt heraus Familienmitglieder geraubt worden waren. Jedes der Kinder würde sozusagen als Wohnstatt für die verlorene Seele eines *Menschenwesens* dienen.

Am nächsten Morgen begann der lange Marsch zurück nach Missisquoi. Für Chango war Sarah nichts anderes als ein unartiges Kind, das von zu Hause weggelaufen war und das er nun zurückbrachte. Aber über Hawk dachte er völlig anders. Sie war trotzköpfig, eigensinnig und verrückt. Seiner Meinung nach konnte sie nicht gezügelt werden. Sie war nur am Leben geblieben, weil sie dem Franzosen gehörte. Chango und der Korporal kamen überein, daß sie Sarah und Hawk gut getrennt voneinander halten würden, während sie unterwegs waren. Beide waren davon überzeugt, jede Unterhaltung zwischen den beiden Frauen würde nur neuen Verdruß bringen.

Auf diesem Marsch wurde die sonst so schnelle und leichte Gangart der Abnaki durch den Korporal stark beeinträchtigt. Er ging schwerfällig, mußte oft rasten und weigerte sich, einen Teil der Lasten zu tragen. Selbst seine eigene Muskete war ihm zu schwer.

Die Abnaki folgten dem unendlichen Flußlauf, der sich durch die Talsenken schlängelte, zwischen den grünen Bergen hindurch. Und sie vermieden es klugerweise, einen Weg durch die weitläufigen Sümpfe südlich des Lake Memphremagog zu suchen, sondern schlugen einen Bogen.

Trotz der ersten mörderischen Angriffe der Schwarzflieger und Stechmücken erschien Sarah jetzt der Marsch weniger anstrengend. Das Wetter war schön, und die Abnaki fühlten sich in diesem Teil des Landes vor den Angriffen der Mohawk sicher. Sie zögerten nicht, jeden Abend ein Feuer anzuzünden und grüne Zweige zu verbrennen, um die Insekten zu vertreiben. Das Lagerfeuer mit seiner warmen Glut schien die Krieger und ihre Gefangenen irgendwie zu vereinen. An einem Lagerfeuer im Freien entsteht unter Menschen oft so etwas wie ein Zusammengehörigkeitsgefühl, das die schlimmsten Feinde vorübergehend scheinbar zu Gefährten werden läßt.

Am Ende des zweiten Marschtages hielt Chango die Gruppe an. Er winkte Norke und alle anderen Bogenschützen zu sich heran. In einiger Entfernung neben dem Pfad erblickte Sarah einen riesigen Baum, dessen Äste sich schaukelnd unter der Last von unzähligen fetten Rebhühnern durchbogen, die wie Hofhühner durcheinander gackerten. Sie hockten dicht gedrängt im Geäst. Die fallenden Kotbrocken knallten wie Schüsse, wenn sie am Boden auf dem dürren Herbstlaub aufprallten.

Da die Krieger nicht ihre lauten Donnerstöcke benutzen und wertvolles Pulver und Blei vergeuden wollten, schossen die Bogenschützen rundköpfige Vogelpfeile hoch in die schaukelnde Masse der blöden Hühner, deren Silhouetten sich deutlich gegen den Abendhimmel abzeichneten. Wenn ein Pfeil einen Vogel verfehlte, traf er den nächsten. Die stumpfen Pfeile trafen die Vögel derart hart, daß sie ohnmächtig vom Baum fielen.

Nach kurzer Zeit ließen die Krieger ihre Gefangenen im verblassenden Tageslicht nach den abgeschossenen Pfeilen suchen und die plumpen gefiederten Körper einsammeln, die überall wie Fallobst herumlagen. Sie wurden alle auf die Zeltplane des Korporals geworfen, die von nun an als riesiger Beutesack diente, der von zwei Gefangenen getragen werden mußte.

Der reiche Überfluß an Nahrung in diesem Land wirkte sich bei Sarah bald aus. Sie gewann schnell ihr normales Gewicht zurück, und ihre Arme und Beine wurden wieder kräftig. Ihr Gesicht verlor das gespensterhafte Aussehen, und sie sah nun wieder wie eine junge, hübsche Frau aus.

Sie wußte nun auch ungefähr, was sie als Gefangene dieser Abnaki zu erwarten hatte. Sie war sozusagen eine erfahrene Abnakigefangene geworden, die sich keine Illusionen mehr machte. Sie wußte auch, was die Krieger von ihr erwarteten, und sie verhielt sich dementsprechend. Sie umwickelte ihre Beine mit Hirschleder, um sie vor den Dornen zu schützen, und sie war beim Überqueren der gefallenen Bäume, die überall herumlagen, wesentlich gewandter und schneller als Norke oder der Korporal.

Erst wollte Sarah ihr Haar in der Art der Abnaki zu zwei dikken Zöpfen flechten, aber sie fühlte, daß die anderen Gefangenen dadurch verunsichert würden. So ließ sie es denn wild herunterhängen und band es nur im Nacken mit einer Hirschsehne zusammen. Wenn Sarah durch dichtes Unterholz ging, sahen die zusammengebundenen Haarsträhnen auf ihrem Rücken aus wie ein Fuchsschwanz.

Sie schien nun Chango zu gehören, denn er machte sich selbst zu ihrem Bewacher und ihrem Lehrer. Einmal, als sie rasteten, deutete er in die Luft und fragte: »Siehst du die ersten Bienen mit den gelben Beinen voller Blütenstaub? Sie fliegen alle in eine Richtung. Man braucht ihnen nur ein Stück zu folgen, um den Bienenstock zu finden. Man kann den Bienenstock mit grünen Kiefernadeln ausräuchern, dann geben die Bienen den Honig kampflos preis.«

In dieser Art gab er sich viel Mühe mit Sarah. Er sah immer zu, daß sie während dieser frühen Märztage genug zu essen und zu trinken bekam. Einmal wies er einen Krieger an, Sarah über einen rauschenden Bach zu tragen, dessen Grund schlüpfrig und voller Wasserpflanzen war. Sarah war sich aber nicht darüber im klaren, ob es für den jungen Krieger eine Bestrafung oder für sie eine Belohnung sein sollte.

Eines Abends nach dem Essen zupfte Chango den Franzosen am Ärmel und redete mit ihm in Abnaki.

Der Korporal grunzte und sagte dann zu Sarah: »Chango möchte, daß ich etwas übersetze, damit es auch Hawk und diese verdammten Kinder verstehen!«

Er hörte Chango eine Weile zu und sagte dann: »Er möchte, daß du weißt, wie die Leute in Missisquoi über deine Flucht denken. Sie glauben nämlich, daß es die verteufelte Idee von Hawk war davonzulaufen. Aber die Alte, mit der du gelebt hast, und auch Norke und Chango meinen, daß nur du und nicht sie den Mut gehabt haben kannst, den Fluchtplan auszuführen. Zuerst glaubten alle im Dorf, daß ihr zwei das Kanu gestohlen hättet, um nach Süden zu paddeln. Erst vier Tage später entdeckten sie ihren Irrtum. Sie fanden den Messingeimer am Ufer.«

»Ich hab's dir ja gesagt!« schrie Hawk.

Der Korporal schüttelte den Kopf und knurrte: »Ihr habt uns zum Narren gehalten! Ihr habt sogar die Hunde zum Narren gehalten. Wir haben euch nach Osten verfolgt und dabei eure Spur dreimal verloren. Es kann nicht anders sein, als daß ihr auf nacktem Fels gelaufen und in eisigem Wasser gegangen seid und daß ihr in hohlen Stämmen oder auf Bäumen geschlafen habt.«

»Ja, so war es«, sagte Sarah. »Und meistens sind wir nachts gelaufen . . .«

Chango unterbrach sie. »Das ist die Art der Füchse«, sagte er und blickte Sarah bedeutungsvoll an. »Und das soll dein Name sein. ›Wagwise‹. Das bedeutet Fuchs.«

»Füchse sind schlau, und ich bin es nicht«, sagte Sarah und hob die Schultern. »Es ist überhaupt nicht schlau, einen Eimer einfach zu vergessen.«

»Auch Füchse machen manchmal Fehler«, sagte Chango. »Deswegen gelingt es uns, sie zu fangen. Aber wenn Hawk dir geholfen hätte, das Kanu durch die Stromschnellen zu steuern, wärt ihr uns vielleicht entkommen.«

Während ihres Marsches zum Lake Champlain lernte Sarah die drei neuen Gefangenen gut kennen. Sie gab ihnen Ratschläge und kümmerte sich um sie, als wären sie ihre eigenen Geschwister. Chango billigte dies, weil dadurch der Marsch für alle leichter wurde.

Die drei Kinder waren grundverschieden. Der ältere Junge, sein Name war Ezra Thomas, sagte, daß er kurz vor dem Überfall sechzehn Jahre alt geworden sei. Er war groß für sein Alter, hatte einen schmalen Kopf, dickes schwarzes Haar und ein hageres Gesicht. Er hatte lange Zähne, dünne Lippen und große Hände und Füße. Er war scheu und ängstlich. Er versuchte, freundlich und sogar unterwürfig zu sein, tat hurtig alles, was die Abnaki verlangten, um nur ihren Zorn nicht herauszufordern.

Eines Nachts flüsterte er Sarah zu, daß er in seinen Träumen von der Erinnerung geplagt werde, wie seine Familie umgekommen war. Er sagte ihr, daß er gewillt sei, jeden Indianer, der ihm begegnete, sofort zu töten, falls er einmal den Weg zurück in die Freiheit finden würde.

Sarah sah ihn besorgt an und merkte, daß sich seine Augen mit Tränen gefüllt hatten.

»Du solltest versuchen, nicht an so was zu denken«, flüsterte

Sarah ihm zu. »Gewalt erzeugt nur wieder Gewalt, und so geht es weiter und immer weiter.«

»Auf jeden Fall wird in meiner Nähe nie einer von ihnen leben!« sagte er mit zusammengepreßten Zähnen.

»Wo sollen sie aber leben, wenn wir ihnen alles Land wegnehmen?«

»Meinetwegen sollen sie in der Hölle leben!« schnappte er und drehte sein Gesicht aus dem Feuerschein, so daß die Abnaki den plötzlichen Haß in seinen Zügen nicht erkennen konnten.

Marthanna Williams sagte, daß sie erst vierzehn Jahre alt sei. Sie war klein, mit einem lieben schmalen Gesicht, sanften grauen Augen und einem langen dünnen Schwanenhals. Sie hatte gute ebenmäßige Zähne und eine Haut, die so dünn und weiß war, daß Sarah dachte, man könne im hellen Licht des Feuers die Knochen durchschimmern sehen. Sie war in ihren Gewohnheiten so reizend und liebenswert wie eine Katze. Nichts schien sie zu stören. Sie bewegte sich leichtfüßig, wurde nie müde und gab sich so genügsam abgeklärt, daß Sarah in ihr kein Kind mehr sah.

Sarah hörte, wie Hawk Marthanna wiederholt aufforderte, Fleisch zu essen. »Iß, Mädchen, sonst wirst du dich noch zu Tode hungern.«

»Ich habe keinen Hunger«, erwiderte Marthanna jedesmal. »Ich brauche kein Fleisch. Du kannst es haben. Mir genügt frisches klares Wasser.«

»Du kannst nicht von Wasser alleine leben«, mahnte Sarah, aber es schien, als ob dieser Wisch von einem Mädchen tatsächlich ohne Essen auskommen konnte.

Sarah sah Marthanna nur ein einzigesmal lächeln, und zwar zu einem Anlaß, der Sarah bestätigte, daß Marthanna dabei war, eine Frau zu werden. Marthanna war sehr leichtherzig und manchmal schien es gar, als ob sie dankbar dafür wäre, daß sie der eisernen Disziplin ihrer schottischen Mutter und ihres bibelpaukenden Stiefvaters entronnen war. Sie versuchte manchmal alles, um das Interesse des jüngsten Abnakikriegers auf sich zu lenken. Es war offensichtlich, daß Marthanna trotz Hawks mehrfachen Warnungen die Abnaki keineswegs zu fürchten schien. Einmal, nach dem Abendessen, bemerkte Sarah, wie Marthanna an ihrer Halsleine zupfte, um die Aufmerksamkeit des jungen Abnaki zu erregen. Sie lächelte und gab ihm ein Zeichen, das ihm bedeuten sollte, sie in den Wald zu führen.

Sarah sah, wie der junge Krieger Marthanna starr anblickte. Er schien sich in seiner Begierde völlig zu verkrampfen, als er endlich verstand, was Marthanna meinte. Er blickte sich nach Chango und den anderen um, und als er sicher war, daß diese nichts gemerkt hatten, drehte er seinen Kopf in einer hochmütigen Bewegung von Marthanna weg.

Als sich später die Gelegenheit ergab, wollte Sarah das Mädchen aufklären. »Es ist jungen Kriegern nicht gestattet, ein Mädchen zu berühren, solange sie in der Ausbildung oder auf dem Kriegspfad sind«, flüsterte Sarah. »Sie sind wie Mönche. Und sie dürfen sich nicht einmal mit ihren eigenen Frauen beschäftigen, geschweige denn mit Gefangenen oder Sklaven.«

»Warum denn nicht?« fragte Marthanna. »Was ist falsch daran?«

»Sie haben Angst, daß sie ihre Kampfkraft verlieren, wenn sie sich mit Frauen beschäftigen.«

»Das ist eine verrückte Vorschrift«, sagte Marthanna, während sie sich ein Nest aus den Blättern des letzten Herbstes baute und sich dann zum Schlafen niederlegte.

Amos Barbour, der jüngere der beiden Knaben, mochte etwa sechs Jahre alt sein. Als Sarah ihn fragte, hob er die Schultern und sagte: »Vier, fünf oder sechs.« Er wußte es nicht. Er war ein richtiger kleiner Teufel, und dieser Eindruck wurde durch das flammendrote Hemd, das er trug, noch unterstrichen. Am Tag, als er gefangengenommen wurde, hatte einer der Krieger ihm das Hemd vom Leib gerissen und es sich als Lendenschurz umgebunden. Aber zwei Nächte später, als die Moskitos in Schwärmen auf Blut aus waren, ließ sich der Krieger erweichen und gab Amos das Hemd zurück. Das lag an der Wirkung, die der Kleine auf die Leute ausübte.

Er hatte kastanienfarbenes Haar, blaue Augen und pfirsichrote Wangen. Sein Körper war schmal und drahtig. Er war schnell, unermüdlich und gutmütig. Alle mochten ihn gern, besonders der starke Krieger, der sagte, daß er ihn als Sohn haben wolle. Amos marschierte nie. Entweder rannte er so behende wie ein Eichhörnchen durch die Wälder, oder er ritt auf den Schultern eines Indianers, oder er hing wie ein Mehlsack schlafend auf dem starken Rücken von Hawk.

Der Franzosenkorporal war der einzige, dem Amos nicht traute. Der Korporal war der Meinung, daß die Abnaki Amos zu sehr verwöhnten. Aber das war die Art der Abnaki, mit einem Knaben umzugehen. Der Korporal vermochte die Abnaki nie umzustimmen, nicht einmal, als ihm Amos zwei rohe Truthahneier unter den Hintern legte, bevor er sich hinsetzte.

»*Enfant terrible!*« brüllte der Korporal. »Wenn dieser Lümmel mein Sohn wäre, hätte ich ihm längst mit dem Gürtel den Arsch versohlt!«

Was allerdings Sarah am meisten bestürzte, war die Tatsache, daß sich der kleine Amos schon in kürzester Zeit in einen eisenharten Abnakikrieger verwandelte. Wenn einer der Gefangenen mit ihm englisch sprach, verhöhnte er ihn und antwortete nur in Abnaki, obwohl er nur ein paar Worte kannte. Schon am fünften Tag warf Amos seine Hose weg, schlug sich das rote Hemd um die Hüften, verknotete es und war von diesem Moment an wie die Abnaki nur noch mit einem Lendenschurz bekleidet. Um die Moskitos abzuwehren, rieb er sich mit Norkes Bärenfett ein. Er steckte einen Finger in nasse Tonerde und malte sich lange weiße Streifen auf den Körper, die Kriegsbemalung der Abnaki nachahmend. Mit Holzkohle vom Lagerfeuer zog er sich schwarze Krähenfuß-Zeichen neben seine Augen und über die Handgelenke. Der starke Krieger munterte ihn noch auf, und auch die anderen fanden Gefallen an ihm und nannten ihn ›Kleiner Krieger‹ oder ›Sohn‹.

»Schau dich nur an!« wetterte Hawk. »Es ist schlimm genug, daß du von diesen Wilden verschleppt wurdest! Du mußt nicht unbedingt einer von ihnen werden. Du glaubst, daß dies alles nur ein Spiel ist, ein Indianer-Spiel. Aber das ist kein Spiel, sag ich dir! Glaube nur nicht, daß ich nicht gesehen habe, wie du gestern mitten auf dem Pfad hingekackt hast wie ein Hund und dann einfach aufgesprungen und herumgerannt bist, ohne dich mit Blättern zu putzen. Was würde deine Mutter wohl dazu sagen, wenn sie sehen würde, wie du dich benimmst?«

Und zu Sarah gewandt klagte sie: »Die Christenseele scheint geradewegs aus dem Körper dieses armen Jungen gefahren und durchs Höllenfeuer des Satans ersetzt worden zu sein.« Nach acht Tagen Marsch fing der Korporal an, sich endlos über seine groben neuen Hirschledermokassins zu beklagen. Hawk, die selbst barfuß war, hatte sie für ihn gemacht, und der Korporal behauptete, sie wären viel zu klein und würden an den Zehen drücken.

»Mach sie naß«, sagte Chango kurz. »Dann werden sie so groß wie dein Maul!«

Danach war der Korporal still.

Der Wald wurde lichter, und der Pfad, den sie gingen, war gut ausgetreten. Eines Abends lagerten sie am Rande eines ausgedehnten Riedes, das mit Preiselbeerbüschen bewachsen war, und über ihnen zogen Schwärme von Regenpfeifern nordwärts, ihrem Sommernistgebiet entgegen. Als die ersten Sterne glitzerten, entdeckten sie fünf Rauchsäulen, die im Norden von ihnen steil in den Abendhimmel ragten.

»Canadanskawa«, flüsterte einer der älteren Abnaki einem jungen Bogenschützen zu. »Canadanskawa am Ufer des großen Sees.«

»Eh bien!« rief der Korporal, der sich den Mund mit Fleisch vollgestopft hatte. Er warf einen abgenagten Knochen vor Hawks Füße und sagte: »Das ist vielleicht der Ort, wo ich dich verkaufe!« Er lachte und fügte hinzu: »Wenn mir irgend jemand in Canadanskawa eine Flasche Brandy oder ein altes Kanu gibt, dann kann er dich dafür haben. Das ist sicher!«

Am folgenden Morgen standen sie früh auf und durchquerten das flache, weitläufige Ried. Am Nachmittag, als sie ungefähr noch eine Meile von Canadanskawa entfernt waren, hielten sie bei einem Wasserloch, das sich in der schwarzen Erde gebildet hatte. Seine Ränder waren dick mit dem Kot der Wildgänse bedeckt. Sorgfältig begutachteten die Krieger ihre Gesichter und Körper in der dunklen, spiegelähnlichen Wasseroberfläche. Dann halfen sie sich gegenseitig beim Auftragen von frischer Farbe. Es dauerte einige Zeit, bis sie alle wieder in voller Pracht dastanden. Auch die Gefangenen wurden bemalt, und Sarah und Marthanna halfen den jungen Kriegern beim Verschönern ihrer Körper.

Chango war sehr darauf bedacht, mit dem nassen Rotocker, das er heute zum Bemalen seines Schädels benutzte, nicht seinen silbernen Offizierskragen zu verschmieren, den Marthanna für ihn auf Hochglanz poliert hatte. Er fragte auch mehreremale, ob denn sein Hirschschwanzkopfschmuck gerade auf seinem Schädel befestigt sei, und er zog ein brandneues Handelshemd an, das er sich für eine besondere Gelegenheit aufgehoben hatte. Nach Sarahs Geschmack ruinierte er allerdings das prächtige Hemd, als er sich von Norke mit blauer und schwarzer Kriegsfarbe dicke häßliche Streifen über Schultern und Arme schmieren ließ.

Die Abnaki nahmen ihre frisch erbeuteten Skalps heraus und hängten sie an ihre Kriegsbeutel. Das Haar der Skalps hatte alle Farben: Rot, Blond, Braun, Schwarz, Grau. Und sogar der kleine Amos rebellierte, als er die Skalps sah, aber schließlich beruhigte er sich und fieberte dafür der Ankunft in einem Abnakidorf entgegen.

»Schau sie dir an«, sagte Marthanna, während sie beobachtete, wie sich die Krieger in ihrer bunten Pracht gegenseitig begutachteten.

»Sie malen sich gern an«, erwiderte Sarah, aber sie war mit ihren Gedanken woanders. Mit Schrecken dachte sie an ihre erste Ankunft in Missisquoi vor einem Jahr, und sie betete, daß sie weder mit grausamen Fußtritten noch mit Steinwürfen empfangen würden.

Kurz bevor sie das Dorf erreichten, hielt Chango an und signalisierte dem Dorf durch fünf Kläfflaute eines Fuchses, daß sie fünf Gefangene mit sich führten. Er wartete eine Antwort ab, die ebenfalls aus Bellauten bestand. Dann führte er seinen Kriegstrupp und die Gefangenen zum Tanzplatz von Canadanskawa hoch.

Am Anfang begegneten die Abnaki dieses Dorfes den Neuankömmlingen stumm. Sie hatten diesen Besuch nicht erwartet. Außerdem hegten sie Mißtrauen, als sie den Franzosenkorporal entdeckten, der inmitten ihrer Vettern aus dem Norden einhermarschierte, als wäre er der Schöpfer aller Dinge. Es herrschte eine spannungsgeladene Stimmung auf dem Dorfplatz, als Chango schließlich mit einer abwärtsschlagenden Handbewegung andeutete, daß alles in Ordnung sei und er auf seinem Kriegszug große Beute gemacht habe, ohne dabei einen einzigen Krieger zu verlieren.

Da stürzten die Bewohner von Canadanskawa lärmend vorwärts, um die fünf Gefangenen zu begutachten und die Krieger zu begrüßen. Die jungen Krieger Changos hatten Mühe, die Dorfhunde mit Fußtritten von den Gefangenen abzuhalten.

»Anschauen, aber nicht berühren!« rief der Korporal auf französisch und in der Sprache der Abnaki, denn er kannte die Bewohner dieses Dorfes als eine rohe und wilde Bande.

Die Dorfbewohner hielten jäh inne, starrten den Korporal wütend an und blickten dann zur Versammlungshütte hoch. Erst als der greise Häuptling und seine Frau das Zeichen gaben, daß alles in Ordnung sei, brachen die Krieger des Dorfes in ein Freudengeschrei aus.

»Brüder, kommt und freut euch mit uns!« riefen sie. »Laßt uns eure Siege feiern! Schlaft mit uns in unseren Hütten! Wir werden zusammen rauchen und zusammen tanzen. Unsere Herzen sind mit Freude über eure Rückkehr in unser schönes Land erfüllt, o ihr Brüder!«

»Bindet diese weißen Läuse an die Pfähle!« brüllte der Sprecher des Häuptlings. »Später werden wir darüber beraten, was mit ihnen zu geschehen hat.«

Chango versuchte, ein heiteres Gesicht zu machen, aber wie alle anderen war er im Umgang mit diesen etwas hitzköpfigen Vettern aus dem Süden vorsichtig. Das Fesseln der Gefangenen an die Pfähle überließ Chango dem jüngsten Krieger. Er ermahnte ihn laut, sie gut zu bewachen und dafür zu sorgen, daß ihnen kein Leid geschehen konnte. Inzwischen hatte sich eine wilde, heulende Menge auf dem Platz versammelt, die an den Gefangenen herumstieß und herumzerrte. Changos Gesicht verfinsterte sich.

»Wir nehmen sie alle mit nach Norden!« brüllte der Korporal. »Lebend!« Er zog seine leuchtende Schärpe enger um die Hüften, nahm seine schwere Pistole heraus und überprüfte die Ladung. Dann drehte er sich auf dem Absatz und marschierte mit den anderen zur Versammlungshütte hoch.

Hinter ihnen verhöhnten die jungen Abnaki des Dorfes die Gefangenen und bewarfen sie mit Sand, Hundekot und Steinen. Sie wollten ihnen sicherlich keinen ernsthaften Schaden zufügen; was sie taten, war nur ein Teil ihrer kleinen Freudenfeier.

Sarah versuchte sich zu schützen, während sie sah, daß Hawk stolz und aufrecht stand, die Fäuste in die Seiten gestemmt, das Gesicht eine Maske des Abscheus. Sie ließ alle Demütigungen ohne Gegenwehr über sich ergehen. Ein junger Abnaki warf einen faustgroßen Stein gegen Ezra Thomas' Kopf und verfehlte ihn um Haaresbreite. Der junge Krieger, der die Gefangenen bewachen sollte, und ein älterer Krieger des Dorfes brüllten den Steinwerfer an und warnten ihn, den Gefangenen ein Haar zu krümmen.

Danach warfen nur noch ein paar junge Hitzköpfe Hände voll Kieselsteine auf den kleinen Amos, der sie wütend in ihrer eigenen Sprache beschimpfte und ihnen Schandworte an den Kopf warf, die er von dem starken Krieger gelernt hatte. Als einige Steine neben ihm landeten, hob er sie auf und warf sie mit tödlicher Treffsicherheit zurück.

Die Dorfbewohner fanden den Kleinen nicht nur unterhaltsam, sondern auch tollkühn, und wie alle Abnaki bewunderten sie Mut und Tapferkeit. Einige, die bereits den Platz verlassen hatten, kamen sogar zurück, nur um sich Amos noch einmal zu begucken und ihm zuzusehen, wie er Steine warf und wütend in ihrer Sprache schimpfte. Er kannte zwar nicht sehr viele Worte, aber seine Aussprache war fast vollkommen.

Als niemand mehr Lust hatte, die Gefangenen mit Sachen zu bewerfen, brachte ein Abnakimädchen einen Behälter aus Birkenrinde voll Wasser. Indem sie ihre Hände als Tasse benutzte, bot sie Amos davon an. »Trink, kleiner Bruder«, sagte sie.

Die anderen Abnakikinder machten es dem Mädchen nach. Sie wölbten ihre Hände zu Tassen und gaben allen Gefangenen zu trinken. Ein Junge, der vor Marthanna stand, deutete nach Norden und sagte: »Missisquoi!« Er verzog dabei sein Gesicht zu einer schrecklichen Grimasse, kratzte sich mit den Fingern auf der Brust und über den Armen und sagte auf französisch und in der Sprache der Abnaki: »Dort oben werden sie dich verhungern lassen, *nunksquaw*. Sie verbrennen dich. *Se brule*. Bleib besser hier!« Marthanna verstand ihn nicht, und Sarah übersetzte ihr nicht, was der Junge gesagt hatte.

Amos schrie laut: »*Se brule!* Ich verbrenne dich, du *muskquashmerde!*«

Eine alte Frau sagte: »Das wäre der Richtige. Den müßte man adoptieren. Das ist ein Junge, der seine Mutter beschützen könnte.«

Der junge Abnaki, der die Gefangenen bewachen sollte, wollte sich weder das Festessen noch die Erzählungen über ihren ruhmreichen Kriegszug entgehen lassen. Als auf dem Platz Ruhe eingekehrt war, ließ er die Gefangenen allein und trottete zum Versammlungshaus hoch.

Die drei Kinder, die vom langen Marsch völlig erschöpft waren, schliefen ein. Sie lagen wie staubbedeckte Stoffpuppen in der Wärme der Nachmittagssonne, und nur Hawk hielt ein wachsames Auge auf das Dorf.

Als sie erwachten, waren die jungen Gefangenen sehr hungrig, aber niemand brachte ihnen etwas zu essen. Sie lauschten den endlosen Gesängen, die aus der großen Hütte drangen. Die blendende Kugel der Sonne verfärbte sich in ein tiefes ineinanderfließendes Rot. Die Dunkelheit kam, und durch den Eingang der Hütte konnten sie sehen, wie der Schein des Feuers immer heller wurde. Der Wind legte sich. Vom See herauf zogen helle kalte Nebelschwaden und ließen die Gefangenen schaudern. Die Stille wurde von dem unheimlichen Gelächter einiger Eistaucher gestört. Das Gelächter brach sich an den Uferböschungen und kam als tausendfaches Echo über den See zurück. Überall fingen jetzt Eistaucher mit ihrem schrecklichen Geschrei an und erfüllten die Nacht mit gespenstischem Leben.

Ein schlanker Mann und sein Sohn kamen zum Tanzplatz und setzten sich hin, um bei den Gefangenen zu bleiben. Sie saßen still und unbeweglich, erstarrt zu zwei leblosen Silhouetten. Sarah fühlte wieder einmal, wie sehr sich diese Menschen von den Weißen unterschieden. Sie brauchten keine Worte, um sich nahe zu sein, und wie Tiere verstanden sie es, ihre Gedanken zu lesen.

»Sarah!« flüsterte Hawk plötzlich. »Weißt du, welcher Tag heute ist? Samstag?«

»Ich weiß es nicht«, gab Sarah zurück. »Ich habe schon lange aufgehört, die Tage zu zählen. Es macht keinen Unterschied mehr. Warum fragst du?«

»Ich will wissen, welcher Tag heute ist«, seufzte Hawk. »In Pennsylvania wird am Samstag gefeiert. Man trifft sich in den

Scheunen, und es wird gefiedelt und getanzt. Gerade eben, als ich über den See schaute, war mir, als ob ich eine Fiedel gehört hätte. Du hast nichts gehört, oder?«

»Nein«, sagte Sarah. »Aber ich lausche, und vielleicht höre ich es dann auch.«

»Da!« rief Hawk leise und neigte ihren Kopf. »Ich habe es wieder gehört. Dort unten! Ich hätte nie gedacht, daß Fiedeltöne so weit nach Norden getragen würden.«

»Hey, bist du eigentlich verrückt?« sagte Ezra Thomas plötzlich. »Pennsylvania ist Hunderte von Meilen entfernt! Du kannst unmöglich eine Fiedel gehört haben!«

»Es gibt Leute, die sind dazu geboren, nie etwas zu sehen und nie etwas zu hören. Ich dachte nur, Sarah würde vielleicht hören können, was ich höre.«

Als der Halbmond aufging, schwoll das Singen und Trommeln immer mehr an. Die Sterne strahlten in glitzernder Klarheit. Sarah glaubte am Lärm und am Gelächter erraten zu können, daß der Korporal nicht unrecht gehabt hatte, als er meinte, daß man in Canadanskawa vielleicht Brandy besaß. Das Gebrüll im Versammlungshaus hatte inzwischen jenen ekelhaften Klang angenommen, den Sarah von ihrem Vater her kannte und der ihr angst machte. Und während das Fest fortschritt, sah sie die Schatten von einigen Frauen, die sich mit Decken umhüllt hatten, aus dem Versammlungshaus kommen und davoneilen. Sarah dachte an Peleg und an den scharfen Geschmack des Rums, den sie ihm in die Scheune gebracht hatte.

In der großen Hütte war das wilde Spiel *alltestegenuk* im Gange. Chango und der greise Häuptling von Canadanskawa saßen sich auf einer Decke gegenüber, eine Schale mit kleinen Holzscheiben zwischen sich. Die *waltalhamogui*-Knochen waren auf ihren Plätzen angeordnet. Der Franzosenkorporal paßte genau auf, und die Abnaki waren vom Spielfieber gepackt. Sie wußten alle, daß zwei so wichtige Persönlichkeiten wie Chango und Bear Man, der greise Häuptling, niemals um kleine Einsätze spielen würden.

Und so griff der alte Häuptling hinter sich und brachte wie erwartet ein prächtiges Pennsylvania-Gewehr zum Vorschein, das zweifellos von einem erstklassigen Büchsenmacher angefertigt worden war. Das Gewehr war sechs Fuß lang, schlank und fast atemberaubend anmutig, mit einem sanft schimmernden Tigerahornschaft, einem verzierten Propfenkästchen aus Messing am Kolben und einem feinen, zierlich gearbeiteten Stahlschloß. Chango hatte noch nie ein schöneres Gewehr gesehen. Er nahm die Mündung ans Auge, schielte in den Lauf hinein und bewunderte die sauberen Züge. Es waren sechs, so daß eine Kugel auch haargenau in ein weit entferntes Ziel gebracht werden konnte. Als ob diese Kostbarkeit noch nicht genügte, legte der Häuptling ein fantastisch gearbeitetes Pulverhorn und eine weich gegerbte lederne Jagdtasche mit den Skalphaaren des früheren Besitzers, sorgfältig getrocknet und mit bunten Perlen verziert, daneben.

Chango liebkoste das herrliche Gewehr und streichelte den glänzenden Schaft.

Der greise Häuptling lächelte und nahm ihm das Gewehr weg. Er versah die Pfanne vorsichtig mit Zündpulver, spannte den Hahn und richtete die Mündung auf ein kleines Loch im Hüttendach, durch das man einen einzelnen Stern am Nachthimmel glitzern sehen konnte. Er zielte darauf und schoß. Es gab eine grelle Stichflamme, und die Hütte füllte sich mit dickem Pulverrauch. Das kleine Loch im Dach war so groß geworden, daß ein Mann seinen Kopf hätte durchstecken können.

»*Waban! Waban!* Der Himmel wird uns auf den Kopf fallen!« scherzten die Trinkenden und reichten den Brandy noch einmal herum. »Eh heh, heh«, sangen sie dazu und brüllten vor Lachen.

»Paß auf!« warnte Blacksquaw, die Frau des Häuptlings. »Ich will nicht, daß in meinem Haus geschossen wird, wenn die Schützen betrunken sind!«

»Sei still, Weib!« brüllte der Häuptling aufgebracht. »Wer ist denn hier betrunken?!«

»Du bist es!« hustete die Frau. »Sonst wärst du nämlich hinausgegangen, um dieses Ding abzufeuern.«

»Zu dunkel draußen«, murmelte der Häuptling, legte das Pulverhorn weg und verzichtete darauf, das Gewehr wieder zu laden.

Chango, der von der erhitzten Spannung in der Hütte gepackt

war, hatte eine Vision. Er sah sich als großen Held in Missisquoi einmarschieren, mit fünf gefesselten Gefangenen hinter sich, die herrliche Pennsylvania-Muskete lässig in der Armbeuge. Er spürte den eleganten Lederbeutel und das gefüllte Pulverhorn schwer an seiner Hüfte baumeln, und die Haare des blonden Skalps schlugen gegen seine Oberschenkel.

Schnell nahm er einen Schluck Brandy, stieß den Atem scharf durch die Nase, blickte den alten Norke durchdringend an und sagte: »Bringt mir das Mädchen, das ich Wagwise genannt habe! Ich werde das Mädchen gegen dieses Gewehr setzen. Ich habe sonst nichts Wertvolles.«

Der alte Jäger blieb am Boden hocken, und anstatt Sarah zu holen, blickte er Chango finster an.

Die Leute von Canadanskawa hielten in Erwartung, daß es vielleicht zu einem tödlichen Kampf zwischen Chango und Norke kommen könnte, den Atem an. Aber es kam nicht soweit. Schließlich verband Chango und den alten Jäger eine tiefe Freundschaft, und beide hatten eine hohe Achtung voreinander.

Chango drehte sich dem starken Krieger zu und rief: »Bring mir die Füchsin her, und zwar sofort!«

»Paß nur gut auf!« flüsterte Blacksquaw ihrem Mann zu. »Diese *Menschenwesen* aus dem Norden sind voller Tricks, die sie von den Franzosen lernen.«

»Sei still, Weib«, sagte Bear Man. »Du wirst sehen, daß ich gegen ihn gewinnen werde.«

Kurz darauf schleppte der starke Krieger Sarah in das Versammlungshaus. Er demonstrierte seine Macht über die Gefangene, indem er sie an der Halsleine hinter sich herschleifte und sie dadurch zwang, mit beiden Händen die Schlinge festzuhalten, damit sie noch Luft bekam. Chango und Norke warfen ihm warnende Blicke zu. Er verstand sofort, lockerte die Leine etwas und warf das Ende Chango zu.

Sarah richtete sich auf und warf einen Blick auf Chango. Er war betrunken. Und der Franzosenkorporal tat, als ob er sie überhaupt nicht bemerkte. Er schlürfte an einem starken Brandy und schielte nach den rußgeschwärzten Lochrändern im Dach der Hütte.

Chango gab mit einem Kopfnicken zu verstehen, daß das Spiel

beginnen könne und der alte Häuptling als erster die Schale mit den Scheiben schütteln solle. Aber der alte Mann lehnte ab, da er der Gastgeber war. Also tat Chango den ersten und einzigen Wurf. Er hatte kein Glück.

Und in diesem Moment verlor er das Sklavenmädchen, das er erbeutet, verloren und wieder zurückgeholt hatte, das Mädchen, für das er so lange in der Wildnis herummarschiert war, für das er so manche Nacht an gefährlichen Orten gewacht hatte, gepeitscht von eiskalten Regenstürmen und der Finsternis ausgeliefert.

Der greise Häuptling kicherte, nahm seinen wertvollen Einsatz zurück und legte das Gewehr, das Pulverhorn und die Jagdtasche mit dem Skalp hinter sich. Ohne ein Wort zu sagen, übergab Chango das Ende der Rohhautleine, an der Sarah festgebunden war, dem Häuptling, der auf seinen Fersen hockte. Sein Gesicht schien aus einem Stück alten Treibholzes geschnitten zu sein, als sich seine Lippen zu einem verschmitzten Grinsen kräuselten. Die schwarzen Augen strahlten unter seinen drahtig hervorstehenden Augenbrauen hervor.

Er lachte glucksend, als er sich dem Franzosenkorporal zuwandte. »Hey, du, Franzosensoldat, du hast doch diese Hawk-Frau als Besitz. Willst du sie nicht gegen mein Gewehr setzen?«

Der Korporal starrte ihn für einen Moment an und schüttelte den Kopf.

Als Geste der Höflichkeit und Fairneß machte Bear Man, zu Chango gewandt, ein Zeichen mit den gespreizten Fingern der rechten Hand. Damit bot er Chango eine Revanche und die Gelegenheit, das Mädchen zurückzugewinnen. Zur Überraschung aller nahm Chango die Herausforderung nach kurzem Zögern an.

»Ich setze den silbernen Teetopf, den wir aus einem der Häuser am Fluß mitgenommen haben«, sagte er, machte eine kurze Pause, studierte das ausdruckslose Gesicht des Häuptlings und fügte schnell hinzu: »Und meine Muskete.«

Stille.

»Mein Messer und mein Pulverhorn.«

Stille.

»Den Kragen des britischen Offiziers.« Er zuckte etwas zusammen, als er den Kragen mit seinen Fingern berührte.

»Und was ist mit der Bärenklauenkette?« fragte der Häuptling.

»Ja, diese schönen großen Bärenklauen auch«, stieß Chango hervor.

»Wirf die Scheiben!« sagte Bear Man, und seine Hände zitterten vor Erregung und Spielfieber. Er liebte das Glücksspiel über alles, allerdings nur mit hohen Einsätzen.

Es wurde heiß und stickig in der Hütte, da sich alle dicht um die beiden Spieler herumdrängten. Heiße Körper stießen Sarah vorwärts. Ihre Augen hingen an der Schale mit den Scheiben, die Chango in seine Hände nahm. Sie betete, daß er gewinnen würde.

Chango schüttelte die Holzschale. Aber gegen den alten Häuptling hatte er keine Chance, und er verlor nach drei Würfen.

Stille breitete sich aus. Die Leute staunten. Chango überreichte dem Häuptling einen wunderschönen Teetopf, seine Muskete, das Pulverhorn, sein Messer, den Offizierskragen und die Bärenklauenkette.

»Hier, trink etwas«, sagte Bear Man, und in seinen Augen zeigte sich ein Schimmer von Mitgefühl.

Ein Raunen ging durch die Menge, und die Spannung schien mit einemmal aus der Hütte zu entweichen. Chango schüttete den feurigen Brandy in sich hinein und ging nach draußen, wo er sich an einem Steinbrocken übergab. Dann stampfte er in den Wald hinaus, um mit sich und seinem Ärger allein zu sein, und er war drauf und dran, mit dem Kopf gegen die Bäume zu rennen. Im ersten Licht des Morgens zog er sich aus, ging splitternackt in das eiskalte Wasser des Sees und rieb sich mit Sand ab, bis seine Geschlechtsteile rot wurden und sich sein Glied aufrichtete und er sich erleichtert und rein fühlte.

Als er zum Dorf zurückkehrte, war der Himmel wolkenverhangen. Alle seine Krieger hatten sich vor der großen Hütte versammelt. Sie waren bereit abzureisen. Chango war nun ohne Besitz. Und er trug seinen Hirschschwanzkopfschmuck in der Hand.

Sarah lag am Boden. Sie war lose an einem Kanu-Gestell des

alten Häuptlings festgebunden. Sie hatte die ganze Nacht hindurch kein Auge zugetan. Chango ging an ihr vorbei, ohne sie eines Blickes zu würdigen. Sarah rief nach ihm, aber er brachte es nicht fertig, ihr zu antworten oder ihr auch nur einen Blick zuzuwerfen.

Bären sind großzügig, sagt man, und das war auch dieser greise Häuptling von Canadanskawa. Er war für seine Freigebigkeit bekannt und zeigte oft seinen Gästen, die im Spiel gegen ihn verloren hatten, viel Mitgefühl.

»Nimm mein Kanu«, sagte er. »Es gehört dir. Und auch das andere Kanu dort und die Paddel gehören euch, meine verehrten Vettern aus dem Norden. Ihr könnt sie so lange entlehnen, wie es euch gefällt.«

»Merci beaucoup, monsieur le sachem«, rief der Korporal. Er hatte schon befürchtet, daß sie sich durch die etwas gespannte Atmosphäre, die seit dem Spiel zwischen den nördlichen und den südlichen Abnaki herrschte, zu Fuß den Weg am Seeufer entlang nach Missisquoi hätten bahnen müssen. Erleichterung befiel ihn, als er endlich wußte, daß man ihn auf des Schöpfers großartigem Wasserweg, dem Lake Champlain, nach Norden paddeln würde.

Zwei Männer hoben das schwere Micmac-Kanu, das auf dem Gestell über Sarah lag, hoch und trugen es hinunter zum Wasser. Bestürzt beobachtete Sarah, wie Hawk und die Kinder sich zu einer Reihe formierten und über den Tanzplatz zum See hinunter marschierten. Amos lag schlafend in Hawks Armen. Sarah hielt vor Verzweiflung den Atem an, als sie sah, wie Chango zögerte und dann in das große Kanu kletterte, wo er in der Mitte Platz nahm. Nur einige wenige Dorfbewohner waren gekommen, um in aller Ruhe die Leute aus dem Norden abreisen zu sehen.

Als sich die beiden vollbeladenen Kanus vom Land entfernten, reckte Sarah ihren Hals, so weit es die Halsschlinge erlaubte, und sie sah, wie Amos erwachte und schläfrig zum Ufer zurückblickte.

»Sarah! Sarah!« hörte sie Marthanna rufen.

»Adieu, Sarah!« rief Hawk weinend. »Gott wird für dich sorgen und dich beschützen! Sarah, meine Schwester . . .«

Chango brachte die Gefangenen mit einem harten Befehl zum

Schweigen. Nur Amos ließ sich nicht beirren. Er ruderte mit den Händen in der Luft herum und rief in der Sprache der Abnaki: »Sarah! Komm mit uns! Wagwise, bleib bei uns!«

Aber dann verschwand auch das zweite Kanu im Dunst, und Sarah hörte nur noch, wie Amos Chango anbrüllte: »Hey, geh zurück! Du hast Sarah vergessen, Mann! Geh zurück . . . du hast die Füchsin vergessen!«

Sarah hatte ihre Arme heben und ihnen allen nachwinken wollen, aber ein bleischweres Gefühl der Einsamkeit und der Verzweiflung erfaßte und erschütterte sie, und sie brachte keinen Ton aus ihrem aufgerissenen Mund.

Große Schwärme von Schnepfen und Brachvögeln hoben sich aus dem Ried. Ihre Flügel leuchteten silbern im frühen Morgennebel. Schau sie dir an! dachte Sarah. Sie sind frei. Frei, überall hinzufliegen. Und schau dich an. Man hat dich angebunden wie einen Hund. Du bist allein in diesem ungastlichen Ort. Allein!

Es begann zu regnen. Sie lag auf dem Boden und zitterte wie ein nasser Welpe. Sie konnte die Schluchzer, die sich ihrer Kehle entrangen, nicht zurückhalten. Schließlich übermannte sie der Schlaf.

Sarah erwachte von Stimmen über sich. Sie sah den greisen Häuptling, der sie gewonnen hatte, am Boden kauern. Seine Frau stand hinter ihm. Sie flüsterten miteinander, während sie Sarah musterten. Als Sarah den Kopf hob und die beiden anstarrte, griff die alte Frau nach ihrem Mann und half ihm auf die Beine. Zusammen schlüpften sie zur großen Hütte hinüber und verschwanden darin. Sarah blieb allein zurück.

Später am Morgen kam ein Abnakimädchen, das kaum älter als Sarah war, aus der großen Hütte. Es umrundete Sarah mit prüfenden Blicken. Ein kleineres und jüngeres Mädchen gesellte sich zu ihm. Die beiden schienen Geschwister zu sein. Sie waren beide von einer wilden Schönheit, mit starken, schneeweißen Zähnen und ziemlich dunkler Hautfarbe. Sie redeten leise miteinander, und dann gingen auch sie wieder weg.

Nach und nach kamen ein paar andere Kinder herüber. Und Hunde. Sarah fragte sie auf Abnaki nach Wasser. Einer der Hunde knurrte sie an, und die Kinder taten nichts.

Die beiden Mädchen, die zuerst gekommen waren, kehrten

zurück und nahmen die Schlinge von Sarahs Hals. Sie ergriffen Sarah an den Händen, halfen ihr hoch und gaben ihr Wasser zu trinken. Danach führten sie Sarah zu einer der Rundhütten. Rauch kräuselte sich aus einer Lücke im Dach. Die beiden Mädchen entfernten die Hirschhautfetzen von Sarahs Körper und bedeuteten ihr, sich hinzusetzen. Sie öffneten behutsam die durchgelaufenen Mokassins und zogen sie ihr von den Füßen. Als Sarah nackt war, zeigten sie auf den kleinen Eingang einer Schwitzhütte.

»Geh hinein«, sagte das ältere Mädchen. Sarah gehorchte, und die beiden Mädchen zogen sich selbst aus und folgten ihr auf Händen und Knien. Sie massierten Sarahs Körper und sich selbst mit rauhem Moos, und sie lachten und sangen dabei ein Lied. Sie kicherten über Taliwans Perlengeschenk, das mit einem dünnen Lederriemen um die Hüften gebunden war. Von draußen drangen die dumpfen Klänge einer Trommel, die vom Medizinmann geschlagen wurde, herein. Eines der Mädchen sagte, daß damit die Zeremonie der Reinigung begonnen hätte.

Die Hitze tat Sarah zuerst gut, doch bald war sie fast nicht mehr zu ertragen, und der Schweiß rann in Strömen an Sarah herunter.

Schließlich kroch Sarah, gefolgt von den beiden Mädchen, hinaus. In Begleitung von fröhlich lachenden Kindern eilten Sarah und die beiden Mädchen hinunter zum See und warfen sich dort ins Wasser. Die drei badeten sich im eiskalten Wasser, bis Blacksquaw zum See gehumpelt kam. Sie händigte ihren Töchtern die Kleider aus und übergab Sarah ein neues Hirschlederkleid. Es war samtweich gegerbt und mit lang herabhängenden Fransen versehen.

Als sie wieder in der Hütte der Familie waren, bekam Sarah ein halbes Dutzend gekochte Taubeneier und eine Holzschale mit einer kräftigen Fischsuppe. Sarah war wie betäubt. Noch vor kurzer Zeit hatte sie angebunden auf dem nassen Boden gehockt und nur darauf gewartet, daß man sie unmenschlichen Torturen aussetzen würde. Statt dessen wurde sie nun von den Abnaki in Canadanskawa wie ein vielgeliebtes Familienmitglied behandelt.

Der greise Häuptling, der Sarah gewonnen hatte, war nicht abgeneigt, sie zu seiner zweiten Frau zu machen. Doch als Blacksquaw und seine Töchter dies hörten, bedachten sie ihn nur noch mit eisigem Schweigen. Schließlich entschloß er sich widerstrebend dazu, ihnen Sarah zum Geschenk zu machen. Immerhin hatten sie Sarah in der Schwitzhütte und im Fluß vollkommen reingewaschen, und sie waren überzeugt davon, daß es ihnen gelungen war, ihre fremdartigen weißen Merkmale ebenso wegzuwaschen wie die Zeichen ihrer Gefangenschaft in Missisquoi.

Sarah war nun eine von ihnen, ein *Menschenwesen*, das vollständig in die Familie und den Stamm aufgenommen war.

13

Sarahs Schwestern nannten sie ›Tsibai Wagwise‹, Geisterfuchs. Von Anfang ihres neuen Lebens in Canadanskawa an wurde sie nie mehr mit einem anderen Namen angesprochen. Und bald war sie für sich selbst in ihren Gedanken niemand anders mehr als Wagwise.

Nachdem nun Hawk und der Korporal nicht mehr da waren, sprach sie nur noch Abnaki, und alle Leute im Dorf wurden ihr zu Lehrern. Allmählich gewöhnte sie sich an die langen und sanft ausgesprochenen Wortkombinationen, die nichts mit ihrer Muttersprache gemeinsam hatten, aber dem Leben hier in der Wildnis angepaßt schienen. Sie entsprachen dem Rhythmus und dem Ausdruck ihres neuen Lebens, und manchmal klangen sie für Sarah wie das Flüstern des Windes in den Kiefern. Es war eine Sprache der Lieder, und manchmal erinnerten Sarah die einschmeichelnden Töne an Nachtregen, der sanft durch die Blätter rauscht.

Sarahs neue Geschwister waren beide von einer geschmeidigen Anmut. Sie bewegten sich in stolzer Haltung, waren sich vielleicht des Ansehens ihres Vaters bewußt. Aber ihre gleitenden und aufreizenden Bewegungen hatten sie zweifellos von ihrer Mutter geerbt. Sie war eine ebenfalls sehr dunkelhäutige Frau, aufgeschlossen und immer für einen Scherz zu haben. Beide Töchter waren leicht tätowiert, wie es sich für ein *Menschenwesen* gehörte. Die Mädchen trugen die Zeichen ihrer Vorfahren, die ihrer Familiengeschichte nach aus dem weit entfernten Königreich Dahomey hierhergekommen waren. Sarah hatte noch nie von diesem Reich gehört. Aber die Mädchen erzählten ihr oft Geschichten aus der Vergangenheit. Beide lebten in der Hütte ihrer Eltern. Squam, die ältere, war mit einem jungen Krieger verheiratet. Sie hatten ein Kind.

Blacksquaw führte sie in die Kunst des Nähens ein, so wie sie von den Frauen in Canadanskawa beherrscht wurde. Sarah lernte schnell, und schon bald konnte sie sich ein neues Hirschlederkleid anfertigen, das sich wie Samt anfühlte und den würzigen Duft von verbranntem Holz ausströmte. Es war das bequemste Kleidungsstück, das sie je besessen hatte. Es gestattete ihr, sich ungezwungen zu bewegen, und auch die anschmiegsamen Mokassins machten es ihr leicht, sanft und leise aufzutreten. Sarah fragte sich, warum es die weißen Siedler nicht verstanden, sich dem Land hier anzupassen, und sie noch immer ihre steifen, unbequemen Kleidungsstücke trugen. Und sie fragte sich auch, ob diese Siedler jemals dazu fähig sein würden, die Lebensart der Indianer verstehen zu lernen.

Sarah hatte in Canadanskawa viel Zeit zum Lernen. Das Leben verging langsam, ruhig und unbeschwerlich, verglichen mit dem harten, arbeitsvollen Dasein auf der Farm ihrer Familie.

Sarah lernte zu verstehen, daß die Abnaki einen Elch oder jedes andere Tier nicht einfach nur als Nahrungsmittel für ihre Bäuche betrachteten. Für sie waren die Tiere geheiligte Kreaturen, die sich dem Jäger hingaben, wenn sie es für richtig hielten.

Einmal, es war in einem Frühlingsmonat, erschien ein Elchbulle in der Bucht, und Sarah sah, wie ihr neuer Vater die Hütte verließ und mit ausgebreiteten Armen ein Stück auf den Elch zuging. »Hör mich an, Elch-Mann!« rief er zur Bucht hinunter. »Wir achten deine Seele!«

Für die Abnaki standen die Tiere in der Rangordnung weit über einem Weißen. Und das war auch der Grund dafür, daß Bear Mans Familie Sarah adoptiert und sie dadurch zu einem *Menschenwesen* gemacht hatte.

Sarah verstand nun auch, warum die Abnaki beim Fischen im Fackellicht manchmal tief im dunklen Wasser seltsame Visionen erkennen konnten und sie für ihre guten Geister hielten, die sich in die Gestalten der verschiedenen Tiere verwandelten, die von den Abnaki gejagt wurden.

Am Rand des Tanzplatzes in der Dorfmitte stand ein acht Fuß hoher bemalter Pfahl, von dem man die Rinde gezogen hatte. Auf beiden Seiten war er mit einer Axt flachgehauen. Auf einer Seite des Pfahles war das Ende jedes Monats mit einem roten Strich markiert. Auf der anderen Seite waren alle wichtigen Geschehnisse verzeichnet. Rote Linien bedeuteten erbeutete Skalps. Rote

Vierecke standen für lebende Gefangene. Die meisten anderen Symbole waren schwarz aufgemalt, und jedes stand für ein wichtiges Ereignis.

Blacksquaw zeigte Sarah die Markierung für jenes Viertel des Monats, an dem Sarah im Kanu der Abnaki zum erstenmal Canadanskawa passiert hatte, auf ihrer Entführung nach Norden. Auch ihre Wiederkehr war bereits eingetragen, und Blacksquaw klärte Sarah darüber auf, daß es dem Häuptling persönlich vorbehalten war, die Markierungen vorzunehmen.

Ruhig erklärte ihr Blacksquaw, daß sie selbst ein Mischling war. Halb Abnaki und halb Afrikanerin. Ihr Vater war als junger Mann aus dem Königreich Dahomey hierher gekommen. Als Sklave. Er hatte die Überfahrt von Westafrika nach Westindien in einem Sklavenschiff überlebt. Danach war er nach Newport verkauft worden. Später, während er seinen Herrn in einem kleinen Boot nach Penobscot Bay begleitete, um dort mit Indianern Handel zu treiben, waren sie von einem Sturm überrascht worden. Er hatte mit seinem Herrn Schutz in einer Flußmündung gesucht, und dort waren sie dann von einem Dutzend Abnaki in vier Kanus angegriffen worden. Die drei weißen Männer auf dem Boot waren getötet worden, Blacksquaws Vater aber wurde gefangengenommen. Die Abnaki hielten ihn für eine wertvolle Besonderheit, weil er so starke Zähne hatte, die kuriosesten Tätowierungen am Körper trug und eine fast schwarze Haut besaß.

Blacksquaws Vater hatte unter den südlichen Abnaki nie eine wichtige Rolle gespielt. Aber er bekam mit seiner Frau aus guter Familie drei Kinder, von denen der Sohn schon kurz nach der Geburt starb. Die beiden Mädchen lernten von ihrem Vater etwas Englisch, von ihrer Mutter das reine Abnaki und ein wenig Französisch von den Soldaten. Ihre Schwester, so sagte Blacksquaw, sei eine Frau von bemerkenswerter Schönheit, die in Quebec lebte. Sie war von Privatleuten erworben worden, saß mit dem Gouverneur von Neu-Frankreich zu Tische und schlief auch gelegentlich mit ihm.

Blacksquaw erzählte Sarah, daß sie selbst als Dienerin nach Canadanskawa in die Hütte des Häuptlings gekommen sei. Er fand derart Gefallen an ihr, daß er sie heiratete, nachdem seine

Frau an einer Fischgräte, die in ihrer Kehle steckengeblieben war, erstickte. Man sagte, daß Blacksquaw den Häuptling durch ihre frohe Natur und ihr offenes Lachen für sich gewonnen hätte. Aber auch ihre geduldige und liebevolle Art, mit der sie die Kinder umsorgte, hatte ihn sehr beeindruckt. Nachdem er einmal ihrem Charme erlegen war, merkte er nicht mehr, daß sie es verstand, ihn nach ihrem Willen und Gutdünken zu formen, und nach einiger Zeit traf er eigentlich keine wichtigen Entscheidungen mehr, die nicht von ihr zumindest beeinflußt waren. Als seine Beraterin hatte sie nun die Macht über jeden Krieger und jeden Jäger, über alle Familien in Canadanskawa und deren Jagdgründe.

Eines Abends im Sommer, als die samtenen Früchte der Sumacpflanzen sich rot färbten, saß Sarah draußen und rührte in einem zerbeulten Messingeimer herum, der über dem Feuer hing und eine scharfe Brühe mit gekochtem Fisch enthielt. Sarahs Schwester Squam war bei ihr. Squam tastete mit ihren Fingern über Sarahs Gesicht und dann über ihr eigenes. Sie wies auf ihre Tätowierungen hin und fragte Sarah, ob sie nicht wunderschön wären.

»An dir sind sie schön«, sagte Sarah und verzog dabei das Gesicht. »An mir wären sie schrecklich!«

Nyack, die jüngere Schwester, wurde durch das Gelächter angelockt. Sogleich fingen die beiden Mädchen an, mit ihren Zeigefingern unsichtbare Linien über Sarahs Gesicht zu ziehen. Sie planten eine Tätowierung für Sarah, und als Sarah merkte, daß es ihnen damit völlig ernst war, zog sie den Kopf zurück. Daraufhin schmollten Squam und Nyack so lange mit ihr, bis sie sich mit einer ganz kleinen Tätowierung einverstanden erklärte. Nur eine dünne Linie und vielleicht zwei kleine Punkte auf ihrem Kinn. Auf keinen Fall mehr.

Noch in der gleichen Nacht schickten die beiden Schwestern nach einer Huronensquaw, die eine Sklavin war und die Kunst des Tätowierens besonders gut beherrschte. Als Lohn versprachen sie ihr ein kleines Stück Hirschleder.

Zu Beginn ihrer Arbeit fädelte die Huronenfrau einen Faden

auf eine Nadel. Sie rollte den dünnen Sehnenstrang in Bärenfett und Ruß von der Feuerstelle, bis er schwarz war. Während sie arbeitete, summte sie ohne Unterlaß einen Zaubergesang. Schließlich zog sie mit einem sauberen Stich den Faden unter der Haut an Sarahs Kinn durch. Zurück blieb eine blauschwarze Linie, die nie mehr entfernt werden konnte.

Während der Prozedur hielten die beiden Mädchen Sarah fest und sangen dabei fortwährend. Der Medizinmann, der von Blacksquaw bezahlt worden war, hatte am Feuer Platz genommen und schlug heftig seine Rassel. Als Sarah sich vor Schmerzen aufbäumte und lauthals schrie, drückte ihr die Huronenfrau ein Schlammpflaster auf das Kinn, um den Schmerz zu stillen. Schließlich war die alte Sklavin mit ihrer Arbeit fertig, und Sarah hatte eine Tätowierung, die aus drei Linien bestand. Sie führten von der Unterlippe zur Mitte des Kinns, wo sie sich vereinten.

An diesem Abend blieb Blacksquaw immer in der Nähe von Sarah und bemutterte sie, indem sie Sarah an sich drückte, ihr über das glatte Haar strich und sie streichelte. »Wagwise, Geisterfuchs, du bist meine Tochter«, wiederholte sie immer und immer wieder.

Die drei Nächte nach ihrer Tätowierung schlief Sarah schlecht. Sie wurde von lebhaften und immer wiederkehrenden Träumen geplagt. Oft sah sie Peleg in seinem mörderischen Kampf mit Olamon, dann wieder Hawk und Klein Amos, die nach ihr riefen, während sie verschleppt wurden, und dann tauchte Chango auf und starrte sie aus seinen dunklen Augen stechend an. Vielleicht waren es nur die brennenden Schmerzen der Tätowierung, vielleicht die Angstträume, aber während dieser drei Nächte mitten im Sommer schien Sarah ihre frühere Selbstsicherheit zu verlieren. Sie fühlte, wie sich in ihr ein erschreckender Wandel vollzog, den sie nicht kontrollieren konnte. Jeden Morgen, wenn sie erwachte, versuchte sie sich auf Dinge zu konzentrieren, die ihre Familie und ihr früheres Leben betrafen. Die Farm, Großvater, Josh, Peleg, Benjamin und die Tiere. Aber es wurde aus irgendwelchen Gründen immer schwieriger, sich an die Vergangenheit zurückzuerinnern.

Eines Nachts, als Sarah hoch in die Krone der Bäume sah, die sich schwarz gegen den Himmel abhoben, erblickte sie zwischen den Ästen den aufgehenden Neumond. Seine Umrisse glühten wie der dünne Rand eines Silberschillings vor dem Lichtschein einer Kerze, und in Sarah breitete sich erneut ein friedliches Gefühl aus, wie sie es nur kannte, seit sie hier in Canadanskawa war.

Als sie in die Hütte ging, war Blacksquaw wieder einmal dabei, Geschichten zu erzählen. Die anderen hörten zu.

»Wagwise«, sagte sie zu Sarah, »ich weiß eine Geschichte, die wir alle kennen. Aber vielleicht ist es eine Geschichte für dich, meine Tochter.«

Sarah setzte sich, und Blacksquaw lächelte ihr zu.

»Es war einmal eine *awanoots*, eine weiße Frau, die sich nicht besonders um ihre Kinder kümmerte und der es nichts ausmachte, wenn sie allein in den Wald gingen. Als eines Tages die Bärin des Weges kam und eines dieser kleinen weißen Geschöpfe erblickte, nahm sie es als Tochter an und zog es zusammen mit ihren eigenen zwei Jungen in einem hohlen Baum groß. So lebten sie alle glücklich zusammen in ihrem Waldhaus, bis eines Tages ein Jäger das kleine Mädchen mit den Bärenjungen spielen sah. Der Jäger war ein Siedler, und er rannte sofort nach Hause und erzählte seiner Frau, was er gesehen hatte. Die Bärin aber, die ihn entdeckt hatte, als er davongelaufen war, wußte, daß er bald zurückkehren würde, um ihre Jungen zu töten und das Mädchen mitzunehmen. ›Wenn du die weißen Männer kommen hörst‹, bat sie das Mädchen, ›setz dich am Eingang des Stammes hin und halte ihnen ein Stück Handelstuch entgegen, dann passiert uns nichts.‹ Aber das Mädchen vergaß alsbald die Ermahnung der Bärin, und als die Jäger kamen, überraschten sie die Bärin und töteten sie mit ihren Jungen auf die grausamste Weise. Das wilde Kind aber nahmen sie mit und brachten es zu seiner früheren Familie zurück. Doch diese spuckte in Abscheu vor ihm aus und wollte es nicht mehr zurückhaben. Da rannte das kleine weiße Mädchen in den Wald zurück und begann zu suchen. Aber soviel es auch suchte und suchte, die Bärenfamilie konnte es nie mehr finden.«

Das war eine von Blacksquaws Geschichten, und Sarah hatte viel Zeit, über ihre Bedeutung nachzudenken.

Im Laufe des Sommers lernte Sarah auch das Dorf Canadanskawa erst richtig kennen. Es war kleiner als Missisquoi, wo zwei Hütten mehr standen. Das Seeufer um Canadanskawa herum hatte die Form eines Hufeisens, in dessen Mitte das Dorf lag, nahezu versteckt zwischen den mit hohem Schilfgras bewachsenen Uferstreifen. Es gab hier ausgezeichnete Fischgründe, und das Heidelbeergebüsch versprach schier endlose Ernten.

Eines Nachmittags, Sarah lag neben ihren Schwestern auf dem Rücken, fühlte die Wärme des Bodens und beobachtete, wie das sanfte Sommerlicht durch die Kronen der Bäume sickerte, fragte Nyack plötzlich: »Hey, warum lachst du?«

Sarah überlegte einen Augenblick, um die richtigen Abnakiworte zu finden, mit denen sie ihre Empfindungen beschreiben konnte, und fragte dann: »Kennst du vielleicht den Boden eines Schweinestalles? Eine Farm ist etwas ziemlich Schreckliches. Brauchten wir denn eigentlich all diese blöden Tiere? Hätten wir denn nicht einfach mit dem zufrieden sein können, was der Allmächtige anbot? Mit den Tieren im Wald und den Gänsen in der Luft? Warum mußten wir den Wald rund um uns herum abholzen und dadurch die Tiere vertreiben?«

Sarah verschränkte die Hände hinter dem Kopf. »Ich habe eben überlegt, was unsere Frauen dazu treibt, sich zehnmal im Monat die Hände blutig zu scheuern, weil sie die Böden des ganzen Hauses mit weißem Sand schrubben, bis sie so blitzblank sind, daß man ohne Teller darauf essen könnte. Aber man ißt nicht vom Boden, sondern man hat all diese Tassen und Teller und die Löffel, die man jeden Tag abwaschen muß. Und warum tragen unsere Babys Windeln, die sie vollmachen, so daß man sie dauernd waschen muß? Und weil man sie dauernd waschen muß, braucht man Seifenlauge, und so müssen Frauen und Mädchen tagein, tagaus Seifenlauge machen und schrubben und putzen und abwaschen. Squam hat einen Mann und ein Kind, aber sie braucht sich doch nicht um solche verrückten Dinge zu kümmern. Warum tragen wir immer diese groben engen Kleider und die derben Schuhe, die andauernd drücken? Diese Gedanken sind es, die mich zum Lachen gebracht haben. Hier in Canadanskawa gibt es keine solchen Sorgen. Hier ist es gut, eine Frau zu sein. Aber als ich noch zu Hause war, da lachten wir oft über die Pennacookfrauen. Arme Squaws nannten wir sie, denn wir sahen sie die Lasten ihrer Männer tragen. Wir dachten von euch wie von Sklavenfrauen. Euer Leben erschien uns erbärmlich. Doch nun sehe ich, daß eure Art zu leben viel leichter und besser ist als die Art, wie wir zu Hause gelebt haben.«

»Wir arbeiten auch hart«, sagte Squam entrüstet. »Wir Frauen müssen Holz sammeln und Wasser holen, und wir müssen für die Babys sorgen, Tierhäute schaben und die vielen Kleider nähen. Frag nur meinen Mann, Sanhop«, sagte sie. »Er wird dir schon sagen, wir hart ich arbeite!«

»Und ich arbeite für meinen Vater«, sagte Nyack. »Ich nähe für ihn und stopfe ihm die Pfeife.«

»Ach was«, sagte Sarah lachend. »Schaut euch doch uns drei mal an, wie wir hier den ganzen Nachmittag im Gras liegen und lachen und plaudern. Bei uns auf der Farm wäre das eine große Sünde. Dort arbeiteten wir schwer. Von Sonnenaufgang bis Sonnenuntergang. Und wenn wir todmüde aufhörten, baten wir Gott um Vergebung, weil wir nicht noch mehr geleistet hatten. Mein Vater beschimpfte mich gewöhnlich wegen meiner Faulheit.«

Sarah blinzelte die beiden Mädchen an.

»Ich sage euch, Schwestern, ihr könnt glücklich sein. Das Leben, das ich gekannt habe, bricht einem Menschen früh das Kreuz. Und ich sage euch, das Schlimmste ist, daß es obendrein noch stinklangweilig war.«

Die beiden Mädchen waren von Sarahs Worten sehr beeindruckt, obwohl es ihnen schwerfiel zu glauben, daß es irgendwo Menschen gab, die freiwillig ein derart unwürdiges Dasein fristeten.

Irgendwann kam dann der Herbst nach Canadanskawa. Die Blätter verfärbten sich, und die Abendluft brachte frische Kälte. Sarah, die draußen vor der Hütte kochte, hängte den großen Messingeimer über das Feuer. Schwärme von Wildenten flatterten auf und flogen über Sarah hinweg. Ihre Flügel hoben sich schwarz gegen den leuchtenden Abendhimmel ab. Lange Züge von Gänsen zogen in keilförmigen Formationen nach Süden. Manchmal konnte Sarah den Flügelschlag hören, wenn sie den

Ufer des Sees entlangflogen. Viele beantworteten krächzend das Geschrei derjenigen, die längst im Ried gelandet waren, um dort die Nacht zu verbringen.

Eilig zog Sarah die letzten Reste des Felles von einem Hirschkopf und tat ihn in den Kessel. Sie gab die Kutteln, die Leber, das Herz und die Nieren dazu. Das waren alles Lieblingsspeisen des Häuptlings. Sie legte drei neue Holzscheite unter den Topf und placierte sie so, daß sie nicht zu schnell abbrennen konnten.

Sie blickte zum See hinunter, drehte sich vom Feuer weg und lief zu einer Stelle am schilfbedeckten Ufer, von der aus sie das Wasser überblicken konnte. Sie liebte diesen Platz und hatte ihn für sich allein hergerichtet. Sarah setzte sich auf einen angeschwemmten Baumstamm und beobachtete, wie die Sonne als mächtiger Feuerball langsam hinter langen dünnen Wolkenbändern unterging und dann in Wolkentürmen, die sich auf der Wasseroberfläche spiegelten, verschwand. Fast betäubt von der Herrlichkeit des Sonnenuntergangs hielt sie den Atem an. Noch einmal glühte die Sonne feuerrot zwischen den Wolken auf, bevor sie endgültig in der Stille des Sees versank.

»Wagwise, mach dich fertig!« sagte Squam zu Sarah, und ihre Stimme zitterte vor Erregung. »Es kommt jemand!«

Und Blacksquaw rief: »Beeil dich! Mach dich fertig! Es kommt ein feiner Mann zu Besuch! Zieh dir das neue Hirschlederkleid über. Er kommt, Wagwise! Wir haben ihn eingeladen. Er ist ein Verwandter von uns, und er wird hier bei uns bleiben. Es ist bestimmt worden, daß es ihm erlaubt ist, hierherzukommen und in diesem Haus mit dir zu leben.«

Der alte Häuptling stülpte seinen hohen Biberhut auf den Kopf und schmunzelte Sarah zu. Er hängte sich Changos Bärenklauenkette auf den silbernen Offizierskragen um den Hals. Dann ließ er sich auf einer dicken Unterlage aus Biberpelzen nieder.

»Wer kommt?« fragte Sarah aufgeregt. »Wer ist es?«

»Unser Vetter, natürlich. Seine einzige enge Verwandte ist von uns gegangen und wandelt nun in einer anderen Welt. Und so kommt er hierher, um die Familie seines Onkels zu verstärken.

Du wirst seine Frau werden. Das ist von unserem Vater beschlossen worden.«

»Wir haben aus Missisquoi vernommen, daß du ihn schon ganz gut kennst«, grinste Nyack. »Sogar, daß du schon mit ihm geschlafen hast. Oder stimmt das etwa nicht?«

»Wie war es mit ihm?« fragte Squam flüsternd. »Du mußt uns von ihm erzählen. Du trägst ja immer noch sein Geschenk!«

»Ja. Nein. Ja«, sagte Sarah in ihre Hände hinein, hinter denen sie ihr Gesicht verbarg.

»Da kommt er!« flüsterte Squam. »Da kommt er, dein Ehemann! Wie glücklich mußt du sein, ihn zu kennen. So kann er dir keine unliebsame Überraschung sein.«

Und Blacksquaw nahm Sarah am Arm. »Zeig dich ihm sittsam und mach dich bereit, ihn zu empfangen«, sagte sie und kniete dann auf ihrem Platz am Feuer nieder. Sie fächelte die Flammen mit ihrem Fächer aus Adlerfedern.

Ein junger Mann bückte sich durch den Eingang und betrat die Hütte. Zuerst konnte Sarah sein Gesicht nicht erkennen, weil hinter ihm gleißendes Tageslicht herrschte. Als er sich aufrichtete, sah sie, daß es tatsächlich Taliwan war.

Der alte Häuptling hüstelte erregt, um seine Kehle zu klären. »Taliwan, deine Onkel haben sich dafür entschieden, dich in diesem Dorf und in diesem Heim aufzunehmen. Wenn ihr beide euch vertragen könnt, dann sollst du dieses Mädchen, Wagwise, bekommen. Aber während du sie als deine Frau prüfst, wirst du hier in meiner Hütte leben und mir wie ein Sohn gehorchen müssen. Hast du das verstanden? Sie ist meine Tochter. Behandle sie wie meine geliebte Tochter! Hast du mich verstanden?«

»Ja«, sagte Taliwan. »Ich verstehe dich.«

»Gut«, sagte der alte Mann, »denk daran, daß alle Häute, alle Felle und alles Fleisch – alles, was du erbeutest – mir gehören, solange du unter meinem Dach wohnst. Hast du verstanden?«

»Ja«, sagte Taliwan.

Der alte Häuptling warf Blacksquaw einen Blick zu, und als sie nickte, sagte er: »Gut, dann beginnt nun euer gemeinsames Leben. Sieh zu, daß du unserer lieben Wagwise kein großes Leid antust, während du mit uns lebst, oder jedes Mitglied dieser Familie wird sich gegen dich wenden.«

Damit war die ganze Hochzeitszeremonie beendet. Sarah war jetzt mit Taliwan verheiratet, ohne daß sie gefragt worden wäre oder man ihr eine andere Wahl gelassen hätte. Solche Heiratsabkommen wurden traditionsgemäß immer von den Eltern des Mädchens getroffen. Wenn Sarah Sklavin geblieben wäre, hätte man ihr nie erlaubt, einen Mann von Rang zu heiraten. Wenn Taliwan im Bund der Krieger geblieben wäre, hätte er überhaupt nie heiraten können. Aber jetzt, nachdem sich die sozialen Verhältnisse der beiden entsprechend geändert hatten, war man allgemein der Meinung, daß sie ein prächtiges Paar abgaben.

In der Nacht, als Sarah auf ihren Decken lag und auf Taliwan wartete, zerriß der Schrei eines Nachtfalken, der dicht über die Rauchöffnung im Dach der Hütte flog, die Stille. Sarah versuchte, sich Taliwan als ihren Gatten vorzustellen. Er war größer geworden, stärker und männlicher, als sie ihn von Missisquoi her in Erinnerung hatte. Er hatte mit seinem Kanu einen weiten Weg zurückgelegt, um zu ihr zu kommen. Er hatte nach ihr verlangt, und jetzt gehörte sie ihm. Sie war derart aufgeregt und nervös, daß sie wie ein scheues Abnakimädchen die Decke über ihren Kopf zog, als er sich zu ihr legte, um in dieser Nacht bei ihr zu bleiben.

Es schien Sarah nun, als liege New Hampshire in einer anderen und ihr völlig fremdgewordenen Welt. Es war, als hätte sie ein völlig neues Leben begonnen, ein natürliches Dasein mit einem ganz neuen Verständnis für ihre Umwelt. Sie galt jetzt als vollwertiges Mitglied in der Gemeinschaft der *Menschenwesen* und besaß den Status einer verheirateten Frau.

Sarah richtete das Ehelager im Haus des alten Häuptlings ein. Weder sie noch Taliwan wollten von hier weggehen. Für beide war dieses Haus immer voll von Wärme, Nahrung und menschlicher Nähe. Nach und nach fühlte sich Sarah mit allen, die in der Hütte wohnten, ebenso verwandt wie mit den Alten und den Nachbarskindern, die zu Besuch kamen. Irgendwie schien es ihr, als gehöre diese Hütte und alles darin ihr, ohne daß sie tatsächlich etwas besaß. Sie war frei von der Last und der Plage und der Sorge, die dem Besitz anhaften.

Die großen Feste des Wildes, des Störs und der Schwaneneier wurden von allen tanzend und lachend genossen. Uralte Geschichten, die das Entstehen und die Bedeutung der Welt erklärten, wurden in diesem Haus erzählt. Für Sarah war es, als ob nach und nach ihre ganze Vergangenheit ausgelöscht würde. Für sie existierten nur noch die Menschen, mit denen sie lebte, die geheiligten Tiere im Wald, die Vögel und Fische, deren Existenz mit der ihrigen eng verbunden war.

Alle Ereignisse, ob gute oder schlechte, wurden von den Abnaki miteinander geteilt. Dadurch wurde dem Einzelnen jedes Gefühl der persönlichen Verantwortung für den Ablauf der Dinge genommen, so daß er jeden neuen Tag mit wachem Geist und völlig frei erleben konnte. Nur die gefährlichen Auswirkungen des Krieges durchbrachen den harmonischen Gleichklang ihres Leben.

Als der erste Frost kam, brannten die Blätter des Ahorns wie Feuer. Die Luft war erfüllt vom Trompeten der Schwäne, und oft zogen riesige Schwärme von Wandertauben vorüber und verdunkelten den Himmel.

Eulen riefen den Mond an, und die Oktoberwinde kamen, fegten die letzten Blätter von den Buchen und trieben die stelzbeinigen Küstenvögel nach Süden.

Die Männer gingen jeden Tag zur Jagd, während die Frauen und Kinder Hickorynüsse sammelten und die letzten wilden Äpfel ernteten.

Eines Morgens aber wurde es wieder warm. Die Sonne ging auf und verwandelte den Nebel in Schleier von purem Gold. Sarah ging mit Taliwan in den Wald. Als sie zu dem Platz mit den wilden Pflaumen kamen, drehte sich Taliwan um und fragte: »Fühlst du dich gut?«

»Manchmal habe ich Angst«, erwiderte Sarah leise. »Unser Zusammenein ist so schön, daß ich davor Angst habe, daß es bald zu Ende gehen könnte.«

Taliwan lachte. »Ich werde nicht derjenige sein, der ihm ein Ende bereiten wird«, sagte er.

Am Spätnachmittag legten sie sich zusammen ins hohe Farnkraut und liebten sich.

»Ich weiß jetzt, daß ich ein Kind haben werde«, sagte Sarah.

»Ich habe letzte Nacht geträumt, daß es ein Sohn ist, der wie du sein wird. In allem dein Ebenbild.«

»Bist du sicher?« fragte Taliwan. »Im Missisquoi dachte ich bereits, daß wir nie ein Kind zusammen haben könnten.«

Sarah lächelte. »Es wird kommen. Ich weiß, daß es kommen wird.«

Später erwachte sie. Ein steifer Ostwind war aufgekommen, der das Herbstlaub aufwirbelte.

»Das ist ein Zeichen des Wechsels«, sagte Taliwan. »Es beginnt die Zeit, wo die Lachsforelle ins seichte Wasser kommt. Es wird bald regnen.«

Für fünf Tage war Taliwan mit den Männern unterwegs zum Fischen. Sarah war die ganze Zeit damit beschäftigt, Beeren zu sammeln und über dem Feuer, das unter grünen Kiefernnadeln brannte, Hirschfleisch zu räuchern.

Sarah sprach mit Blacksquaw. »Taliwan erzählte mir«, sagte sie, »daß Missisquoi nicht mehr so ist wie damals, als ich das Dorf verlassen habe. Seine Mutter und viele Leute sind von den Pocken dahingerafft worden. Amos wurde von dem starken Krieger adoptiert, aber der arme Junge starb an dieser schrecklichen Krankheit. Die anderen Gefangenen wurden verkauft. Ezra in Quebec und Marthanna in Trois Rivières.« Sarah schluchzte. »Hawk und der Korporal haben überlebt.«

Gegen Ende des Jagdmondes verlor die Sonne all ihre Kraft. Nachts heulten die Dorfhunde. Sie wurden von den gespenstischen Windgeistern aufgeschreckt, die laut klagend durch das Ried fegten, sich mit Nebelumhängen umhüllten und sich zwischen den Hütten des Dorfes verkrochen.

An einem frühen Morgen legte sich schwerer Frost über das Land und bedeckte die Seeufer mit Rauhreif. Die Inseln lagen wie schlafende Schwäne im stillen Wasser. Langsam breitete sich über den See eine dünne Eisdecke aus, die immer dicker wurde, bis ein Kind darauf gehen konnte.

Sarah freute sich eigentlich auf die stille Zeit des Winters. Die Hütten, die ihr vor noch nicht allzu langer Zeit wie enge, schmutzige und mit stickiger Luft erfüllte Brutstätten vorgekommen waren, boten ihr nun die Wärme und die Geborgenheit, die sie alle nötig hatten.

»Es wird bald viel Schnee geben«, sagte der alte Häuptling. »Die feuchte Kälte nagt an meinen Knochen.«

Die Wolken wurden schwer und hingen wie Steinbrocken tief über dem See. Am Abend fielen die ersten großen Flocken. Jede einzelne drehte sich glitzernd wie ein herunterfallender Stern Sarah ging mit Taliwan hinaus. Sie standen wie zwei Kinder in der aufkommenden Dunkelheit. Sie legten die Köpfe zurück und schnappten mit offenem Mund nach den Flocken, begierig, die ersten wirklichen Vorboten des Winters auf ihren Zungen zergehen zu lassen.

Nach dem Schnee kam die Kälte, die die Pocken mit sich brachte. Schlimme Nachrichten erreichten Canadanskawa. Die gesamte Bevölkerung verschiedener Dörfer von nördlichen Abnaki, Micmac und Malacite waren von der Seuche dahingerafft worden. Die wenigen Überlebenden irrten wie verlassene Kinder herum, unfähig, für sich zu sorgen. Die Franzosen nannten diese Krankheit die ›Englischen Pocken‹ und behaupteten, daß sie von den östlichen Konföderierten und vor allem durch die verräterischen Irokesen in diese Gegend geschleppt worden wäre. Die *Menschenwesen* aber meinten, daß die *jeepis*, die merkwürdigen kleinen Zwerggeister, die unter der Erdkruste und zwischen den Steinen lebten, die Krankheit verbreitet hätten, weil sie auf die Weißen, die ihr Land erobern wollten, eine mörderische Wut hatten.

Wodurch auch immer die Seuche ausgebrochen war, die Abnaki von Canadanskawa kamen nicht mehr zur Ruhe. Der Medizinmann, er war der Mann, der mit den Geistern Kontakt hatte, war völlig überarbeitet. Er begann seine Austreibungen in der Hütte des Häuptlings und räucherte die sich darin aufhaltenden *jeepis* mit einem qualmenden Zedernzweig aus. Auf den Knien rutschte er eine ganze Nacht hindurch rückwärts in der Hütte herum, um sie vollständig zu reinigen. Früh am Morgen legte er dann um den äußeren Rand des Dorfes einen dünnen Feuerring und befahl seinen jungen Gehilfen, über die Flammen hinwegzutanzen und mit ihren Fächern aus Truthahnfedern die tödlichen gefleckten *jeepis* zu bekämpfen.

Am Anfang schien der Zauber des Medizinmannes zu wirken. Es wurde niemand krank, und der Medizinmann war der gefragteste Mann im ganzen Dorf. Pausenlos mußte er von einer Hütte zur anderen gehen und sie durch eine mühsame und langwierige Prozedur reinigen, und obwohl er noch lange nicht bei der letzten Hütte angekommen war, war in Canadanskawa noch niemand krank.

Aber vielleicht war der Medizinmann zu alt, um noch Nacht für Nacht sein Bestes geben zu können und die Geistervertreibung wirkunsvoll zu vollziehen. Als er schließlich mit der letzten Hütte fertig war, wurde Sarah von heftigen Kopfschmerzen befallen. Totenblaß und am ganzen Leib zitternd, mußte sie sich manchmal übergeben. Sie schwitzte und fror abwechselnd, und sie fühlte sich so schlecht, daß sie am liebsten sterben wollte.

»Das ist nur der Anfang!« rief Blacksquaw. »Der Anfang der Pocken! Es fängt hier mit dem Tode meiner Tochter Wagwise an. Wer weiß, wer der nächste ist und wann es zu Ende sein wird.«

»Es ist möglich, daß wir alle sterben«, sagte der alte Häuptling. »Ich wußte, daß wir viel Kummer bekommen würden, als ich den Traum von dieser entsetzlichen kannibalischen Geistermaske hatte. Man kann einen Fluch wie diesen nicht mit einem einfachen Leichenfeuer vernichten. Hol mir den Mann, der mit den Geistern redet, aus dem Bett! Das ist eine teuflische Sache, gegen die er angegangen ist. Bring ihn her! Er muß weitermachen, und er wird gegen diese Krankheit kämpfen wollen, bevor sie zu stark für ihn wird und bevor sie unsere liebe Wagwise getötet hat.«

Als der Geruch von einer Zaubermischung aus Schlangenölen und Pantherfett in ihre Nase stieg, öffnete Sarah die Augen. Sie erblickte den alten Medizinmann, der neben ihr am Boden hockte. Er machte mit den Händen geheimnisvolle Bewegungen über ihren Augen. Seine Arme und Hände waren mit Lederriemen umwickelt. Sein eigenes Gesicht war mit roten Flecken bemalt, damit die Pocken auf ihm keinen Platz mehr fanden.

Rund um sich herum sah Sarah mehr als ein Dutzend vertrauter Gesichter, über denen der flackernde Lichtschein von langsam brennenden Birkenrindenfackeln tanzte. Die stickige Luft ließ Sarah nach Atem ringen. Als der alte Medizinmann mit den Gesängen der Heilung begann, hörte Sarah, wie die Kieselsteine gegen die Innenseite der Rassel schlugen, die aus zwei gegeneinanderliegenden Schildkrötenpanzern gefertigt war. Sarah hatte

Mitleid mit dem alten, müden Mann, dessen Stimme heiser geworden war. Sein Gesicht war mager und eingefallen, und es schien Sarah, als würde der monotone Gesang niemals enden.

Aber plötzlich stieß der Medizinmann einen wilden Angstschrei aus und hob die Hände schützend vor sein Gesicht. Die Abnaki lehnten sich in lähmender Furcht zurück. Zuerst langsam, dann immer heftiger fing die ganze Rindenhütte zu zittern an. Sie wurde geschüttelt, als ob heftige Windböen gegen die Wände schlugen. Einige der Fackeln verlöschten, und Frauen begannen zu schreien. Die Hüttenstangen knarrten und ächzten. Es schien Sarah, als hätte eine riesige Hand die Hütte gepackt, um sie zu zermalmen. Sarah schluchzte hysterisch.

Der Medizinmann erhob sich wankend von seinen Knien und zog ein großes Messer aus dem Gürtel. Er stach mit der spitzen Klinge suchend in der Dunkelheit herum. Seine linke Hand hielt er sich immer noch schützend vor die Augen. Erneut wurde die Hütte geschüttelt. Die Faust des alten Mannes fuhr mit dem Messer hoch über den Kopf. Ein gellender Schrei ertönte über ihm, als ob er etwas Unsichtbares getroffen hätte. Er wirbelte herum. Die Klinge seines Messers funkelte auf. Er knurrte wie ein verwundeter Bär und zog seinen Arm so heftig zurück, daß sogar die Krieger vor Schreck aufschrien und von ihm wegrückten. Erneut stieß er die Klinge mit aller Kraft in den Schatten, der sich sekundenlang über ihn gehängt hatte. Er traf. Ein Triumphschrei brach aus seiner Kehle. Als er das Messer zurückzog, konnte Sarah ganz deutlich sehen, daß die Klinge voller Blut war. Es tropfte über den Griff und lief in roten Rinnsalen seinen Arm entlang. Vom Eingang her ertönte ein gespenstisches Heulen, das hoch in die Luft zu steigen schien. Plötzlich zitterte das Haus nicht mehr. Der alte Medizinmann fiel neben Sarah auf die Hände und die Knie nieder. Erschöpft legte er seinen Kopf auf ihr Bett. Regungslos verharrte er eine Weile. Dann fing er an, hechelnd wie ein Hund Luft zu holen, und der Schweiß rann ihm in Bächen über das zerfurchte Gesicht.

Seine beiden Gehilfen stützten ihn, als er sich aufrichtete. Sie führten ihn aus der Hütte und zu seiner Schlafstelle zurück. Die Abnaki verließen in Ehrfurcht und vom Schrecken gezeichnet die Hütte. Sarah kroch auf allen vieren zum Eingang, blieb dort liegen und sog mit tiefen Atemzügen die Luft ein. Als sie sich stark genug fühlte, kroch sie wieder ins Bett zurück.

Sie erwachte am Morgen, und das Fieber war weg.

Taliwan nahm ihren Kopf zwischen seine Hände. »Du wirst leben«, sagte er. »Ich war noch nie in meinem Leben so glücklich über irgend etwas wie jetzt.«

In diesem Winter kam die Krankheit nicht nach Canadanskawa, obwohl die Kunde gebracht wurde, daß die Seuche Tausende von Angehörigen der östlichen Konföderiertenstämme dahingerafft, aber auch die Franzosen, die Engländer und die Irokesen nicht verschont hatte.

Ein Blizzard fegte über das Land hinweg, und als er sich endlich heulend über die Berge davongemacht hatte, schien es, als ob sich die ganze Welt selbst gereinigt hätte. Rundum breitete sich strahlendes Weiß aus.

Als am Ende des Januarmondes das Trockenfleisch und der Fischvorrat verbraucht waren, zogen die Dorfbewohner aus, um nach neuen Jagdgründen Ausschau zu halten. Im Walde waren die Schneewehen so weich und so tief, daß die Hirsche überall ihre Bauchabdrücke hinterließen. In dieser Zeit, bevor der Schnee hart wurde, war ein junger kräftiger Jäger auf Schneeschuhen gegenüber dem Wild im Vorteil. Es war die Zeit der Winterjagd.

Bear Man machte sich für die Jagd bereit und kämpfte sich schließlich, gefolgt von seinen Helfern, durch den tiefverschneiten Wald, um nach neuen Jagdgründen zu suchen. Es war eine der traditionellen Pflichten des Häuptlings, den besten Platz für das neue Winterlager zu suchen. Als er den Ort gefunden hatte, bezeichnete er die Stellen, wo die Hütten errichtet werden sollten.

Dann kamen die Frauen, legten ihre wenigen Habseligkeiten auf einen Haufen, schnitten süßduftende Zedernzweige und legten sie als Unterlage auf den Boden. Sie schnitten dünne Stämme, steckten sie an der richtigen Stelle in den Boden, bogen sie gegeneinander und verbanden sie untereinander. Das Stangengerüst wurde mit Rindenstücken und Hirschhäuten bedeckt. Die Betten wurden um das Feuer herum entsprechend der Rangordnung des Haushaltes angelegt. Das Abzugloch im niederen Dach war klein, um nicht zuviel Wärme zu verlieren. Sarah konnte in dem runden verrauchten Raum kaum aufrecht stehen. Aber es war warm in der Jagdhütte, und sie begrüßte die Abwechslung der Wanderzeit und den Überfluß an frischem Fleisch.

Der Februarmond war beinahe voll, als es eisig kalt wurde. In den Wäldern knackten die Bäume wie Musketenschüsse. Das Eis auf dem See wurde dicker und dicker. Der Druck wuchs, bis die Eisdecke an mehreren Stellen barst. Die Spalten schossen wimmernd wie Windgeister durch die Eisschichten gegen das Ufer. Weit draußen auf dem See jagten Wölfe wie graue Schatten im wirbelnden Hufschlag eines leichtfüßigen jungen Bockes und heulten vor Enttäuschung, als sie die Jagd aufgeben mußten, ohne ihn eingeholt zu haben.

Sarah beobachtete, wie der Mond gespensterhaft sein Licht über die Waldpfade gleiten ließ, und fühlte, wie sich in ihrem Leib das Kind regte.

Um seine Geschlechtsteile vor dem Erfrieren zu schützen, stopfte der alte Häuptling den Schwanz eines Silberfuches in seine hirschledernen Leggins. Die Spitze des Schwanzes ließ er als männliche Verzierung vorne heraushängen. Der Fuchsschwanz wärmte ihn und ließ seinen mageren Schenkeln genug Freiheit, sie in wiegender Gangart ungehindert so weit auseinanderzuschwingen, daß er sich nicht auf die eigenen Schneeschuhe trat.

An den meisten schönen Tagen ging der alte Häuptling mit den anderen auf die Jagd. Die Kälte schien ihm überhaupt nichts auszumachen. Sarah blickte ihm oft nach, wenn er in den Wald ging. Steifbeinig bewegte er sich durch die mit Rauhreif behangenen Tannen. Sein Atem quoll wie Dampf aus seinem Mund und formte sich vor seinem Gesicht zu Wolken, in denen das trübe Licht der Morgensonne spielte. Genau wie bei Norke schienen sich die Tiere ihm ohne Scheu zu nähern und sich ihm hinzugeben.

Eines Abends im Februar sah Sarah eine feuerrote Füchsin, deren Deckhaar an den Spitzen im Licht der untergehenden Sonne golden schimmerte. Sie stand regungslos und beobachtete, wie die geschmeidige Füchsin in die Luft witterte und sich dann so sanftfüßig wie eine Katze am Rand des vereisten Rieds entlang bewegte. Ihre Pfoten hinterließen eine Linie feiner Eindrücke im Neuschnee.

Da geht mein Namensvetter, dachte Sarah. Schau mich an, Wagwise. Ich frage mich, ob sich meine Seele, wenn ich tot bin, genauso anmutig bewegen wird?

Ende Februar kamen die heulenden Winde auf und brachten die schmetternden Eisstürme, die von stillen, sternlosen Nächten gefolgt wurden. Es war der kälteste und anregendste Winter, den Sarah je erlebt hatte.

Die Leute von Canadanskawa hatten ihr Jagdlager nicht weiter als sechs Tagesmärsche von einem Elchgrund inmitten eines zugefrorenen Sumpfes aufgeschlagen. Sie bedachten diesen Elchgrund mit sehr viel Respekt, und vielleicht lag es an ihren vielen Gesängen zu Ehren der Elche, daß sich diese großen Tiere den Jägern immer wieder zum Abschuß anboten. Allein drei von ihnen gaben sich den Pfeilen von Taliwan hin.

Sarah begleitete die anderen Frauen, die mit ihren Schlitten das Fleisch zum Lager zurücktransportierten. Das war eine willkommene Übung zur Ertüchtigung ihres Körpers, und Sarah freute sich darüber, daß sie noch immer gut mit ihren Schwestern mithalten konnte. Für die Frauen wurde ein Spiel daraus, wenn sie die schweren Schlitten an den langen Zugriemen um die Wette durch den Schnee schleiften.

Während der Ruhepausen brachten ihr die anderen Frauen das Schneeschlangenspiel bei. Es galt, einen speerähnlichen Stock in einer schmalen gekurvten Schneerinne schliddern zu lassen und ein bestimmtes Ziel zu treffen. Und wenn die Frauen ihre Rennen auf Schneeschuhen veranstalteten, dann vergaß sich Sarah manchmal und jubilierte vor Freude und Vergnügen. Die alten Frauen aber mahnten sie, leise zu sein, schauten sich dabei jedesmal sichernd nach allen Seiten um, denn sie hatten einen fast tierischen Instinkt, drohende Gefahren zu erkennen. Für sie war die Wachsamkeit längst zu einer Tugend geworden. Sie waren davon überzeugt, daß Stille und Wachsamkeit eines *Menschenwesens* bester Schutz waren, und nichts blieb ihnen unbemerkt. Kein geknickter Zweig am Wegrand entging ihren scharfen Augen, kein noch so feiner Geruch ihren empfindlichen Nasen. Sie waren Sarahs ständige Lehrer, und Sarah war ihnen eine aufmerksame Schülerin.

Wenn sie in der Nacht von der Jagd zu ihren Hütten zurückkehrten, wurden ihre Wangen leuchtend rot vom plötzlichen Temperaturwechsel zwischen der Kälte draußen und der Hitze des Feuers. Sie legten sich hin, aßen sich an köstlich gebratenem Elchfleisch satt, tranken die fette Brühe, die aus den Schwänzen der Biber zubereitet wurde, und lauschten den Geschichten, die Blacksquaw erzählte.

»Ein *awanoots* wird immer dem Ruf einer Kuhglocke folgen«, sagte Blacksquaw. »Ein namenloser Verwandter von mir besaß so eine Kuhglocke. Wenn er sich auf einem Streifzug im Süden befand, pflegte er sich jeweils in einem Wald hinzustellen und seine Kuhglocke zu läuten. Er brauchte nie lange zu warten, bis irgendein weißes Kind, Junge oder Mädchen, ausgeschickt wurde, um nach der Kuh Ausschau zu halten. Und so war es leicht für meinen Verwandten, ein Kind zu fangen. Das letzte, das er gefangennahm, war ein junges Mädchen. Er verkaufte es für einen Schweinekopf voll Brandy in Montreal. Zur Feier des Tages gab er ein großes Fest, und als alle schon ziemlich gefeiert hatten und betrunken waren, wurde er von einem seiner sogenannten Freunde mit der Zeltstange erschlagen. So brachte ihm am Ende der berühmte Trick mit der Kuhglocke wenig ein.«

Sarah lachte mit den anderen.

Auch Bear Man erzählte Geschichten, aber die waren meistens alte Überlieferungen und handelten von Riesenkarnickeln und monströsen Zwergen und von kraftvollen Bogenschützen, die ihre Pfeile zur Sonne schießen konnten. Squam, Nyack und Sanhop staunten seufzend über seine Geschichten und lauschten angespannt, die dicken Karibudecken über ihren Schultern. Sarah lag meistens entspannt neben ihrem neuen Ehemann auf dem breiten weichen Bett und hatte das Gefühl, als ob sie in der grenzenlosen Wärme dieser Familie zerfließen würde.

Wenn sie später auf diesen Winter zurückblickte, so zeigte er sich ihr als der schönste, den sie je in ihrem Leben verbracht hatte. Es war ein Winter, an dem alles stimmte, und sie erlebte ihn in völliger Harmonie mit den anderen Menschen dieser Gemeinschaft. So entwickelte sich eine Art von Freundschaft, wie sie Sarah nicht für möglich gehalten hätte. Selbst die Hunde fühlten sich in die Gemeinschaft eingeschlossen und heulten im Chor den Mond an, wenn die Gesänge der Leute aus den Hütten drangen.

Manchmal wurden diese Hütten vom Lachen über die Posen der Tänzer und vom zustimmenden Applaus für die Liedersänger förmlich geschüttelt.

Sarah veränderte sich. Ihr Bauch wurde runder. Sie freute sich über ihre Schwangerschaft, hatte aber gleichzeitig Angst davor, das Kind allein in der Gebärhütte auf die Welt zu bringen. Alles, was sie über das Gebärritual der Abnaki hörte, flößte ihr Angst ein. Sie versuchte, nicht daran zu denken und die trotzdem immer wieder aufkommende Beklemmung dadurch zu verdrängen, daß sie sich laufend die Freude und Glückseligkeit vorstellte, die sie erleben würde, wenn sie erst einmal ihr eigenes Kind zu sehen bekam und es im Arm halten konnte.

Während der langen Winternächte, wenn sie zusammen in ihrem Bett lagen, erzählte ihr Taliwan viele Dinge. »Als ich noch ein Junge war«, flüsterte er einmal, »da hatte ich schreckliche Angst vor den *awanoots.* Wir nannten damals alle Fremden einfach Weiße. Das war, weil wir den Unterschied zwischen den Franzosen, den Engländern und den Holländern noch nicht kannten. Ich selbst«, sagte Taliwan, »ich mag am liebsten die Franzosen. Die Engländer und die Holländer haben uns immer sehr kühl behandelt. Hast du noch nie gesehen, wie sie die Nasen rümpfen und hoch in die Luft halten, als würden sie schlechten Fisch riechen? Die Franzosen in Quebec sind überhaupt nicht so. Sie sind voller Feuer und Fröhlichkeit. Geh nach Montreal oder in eine ihrer Soldatenfestungen und höre, wie sie lachen und singen. Hast du sie noch nie in ihren langen Kanus gesehen? Tüchtige Paddler sind sie. Und kräftige Männer. Sie schlafen nicht einfach mit unseren Frauen und werfen ihnen am Ende ein paar Handelsperlen vor die Füße, bevor sie weglaufen, wie es die Engländer zu tun pflegen. Sie bleiben bei uns, leben mit uns, lernen unsere Sprache, bauen ein Haus und machen mit ihrer Frau so viele Kinder, wie sie Finger an den Händen und Zehen an den Füßen haben.« Er lachte. »Ja, da staunst du, wie? Aber die Franzosen sind gut, und sie kümmern sich sehr um jedes ihrer Kinder. Ich sage dir, Wagwise, diese Franzosen sind beinahe richtige *Menschenwesen.* Daß du eine Engländerin bist, macht nichts. Du bist eben nur auf der falschen Seite der Front geboren. Du könntest ebensogut eine Französin sein. Du besitzt den warmen und fröhlichen Charakter der Franzosen. Einmal, in der Nähe von Trois Rivières, habe ich einen riesigen Franzosen beobachtet, der einen großen Hut, einen langen grauen Mantel und hohe schwarze Schuhe mit Messingschnallen trug. Ich hatte große Ehrfurcht vor diesem Riesen und bat meinen Bruder oft, mit mir zusammen zu warten, um ihn beim Verlassen seines Hauses am Waldrand zuzusehen und zu beobachten, wie er mit mächtigen Schritten zu der Taverne bei La Forge ging, wo er gewöhnlich aß und trank. Ich versuchte mit Riesenschritten zu gehen, genau wie er, denn ich bewunderte ihn. Aber eines Tages machte ich den Fehler, diesem Riesen zu nahe zu kommen. Er war betrunken, und er holte mit seinem schweren Stiefel aus und gab mir einen Tritt, daß ich aus seinem Weg flog.«

Taliwan hielt Sarahs Hand gegen seine Rippen. Sie konnte fühlen, wo die Knochen gebrochen und schlecht wieder zusammengewachsen waren.

»Ich war damals noch sehr klein, und ich weinte den ganzen Weg bis zum Wigwam meiner Mutter, denn ich hatte den Riesen wirklich gern gehabt. Aber mein Bruder war zornig auf mich, und er schämte sich, weil ich weinte. Am nächsten Abend entlieh er sich heimlich die Muskete meines Vaters, lud sie und sagte: ›Komm, wir gehen auf die Elchjagd!‹

Ich sagte: ›Willst du mich zum Narren halten! So nahe bei der Stadt gibt es keine Elche!‹

Er sagte: ›Das stimmt nicht. Ich werde dir einen ganz großen zeigen.‹

Wir warteten in den Büschen in der Nähe von La Forge. Der Riese verließ sein Haus gerade nach Sonnenuntergang, und mein Bruder zwang mich dazu, hochzuspringen und *›Bon soir, monsieur‹* zu sagen. Das tat ich, und der Franzose hielt an und blickte mich an.

Ich hörte, wie sich die Muskete entlud. Und als die Schrotladung den Riesen traf, schien sein ganzer Kopf in kleine Stücke zerfetzt zu werden. Mein Bruder und ich, wir rannten zu unserem Haus zurück, taten die Muskete an ihren Platz und eilten dann in die Stadt, wo wir allen Leuten erzählten, daß wir in der Nähe von La Forge Irokesen gesehen hätten. Die Franzosen glaubten uns, als sie den toten Riesen fanden. Unsere Jäger, die

Spuren lesen konnten, verrieten uns nicht. Fünf Monate lang sah ich in meinen Träumen, wie sein Kopf auseinanderbarst. Und ich schämte mich, daß ich mitgeholfen hatte, ihn hinterrücks zu töten. Ich war froh, daß meine Familie von Trois Rivières nach Missisquoi zog, aber ich fürchtete trotzdem alle *awanoots*, bis ich dir begegnet bin.«

»Es ist schlimm, was dein Bruder getan hat«, sagte Sarah.

»Nun, sie nahmen Rache«, sagte Taliwan. »Die *awanoots* töteten meinen zweiten Bruder und alle, die mit ihm waren, in der Schlacht bei den Stromschnellen.«

»Ich trauere um deinen Bruder«, sagte Sarah. »Und ich trauere um denjenigen, den er getötet hat.« Sie überlegte einige Sekunden. Dann sagte sie: »In Missisquoi, im Haushalt deiner Mutter, hatte ich es wirklich sehr schwer. Zuerst war es, als ob ich in einem eisernen Käfig gefangengehalten würde. Umgeben von Haß. Ich hatte alle Hoffnung auf ein besseres Leben verloren. Aber nach der Nacht, in der du mich zum erstenmal berührt hast, habe ich mich nie mehr wirklich einsam gefühlt. Die Leute von Missisquoi waren mir nicht mehr so fremd. Ich fing sogar an, sie als Freunde zu sehen, als Verwandte von dir. Und einige der kleinen Kinder waren für mich wie eigene.

Ich habe nie daran gedacht, zusammen mit Hawk fortzulaufen, bis du mir gesagt hast, daß du in das Haus der Krieger gehst, um gegen meinen älteren Bruder zu kämpfen. In derselben Nacht hast du mir gesagt, daß der Mann mit der Narbe im Gesicht meinen kleinen Bruder Benji getötet hat, bevor man mich von der Farm wegbrachte. Und als du gegangen warst, fürchtete ich mich davor, am Morgen aufzuwachen. Und ich hatte Angst einzuschlafen, denn ich wollte nicht von bösen Träumen erschreckt werden.«

»Dein kleiner Bruder«, sagte Taliwan, »hat seinen Geist ausgeschickt, der dich in deinen Träumen heimsuchen wird.«

»Warum sollte Benji so was tun?«

»Weil du es gewagt hast, seinen Namen auszusprechen. Ich habe dich davor gewarnt. Wir beide müssen vorsichtig sein, wenn wir vom Tod reden. Nenne nicht die Namen von Toten!«

Als das Eis auf dem See zu schmelzen begann und sich ein Hauch von Grün über die Kronen der Bäume legte, verließen die Abnaki ihr Winterlager und folgten ihrem Häuptling zurück nach Canadanskawa. Langsam wurde es Frühling. Die Ahornknospen schimmerten rötlich, als das Eis an den Uferrändern brach. An stillen Abenden konnte man das Rauschen des Schmelzwassers in den Flüssen hören. Die Mittage verbrachte Sarah oft draußen und ließ sich mit geschlossenen Augen von der warmen Frühlingssonne bescheinen, und allmählich wurde ihr Gesicht so braun wie die ihrer Geschwister. Sie half mit, den Saft aus den Zuckerahornbäumen zu ziehen und ihn in den Kupferkesseln über den Feuern im Freien einzukochen.

Oft dachte sie daran, wie der Frühling auf der Farm für sie und ihre Mutter gewesen war. Meistens hatten sie vor lauter Schrubben, Bürsten, Waschen, Seifeherstellen, Feuermachen und Auf-kleine-Kinder-Achtgeben kaum je Zeit, sich aufzurichten und dem Frühling zuzulächeln. Es war so viel leichter, dieses freie wilde Leben zu führen, das einem genug Zeit ließ, den See oder den Himmel zu beobachten. Man hatte Zeit, wirklich zu leben. Sicher mußte sie Feuerholz sammeln, Häute schaben und beim Einbringen des Fleisches helfen, aber dies waren alles kleinere Aufgaben, die sich zeitlich einteilen ließen und deshalb überhaupt nicht mit der endlosen Schufterei, die sich die Weißen auferlegten, zu vergleichen waren. Sarah kannte nun wirklich den Unterschied, denn sie kannte beide Welten.

»Chango hat mir erzählt, daß du in einem großen Haus gelebt hast. Mit vielen Fenstern und zwei starken Türen«, sagte Taliwan eines Tages.

»Ja, das stimmt«, sagte Sarah.

»Und deine Familie hatte Bedienstete. Einen Pennacook und einen Weißen. Ihr hattet ein Pferd und andere Tiere, die zum Haus kamen, wenn ihr sie gerufen habt.«

»Einige kamen. Andere kamen nicht«, lächelte Sarah. »Und die Ziege mochte mich überhaupt nicht. Die Kühe kommen meistens auch nicht, wenn die Leute nach ihnen rufen.«

»Durch einen Spalt in der Wand eures Hauses haben Chango und Norke euch beim Essen am letzten Abend beobachtet. Sie sagen, daß ihr Truthahnfleisch und Mais gegessen habt.«

»Das stimmt«, gab Sarah zu. »Wir hatten keine Ahnung, daß wir beobachtet wurden. Der Hund hätte uns gewarnt, aber er war mit Josh gegangen.« Sarah machte eine kurze Pause. »Ich habe lange über das Haus meiner Familie nachgedacht«, sagte sie. »Und ich vermisse es nicht.«

»Warum?« fragte Taliwan.

»Dieses Haus war groß und kalt, und ich hatte immer Angst, daß dort Geister umgingen. Meine Eltern lachten selten. Sie verstanden sich nie so gut, wie wir uns hier in Canadanskawa verstehen, obwohl wir alle eng zusammen lebten. Großvater war der einzige, der in diesem Haus Geschichten erzählte, aber meistens hatten wir keine Zeit, ihm zuzuhören. Hier in Canadanskawa schlafen wir alle friedlich, bis wir nicht mehr müde sind. In unserem Haus standen wir auf, bevor die Sonne aufging. Wir mußten Holz für sechs Feuerstellen herbeischaffen und unzählige Eimer voll Wasser zum Haus schleppen.« Sarah deutete auf den Eimer. »Hier fülle ich diesen Kessel einmal am Tage und das reicht für die ganze Familie. Auf unserer Farm fütterten wir die Tiere, spannen Garn, machten Seife, schrubbten andauernd Fußböden, machten Butter, bis unsere Arme nicht mehr konnten. Wir wuschen alles, was man waschen konnte, und wir kochten und buken bis in die Dunkelheit hinein. Ich war immer müde. Meine Mutter und ich, wir waren die Sklaven dieses Hauses und der Tiere und des Landes, das wir bebauen mußten, weil wir alles, was vorher dagewesen war, vernichtet hatten. Es ist kein Wunder, daß meine Schwester Kate so froh darüber war, daß man sie weggeschickt hat.«

»Warum habt ihr denn all diese schweren und unerfreulichen Arbeiten verrichten müssen?« fragte Taliwan verständnislos.

»Das weiß ich selber nicht«, erwiderte Sarah. »Ich denke, daß es vielleicht mit unseren Lebensgewohnheiten zusammenhängt. Hier in diesem Dorf tun wir fast nichts von alledem, und trotzdem haben wir doch alles, was wir brauchen. Und vor allem haben wir Zeit, das Leben zu genießen.«

»Du hättest uns kennen sollen, bevor dieser *awanoots*-Krieg ausbrach«, sagte Taliwan. »Da lebten wir noch viel sanfter.«

»Sanfter?« fragte Sarah. »Seid ihr denn damals nicht auch auf den Kriegspfad oder auf Streifzüge gegangen?«

»Oh, sicher, aber das war damals etwas anderes«, erklärte Taliwan. »Wie könnten Männer ihre Tapferkeit beweisen ohne einen kleinen Kampf? Wie hätten sonst die Eltern einen guten Mann für ihre Töchter aussuchen können? Das ist bei uns nicht viel anders als bei den Franzosen und den Engländern. Wir sind immer darauf aus, uns in einer Schlacht zu bewähren. Wir singen Lieder des Krieges und rauchen Tabak, während wir unseren Medizinmann darum bitten, für uns einen günstigen Tag für den Kampf auszusuchen. Dann erst legen wir die Kriegsbemalung an und greifen früh am Morgen an. Gewöhnlich sind wir mit dem Kampf fertig, bevor es Mittag ist, so daß wir noch bis zum Abend heimkehren und uns um unsere Familien kümmern können. Bei den Weißen ist das anders. Die kämpfen wie Verrückte Tag für Tag, von Sonnenaufgang bis Sonnenuntergang, und sie hören nicht damit auf, bis alle tot sind. Diese Art des Kampfes, den die Weißen Krieg nennen, können wir nicht verstehen. Krieg ist zu grausam, und er taugt nichts für einen guten Mann, der seine Tapferkeit erproben will. So ein Krieg bereitet uns kein Vergnügen.«

Sarah nahm Taliwans Hand und legte sie auf ihren Bauch. »Fühlst du, wie es sich bewegt?« fragte sie leise. »Unser Kind wird bald kommen.«

»Stell dir vor«, flüsterte Taliwan, »hier liegen wir, zwei Feinde, nebeneinander und umarmen uns in der Hütte eines Dorfes, das uns beiden fremd war. Es ist der Krieg, der uns hier in diesem Ort zusammengebracht hat. Ja, ich berühre deinen sanften weißen Bauch, in dem unser Kind geborgen ist. Und ich frage mich, ob es jemals möglich gewesen wäre, daß wir uns gegenseitig den Tod gewünscht hätten, nur weil wir verschiedenen Völkern angehören. Es ist schwer, mir ein Leben ohne dich vorzustellen.«

Als der Sommer zu Ende ging, sagte Blacksquaw: »Wagwise, bald wirst du das Kind bekommen. Wenn der Neumond aufgeht, mußt du in das Gebärhaus hinter der Landzunge gehen und dort allein leben, bis das Kind kommt. Wenn sich irgendwelche Leute dem Haus nähern, mußt du lärmen und sie davonjagen.«

»Warum?« fragte Sarah besorgt. »Ich fürchte mich davor, mein Kind allein zu bekommen. Warum kann nicht jemand mitkommen?«

»Mit dem Kind kommt auch Blut, und das Blut einer Frau würde diese Hütte und alle Leute, die darin wohnen, vernichten. Du würdest sie überfluten, und sie würden in deinem herausberstenden Fruchtwasser ertrinken. Das weiß doch jeder.«

»Davon weiß ich nichts«, sagte Sarah. »Ich habe nur solche Angst!«

»Nein«, sagte Blacksquaw ernst. »Deine Schwestern werden dir die Nahrung mit langen Stöcken zuschieben. Und du bist ja in der Nähe des Flusses. So wirst du genug zu trinken haben. Nimm dieses kleine Messer hier und leg es unter deine Decke. Es wird dir helfen, den Schmerz von dir zu trennen, wenn er dich überfällt. Ich werde hier sitzen und das Lied der Mutter für dich singen, wenn es soweit ist. Das wird es leichter machen für dich.«

»Ich fürchte mich trotzdem!« sagte Sarah.

»Wenn du stirbst, dann sollst du sterben«, sagte Blacksquaw fest. »Wenn du überlebst, dann sollst du und dein Kind leben.« Sie seufzte. »Alles, was geschehen wird, ist schon lange festgelegt. Wir können diese Dinge nicht ändern.«

Die Geburt von Sarahs Kind war schrecklich. Taliwan war derart durcheinander, daß er das Dorf verließ und auf die Jagd ging, genau wie es sich für einen Ehemann gehörte, der Vater werden wollte. Und alle anderen *Menschenwesen* blieben der Gebärhütte fern, als ob Sarah, die in ihren Wehen laut schrie, plötzlich vom Teufel besessen wäre.

Sarah mußte in dem Augenblick, als das Kind herauskam, ohnmächtig geworden sein, denn als sie wieder erwachte, lag es bereits zwischen ihren Beinen und jammerte. Mit zitternder Hand ergriff sie das Messer und zerschnitt die Nabelschnur zwischen sich und dem Kind. Dann nahm sie es an sich, um es warm zu halten. Das neugeborene Kind fand ihre Brust und fing an, wie ein kleines Tier daran zu lutschen und zu saugen. Erst später, als sie es mit einem weichen Rehkitzfell zu säubern anfing, entdeckte sie, daß es ein Knabe war. Seine winzigen Hände waren zu Fäusten gepreßt und das klebrige Haar war schwarz.

Sarah fing an, das Lied zu singen, das ihr Blacksquaw beigebracht hatte, das Lied, das ihm Kraft für sein ganzes Leben geben sollte. Mitten in der Nacht hob jemand behutsam das Fell vom Eingang. An einer langen Stange, die nur bei Geburten Verwendung fand, schob jemand einen kleinen Eisentopf voll Bärentatzensuppe in die Hütte. Sie war heiß und schmeckte köstlich. Und Sarah wußte, daß ihre schwere Prüfung jetzt vorüber war.

Später erzählte ihr Blacksquaw: »Am Tage, als dein Sohn geboren wurde, sah ich zum erstenmal in diesem Jahr die blutigen Tupfen auf den Blättern des Ahorns. Das ist kein gutes Zeichen. Es ist ein Zeichen für Gewalt und Tod. Wir werden abwarten und sehen.«

Als Sarah sie um einen Namen für ihr Kind fragte, schüttelte Blacksquaw nur den Kopf und sagte: »Zu früh. Warte ab, ob es am Leben bleibt.«

Als Taliwan mit den anderen von der Jagd zurückkam und seinen Sohn sah, war er so erfreut, daß er sich sofort daranmachte, ein glattes, hölzernes Tragbrett herzustellen. Und Squam lehrte Sarah sorgfältig, wie ein Kind eingepackt werden mußte. Der alte Häuptling war schon dabei, für seinen Enkel einen kleinen Bogen und drei kleine Pfeile zu machen, die Sarah dann unter die Schlafstelle ihres Sohnes legte, damit er einmal ein erfolgreicher Jäger würde.

Das Kind hatte die blauschwarzen Haare und die breiten Wangenknochen des Vaters, aber es besaß die helle Haut von Sarah und ihre graugrünen Augen. Es verlebte den Winter in voller Gesundheit, aber im Frühling konnte sich Blacksquaw immer noch nicht dazu entschließen, ihm einen Namen zu geben.

14

Am Ende des dritten Winters, den Sarah bei den Abnaki verbrachte, geschah etwas Seltsames.

Es begann am Abend, als die Himmelsmänner kamen. Wirre Zwerge und schreckliche Riesen tauchten in den unheilvoll verzerrten Wolkengebilden auf. Der Medizinmann sagte, daß sie etwas Böses mit sich bringen würden. Am Morgen hatte der Wind gedreht und kam nun heulend und feucht vom Norden her. Es sah nach Regen aus. Unten am Ufer warteten die Morgensänger auf einen Tag, der nicht kommen wollte.

Als schließlich der Morgen graute, hörte Sarah den keuchenden Atem einer Frau, die vom See heraufgelaufen kam. Sie eilte von Hütte zu Hütte und schrie den Bewohnern des Dorfes mit schriller Stimme eine Warnung zu. Sarah lief aus der Hütte, das Baby im Arm. Sie sah, wie eine Windböe den Regen über die Oberfläche des Sees trieb. Draußen auf dem Tanzplatz standen alte Männer und Kinder beisammen und beobachteten prüfend den Himmel. Ein dünner Rauchschleier zog wie Nebel das ganze Seeufer entlang. Unten am Wasser versammelten sich aufgeregte Frauen. Sarah rannte zu ihnen hinunter, vorbei an Bear Man, der mit seinem Stock den Boden abklopfte, während er in der Luft herumschnüffelte.

»*Wabanakan?*« rief ihm Sarah fragend zu. »Ein Waldbrand?«

»Nein«, rief er zurück. »Die alte weise Frau schwört, daß sie im Rauch den Tod riechen kann. Sie sagt, sie riecht verbranntes Blut. Sie fürchtet, daß es einen Kampf gegeben hat und daß Missisquoi brennt.«

Sarah atmete den beißenden Rauch ein, der sich über dem See ausbreitete. Er brannte in ihren Augen. Sie blickte über den See hinweg und sah, wie die Regenböen bleierne Muster ins Wasser klatschten. Sie zitterte im kalten Wind. Es war einfach, an einem Tag wie diesem zu glauben, daß der Tod über den See käme.

Donner war zu hören. Er grollte wie entferntes Kanonenfeuer.

Bis gegen Mittag war der Rauch abgezogen. Südwärts, dem See entlang. Zurück blieb eine frostige Stille. Wenn es ein Waldbrand war, so hat ihn der Regen gelöscht, dachte Sarah.

Bevor es dunkel wurde, stellten die Abnaki entlang des Nordufers, hinter dem Dorf und im Süden Wachtposten auf. In dieser Nacht wurden keine Feuer gemacht. Die Hütten des Dorfes tarnte man mit Tannen, Fichten und Zedernzweigen, bis man das Dorf in der Dunkelheit nicht mehr erkennen konnte. Die Blitze kamen wieder. Zornig zuckten sie über den westlichen Himmel. Der See reflektierte das gleißende Licht.

Mitten in der Nacht hörte ein Wachtposten ein Abnakisignal. Irgendwo draußen im Wasser war ein Mann, der den Notruf ausstieß, indem er den Ruf einer Taucherente nachahmte, die nach ihrem Jungen sucht. Zuerst erwiderte der Posten das Signal nicht, denn er fürchtete einen Trick der Mohawk. Zweimal sah der Wachtposten die Funken eines Feuersteins, der gegen die Pulverpfanne einer Muskete schlug. Als er auch dieses Signal nicht beantwortete, hörte er die verzweifelte Stimme eines Abnaki rufen: »Wo seid ihr, Vettern? Wir bluten! Helft uns, Brüder! Wir sterben!«

Als der Posten im Aufzucken eines Blitzes einen Schatten im Wasser erkennen konnte, nahm er zwei Steine und schlug sie fest zusammen. Der Klang ging im Donnergetöse unter, aber die Leute auf dem Wasser hatten das Signal vernommen. Ein Kanu schälte sich aus der Finsternis und schoß auf das Ufer zu. Der Posten hörte die wilden Paddelschläge. Der Regen peitschte seinen Nacken, und er spannte vor Angst den Hahn an seiner Muskete. Waren die Leute im Kanu tatsächlich *Menschenwesen*?

Er hörte ihren keuchenden Atem, während sie näher kamen, und der Wind trug ihm den Geruch von Schweiß entgegen. Er glaubte, ihre Angst spüren zu können. Jemand im ersten Kanu röchelte wie ein Sterbender, der an seinem eigenen Blut erstickt. Es waren entsetzliche Laute. In der vom Regen gepeitschten Dunkelheit konnte er kaum Einzelheiten erkennen. Er sah nur die Umrisse von zwei Kanus. Ein Blitz schlug in der Mitte des Sees ein. In der plötzlichen Helligkeit erkannte er die Menschen in den Kanus als Leute von Missisquoi. Schnell schwenkte er die Mündung seiner Muskete zur Seite. Das, was er im grellen Licht gesehen hatte, lähmte ihn vor Entsetzen.

»O Bruder, hilf uns!« stöhnte einer von den Missisquoi-Abnaki aus der Dunkelheit. »In unserem Dorf sind alle umgebracht worden! Und wir sind alle verwundet. Viele von uns liegen im Sterben! Diese Boote sind voll vom Regen und von Blut! Hilf uns!«

In den zwei Kanus waren elf Personen zusammengepfercht. Das war dreimal zuviel. Gegen Ende des Kampfes waren sie zu zwölft in Missisquoi aufgebrochen. Aber als sie vom Ufer wegtrieben, hatte sich ein Mohawk niedergekniet und sein Gewehr an die Schulter genommen. Es war mit rostigen Nägeln geladen. Er feuerte und traf. Viele in den Kanus wurden verwundet. Da die Fliehenden glaubten, der eine Heckmann sei tödlich getroffen, warfen sie ihn kurzerhand über Bord, um mehr Platz für die Lebenden zu schaffen. Als er im Wasser aufklatschte, begann er aber zu schreien und wild um sich zu rudern, aber sie konnten nichts mehr für ihn tun, und er ertrank.

Zwischen zwei Donnerschlägen hörte der Wachtposten das blubbernde Keuchen eines Mannes, der einen Lungenschuß abgekriegt hatte. Im Aufleuchten des nächsten Blitzes sah der Posten, wie der sterbende Mann von Kameraden ans Ufer geschleift wurde. Er stieß schreckliche Laute aus, als sie ihn mit einer blutgetränkten Decke umwickelten und ein paar Kiefernzweige über ihn legten. Als sie ihm die Muskete, das Pulverhorn und das Kriegsbeil wegnahmen, wehrte er sich schwach. Aber sie hatten keine Wahl. Sie mußten sich in aller Eile auf eine Verteidigung vorbereiten, denn sie wußten nicht, ob sie von den Mohawk verfolgt wurden und wie nahe diese inzwischen herangekommen waren. Der Posten hatte das Gefühl, als würde er längst aus der Dunkelheit heraus von den bohrenden Blicken eines Mohawk beobachtet.

Als sich einer der Ankömmlinge umdrehte, erkannte der Posten in ihm Chango, den Kriegshäuptling von Missisquoi. Sein Körper war blutverschmiert. Chango war fast die ganze Zeit der verzweifelten Flucht nach Süden ohnmächtig gewesen. Er war im Kampf von einem Tomahwak getroffen und durch Messerstiche verletzt worden, und er hatte kaum mehr die Kraft gehabt, unter den Toten hervorzukriechen und sich hinunter zum Anlegeplatz zu schleppen.

Der Posten erkannte auch den Franzosenkorporal an den Konturen seines Fettwanstes. Außerdem hörte er ihn auf französisch und in der Sprache der Abnaki fluchen. Der Korporal verlangte sofort zu wissen, wo denn überhaupt das Dorf sei. »Wir haben viele Verwundete!« schnaufte er. »Wir haben Sterbende!« Er selbst war derart erschöpft, daß er nichts für die Verwundeten tun konnte.

Als der Posten ihm den Weg wies, taumelte der Korporal ein paar Schritte durch das seichte Wasser und lehnte sich gegen eines der Kanus, in dem regungslos eine kleine Abnakifrau aus Missisquoi saß und ins Leere starrte. Eine Hand hatte sie gegen ihren Kopf gepreßt, um das Blut, das aus einer klaffenden Wunde quoll, aufzuhalten. Diejenigen, die noch nicht ganz erschöpft waren, halfen, die Verwundeten ans Ufer zu bringen und zum Dorf zu schaffen. Einige Gestalten taumelten am Posten vorbei und blickten sich immer wieder gehetzt nach Verfolgern um, die jeden Moment auftauchen konnten. Wieder zuckte ein Blitz auf. Er beleuchtete die Männer, die sich im dröhnenden Donnergrollen duckten und am Ufer entlangwankten, als ob sich hinter ihnen die Hölle aufgetan hätte.

Sarah stand mit anderen Frauen still am Dorfrand von Canadanskawa. Die regennassen Hunde heulten nicht einmal ihre übliche Warnung, denn es waren Abnaki, die durch die Dunkelheit kamen. Männer aus Missisquoi, die das getarnte Dorf verpaßt hatten und daran vorbeigepaddelt waren.

Die Frauen beeilten sich, den Verwundeten beizustehen. Der erste Mann, den Sarah berührte, war tot. Sie ließ ihn los und packte den Korporal am Arm. »Bist du verletzt?« fragte sie leise. »Wo ist Hawk?« Sie schüttelte ihn und brüllte: »Wo ist sie?! Ist sie am Leben?«

»Sont morts«, erwiderte der Korporal und seine Augen leuchteten wild auf. »Alle, die in Missisquoi geblieben sind, sind tot oder werden jetzt von den Mohawk langsam zu Tode gemartert und verbrannt!« Er hob die Nase in den Wind und zuckte zusammen. »Ich rieche ihr verbranntes Fleisch im Wind!«

Er erhob sich und taumelte den Pfad hoch, der zum Dorfplatz führte.

Sarah nahm die kleine Abnakifrau bei der Hüfte und half ihr den Pfad hoch. Ihr war quer über den Kopf geschlagen worden, und sie war bewußtlos zusammengebrochen. Die Mohawk hatten sie skalpiert und für tot liegenlassen. Noch benommen und fast verrückt vor Angst und Schrecken, hielt sie ein kleines Kind gegen ihre Brust gepreßt. Sie hatte ihm den Mund mit einem Hirschlederstreifen zugebunden, damit es während der Flucht nicht schreien und dadurch die Mohawk anlocken konnte. Die Gewißheit, daß sie als einzige Frau dem Massaker entkommen war, brachte sie fast um den Verstand. Ihre Augen waren weit aufgerissen, und es schien, als ob sich die blutigen Erlebnisse noch immer in ihnen widerspiegelten.

In dieser Nacht starben noch zwei von den Kriegern, die dem Blutbad in Missisquoi entkommen waren, an ihren Verletzungen. Es gab keine Beerdigung und kein Wehklagen für sie im Dorf. Alle hatten Angst, sich durch einen Laut oder eine Bewegung zu verraten. Das ganze Dorf lag völlig verlassen da. Alle Bewohner waren im Wald verschwunden, denn sie waren davon überzeugt, daß die Mohawk auf ihrem Kriegszug das östliche Seeufer herunterkommen würden, um hier zu plündern und zu morden.

Es regnete vier Tage hintereinander, und der See war die ganze Zeit vom Nebel verhüllt.

Blacksquaw sagte, daß der Himmel die Toten beweine. Der Medizinmann sang Vernichtungsgesänge gegen die Mohawk, während er auf dem Tanzplatz seinen riesigen Steinhammer um sich herumschwang. Der alte Häuptling, der sich mit seiner Familie im Wald versteckt hielt, verbot, Feuer zu machen. Er schimpfte die ganze Zeit herum, weil das Schlafen auf dem feuchten Boden seine Knochen steif werden ließ und seine alten vernarbten Wunden in der Kälte hart wurden und zu schmerzen anfingen.

Zwei Wochen später waren der alte Häuptling und Blacksquaw die ersten, die in das verlassene Dorf zurückgingen. Sie entfernten ein paar verdorrte Zweige, mit denen sie die Hütte getarnt hatten, und entfachten das Feuer. Unter den anderen Abnaki ging das Gerücht um, daß die beiden sich für den Notfall einen Plan ausgedacht hatten. Demnach wollte Blacksquaw dem Alten beim ersten Kriegsschrei der Mohawk die Kehle durchschneiden. Dann würde sie die Spitze der Klinge gegen ihre Brust halten und sich auf das Messer fallen lassen, so daß es in ihr Herz fahren würde. Jedermann wußte, daß sie dies nicht aus Furcht vor den Mohawk ersonnen hatten, sondern weil sie fühlten, daß sie zu alt waren, um Folter und Schande über sich ergehen lassen zu müssen.

Schon in der nächsten Nacht waren mehr als die Hälfte der Dorfbewohner in ihre Behausungen zurückgekehrt.

Früh an einem Morgen wurden sie von den knurrenden Hunden geweckt. Männer griffen zu den Waffen. Man fürchtete einen Angriff. Aber lange Zeit geschah nichts, und es war niemand zu sehen. Dann hörte man plötzlich eine Frau vom Wald her vertraute Namen rufen.

Zu Sarahs Verblüffung trat Hawk unter den Bäumen hervor. An der Hand führte sie ein kleines Kind aus Missisquoi. Der alte Norke folgte ihnen auf unsicheren Beinen. Ihre Kleider waren zu Fetzen gerissen. Langsam kamen sie auf die Hütten zu. Die Bewohner von Canadanskawa aber hielten sich zurück, weil sie fürchteten, daß es vielleicht nur die Schattenbilder der Toten waren, die dort aus dem Wald kamen, gemarterte Seelen, die keine Ruhe finden konnten.

Sarah rannte ganz alleine über den Platz, um ihre Freunde zu begrüßen.

»Hawk!« keuchte sie. »Hawk! Gott sei Dank, du bist am Leben!«

»Weib, ich hätte gewettet, daß sie dich umgebracht haben!« schrie der Korporal, während er mit Chango über den Tanzplatz lief, um dem alten Norke zu helfen.

Hawk blieb stehen. Sie hielt den völlig verängstigten Knaben aus Missisquoi an der Hand fest und starrte den Korporal an, ihre Augen hohl vor Hunger und kalt wie Stahl.

Der Franzose betastete sie, damit er den anderen zeigen konnte, daß sie Wirklichkeit war. »Schaut her!« rief er. »Kein Geist!« Er zwickte sie in die Brust. »Wagwise, schau sie dir an!

Schau nur, wie gut ich meine Sklavin abgerichtet habe! Vor zwei Jahren ist sie von mir weggelaufen. Jetzt war sie frei, und sie rennt sofort zu mir zurück. Hat versucht, mich zu finden! Endlich scheint sie zu lernen, was gut für sie ist.«

»Du Teufel!« schrie Hawk und wandte sich von ihm ab.

»Ich schlafe dort drin!« lärmte der Korporal und zeigte auf eine der Hütten. »Dort, in dieser Hütte! Das ist meine Hütte! Mach, daß du dort hineinkommst, Weib!« Er zwinkerte Sarah und Chango zu und sagte auf englisch: »Ich verschwinde jetzt und belohne dieses Weib dafür, daß sie mir die Treue gehalten hat. Danach kriegt sie vielleicht etwas zu essen. Laß diesen dreckigen Knirps los!« brüllte er Hawk an.

»Ich habe keinen Hunger«, log Hawk und schubste den Knaben sanft einigen Frauen zu. »Gebt ihm bitte etwas zu essen. Er ist halb verhungert. Und Sarah, würdest du dich um Norkes Wunden kümmern? Er hat unser Leben gerettet und dabei eine Kugel in das Bein abgekriegt.«

Sie wandte sich wieder dem Korporal zu und starrte ihn herausfordernd an. Und plötzlich, aus eigenem Antrieb, schritt sie in aufrechter Haltung in seine Hütte. Es schien Sarah, als ob ihr der Korporal nach all seinem prahlerischen Getue eher demütig folgen würde.

Bevor ein halber Monat vorbei war, kehrten alle Bewohner von Canadanskawa zurück. Man entfernte die alte Tarnung, und die Kinder lachten und spielten wieder das Hüpfspiel auf einem Bein. Das Leben ging weiter.

Die Abnaki stellten täglich vier Wächter auf und verdoppelten die Wachtposten während der Nacht. Falls ein Angriff erfolgen sollte, hatten sie dafür längst einen Verteidigungsplan entworfen. Taliwan wurde ebenfalls als Wache eingeteilt. Jede Muskete war geölt und jeder Bogen schußbereit, die Pfeilspitzen, die Messer und Tomahawks rasiermesserscharf.

Die Frau, die sie ›Small Frog‹ nannten, trug nun einen kleinen kegelförmigen Hut aus Birkenrinde, der an den Rändern mit Verzierungen aus gefärbten Stachelschweinborsten versehen war. Sie tat, als hätte sie vergessen, was geschehen war. Aber nachts konnten sie die Leute in ihren Alpträumen schreien hören und während eines ihrer Anfälle erwürgte sie in ihrer Angst beinahe ihr Kind.

Sarah war froh darüber, daß Changos und Norkes Wunden bereits gut verheilt waren, und sie war glücklich, daß Hawk wieder in ihrer Nähe war. Hawk, für die Tätowierungen schlechte Omen bedeuteten, konnte zwar nicht verstehen, daß sich Sarah dazu hergegeben hatte, ihr Gesicht zu verunstalten, aber sie gewöhnte sich langsam daran und war sehr lieb zu Sarahs Kind.

Es hatten so viele Abnakifamilien derart schreckliche Dinge erleben müssen, daß Sarah längst keinen Gedanken mehr an ihren eigenen Zustand verschwendete. Schon gar an ihre Tätowierung, an die sie sich nur noch ab und zu erinnerte, wenn sie zum Fluß ging, um den Kupferkessel mit Wasser zu füllen, und sich ihr Gesicht im stillen dunklen Wasser spiegelte. Die Anwesenheit Hawks änderte nichts daran, daß sie nur noch im Sinn hatte, mit Taliwan und ihrem Kind am Leben zu bleiben, auch wenn die Mohawk das Dorf überfallen sollten. Der Gedanke, daß sie hätte fliehen können, um zu ihren eigenen Leuten zurückzukehren, erschien ihr äußerst unwirklich.

Der Franzosenkorporal und Chango begegneten den Leuten von Canadanskawa am Anfang etwas beschämt. Sie redeten wenig über den Überfall. Es war immerhin ein seltsames Wunder, daß ausgerechnet die beiden Männer, die sozusagen vom Krieg lebten, das Massaker in Missisquoi geschickt zu überleben verstanden hatten. Mehr als hundertzwanzig Männer, Frauen und Kinder waren umgekommen, und soweit man wußte, lebten nur noch neun, die davon erzählen konnten. Und diese behaupteten, daß es für das, was an jenem schrecklichen Morgen in Missisquoi passiert war, keine Worte gab. Für sie waren die Einzelheiten des Massakers im Blut untergegangen, und für die Abnaki in Canadanskawa wurde jener Morgen ›Der Morgen der Roten Schlangen‹. Wenn sie davon redeten, taten sie dies mit gebleckten Zähnen.

In Canadanskawa war man über die Ankunft von Chango und seinem französischen Militärberater nicht unglücklich, denn der eigene Kriegshäuptling war in einem Gefecht gegen Kolonisten am Shadahook River gefallen.

Für Sarah aber brachten Chango und der Franzosenkorporal Erinnerungen an den ersten Winter mit den Abnaki zurück. Der Franzosenkorporal tat zwar, als ob Sarah für ihn nicht existiere, als ob sie immer noch unter seiner Würde wäre, obwohl sie jetzt keine Sklavin mehr war. Er hatte sich einen Bart wachsen lassen und war noch fetter geworden, was ihm ein grausames Aussehen verlieh. Manchmal erinnerte er Sarah an ein Monster, das aus dem Unterholz gekrochen war, um die *Menschenwesen*, die am See lebten, ins Verderben zu führen.

Eines Tages, als er in ihre Hütte zu Besuch kam und sich faul über das Bett des alten Häuptlings lehnte, fühlte er einen harten Gegenstand, der versteckt unter der Felldecke lag.

»Na, was haben wir denn da?« fragte er, während er die Decke zurückwarf. *»Sacre bleu!«* rief er aus und schlug sich mit der Hand vor die Stirn. »Das ist ein Kanonenrohr! Ein richtiges Artilleriegeschütz!«

Er beugte sich vor und nahm ein brennendes Stück Holz aus dem Feuer. Im Lichtschein suchte er die Rundungen des schimmernden Messinglaufes nach den Markierungen und Stempeln ab.

»Das hat mir der Gouverneur von Quebec heruntergeschickt«, erklärte Bear Man stolz. »Vor drei Wintern haben es die Soldaten auf einem Schlitten hierhergeschleppt. ›Bitte hilf mir, die Mohawk und die gottverlassenen Engländer zu bekämpfen!‹ das war es, was der Gouverneur mich bat. Er schickte mir dazu noch eine schöne große Silbermedaille. Blacksquaw, sag mir, wo hast du meine Medaille versteckt?«

»Oh, laß die Medaille nur, wo sie ist«, sagte der Korporal. »Medaillen sind nichts Besonderes. Diese Kanone hier ist zum Kämpfen da! Warum zum Teufel hast du sie in deinem Bett?«

»Hey, willst du etwas wissen?« fragte der alte Häuptling und grinste ihn an. »Diese Kanone macht mich im Bett sehr stark. Hart wie Eisen, frag nur sie!« Er lachte und deutete auf seine Frau.

»Ich will die Kanone zur Verteidigung dieses Dorfes draußen haben!« lärmte der Korporal. »Genauso, wie es der Gouverneur verlangt hat!«

»Non! Non!« wandte Blacksquaw ein. »In seinem Bett ist die

Kanone zwischen uns beiden gut aufgehoben. Sie ist es, die ihn wild macht wie einen Elchbullen. Du solltest ihn sehen, wenn er über diese Kanone steigt. Stark wie ein junger Mann!«

»Das ist die Wahrheit«, sagte Bear Man. »Kämpfe im Sommer, begatte im Winter! Das ist es, was schon mein Vater sagte. Vielleicht leihe ich dir diese Kanone aus, wenn es Sommer wird.«

Blacksquaw tat so, als wollte sie ihren Mann mit der Nähnadel stechen. »Du läßt die Kanone schön hier!« Sie lachte auf. »Hier wird sie gebraucht.« Sie umhüllte die Kanone mit dem Biberpelz, als ob es sich um ihr Baby handelte, und der Korporal vermochte sie nicht umzustimmen.

Im Versammlungshaus aber prahlte er andauernd von den Siegen, die von den Franzosen im Norden errungen würden, und behauptete, daß sich die Mohawk und ihre Verbündeten, die Onondaga und die Seneca, nur nicht nach Canadanskawa getraut hätten, weil sie sich vor ihm fürchteten. Er erinnerte die Abnaki daran, daß er hierher geschickt worden sei, um mit ihnen auf der nordöstlichen Seite des Sees den Zugang nach *Nouvelle France* zu überwachen.

Es schien, als hätte die Messingkanone den Korporal förmlich wachgerüttelt; er behauptete, daß bald die französischen Truppen nach Canadanskawa kommen würden, mit langläufigen Musketen als Geschenke für die Krieger. Dazu Blei für die Kugeln und bestes französisches Schwarzpulver, lange Messer, neue Stahltomahawks, Spiegel, Decken, Silbermedaillen und Fässer voll Brandy. Erstklassigen, starken Brandy.

Der Rat der Canadanskawa-Abnaki traute weder den Franzosen noch den Engländern. Aber die Abnaki waren bereits so stark in diesen endlosen Krieg zwischen den Weißen verwickelt, daß sie genau wie die Mohawk nur noch weiterkämpfen konnten. Sie konnten nur versuchen, sich schadlos zu halten, indem sie von ihren unglaublich reichen und leichtgläubigen Verbündeten so viele Geschenke und Waffen annahmen, wie sie nur erhalten konnten.

Irgendwann gelang es dann dem Korporal tatsächlich, dem Häuptling die Kanone aus dem Bett zu locken. Und als die Tage länger wurden, verbrachte er zusammen mit Chango die meiste Zeit damit, den Messinglauf zu reinigen und auf Hochglanz zu polieren. Dann wurde die Kanone sorgfältig wieder instand gesetzt und betriebsfertig gemacht. Der Krieg wurde wieder zu ihrem Geschäft, obwohl Schwarzpulver zur Zeit jämmerlich knapp war. Der Korporal bettelte aber genug davon zusammen, um das kleine Messingungeheuer zweimal zu laden, wenn es nötig sein sollte. Um die Feuchtigkeit abzuhalten, tat er das Schwarzpulver in einen wasserdichten Hirschmagen, stopfte diesen in ein altes Pulverfäßchen und verstaute es in einem hohlen Baumstamm. Die Kinder ließ er glatte runde Kieselsteine sammeln. Mit denen wollte er die Kanone vollstopfen, um sie als tödliche Schrotladung den vom Wasser herkommenden Feinden entgegenzuschießen. Er beorderte zwei junge Männer als Lader und drillte sie auf das Bedienen der Kanone, bis sie es im Schlaf beherrschten. Immer wieder mußten sie die Kanone aus dem Versteck rollen, laden und sie zum Anlegeplatz hinunterrichten. Der Korporal berechnete genau die Entfernung und die Richtstellung der Kanone.

»Laßt sie kommen!« prahlte er. »Ich gebe es ihnen! Rotmäntel! Mohawk!« lärmte er. *»Moudis tabernoche!* Ich blase euch Bastarde in die Luft!«

»Ja, sicher!« spottete Hawk. »Genauso wie du die Mohawk in Missisquoi besiegt hast!«

15

Sarah hörte, wie der alte Morgensänger sich in seiner Hütte vom Lager erhob, herzhaft gähnte und dann hinunter zum See schlurfte. Sekunden später war er zurück und zischte sein Warnsignal in die Hütten der Schläfer. Sarah hob den Kopf und sah, wie er sich über den alten Häuptling beugte, ihn wachrüttelte und schnell auf ihn einsprach.

Bear Man sprang aus seinem Bett, und Sarah hörte, wie er mit krächzender Stimme ein Wort ausstieß: *»Iriakhoiw«*, sagte er. »Mohawk! Wo sind sie? Wie viele? Wecke Chango auf! Weck ihn! Warum schläft der Kriegshäuptling, wenn die Kanus der Feinde auf dem See sind?«

Sarah ergriff ihr Kind, als sie sah, wie der Häuptling splitternackt aus der Hütte rannte. Taliwan folgte ihm. Blacksquaw hatte sich aufgesetzt. Sie bekam vor Aufregung kaum mehr Luft und zerrte wie wild an ihrem Bettzeug herum.

»Steh auf, Wagwise! Steh auf!« rief sie Sarah zu. »Nimm deinen Sohn, damit er sich auch ansehen kann, was draußen passiert. Schnell! Schnell!«

Sarah zog ihr Hirschlederkleid an und lief aus der Hütte. Aus allen Behausungen krochen bereits die Leute. Eine Frau packte Sarah und zog sie langsam zu Boden, während sie ihr ein Zeichen gab, still zu sein. Sarah blickte sich nach den anderen um und sah, daß sie alle hinunter zum See starrten. Sarah folgte ihren Blicken über den Tanzplatz hinweg und über das Wasser. Sie konnte nichts anderes sehen als die graue, spiegelnde Oberfläche des Sees und das weit entfernte, im Nebel verschwommene Ufer.

Taliwan, der neben ihr niederkauerte, berührte sie am Arm und zeigte zu dem flachen Felsenriff, dort, wo der See sich verengte.

»Kannst du sie sehen?« fragte er flüsternd.

Sarah starrte in die angegebene Richtung, bis sie schließlich einen dünnen Kielwasserstreifen entdeckte, der wie das sich kräuselnde Ende einer Welle aussah. Und davor erkannte sie schwach die schmalen Umrisse eines Kanus, in dem zwei Männer verzweifelt paddelten. In der Mitte des Kanus befand sich noch etwas; vielleicht ein dritter Mann, der sich ausruhte.

»Sie sind vielleicht allein unterwegs«, sagte Taliwan. »Sie haben versucht, die Landzunge noch vor Tagesanbruch zu erreichen, um sich zu verstecken. Aber dafür ist es jetzt zu spät, und sie werden dafür büßen, daß sie derart schwerfällige Kanus bauen!«

»Schnell, verfolgt sie!« befahl Chango den besten jungen Paddlern, die sich aufgeregt um ihn herum versammelt hatten. »Wer immer sie sind, bringt sie hierher! Und gebt acht, daß ihr sie nicht tötet!«

Sechs der kräftigsten jungen Kanumänner rannten nackt hinunter zu den Booten. Chango folgte ihnen ein Stück und rief: »Wagt es nur nicht, sie entkommen zu lassen!«

Sarah sah zu, wie die jungen Männer die Abdeckzweige von den Kanus nahmen. Sie hoben die beiden schnellsten Boote hoch und rannten mit ihnen in das Wasser hinein. Jedes Kanu wurde von drei Männern getragen, die knietief in den See hinausrannten, bevor sie sich gekonnt auf ihre Plätze im Boot warfen. Ihre Paddel mit den roten Blättern wirbelten Wasser wie die Beine eines rasenden Wasserkäfers. Der Heckmann gab mit heiserer Stimme den Takt an. Von seinem erhöhten Platz aus konnte er die Distanz zum Feind schätzen und den Kurs, den die Paddler einhalten mußten, festsetzen. Dann erst kniete er auch nieder und stieß seine Paddel ins Wasser, als ob er das Kanu zum Fliegen bringen wollte. Sarah sah, wie sich seine Rückenmuskeln bewegten. Wie die eines galoppierenden Rennpferdes.

»Nun kriegst du etwas zu sehen, Wagwise«, kicherte Blacksquaw und stellte sich erwartungsvoll auf die Zehenspitzen, um einen besseren Überblick zu haben.

Der Franzosenkorporal rannte aufgeregt zum Strand hinunter, gefolgt von Hawk. Er rief Chango ein paar Worte auf Abnaki zu und sagte zu Sarah: »Jetzt wirst du sehen, wie sie diese engländerfreundlichen Hunde erwischen! Wir werden ihre schwarzen Seelen mal ein bißchen einweichen! Mach die Augen auf, Hawk-Weib! Du wirst bald etwas Einmaliges erleben!«

Blacksquaw hüpfte in ihrer Aufregung von einem Bein auf das

andere. Sie rief ihren Töchtern zu, den alten Medizinmann endlich aufzuwecken, damit er noch schnell mit den Geistern reden konnte. Die beiden Mädchen eilten davon.

Der Franzosenkorporal lachte glucksend. »Sie will, daß er mit seinen Zaubergesängen beginnt und unser *bon hommes rapidement* über den See klingen läßt, damit ihre roten Paddel schnell werden wie die Flossen der kurzhalsigen Flußente. Diese Blacksquaw ist richtig wild darauf, die Mohawkkannibalen lebend in die Finger zu kriegen. Verstehst du? Lebend!«

Der alte Häuptling drehte sich in nackter Erhabenheit um und marschierte in seine Hütte zurück. Als er wieder erschien, trug er seinen hohen Biberhut, den er hoch in Ehren hielt, weil er ihn während der großen Konferenz der Konföderation des Ostens in Quebec getragen hatte. Er war immer noch nackt und hielt das lange, glänzende Messingteleskop in der Hand, das ihm der französische Gouverneur zum Geschenk gemacht hatte.

Gefolgt von Chango und den Dorfbewohnern, ging der Häuptling zu einer Stelle am Ufer, von der aus er den See besser überblicken konnte. Er stellte etwas umständlich sein Glas ein und stützte es sorgfältig in der Gabelung eines Baumes auf. Für eine Weile blickte er still hindurch. Dann sagte er: »Ich glaube, das sind nur zwei. Was sich zwischen den beiden Paddlern befindet, ist wahrscheinlich nur ihr Gepäck.«

Blacksquaw seufzte auf. »Ich hatte gehofft, daß der rote Klumpen in der Mitte ein schöner fetter englischer Offizier ist! Wir hätten ihn in Quebec gegen ein paar hübsche Dinge eintauschen können, und ich wäre endlich wieder einmal dazu gekommen, meine Schwester zu besuchen.«

Sarah benötigte kein Fernglas. Ihre scharfen Augen konnten im heller werdenden Morgenlicht jetzt leicht erkennen, daß die Paddler aus Canadanskawa eben dabei waren, das fliehende Mohawkboot einzuholen.

»Calvert!« schrie der Korporal verächtlich. »In diesen Mohawk steckt heute morgen nichts drin! Die müssen schon die ganze Nacht in ihrem schwimmenden Baumstamm herumgepaddelt sein! Unsere Jungs erwischen sie viel zu leicht.«

Er klatschte in die Hände, als ein Abnakikanu sich zwischen das Mohawkboot und das Ufer schob, so daß den Mohawk der

Fluchtweg abgeschnitten war. Das zweite Kanu näherte sich schnell dem fliehenden Boot. Die drei feuchten roten Paddel glänzten in regelmäßigen Abständen im Licht auf, das vom See reflektiert wurde.

Sarah stand mit zusammengepreßten Lippen in der spannungsgeladenen Atmosphäre. Als die Mohawk eingeschlossen waren, ging plötzlich eine Muskete los, und eine Rauchwolke wurde vom Wind hochgerissen. Sarah konnte nicht sagen, von welchem Boot aus der Schuß abgefeuert war, und es dauerte Sekunden, bis der donnernde Knall über den See hinweg an ihre Ohren drang.

»Jemand ist ins Wasser gefallen!« lachte der alte Häuptling, während er durch das Fernglas guckte. »Zwei Leute, drei Leute – das Wasser färbt sich rot! Hoffentlich ist das nur die Bemalung der Mohawk und nicht jemand, der da draußen getötet wird. Hoh, da kippt ein Kanu, Bauch nach oben!« Es mußte das Mohawkboot sein, denn er schlug mit den Händen auf seinen Biberhut und tanzte vor Vergnügen. »Ich kann einen unserer Krieger sehen, der mit seinem Paddel ins Wasser schlägt wie mit einem Beil! Ich hoffe schwer, daß er niemanden umbringt, damit ... Hoh, schaut euch das an! Unser zweites Kanu kommt jetzt heran! Sie paddeln schnell. U-huh, diese Mohawk sind listige Teufel, gewandt wie Wasserschlangen und genauso schwierig einzufangen, wenn man sie lebend erwischen will!«

Der Franzosenkorporal stellte sich jetzt neben Bear Man hin.

»*Merveilleux!*« rief er aus. »Sie drehen um! Jetzt kommen sie zurück! So, jetzt lassen wir die Mohawk für das Massaker in Missisquoi bezahlen!«

»Ich kann nur zwei Männer in einem unserer Kanus sehen«, sagte Bear Man.

»Schau, die ziehen etwas hinter sich her«, sagte der Korporal.

Als sich die beiden Kanus dem Anlegeplatz näherten, brauchte niemand mehr Fragen zu stellen. Sogar Sarah konnte erraten, was sich dort draußen abgespielt hatte. Der Bug-Paddler, der zuerst mit den Mohawk in Berührung gekommen war, lag tot im Kanu, sein Hals und seine Schultern schwarz von verbranntem Pulver. Sein Kopf war von der schweren Kugel beinahe weggerissen worden, und das Gesicht war völlig zertrümmert. In der Mitte des Kanus lag ein Durcheinander von triefenden Decken und anderen durchnäßten Gegenständen, die den Abnaki aus dem gekenterten Mohawkboot als Beute in die Hände gefallen waren.

Hinter dem ersten Kanu, das am Ufer anlegte, hing ein gefangener Mohawk, den Hals in einer Rohhautschlinge, die ihn fast erwürgte. Die Kriegsbemalung rann in bunten Striemen an seinem Körper herunter, und er sah aus, als hätte er sich im Ende des Regenbogens gebadet. Seine Skalplocke stand steif von seinem Kopf ab.

Der Heckpaddler kam zum Häuptling hoch und entschuldigte sich für die miserable Leistung. Er deutete auf seinen toten Gefährten und sagte: »Der andere Mohawk, der, der ihn getötet hat, packte unser Kanu und versuchte, es zum Kentern zu bringen. Da mußte ich ihn mit dem Blatt meines Paddels abwehren. Ich wollte ihn nicht töten.«

»Hm, das ist schlecht«, sagte der alte Häuptling. »Aber dumme Dinge wie diese passieren nun eben im Leben.«

»Diesen dort«, fügte der Heckmann hinzu und deutete mit einer Kopfbewegung auf den im Wasser kauernden Mohawk, »diesen dort konnten wir einfach nicht in unser Kanu bringen, und so mußten wir ihn hinterherschleifen. Er schwimmt wie ein Aal«, sagte er und zog mit einem kräftigen Ruck am Rohhautseil.

Der Mohawkgefangene zuckte mit keiner Wimper. Aus kalt funkelnden Augen blickte er die Abnaki an, richtete sich etwas auf und spuckte ihnen in einem hohen Bogen vor die Füße.

»Okemo nisquitianxset!« rief er ihnen in der Mohawksprache zu. »Nur Läuse leben in einem dreckigen Ort wie diesem hier!«

»Hol ihn aus dem Wasser!« sagte Bear Man und hielt eine Hand hinter das Ohr. »Ich kann ihn von dort unten nicht verstehen!«

»Legt ihm lieber noch eine Schlinge um den Hals!« riet Chango. »Und nehmt ihn in die Mitte! Paßt auf, der kann gefährlich werden. Der ist wild darauf, mindestens einen von uns mit auf seine lange Reise zu nehmen!«

Der Heckpaddler hob die nassen Decken und Felle, die er aus dem umgekippten Mohawkboot gerettet hatte, aus dem Kanu und warf das Zeug ans Ufer. Neugierige Frauen versammelten sich um den Haufen, stöberten darin herum und zogen die Sachen auseinander. Niemand ahnte, was das Bündel enthielt.

Eine der Frauen öffnete den zum Vorschein kommenden Pakken, der aus zusammengenähten tätowierten Häuten bestand. Als der Inhalt sichtbar wurde, sprangen die Frauen in kaltem Entsetzen zurück. Inmitten eines Nestes aus noch frischen Skalps lag das bemalte hölzerne Abbild eines Geistes, mit einem kannibalischen Grinsen in seinen verzerrten Zügen. Es war die Maske eines Dämons, von dem man wußte, daß er Krankheit, Verderben und Tod brachte, wo immer er auch auftauchte.

Blacksquaw und die anderen Frauen drehten der Holzmaske schnell den Rücken zu und riefen nach dem Medizinmann. Nur Hawk rührte sich nicht vom Fleck und betrachtete kühn das furchterregende Dämonengesicht, während der triefende Mohawkgefangene am Ende der Leine schallend lachte.

Der Zauberer kam, blieb vor dem Packen stehen und legte schnell den Arm über seine Augen, um sie vor dem Blick des Bösen zu schützen. Er stieß die Luft scharf durch die Nase, hielt den Atem an, um ja nicht seine Lungen dem Todeshauch preiszugeben, und bedeckte mit der linken Hand seine Geschlechtsteile, die er ebenfalls vor den zerstörenden Einflüssen des Dämons schützen wollte. So stand er sekundenlang ehrfurchtsvoll vor der Maske, die ihn aus dem Gewirr von Haaren heraus verzerrt angrinste.

Der Medizinmann rief nach einem jungen Gehilfen und befahl ihm, eine lange Stange zu bringen, die längste, die er finden konnte. Damit sollte er die Maske am Kopfriemen aus dem Pakken angeln, schnellstens mit ihr zur nahen Abfallgrube rennen und sie dort vergraben. Dann sollte der Gehilfe so lange auf der Erde herumstampfen, bis sie hartgetreten war, und zum Schluß sollte er darüber eine Steinpyramide errichten, die das Schrecklichste verhüten sollte, bis der Medizinmann einen Plan ausgedacht hatte, wie die hölzerne Dämonenfratze sicher zu zerstören war.

Der Gehilfe war ziemlich durcheinander, als er die Maske aus den Skalps fischte. Alle atmeten erleichtert auf, und nur der Mohawk lachte noch immer schadenfroh und rief dem Korporal auf englisch zu: »Sag ihnen, daß das, was sie tun, nichts hilft! Sie können der Maske nichts anhaben! Sie kann durch die Erde sehen und durch die Steine und Männer und Frauen. Sie blickt durch das Dunkel der Nacht, und sie wird euch dazu bringen, eure eigenen Leiber aufzuschlitzen und eure Eingeweide auf den Boden zu werfen!«

Nachdem der Korporal übersetzt hatte, zeigte der Medizinmann erregt auf den Mohawk und schrie: »Du, Mohawk, bist es, der mir helfen wird, die Macht des Bösen zu zerstören!«

Jetzt erst hatte jemand die Mutter des getöteten Paddlers benachrichtigt. Es war Little Frog. Sie kam schreiend angerannt und sah ihren toten Sohn im Kanu liegen. Sie fiel vor dem Mohawk auf die Knie und begann lautes Wehklagen, während sie sich mit den Fingernägeln blutige Schrammen über das Gesicht zog. Der Mohawk lächelte sie an.

»Er gehört dir, Mutter des Sohnes!« rief der alte Häuptling. »Dieser Mohawk gehört dir! Willst du ihn zu deinem Sohn machen, damit er dir den ersetzen kann, den du verloren hast? Willst du ihn als Sklaven behalten, damit er für dich arbeiten kann? Oder willst du ihn nicht haben? Er gehört dir, arme Mutter! Was willst du mit ihm machen?«

Sie blickte auf und starrte in das Gesicht des Mohawk, der die Nase hochzog und verachtungsvoll über die Frau hinwegblickte. Voller Zorn nahm sie eine Handvoll Kies und Sand vom Boden auf und schleuderte sie ihm mit aller Kraft ins Gesicht.

»Verbrennt ihn!« schrie sie. »Malt sein Gesicht schwarz an und verbrennt ihn!«

»Komm, *Iriakhoiw!* Komm mit uns, Mohawk! Die trauernde Mutter hat gesprochen!« Die Krieger zogen heftig an den beiden Leinen und zerrten den Mohawk vom Wasser weg. Er war groß und schlank, weder jung noch alt, ein Krieger in den besten Jahren. Er beachtete die Wunde über seinem Ohr, die von einem Paddelschlag herrührte, nicht, obwohl ihm das Blut den Hals hinunter und über seinen muskulösen Körper rann. Sein Lendenschurz und seine grüngefärbten Leggins klebten wie nasse Schlangenhäute an seinen Leisten und den eisenharten Schenkeln.

»Wo kommst du her?« fragte der alte Häuptling.

Der Mohawk schnaubte ihn nur wütend an.

»Schleift ihn hierher auf die Uferböschung!« rief der Korporal. »Ich bringe diesen schweigsamen Bastard schon zum Reden!« Er wandte sich an den Mohawk. »Red englisch, du krummer Hund! Wo kommst du her?«

»*Ohnowarake*«, erwiderte der Mohawk stolz. »Vom Platz der Schildkröten.«

»Dann sag mir deinen Namen!«

»Kahogan, der Wald-Mann, der in der Nähe des Feuers sitzt«, sagte der Mohawk.

»Oha, ja«, sagte der Korporal. »Wir haben von dir gehört. Du warst einmal der Kriegshäuptling eines Dorfes.« Der Korporal wandte sich den versammelten Abnaki zu und erklärte: »Dieser Mann, Kahogan, war einmal ein Kriegshäuptling, als er noch lebte!«

Ein Raunen ging durch die Menge.

Dann sprach der alte Häuptling. »Einige hier glauben, daß sie ihn vor zwei Wintern im Kampf an den gefrorenen Wasserfällen gesehen haben. Er war damals ein wichtiger Mann.«

»Was machst du hier in diesem Land, Mohawk?« fragte der Korporal. »Das Land hier ist Franzosenland! Und Abnakiland!«

»Ich mußte hierherkommen, um mich nach Skalps umzusehen, denn ihr seid alle zu feige, um in unser Land zu kommen!«

Der Korporal trat einen Schritt vor und hob die geballte Faust, um sie dem Mohawk ins Gesicht zu schlagen, aber Chango hielt ihn zurück.

»Dieser Mohawk ist ein Krieger!« rief er. »Willst du es wagen, einen gefesselten Krieger wie einen Sklaven zu schlagen?«

Der Korporal schüttelte den Kopf und sagte: »Er verspottet euch und ihr bestraft ihn nicht dafür. Das verstehe ich nicht.« Er spuckte vor dem Gefangenen aus. »Du glaubst doch nicht, daß wir Angst vor euch hätten?«

Der Mohawk lachte ihm ins Gesicht. »Ja, ihr habt Angst vor uns!«

Der Korporal grinste verschlagen. »Wir haben gehört, daß du ein tapferer Mann bist, Kahogan. Wir haben gehört, daß du dich nicht vor Schmerzen fürchtest.«

»Dann habt ihr richtig gehört«, antwortete Kahogan spöttisch. »Ich habe keine Angst vor euch und dem, was mir in diesem unbedeutenden Ort passieren kann.«

»Er sagt, er fürchtet sich nicht vor uns«, sagte der Korporal zu Bear Man.

Der alte Häuptling redete in der Sprache der Abnaki auf den Mohawk ein, und der Korporal übersetzte und sagte: »Dieser große Häuptling, der diese Würde von seinem Vater geerbt hat, dieser große Häuptling glaubt, daß du wirklich keine Angst hast. Deshalb will er dir eine Chance geben, und du wirst uns, der Sonne, dem Mond und den Sternen beweisen können, wie tapfer du bist. Wir werden dir dazu sehr viel Zeit lassen.«

»Kenn«, sagte der Mohawk. »Ich danke dir. *Yotahkoda*, dies ist das Ende meines Weges.«

»C'est finis«, erwiderte der Korporal, drehte sich um und entfernte sich.

Chango blickte den Mohawk voller Achtung an, und der Gefangene erwiderte den Blick ruhig. »Bringt ihn zur alten Hütte!« befahl Chango. »Bindet ihn fest! Gebt ihm genug zu essen und zu trinken! Bewacht ihn sorgfältig, damit er uns nicht entfliehen kann. Wir werden uns für diesen kühnen Mann etwas einfallen lassen.«

»Laßt uns eine der jungen Witwen zu ihm schicken«, sagte der alte Häuptling zu seiner Frau. »Eine, die keinen Zorn in sich hat. Sag ihr, sie soll sich zu ihm legen, denn diese Nacht wird sicher seine letzte sein. Dieser Krieger soll uns in allen Ehren und mit der gebührenden Achtung vor uns *Menschenwesen* verlassen können.«

Als Sarah später vor ihre Hütte trat, konnte sie zusehen, wie Vorbereitungen für die Tötung des Mohawk getroffen wurden. Die Frauen saßen zusammen und begannen ihre Gesänge. Junge Krieger entfernten den alten, ziemlich verkohlten Pfahl in der Mitte des Tanzplatzes und richteten einen neuen *nepash* auf, der grün gestrichen war. Der Medizinmann bemalte mit einem Büschel Truthahnfedern, die er in Ockerrot getaucht hatte, den Pfahl mit merkwürdigen Zeichen. Die jüngeren Kinder liehen sich Kriegsbeile aus und hieben aus gutgetrocknetem Knorpelkiefernholz handlange Späne, die an einem Ende scharf zugespitzt wurden. Die Vorfreude munterte sie auf, und sie scherzten und lachten, während sie die Spitzen der Späne in hellroten Beerensaft tauchten.

Die alten Frauen besorgten vier grüne Weidenstangen, alle vier von zweifacher Manneslänge und kaum dicker als das Handgelenk eines Kriegers. Die vier Stangen wurden zu einem großen viereckigen Rahmen, wie man ihn zum Aufspannen von Elchhäuten benutzte, fest aneinandergebunden. Viele junge Leute liefen in den Wald, um große Bündel von getrocknetem Birkenholz zusammenzutragen. Eine zahnlose alte Frau hatte das Kommando übernommen und schrie mit kreischender Stimme Befehle in der Gegend herum.

Am späten Nachmittag des zweiten Tages erschien der alte Häuptling in vollem Ornat vor seiner Hütte. Er trug seine bessere Bibermütze. Sie war von der Art, wie sie von den Gentleman-Händlern der Hudson Bay Company im Beaver Hall Hill in Montreal getragen wurden. Er trug einen eleganten dunkelbraunen Umhang aus feinstem Samt, der mit goldenen Knöpfen versehen und ihm viel zu lang war. Um seinen Leib hatte er eine breite, leuchtende Schärpe gebunden, wie sie von den Eingeborenenfrauen am Rivière Saint-Laurent gewebt wurden. Zu der Bärenklauenkette, seiner Medaille und dem Offizierskragen, den er von Chango gewonnen hatte, fügte er noch zwei Taschenspiegel hinzu, die er sich um den Hals hängte. An seinen durchstochenen Ohrläppchen baumelten zwei Kruzifixe aus Messing, die ihm von den Schwarzröcken geschenkt worden waren. Die Priester hätten sich wahrscheinlich in Demut bekreuzigt, wenn sie jemals erfahren hätten, zu welchen heidnischen Gelegenheiten der Häuptling die Wahrzeichen des Christentums trug. An den Füßen hatte er neue Mokassins, die ihm Blacksquaw genäht hatte, und seine Beine steckten in seinen alten Leggins, an deren Nähten Büschel von gefärbten Elchhaaren heruntergingen. Die Stickereien auf seinen Mokassins waren den Blumenmustern der Ursulinerinnen nachempfunden, wie sie am französischen Hof von Versailles gerade groß in Mode waren.

Mit Mißfallen sahen der alte Häuptling und seine Frau einer

Schar von jungen Burschen und Mädchen des Dorfes zu, die zwischen den Hütten herumkrakeelten.

Der Medizinmann kam aus seiner entlegenen Hütte. Das Haar hing ihm in langen grauen Strähnen über die Schultern herunter. Er hatte eine Schildkrötenrassel bei sich und trug einen Kopfschmuck aus blaugefärbten Hirschschwanzhaaren, um seine Skalpnarbe zu verdecken. Zusammen mit dem Häuptling kontrollierte er alle Vorbereitungen. Sie stellten zufrieden fest, daß alles in Ordnung und auf seinem richtigen Platz war.

Der alte Häuptling nickte mit dem Kopf, und der Medizinmann begann, in einem monotonen schwermütigen Rhythmus seine Rasseln zu schütteln. Seine beiden Gehilfen traten auf den Tanzplatz hinaus und fingen an, im Takt ihres Meisters auf die kleinen Trommeln einzuschlagen. Sie drehten sich behutsam in kleinen Schritten, die genau bemessen waren, und bewegten dabei ihre angewinkelten Arme in den Bewegungen einer Schreieule, die gekommen war, den Tod herauszufordern.

Die beiden waren vollkommen nackt. Sie hatten ihr Haar zu einem seltsamen Knoten auf dem Hinterkopf gebunden, und ihre geschmeidigen Körper glänzten vom Bärenfett, mit dem sie sich eingerieben hatten. Sie waren von Kopf bis Fuß bemalt. Ein Strich führte aus der Mitte ihrer Gesichter den ganzen Körper hinunter. Die eine Hälfte des Körpers war vollkommen mit Ruß geschwärzt, die andere mit weißer Asche bepflastert. Bei ihren Drehungen sollten sie die Dunkelheit der Nacht und den Schein von Mutter Mond darstellen.

Sarah verkroch sich im Schatten der Hütte und beobachtete, wie die Medizinmänner fünf Feuer entfachten. Um das größte herum, das genau in der Mitte des Dorfes brannte, formierten sich die Abnaki zu einem Kreis, der sich langsam um das Feuer zu drehen begann, während die Krieger ein auf- und abschwellendes Summen von sich gaben, das Sarah an wilde Bienen erinnerte.

Als die Nacht kam, wurde die Pfeife gebracht, und es war Sipsi, ein junger Krieger, der als erster einen tiefen Zug nahm und den Rauch in sich gefangenhielt, bis der aufgehende Mond vor seinen Augen zu kreisen begann. Dann trat er in den großen Kreis auf dem Tanzplatz.

Eine Frau, von der man behauptete, sie sei eine Hexe, hatte kleine Schildkrötenrasseln an ihren Knien und Ellbogen befestigt. Sie begleitete Sipsi, der eine Tierpantomime vorführte, mit einem vibrierenden Ton, den sie durch krampfartige Zitterbewegungen ihrer Arme und Beine erzeugte.

Sipsi begann langsam. Das hellrote Ocker und das Holzkohlenschwarz, das er sich gemischt hatte, um seinen Körper zu bemalen, entstellte ihn gänzlich im flackernden Feuerschein. Er erschien den anderen wie ein seltsames Geisterwesen, das aus der anderen Welt gekommen war, um mit den *Menschenwesen* zu tanzen.

Der langsame Rhythmus der Trommeln und das Summen der hundert Stimmen schienen ihn in Trance fallen zu lassen. Er bewegte sich auf eine Art, die fast nichts Menschliches mehr an sich hatte.

Als Sipsis Tanz vorbei war, wurden vor dem aufgerichteten *nepash*-Pfahl Matten auf den Boden gelegt, auf denen der alte Häuptling, Chango und ein paar andere wichtige Persönlichkeiten Platz nahmen. Die Frauen bewirteten sie.

Man brachte endlich Kahogan, den Mohawkindianer. Er war gefesselt, und sein Gesicht war bereits mit Ruß geschwärzt worden. Man nahm ihm die Fesseln ab, und er wurde allerseits herzlich begrüßt, wie ein überaus geachteter Freund der Abnaki. Er lächelte auch, richtete ein paar Grußworte an die versammelten Persönlichkeiten und ließ sich zwischen ihnen nieder. Lustvoll verzehrten sie nun gemeinsam eine Wildkeule, viele Enten, die köstlichen Eier der Holztauben und frisch gefangenen Stör. Kahogan schaute zum sternenklaren Nachthimmel empor, schweifte mit seinen Blicken bewundernd über die Wälder und den See, und er wußte, daß er diese herrlichen Dinge niemals mehr auf diese Art zu Gesicht bekommen würde.

Als das Festmahl beendet war und über dem Horizont im Westen der Hundsstern aufleuchtete, wurde Kahogan von dem alten Häuptling gefragt, ob er jetzt bereit sei. Er erwiderte, daß er sich gut vorbereitet habe, und bedankte sich für die Aufmerksamkeit, die ihm zuteil geworden sei. Er lächelte der jungen Witwe zu, die mit ihm die letzte Nacht verbracht hatte, bedankte sich auch dafür und im besonderen für das herrliche Mahl.

Der alte Häuptling lächelte und sagte: »Es ist nicht mehr, als du verdient hast.«

»Sind die Frauen bereit?« fragte Chango.

»Gierig sind sie!« keifte die Mutter des getöteten Kriegers laut in die Runde.

»Dann laßt uns beginnen«, sagte Chango und fing an, den Geist der Sonne zu besingen.

Man bat den Gefangenen, sich mit gespreizten Armen und Beinen genau in der Mitte des viereckigen Rahmens aus Weidenstangen auf den Boden zu legen. Seine Hand- und Fußgelenke wurden mit nassen Rohhautriemen daran festgebunden. Die Enden der Riemen wurden dann, so fest wie es nur ging, gegen die Ecken des Rahmens gezogen und dort verknotet. Ein Dutzend Personen sprangen herbei, um den Rahmen mit aufzurichten. Das Summen der Frauen und Kinder schwoll an, und die Männer waren jetzt aufgestanden und bewegten sich ruhelos im Kreis.

»Dreht ihn! Dreht ihn!« schrie die trauernde Mutter, und vier starke junge Krieger rollten den Rahmen wie ein viereckiges Rad und ließen plötzlich los. Der Rahmen kippte um und krachte so schwer auf den Boden, daß dabei dem Gefangenen fast die Arme aus den Schultergelenken gerissen wurden.

»Ya ha wak! Ya ha wa!« sangen die Frauen im Chor. Sie hatten dieses erste kurze Vergnügen, bei dem der Gefangene mit dem Kopf nach unten und wie eine Fliege im Netz im Rahmen hing, sehr genossen.

»Versucht ihr beide nur nicht, euch zu verkriechen!« grölte der Franzosenkorporal Sarah und Hawk zu, als er in ihren Augen den Abscheu sah.

»Macht zwei kleine Feuer!« befahl die trauernde Mutter, und als die Flammen hochschlugen, befahl sie den vier Kriegern, den Rahmen aufrecht dazwischen aufzustellen. Angestrengt schoben und stießen sie den Rahmen und versuchten, den Gefangenen in die richtige Stellung zu bringen, aber als er schließlich mit der Seite nach unten hing, erklang überall Gelächter, und man war sich darüber einig, daß der Gefangene in eine andere Lage gebracht werden mußte, bevor man mit dem Töten weitermachen konnte. Die trauernde Mutter wollte ihn mit dem Kopf nach unten haben. So zerrten und rollten sie den Rahmen erneut herum, und endlich stand er so, wie sie es für richtig hielt. Der Kopf des Gefangenen hing genau zwischen den beiden lodernden Feuern.

Kahogans Kopf, der hilflos in dem Martergerät hing, war jetzt dicht vor Sarah. Sie konnte sehen, wie er sie von unten her anlächelte. Sein Gesicht glühte in der Hitze der Feuer. Er hatte die Zähne zusammengebissen. Und doch lächelte er.

Sarah sah, wie die Skalplocke zu rauchen anfing und schmorte. Sie roch das verbrannte Haar. Rauch kroch am Rücken des Gefangenen hoch. Die Frauen hatten in ihrem Fieber vergessen, wie wertvoll eigentlich ein Mohawkskalp war.

»Himmel, die lassen glatt dieses wertvolle Haar verbrennen!« stieß der Korporal lachend hervor. »Diese Weiber sind genauso blöd wie du, Hawk!«

In diesem Moment schoß die trauernde Mutter auf den Gefangenen zu, schlitzte mit ihrem kleinen Messer blitzschnell die Kopfhaut auf und riß ihm den Skalp vom Schädel. Obwohl sie sich beeilte, fingen ihre Leggins und die Fransen an ihrem Kleid in der unerträglichen Hitze zu rauchen an. Aber immerhin war es ihr gelungen, einen Skalp von unschätzbarem Wert zu erbeuten, um ihn über dem Eingang ihrer Hütte aufzuhängen.

Der Mohawk hatte nicht aufgehört, Sarah mit gebleckten Zähnen anzulächeln. Die Augen aber hatte er klugerweise geschlossen, um sie gegen die Hitze zu schützen.

»Der Mond steht hoch!« rief der Medizinmann. »Jetzt ist die Zeit, um mit dem Tanzen zu beginnen! Und vergeßt das Singen nicht!«

Sipsi erschien wieder. Langsam bewegte er seine nackten bemalten Glieder und warf in Abständen in ehrfurchtsvoller Geste die Arme zum Mond und zum Abendstern hoch. In seiner linken Hand hielt er einen wertvollen Spiegel, der in einem kunstvollen Rahmen aus deutschem Silber steckte. Mit dem Spiegel reflektierte Sipsi alle Öffnungen seines Körpers und offenbarte sie dadurch respektvoll dem Himmel und seinen Geistern.

Als dieser Teil des Tanzes vorbei war, löste sich ein junger Krieger namens Tegwa aus dem summenden und sich wiegenden Kreis der Zuschauer und fing zu tanzen an. Er bewegte sich anmutig und elegant um den Gefangenen herum und sang ihm zu:

»Zeig uns deine Tapferkeit, ich flehe dich an! Laß uns von dir lernen, ich flehe dich an!«

»Dreht ihn aufrecht!« klagte Little Frog. »Sipsi will zu ihm singen.«

»Wie geht es dem Gefangenen, Mutter?« fragte der alte Häuptling die kleine, trauernde Frau.

»Oh, er fühlt sich wohl«, erwiderte sie. »Er erholt sich eben von der Hitze. Schau, ich zeige es dir!« Sie nahm ein Reisigbündel aus dem Feuer, blies gegen die Enden der Zweige, bis sie rot aufglühten, und berührte damit den Gefangenen hoch oben an den Innenseiten seiner Schenkel. Als seine Beinmuskeln heftig zusammenzuckten, lächelte sie und sagte: »Siehst du, es geht ihm gut. Du würdest doch nicht erwarten, daß ein Krieger wie er jetzt schon zu schreien anfängt? Ich werde ihm Luft zufächeln und mich gut um ihn kümmern, damit er uns lange Zeit erhalten bleibt.«

»Ich werde ihm Wasser bringen!« schrie Hawk mit vor Wut verzerrtem Gesicht. Sie drehte sich auf dem Absatz um und stampfte zum See hinunter.

Der Korporal zog seine Pistole und brüllte: »Wenn du ihm auch nur einen einzigen Tropfen Wasser bringst, ich schwöre dir, dann bring ich dich um!«

Hawk blieb stehen, warf den Kopf herum und starrte ihn an. Dann rannte sie weinend in den Wald hinein und schrie dabei: »Mörder! Mörder! Ihr seid alle Mörder!«

Die ersten Glühwürmchen tauchten auf. Sanft leuchteten ihre winzigen Körper am Rande des Tanzplatzes, und einige Leute, die Angehörige in Kämpfen verloren hatten, winkten ihnen zu. Die Abnaki begrüßten die Glühwürmchen wie lange verlorene Kinder, denn jedermann wußte, daß dies eigentlich keine Insekten waren, sondern die machtvollen Geister menschlicher Seelen, die aus den Gräbern gestiegen waren, um ihren Verwandten bei solchen Gelegenheiten nahe zu sein.

Sipsi erschien noch einmal und tanzte vor dem Gefangenen. Er ließ durch zarte Bewegungen das Licht und die Schatten des Feuerscheins auf seinem Körper spielen, und die Farben an ihm lebten auf.

»Sterne!« sang Sipsi. »Sternenbrüder: Du im Norden, der du

uns durch die Finsternis geleitest! Wir bieten dir ein wertvolles Opfer an! Mond! Mutter Mond!« sang er und verbeugte sich vor der silbernen Sichel, die am südwestlichen Himmel hing. »Edle Mutter, labe dich an seinem Fleisch, das wir dir darbieten! Gib uns dafür den Sieg über unsere Feinde!«

Mit seinem Handspiegel warf Sipsi das Bild des Mondes auf das versteinerte Gesicht des Gefangenen, und es schien, als ob ihn dies aus tiefen Träumen erweckte.

Kahogan öffnete seine Augen und blickte mit Wohlwollen auf seine Zuschauer. Er lächelte sie an und begann seinen Todesgesang anzustimmen. Er hatte eine kräftige und fast fröhliche Stimme. Ungeachtet des Mondes richtete er seine Worte an *Aireskoi*, den mächtigen Kriegs- und Jagdgott der Irokesen, der in der Feuersglut der Sonne lebt.

»Die Späne!« schrie die Mutter. »Heiße Späne!«

Die vier jungen Krieger zerrten den Rahmen roh herum und brachten ihn ins Schlingern. Mit zwei kurzen dicken Stöcken drehten sie die Rohhautschlingen, mit denen die Fußgelenke des Gefangenen am Rahmen festgemacht waren, so lange, bis sein nach vier Seiten gezerrter Körper sich stark durchbog.

»Ich danke euch«, keuchte Kahogan. »Ich danke euch, ihr Läuse und stinkenden Kröten!«

Nacheinander näherten sich ihm die Frauen und stießen ihm die spitzen hölzernen Späne durch die Haut, trieben sie unter einem Fleischwulst hindurch, bis ihre rotgefärbten Spitzen wieder durch die Haut stachen und herausragten.

Als der Gefangene diese Marter überstanden hatte, rief Chango: »Nimm die Fackel, arme Mutter!«

Ihre Hand griff schnell nach dem langen Rohr aus Birkenrinde und hielt es ins Feuer. Dann trat sie, stolz wie ein kleines Mädchen, dem man zum erstenmal erlaubt hat, die Geburtstagskerzen anzuzünden, nach vorne. Sie berührte mit der brennenden Fackel die Enden der Kiefernhölzer, die aus dem Körper Kahogans ragten. Eines nach dem andern.

»Oh, ich danke dir!« sagte der Gefangene und blickte mit vom Rauch tränenden Augen auf sie nieder. »Ich bete zu *Aireskoi*, daß deine ganze Brut meinen Schwestern in die Hände fällt, damit sie dir alles heimzahlen können!«

»Aber bitte schön!« sagte die trauernde Mutter und stieß ihm die Fackel zwischen die Beine. Zum erstenmal bäumte er sich auf und zerrte wie verrückt am Rahmen, der dadurch beinahe auseinanderzubrechen drohte.

Und doch drang noch kein Laut über seine Lippen.

Ein Dutzend Frauen kamen und stellten sich nebeneinander, den Rücken zum Feuer, damit der Gefangene im Schatten hing und die Zuschauer besser sehen konnten, wie die vielen Holzspäne an ihm brannten.

Während die Enden der Späne niederbrannten und die Flammen sich an mehr als einem Dutzend Stellen in sein Fleisch fraßen, fing er an, seinen Kopf von einer Seite auf die andere zu bewegen, als ob er den Takt zu einem Rhythmus halten wollte, der auf einer imaginären Trommel geschlagen wurde. Und dann begann er den zweiten Teil seines Totenliedes zu singen, mit lauter, klarer Stimme.

Sarah lehnte sich gegen Blacksquaw und schloß ihre Augen, um nicht doch noch ohnmächtig zu werden.

Als das letzte der Fichtenhölzer abgebrannt war, ging der alte Häuptling zu dem Gefangenen. »Du bist ein starker Mann! Ein Krieger!« Und er wandte sich an seine eigenen Krieger und sagte: »Nehmt ihn herunter! Löst seine Fesseln und bringt eine Schilfgrasmatte her, damit er nicht schmutzig wird.«

Kahogan konnte sich nur in halb liegender und halb sitzender Stellung erholen, aber er tat dies entspannt und stolz.

»Gebt ihm Wasser und bringt ihm zu essen«, sagte Chango. »Beeilt euch, Frauen! Dieser tapfere Mann hat einen furchtbaren Durst!«

Der alte Häuptling, Chango und die anderen Männer setzten sich hin, und erneut wurde gegessen. Sie tranken Rottannenbier mit dem Gefangenen und betrachteten ihn eingehend. Ab und zu berührte einer von ihnen seine Wunden, damit sein Mut direkt aus ihm heraus in ihren eigenen Körper dringen konnte.

Kahogan erschien wohlgemut und heiter, ohne Zorn gegen seine Peiniger. Noch nie hatte er eine bessere Möglichkeit, alles zu demonstrieren, was er sich in einer eisenharten Ausbildung angeeignet hatte. Er bedauerte alle seine Freunde, die an einer von den Weißen eingeschleppten Seuche starben oder die im Krieg von einer Kanonenkugel getroffen wurden, und diejenigen, die sich elend in den Büschen verkrochen und auf den Tod warten mußten, weil sie von einem schlechtgeführten Tomahawkschlag getroffen waren. Am schlimmsten aber hatten es die, die ihr Leben verbringen mußten, ohne jemals zu erfahren, welche Schmerzen sie eigentlich aushalten konnten.

Als das Mitternachtsmahl vorbei war, streckten der alte Häuptling, Chango und die anderen Krieger die Hände aus und berührten die Fingerspitzen des Gefangenen, um sich von ihm zu verabschieden. Die Frauen sangen unterdessen das Lied der Nacht:

»Ya ha wak
Ya ha wa ha.
Nepash. Nepash.
Now, now, now!«

Zwei Abnaki hoben den blutverschmierten Mohawk von der Schilfmatte und stützten ihn, während er langsam auf den Pfahl in der Mitte des Tanzplatzes zuging. Sie legten seine Hände gegen die Rückseite des Pfahles und banden sie lose zusammen, damit er sich bewegen konnte.

»Er ist blutig!« schrie die trauernde Mutter. »Ich werde ihn säubern!« Sie nahm den Kupferkessel vom Feuer und goß das kochende Wasser über ihm aus.

Sarah hörte im Wald hinter der Hütte Hawks Stimme vor Wut aufheulen.

Jetzt schrie Kahogan auf, fing sich aber sofort wieder, und der Schrei verwandelte sich zu einem herausfordernden Mohawk-Schlachtruf. Auf seinem Körper wölbten sich mächtige Brandblasen. Er sang mutig, bis die Qualen für ihn schier unerträglich wurden. Mit heiserer Stimme redete er gepreßt auf die Witwe ein. Niemand konnte so richtig verstehen, was er sagte, aber es schien, als wollte er sich für das Säubern und für jede einzelne Blase bedanken, die sie ihm zugefügt hatte.

Die Sterne funkelten hell am Nachthimmel, und die Hunde antworteten heulend dem schrillen Gesang der Frauen. Die Birkenzweige wurden jetzt angezündet und um die Füße des Gefangenen gelegt. Nicht zu nahe, so daß es ihm die losen Fesseln erlaubten, der Hitze auszuweichen.

»Grabe die Maske aus!« befahl der Medizinmann seinem jüngsten Gehilfen. »Das Ende ist nahe. Grabe die Maske aus! Bring sie her! Schnell! Aber sei vorsichtig! Berühr sie nicht. Und sieh zu, daß du mit ihr nicht zwischen die *Menschenwesen* und den Mond kommst. Ich habe dich gewarnt!«

Der Gehilfe hastete davon und kehrte, von tiefer Furcht erfüllt, mit der an einer langen Stange herunterbaumelnden Maske zurück.

»Wenn ich jetzt mit dem Tanzen und Singen anfange, wirfst du diese teuflische Todesmaske in die Flammen in der Nähe der Füße des Gefangenen. Tu genau, was ich dir sage!«

Als die Maske ins Feuer fiel, brüllte der Mohawk triumphierend auf. Er lärmte auf die Abnaki ein und rief dann dem Franzosenkorporal und Sarah auf englisch zu: »Soldat! Und du, rothaariges Mädchen! Dankt ihnen an meiner Stelle! Erzählt diesen menschlichen Mistfliegen, daß ich die . . . die vielen Geister sehen kann, die in . . . in dieser Maske hausen und die jetzt wie Funken aus dem Feuer sprühen und über euch fallen werden! Ich . . . ich werde diese Schatten des Todes bitten, sich auf euch niederzulassen wie die Raben auf dem lebenden Körper der . . .«

Die Trommelschläge des Medizinmannes knallten die Worte von den Lippen des Gequälten, während ein paar Fledermäuse zwitschernd über den Tanzplatz flogen. Es schien, als ob die kurze Sommernacht dem Morgengrauen bereits entfliehen wollte.

Die Frauen gruben die Stahlköpfe ihrer Kriegsbeile aus, die sie in die heiße Feuersglut gestoßen hatten, und reihten sie an einem starken langen Draht auf, bis sie ein glühendes Halsband darstellten. Mit zwei dicken Stöcken hoben sie dieses Geschenk hoch und hängten es um den Hals ihres Opfers. Kahogan sang, bis er bewußtlos wurde und sein Geist ins Reich der Träume zog.

»Ihr Teufel!« kreischte Hawk vom Wald her. »Kinder des Satans!«

Der Geruch von schmorendem Fleisch ließ Sarah ohnmächtig werden, und selbst der Franzosenkorporal mußte den Kopf angewidert zur Seite drehen.

Langsam kühlten sich die Kriegsbeile ab und verfärbten sich blauschwarz. Der Wind riß noch Rauch aus den Wunden am

Körper des Mohawk, der noch immer zusammengesunken vom Pfahl hing, ungeachtet der Flammen, die an ihm hochzüngelten. Irgendwie hatte er diese letzte Tortur ebenfalls überstanden, ohne einen einzigen Ton des Schmerzes von sich zu geben.

Der Morgen dämmerte. Einige der jungen Abnaki schienen gelangweilt, nachdem der Mohawk die ganze Nacht durchgehalten hatte. Sarah beobachtete, wie verschiedene junge Männer spielerisch ein paar Mädchen in den Wald jagten, um sich dort auf eine andere Art die Zeit zu vertreiben.

»Bringt mir diese unartigen Kinder zurück!« rief der alte Häuptling, und Chango bellte seine Befehle, so daß ihn alle hören konnten und sogar der Gefangene unter seinen verkohlten Augenlidern hervorblickte.

Die jungen Leute kehrten aus dem Wald zurück. Sie brachten ihre Kleider in Ordnung und schauten etwas dümmlich in der Gegend herum. Der alte Häuptling und Blacksquaw verabreichten ihnen eine gehörige Schelte: »Schaut euch diesen starken Mann, unseren Feind, an!« rief Bear Man. »Schaut, wie er allen Schmerzen widersteht! Schaut euch an, wie er kämpft, um euch mit seiner Tapferkeit zu unterhalten! Und wie reagiert ihr darauf? Wie Schlittenhunde schleicht ihr einer läufigen Hündin nach! Es wäre eine Schande, euch zu erlauben, diesen tapferen Krieger zu berühren! Tastet ihn nicht an! Ich verbiete es euch! Habt ihr verstanden?!«

Die jungen Leute senkten die Köpfe, und nur ein paar belächelten heimlich den altmodischen Quatsch des alten Mannes.

»Ich weiß nicht, was mit euch jungen Leuten los ist!« krächzte er grimmig. »Ich schwöre, daß ich immer noch nicht weiß, wer einmal dieses Dorf gegen die Angriffe von Feinden verteidigen soll, wenn wir, die wirklichen *Menschenwesen*, gegangen sind!« Der alte Häuptling erhob sich und grunzte vor Abscheu. »Ich werde mich jetzt für eine Weile schlafen legen. Wir machen am Morgen weiter. Laßt den Gefangenen in Ruhe. Gebt ihm aber Wasser zu trinken und etwas zu essen, wenn er überhaupt noch kauen kann.«

Indem er sich Chango und Blacksquaw zudrehte, sagte er höflich: »Wollt ihr euch mir anschließen?« Sie gingen alle zusammen in ihre Hütte zurück.

»Wo ist eigentlich dieses Hawk-Weib?« fragte der Häuptling. »Ich habe es in dieser Nacht nicht einmal gesehen.«

»Wahrscheinlich ist sie in den Wald gelaufen«, antwortete Blacksquaw. »Ich hörte sie heulen und schimpfen. Sie hat keine Angst vor uns. Sie läßt ihren Gefühlen freien Lauf, diese Frau.«

Bei Sonnenaufgang versammelten sich Chango und die anderen vor dem Gefangenen, um ihn zu begutachten. Er erwachte leicht aus seinen Träumen und schien in bemerkenswert guter Verfassung zu sein, obwohl er vom Feuer schwer gekennzeichnet war. Der alte Häuptling sprach zu dem Gefangenen, während die Frauen neue Feuer herrichteten und flache Steine erhitzten. Der Franzosenkorporal übersetzte dem Mohawk, was der Häuptling sagte, während er seine Hose zuknöpfte und sich die lange weiße Schärpe um den Wanst wickelte.

»Mach die Ohren auf, Mohawk!« sagte er wichtigtuerisch. »Der alte Häuptling bewundert dich. Er sagt, daß es den Anschein hat, als ob du unsterblich wärst.«

»Oh, ihr durchtriebenen Läuse in eurem Drecknest!« brachte Kahogan auf englisch zwischen seinen aufgeplatzten schwarzen Lippen hervor. »Ihr Narren, wißt ihr denn nicht, daß ich sterbe – wenn – ich – sterben will?«

Das eine Auge, das noch nicht ausgebrannt war, hob sich zum Himmel und er erzitterte am ganzen Körper. »Ich danke euch!« keuchte er. »Lebt wohl!« Langsam entspannten sich seine Muskeln. Er sackte gegen den rußgeschwärzten *nepash* zurück und starb.

Der Medizinmann trat ehrfürchtig vor und schwenkte die heiligen Medizinfedern über dem Kopf des Toten.

»Ich wünschte, ich könnte so sterben!« rief Chango Sarah zu, die neben der weinenden Hawk am Rand des Tanzplatzes stand. »Da vor euch ruht ein starker Krieger, ein Mann des Mutes!«

Die Abnakifrauen traten singend zur Seite und formierten sich zu zwei Linien, die einen Pfad bilden sollten, damit die Seele ihres Feindes den zerstörten Körper verlassen und ungehindert nach Westen ziehen konnte, über das Wasser des Sees hinweg und in ihre neue Heimat, die andere Welt.

Drei Nächte später gab es Regen, der die Asche wegwusch. Nur noch der schwarze Pfahl und die versengte Erde erinnerten an das, was geschehen war.

Taliwan bewahrte Kahogans Messer in der bestickten Scheide auf, damit es Sarah jederzeit bewundern konnte. »Vielleicht hat sie seine Mutter für ihn gemacht«, sagte er eines Tages. »Wir beschimpfen die Mohawk und nennen sie hungrige Wölfe und Kannibalen, doch wie glücklich sind wir doch, solch würdige Gegner zu haben. Es ist schon wahr, daß wir *Menschenwesen* schöner sind als sie. Unsere Lieder sind feinsinniger als die ihren, und um unsere schnellen Kanus haben sie uns immer beneidet. Aber, oh, die Mohawk haben sich in einer bewundernswerten Art zusammengeschlossen. Im Westen haben sie große Dörfer gebaut, wie die Weißen, und rund herum haben sie Felder angelegt, wo sie Korn pflanzen und Obstbäume gesetzt haben. Wenn sie irgendwelche Meinungsverschiedenheiten oder gar Streit untereinander haben, so lassen sie dies durch ihren Häuptling ihren Gesetzen entsprechend in Ordnung bringen. Ihre Einigkeit ist so groß, daß sie wie ein Mann kämpfen. Einige Feiglinge, die irgendwo im Norden leben, schneiden sich ihre Skalplocken ab und berauben sich dadurch des einzig Wertvollen, das sie besitzen. Nicht so die Mohawk. Sie sind furchtlose Krieger. Und nicht nur die Männer, sondern auch die Frauen und Kinder. Eines ihrer Dörfer anzugreifen ist genauso schlimm, wie splitternackt mit einem Stock in ein Hornissennest zu schlagen. – Ich bete darum, daß ich den Mut aufbringen werde, meine Feinde zu verspotten, wie er es getan hat, wenn ich von ihnen gefangengenommen werde. Denn früher oder später ist das unser aller Schicksal. Die Raubzüge bieten einem Mann die Gelegenheit, dem Tod freudig entgegenzugehen. Die meisten unserer jungen Männer würden ein Leben ohne Jagen und Kämpfen verabscheuen. Und deshalb achten wir auch unsere Feinde.«

»Bevor ich aus dem Haus meines Vaters geraubt und verschleppt wurde, hätte ich die Bedeutung deiner Worte nicht verstehen können«, sagte Sarah sanft. »Jetzt bin ich so weit, daß ich einiges gelernt habe. Doch als sie Kahogan verbrannten, da war es zuviel für mich . . .«

»Schsch!« machte Taliwan. »Erwähne niemals mehr diesen

Namen! Du rufst dadurch seinen Geist in dieses Haus, und er würde sich rächen, wie es ihm gefällt.«

»Vergib mir«, sagte Sarah. »Mein Herz brach in jener Nacht. Ich glaube nicht, daß ich jemals wieder so sein werde wie zuvor. Ich werde niemals seine zusammengebissenen Zähne vergessen können, seine Ruhe und seine Tapferkeit. Ich fühlte mich auch elend, als ich sah, wie der erste Soldat zwischen den Reihen von Schlagstöcken hindurchrannte und von euch getötet wurde. Aber mein Herz war voller Stolz, als ich sah, wie der zweite Soldat in seiner Kühnheit einen Krieger zu Boden schlug.«

»Es war dein Recht, stolz zu sein«, sagte Taliwan. »Er war einer von euren Soldaten, und er war ein starker Mann. Ein mutiger Mann.«

»Es ist aber nicht richtig, daß einige Männer langsam getötet werden, nur damit andere ihre Tapferkeit und ihren Mut erproben können! Dies sind rohe Sitten. Sie sind nichts für meine Augen! Und ich will sie nie verstehen lernen.« Sie seufzte. »Als ich sah, wie der Korporal Skalps kaufte, um sie gegen Brandy und Gewehrpulver einzutauschen, war ich entsetzt, obwohl ich wußte, daß unsere Soldaten genau das gleiche tun.« Ihre Stimme hob sich, und Tränen füllten ihre Augen. »Wer sind eigentlich diese reichen Leute in London, Quebec und Boston? Das sind doch die wirklichen Skalphändler! Das sind doch sie, die den Soldaten Geld geben und sie dafür in die Wälder schicken, um ihren Krieg auszutragen! Könnten sie denn hier neben mir stehen und zusehen, wie ein Mann verbrennt? Würden sie nicht auch mit mir weinen? Ich bin sicher, daß sie nicht einmal den Geruch von angesengtem Fleisch ertragen könnten!«

16

Blacksquaw liebte die köstlichen Eier des Störs leidenschaftlich. Um ihr eine Freude zu bereiten, schickte der alte Häuptling am Ende des Erdbeermondes Taliwan und Tegwa zur Mündung des Thunder Rivers, wo der Stör mit dem Speer erlegt werden konnte. Der Medizinmann riet ihnen, in mondlosen Nächten ein Amulett zu tragen, damit sein Zaubergesang, vereint mit dem hellen Licht der Fackeln, die Fische anlocken sollte.

Sarah schlief schlecht, während Taliwan weg war. Und auch das Kind war ruhelos. In der zweiten Nacht erhob sie sich, trat vor die Hütte und blieb lange in der warmen, bedrückenden Stille stehen. Glühwürmchen leuchteten wie Irrlichter über dem Riedgras, das am Ufer wuchs. Sarah nahm einen tiefen Atemzug. Scham überkam sie, weil sie so wenig an ihre richtige Familie und an ihre Vergangenheit auf der Farm dachte. Sie erinnerte sich an die Nacht vor drei Jahren, als Joshua den neuen Uniformrock anzog und mit einer halben Kompanie Soldaten den Karrenweg hinuntermarschierte und in der Dunkelheit verschwand. In jener Nacht hatte Sarah keine Glühwürmchen gesehen. Die Leute hier behaupteten, daß Glühwürmchen Glück brachten, aber die Farmer sagten gerade das Gegenteil. Sarah schauderte.

Am Morgen ertönte das Warngeschrei einiger Kinder, die unten am See spielten. »Es kommt jemand über den See! Es kommt jemand!«

Alle Krieger krochen wehrbereit aus ihren Hütten. Aber es war nur ein einzelnes Kanu.

Hawk lief zu Sarah. »Schau, dort kommt dieser heimtückische Bastard mit dem einen Auge! Erinnerst du dich noch an ihn?«

All die Schrecken ihrer Flucht und der Gefangennahme kehrten jäh in das Bewußtsein von Sarah zurück, als sie den Trapper und seine schweigsame Ottawafrau erkannte. Hawk kräuselte vor Abscheu ihre Lippen.

Über den Kanurand hinweg konnte Sarah die vertraute

schwarze Mündung des langläufigen Gewehres sehen. Die *nunksquaw* hockte im Heck und führte geübt das Paddel. In der Mitte des Kanus lagen Haufen von stinkenden Bündeln aus schlecht geschabten Biber-, Nerz- und Otterfellen. Die Frau des Trappers ließ jetzt das Kanu vom leichten Wind treiben, während sie es faul dem Anlegeplatz zulenkte.

Die Bewohner von Canadanskawa starrten in stiller Feindseligkeit auf die beiden ungeladenen Gäste, bis sie das schwere Rumfaß entdeckten, das in ihrem Kanu lag. Sofort änderte sich ihre ganze Haltung.

»*Yah! Yah! Yah!* Willkommen!« rief der alte Häuptling. »Wir begrüßen euch. Was ist das, das sich auf dem Boden eures Kanus befindet? Es sieht wie ein Faß aus! Mit Rum vielleicht, eh? Es ist eine lange Zeit her, seit wir Rum gesehen haben. Komm, Einauge, iß mit uns!«

»*Yah! Yah! Yah!* Komm und schlaf hier, Einauge!« lärmten die anderen und reckten ihre Hälse, um nach dem roten Verschluß zu sehen und herauszufinden, ob er schon zerbrochen war oder nicht. Sie bewunderten das dickbäuchige Eichenfaß, das zwanzig Gallonen von herrlich feurigem und teuflischem Rum enthielt.

Der Trapper hielt es nicht für nötig, ihnen eine Antwort zu geben. Er hob nicht einmal den Kopf. Er saß nur in seinem Kanu, kaute Tabak und schielte mit seinem Auge in die späte Nachmittagssonne, als ob er nichts gehört hätte.

»Komm, bleib die Nacht und tanze mit uns!« riefen die Abnaki. »Sing frohe Lieder mit uns!«

Jetzt antwortete er ihnen, und seine Stimme klang krächzend wie die einer Krähe. »Hörte, daß Missisquoi gebrannt hat wie die Hölle. Dachte, ihr seid inzwischen alle geröstet worden. Habt ihr irgendwelche Pelze zum Tauschen?«

Er sprach in einem schleppenden Händler-Algonquin, so daß sie ihn einigermaßen verstehen konnten.

»Viele Pelze! Schöne Pelze!« erwiderten die Abnaki im Chor. »Alles große und erstklassige Biberfelle, viele Wieselfelle und Marderfelle und Fischotterfelle und Luchsfelle! Alle im kältesten Winter erlegt! Herrliche, fabelhafte Pelze zum Tausch gegen vorzüglichen Rum!«

»Sind wohl ne Menge zerrupfte Frühlingspelze dabei, bei denen das Haar ausfällt?« knurrte der Trapper auf englisch und spuckte einen Strahl Tabaksaft in das klare Wasser des Sees.

Nach einer Weile lehnte er sich zurück und zerschnitt mit seinem Häutermesser das Siegel am Faß. Er zog den Spund heraus, kippte das Faß vorsichtig und ließ einen Hornbecher mit Rum vollaufen. Er warf den Kopf in den Nacken, trank einen Schluck, hauchte den Atem heraus und schmatzte mit der Zunge, um zu zeigen, daß es erstklassige Ware und kein Gift war. Sein Auge fing an zu tränen, als er den Becher mit dem Rumrest dem Häuptling hochreichte, der sofort die Hälfte davon trank und anschließend von einem furchtbaren Hustenanfall überrascht wurde. Nach Luft schnappend, reichte der Häuptling den Becher an Chango weiter, der trank, keuchte und ihn dem Franzosenkorporal gab.

»*Formidable*«, sagte dieser und wischte sich mit dem Handrükken den Mund ab. »Dieser Rum ist in Ordnung. Natürlich nicht von der Klasse eines französischen Brandys, aber wirklich nicht schlecht.«

»Wollt ihr es haben?« fragte der Trapper und schlug mit der Hand gegen die Faßwand. »Ihr müßt dafür bezahlen. Macht voran und füllt mir mein Kanu mit euren besten Pelzen! Die besten, die ihr habt! Das ist die einzige Möglichkeit für euch, an dieses Faß mit bestem Barbadosrum heranzukommen.«

»Räuber!« schrien sie ihm zu. »Das ist viel zu viel!«

Aber schon rannten die Abnaki in ihre Hütten und lösten eilig ihre Fellbündel. Um das Faß erstehen zu können, mußte jede Familie ihren Beitrag leisten. Man suchte die schlechtesten Felle aus und rieb sie schnell mit Sand und Fett ein, um den Glanz zu verstärken und Umfang und Gewicht zu vergrößern. Als sie zurückkehrten und ihre Pelze brachten, machten sie Gesichter, als wären sie betrogen worden. Sie warfen ihre lose gebündelten Pelze in das Kanu und schimpften schreiend auf die Ottawafrau ein, die mit ihrem dicken Hintern auf den Bündeln herumrutschte und sie zusammenpreßte. Schließlich trampelte sie sogar mit ihren Füßen auf den Pelzen herum und benutzte das Paddel, um sie flachzuklopfen.

Als das kleine Kanu hoch mit Pelzen beladen war, nickte der Trapper und erlaubte den Abnaki, den Zwanzig-Gallonen-

Schatz aus dem Kanu zu heben und ihn am Ufer in Sicherheit zu bringen.

»Füllt das Loch mit Pelzen!« verlangte die Ottawafrau keifend. Daraufhin liefen einige junge Krieger zurück in ihre Hütten. Aber als sie wieder auftauchten, hatten sie keine Pelze in den Händen, sondern ihre schußbereiten Musketen.

Der Trapper, der scheinbar einen ausgeprägteren Überlebensinstinkt besaß, befahl seiner Frau, ihr großes Maul zu halten und das Kanu seitwärts vom Anlegeplatz wegzustoßen. Er wagte es nicht, den skalphungrigen jungen Abnaki mit ihren Donnerstökken den Rücken zuzudrehen.

Und er rief: »Ich bin diesen ganzen See hochgereist und den Richelieu River entlang nach Montreal und dann wieder südwärts bis zu einer Kette von Festungen, die von den Franzosen errichtet werden. Ich habe in diesem Land keinen einzigen Mohawk getroffen und nicht einen englischen Soldaten gesehen, so weit ich blicken konnte. Zusammen mit den Franzosensoldaten habt ihr die Rotmäntel alle vertrieben. Sie sind tot oder sie verstecken sich in New York. Man sagt, daß alle sechs Stämme der verdammten Irokesen-Nation zerschlagen oder in alle Wälder verstreut sind.«

Die Abnaki hörten ihm aufmerksam zu, gaben ihm aber keine Antwort. Ihre Blicke hingen am Gesicht der Ottawafrau, und sie versuchten, in ihm irgendwelche Zeichen zu erkennen. Aber sie senkte den Kopf und führte das Paddel derart sanft durch das Wasser, daß man kaum eine Bewegung erkennen konnte. Sogar als sie von Blacksquaw angerufen wurde, wagte sie es nicht hochzublicken.

»Hast du irgendein Zeichen der Mohawk entlang des Seeufers gesehen?« riefen ihr die anderen Abnakifrauen zu. »Hast du Rotmäntel gesehen?«

Die Ottawafrau gab keine Antwort.

Während die Männer das Rumfaß in die große Hütte trugen, beobachteten die Frauen mit Argwohn, wie das Kanu davonfuhr und hinter der Landzunge verschwand. Und eine der Frauen fragte, was sie alle dachten. »Warum hat sie es nicht gewagt, uns anzusehen? Was wollte sie verbergen?«

Niemand wußte die Antwort.

Der alte Häuptling war schon immer der Zeremonienmeister aller Feste und sportlichen Ereignisse gewesen, und dieses hier, so beschloß Bear Man, sollte ein Fest werden, das die Erde zum Erzittern brachte, an das sich alle für den Rest ihres Lebens erinnern würden.

Er war sich des Wertes, den der englische Rum besaß, bewußt, und er war nicht bereit, ihn einfach zu verschenken. Da er wußte, daß der Franzosenkorporal und Chango ein paar Geldstücke auf die Seite gelegt hatten, wollte er sich als Häuptling schon darum kümmern, daß sie einen angemessenen Preis für das, was sie trinken wollten, bezahlten. Immerhin hatte er für das Gemeinwohl seines Volkes zu sorgen, und so wollte er den beiden den Rum Tasse für Tasse verkaufen, genauso wie die Kneipenwirte in Quebec ihren Brandy an die Soldaten verkauften. Erst nachdem es ihm geglückt wäre, den beiden alles Geld abzuknöpfen, würde er dem Fest sozusagen freien Lauf lassen. Alle Abnaki im Dorf verstanden das völlig. Ihr Häuptling besaß die Autorität, und die sollte er natürlich auch benutzen, um Profit zu machen. Außerdem, wer würde nicht genau wie ein *awanoots* handeln, wenn er ständig unter den Verpflichtungen und der Verantwortung einer derart hohen Stellung zu leiden hatte?

Blacksquaw lag am Rand des Bettes und beobachtete alles, was um sie herum geschah, und ihre Blicke huschten dabei hin und her wie die eines Fechtmeisters.

Hawk kam in die Häuptlingshütte. Sobald der Franzosenkorporal sie entdeckt hatte, rief er: »Du hockst dich genau dort drüben hin, wo ich dich immer im Augen behalten kann! Das wird eine *grande belle fête*, und ich will nicht, daß du wieder einmal versuchst, mir alles zu verderben. Hast du mich verstanden? Hör nur auf damit, deinen Kopf so hängen zu lassen.« Er imitierte sie. »Und hör auf, mich mit deinen bösartigen Augen anzustarren! Verstanden?«

»Ich kann dich hören, weil du wie ein Bulle brüllst!« antwortete Hawk, drehte ihm den Rücken zu und fing an, Kirchenlieder zu singen.

»Ruhe!« schrie der Korporal, seufzte und streckte seine Beine aus, bevor er sich gemütlich auf die prächtigsten Pelze des alten Häuptlings zurücklehnte. »Ich wünschte«, sagte er, »daß dein liebes süßes Jesulein uns etwas von dem feinen französischen Brandy gebracht hätte, anstatt diesen billigen englischen Fusel. Aber so ist das Leben. Es bleibt uns nichts anderes übrig, als mit dem vorliebzunehmen, was wir haben.«

Er fingerte in seinen Kleidern herum und fand eine versteckte Kupfermünze. Er legte sie auf eine fadenscheinige rote Decke, und der Häuptling füllte sorgfältig einen Becher mit Rum für ihn. Mit zitternder Hand übergab er den Becher dem Korporal. Der Korporal nahm ihn und sah, wie das Geldstück blitzschnell von der Decke verschwand.

Chango nahm eine kleine Münze aus seinem Beutel, legte sie auf die Decke, und auch er bekam einen Becher voll Rum. Er wollte eben ansetzen, als der Korporal in einer großartigen Gebärde die Hand erhob.

»*Un moment, monsieur!* Wir wollen doch nicht trinken, ohne daß sich dieser edle Häuptling und seine Gattin uns anschließen.« Großzügig ließ er eine neue Münze auf die Decke fallen.

»Das ist nett von dir«, sagte der Häuptling und brachte schnell noch zwei Hornbecher zum Vorschein, die er bis zum Rand mit Rum füllte. Er nahm den einen für sich und gab den anderen seiner Frau.

Alle vier tranken den feurigen Schnaps, husteten und erstickten fast, während sie ihn keuchend schluckten. Sie genossen das erste wohlige Gefühl, das sich in Kehle und Magen ausbreitete. Sie fühlten förmlich, wie alle eisigen Winter ihres Lebens in einem einzigen gewaltigen Feuer dahinschmolzen.

Der Korporal ließ seinen Becher sinken. Er versuchte etwas zu sagen, vermochte aber für eine Weile keinen Ton herauszubringen. Endlich, als er wieder zu Atem gekommen war, deutete er mit einer einladenden Geste auf Chango. »Und wie ist es mit dir, mein Freund? Willst du nicht auch unseren Gastgebern deine Wertschätzung zeigen?«

Chango legte zögernd zwei kleine Silbermünzen auf die rote Decke. Der Korporal fügte noch eine Münze hinzu, und der Häuptling zwinkerte seiner Frau verstohlen zu, um sie darauf aufmerksam zu machen, wie schlau er die beiden Fremden aus dem Norden um ihren Reichtum brachte. Dann lachte er, goß die vier Tassen voll und alle tranken. Diesesmal hustete schon keiner mehr. Nur ein paar Tränen traten in ihre Augen, und sie stießen ein paar anerkennende Seufzer aus, mit denen sie die Qualität des Schnapses rühmten.

»*Très extraordinaire*, hier bei deinen Leuten zu leben«, sagte der Korporal. »*Formidable!* Es ist wirklich schön hier. Nicht wahr, Chango? Nicht wahr, Füchsin? Möchtest du vielleicht etwas von dem Rum?« Er schickte einen schmachtenden Blick zu ihr hinüber, aber als er sah, wie Hawk den Kopf drehte und ihn anstarrte, beruhigte er sich sofort.

Chango grinste alle liebenswürdig an und zeigte ihnen dabei seine starken weißen Zähne. Als er einmal mit dem Kopf nickte, verlor er beinahe das Gleichgewicht und kippte vornüber. Blacksquaw sang in gebrochenem Französisch fröhliche Lieder aus den alten Tagen in Fort Saint Francis. Alles sah danach aus, daß es tatsächlich ein wundervolles Fest werden würde.

Der Korporal stand vor sich hin summend auf, nahm eine Hirschhautdecke auf und hängte sie über den Eingang der Hütte, um die Zugluft von draußen abzuhalten und die neugierigen Augen der Dorfbewohner daran zu hindern, die Rummenge abzuschätzen, die der Häuptling und seine Gäste in sich hineingossen. Er lachte, sang mit Blacksquaw im Duett und klatschte den Takt mit den Händen.

»Erlaube mir, noch eine Runde auszugeben«, sagte er dann zum Häuptling und warf wiederum zwei Kupfermünzen auf die Decke. »Und noch einen Becher«, fügte er lächelnd hinzu, legte eine weitere Münze auf die Decke und nickte großartig zu Sarah hinüber, die allein in einer Ecke saß.

»Oh, selbstverständlich«, sagte der alte Häuptling, während er die Geldstücke in seine Mokassins gleiten ließ. »Selbstverständlich soll Wagwise auch etwas vom Rum bekommen.«

Hawk hustete, und der Korporal blickte sie an.

»O ja, und sie auch«, sagte er und legte noch eine vierte Münze auf die Decke. »Laß die gute Frau aus Pennsylvania auch etwas davon versuchen.«

Hawk erwiderte seinen Blick zornerfüllt. »Ich trinke nichts von diesem Teufelszeug!« Schnell stand sie auf.

»Du hockst dich hin!« brüllte der Korporal.

Hawk ging einfach aus der Hütte.

»Na, wennschon!« schnappte der Korporal. »Zur Hölle mit ihr! Wir haben es hier ohne dieses schlechtgelaunte Weibsbild lustiger!« Er lachte und breitete seine Arme aus. »Mein lieber Fuchs«, kicherte er. »Wie wär's mit einem kleinen Becher Rum, um dein Herz zu erwärmen?«

»Ja, gern«, sagte Sarah. »Sag mir, warum wurde Hawk eigentlich so wütend, als du uns beiden etwas zu trinken angeboten hast?«

»Das ist einfach so«, sagte der Korporal und schüttelte den Kopf. »Sie ist eifersüchtig. Sie behauptet, ich würde andauernd hinter irgendwelchen jungen *belle femme* herlaufen.«

Mit dem Rum kehrten bei dem alten Häuptling allmählich die Erinnerungen an die Tage der jugendlichen Kraft wieder. Er ließ eine lange Rede vom Stapel und warf dabei die Arme in schwungvollen Gesten in die Luft. Er benutzte dabei alte Abnaki-Redensarten, und seine Worte öffneten sich vor den Zuhörern wie bunte Blumen.

»Er ist ein richtiger Redner, *n'est-ce pas?*« sagte der Korporal zu Sarah. »Wie alle anderen Häuptlinge der Konföderierten liebt er es, sich mit gewaltigen Worten reden zu hören. Hör ihm zu! ›Der Himmel ist klar und mein Herz ist rein‹, sagt er. Immer, wenn sie zuviel getrunken haben, werden ihre Zungen locker.« Der Korporal ließ seine eigene Zunge schnalzen und lachte wild. »Zuerst reden sie andauernd vom Zauber des Lebens, dann ärgern sie sich über die Franzosen, dann über die Schwarzröcke, dann über die Engländer, dann über die Mohawk, und schließlich fangen sie an, Kriegslieder zu singen. Ich verstehe das sehr gut«, sagte der Korporal. »Ich erzähle dir jetzt ein Geheimnis! Ich wurde im Norden, in der Nähe von Maskinoge, geboren. Meine Mutter war nur ein junges, einfaches Abnakimädchen. Vielleicht war sie vierzehn in jenem Winter, in dem sie mit einem Soldaten aus dem Regiment La Sarre schlief. Und deswegen haben sie mich hierher geschickt. Ich sprach als Junge nur in der Sprache der Abnaki und rannte in Fort Chambly nackt herum. Dort lernte ich dann Französisch. Später war ich als Paddler bei der Hudson Bay Company beschäftigt und lernte ein wenig Englisch.« Er lehnte sich bequem gegen Sarahs Hüfte.

»Nimm einen kleinen Schluck, *chérie*. Er wird dir die Ohren öffnen, und ich werde dir weitererzählen.« Der Korporal grinste. »*Salu*, Wagwise! *Salu!*«

Er hob seinen Becher an die Lippen, trank und lachte. »Der alte Häuptling dort meint, daß alle *awanoots* nichts wert wären. Außer dir und mir, natürlich. Hör zu! Ich werde dir alles, was er sagt, übersetzen. Es ist schwierig, die altmodischen Redensarten zu verstehen.« Er richtete sich etwas auf, und seine Blicke hingen an den Lippen des alten Häuptlings, der mitten in seiner Rede war.

»Er sagt«, begann der Korporal, »er sagt: ›die Weißen reden ständig davon, unser Land zu kaufen oder zu erhandeln. Welches Recht hätten sie, uns das Land abzukaufen? Welches Recht hätten wir *Menschenwesen*, es den Weißen zu verkaufen? Wie wenig diese Weißen vom Leben wissen! Auch wir *Menschenwesen* besitzen dieses Land nicht, ebensowenig wie wir die Flüsse, die durch die Täler rauschen, oder den Regen, der fällt, oder den Donner oder den Blitz, den Regenbogen, den Mond oder die Sonne und die Sterne besitzen. Dies alles sind heilige Dinge, die man nicht besitzen kann. Wir alle, die heiligen Tiere und wir *Menschenwesen*, die hier leben, dürfen uns auf diesem Land ein wenig ausruhen, hier am See, der voller Zauberkraft ist und in dem sich unsere Ebenbilder den Geistern offenbaren. Samen fließt von unserem Leib, und neue *Menschenwesen* und Tiere und Bäume und Gräser sprießen, während wir selbst alt werden. Wenn der Winter kommt, werden wir alle fallen wie Nadeln von der Kiefer.‹ Das ist die Art, wie er sich ausdrückt«, sagte der Korporal und reichte Sarah die zweite Tasse voll Rum.

»Ich trinke nur einen kleinen Schluck und hebe den Rest für Blacksquaw auf«, kicherte Sarah.

»A votre santé!« rief der Korporal fröhlich und prostete ihr zu.

Sie trank auf sein Wohl und nahm seine Hand von ihrem Schenkel. Sie blickten sich an, während der brennende Rum das Blut in ihren Adern in Wallung versetzte.

»Vater!« rief Sarah laut dem Häuptling zu. »Vater, du hast eine schlimme Zeit ausgesucht, meinen Ehemann zum Fischen zu schicken!«

Sarah nahm noch einen großen Schluck aus dem Becher und

wartete auf eine Gelegenheit, den Rest des Rums in den Becher von Blacksquaw zu schütten. Der Franzose ließ seine glühenden Augen nicht von ihr. Ein großes Gefühl der Zufriedenheit überkam Sarah. Dieses Leben ist wundervoll! dachte sie. Stell dir vor, du wärst von diesen Leuten gemartert, verbrannt und getötet worden! Und jetzt sitze ich hier, eine ihrer Töchter, und trinke englischen Rum mit ihnen.

Sie bemerkte, wie der starke Schnaps den Korporal verwandelte. Aus einem nichtsnutzigen Hinterwäldler wurde ein fröhlicher Haudegen. Er lachte und scherzte, und sein Gesicht rötete sich dabei. Er fischte Silberlinge aus den unmöglichsten Verstekken seiner Kleidung und bezahlte für alle den Rum.

»*Encore, chérie!*« rief er Sarah zu.

Ohne einen Gedanken zu verschwenden, lächelte sie ihn an, hob ihren Becher und leerte ihn auf einen Zug. Sie fühlte, wie der scharfe Dunst in ihrer Kehle hochkam und in ihre Nase stieg. Dann begann sie zu singen. »Zwitschervöglein sitzt im Hof auf dem Zaun, hi ho, hi ho . . .«

»Laßt uns auf den König von Frankreich trinken, *Le Grand Roi!* Und auf diese beiden tapferen Häuptlinge der Abnaki-Nation! Lange mögen eure Kanonen donnern!« Der Korporal hob seinen Becher und blickte den alten Häuptling aus triefenden Augen kurz an.

»Ich wünschte, ich hätte die Kanone heute abend hier bei mir im Bett«, kicherte dieser.

»Hier, mein hübscher Fuchs!« rief der Korporal. »Trink auf den König von Frankreich!«

Der alte Häuptling sang mit geschlossenen Augen, und da füllte der Korporal schnell zwei Becher mit Rum und gab einen davon Sarah. Er beobachtete, wie sie ihn leer trank.

»Ich frage mich, ob mein kleines Baby betrunken würde, wenn es jetzt von mir Milch tränke«, sagte Sarah und lachte glucksend. Auch der Korporal lachte schallend und klatschte ihr mit der Hand auf den Hintern. Sie fühlte es nicht einmal.

Chango lag bereits völlig hilflos in den Pelzen. Er schlug hin und wieder mit der Hand den Takt zu einem Kriegslied, das außer ihm niemand hören konnte. Der alte Häuptling schlief allmählich ein, seinen Kopf mit der lederhäutigen Wange gegen das

Rumfaß gelehnt, seinen Becher und ein paar Münzen in der Hand. Blacksquaw saß vornübergebeugt und beobachtete den Korporal. Ihre Augen glitzerten bewegungslos wie die einer Libelle.

Der Korporal war schon ziemlich betrunken und fast zweimal so groß wie sie. Aber die Art, wie sie ihn aus ihren stechenden Augen beobachtete, machte ihn zappelig. Es war ein durchdringender Blick, dem er auszuweichen versuchte, indem er zum Rumfaß griff.

»Wo ist denn dieses verdammte Weibsbild von einer Hawk?!« rief er. »Sie ist dazu da, sich um mich zu kümmern! Wo ist sie? Wo ist meine Pfeife?«

Zwei Becher später wurde er angriffslustig.

»Heh, du Luder!« knurrte er in die Richtung von Blacksquaw.

Er stand auf und wäre wahrscheinlich über sie gestolpert, als er hinausging, um sich zu erleichtern. Aber sie rollte sich blitzschnell aus seinem Weg.

Als er zurückkehrte, langte er über das Bett und angelte einen leeren Krug von einem Haken am Hüttendach. Er stieß den alten Häuptling vom Faß weg und sah zu, wie er haltlos zur Seite sackte und auf sein Bett fiel.

Jetzt fing Chango zu singen an, und zwar ein wüstes französisches Soldatenlied. Seine Augen waren geschlossen und der Text des Liedes völlig verdreht. Sarah kicherte unbeherrscht.

Der Korporal kniete nieder, kippte mit aller Kraft das Zwanziggallonenfaß und füllte den Krug. Er verschüttete nur wenig. Mit der Faust rammte er den Spund wieder hinein. Dann erhob er sich unsicher und hängte den Krug hoch zwischen die dunklen Dachpfosten.

»Der gehört mir!« rief er Blacksquaw zu und deutete mit ausgestrecktem Arm auf sie. »Sieh zu, daß ihm niemand zu nahe kommt, oder ich würde mich gezwungen sehen, dich zu töten!« Er drehte sich um, nahm die eine Hand des Häuptlings hoch, zwängte sie auf und nahm alle seine Münzen und diejenigen Changos heraus.

»Die behalte ich!« grunzte er. »Wenn ich sie ihm überlasse, werden sie ihm noch gestohlen.«

Sarah und ihre Adoptivmutter, die beide jetzt schon ziemlich betrunken waren, beobachteten, wie der Korporal, schwankend wie ein Baum im Sturmwind, mit dem Fuß das Rumfaß durch den Hütteneingang in die Dunkelheit hinausrollte.

»*Attention! Attention!*« brüllte er und fuchtelte mit den Händen über seinem Kopf herum. »Alle hierher zu mir!«

Er stellte das Rumfaß auf und setzte sich darauf, um einen Halt zu haben.

»Auf geht's! Auf geht's! Ich habe diesen schönen Rum vom Häuptling, und ich teile ihn nun mit euch allen! Macht euch bereit! Heute nacht ist *une grande* Fest!«

Die Abnaki rannten in ihre Hütten, schüttelten ihre besten Tanzkostüme aus und machten sich in aller Eile für das Fest bereit. Die schlaffe Haut der großen Trommel wurde befeuchtet und gespannt und dann über dem Feuer erhitzt, bevor man sie wieder am Gestell festmachte. Die Frauen zerhackten Elchschnauzen und einige Dutzend fette Biberschwänze und warfen sie in die großen Kochkessel.

»Versteckt die Kriegsbeile!« riefen die Frauen. »Begrabt die Kriegsbeile!«

Blacksquaw kam heraus und hielt sich am Eingangspfosten fest. »Ja!« rief sie. »Begrabt die Waffen! Begrabt alle Musketen, alle Bogen, Speere, Pfeile, Keulen und Beile!«

»Nur ich behalte für den Notfall mein Messer«, stieß Chango mit schwerer Zunge hervor und versuchte, auf die Beine zu kommen.

»O nein, das tust du nicht!« rief Blacksquaw und schnappte ihm das Messer weg. »Ich verstecke es für dich!«

Der Korporal ging in die Hütte zurück. »Sie vergraben alle ihre Waffen, damit es nicht zu einem Streit kommt und sie sich gegenseitig die Schädel einschlagen«, sagte er zu Sarah. »Nur Freundschaft, Rum und Tanz. Ein richtig altmodisches *Menschenwesen*fest!«

Es war vielleicht ein Glück, daß später niemand mehr genau sagen konnte, wie dieses Zwanzig-Gallonen-Rum-Fest gefeiert wurde. Es begann mit einemmal überall im Dorf, wie eine große Schlacht. Niemand konnte die Dinge richtig überblicken. Und niemand konnte sich später an all die seltsamen Dinge erinnern, die passierten. Sarah nicht und auch Blacksquaw nicht, Chango nicht und schon gar nicht der Korporal. Die meisten von ihnen feierten einfach, bis sie umfielen und am Boden einschliefen. Zum Glück war Sommer. Niemand erfror.

Natürlich war dieses Fest nicht einfach nur ein fröhliches Besäufnis. Nein, es war eine richtige Feier. Sicher passierten ein paar Mißgeschicke. So brach sich zum Beispiel Blacksquaws Neffe, ein junger Krieger von zwanzig Jahren, das Genick, als er über die Uferbank stürzte. Und zwar passierte dies nicht während eines bösartigen Streites, sondern bei einem freundschaftlichen Ringkampf. Unglücke, die während eines Festes passierten, wurden immer sofort vergeben, denn jedermann wußte, daß ein betrunkenes *Menschenwesen* nicht für das verantwortlich gemacht werden konnte, was ihm passierte. Viele Frauen wurden vergewaltigt, aber weder sie noch die Männer erinnerten sich später daran.

Am dritten rumgetränkten Festtag waren Taliwan und Tegwa immer noch nicht zurückgekehrt. Sarah war ein bißchen traurig darüber, daß Taliwan das Fest verpaßte. Zu dieser Zeit ließ schon der kleinste Schluck Rum das Blut eines *Menschenwesen* aufglühen, und so tanzten sie lachend und kreischend, singend und schreiend und kämpfend im Dorf herum, schliefen halb ohnmächtig, machten sich über die Frauen her oder die Frauen über die Männer und tranken immer wieder einen neuen Schluck, wenn ihre Stimmung nachließ.

Für den Korporal war es die schönste Zeit seines Lebens, seit er Quebec verlassen hatte. Er wußte schon gar nicht mehr, wie viele Frauen er schon gehabt hatte, ob sie jung oder alt, schön oder häßlich gewesen waren und wem sie eigentlich gehörten. Allmählich aber war er ausgelaugt und erschöpft. Immer und immer wieder hatte er das Lied *La destine de la rose au bois* gegrölt, und seine Stimme war schon so heiser, daß er kaum mehr ein Wort herausbrachte. Schon der Gedanke an Einzelheiten des Festes entlockte ihm Ausbrüche schallenden Gelächters.

Irgendwann wachte er in der Hütte des alten Häuptlings auf. Es war am vierten Tag, und die Ruhe sagte ihm, daß das Rumfaß leer getrunken war. In seinem Kopf drehte sich ein bunter Kreisel. Er setzte sich auf und rülpste. Voller Überraschung starrte er auf ein junges Mädchen, das neben ihm in den Decken lag. Er schüttelte es wach und befahl ihm, Wasser zu bringen.

Während er trank, stiegen ihm die Rumdünste in den Kopf und explodierten. Er griff nach dem Mädchen, um sich festzuhalten, verfehlte es aber und kippte um. Mit starrem Blick schaute er zu den Schatten der halbentblößten Hüttenpfähle hoch, die das Rindendach trugen. Sein Blick verweilte kurze Zeit an einer aufgespannten Leine, von der geräucherte Fische herunterhingen. Die Fischaugen starrten unverschämt zurück. Er ließ seinen Blick weiterschweifen, den Stützpfosten entlang hinunter, bis er an einem dickbäuchigen Krug hängenblieb. Er war noch da! Und genau dort, wo er ihn hingehängt hatte.

Er taumelte auf die Beine, stolperte über Changos Füße, fiel beinahe wieder hin. Mit zitternden Händen hob er den Krug vom Haken, drückte ihn zärtlich an seine Brust und wog sein Gewicht ab. Dann schüttelte er ihn und lauschte beinahe andächtig dem Glucksen.

»*Saint Christophe*, ich bin gerettet!« seufzte er. »Er ist noch voll!« Er packte den Korken mit den Zähnen und zog daran. Plötzlich gab er nach, und Rum spritzte in sein Gesicht. Voller Entzücken schloß er die Augen und leckte seine Lippen. Dann blickte er sich um. Keine Seele rührte sich. Er kicherte wie ein Geizkragen, der auf seinen eigenen Goldzähnen hockt, legte sich lang, atmete tief durch und nahm einen mächtigen Schluck. Nach kurzer Zeit fing er sanft zu summen an, und schließlich lachte er stillvergnügt vor sich hin, bis ihm wieder das Lied einfiel. *»Tuile la huile la trois pigeon . . .«* sang er mit einer im Rum getränkten Stimme, und weil es so gutging, brach er plötzlich in ein militärisches Marschlied aus. *»La régiment de la roi, la régiment de la roi . . .«* sang er dröhnend.

Es gelang ihm nicht, sich an mehr Worte zu erinnern, aber das machte überhaupt nichts aus, denn es hörte ihm kein Mensch zu.

Chango lag wie ein Adler mit ausgebreiteten Schwingen im Bett. Der silberne Offizierskragen, den er dem Häuptling in einem Spiel wieder abgeknöpft hatte, als sie beide betrunken waren, ruhte auf seiner Stirn.

Der Korporal packte Chango und schüttelte ihn so lange, bis er aufwachte.

»Hier«, sagte der Franzose. »Du siehst blaß aus. Ich dachte schon, du wärst tot. Nimm einen kleinen Schluck! Dann fühlst du dich sofort besser.«

Sarah erwachte später. Der Korporal lag bereits über ihr, zweihundertzwanzig Pfund schwer und nach Rum stinkend. Seine Bartstoppeln kratzten ihr Gesicht, und seine Hand stieß ihr das Hirschlederkleid über die Brüste hoch.

»Ich habe etwas Besonderes für dich«, keuchte er. »Ein Geschenk des Königs von Frankreich!«

Er fummelte an seinem Hosenladen herum.

»Hawk!« rief Sarah. »Hilf mir!« Sie versuchte, sich zur Wehr zu setzen, und als sie feststellte, daß Hawk nicht in der Hütte war, schrie sie: »Blacksquaw! Hilf mir! Hilf mir!«

Der Korporal war stark und schwer, und sie wußte, daß sie diesen Kampf verlieren würde. Aber plötzlich sah sie, wie sich seine Augen weiteten. Sein Kopf wurde jäh so weit zurückgerissen, daß er weder atmen noch einen Ton von sich geben konnte. An ihm vorbei erkannte Sarah, daß es Blacksquaw war, die ihm im Haar gepackt und das Knie ins Kreuz gerammt hatte.

Mit überraschender Schnelligkeit streckte sie ihre linke Hand aus und hielt Sarah Changos Messer mit der langen Klinge entgegen.

»Schneide ihm die Kehle durch!« rief sie.

Bevor Sarah sich bewegen oder auch nur einen klaren Gedanken fassen konnte, flog Blacksquaw gegen die Seitenwand der Hütte, von einem harten Schulterstoß Changos getroffen. Chango selbst lachte verlegen, kroch über das Bett und legte sich neben den alten Häuptling, der ungestört weiterschlief und schnarchte.

»Wo bleibst du, Hawk?!« schrie Blacksquaw. »Hilf uns! Hilf uns, Hawk!«

Der Korporal kroch zu Sarah zurück und brummte dabei wie ein Bär. Sarah schrie auf.

In diesem Moment flog Hawk aus dem frühen Morgenlicht in die Hütte hinein und schrie: »Was hat er getan, Sarah? Hat er dir weh getan?«

Blacksquaw sah das Messer, das im Bettzeug lag. Sie schnappte es. Chango stemmte sich hoch und wollte nach ihr greifen, aber Hawk warf sich auf ihn, und der Korporal sprang noch einmal über Sarah, ohne daß er in seiner Gier Hawk bemerkt hätte.

»Töte ihn!« kreischte Blacksquaw und drückte erneut das Messer in Sarahs Hand.

Der Franzose warf seinen linken Arm zur Deckung hoch, und Sarah schlitzte ihm den Arm vom Ellbogen bis zum Handgelenk auf. Hawk und Blacksquaw zerrten den Korporal von ihr herunter und rollten ihn auf ein Durcheinander von Decken und Fellen. Da lag er wimmernd, preßte seinen linken Arm gegen den Leib und behielt die drei Frauen im Auge, die ihn wütend belauerten.

»Un moment«, wiederholte er ständig. *»Un moment, s'il vous plâit.«* Irgendwie schaffte er es, aufzuknien. Er warf die Decken von sich und taumelte rückwärts aus der Hütte. Chango folgte ihm, ließ aber Sarah und das Messer nicht aus den Augen und lächelte dabei säuerlich wie ein kleiner Junge. Hawk drang lärmend auf ihn ein, und er hatte alle Hände voll zu tun, ihre Schläge abzuwehren und heil hinauszukommen.

Sarah ging zum Eingang und blickte den beiden nach, wie sie zur Mitte des Tanzplatzes stolperten. Als sich Sarah umdrehte, hockten Blacksquaw und Hawk zusammen auf dem Bett und krümmten sich vor Lachen.

»Denen haben wir's gezeigt!« rief Hawk triumphierend. »Die werden nicht mehr jedes Mädchen bespringen, das ihnen über den Weg läuft!« Plötzlich begann sie haltlos zu weinen.

»Reg dich nicht auf«, sagte Blacksquaw zärtlich zu Hawk. »Es wird ihm nichts passieren. Ein kleiner Kratzer wie dieser bringt ihn noch lange nicht um.« Sie griff nach dem Krug und kicherte. »Wie du diesen Chango über das Bett hinweggedonnert hast! Boooing! Darauf trinke ich einen Schluck. Wollt ihr auch?«

»Klar«, sagte Hawk. Sie half Blacksquaw, den Becher zu füllen.

»Was ist mit dir, Wagwise?«

»Oh, ich ja!« sagte Sarah. »Das war ein richtiges Fest. Sag, wird das Baby eigentlich betrunken, wenn man Rum trinkt und es dann nährt?«

»Wer weiß«, sagte Blacksquaw. »Wir werden das Baby bei Gelegenheit mal fragen müssen.«

Alle drei lachten schallend.

Sarah nahm ihren Sohn aus der Tragkrippe. Nachdem sie ihn gefüttert hatte, tat sie ihn nicht mehr in sein *akinagan* zurück, sondern ließ ihn auf ihrer Hüfte reiten. Später ging sie mit Blacksquaw hinaus. Auf dem Tanzplatz hatte sich eine kleine Menschengruppe versammelt, die den Korporal umringte. Er saß mit dem Rücken gegen den bemalten Mondpfahl gelehnt und hielt seinen Arm. Chango hockte hilflos neben ihm. Sarah fand einen Weg zwischen den Zuschauern hindurch, gab Blacksquaw ihr Baby und kniete beim Korporal nieder.

Er war noch immer betrunken genug, um ein Lied anzustimmen. Er saß im Licht der Sonne, dem See zugedreht, und blinzelte zum Himmel hoch.

Sarah zog dem Korporal die Schärpe vom Leib und wand sie wie eine Bandage um seinen Arm, um die Blutung zu stillen.

»Es ist nicht schlimm«, sagte sie, als sie sich erhob, das Baby in den Arm nahm und zum See hinunterging.

Ein kleines Abnakimädchen kam, nahm ihre Hand und begleitete sie.

»Wer ist das, Wagwise?« fragte es plötzlich.

Sarah hob den Kopf und erblickte einen Mann, den sie niemals zuvor gesehen hatte. Er stand unbeweglich am Waldrand. Seine Gestalt war vom Halbschatten der Bäume gesprenkelt. Als sie sich bewußt wurde, wer der Mann war, blieb ihr der Atem im Hals stecken, und ihr Herzschlag schien auszusetzen. Sie versuchte zu schreien, aber es wollte zuerst kein Laut aus ihrer Kehle kommen.

Teil vier

17

Mit trockener Kehle versuchte Sarah, den Abnaki ein Warnsignal zu geben.

»Mohawk! Mohawk!« stieß sie ungläubig hervor.

Der Krieger im Unterholz bewegte sich. Er war nackt bis zu den Hüften und gertenschlank. Sein Oberkörper war derart mit Tätowierungen und aufgemalten Zickzackstreifen versehen, daß er im Schatten- und Lichtgewirr der Büsche kaum zu erkennen war. Er trug grüne Leggins aus Handelstuch, deren Nähte mit knallroten Stoffstreifen eingefaßt waren. Ein kurzer viereckiger Lendenschurz aus Hirschleder bedeckte seine Lenden. Über seinen Rücken hing an einem mit hellblauen und weißen Glasperlen bestickten Lederriemen eine langläufige Muskete. In der rechten Hand hielt er einen kugelförmigen Schädelbrecher aus Hartholz, und an seinem Gürtel hing ein Tomahawk, mit dem Griff nach oben. Sein Schädel war bis auf die Skalplocke, an der er einen buschigen Kopfputz aus gefärbten Hirschschwanzhaaren festgemacht hatte, kahl. Die Haut spannte sich straff über das markante Gesicht mit der scharfen Adlernase. Seine kalten Augen beobachteten das Dorf.

Gott sei gedankt, daß es nur einer ist; dachte Sarah. Er muß übergeschnappt sein, allein hierher zu kommen.

Sie sah, wie er sich ruhig gegen einen Felsbrocken lehnte, ohne Eile, ohne Furcht. Ein einzelner Krieger im Lager seiner Todfeinde. In diesem Moment hob er seine freie Hand, und wie durch Zauberei erschienen vier andere Männer neben ihm.

Jetzt stieß Sarah einen kreischenden Warnschrei aus. Der Widerhall des Schreis klang noch in ihren Ohren, als zwischen den Büschen ein roter Rock aufleuchtete und ein britischer Offizier in ihr Blickfeld trat.

Während des Festes hatten so viele Mädchen herumgeschrien, daß die Abnaki im Dorf Sarahs Warnung keine Beachtung schenkten. Oben auf dem Spielplatz rannten Mädchen umher und lärmten fröhlich, während einige junge Männer einen Lederball in die Luft warfen.

Sarah sah die unbekümmerten Menschen auf dem Spielplatz und die fünf Mohawkkrieger mit dem britischen Offizier im Unterholz, und alles war für sie ein entsetzlicher Alptraum.

Völlig erstarrt sah Sarah, wie der junge Offizier im roten Mantel seinen Mohawk in aller Ruhe Anweisungen gab und sie sich für den Angriff bereit machten. Der Offizier war groß und schlank. Er trug einen Säbel und einen kleinen schwarzen Dreispitz. Der silberne Ringkragen, den er um den Hals trug, blinkte im Morgenlicht. Er hatte hohe, ausgefranste Hirschleder-Leggins an den Beinen. Sein Haar war im Nacken zu einem Zopf zusammengebunden, den er mit einem königsblauen Band umschlungen hatte. Er redete auf den Mohawk ein, den Sarah zuerst gesehen hatte. Und der Mohawk nahm die Muskete vom Rücken und zeigte mit dem Schädelbrecher erst zum Nordende und dann zum Südende des Dorfes.

Die Ruhe, mit der sie ihre Vorbereitungen trafen, erschreckte Sarah. Das kleine Mädchen, das noch immer ihre Hand umklammert hielt, riß sich plötzlich los und rannte den Pfad hoch und über den Spielplatz und schrie: »Red Snakes! Mohawk! Red Snakes! Soldaten! Soldaten!«

Jetzt wurden einige der Ballspieler aufmerksam, blickten hoch, sahen ihre Feinde, wirbelten herum und rannten zum Platz, wo Chango dem Korporal eben auf die Beine half. Beim Anblick der Mohawk erstarrte die Gruppe der betrunkenen Abnaki, die sich auf dem Tanzplatz versammelt hatte.

Sarah hörte Chango nach Waffen rufen.

»Sucht die Waffen!« schrie er. »Sucht die Waffen! Frauen, ihr wißt, wo sie versteckt sind.«

Das Wimmern ihres Babys brachte Sarah wieder zu sich. Sie drückte ihren Sohn fest an sich und rannte auf die Hütte zu.

Der betrunkene Korporal stand schwankend auf dem Tanzplatz. Er war derart durcheinander, daß er die Befehle auf französisch und auf englisch in der Gegend herumbrüllte, bevor ihm in den Sinn kam, daß die Abnaki in der Aufregung bestimmt keine fremden Sprachen verstanden. Die beiden jungen Krieger, die er als Geschützmannschaft gedrillt hatte, rannten in den Wald, rissen die Birkenrindenstücke von der kleinen Messingkanone und rollten sie auf den Tanzplatz. Sie richteten das Geschütz auf die Mohawk, die inzwischen nach alter britischer Manier ein Karree gebildet hatten.

»*Mon Dieu!* Schaut sie euch an. Wie auf dem Präsentierteller. Gerade richtig zum Abknallen!« Er drehte sich nach seiner Geschützmannschaft um. »Heiliger Jesus, beeilt euch!« röhrte er die beiden Abnaki an. »Bringt Pulver und Blei!«

Er bückte sich, löste die Arretierung und hob das Kanonenrohr an, bis es genau auf den leuchtendroten Mantel zeigte. Dann rannte er zu der noch rauchenden Feuerstelle, kickte die Asche zur Seite, um die Glut freizulegen, und entzündete den mit Öl vollgesogenen Luntenstock. Schnell eilte er zurück und ließ sich hinter der Kanone nieder. Mit dem Hickory-Ladestock rammte der jüngere der beiden Abnaki den Pulverbeutel tief in das Rohr und schob den lockeren Beutel mit der Schußladung hinterher. Unterdessen hatte der andere feines Schwarzpulver in das Zündloch geschüttet. Der Korporal kicherte vor Vergnügen, während er genüßlich zu dem jungen Lieutenant und seinen Mohawk hinüberschaute, die mit Bogen und Pfeilen bewaffnet waren und schnurstracks auf die Kanone zumarschierten.

»*Regardez donc!*« brüllte der Korporal. »*Adieu! Farewell*, du närrisches englisches Schwein!«

Als der junge Offizier die Worte des Franzosen zu Ohren bekam, ließ er seinen Trupp anhalten. Keine fünfundzwanzig Schritt von der todbringenden Mündung des Kanonenrohres entfernt.

Demonstrativ schwang der Korporal den Luntenstock herum und hielt das glühende Ende an das Zündloch der Kanone. Einige Frauen schrien auf und hielten sich die Ohren zu. Aber nichts geschah.

Aus den Büschen waren inzwischen immer mehr Mohawk aufgetaucht. Bogen- und Musketenschützen. Sie marschierten nach den Anweisungen des Lieutenants auf, und als bei der Kanone nichts passierte, kniete das erste Glied, das sich jetzt aus etwa einem Dutzend Mohawk zusammensetzte, nieder. Sie spannten ihre langläufigen Musketen und zielten auf den Korporal und seine Geschützmannschaft. Gelähmt vor Angst, beobachtete Sarah das Manöver.

»Nicht feuern!« befahl der junge Lieutenant mit einer scharfen, gebieterischen Stimme.

»Er verschont den Korporal!« rief Sarah lauthals.

Aber dann sah sie, wie der Lieutenant fünf militärisch-zackige Schritte vorwärts machte, stehen blieb, die Absätze zusammenknallte, den Hahn an seiner Pistole durchspannte, den Arm ausstreckte und feuerte.

Die Bleikugel traf den Korporal genau unter dem rechten Auge. Sein Kopf wurde hart zurückgestoßen, und seine Arme verkrampften sich, während der rauchende Luntenstock langsam seiner Hand entglitt. Sein massiger Körper plumpste unter das Rohr der Kanone.

Einer der jungen Abnaki benutzte den Ladestock als Speer und schleuderte ihn in dem Augenblick den Mohawk entgegen, als er von einer Musketenkugel getroffen wurde, rückwärts taumelte und zu Boden stürzte. Ein Dutzend Musketen gingen fast gleichzeitig los, und die Hälfte der jungen Abnaki, die zuvor Ball gespielt hatten, fiel tot oder verwundet um.

Irgendwo im ätzenden Pulverrauch der Musketen schrie Hawk. Sekunden später tauchte sie aus dem Rauch auf, die Finger ihrer Hände gekrümmt wie Adlerkrallen. Sie fiel den Lieutenant mit furchterregender Gewalt an, und ihre Finger schossen auf sein Gesicht zu. Wahrscheinlich hätte sie ihn getötet, wenn sie nicht in diesem Moment von einem Pfeil getroffen worden wäre. Die scharfe Pfeilspitze bohrte sich dicht unter ihrer rechten Schulter in die Brust. Die Mohawkbogenschützen lachten, als sie sahen, wie Hawk herumfuhr, um nach dem gefiederten Schaft zu greifen.

Haltsuchend taumelte sie zur Kanone und stürzte. Auf Händen und Füßen kroch sie auf den Korporal zu, bis ihre rechte Hand seine leblosen Finger erreichte. Sie zog sich am Arm des Korporal näher heran und legte ihr Gesicht in seine geöffnete Hand, während der letzte Atemzug ihren Körper verließ.

Der junge britische Offizier ging zu ihr und berührte ihren leblosen Körper voller Abscheu mit der Spitze seines Schuhes. Mit gerötetem und schweißbedecktem Gesicht brachte er seinen

Stehkragen in Ordnung und drehte die abgeschossene Pistole in der Hand, so daß der silberne Knauf zu einer Keule wurde. Er zog den kurzen Säbel und zeigte mit der Spitze auf die unbewaffnete Menge von Frauen und Kindern und Männern, die sich um den alten Häuptling Bear Man geschart hatte.

»Macht euch bereit!« kommandierte er. »Zielt!« Er hob seinen Säbel und drehte die gebogene Klinge nach unten. »Feuer!«

Sarahs Warnschrei ging im Aufdonnern von zwanzig Musketen unter. Eine mächtige Pulverrauchwolke verdeckte die Mohawk, während auf dem Tanzplatz mehr als ein Dutzend Abnaki im Kugelhagel zusammenbrachen. Der alte Häuptling griff mit beiden Händen nach seinem Kopf und fiel mit dem Gesicht nach unten auf die Erde. Neben ihm sank Blacksquaw in die Knie, die Hände gegen den Leib gepreßt. Blut spritzte aus Changos Hals, während er herumgerissen wurde, über die zuckenden Körper von Nyack und Squam hinwegtaumelte und zusammenbrach.

Sarah sank in ohnmächtiger Verzweiflung über den schrecklichen Anblick, der sich ihren vom Pulverrauch brennenden Augen bot, zusammen. Trotzdem sah sie, wie das zweite Glied der Mohawkkrieger in Schußposition sprang. Die Krieger knieten nieder und zielten. Der Lieutenant wartete geduldig neben ihnen. Dann erhob er wieder seinen Säbel und befahl die zweite Salve. Das Geschrei der in panische Angst versetzten Kinder erstarb im Krachen der Musketen. Erneut feuerten die Mohawk, und dann sprangen sie heulend wie Wölfe auf und zogen ihre Skalpmesser.

Sarah schlang in ihrer Verzweiflung die Arme eng um ihr Kind. Kriechend wie ein gehetzter Fuchs drehte sie sich um und kroch durch den umhertreibenden Pulverrauch. Als sie die Deckung des Waldes erreicht hatte, erhob sie sich und rannte, von einer fast unmenschlichen Kraft getrieben, den engen Fußpfad hinunter, der am Ufer des Sees entlang nach Süden führte. In ihrem Rücken konnte sie erneut das vernichtende Feuer der Musketen hören, durchbrochen vom grauenvollen Schlachtruf der Mohawk. Das Baby hielt sie an einem Arm und einem Fuß, so daß es wie ein Getreidesack auf ihrem Rücken hing. Blacksquaw hatte ihr für den Notfall längst erklärt, welchen Pfad sie nehmen mußte.

Eine Meile vom Dorf entfernt verließ sie den Pfad und lief geduckt wie ein Tier durch das Unterholz dem See zu. Als sie das

Ufer erreichte, blieb sie stehen und sicherte nach allen Seiten, bevor sie in eine Mulde von mannshohem Schilfgras hineinschlich. Sorgfältig, um ja keinen Halm niederzutreten, bewegte sie sich im seichten Wasser vorwärts. Das Baby eng an sich gepreßt, suchte sie sich einen Weg bis dorthin, wo das Schilf am dichtesten stand. Dort sank sie in den Schlamm. Das Hirschlederkleid hatte sie hochgerollt, so daß sie das Baby sofort an die Brust nehmen konnte, wenn es den geringsten Laut von sich gab.

Zusammen hielten sie sich versteckt, und Sarah war nicht fähig, einen klaren Gedanken zu fassen. Sie konnte nicht sagen, wie lange sie so im Wasser gekauert hatte – in einem ohnmachtsähnlichen Dämmerzustand –, als jeder Nerv in ihrem Körper sich spannte. Sie hörte, wie ein Kanu sanft durch das Wasser glitt und mit seinem Bug das Schilfgras zur Seite drückte. Sie konnte nicht sehen, wer ruderte. Sie preßte sich mit dem Gesicht nach unten in den weichen stinkenden Brei des Sumpfes. »Lieber Gott, laß es Taliwan sein«, betete sie flüsternd und hielt ihre Hand über dem Mund des Babys. Sie konnte hören, wie das Wasser vom Paddelblatt tropfte.

Ihr Instinkt verriet ihr, daß es sich bei ihrem Jäger um ein Mohawk handelte, der allein war. Sarah konnte die fremdartige Ausstrahlung des Mannes beinah spüren, und sie meinte, daß der Fremde, der im Schilf bewegungslos lauerte, mit Sicherheit den Schlag ihres Herzens vernehmen mußte.

Sie hörte, wie er leise aus dem Kanu stieg, innehielt und witterte. Sanft ließ er das schwere Ulmenkanu ins Schilf gleiten und näherte sich ihr einige Schritte. Sarah schloß die Augen und hielt den Atem an. Da fühlte sie, wie das Baby sich bewegte, und sie verstärkte den Druck ihrer Hand, die über seinem Mund lag.

Der Mann kauerte nieder und lauschte. Er hob die Nase in den Wind und schnüffelte wie ein Raubtier, das sich durch seine ausgeprägten Sinne zur Beute führen läßt.

Er erhob sich und bewegte sich genau auf die Stelle zu, wo sich Sarah verborgen hielt. Ihre Muskeln waren zu Stein verkrampft. Sie kauerte über dem Baby und drückte es in den weichen schwarzen Schlamm. Sie lauschte dem Rascheln der Schilfhalme, die am Musketenlauf des Mohawk entlangglitten, bis er plötzlich stehenblieb.

Sie fühlte die Blicke eines Augenpaares auf sich gerichtet, als ob sie zwei Löcher in ihren Rücken brennen würden. Schrei! sagte sie zu sich selbst. Spring hoch! Aber sie lag wie gelähmt im Schlamm. Sie hörte, wie der Mann einen Fuß aus dem Sumpf zog. Es gab ein schmatzendes Geräusch. Er bewegte sich und platschte hinter ihr vorbei in südlicher Richtung. Er ging jetzt schneller, schlug einen Halbkreis und drosch das Schilfgras mit der Muskete nach links und rechts. Vielleicht war er wütend darüber, daß er die Beute nicht finden konnte, obwohl er genau wußte, daß sie in der Nähe war.

Vorsichtig nahm Sarah die Hand vom Mund des Babys und reichte ihm dafür schnell eine ihrer Brustwarzen. Sie hob den Kopf und sah die Leggins des Mohawk durch die Binsen schimmern und darüber die leuchtendblaue Hand mit dem Tomahawk.

Da flatterte genau über ihrem Kopf ein schwarzer Vogel mit roten Flügeln in die Luft. Die Schritte verstummten, kehrten um und platschten genau auf sie zu. Sie fühlte, wie eine Hand nach ihrem Haar griff und es zu einem straffen Büschel drehte. Mit einem Grunzen zog der Krieger Sarah auf die Knie. Verzweifelt umklammerte sie das Baby. Der Krieger hielt sie von sich abgedreht fest, so daß ihr Rückgrat hart gegen sein Schienbein gedrückt wurde. Sie hörte ihn vor Vergnügen aufseufzen. Sie versuchte, nicht daran zu denken, wie sein Gesicht aussehen mochte. Sie hing an seinem Griff, die Zähne zusammengebissen, um den Entsetzensschrei zurückzuhalten. Sie erwartete, im nächsten Moment das aufblitzende Blatt des Tomahawks zu sehen oder die scharfe Schneide des Skalpmessers an ihrem Haaransatz zu spüren.

Er riß ihren Kopf weiter in den Nacken. Sie konnte ihn nun von unten her sehen, seinen zerfurchten, rotbemalten Schädel, die Augen weiß umrandet und mit langen Streifen über seinen Wangen.

»*Wanaskiwingan*«, grunzte er. »Dies ist das Ende deines Weges!«

In ihrer Verzweiflung drückte sie ihr Kind unter ihren Arm und schützte es mit dem Ellbogen, als der Krieger ihr einen Fußtritt versetzte und sie vornüber in den Schlamm fiel. Der Mohawk ging um sie herum, packte erneut ihr Haar und schleifte sie auf das Kanu zu. Sarah fühlte keinen Schmerz, nur Angst, ihr Kind zu verlieren. Das Baby schien die Nähe des Todes zu fühlen, denn es klammerte sich kräftig an ihrem Hals fest. Es gab keinen Laut von sich, obwohl sie beide vom rasiermesserscharfen Schilfgras gepeitscht wurden.

Der Mohawk schleifte sie ins Wasser hinaus und legte erst ihren Kopf über den Kanurand, als ob er einen Sack Korn aufladen wollte. Dann packte er sie an den Hüften, wuchtete sie hoch und warf sie, den Kopf voran, in das Kanu. Erst als das Baby mit dem Kopf aufschlug, fing es zu weinen an. Sarah umarmte es, unterdrückte dadurch sein Weinen und versteckte es gleichzeitig vor den Augen des Mohawk.

Der Krieger kniete in der Mitte des Rindenkanus rittlings auf ihren Schenkeln. Er paddelte zwischen den Schilfbüscheln hindurch auf das Dorf zu. Sarah stieg beißender Rauch in die Nase, der in ihr Übelkeit aufkommen ließ. Deutlich vernahm sie die Geräusche des Feuers, die ihr verrieten, daß die Hütten von Canadanskawa in Flammen stehen mußten, während sie hilflos im Kanu lag. Ein unbeherrschtes Zittern durchrann ihren ganzen Körper, und sie fühlte, wie das Kanu unter ihrem Leib knirschend über den sandigen Grund rieb.

Der Mohawk riß sie hoch und zerrte sie ins Wasser. Der Griff, mit dem sie ihr Kind festhielt, lockerte sich dabei etwas. Für einen Augenblick geriet es unter Wasser. Sie schrie auf und faßte in ihrer Verzweiflung schnell nach. Als sie auf die Beine gerissen wurde, erwischte sie das Baby an einem Arm und drückte es eng an ihre Brust. Die kleinen Fingerchen gruben sich in das glitschige Hirschhautkleid. Blinzelnd und Wasser ausspuckend, fing es wieder zu weinen an.

Mit traurigen Augen blickte Sarah auf Canadanskawa. Alle Hütten brannten. Ruß hob sich in Wolken. Überall lagen Leichen herum.

Der Mohawk packte Sarah beim Haar, zog sie zu dem angekohlten Pfahl in der Mitte des Tanzplatzes und übergab sie zwei jungen, aufgeregten Mohawkkriegern. Die beiden fesselten sie grob und banden sie mit einem Dutzend Abnakifrauen und Mädchen zusammen, die sich alle ruhig verhielten. Es entsprach nicht der Abnakiart, vor Schmerzen oder gar vor Angst zu schreien. Sogar die Kinder wußten dies und preßten ihre Lippen fest zusammen.

Der Mohawk, der Sarah gefangengenommen hatte, kam zurück und redete schnell auf die beiden Wächter ein. Sarah verstand nicht, was er sagte. Plötzlich griff er nach ihrem dicken roten Haarbüschel und nahm sein Skalpmesser in die rechte Hand. Angsterfüllt versuchte sich Sarah loszureißen. Er knurrte, ließ ihr Haar los und schlitzte die Vorderseite ihres Hirschlederkleides auf. Der Blick aus seinen kalten Augen krallte sich an ihr fest, während er mit der Spitze des Messers ein Krähenfuß-Zeichen zwischen der linken Brust und der Schulter in die weiche Haut ritzte. Das war sein Besitzzeichen. Nun gehörte sie ihm. Sie war sein persönliches Eigentum. Er versuchte ihr das Baby zu entreißen, und als sie sich dagegen zur Wehr setzte, grinste er ihr höhnisch ins Gesicht. Dann wandte er sich um und trottete auf die Messingkanone zu. Rund um die Kanone herum hockten lachende Krieger, die sich lauthals unterhielten und sich mit Maisbrot und Trockenfleisch vollstopften, das sie auf dem Rücken des toten Franzosenkorporals und auf dem hageren Körper von Hawk ausgelegt hatten.

Sarah wurde sich klar darüber, daß sie außer ihrem Kind alles verloren hatte. Ihre Freunde und Verwandten lagen tot oder sterbend vor ihr. Sie brachte es nicht fertig, einen Blick auf die Leichen zu werfen, die noch vor kurzem gesungen und gelacht hatten und jetzt wie Puppen, die jemand im Wald verloren hatte, herumlagen. Sarah war zu einer Frau dieses Volkes geworden, hatte mit ihm in den gleichen Decken gelegen, das Essen geteilt und mit ihm getanzt und gelacht und geweint. Sie hatte jeden Schritt in diesem Dorf blindlings tun können, und das Innere jeder Hütte war ihr vertraut gewesen. Und jetzt war alles zerstört. Die Mohawk hatten in ihrem Fieber sogar die Schlittenhunde niedergemetzelt. Und Hawk! O mein Gott, Hawk.

Wahrscheinlich hatte der Tod inzwischen auch Taliwan ereilt. Sarah machte sich nichts vor, sie wußte, daß die Mohawk auf ihrem Kriegszug nach Süden vorgestoßen waren und die Wälder durchstreift hatten. Alle, die ihr etwas bedeutet hatten, waren tot. Ermordet! Skalpiert! Verbrannt!

Sie sprang zur Seite, als sie eine warme Hand an ihrem Fußgelenk spürte. Sie senkte den Kopf und starrte auf den alten Norke nieder. Seine Beine waren mit Blut verschmiert, aber sie erkannte, daß er keineswegs tödlich verletzt war.

Erschüttert drückte sie ihr Kind an sich, obwohl in ihr jede Hoffnung für seine Zukunft erloschen war. Sie dachte daran, es schnell und lautlos zu erwürgen, aber sie brachte es doch nicht über sich. Während sie das Baby beobachtete, fühlte sie, wie das Blut aus der Wunde über ihre Brust lief. Erneut suchten ihre Augen nach Norke, aber der hatte sich inzwischen weggeschleppt.

Als die Brandhitze den Rauch etwas verdrängte, sah Sarah den jungen Lieutenant mit dem roten Mantel. Hochmütig blickte er über den Schauplatz des Blutbades hinweg. Der Anblick, der sich seinen Augen bot, schien ihm, so wie er dort stand, zu gefallen. Er hatte die Fäuste in die Hüften gestemmt, lehnte sich vor und untersuchte beinahe gelangweilt die Armeemarkierungen auf dem Kanonenrohr.

Sarah beobachtete, wie er elegant ein Stück Fleisch von einem Truthahnschenkel schnitt. Er benutzte dazu ein kleines versilbertes Messer. Manchmal hüstelte er und fächelte dann den beißenden Rauch von seinem Gesicht weg. Gelegentlich berührte er mit seinem Fuß, der in einem Mokassin steckte, den toten Franzosenkorporal, der vor ihm lag. Der Lieutenant hatte engstehende blaßblaue Augen, und alles an ihm schien schmal zu sein, seine Schultern, sein Kopf, seine langen Handgelenke und die geraden Beine.

Der großgewachsene Kriegshäuptling der Mohawk, den Sarah zuerst unter den Bäumen gesehen hatte, schlenderte zum Lieutenant hinüber. Er kam aus der Hütte von Bear Man und trug die zinnerne Punschschüssel ihres Vaters, die beiden besten Biberpelze und die kleinere Otterfelldecke, die mit kostbarem Marder, Wiesel und Nerz besetzt war. Drei Mohawk folgten ihm, beladen mit mächtigen Bündeln von erstklassigen Biberpelzen. Der Kriegshäuptling trat über Blacksquaw, die mit dem Gesicht nach unten neben dem Leichnam des Häuptlings lag, hinweg und warf die Otterdecke über das Kanonenrohr. Achtlos teilte er die Biberpelze in zwei gleich große Haufen auf, umschnürte sie wieder und kickte einen Haufen dem Lieutenant vor die Füße. Den anderen behielt er für sich.

Ohne den Kriegshäuptling zu beachten, beendete der Lieutenant seine Mahlzeit und warf die Knochen weg. Mit ausdruckslosem Gesicht beobachtete ihn der Mohawk. Er wartete. Der Lieutenant zog seinen Säbel und ritzte mit der Spitze eine Zeichnung in die Erde, während er mit der anderen Hand nach Norden und nach Süden zeigte. Der Kriegshäuptling nickte, und zusammen gingen sie hinunter zum Anlegeplatz.

Die beiden Wächter banden Sarah los und stießen sie in eine Reihe mit den anderen Gefangenen, mit denen sie zum See hinunter getrieben wurde, wo sechs große Abnakikanus lagen. Sie war froh, daß sie und ihr Baby der Feuersglut und dem Gestank von verbranntem Fleisch, der von den brennenden Hütten über den Tanzplatz trieb, entkamen.

Der junge Lieutenant winkte einen großen sehnigen Mohawk heran. Er benützte ihn als Dolmetscher und sprach in einer knappen militärischen Art zu dem Kriegshäuptling mit seinen grünen Leggins. Sarah konnte jedes Wort verstehen.

»Als erstes kannst du Okwari sagen, daß er frei über den Rest dieser dreckigen Wilden verfügen kann.« Der Lieutenant zeigte, während er sprach, mit dem Handrücken auf die Abnakigefangenen. »Ich für meinen Teil«, sagte er und legte Nachdruck in jedes Wort, »ich will nur meinen gerechten Anteil an den Pelzen, diese Messingkanone und ...« er zeigte direkt auf Sarah, »... und diese eine Sklavin! Hast du mich verstanden? Ich meine die weiße Frau dort mit dem fuchsroten Haar!«

Der Kriegshäuptling erwiderte finster den Blick des Lieutenants und sagte dann schnell etwas in der Sprache der Mohawk.

Der Dolmetscher übersetzte: »Er sagt, daß du die Kanone bekommen sollst ... Er will sie nicht ... Und die Hälfte der Pelze ... Aber er weiß, daß ein Mädchen wie dieses viel Geld wert ist ... mindestens fünfhundert französische Livres ... würde ihre Familie im Süden für sie bezahlen, und er hat ein Recht darauf, einen Teil davon zu bekommen ... Alle diese Gefangenen sollen an die Mohawkfamilien verteilt werden, die Söhne im Krieg verloren haben. Sie werden entweder adoptiert oder verbrannt, so wie es die Familien wünschen.«

Der junge Lieutenant nahm eine Prise Schnupftabak und nieste. Gemächlich durchwühlte er den Inhalt seiner linken Westentasche und entnahm ihr drei große Messingscheiben. Er schüttelte sie vor den Augen Okwaris in seiner Hand.

»Du kannst ihm sagen ... dies sind meine allerletzten.« Er drehte die Innenseite seiner Westentasche nach außen. »Ich werde ihm diese drei großen Einhundert-Biber-Münzen für das Mädchen geben ... Er weiß, für was er sie in Montreal eintauschen kann ... Sag ihm, er kriegt diese Handelsmünzen oder gar nichts ... Und bitte, überzeuge ihn davon, daß sie mir nicht mehr wert ist als das, was ich ihm angeboten habe.«

Er zog seine Pistole. »Falls er nicht einverstanden ist, werde ich sie einfach erschießen! Jetzt und hier, wie es mein Recht ist.« Er spannte den Hammer der Pistole und hielt die Mündung unter Sarahs Kinn.

Der Kriegshäuptling grunzte und streckte seine offene Hand aus.

»Gib ihm schnell die drei Handelsmünzen, und das Mädchen gehört dir«, sagte der Dolmetscher ruhig. »Er wird später versuchen, mit dem Mann, der sie gefangen hat, ins reine zu kommen.«

Der Lieutenant nickte und ließ die Münzen in die Hand des Kriegshäuptlings fallen.

Zum Dolmetscher sagte er: »Hol sie aus der Reihe heraus und paß gut auf sie auf! Es darf ihr nichts geschehen!«

Der Dolmetscher befahl dem Wächter, Sarah loszubinden. Noch immer hielt sie ihr Kind eng umschlungen. Ein überwältigendes Gefühl der Erleichterung erfüllte sie.

Der junge Offizier kam auf sie zu und sprach auf französisch zu ihr. *»Je suis Lieutenant William Ormsby, mademoiselle. Comment vous appellez-vous? Vous êtes d'où?«*

Als sie ihm keine Antwort gab, wiederholte er die Frage in gebrochenem Irokesisch, dann in Englisch.

»Wie heißt du, Mädchen? Wo bist du her? Antworte endlich. Oder sprichst du überhaupt keine Sprache?«

»Ich ... Ich ... Ich komme aus Tolman in der New-Hampshire-Kolinie, Sir«, sagte sie aufschluchzend. »Ich ... ich heiße Wag ... Ich heiße Sarah. Sarah Wells.«

»Wann wurdest du verschleppt?« fragte er. »Wie . . . wie lange schläfst du schon bei diesen Tieren? Wie alt bist du?«

»Ich . . . Ich . . . Ich kann mich nicht erinnern«, murmelte sie. »Neunzehn Jahre, glaube ich.«

»So, neunzehn Jahre glaubst du. Aber du weißt es nicht so genau, wie? Bist du eigentlich blöde? Haben sie dir vielleicht den Verstand aus dem Kopf geprügelt? Los, gib diesen wertlosen Indianerbengel, den du da bei dir hast, denen dort! Gib ihn irgend jemandem!« verlangte er und zeigte gebieterisch auf die Gefangenen. »Gib ihn diesem Weib dort!«

Sie umklammerte ihr Baby und starrte ihn an. »Er gehört mir. Er ist mein eigener Sohn!«

»Ich sagte, gib diesen Bengel dieser Frau dort, oder ich laß ihn dir wegnehmen und wegwerfen.« Er zeigte auf den See hinaus. »Oder möchtest du vielleicht, daß ich ihn einem meiner sanften Krieger übergebe?«

Sarah blickte auf einen der Mohawkkrieger, dessen Hände blutrot bemalt waren, drehte sich schnell weg und übergab ihr Kind Plasawa, einem jungen Mädchen, das neben ihr stand. Sarah weinte.

»Oh, bitte, paß gut auf ihn auf«, bat sie. »Er ist alles, was ich habe. Alle anderen sind tot.«

Plasawa nahm das Kind gleichgültig in ihren Arm. Sie gab keine Antwort. Und sie schaute nicht auf das Baby und nicht auf Sarah.

Es begann schon dunkel zu werden, als der Dolmetscher den Beuteanteil des Lieutenants, den großen Packen Biberfelle und einige kleinere Fellbündel, ins Heck des langen Kanus warf, dessen Bug- und Heckende hoch aufgebogen waren. Er rief nach sechs Indianern, die abgesondert von den anderen am Strand hockten. Es waren stämmige Huronen, die von der britischen Armee angeheuert waren, die Boote mit den Offizieren an den Seeufern entlangzurudern.

Sarah hatte sich in die schmale Nische im Bug gedrückt. Neben ihr lagen ein lederner Landkartenbehälter, eine Kiste mit Eßwaren, eine lose aufgerollte Flagge und drei Ersatzpaddel. Zwei

Heckmänner standen hinter ihr knietief im Wasser und hielten das große Kanu für den Lieutenant still.

Als der Lieutenant in ihre Nähe kam, bat Sarah inbrünstig: »Bitte, Sir, lassen Sie mich mein Baby mitnehmen. Bitte! Es wird nicht weinen. Ich werde es an der Brust nähren.«

»Nein!« schrie der Lieutenant. »Nein!« und drehte sich dem Mohawkkriegshäuptling zu. Die beiden grunzten einander an. Das war alles, was sie sich zum Abschied zu sagen hatten.

Im letzten Licht des Tages sah Sarah, wie sechs muskelbepackte Mohawk den Messinglauf der Kanone vom Tanzplatz heruntertrugen und ihn in die Mitte des großen Huronenkanus legten. Durch einen Tränenschleier sah Sarah, wie die gefangenen Abnakifrauen in die Mohawkkanus verfrachtet wurden, aber nirgendwo konnte sie das junge Mädchen mit dem Baby entdecken.

Der Wind drehte. Er trug den Rauch auf den See hinaus und mit ihm die Schreie ihres Sohnes. Jetzt hatte sie ihn verloren. Er war fort. Und Taliwan war fort und alles um sie herum war in Flammen aufgegangen . . .

Im ersten Licht der Dämmerung erwachte Sarah, weil sie glaubte, ein Baby schreien zu hören. Aber es war das irre Gequake von Fröschen, die vom Ufer herüberlärmten. Von der silbernen Oberfläche des Sees hoben sich Nebelschleier wie ineinander verschlungene graue Gestalten. Durch das Gequake der Frösche drang plötzlich ein kreischendes Gelächter, mit dem jemand die Torheit der Menschen zu verspotten schien.

Sie beobachtete die sanften grauen Umrisse der Bäume, die nicht weiter als einen Musketenschuß entfernt an ihnen vorbeiglitten. Die Kanumänner waren wachsam. Fast geräuschlos paddelten sie immer im gleichen Abstand vom Ufer entfernt, jederzeit auf ein Geräusch oder ein Anzeichen von Gefahr gefaßt. Sarah wandte den Kopf und sah, daß der Lieutenant sie, noch schlaftrunken, anstarrte. Die langläufige Muskete ruhte auf seinen Knien. Die Silberbeschläge schimmerten matt. Plötzlich drehte er den Kopf zur Seite.

In einiger Entfernung entdeckte Sarah nach einer Weile ein anderes Wasserfahrzeug, auf dem sich die Ladung so hoch auftürmte, daß es aussah, als ob zwei schwergewichtige Menschen in wundersamer Weise auf dem Wasser wandelten. Die beiden Kanus näherten sich einander, und Sarah erkannte den einäugigen Trapper und seine Ottawafrau, die im Heck saß und paddelte. Sarah zweifelte nicht daran, daß sie auch von Canadanskawa kamen. Ihr Kanu sank beinahe, so schwer war es mit Pelzen und mit Beutestücken aus Canadanskawa beladen. Zuoberst auf einem Fellberg war die Zinnschüssel des alten Häuptlings, die einmal Sarahs Vater gehört hatte, festgebunden.

»Ist in diesem Drecknest alles erledigt?« rief der Lieutenant hinüber.

»Darauf kannst du deine besten Stiefel verwetten, Soldat«, kicherte der einäugige Mann. »Nichts mehr zu holen dort! Alles abgebrannt! Die Leute alle tot. Nicht einmal ein Köter ist dort oben am Leben geblieben.«

Sarah stemmte sich auf die Knie. »Kennt ihr meinen Ehemann, Taliwan?« rief sie dem Trapper und der Ottawafrau zu. »Habt ihr ihn zurückkehren sehen?«

Der Jäger drehte sich um und flüsterte mit der Frau. Dann wandte er sich wieder Sarah zu und sagte lachend auf englisch: »Ja, er ist zurückgekehrt, sagt sie. Zusammen mit einem anderen jungen Burschen. Und die Mohawk haben beiden das Fell über die Ohren gezogen!«

Es dauerte lange, bis Sarah das trockene, würgende Schluchzen unter Kontrolle bringen konnte. Hilflos lag sie auf dem Boden des Kanus.

Am späten Vormittag legten der Lieutenant und seine Paddler in einer versteckten Bucht an. Lieutenant Ormsby kramte im Boot herum und fand ein Stück einer Hundekette. Er suchte sich eine wuchtige Eiche aus und legte die Kette um den Stamm. Er befahl Sarah, sich auf den Boden zu legen, und kettete sie mit einem eisernen Ring, den er mit einem Vorhängeschloß verriegeln konnte, am Fußgelenk fest.

Die zwei jungen Mohawk verschwanden lautlos im Wald, um die Gegend auszukundschaften. Es wurde Sarah klar, daß sie diesen Platz hier kannten und hier gelagert hatten, um Kundschafter nach Canadanskawa auszuschicken, die das Fest beobachtet hatten. Überall war Salbeigras niedergedrückt.

Die Huronenpaddler befestigten das Kanu mit dem Bug und dem Heck an herunterhängenden Ästen und tarnten es mit Tannenzweigen. Sarah fühlte so etwas wie Zuneigung von den Huronen, und sie rückte so nahe an sie heran, wie es die Länge der Kette gestattete. Wortlos teilten sie mit ihr ihre Morgenration, die aus einem Stück getrocknetem süßem Elchfleisch, zäh wie Sattelleder, und aus einem Stück Maisbrot bestand, das mit einem Kriegsbeil auseinandergehackt worden war.

Während Sarah Regenwasser aus einer Pfütze saugte und das Fleisch zerkaute, starrte sie hinaus über die graue Oberfläche des Sees und fragte sich, ob jemand Nahrung für ihr Baby hatte.

Der junge Lieutenant aß allein. Er hatte sich seine eigene Tafel hergerichtet, indem er einen Fetzen von einem Taschentuch sorgfältig auf dem Boden ausgebreitet hatte. Er ruhte vornehm daneben, mit dem Rücken an einen umgefallenen Baumstamm gelehnt. Auch er aß, ohne ein Wort zu sagen, und so, als ob er mit seinen Gedanken tausend Meilen weit entfernt wäre. Sarah beobachtete kühl, wie er sich behaglich zwischen seinen zerfledderten Decken einrichtete, seinen Säbel aus der Scheide zog und das Zündschloß seiner Pistole untersuchte. Er legte schließlich die Waffe weg, zog ein ledergebundenes Buch aus seinem Beutel, streckte sich am Boden aus und legte den Kopf auf ein besticktes Seidenkissen. Er öffnete das Buch und begann darin zu lesen.

Die Huronen lagen zwischen Sarah und ihrem Kanu und schliefen. Die beiden Mohawk hatten sich auf einem Bett von trockenem Laub niedergelassen, etwa zehn Schritte entfernt. Einer behielt den Pfad im Auge, der andere den See.

Sarah blieb an der Eiche angekettet, während die anderen den ganzen Tag schliefen. Sie hatte keine Ahnung, was nun mit ihr geschehen würde. Ihr Leben war in der Hand des Lieutenants, und sie fürchtete sich vor ihm. Das einzige, was im Augenblick zählte, war, daß sie noch lebte, nach Süden unterwegs war und zu essen bekam. Taliwan, das Kind, Hawk, Blacksquaw, Bear Man, Nyack, Norke, sie alle spukten in ihrem Kopf herum. Aber es war die Gegenwart des jungen Lieutenants, die zu ihrer Trauer die Hoffnungslosigkeit fügte.

Am dritten Tag der Reise ruderten sie aus dem Zwielicht der bewaldeten Ufer ins helle Tageslicht hinaus. Der Lieutenant entrollte die britische Flagge und ließ das feuchte Stück Stoff schlaff über das Heck des Kanus hängen.

Sie fühlen sich sicher, dachte Sarah, sonst würden sie nicht auf dem offenen Wasser und mit der Flagge am Heck weiterfahren. Sie müssen davon überzeugt sein, daß sie in dieser Gegend nur noch auf verbündete Indianer oder Soldaten stoßen können.

Am vierten Abend erklang ein wilder hupender Ton, und als sie eine Landzunge umfuhren, sahen sie, wie sich sechs weiße Trompetenschwäne aus dem Wasser hoben und tief über dem See dahinflogen. Sarah konnte das Geräusch hören, mit dem ihre mächtigen Schwingen die Luft verdrängten.

Der Lieutenant hob seine Muskete, zielte und feuerte. Die Schrotladung schlug geräuschvoll in das Federkleid, und zwei von den anmutigen Vögeln mit den langen Hälsen fielen in den See.

Völlig von seiner Glanztat begeistert, befahl der Lieutenant den Huronen, das Kanu zu wenden und die beiden Schwäne aus dem See zu fischen. Dann ließ er sie das Kanu ans Ufer paddeln. Bald waren die Vögel gerupft und über einem Feuer aus Tannenholz aufgespießt. Während die jungen Mohawk mehr Holz sammelten, mußte Sarah die Vögel in der Hitze des Feuers drehen und mit dem heißen gelben Saft, der von ihren Schenkeln tropfte, begießen. Die Vögel waren durch den Sommer wohl genährt und fett geworden.

Der Lieutenant setzte sich wie immer abseits hin. Plötzlich drehte er den Kopf und rief: »Du dort, Sklaven-Mädchen! Ich wünsche, etwas von der Schwanenbrust zu bekommen. Bring mir sofort etwas davon her!«

Die Huronen schnitten für Sarah den größeren Schwan in zwei Hälften. Sie brachte eine davon dem Lieutenant, zuckte aber ängstlich zurück, als er bösartig danach stach. Ihre Blicke trafen sich. Sie starrten sich kalt an. Dieser kindische Lieutenant hatte eine furchtlose Hochmütigkeit und eine hochgestochene englische Art an sich, von der sie sich bedroht fühlte. Und die durchbohrenden Blicke seiner Augen quälten sie mehr als der wildeste Ruck an einer Halsschlinge. Sie blickte ihn finster an, und um seinen Augen zu entgehen, schaute sie an seiner Uniform hinunter, die aus teurem scharlachrotem Wollstoff geschneidert und mit schwarzen Samtaufschlägen versehen war. Sie war schmutzig und an verschiedenen Stellen beinahe durchgescheuert. Einige Risse waren offensichtlich von Indianerfrauen hervorragend zusammengenäht worden. Seine Hose war aus bearbeitetem Hirschleder gefertigt, und an den Füßen trug er Mokassins aus dem Fell eines Seehundes, die fast wasserdicht waren. Sarah sah zum silbernen Ringkragen hoch, der um seinen Hals hing, und sie wünschte sich nichts mehr, als daß es Hawk gelungen wäre, diesen mörderischen Eindringling zu töten.

Er warf ihr einen halb abgenagten Brustknochen vor die Füße. »Hier, iß das!« befahl er. »Und dann gehst du und löschst das Feuer. Dann kommst du zurück, und sieh zu, daß du dich beeilst, verdammt!«

Als Sarah zurückkehrte, sagte er: »Setz dich hierher!« Er zeigte mit seinem Silbermesser auf einen Platz jenseits des Taschentuchs, das er am Boden ausgebreitet hatte.

Sarah hockte sich nieder und blickte auf ihre Knie.

»Laß mich deine Zähne sehen!« befahl er und schielte zu Sarah herüber. »Hm, sie sind nicht schlecht, weißt du. Du magst ein hübsches Anhängsel sein, wenn man dich ein bißchen herausputzt. Man müßte dir dieses lausige Squawkleid ausziehen und dir die Knoten und die verbrannten Strähnen aus dem Haar kämmen. Es ist eine gottverdammte Schande, daß sie dich auf diese furchtbare Art gezeichnet haben. Wenn du nicht diese schreckliche Tätowierung im Gesicht hättest, könntest du unten in Boston als Nutte ganz schön Geld einbringen.«

Er streckte sich träge aus. »Ich werde dich wohl selber ausziehen müssen, wie?« sagte er. »Ich lese nun dieses Buch zum siebten Mal, und allmählich habe ich es satt. Nun mach schon! Ich habe sonst nichts anderes zu tun.«

Er griff in seinen Lederbeutel, wühlte darin herum und entnahm ihm eine glänzende Metalldose. Er öffnete sie und roch an einer gelben Seife.

»Viel zu schade für eine wie dich. Aber leider ist das die einzige Seife, die ich habe. Also, steh auf, Mädchen. Laß uns gehen.«

Sarah bewegte sich nicht.

»Verdammt noch mal! Du sollst tun, was ich dir sage, du dreckige Schlampe! Wahrscheinlich hast du dich nicht mehr gewaschen, seit es das letztemal geregnet hat, und Gott weiß, wann das war. Du kannst dich wohl auch daran nicht erinnern, wie? Sie haben dir wohl den Verstand rausgeprügelt, oder was?«

Sarah stand langsam auf, und plötzlich tauchte vor ihrem geistigen Auge das Bild von Snake auf, der in der Schlinge am Baum hing.

Die sechs Huronen sahen regungslos zu, wie der Lieutenant Sarah einen schmalen Wildpfad hinunter zu einem kleinen Tümpel trieb.

»Ich will wissen, wie du ohne diese dreckigen Fetzen aussiehst«, sagte der Lieutenant.

Sarah bemerkte, daß seine Hände zitterten und sein Gesicht alle Farbe verloren hatte. Die Furcht vor ihm verwandelte sich in panisches Entsetzen.

»Muß ich sie dir vom Leib schneiden?« stieß er hervor, und sie hörte, wie sein Säbel aus der Scheide glitt.

18

»Zieh dich aus!« befahl er.

Sarahs Augen erfaßten die aufblinkende Schneide des Säbels, und sie taumelte in jähem Entsetzen zurück. In diesem Moment fühlte sie Blacksquaws kleines Messer unter ihrem Kleid. Sie warf den Kopf herum und starrte angespannt links an dem Lieutenant vorbei in den Wald hinein. Er ließ sich irritieren und nahm die Blicke von ihr. Schnell hob sie einen Ast vom Boden auf und schleuderte ihn in die Büsche. Als der Ast im Unterholz aufschlug, wirbelte der Lieutenant herum, riß den Säbel zum Hieb hoch und drehte ihr dabei seinen schmalen Rücken zu.

Sarah griff unter dem Kleid nach dem Messer. Sie zog es heraus und zielte mit der Spitze auf seine Nierengegend. Sekundenlang stand sie wie erstarrt, unfähig, ihr Vorhaben auszuführen.

Der Lieutenant schlug mit seinem Säbel zweimal durch die Büsche, so daß die gelben Erlenblätter in die Luft stoben.

»Verdammte Eichhörnchen«, fluchte er und drehte sich um. Seine Augen verengten sich, als er das Messer in Sarahs Hand erblickte.

»Wo hast du das her?« wollte er wissen und hielt ihr die Spitze seines Säbels gegen den Kehlkopf. Sarah ließ das Messer fallen.

»Hast es wohl schon die ganze Zeit versteckt gehabt? Sakrament, vielleicht bist du gar nicht so ne blöde Schlampe, wie es den Anschein hatte. Zieh das Kleid aus, du verdammtes Luder!«

Sarah zog ihr Hirschlederkleid über den Kopf, kniete nieder und zog die Mokassins von den Füßen. Als sie sich erhob, war sie nackt, und der Lieutenant war grau im Gesicht und schwitzte. Seine Gesichtsmuskeln zuckten, und der Blick aus seinen Augen war auf einen Punkt über Sarahs Kopf gerichtet.

»Geh ins Wasser!« keuchte er und hieb ihr die flache Seite des Säbels mit einem schmerzhaften Schlag an die Hüfte.

Sarah zog sich von ihm zurück, ohne den glänzenden Säbel aus den Augen zu lassen.

»Leg dich ins Wasser!« befahl er. »Auf den Rücken!«

Sie tat, was er von ihr verlangte, obwohl das Wasser im Tümpel kaum einen Fuß hoch war.

»Wasch dich mit Sand und dieser Seife hier«, sagte er und warf ihr die Seife zu. »Striegle die Flechten und das Bärengras aus deinem Fuchsschopf! Und versuche, ob du die Tätowierungen wegschrubben kannst, die diese dreckigen Heiden in dein Gesicht gemacht haben.«

Als Sarah mit dem Waschen fertig war, stand sie mutig auf und marschierte geradewegs auf ihn zu und übergab ihm die kleine Dose mit der parfümierten Seife.

Er hielt ihr die Säbelspitze entgegen, als ob er sich verteidigen wollte. »Zieh das Kleid wieder an«, sagte er, und er machte dabei den Eindruck, als wollte er ihr im nächsten Moment mit dem Säbel eins überziehen.

»Zurück zum Kanu!« sagte er. »Geh genau vor mir her!«

Sarah lief den Pfad hoch, und erneut krallte sich das panische Entsetzen in ihr fest.

Die beiden Mohawk lagen am Boden und beobachteten sie durch ein paar Grasbüschel hindurch. Die Huronen hatten das Kanu abgedeckt und machten es zur Weiterfahrt bereit. An diesem Tag paddelten sie ohne Pause und die ganze Nacht hindurch.

Am nächsten Nachmittag sahen sie den Union Jack, der über den Ruinen von Fort Saint Frédéric am Crow Point flatterte. Zehn Meilen weiter im Süden flog die Fahne über Fort Carillon am Ticonderoga.

Der Lieutenant pfiff durch seine Zähne und sagte laut: »*Well, bless my soul!* General Amherst hat gehalten, was er versprochen hat. Er hat beide Forts eingenommen, so wie er verdammt genau gesagt hatte, daß er es tun würde.«

Sarah drehte den Kopf und bemerkte, daß er nicht zu ihr, sondern zu sich selbst sprach. Er klatschte vor Begeisterung in die Hände. »Würde bestimmt Spaß machen, die Regimentsmesse zu besuchen, aber das lassen wir lieber bleiben. Irgendein übereifriger Adjutant würde mir vielleicht glatt den Urlaub streichen und mich noch einen Winter hier einem Kommando überschreiben.«

Der Lieutenant faltete eine Landkarte auseinander und studierte sie eingehend, bevor er den Huronen befahl, das Kanu auf die südlichen Engen des Lake Champlain hinzusteuern. Er entschied sich für einen Kurs am unberechenbaren Mündungsgebiet des Wood Creek vorbei, der von endlosen gefährlichen Sümpfen umgeben war. Das Paddeln gegen die Strömung war beschwerlich, und die Huronen verwünschten die Kanone, die schwer im Kanu lag. Erst am Abend des nächsten Tages erreichten sie South Bay.

Der Lieutenant, der unbedingt die Mündung des Wood Creek finden wollte, befahl den Huronen weiterzupaddeln. Doch bald war es so dunkel, daß sie die Einmündung verpaßten. Sie suchten die halbe Nacht herum, bevor sie merkten, daß sie falsch gefahren waren. Langsam folgten sie der Uferlinie zurück, und in der Morgendämmerung des nächsten Tages fanden sie schließlich den Ausfluß inmitten des Sumpfgebietes.

Die Huronenpaddler waren müde und wurden mürrisch. Wenn der Lieutenant mit ihnen sprach, wandten sie ihm nicht einmal den Kopf zu. Sie verabscheuten die schmale seichte Wasserrinne des Wood Creek. Und auch Sarah war besorgt, denn zwischen den überhängenden Uferböschungen mit den dichtstehenden Bäumen konnte jederzeit mit einem Angriff von feindlichen Indianern oder Truppenverbänden gerechnet werden.

Zweimal während ihrer Fahrt den Fluß hoch mußte Sarah aussteigen und den Huronen helfen, das Kanu durch die seichtesten Stellen zu ziehen. Im Spätsommer war das Wasser sehr niedrig. Hirschfliegen umschwärmten und stachen sie, wo sie nur konnten. Der Lieutenant ging hinter Sarah, die Pistole in seiner Hand.

Sie erblickte Fort Anne zum erstenmal an einem frühen Morgen. Zwei Wachtposten paradierten auf dem oberen Rundgang zwischen den doppelten Palisadenwänden. Der Lieutenant fuhr bis auf Musketenschußweite heran und ließ das Kanu anhalten. Er kletterte ans Flußufer und lärmte zum Fort hinüber.

Die Posten verschwanden hinter den Palisaden. Dann ertönte eine Stimme. »Wer da?«

»Lieutenant Ormsby«, antwortete der Lieutenant. »Vom Zweiundzwanzigsten Infanterieregiment Seiner Majestät!«

Zögernd erschien ein Kopf über den zugespitzten Baumstämmen. »Treten Sie vor, damit man Sie erkennen kann!« rief eine Stimme.

Der Lieutenant knöpfte seinen roten Mantel zu und marschierte mit hohlem Kreuz und geschwellter Brust auf das Fort zu.

»Ja, er ist es!« rief die Stimme. »Alles in Ordnung! Wie viele seid ihr, Mr. Ormsby?«

»Ein Offizier, zwei Mohawk, sechs Huronen, ein Kanu und . . . eine gefangene Frau, Sir. Eine Weiße.«

»Öffnet das Tor!« rief die Stimme.

Ein halbes Dutzend Soldaten drängte durch die Türöffnung, um besser sehen zu können, was sich draußen tat. Alle trugen Musketen mit aufgesteckten Bajonetten.

Fort Anne war klein und stand auf einem Hügel, nur einige hundert Meter vom Fluß entfernt. In der Reichweite der Musketen war die Gegend vollkommen von Bäumen und Büschen befreit, so daß jeder sofort gesehen wurde, der sich dem Fort nähern wollte. Die langen schwarzen Schießscharten in den hohen Palisadenwänden schienen Sarah von der Seite her drohend anzustarren.

In ihrem ganzen Leben hatte Sarah nur zwei Soldaten richtig kennengelernt: den fetten Franzosenkorporal und diesen drahtigen englischen Rotmantel mit seiner knochigen Hakennase. Nach ihrer Meinung war der eine nicht besser und nicht schlechter als der andere. Alle Soldaten waren nichts und taugten nichts. Und nun war sie von ihnen umgeben. Wüste haarige Männer, und sie versuchte, ihre lüsternen Blicke nicht zu beachten.

Da sie nichts besaß, was sie hätte tragen können, stand sie nur linkisch herum, starrte auf den Boden und wartete darauf, daß man ihr sagen würde, was sie zu tun hatte.

»Holt mein Zeug aus dem Kanu«, sagte der Lieutenant achtlos zu einigen Soldaten, während er seine steif gewordenen Beine vertrat und sich streckte. »O ja, noch was! Diese Indianer müssen verpflegt werden. Gebt ihnen irgendwas zu essen.«

»Wir haben Befehl, Sir, keinen Wilden ins Fort zu lassen.«

»Natürlich nicht, ihr Arschlöcher!« sagte der Lieutenant. »Füttert sie vor dem Tor. Füttert sie verdammt noch mal irgendwo, wo es euch gefällt!« Er nahm eine Prise Schnupftabak und nieste. »Laßt das Kanonenrohr nur im Kanu! Ich hörte, daß der Major da ist. Er ist doch da, oder?«

»Aye, Sir, er ist da! Er ist oben im Blockhaus«, sagte der wachhabende Korporal in einem breiten Hochlandakzent.

Jenseits des Tores stellte Sarah verblüfft fest, daß der Fußboden reingefegt war. Als Unterkünfte für die Soldaten waren neben einer Barracke kleine weiße, kegelförmige Zelte fein säuberlich aufgereiht, eines neben dem anderen. An den Palisadenwänden führten viele starke Leitern zum oberen Rundgang, der von der Palisadenbrüstung geschützt wurde. Eine kleine Eisenkanone war zum Fluß hinunter gerichtet. Auf dem Dach eines massiven Blockhauses wuchs Gras. Die scharlachrote Flagge der Vereinigten Armeen flatterte über dem Giebel. Die Wachposten waren schmuck gekleidet. Sie trugen neue Kokarden an ihren Mützen, die Messingknöpfe waren auf Hochglanz poliert, und ihre Gamaschen und das Riemenzeug erstrahlten in makellosem Weiß. Sarah mußte schon genau hinsehen, um zu erkennen, daß ihre roten Jacken und die Kilts Rum- und Essensflecken hatten und bereits ziemlich abgetragen waren.

Der Lieutenant führte sie im gleißenden Licht der Morgensonne über den Paradeplatz, bis sie in den Schatten des Blockhauses gelangten. Sie erblickte zwei Pferde, die in einem offenen Unterstand angebunden waren. Es waren die ersten Pferde, die sie zu Gesicht bekam, seit sie und Hawk versucht hatten, mit jener Mähre zu fliehen.

»Verdammt, Mädchen, trödle nicht herum«, schnappte der Lieutenant, packte sie am Handgelenk und zog sie die Leiter im Inneren des Blockhauses hoch, die zum Quartier des Majors führte.

Die schwere, mit grobgeschmiedeten Eisennägeln beschlagene Falltür stand offen. Sarah kletterte hinter dem Lieutenant her in einen viereckigen, sparsam möblierten Raum hinein. Durch die Schießscharten auf der Ostseite fielen Sonnenstrahlen und warfen helle Lichtstreifen über den Bohlenboden. Alles im Raum drückte strenge militärische Wehrhaftigkeit aus.

Gegen einen schweren Tisch gelehnt, stand der Kommandant des Forts vor ihnen, ein schottischer Major des Zweiundvierzigsten Infanterieregiments. Er hatte dem einfallenden Licht den Rücken zugedreht. Er trug ein weites, blaßblaues Hemd und einen Kilt aus grünem Loden. Aus seinem rechten Strumpf ragte der schwarze Griff eines Dolches. Sein Zopf war mit einem schwarzen Band umwickelt, das wettergegerbte Gesicht war wie aus Eichenholz geschnitten. Auf dem Tisch lag ein Breitschwert, mit dem eine auseinandergefaltete Landkarte beschwert war.

Die Blicke aus den tiefblauen Augen des Majors schweiften ausgiebig über Sarahs Körper. Als er zur Seite ging, um ihren Brustumfang besser schätzen zu können, merkte sie, daß er das linke Bein leicht nachzog.

»Wenn das nicht Willie Ormsby ist, will ich verdammt sein«, kicherte der Major plötzlich. »Hey, da steht er nun stolz und gesund und in voller Lebensgröße.« Während er redete, nahm er keinen Blick von Sarah. »Haben Sie gesehen, wie die Franzosen Ticonderoga in die Luft geblasen haben, bevor Amherst sie nach Norden gejagt hat? Man sagt, daß Wolfe mit einer Truppenschiff-Flotte den St. Lawrence hoch nach Quebec unterwegs ist, und wenn er seine Soldaten an Land setzt, dann wird es zu einem höllischen Kampf kommen! Ich wünsche mir bei Gott, daß ich dabeisein könnte, anstatt hier in dieser Spielzeugfestung herumzuhocken.«

Der Major machte eine Pause. Seine Augen hatten sich nicht ein einziges Mal von Sarah abgewandt. »Wie ist Ihr Sommerfeldzug verlaufen?« fragte er, aber bevor ihm der Lieutenant eine Antwort geben konnte, fügte er hinzu: »Und verraten Sie mir, wer ist dieses vollbusige Mädel?«

»Ich habe einen meiner besten Leute verloren, und zwar schon ganz am Anfang. Nachher brannten wir drei Abnakidörfer nieder. Haben Sie davon gehört? Das letzte Dorf wurde Canadanskawa genannt.« Er nahm eine Prise Schnupftabak. »Sie waren alle stockbesoffen und haben nicht einmal mitgekriegt, was mit ihnen passiert ist. Dieser einäugige Trapper und sein Weib machten den Feldzug für uns fast zum Spaziergang. Es hat uns nur einige Guineen und ein Faß Rum gekostet, das ganze Dorf dem Erdboden gleichzumachen. Das ist eine glänzende Methode, sag ich Ihnen. Wenn wir so weitermachen, verlieren wir kaum einen Mann . . .«

Sarah fühlte, wie ihr Pulsschlag gegen ihre Schläfen hämmerte. Sie wußte nicht, wen sie mehr verabscheute, den Lieutenant mit seiner herzlosen Art oder den Trapper und seine Habgier.

»Wer am Leben geblieben ist, wurde von den Mohawk mitgenommen und nach Westen verschleppt. Außer diesem prächtigen Mädchen hier, das ich mitgebracht habe.« Er zwinkerte mit einem Auge. »Sie sagte, ihr Name sei . . . Was hast du gesagt? Sag es, meine Liebe.«

»Sarah Wells«, sagte Sarah trotzig. *Wagwise!* schrie es in ihrem Innern.

»Sie ist zwar erbärmlich gekleidet, wie Sie sehen, aber sie ist eine gesunde Frau. Jung und weiß. Schauen Sie ihre roten Haare und die kräftigen Zähne an. Sie sieht aus wie ein Mädchen aus dem schottischen Hochland, würde ich meinen.« Der Lieutenant lächelte. »Ich nehm sie mit mir nach New Hampshire, wo sich die Farm ihrer Familie befindet, wie sie sagt. Die Kirche dort sollte eigentlich Lösegeld zur Verfügung haben, um Gefangene freizukaufen. Das Geld wird ihnen doch von England herübergeschickt und von den reichen Kolonisten in Bosten noch aufgestockt.« Der Lieutenant klärte seine Kehle. »Wenn Sie uns Verpflegung mitgeben, Sir, werden wir unsere Reise fortsetzen, zuerst nach Süden und dann nach Osten.«

»Nun«, sagte der Major, »was soll denn die große Eile, Mann? Sie können dieses Kanu und die Huronenpaddler sowieso nicht mitnehmen. Das ist ein Befehl direkt vom Colonel. Das Kanu ist dafür bestimmt, meinen Adjutanten und Sergeant Martin nach Ticonderoga zum Arzt zu bringen. Der Sergeant hat den Gasbrand in der Hand, und er hat schon auf seinen Arm übergegriffen. Sie werden ihm den Arm amputieren müssen. Dann wird das Kanu den Colonel hierherbringen, weil er diese dämliche Festung inspizieren will. Sagen Sie mir, Willie«, der Major zwinkerte Sarah zu, »wie war noch mal der Name dieses hübschen Täubchens?«

»Aber, Sir, wie soll ich diese Gefangene in ihre Heimat transportieren und meinen Urlaub in Boston nehmen?«

»Das können Sie eben nicht, Junge«, erwiderte der Major kühl. »Sie werden schon warten müssen, bis der Winter kommt. Dann können Sie mit ihr auf dem zugefrorenen See nach Süden marschieren, falls sie überhaupt verrückt genug ist, mit Ihnen zu gehen.«

Sarah merkte, wie der Major versuchte, sie verstohlen in den Schenkel zu kneifen.

Sarah blickte in das Gesicht des Lieutenants und sah, wie er bei dem Gedanken, noch einen Winter in der Wildnis verbringen zu müssen, erbleichte.

»Sir, würden Sie uns vielleicht ein Pferd ausleihen?« fragte der Lieutenant beinahe bettelnd. »Ich bin jetzt schon mehr als ein Jahr in diesen verteufelten Wäldern im Norden. Im Sommer nichts als blutgierige Fliegen, und den Winter hindurch kaum etwas Anständiges zu essen. Die meiste Zeit kein Feuer, weil ich Angst hatte, den Skalp zu verlieren. Mein Urlaub ist schon lange überfällig, Sir, und ich . . .«

»Jaja, ich weiß«, sagte der Major und betrachtete interessiert die mächtigen, mit der Axt behauenen Deckenbalken. »Ich hasse es, mit ansehen zu müssen, wie ein tüchtiger Mann um seinen Urlaub gebracht wird, nachdem er den halben Winter in diesem gottverlassenen Land vergeudet hat.« Er hielt inne und wartete ein paar Augenblicke, bevor er weitersprach.

»Unter gewissen Umständen . . . wäre es mir vielleicht möglich . . . hm, entgegenzukommen. Es hängt natürlich alles davon ab, wie dieser Abend verläuft. Wenn Sie damit einverstanden sind, dieses hübsche kleine Mädel für diese Nacht und vielleicht noch für einige Tage meiner Obhut zu überlassen, dann könnte ich es vielleicht einrichten, daß man euch den rotbraunen Wallach leiht. Er ist ausdauernd und zuverlässig und kennt den schmalen Pfad durch die Green Mountains nach New Hampshire beinahe im Schlaf. Man erzählt sich, daß er ab und zu die Augen aufschlägt, um sich nach den militärischen Markierungszeichen zu orientieren.«

Der Major räusperte sich und faßte den Lieutenant scharf ins Auge. »Nun werden Sie und dieses langbeinige Mädchen vielleicht den Wunsch haben, die Sache zu bereden und euch einig zu werden. So oder so, es kommt wirklich nur auf euch an, wie und wann ihr hier aufbrechen könnt. Habt ihr mich verstanden?«

Der Lieutenant nahm Haltung an. »Wir werden gleich zurück sein, Sir«, sagte er, nahm Sarah beim Handgelenk und zog sie die Leiter hinunter und vor das Blockhaus, wo sie im Schatten der Außentür stehenblieben.

»Well, du hast gehört, was er gesagt hat! Willst du uns zu einem Pferd verhelfen oder nicht?« fragte der Lieutenant.

»Wie kann ich das tun?« fragte Sarah.

»Wie du das tun kannst?« sagte er und äffte ihre Stimme nach, während er sich ungeduldig auf die Zehenspitzen stellte. »Du kannst das tun, indem du ganz schnell die Leiter hochkletterst, mit dem Major ins Bett steigst und mit ihm vögelst, daß ihm Hören und Sehen vergeht. So kannst du uns zu dem Pferd verhelfen. Und dann kann ich dich nach Hause bringen, bevor der Winter kommt. Das willst du doch, oder? Antworte mir!«

»Ja, das will ich«, sagte Sarah.

»Gut, dann wirst du ihm das Bett wärmen, ohne Zicken zu machen! Verstehst du mich?«

»Ja, ich verstehe dich, aber ich mag nicht, was du sagst«, sagte Sarah. »Wie viele Nächte müßte ich es tun? Um das Pferd zu bekommen, meine ich?«

»Well, wenn du nur einigermaßen was taugst im Bett, würde ich sagen, daß er dich vielleicht eine Woche behält. Wenn du nichts taugst, und ich schätze, daß du höchstwahrscheinlich wirklich nichts taugst, wird er über uns beide wütend sein und uns zum Trotz hierbehalten. Wer weiß, vielleicht könntest du auch versuchen, daß er deiner schnell überdrüssig wird. Ich überlasse das dir. Auf dich kommt es an.«

»Wie weit sind wir von New Hampshire entfernt? Und von der Farm meines Großvaters?«

»Well, wenn die Armeekarte stimmt, ist es südöstlich von hier«, sagte er und machte eine Handbewegung in die Richtung. »Etwa hundertzwanzig Meilen. Luftlinie. Aber wir sind keine Vögel, und so, wie sich der Pfad durchs Gebirge schlängelt, werden es mehr als zweihundert anstrengende Meilen sein. Zu weit, um zu Fuß zu gehen.«

»Und wer wird das Pferd reiten?« fragte Sarah.

»Oh, natürlich du, meine Liebe«, sagte er sarkastisch und verbeugte sich vor ihr. »Und vielleicht auch ich. Nur eine ganz kurze Strecke, wenn's erlaubt ist.«

»Wir können Proviant mitnehmen, wenn wir ein Pferd haben«, sagte Sarah. Sie blickte dem Lieutenant gerade in die Augen. »Ja, geh zu ihm und sag ihm, daß ich's tue, wenn er uns das Pferd gewiß verspricht.«

»Nur der Tod ist gewiß«, sagte der Lieutenant. »Warte hier! Ich werde eine zähe Verhandlung um das Pferd und den Proviant führen müssen.«

Er drehte sich auf dem Absatz um und stieg die Leiter hoch, zurück in das Quartier des Majors.

»Sir«, sagte der junge Lieutenant und lenkte die Aufmerksamkeit des Majors auf sich. »Sie sagt, daß sie fügsam und willig ist, wenn Sie uns versprechen, daß wir als Gegenleistung das Pferd erhalten.«

»Mein lieber Junge, sag ihr, daß ihr selbstverständlich das Pferd ausleihen könnt«, rief der Major und klatschte in die Hände. »Beim Jupiter, das ist ein Glück, mein Lieber! Äußerst erquickend! Schick mir nur das liebe kleine Ding sofort herauf.« Er ging schnell zum Fenster. »Batman!« brüllte er. »Mach das Wasser heiß und richte mir ein Bad! Sofort!«

Der Major schlitterte beinahe durch den Raum, öffnete seine Feldkommode und entnahm ihr eine dunkle breite Flasche mit spanischem Sherry. »Alle jungen Mädchen lieben diesen feurigen süßen spanischen Sherry. Haben Sie das jemals erkannt, Lieutenant? Sogar eure muffigen englischen Mädchen werden warm, wenn man ihnen spanischen Sherry gibt.«

Bereits das Wort »englisch« schien dem Major wie ein Kloß in der Kehle zu stecken. »Well«, bettelte er, »worauf in drei Teufels Namen warten Sie noch? Schaffen Sie sie rauf, Mister Ormsby! Und zwar ein bißchen plötzlich. Es ist schon zu verdammt lange her, seit ich das letztemal einen strammen weißen Weiberarsch gesehen habe.«

Während der Lieutenant die Leiter hinunterkletterte, rief ihm der Major nach: »Sagen Sie diesem Dickschädel von einem wachhabenden Korporal, daß ich beschäftigt bin und daß mich bis morgen ja niemand stören soll, es sei denn, wir würden angegriffen. Ist das in Ihren englischen Schuljungenschädel reingegangen, Mister Ormsby?«

»Jawohl, Sir«, sagte der Lieutenant, rannte den Rest der dunklen Treppe hinunter und klatschte sich dabei vor Freude auf die dünnen Schenkel.

Als er aus dem Blockhaus stürzte, war Sarah nirgendwo zu sehen. Er pfiff und rief nach ihr, stampfte einmal wütend um das Blockhaus herum und warf einen Blick hinter das schwere Tor. Sarah war verschwunden.

»Mädchen!« schrie er. »Sarahwag ... wie war noch dein Name?«

Die Vision des so sehnsüchtig gewünschten Pferdes begann sich vor seinen Augen in nichts aufzulösen. »Wenn ich dieses Luder erwische, bring ich sie um!« schrie er. »Du hast dich wohl schon mit einem von diesen schottischen Mistkerlen eingelassen!«

»Sie ist dort drüben, Sir«, sagte der Posten und zeigte zum offenen Stall hinüber.

Und dort im Schatten stand Sarah, drehte sich seelenruhig um und zeigte auf das rotbraune Pferd. »Mit diesem Senkrücken taugt der Wallach nicht viel«, sagte sie.

»Mach dir nichts draus. Es ist ein Pferd! Du bist auch nicht viel mehr wert.« Er nahm sie fest am Handgelenk. »Mach, daß du deinen Arsch nach oben bringst. Er ist wild auf dich und scharrt mit dem Huf wie ein Hochlandbulle. Zeig ihm nur, was in dir steckt! Ohne irgendwelche Indianerzicken, dann werden wir in einer Woche von hier weg sein.«

»Eine Woche!« sagte Sarah. »Das kann ich nie aushalten!«

»Wenn du jetzt die Sache verpfuschst, sind wir mitten im Winter noch hier und müssen auf dem Eis nach Süden marschieren. Es gibt amerikanische Waldläufer in diesem Gebiet. Wenn du ihnen in die Hände fällst, kommst du zwanzigmal hintereinander dran.«

Voller Abscheu starrte ihn Sarah an, drehte sich um und stieg entschlossen die Leiter hoch in die Höhle des schottischen Löwen.

Leise schloß sie die Tür hinter sich und blieb still stehen.

»Well, beim Jupiter! Da sind wir ja, meine Süße.« Er kicherte und klatschte in die Hände. »Schau hier, ich habe für dich ein heißes Bad vorbereiten lassen. Ich schrubbe dir eigenhändig jedes kleine Stinkkäferchen von deinem zarten Körper. Lange Zeit her, daß ich ein hübsches Mädel gebadet habe. Ich bin ein wenig aus der Übung. Kleines Momentchen! Ich werde uns beiden ein Gläschen Sherry einschenken.«

Der Major zog einen Offiziersklappstuhl aus Leder direkt vor den kleinen Holzzuber, reichte Sarah ein Stück Seife und setzte sich erwartungsvoll hin.

»Genau richtig«, sagte er, indem er die Wassertemperatur prüfte. »Auf geht's, Mädel! Weg mit den Fetzen und rein in den Zuber! Ich bin ganz Auge.«

Als der Major sie überall abgeschrubbt hatte und Sarah sich das Haar gewaschen hatte, trocknete sie sich vor seinen Augen ab.

»Hier, Mädel! Nimm die Decke um dich herum, wenn dir kühl ist.« Er schmunzelte. »Diese kleine Gabe schenket dir ein Götterknabe.« Und mit diesem Sprüchlein legte er die Decke über ihre Schultern.

Noch bevor Sarah mit dem Kämmen ihres Haares fertig war, hatte der erregte Major schon seinen Kilt zur Seite geworfen und war ins Bett gesprungen und hielt Sarah ein Glas voll Sherry entgegen. Er selbst schlürfte schon sein zweites leer.

»Komm, Schätzchen«, sagte er und klopfte auf das Kissen neben sich. »Laß uns keine Zeit verschwenden. Du hast volle Monatsmiete für eines der wenigen Pferde hier im Norden zu bezahlen. Und ich sage dir, Mädel, das Pferd wird teuer werden.«

Sarah begab sich langsam zum Bett hinüber. Mit einemmal schien die ganze Zeit, die sie in den Wäldern verbracht hatte, sehr weit entfernt. Sie hängte die neue Schottenstoffdecke über den Bettpfosten, schlug die Bettdecke zurück und schlüpfte in die weiche kuschelige Wärme der Schwanendaunendecke.

»Halt mal einen Moment still«, sagte er, nahm ein Stäbchen aus weißem Pfeifenton aus seinem Tornister und befeuchtete es mit Sherry. Er stützte ihren Kopf mit der Hand und betupfte damit behutsam ihr Kinn.

»So«, sagte er und blinzelte mit den Augen, »jetzt ist es viel besser. Diese verdammten heidnischen Zeichen sind beinahe weg.

Die Sonne geht schon bald unter. Höchste Zeit, daß wir anfangen.«

Dankbar nahm Sarah das Glas Sherry entgegen und ließ den ersten Schluck langsam über ihre Zunge laufen. Den Rest trank sie in einem einzigen langen Zug aus. Sie beobachtete argwöhnisch, wie der Major erneut ihr Glas füllte. Das Bett war breit, hatte vier derb gehauene Pfosten und eine Gänsefedermatratze. Sarah seufzte verwundert, als sie beinahe in der weichen Unterlage verschwand.

Der Major zeigte ihr, wie sie das Kristallglas zu halten hatte, um es beim Anstoßen aufklingen zu lassen.

»Auf dich, meine Liebe«, lächelte er. »Möge deine Zukunft erfreulicher sein als deine Vergangenheit.«

»Ich versuche sehr, sie besser zu machen«, flüsterte Sarah, nachdem sie ihr zweites Glas Sherry geleert hatte und es auf den Kerzentisch stellte.

Der Major griff nach ihr und zog ihren warmen Körper gegen den seinen. Er legte die hohle Hand an seinen Mund, drehte den Kopf einer Schießscharte zu und rief: »Heh, Pfeifer, spiel mir was vor. Laß ›Highland Laddie‹ erklingen. Das würde mir für diese Gelegenheit am besten gefallen.«

Ein durchdringender Schwall von Dudelsackklängen kam durch jede Ritze des Forts, während der Bläser langsam vor dem Blockhaus hin und her stolzierte.

Der Major kuschelte sich glücklich neben Sarah in die Matratze hinein. »Hör mal zu, Mädel. Er spielt mein Lieblingslied für dich. Manchmal bringt es mich am Ende ein bißchen zum Weinen. Meine Tränen«, sagte er, während er seinen Sherry trank, »meine Tränen sind Tränen für alle unsere großen Clansleute, die auf dem Schlachtfeld in Culloden im Kampf für mein geliebtes Schottland gefallen sind. Es war 1745, als dieser närrische Schönling, Prinz Charlie, die Clans dazu brachte, in der Ebene gegen die Schlächter aus Northumberlands britischer Armee und gegen ihre mörderischen Kanonen anzurennen, anstatt daß er uns die Gelegenheit gegeben hätte, sie in die Schluchten zu locken, wo wir sie leicht hätten niedermetzeln können.«

»Bitte, erzählt nichts vom Niedermetzeln«, flehte Sarah.

Der Major hob sein Ohr vom Kissen und fragte: »Was meinst

du?« Er hatte ihre Worte im Gekreische des Dudelsackes nicht verstehen können.

Sarah wiederholte die Bitte.

»Oh, selbstverständlich, meine Liebe. Wir wollen beide den Krieg und die Schlachten vergessen. Wir wollen nur noch von Liebe reden.« Er drehte sich ihr zu und rollte sich genußvoll über sie.

Als Sarah aufwachte, war es draußen Nacht und stockdunkel im Raum. Nur durch eine der Schießscharten fiel Mondlicht und warf einen dünnen langen Streifen über den Boden. Sarah sah die Umrisse des Majors, der nackt an der Schießscharte stand und zum Fluß hinunterstarrte. Da vernahm sie ein Rascheln auf dem Dach.

»Was ist das?« flüsterte sie.

»Fliegende Eichhörnchen«, murmelte er sanft. »Ruhelose kleine Bettler sind sie. Sie benutzen dieses Dach in mondhellen Nächten, als ob es sich um einen Paradeplatz handeln würde. Hört sich an wie eine ganze verteufelte Kompanie, findest du nicht?«

Er drehte sich um und blickte Sarah ernst an.

»Weißt du, warum wir diese Grasschollendächer haben, Mädel? Das ist, damit diese verteufelten glatzköpfigen Heiden unsere Blockhäuser nicht mit ihren pechbeschmierten Feuerpfeilen in Brand setzen können. Wir haben herausgefunden, daß es ihnen niemals gelingt, ein Grasschollendach anzuzünden, ganz egal, auf welche Art sie es versuchen. Hier in den Wäldern wimmelt es von Franzosen-Indianern. Einige englische Narren glauben, Indianer wären Feiglinge, weil ihnen der Sinn nicht nach Musketenfeuer und einem gutgeplanten Bajonettangriff steht. Das ist wahr. Sie hassen es, wenn ihnen Kugeln um die Ohren fliegen. Doch diese Indianer haben mehr als Mut. Sie kämpfen nur anders, als wir es tun. Wir begeistern uns an militärisch geführten Schlachten. Sie sind Jäger und interessieren sich nur für die Kunst des Tötens. Wir aber sind die Meister der befestigten Verteidigung, des Stellungskrieges und des Überraschungsangriffes. Darum bin ich aufgestanden, als ich ein Geräusch auf dem Dach hörte. Weißt du, daß einmal einer ihrer schlanken jungen Burschen durch diese Schießscharte dort schlüpfte? Er ist über die Palisaden geklettert und irgendwie an den Wachen vorbeigekommen, hat den offenen Paradeplatz überquert und ist hier in dieses Zimmer gekommen, wo er dann den alten Jock getötet hat. Genau in diesem Bett hier. Er hat ihm das Herz herausgeschnitten, den Skalp vom Schädel gerissen, und danach ging er denselben Weg zurück, den er gekommen war. Man muß Leute bewundern, die die eisernen Nerven haben, so ein Ding durchzuziehen.«

Der Major trat von der Schießscharte zurück und legte sich wieder neben Sarah ins Bett. Seine Haut fühlte sich klamm und kalt an.

»Ich habe mir dieses steife Bein im letzten Sommer eingehandelt, als wir den See hoch vorstießen. Das war das Zweiundvierzigste Highlander-Regiment unter General Abercrombie. Ich bekam einen Holzsplitter in mein Bein geblasen. Es hat damals nicht schlimm ausgesehen. Aber dann ist das Bein angeschwollen, und ich konnte mich über ein Jahr nicht von hier fortbewegen, verdammt noch mal. Ein gottverdammtes endloses Jahr.«

»Verzeihung, Sir«, sagte Sarah und drängte ihren heißen Körper gegen den seinen, »gibt es noch andere Arten, wie man es tun kann? Würde es Euch etwas ausmachen, mir zu zeigen, wie man es auch noch machen kann? Für mich ist das alles neu.«

»Ja, aber natürlich Mädel. Es gibt noch viele, viele verschiedene Arten, wie man es machen kann«, behauptete der Major. »Bei meiner Seele, es gibt Dutzende und abermals Dutzende von Arten. Nun, laß mich mal sehen, was wir tun könnten. Weißt du, wenn einer zu lange hier oben lebt, kommt er ein wenig aus der Übung. Man kriegt vor allem nicht mehr die neusten Tricks aus Edingburgh mit. Oh, natürlich, laß es uns auf diese Art versuchen. Es ist zwar schon ein bißchen altmodisch, aber es gehört absolut zur Grundausbildung und ist jedem Anfänger besonders gründlich beizubringen.«

Er warf die blaßblaue Bettdecke hoch über ihre Köpfe und begann eifrig mit der Lektion: »Stoße! Stoße!« befahl er, als ob er seinen Soldaten den Nahkampf mit dem Säbel beibringen wollte. Er war gerade richtig warm geworden, als sie zu singen anfing.

»Was bringt dich denn dazu, dieses Heidenlied zu singen Mädel?« fragte er sie.

»Es ist nichts, Sir«, seufzte sie. »Absolut nichts.« Wie hätte sie ihm auch erklären können, daß sie sich von einem herrlichen Gefühl einfach mitreißen ließ. Nie hätte sie gedacht, daß ihr die Rückkehr so leichtfallen würde, aber was sie hier in diesem weichen Federbett an Lust und Freude erlebte, war in keiner Weise zu vergleichen mit den unglaublichen Strapazen, die sie während der letzten drei Jahre – oder waren es vier? – durchlitten hatte. Sie hatte schon fast das Gefühl für Zeit und für den folgerichtigen Ablauf der Ereignisse verloren, und die guten und schlechten Jahre vermischten sich miteinander . . .

Sie fiel in einen traumlosen Schlaf.

Etwas später in der Nacht machte der Nachttopf ein scheppperndes Geräusch, als sich Sarah von ihm erhob. Im Mondlicht, das durch die Schießscharten fiel, sah Sarah, wie der Major senkrecht im Bett hochfuhr und mit einem rauhen Schrei blindlings nach seinen beiden Duellpistolen griff, die auf dem Kerzentisch neben dem Bett lagen. Sie hörte, wie die Hähne knackten, als er die Pistole hob, auf Sarah zielte und feuerte!

19

Sarah schrie auf, als beide Mündungen aufblitzten und zwei Bleikugeln dicht an ihrem Kopf vorbeizischten. »Ich bin es!« stieß sie hervor. »Ich bin es nur!« Sie sprang in den langen Lichtstrahl des Mondes, so daß er sie deutlich sehen konnte.

»O mein Gott!« rief der Major mit krächzender Stimme, als er ihre nackte Gestalt im bleichen Licht erkannte. »Ich hätte dich beinahe umgebracht, Mädel. Du hast mich furchtbar erschreckt. Ich bin nicht daran gewöhnt, daß hübsche Mädchen nackt hier in diesem Scheißblockhaus herumtanzen. Und dazu noch mitten in der Nacht. Ich habe mir eingebildet, du wärst eine dieser heidnischen Wildkatzen, die ums Fußende meines Bettes herumschleicht, um mir die Kehle durchzuschneiden. Ehrlich, Mädel, wenn ich nicht so nervös gewesen wäre, hätte ich dich glatt erschossen.«

Er stand auf und humpelte eilig zur Schießscharte. »Wachkorporal!« brüllte er hinaus. »Es ist nichts passiert. Ich habe nur ein bißchen mit der Pistole geübt.«

Sarah zitterte von Kopf bis Fuß, als er sich wieder umdrehte. Er schlug die Hände vors Gesicht. »Gott sei Dank, daß du noch lebst«, rief er aus. »Stell dir vor, was das für nen Klatsch gegeben hätte im Regiment und in der Offiziersmesse der Batterie unten in New York. Es würde heißen: ›Hast du den alten Major Ogilvy gekannt? Er war Kommandant von diesem kleinen Fort Anne oben im Norden. Er hat durchgedreht, mußt du wissen. Hat ein hübsches kleines Mädel direkt vom Scheißhafen am Fußende seines Bettes heruntergeschossen!‹«

Sie sah, wie seine Hände zitterten, als er die Pistolen neu auflud. Erst als er damit fertig war, nahm er Sarah bei der Hand und führte sie zum Bett zurück. Er goß für beide je ein Glas voll Sherry ein.

»Würdet Ihr mir noch eine andere Art beibringen, Sir?« fragte Sarah. »Bevor es Morgen wird?«

Der Major seufzte schwer. »Was hast du gesagt, Mädchen?« fragte er. »Dir noch ne andere Art beibringen? Ich würde sagen, daß dies eine ziemlich anstrengende Nacht für mich war. Was soll denn diese verdammte Hast, alles auf einmal lernen zu wollen?« Er trank sein Glas leer.

»Nur noch eine einzige«, schnurrte sie, glitt neben ihm ins Bett und zog die Daunendecke über ihre Körper hoch.

»Stell dir vor! Dreimal in einer Nacht, und das in meinem Alter.« Er schnappte nach Luft. »Beim heiligen Georg, ich werde morgen einen wundgescheuerten Arsch haben.«

Das Wiehern des Pferdes weckte Sarah auf. Es erinnerte sie an die Farm. Sie strich mit ihrer Hand über die mächtige Brust des Majors.

»Sir«, sagte sie. »Sir, könnten wir es nicht noch einmal tun, vor dem Frühstück?«

»Nein! Nein! Nein!« ächzte er. »Was denkst du eigentlich, wer ich bin, Mädchen? Vielleicht ein Angus-Zuchtbulle? Haben die heidnischen Wilden diese unersättliche Lust in dir geweckt? Oder waren es die französischen Soldaten? Wenn das so weitergehen soll, dann ist es besser, wenn du noch heute das Fort verläßt, Mädel. Mir bleibt zu wenig Zeit, um auf die Dauer deinen Liebeshunger zu stillen.« Er wurde rot im Gesicht und goß ein Glas Sherry in sich hinein. »Schnapp dir diesen Lilienarsch von einem Lieutenant und mach, daß du so schnell wie möglich von hier wegkommst. Dies ist ein Fort, das zum Schutze der nördlichen Kolonien hier aufgestellt wurde, und kein englisches Wildnispuff. Ich bin ein Soldat, Mädchen, ein Feldoffizier! Der Kommandant dieses Forts. Ich habe zwei Kompanien wilder Hochländer zu befehligen.« Er erhob sich vom Bett, schnallte seinen Kilt um und stampfte zum Fenster.

»Batman! Tee! In drei Teufels Namen, wo bleibt mein Tee?« brüllte er. »Und bring ein doppeltes Frühstück. Ich bin am Verhungern.«

Er drehte sich um, blickte in den Spiegel, setzte seine Schottenmütze mit dem Bärenfellpummel auf und zog sie schräg über das rechte Auge.

»Soll ich Euch den Zopf binden, Sir?« fragte Sarah vom Bett her.

Er ging zum Bett, setzte sich mit dem Rücken zu ihr nieder und studierte die Landkarte, die an der Wand hing.

Als sie mit dem Frühstück, das aus Tee mit Sherry und Hafergrütze bestand, fertig waren, ließ er sich dazu erweichen, Sarah auf die Stirn zu küssen. »Geh Mädchen, geh!« sagte er. »Du bist ein hübsches Ding, und ich wünsche dir gut Glück. Sag diesem verqueren Jungen, Willie Ormsby, daß er das Kompanielager aufsuchen und sich Verpflegung geben lassen soll. Ich habe jetzt Wichtigeres zu tun.«

Als er dies gesagt hatte, ging er zu seinem Schreibtisch, ließ sich behutsam auf den ledernen Klappstuhl nieder und streckte grunzend die Beine aus. Er zog seinen Hochlanddolch aus dem Strumpf und schärfte einen bereits geschärften Gänsekiel.

Sarah verschnürte ihre Mokassins, zog ihr Kleid an und hüpfte die Leiter hinunter in das helle Morgenlicht hinaus, das über dem Paradeplatz lag. Sie entdeckte den roten Rock des Lieutenants oben auf dem Rundgang neben dem Haupttor. Er stand dort und blickte über die Palisadenbrüstung hinweg zum Fluß hinunter.

»Er sagt, daß wir jetzt gehen können!« rief sie zu ihm hinauf. »Er sagt, daß wir den braunen Wallach haben können und Verpflegung holen sollen. Dann können wir noch heute aufbrechen.«

Der Lieutenant eilte die Wachhausleiter herunter und lief, so schnell er konnte, über den Paradeplatz. Als er bei Sarah ankam, tauchte oben in einer Schießscharte das Gesicht des Majors auf.

»Mister Ormsby!« rief er herunter. »Wie gedenken Sie, diesen braunen Wallach hierher zurückzubringen, wenn Sie damit fertig sind, mit diesem lüsternen jungen Mädel durch die Gegend zu reiten? Östlich von hier gibt es keine Wege«, schnaubte der Major, »es sei denn, Sie wollen es auf diesem schmalen Indianerweg versuchen, der sich durch die Green Mountains windet und hinüber in die New-Hampshire-Kolonie führt. Die Waldläufer benutzen ihn manchmal, behaupten sie wenigstens. Ich weiß von einem Trapper, der es vor einiger Zeit mit einem Maultier versucht hat. Einer von Rogers Männern behauptet, er hätte den

Leichnam dieses armen Kerls, ohne Kopf von einem Baum hängend, gefunden, und rundherum lagen die Maultierknochen, gekocht und abgenagt. Aber hol's der Teufel, diese Waldläufer erzählen dir jede Geschichte, die du hören willst. Sie glauben, das Bergland östlich von hier sei allein ihr Revier.«

»Hatte dieser Trapper etwa eine Ottawafrau bei sich?« rief Sarah zu ihm hoch.

»Wer würde sich denn an so etwas noch erinnern?« sagte der Major. »Warum fragst du?«

»Oh, es hat mich bloß interessiert«, sagte Sarah. »Ich wollte nur wissen, ob diesen beiden vielleicht etwas passiert ist.«

»Halt nur dein Lästermaul, Dirne«, sagte der Lieutenant. »Sir! Wegen des Pferdes . . . Ich dachte, ich finde dort, wo das Mädchen herkommt, vielleicht einen Farmerssohn, der es zurückbringen könnte.«

»Unsinn!« rief der Major. »Kein Farmerjunge würde das Risiko auf sich nehmen und hierher nach Fort Anne reiten, um dann den Rückweg zu Fuß machen zu müssen. Sie Narr. Diese Farmerjungs sind viel zu schlau dazu. Im Gegenteil zu Ihnen wissen sie wenigstens, was ihnen ihr Skalp wert ist. Wenn Sie mein Pferd nach Osten mitnehmen, müssen Sie einen meiner Soldaten mitnehmen und für seine Verpflegung aufkommen.«

Er legte die Hand an den Mund. »Peleg! Peleg!« brüllte er. »Sergeant, bringen Sie mir diesen Peleg her! Gott weiß, daß er nicht viel taugt, dieser davongelaufene Strafknecht. Der hat geglaubt, er könne uns das Märchen auftischen, er sei von Indianern verschleppt worden. Nun, er kennt wenigstens den Pfad nach New Hampshire, und er kann auch seine Muskete benutzen, wenn es nötig sein sollte. Und das Wichtigste, er kann mir das Pferd zurückbringen.« Der Major hüstelte. »Natürlich muß dieser Soldat, Peleg, für seine Dienste bezahlt werden, aber ich habe keine Lust, die Schillinge des Königs für einen davongelaufenen Strafknecht zu verschwenden. Während er sich ein Taschengeld verdient, weil er Ihnen hilft, ein gefangenes Mädchen zu ihren Angehörigen zurückzubringen.«

»Ich habe nicht einmal einen einzigen Farthing«, sagte der Lieutenant und drehte seine Geldtasche nach außen. »Ich habe seit einem vollen Jahr keinen Sold mehr erhalten. Bald sind es sogar zwei Jahre, wenn ich noch lange hier herumtrödeln muß.«

»Sie sagen, Sie hätten kein Geld bei sich? Nun, das kann schon sein. Aber Willie, wer schert sich denn um ein paar Schillinge? Sie rücken einfach zwei Dutzend erstklassige Biberfelle und zwei Dutzend Otterfelle raus. Die schönsten und dichtesten von denen, die Sie zusammengestohlen haben. Dann können Sie sich mein Pferd ausleihen und die Verpflegung beziehen, und was mich betrifft, ich werde Ihnen noch viel Glück für Ihre Reise wünschen. Falls Sie es überleben, sehen Sie zu, daß das Pferd hierher zurückkommt, oder ich werde Sie wegen Diebstahls von königlichem Eigentum vors Kriegsgericht stellen müssen.«

»Nun gut, Sir, vergessen wir mal die Felle«, sagte Ormsby. »Ich hätte da eine hübsche Überraschung für Sie. Ich brachte eine nette kleine französische Messingkanone den ganzen Weg von Canadanskawa hier herunter. Ich dachte mir, daß ich sie für das Pferd tausche.«

»Aber nein«, lachte Ogilvy. »Ich gebe keinen Farthing für sie. Sie und dieser Soldat, ihr könnt die Kanone nach Osten schleppen, Mister Ormsby. Ihr könnt sie aber auch hier zurücklassen. Aber versucht nur nicht, sie meinem Pferd auf den Rücken zu laden. Sergeant, überwachen Sie ihn, während er die Felle abzählt!«

Der Major verschwand.

»Straßenräuber«, knurrte der Lieutenant, während er zusehen mußte, wie seine besten Felle weggebracht wurden. »Sergeant, bringen Sie mir diesen Peleg, und zwar plötzlich. Verstanden? Verdammt plötzlich!«

Der Sergeant streckte den Kopf in das Mannschaftsquartier und brüllte: »Peleg! Mach, daß du deinen faulen Arsch Null Komma nichts ins Freie kriegst, hörst du mich?!«

Ein stämmiger und gutaussehender junger Soldat stürzte aus der Mannschaftsbaracke und schnallte sich noch im Laufen die Laschen seines Kilts fest.

Sarah schnappte vor Erstaunen nach Luft, denn es war wirklich *Peleg*.

»Aye, Sir!« sagte er und nahm vor dem Lieutenant Stellung an. Sein Gesicht und die kräftigen Arme waren von der Sonne rotbraun gebrannt. Er blickte Sarah an, aber er ließ sich nicht anmerken, daß er sie wiedererkannte.

»Sattle das Pferd«, befahl der Lieutenant. »Danach faßt du Verpflegung für drei Personen und eine Woche. Und hol dein ganzes Zeug: Decke, Muskete, Pulver und Kugeln. Wenn du alles hast, meldest du dich sofort wieder bei mir. Du wirst vielleicht einen Monat von hier weg sein! Hast du das alles begriffen?«

»Aye, Sir! Zu Befehl, Sir!« sagte Peleg.

»Das dort ist der falsche Mann in unserem Trupp«, schnarrte der Lieutenant und deutete mit einem schmutzigen Taschentuch auf Sarah. »Sie ist verschleppt worden, und ich bringe sie zu ihren Angehörigen zurück. Die Indianer haben sie erzogen. Sie sollte uns eine genauso große Hilfe sein wie ein Mann. Und du wirst sie dementsprechend behandeln. Verstanden, Soldat . . . wie war noch dein Name?«

»McNair, Sir. Peleg McNair!«

»Soldat McNair, hast du alles verstanden, was ich gesagt habe?«

»Aye! Ich habe, Sir! Jawohl, Sir!«

Sarah starrte Peleg an. Beide verrieten sich auch nicht durch die geringste Regung. Aber in Sarah machte sich ein Gefühl breit, daß sie vor Freude hätte tanzen mögen. Sie blickte zur Seite, aus Furcht, der Lieutenant könnte die Freude in ihrem Gesicht entdecken.

Peleg war Soldat geworden! Sarah musterte ihn, während er mit dem ihr unvertrauten militärischen Pflichtbewußtsein sofort daranging, den Befehlen des Lieutenants nachzukommen. Er sattelte das Pferd, holte die Verpflegungsrationen und machte sie am Sattel fest.

Als er fertig war, stieg der Lieutenant auf. Fast widerwillig grüßte er in die Richtung des Blockhauses, während er den schwerbeladenen Wallach durch das Tor trieb, den Weg hinunter, der vom Fort nach Osten führte. Peleg marschierte auf der Höhe des Pferdekopfes, die Muskete geschultert und ein schottisches Breitschwert an seiner Hüfte. Dicht hinter ihm folgte Sarah, die ihr Abnakikleid trug und die Mokassins. Das Geschenk des Majors, die Jagddecke, hatte sie um ihre Schultern geschlungen. Peleg drehte sich einmal um, nahm seine Schottenmütze mit dem Bärelfellpummel vom Kopf und winkte damit einigen Gruppen von schottischen Soldaten ein Lebewohl zu.

Am ersten Tag der Reise hatten sie alle drei gegen die Hirschfliegen zu kämpfen, die in diesem Gebiet ihre Brutstätten hatten. Sie redeten kaum miteinander. Der schmale Pfad ließ sie zwar leicht vorankommen, aber am Spätnachmittag, als sie bereits ziemlich weit vom Fort entfernt waren, verlief sich der Pfad. Das Gelände stieg an und ging in einen Hochwald von silbernen Birken und leuchtendem Zuckerahorn, hinter dem sich ein mächtiger Tannenwald hochtürmte, über. Als sie den Wald erreichten, fanden sie weder umgestürzte Bäume noch Anzeichen von Wild oder Vögeln. Es gab nichts als einen weichen, dicken Teppich aus braunen Nadeln. Eine merkwürdige Stille umfing sie, und durch das düstere Licht wurde Sarah an eine Kirche erinnert. Auch das Pferd schien diesem Ort mit Argwohn zu begegnen. Es schnaubte und schüttelte die Mähne, und der Lieutenant fühlte sich dadurch veranlaßt, den Wallach anzuhalten. Er hob sich in den Steigbügeln und äugte zwischen den mächtigen Baumstämmen hindurch, und man merkte ihm die Furcht vor einem feindlichen Hinterhalt an.

Gerade als es anfing, dunkel zu werden, erreichten sie das andere Ende des Waldes. Dort stießen sie auf einen Felsgrat, der nackt aus der Erde ragte. Dahinter lagen unzählige Biberdämme, die sie gegen Angriffe schützen würden. Sie richteten deshalb ihr Lager hier ein.

Peleg band das Pferd an, während Sarah am nahegelegenen Fluß den großen Kessel mit Wasser füllte. Der Lieutenant verteilte vorsichtig die Verpflegungsration. Im Westen erschien der Abendstern. Peleg hob eine Feuergrube aus, während Sarah Holz sammelte.

Als sie nahe beisammen waren, flüsterte Peleg: »Hey, es ist schön, dich wiederzusehen.«

Das war der erste Satz seit seiner Flucht vor drei Jahren, den er zu ihr sprach.

»Kannst du das glauben, Peleg?« erwiderte sie. »Wir beide leben noch! Und wir gehen zusammen nach Süden!«

»Es ist unglaublich!« flüsterte Peleg. »Wenn ich sicher bin, daß er schläft, komme ich zu dir. Dann können wir zusammen reden.«

Der warme Klang seiner Worte ließ sie erschauern.

Als die Nacht kam, wurde der Lieutenant so unruhig wie ein Wiesel. Zweimal hörten sie, wie ein Biber mit seinem Schwanz das Wasser klatschte, und jedesmal sprang der junge Ormsby auf, spannte seine Pistole, trat aus dem Feuerschein und lauschte regungslos. Er legte sich die ganze Nacht hindurch nicht hin, saß aufrecht gegen einen Baum gelehnt, die Decke über seinen Schultern, und döste vor sich hin. Sie standen bei Tagesanbruch auf und marschierten wortlos in die Berge hinein.

In der dritten Nacht bemerkte der Lieutenant, wie Peleg Sarah heimlich ein Zeichen gab.

»Verdammt, du Hund!« schrie er. »Du miserable Entschuldigung für einen Soldaten! Du taugst nicht einmal dazu, in einem Hochländerregiment zu dienen. Und von mir kriegst du gutes Geld, nur damit du deine Muskete durch die Gegend trägst, deine Pflicht tust und später diesen Schindgaul von einem Pferd zurückbringst. Ich bezahle dich nicht, damit du dieser nichtswürdigen indianischen Nutte den Hof machst! Nein, das werde ich nicht zulassen! Hast du mich verstanden, Soldat? Hast du meine Worte verstanden?«

»Aye, Sir! Ich habe, Sir!«

»Sieh zu, daß du daran denkst, sonst werde ich dafür sorgen, daß du diesen Tag nie vergißt. Und«, sagte er zu Sarah, »was dich betrifft, du heimtückisches Luder, wenn du noch einmal mit deinem Arsch ums Feuer wedelst, bringe ich ihn dir mit meinem flachen Säbel zum Glühen! Falls du noch überflüssige Energie hast, benutze sie dazu, morgen deine Beine schneller zu bewegen. Ihr zwei bewegt euch wie ein Paar liebeskranke Turteltauben.«

»Sie haben zugestimmt, daß wir uns beim Reiten abwechseln«, sagte Sarah zornig. »Haben Sie etwa vergessen, daß ich es war, die die Leihgebühr für das Pferd bezahlt hat?«

»Ruhe, du Luder. Du kannst froh sein, daß ich dich nach Hause bringe. Ich reite das Pferd, und du läufst hinterher. Und falls ich noch irgendein Gejammer von dir zu hören kriege, dann werde ich . . .«

Eigentlich hätte er noch einiges mehr sagen wollen, aber als er den Kopf drehte und in Pelegs Augen sah, verstummte er. Der Lieutenant trat aus dem Schein des Feuers, stand im Wind und blickte auf das Zündschloß seiner Pistole. Sarah sog die Luft ein und konnte die Angst riechen, die ihr der Wind mit dem Schweißgeruch des Lieutenants zutrug.

Die ständige Alarmbereitschaft des Lieutenants führte schließlich in der vierten Nacht dazu, daß er in einen tiefen, ohnmachtähnlichen Schlaf fiel.

Peleg zog sein Beil aus dem Gürtel und gab es Sarah. Es war ein französischer Tomahawk mit einem langen Hartholzstiel, der mit Messingnägeln und eingebrannten Zeichen dekoriert war. Das Blatt war aus poliertem Stahl mit einem herausgesägten Liliensymbol. An der Stelle eines Pfeifenkopfes hatte es eine Dolchspitze. Es war ausschließlich ein Kriegsbeil.

»Ich glaube, ich habe dieses Beil schon einmal gesehen«, sagte Sarah.

»Sicher hast du«, sagte Peleg und blickte zu Boden. »Es ist dasselbe, das wir Olamon, dem Narbengesicht, weggenommen haben, an dem Tag . . . als wir uns trennten.«

Sarah ließ das Beil fallen. »Ich will es nicht einmal berühren«, flüsterte sie. »Ich habe in Missisquoi oft Olamons Frau um ihren Mann weinen sehen. Die ersten Abnakiworte, die ich dort gelernt habe, haben mir die Kinder dieses Mannes beigebracht. Sie sagten mir, daß er ihnen ein liebevoller Vater gewesen sei. Es war Changos Bruder. Wie war es nur möglich, daß wir so etwas Grausames überhaupt tun konnten?«

»Für mich war es nicht schwierig«, brüstete sich Peleg. Er nahm das Beil vom Boden auf und fuhr mit dem Daumennagel prüfend über die scharfe Schneide. »Wenn man einmal Soldat ist, denkt man vollkommen anders über das Töten. Es wird fast zu einem Spiel.«

Peleg bewegte sich lautlos auf den ausgestreckt daliegenden Lieutenant zu, als wollte er neues Holz ins Feuer legen. Aber plötzlich beugte er sich über den Lieutenant und schwang das aufblitzende Blatt des Tomahawks über dessen Gesicht.

Sarah sog heftig den Atem ein.

Er hörte sie und blickte schnell auf. »Aye, Mädchen, lassen wir das Baby noch ne Weile schlafen«, flüsterte er. »Komm mit mir.«

Sie erwiderte Pelegs Blick und dachte an ihr Kind, das irgendwo in der finsteren Nacht war. Sie überlegte, ob sie mit ihm darüber reden konnte.

Er nahm sie bei der Hand und zog sie sanft aus dem Feuerschein. Peleg führte sie zu einem weichen, mit Gras bewachsenen Erdbuckel, der hinter einem Felsen versteckt war, nicht weiter als ein Steinwurf vom Feuer entfernt.

»Zieh deine Kleider aus und schlag die Decke um uns. Das wird ein feines Bett.« Er lachte leise. »Es ist wie auf unserem Heuboden.«

Er faßte sie um die Hüften und knabberte an ihrem Ohr. Sein Atem ging schneller, und er keuchte vor Erwartung, während er sie kniend zu sich herunterzog. Zärtlich strich er über ihr Haar, dann ließ er seine eisenharte Hand über die Konturen ihres Gesichtes, über ihren Hals und die Brüste gleiten.

Als sie ihn umarmte, spürte sie die aufgeworfenen Narben, die von den Schrotverletzungen auf seinem Rücken zurückgeblieben waren.

»Es ist anders«, sagte sie. »Du hast dich auch verändert. Nichts ist mehr, wie es war.«

»Da ist was Wahres dran«, flüsterte er. »Du bist eine Frau geworden.«

Sie fühlte, wie er sich aufbäumte und seinen Unterleib an sie preßte. »Mädchen, wir stellen uns einfach vor, daß es so wie früher ist, bevor alle diese traurigen Dinge passierten.«

Als ihr Liebesspiel beendet war, lag Sarah neben Peleg und beobachtete, wie der Viertelmond wie ein schnelles Kanu durch die Wolken trieb. Peleg drehte den Kopf und blickte sie in der glühenden Dunkelheit an.

»Weißt du, Sarah, ich würde nicht zulassen, daß dieser Lieutenant dir was antut. Er weiß, daß er mich auspeitschen oder gar aufhängen lassen kann, wenn ich seinen Befehlen nicht gehorche. Aber ich würde trotzdem nicht zulassen, daß er dir was antut. Als er das gesagt hat, daß er dich mit dem Säbel schlagen würde, nun, da habe ich mich kaum beherrschen können. Wenn er das tun wollte, würde ich ihn übers Knie legen und ihm das dünne Engländerkreuz brechen! Aber ich könnte das nicht tun und danach noch friedlich in diesem Land leben. Die würden uns beide als Mörder verfolgen. Deshalb werde ich schön still sein, und bald sind wir beide frei. Wir könnten zusammen eine Kleinfarm bestellen . . . später.«

Sarah hob den Kopf. »Du hast gesagt, daß du mir etwas über Josh erzählen kannst. Ist er unversehrt? Wo ist er?«

»Hast du nichts von ihm gehört?« fragte Peleg sie.

»Ich habe von niemanden ein Wort gehört.«

»Dann muß ich ganz von vorne anfangen«, sagte Peleg schleppend. »Nachdem du und ich uns getrennt hatten, damals . . . O Sarah, ich kriege ein schlechtes Gewissen, wenn ich nur daran denke. Hundertmal bin ich schweißgebadet aufgewacht und habe dir ›Lauf, Sarah, lauf!‹ zugerufen. ›Spring ins Kanu!‹ Du kannst meine Kameraden fragen, sie werden es dir bestätigen. Gott weiß, wie oft ich sie aufgeschreckt habe, indem ich von dir und mir geträumt habe, wie wir gegen diese wilden Teufel um unser Leben kämpften.«

Sarah schloß die Augen und versuchte, die Erinnerung an das blutverschmierte Gras auszulöschen.

»Lange habe ich nach dir Ausschau gehalten, immer in der Hoffnung, daß du eines Tages kommen und mich retten würdest«, flüsterte Sarah. »Aber am Anfang war alles so schlimm, daß ich versuchte, nicht darüber nachzudenken. Später habe ich mich dann gefragt, was wohl aus uns geworden wäre, wenn ich mit dir über diesen See geflohen wäre. Ich habe oft davon geträumt, wir hätten zusammen eine kleine Farm, oder . . .«

»Sarah«, flüsterte Peleg. »Ich will dir jetzt von deinem Bruder Josh erzählen. Wir kämpften zusammen gegen die Franzosen.«

»Ist Josh unversehrt nach Hause zurückgekehrt?« fragte Sarah.

Peleg atmete auf und wartete eine Weile. »Laß dir sagen, was geschah. Josh und ich, wir waren Soldaten unter General William Johnson. Der General ist ein mächtiger wilder Ire voller Spaß und ein richtiges Schlitzohr. Das ist der Grund, warum ihn die Indianer mögen. Wenn Major Ogilvy schlecht von General Johnson geredet hat, so brauchst du das nicht zu beachten, denn er ist höllisch eifersüchtig auf ihn. Er behauptete, Johnson wäre ebensowenig ein Soldat wie unser jüngster Trommler. Aber Johnson versteht etwas von Kolonialtruppen. Und er versteht die Indianer. Die Mohawk sind seine Augen und seine Ohren. Man könnte ihn fast einen Indianerfreund nennen. Seine Art ist die eines Mohawk, durch und durch. Er spricht ihre Sprache, und er hat ein paar junge Irokesenfrauen, alle Töchter von bedeutenden Häuptlingen, die für ihn Krieger anmustern können. Man sagt, daß sein Haus, das man ›Johnsons Burg‹ nennt, immer voll von Mohawkkriegern mit ihren Familien ist. Sie schlafen überall, in jedem Raum. Sie machen Feuer auf dem Salonboden. Und Johnson schwört, daß er ihre Aktionen im Feld nicht plant, sondern sie die seinen. Wie immer es auch sein mag, sie kommen wunderbar miteinander klar. – Erinnerst du dich, als wir Kanonen hörten und Soldaten auf der anderen Seite des Sees sahen? Das waren General Johnsohns Truppen. Viele Soldaten unter ihnen waren Freiwillige. Ein Schwarm Mohawk war dabei, alle bereit, gegen die Franzosen zu kämpfen. Du hättest die Jungs aus Vermont hören müssen. Sie redeten so mit den Offizieren: ›Hey, du, Nathaniel, bring deinen Arsch in Sicherheit! Sam pfuscht immer noch an seinem Donnerstock herum!‹«

»Schsch«, machte Sarah. »Du weckst noch den Lieutenant auf.«

»Ich würde ihn glatt mit einem Hickoryknüppel ins Land der Träume zurückschicken, wenn er auch nur einen Fuß in unser kleines Nest setzt, bevor ich dir alles erzählt habe, was geschehen ist. Du hättest Johnsons Indianer sehen müssen. Er hat gesagt, er hätte drei- oder vierhundert, aber ich habe nie mehr als ein paar davon zusammen gesehen. Meistens lagen sie zusammengerollt wie Klapperschlangen im Gras herum. Beinahe nackt waren sie, mit rasierten Schädeln, die immer frisch mit blauer und grüner Farbe bemalt waren und überall am Körper waren Clanzeichen aufgepinselt. – Nun, General Johnson entschloß sich, mich mit fünf von seinen Mohawk auszuschicken. Wir hatten die Aufgabe, hinter die französischen Linien zu schleichen. Johnson wollte immer, daß mindestens ein weißer Soldat dabei ist, um ihnen seine Ansicht zu vermitteln. Einer dieser Mohawk konnte Englisch, was mir die größte Hilfe war.«

»Hast du diese Uniform getragen, als du mit ihnen losgingst?«

»Darauf kannst du dein Leben verwetten, daß ich nicht meinen Kilt oder meine Mütze getragen habe. Ich war genau wie sie angezogen, mit einem kleinen hirschledernen Lendenschurz. Sie rasierten mein Haar bis auf die Skalplocke, und dann bemalten sie mich mit Kriegsfarben.

Wir fanden die Franzosen leicht. Sie hockten herum und rubbelten mit ihren Lehmstöcken an ihren hirschledernen Leggins herum und bestrichen die Dreckflecken an ihren weißen Uniformen mit Kreide. Richtige Dandys, würdest du sagen. Aber laß dich nur nicht zum Narren halten. Die streiten wie Kampfhähne.

Diese kleine französische Armee wurde von einem berühmten europäischen General befehligt. Baron Dieskau. Ich konnte ihn durch die Büsche sehen. Er saß auf einem Felsbrocken und schlürfte Brandy aus einem kleinen Silberbecher. Ich hätte ihn leicht runterschießen können, und eigentlich wollte ich es auch tun, aber die Mohawk hielten mich zurück.

Als die Dämmerung hereinbrach, umrundeten wir die Franzosen und schlichen uns zu ihren Indianern. Wir hielten die Hände hoch und riefen: ›Seid gegrüßt, Brüder!‹ Keiner von ihnen rührte sich, obwohl sie uns sehr genau beobachteten. Dann erblickten wir einen großen Indianer, der einen französischen Offiziershut trug. Wir setzten uns vor ihm nieder. Unser oberster Kundschafter öffnete seinen Beutel und begann zu sprechen. Ich dachte, wir würden einen Dolmetscher brauchen. Weit gefehlt. Ich war überrascht, als ich sie alle in der gleichen Sprache reden hörte, und es stellte sich heraus, daß diese Indianer, die mit dem Baron hier heruntergekommen waren, um für die Franzosen zu kämpfen, ebenfalls Irokesen waren, nördliche Vettern der Mohawk.

Unser Kundschafter sagte: ›Der große Häuptling, General Johnson, schickt euch diesen ersten Wampum-Gürtel, um euch zu begrüßen, Vettern aus dem Norden. Wir übergeben ihn euch, unseren Blutsbrüdern, weil wir glauben, daß ihr nicht gegen uns kämpfen werdet. Dieser zweite Gürtel soll unsere Worte bekräftigen. Auf jeden Fall werden wir nicht gegen euch kämpfen. Und diese Worte soll der dritte Gürtel bekräftigen.‹

Die kanadischen Mohawk saßen alle rund um uns herum, rauchend und in ihrer vornehmen Art in der Luft herumschnüffelnd. Dabei zählten sie haargenau die wunderschönen Wampum-Gürtel, die wir auf ihre Decken legten. Sie sagten nichts, aber sie teilten eine Pfeife mit uns. Dann schlichen wir zurück, mitten durch die Franzosenarmee, die sich für den Angriff bereit machte.

Johnson war unterdessen daran, Barrikaden errichten zu lassen. Er fragte mich: ›Werden diese Mohawk aus dem Norden gegen uns kämpfen?‹

›Weiß ich nicht!‹ sagte ich zu ihm, und er sagte: ›Wir werden es morgen herausfinden.‹«

»Hattest du Angst, dich als Indianer auszugeben?« fragte Sarah.

»Du kannst Gift darauf nehmen, daß ich Angst hatte. Das waren Mohawk, Sarah. Ob vom Norden oder vom Süden, sie sind unberechenbar und gefährlich. Du solltest diese Mohawk einmal sehen, wenn sie sich zum Kampf herausputzen. Stell dir mal vor, ich ganz allein zwischen Tausenden von ihnen und der Franzosenarmee direkt hinter mir.«

»Ich weiß, wie Mohawk aussehen, wenn sie bemalt sind«, sagte Sarah. »Sie haben mich gefangengenommen. Und ich kannte auch einen Franzosenkorporal. Er hat mich beinahe umgebracht. Ich hatte einen Ehemann . . . und ein Baby . . .« Ihre Stimme brach.

»O mein Gott!« sagte Peleg. »In diesem Krieg passieren schreckliche Dinge.« Er machte eine Pause. »Nun . . . was deinen Bruder Josh betrifft, das war so. Captain Robbie Crandalls Trupp marschierte am gleichen Tag in Johnsons Lager ein, und ich rief ihnen zu: ›Wo ist Joshua Wells?‹ Und da war seine Stimme, die mir antwortete: ›Peleg, bist du das?‹ Ich sah ihn, wie er sich gegen einen Baum lehnte und einfach im Stehen einschlief, da Crandalls Trupp die ganze Nacht hindurch marschiert war.

Früh am nächsten Morgen, ich erinnere mich noch genau daran, daß es der achte September war, fing der Kampf an. Die Herbstblätter waren glühend rot. Zuerst hörten wir die französischen Trompeten, süß wie Lerchengesang, und bald kam das rollende Rat-ta-rat-ta-rat der Trommeln. Wir schauten über die Lichtung und konnten den deutschen Baron sehen, wie er seine Soldaten in den weißen Uniformen aufmarschieren ließ. Einige von ihnen hatten rote Westen unter dem Rock, andere schwarze. Alle trugen hochpolierte Stiefel, damit alles genau zueinander paßte. Ihre Grenadiere trugen hohe, mit Pelz besetzte Lackhüte, die sie sehr groß und militärisch aussehen ließen.

Johnson liebt es, wie ein Indianer zu kämpfen, aber er hat seinen irischen Stolz, und er wollte sich nicht durch diesen eleganten Baron ausstechen lassen. So ging er in sein Zelt und fing an, sich herauszuputzen. Er zog einen langen, roten, britischen Mantel an und stolzierte damit an seinen Barrikaden entlang und versuchte, sich wie ein echter General aufzuführen. Er sagte zu mir: ›Nimm ein paar Mohawk und einen Soldaten und geh mit ihnen hinüber zum Rand der Lichtung!‹

Ich holte deinen Bruder Josh, um ihn aus dem Schlamassel herauszuhalten, und wir versteckten uns mit unseren Mohawk bei den Bäumen. Wir konnten das ganze Schlachtfeld überblicken, und Josh und ich haben über die Franzosen gelacht, weil sie von oben aussahen wie eine große Flickendecke. Aber wir hörten sofort zu lachen auf, als wir oben an der Lichtung ein Franzosenbataillon auftauchen sahen, drei Reihen stark, regungslos, mit aufgesteckten Bajonetten, die in der Morgensonne glitzerten.

Plötzlich fingen ihre Trommeln zu dröhnen an, und ihre Trompeten bliesen zum Angriff. Mir sträubten sich die Haare im Nacken, als ich sah, wie sie das Feld herunterkamen und direkt auf uns zumarschierten. Schulter an Schulter. Die Offiziere schritten vor den Reihen her und schlugen mit ihren Säbeln die Disteln, und sie sangen alle irgendein französisches Lied. Ich konnte einfach nicht glauben, daß eine Soldatenformation so nahe an eine andere herangeht, ohne daß ein einziger Schuß abgefeuert wurde. Du hättest sehen sollen, wie sich die Mohawk ins Fäustchen lachten.

Als wir die Prägezeichen auf ihren Uniformknöpfen schon ganz deutlich erkennen konnten, brüllte Johnson: ›Feuer!‹ Es war, wie wenn eine Sense durch den Weizen zischt. Es wurden so viele Franzosen auf einmal niedergemäht, daß ich und Josh und die Indianer, die mit uns waren, es nicht mehr für nötig hielten, ebenfalls zu schießen. Wir schauten nur zu, wie die Löcher in den Wämsern der Franzosen sich rot färbten. Es war ein trauriger Anblick, als der kleine Trommelknabe zusammenbrach.

Während ich zusah, wie die Soldaten fielen, dachte ich daran, wie lange es wohl dauern würde, bis ihre Väter und Mütter und ihre geliebten Frauen diese Nachricht zu hören bekämen.

Die zweite Angriffslinie der Franzosen erwiderte das Feuer. Ich schaute in unser Lager und sah General Johnson, von einer Kugel getroffen, zusammenbrechen. Durch den Schlachtlärm konnte ich Gelächter hören, und ich sah Hunderte von französischen Mohawk, die im Gras hockten und der Schlacht zusahen. Sie waren die einzige Verstärkung, die der Baron hatte, und sie hockten im Gras und lachten, obwohl sie für den Kampf hergerichtet waren.

Ich hörte, wie der Baron sie anschrie, aber das nützte nichts. Sie weigerten sich, gegen ihre Blutsverwandten zu kämpfen.

Plötzlich sah ich, wie der Baron herumwirbelte und sich hart hinsetzte. Ich wußte sofort, daß ihn einer dieser Scharfschützen aus New Hampshire erwischt hatte. Es war der weiteste Schuß, den ich je gesehen habe.

Die dritte Reihe der Franzosen kniete nieder und feuerte, in einem Moment, in dem niemand direkt damit rechnete. Und jetzt fingen wir von der linken und der rechten Flanke zu schießen an, und einige von Johnsons Mohawk wurden unruhig, stießen plötzlich ihr Kriegsgeschrei aus und fingen an, mit ihren Tomahawks und Messern hin und her zu laufen. Sie holten sich von den gefallenen Franzosen die Säbel und die Pistolen und Skalps.

General Johnson und der verwundete Baron waren inzwischen wieder aufgestanden und gingen umher, um ihre Leute zu ermutigen. Unsere Musketen krachten, und die Mohawk machten einen Lärm wie rammlige Kater. Ich konnte hören, wie die Männer aus Massachusetts ihre Offiziere anmaulten, während die Vermont-Jungs herumbrüllten wie englische Provinzliberale bei einem Trinkgelage. Dann wurde es still. Doch bald hörte man die nächste Gewehrsalve, und der gelbe Rauch machte die Luft so dick, daß man sie mit dem Messer hätte schneiden können.

Bumm! machte Johnsons Kanone. Und als sich der Rauch verzogen hatte, hörte ich, wie die Geschützbatterie, lauter Jungs aus

Maine, hurrah schrie. Der Baron ging wieder zu Boden. Eine zweite Musketenkugel hatte ihn getroffen. Zwei Grenadiere hoben ihn hoch und lehnten ihn gegen einen Baum.

Ein junger französischer Offizier versuchte, eine neue Formation zu bilden, aber Johnsons Scharfschützen und unsere Messingkanone brachten Durcheinander in ihre Aufstellung. Ein paar Franzosen machten kehrt und liefen davon. Und andere folgten. Die Mohawk des Barons verdrückten sich im Wald. Unsere mutigen Jungs sprangen über die Barrikaden und schrien wie Wildkatzen, während sie die Franzosen verfolgten. Johnson selbst mußte hinaushumpeln und sich über den verwundeten Baron Dieskau stellen, damit ihm die Mohawk nicht seinen Baronsskalp über die Ohren zogen.

Ich hörte Josh rufen: ›Schau! Sie haben Robbie Crandall niedergeschossen!‹ Und er lief übers Feld und kniete neben Robbie nieder. Ich sah, wie sich ein Franzosenoffizier ganz langsam aufsetzte. Er war über und über mit Blut besudelt. Er hatte eine Pistole in der Hand. Er spannte sie und richtete sie auf Josh. Ich zielte schnell auf ihn und drückte ab. Aber ich war zu spät. Ich sah, wie die Pistole des Franzosen hochsprang. Dann sah ich, daß Josh getroffen war und hochtaumelte. Er blickte zu mir herüber und winkte, so wie er es immer auf der Farm gemacht hat ... dann fiel er um.«

»Tot?« flüstert Sarah.

»Ja, tot«, sagte Peleg sanft. »Friede seiner Seele.«

Er hielt sie eng umschlungen, die Hand auf ihren Mund gepreßt, um ihre Schluchzer nicht laut werden zu lassen.

»Ich konnte Josh ebensowenig helfen, wie ich damals dir helfen konnte, als ich wegrannte.«

»Sei still«, murmelte Sarah. »Du konntest nicht helfen ... Manche Dinge kann man einfach nicht aufhalten. Lieber armer Josh«, schluchzte sie und schlang ihre Arme um Pelegs Hals.

Peleg hielt sie an sich gepreßt, bis ihr Schluchzen verstummte. Nach einer Weile führte er sie liebevoll zum Feuer zurück. Die noch verbleibenden Stunden der Nacht lagen sie getrennt.

»Ihr zwei, ihr geht vor mir her, damit ich euch immer im Auge behalten kann«, kommandierte der Lieutenant am nächsten Morgen. Er sattelte sein Pferd selbst und ritt sehr wachsam und vorsichtig. Vielleicht war es die feuchte stille Luft, vielleicht auch einfach nur Einbildung, aber sie glaubten, eine drohende Gefahr wahrnehmen zu können.

Als sie zum Flußufer kamen, waren Pferd und Reiter schweißbedeckt, und die Hirschfliegen, die vom Geruch des Pferdes angelockt wurden, fielen über sie alle her.

»Soldat, du gehst zuerst«, sagte der Lieutenant.

Peleg zog seinen Kilt und das Wams aus und rollte beides in seine Decke. Dann nahm er den Wallach am Zügel und watete vorsichtig in den Fluß hinaus. An der tiefsten Stelle reichte ihm das Wasser bis zu den Achselhöhlen. Sarah und der Lieutenant standen am Ufer und schauten ihm zu.

Peleg kämpfte sich die gegenüberliegende Uferbank hoch, legte sein Bündel hin, machte das Pferd fest und kehrte durch die Furt zurück zu Sarah.

»Steig mir auf die Schultern!« sagte er.

Sie nahm ihr Kleid hoch und verknotete es über ihrem Leib. Dann stieg sie in seine ineinander verschränkten Hände, ließ sich hochheben und setzte sich ihm auf die Schultern. Peleg ging an dem schwitzenden Lieutenant vorbei und begann noch einmal mit der Durchquerung des Flusses.

»Hey, ich mag es, wenn deine Beine um meinen Hals liegen.«

»Du hast dich nicht verändert«, sagte Sarah.

»Oh, ich fühle mich einfach wohl, weil du da bist und weil wir von diesem englischen Scheißkerl einige Schritte weg sind«, sagte Peleg. »Im übrigen ändert sich an den Gefühlen eines Mannes nicht viel, auch wenn er in einer Hochländerkompanie seinen Dienst tut. Ein guter Bock bleibt ein guter Bock.«

Sie schaute über die Furt zurück. »Laß ihn ja nicht merken, daß wir miteinander reden, sonst kriegen wie eine Menge Ärger.«

»Ich schwöre dir, daß ich diesen englischen Scheißkerl töten werde.«

»Nein, das wirst du nicht tun«, sagte Sarah fest. »Du läßt dich gefälligst nicht auf so etwas ein. Wir kommen unserer Heimat immer näher.«

Peleg erreichte das andere Ufer und beugte sich nach vorn, so daß sie über seinen Kopf rutschen und die Uferböschung hochklettern konnte. Er kroch ihr nach und holte seine Kleider aus der Deckenrolle. Sarah nahm die Zügel des Wallachs und rieb ihm den Rücken. Sie beobachtete dabei, wie der Lieutenant am anderen Ufer auf und ab ging, um sich für die Flußdurchquerung Mut zu verschaffen.

»Ich glaube, er hat Angst, seine rehledernen Hosen auszuziehen, wenn du ihm zuschaust«, flüsterte Peleg verstohlen, während er den Kilt zuschnallte.

»Nein, das ist es nicht. Er hat nur Angst vor dem Wasser.«

»Hey, siehst du, ich habe doch recht«, grinste Peleg. »Da kommt er in voller Uniform.«

Der Lieutenant trat ins Wasser. Er hielt seine Pistole, zwei Musketen, zwei Pulverhörner und beide Säbel hoch über seinen Dreispitz und versuchte, die mörderischen Hirschfliegen, die ihn umschwirrten, nicht zu beachten. Als er endlich die Uferböschung hochkletterte, war er völlig durchnäßt, und er hätte seinen Zustand wesentlich verbessern können, wenn er seine Kleider ausgewrungen hätte. Aber er war entweder zu schüchtern dazu oder zu verärgert.

»Well, worauf zum Teufel wartet ihr?« brüllte er. »Vorwärts, ihr faulen Wichte! Weiter geht's. Ich finde diese Reise äußerst unerträglich. Niemand da, mit dem man reden könnte. Himmel, man muß sich das nur einmal vorstellen. Ich bin mit einem davongelaufenen Strafknecht, der als gemeiner Soldat verkleidet ist, und einer verkommenen Provinzhure unterwegs. Um Gottes willen, macht, daß ihr endlich weiterkommt. Ich kann die begnadete Stunde, in der ich euch los sein werde, fast nicht mehr erwarten.«

Hinter dem Fluß verbreiterte sich der Pfad, und Wagenspuren wurden sichtbar. Die Bäume waren mit mächtigen Schlagmarkierungen in römischen Zahlen versehen. Dieser letzte volle Tag ihrer Reise war schrecklich heiß. Moskitos stiegen in Schwärmen vom sumpfigen Boden auf und waren in ihrer Angriffslust nicht zu bremsen. Sarah trug die Decke über den Kopf hochgezogen.

Am nächsten Morgen erwachte Sarah vom Gebimmel einer Kuhglocke. Der Lieutenant war so aufgeregt, daß er selbst sein Bettzeug zusammenrollte und mithalf, den Wallach zu satteln.

Am späten Vormittag erreichten sie einen mit wenigen Bäumen bewachsenen Hügel. Sie hielten an, überwältigt vom atemberaubenden Ausblick, der sich ihnen von oben bot. Hauchdünne Dunstschleier breiteten sich wie Rauch über dem weiten Tal aus, das sich vor ihnen öffnete, lag über der kleinen Stadt und den Feldern. Der Fluß glänzte wie eine Ader von geschmolzenem Silber. Schafe bewegten sich langsam wie ein Muster weißer Flecken durch den Flickenteppich aus Feldern und Wiesen. Sarah konnte einen Heuwagen erkennen, der über eine ausgefahrene Straße der Stadt entgegenholperte, gezogen von einem Ochsengespann. Das ganze Tal war voller Felder, die mit Steinmäuerchen umfaßt waren, einige bereits abgemäht und voller Heustöcke, die anderen bedeckt mit der goldenen Ernte von Mais, Flachs und Roggen. Sarah konnte zwei Männer sehen, die auf einem der Felder einen Zedernzaun ausbesserten.

Für Sarahs Augen war der Anblick der Stadt Tolman genauso überwältigend, wie es in diesem Moment der Anblick von Paris oder London gewesen wäre. Genau in der Mitte der Stadt stand eine Kirche, die nur aus Holz gebaut und viel größer war als die anderen Gebäude. Neben der Kirche lag der Friedhof, und um den kleinen Marktplatz herum standen viele saubere zweistökkige Häuser. Es waren viel mehr Häuser, als Sarah in Erinnerung hatte. Am anderen Ende der Stadt stand die Getreidemühle.

In einem schmalen Bach wusch Ormsby den Staub und den Schweiß von seinem Gesicht. Dann rückte er sorgfältig seinen Leinenstehkragen zurecht, schüttelte den Staub von seinem roten Uniformrock und knallte seinen Hut gegen sein Knie. Mit dem Zeigefinger verrieb er etwas Salz auf seinen Zähnen und spuckte aus. Er lächelte still vor sich hin, als hätte er schon das Lösegeld für Sarah in seiner Tasche.

»Wasch dir dein verschmutztes Gesicht und die Hände, Soldat! Versuch, dir bewußt zu werden, daß du immer noch ein Diener des Königs bist.«

»*Du* brauchst dir nicht die Mühe zu machen, dich zu waschen«, rief er dann Sarah zu. »Du kannst dreckig bleiben. Ich will, daß du diese ehrwürdigen Kirchenherren dort unten davon überzeugst, daß du ein armes Mädchen bist, das sie durch ein Lösegeld erretten können. Daß sie deine Seele vom Teufel zurückkaufen müssen!« Er hielt inne und grunzte dann: »Ich selbst würde für dich keinen blutigen Farthing geben.«

Peleg stand am Bach auf, das nasse Gesicht dunkel vor Zorn. Sarah sah, wie er sich hinter das Pferd schlich und das mörderische Kriegsbeil aus der Satteltasche riß.

20

»Peleg!« rief Sarah aus. »Willst du etwa Holz hacken?«

Der Lieutenant sprang auf die Beine und zielte mit der Pistole auf Pelegs Kopf.

»Ich habe dich gewarnt, Soldat! Wir brauchen kein Holz, du Narr. Laß das Beil fallen!«

Peleg drehte sich von ihm weg und warf Sarah einen Blick zu. Dann schmetterte er das Beil in einen am Boden liegenden Baumstamm und richtete sich mit finsterem Gesicht auf.

»Nun hör mir mal gut zu«, schnarrte der Lieutenant, während er seine Hirschlederleggins abklopfte. »Wir drei werden in die Stadt hinuntergehen. Ihr beiden, ihr werdet keinen Ton von euch geben, bis ich euch auffordere zu reden! Ist das klar?«

Peleg und Sarah nickten.

»Wenn sie mir das Lösegeld entrichtet haben, bin ich fertig mit dir. Es wird mir eine Freude sein, dich der Kirche zu überlassen.« Der Lieutenant grinste Sarah an. »Ich habe feine Bibermünzen für dich bezahlt, um deine süße unschuldige Seele vor diesen heidnischen Wilden zu retten. Und du hast selbst gesehen, was ich dann noch an Pelzen drauflegen mußte, nur um diesen wertlosen Gaul für dich auszuleihen. Ich muß mein Geld zurückkriegen. Wirst du ihnen das sagen?«

»Ja, das werde ich ihnen sagen«, sagte Sarah und starrte ihn aus kalten Augen an.

»Und du, Soldat, du hältst absolut die Klappe, bis ich dir eine Frage stelle. Hast du verstanden? Sie müssen mir deine Verpflegung und den Lohn ersetzen, bevor ich ihnen das Mädchen überlasse. So, auf jetzt! Hilf mir aufs Pferd! Und beeil dich etwas!«

Als er fest im Sattel saß, grub er seine Absätze hart in die Flanken des alten Wallachs und ritt steif wie ein Drillmeister den Karrenweg hinunter, der zur Stadt führte.

Als sie beim ersten Haus ankamen, kamen ihnen bellende Hunde entgegengerannt, und Kinder liefen hinter ihnen her oder standen hinter den Schürzen ihrer Mütter gaffend in den Türen. Der Lieutenant schaute nicht nach rechts und nicht nach links, bis er die Zügel anzog und den Wallach vor dem Kirchhof zum Stehen brachte.

Steifbeinig kletterte er aus dem Sattel, und Peleg befestigte die Zügel an einem Eisenring am Tor. Ormsby packte Sarah am Handgelenk und zog sie über den Friedhof zum Eingang der Kirche. Er klopfte dreimal mit der Faust gegen das schwere Eichenholztor. Der dröhnende Klang hatte keine andere Wirkung, als daß sich ein paar dicke Schmeißfliegen von der Tür abhoben und brummend in den Sonnenstrahlen herumsurrten, die durch das Blattwerk einiger Bäume fielen. Die Kinder, die sich im Torbogen versammelt hatten, kicherten. Lieutenant Ormsby zog seine Pistole und hämmerte mit dem silbernen Knauf gegen das Tor.

»Außer dem Heiligen Geist ist da niemand drin, Mister!« rief einer der Knaben.

»Der Pfarrer lebt dort drüben!« sagte ein Mädchen und zeigte zu einem großen Bretterhaus hinüber.

Eine andere Stimme rief:

»Rotmäntel, die in die Quelle meines Vaters pissen,
Werden todsicher bald in der Hölle ihre Flaggen hissen!«

Der Lieutenant blickte mit eiserner Miene auf die kichernden Mädchen und wartete, bis er eine Tür knallen hörte.

Ein schwerfälliger, einfacher Mann in dunklen Kleidern aus grobem Wollstoff und grauen Wollstrümpfen kam würdevoll um das Haus herum zur Kirchentür.

»Einen schönen guten Morgen, Captain«, grüßte er. »Ich bin Reverend Ruskell, Pfarrer dieser Gemeinde. Darf ich Ihre Wünsche erfahren, Sir? Wer ist dieses holde Mädchen? Handelt es sich vielleicht um eine Vermählung oder nur um christlichen Zuspruch?«

»Weder – noch«, erwiderte der Lieutenant schroff. »Ich bin Lieutenant Ormsby vom Zweiundzwanzigsten Regiment Seiner Majestät, dem König von England, Sir. Ich habe ein Mädchen bei mir, das von den Indianern gefangengenommen wurde. Es sagt, daß sein Name Wells ist und daß es vor ungefähr vier Jahren von abtrünnigen Wilden, die im Dienste der Franzosen standen, aus dieser Gegend hier verschleppt worden sei. Möchten Sie es zurückhaben?«

»O ja, selbstverständlich möchten wir das, Sir. Der Name ist mir bekannt, und es ist unsere Aufgabe, solche Gefangenen loszukaufen. Ist sie das?« fragte er und wandte sich an Sarah. »Wie heißt du, mein Kind? Kann es sein, daß du die junge Sarah Wells bist?«

»Ja, Sir, die bin ich, Sir«, sagte Sarah.

Der Pfarrer ergriff ihre Hand.

»Einen Moment, Reverend Ruskell!« Der Lieutenant trat zwischen Sarah und den Pfarrer. »Wieviel Lösegeld können Sie mir für das Mädchen bezahlen? Seine Freiheit hat ein großes Loch in meinen Geldbeutel gerissen! Ich mußte das Mädchen von diesen teuflischen Heiden freikaufen, ihm vier Wochen lang zu essen geben und es hierherbringen.«

»Sarah Wells! Bei meiner Seele! Ich hätte dich nicht wiedererkannt.«

Der Pfarrer schien zutiefst getroffen. »Komm, ich werde den Kirchenrat zusammenrufen. Ich bin sicher, daß es der Kirche möglich ist, eine kleine Summe für die Freilassung einer ihrer Töchter aufzubringen.«

»Tun Sie, was zu tun ist, lieber Reverend«, sagte die Lieutenant. »Sobald wir uns über die Summe geeinigt haben, wird sie sicher Ihren Händen übergeben. In der Zwischenzeit, Madam«, sagte der Lieutenant und verbeugte sich leicht vor der Frau des Pfarrers, die eben aus dem Haus gekommen war, »in der Zwischenzeit bitte ich dringend um ein reichhaltiges Mahl. Frische Eier und vielleicht ein paar Hammelkoteletts und Brot, richtiges Brot. Es ist eine Ewigkeit her, seit ich etwas Anständiges zu essen bekommen habe, abgesehen von angegrauter Soldatenverpflegung und schlechtem Pökelfleisch.«

»Ihr seid gebeten, in unser Haus zu kommen, und ich werde Euch so schnell wie möglich bewirten, Sir. Für den Soldaten werde ich das Essen zur Scheune bringen lassen. Das arme Mädchen wird draußen in der Küche etwas bekommen, denn ich bin sicher, daß es Läuse hat.«

»Ich bedanke mich, Madam«, sagte Lieutenant Ormsby, als sie die Tür weit aufmachte. Er betrat das Haus, legte seinen Säbel und seine Pistole zur Seite und ließ sich bequem in dem großen Ohrenlehnsessel des Pfarrers, der mitten im Wohnzimmer stand, nieder. Er lauschte den Kirchenglocken und nahm den köstlichen Duft von frisch gebackenem Brot wahr, der von der anderen Seite des Wohnzimmers durch einen Türspalt hereinströmte. Er nahm ein Buch hoch, seufzte und strich mit den Fingerspitzen über den ledernen Einband. Abgesehen von dem einen, das er schon siebenmal gelesen hatte, hatte er seit zwei langen Jahren kein Buch mehr in der Hand gehabt.

Als er seine Mahlzeit beendet hatte, die vor ihm auf dem kleinen Tisch angerichtet worden war, legte er den Kopf zurück, starrte auf die Risse in der weißen Gipsdecke und wartete. Dabei stellte er sich vor, wie das Leben in Boston sein würde. Er versuchte, sich das Universitätsgelände in Cambridge ins Gedächtnis zurückzurufen. Er stellte sich junge Studenten vor, denen es möglich war, sich griechisch und lateinisch zu unterhalten. Und er nickte über seinen Gedanken ein, bis Reverend Ruskell und fünf Mitglieder des Kirchenrates hereinkamen und sich wie Zaunkönige auf schmalen Stühlen entlang der Wand des kleinen Wohnzimmers hinsetzten. Kein Wunder, daß sie in der Gegenwart eines Lieutenants Seiner Majestät, des Königs von England, leicht verschüchtert wirkten.

»Well, Gentlemen«, sagte der Lieutenant, ohne zu zögern. »Wie ist es? Bin ich in die richtige Kirchengemeinde gekommen? Wieviel Lösegeld sind Sie für die Rückkehr dieses armen Gottesgeschöpfes zu entrichten bereit?«

Die Kirchenräte sahen sich unbehaglich an. Ein dicker Mann mit rotem Gesicht sprach zuerst:

»Well, Sir, das kommt ganz auf die Familie und auf die Umstände an. Wir werden unsere Opferbüchse einsehen.«

»In besonderen Fällen«, fügte ein schmalgesichtiger Mann hinzu, »wäre es zu ermöglichen, ungefähr . . . drei Sovereigns für eine junge Dame aus unserer Kirchengemeinde aufzubringen.«

»Sie spaßen, Sir. Drei Sovereigns. Ich kenne einfache Wilde, die allein für die Möglichkeit, ihr den Skalp abzuschneiden und ihn über ihrem Hütteneingang aufzuhängen, dreimal soviel bezahlen würden.«

»Nun, Sir, wenn wir unsere Opferbüchse kräftig, kräftig schütteln, sind wir vielleicht in der Lage, Ihnen für dieses Mädchen sechs Sovereigns anzubieten. Obwohl ich sagen muß, daß dies für uns ein großes Opfer bedeuten würde.«

»Ich werde Ihnen diese Gefangene für zehn Sovereigns überlassen, plus zwei für die Ausgaben, die ich durch sie hatte.«

»Oh, das ist uns nie und nimmer möglich, Captain. Das ist ein hoher Preis. Wir sind einfache Diener des Allmächtigen. Um diesen Preis zu zahlen, müßten wir jeden Penny zusammenkratzen, der zum Wohle unserer Gemeinde . . .«

»Genug des Unsinns! Muß ich sie mit nach Boston nehmen und in einem Hurenhaus abliefern? Es dürfte Ihnen bestens bekannt sein, daß begüterte Personen in London und auch in New England Geld für solche Fälle zur Verfügung gestellt haben. Tun Sie Ihre Pflicht, Gentlemen! Legen Sie zwölf Gold-Sovereigns auf diesen Tisch, oder ich werde Ihnen dieses arme Mädchen nicht ausliefern.«

Die Frau des Pfarrers öffnete die Tür und kam ins Wohnzimmer, ohne daß jemand sie dazu aufgefordert hätte. Sie warf einen Blick auf die versammelten Kirchenräte, schnaubte dem Lieutenant voller Abscheu zu und stellte eine Kiste aus Eichenholz auf den Tisch. Der Pfarrer nahm einen Schlüssel aus seiner wollenen Jacke und schloß das Kästchen auf. Er griff hinein, wickelte zögernd ein Papierpäckchen auf und legte nacheinander acht goldene Sovereigns auf den Tisch.

»Das ist alles, was wir entrichten dürfen, und es ist auch alles, was wir haben. Wir können nicht mehr bezahlen.«

»Dann gebt mir ein gutes gesundes Pferd und genug Verpflegung für meine Weiterreise nach Boston!« schnappte der Lieutenant. »Und dann wollen wir doch mit diesem kindischen Gezänke aufhören.«

Der Pfarrer seufzte und nickte den anderen zu. »Man müßte den Müller fragen, ob er ein Pferd entbehren kann.«

»Vielleicht stellt er uns den Grauen zur Verfügung«, murmelte der älteste der Kirchenräte.

»Und was ist mit der Verpflegung?« fragte der Lieutenant.

»Ja, ja, die Verpflegung kriegen Sie auch«, seufzte der Pfarrer.

Lieutenant Ormsby verbeugte sich tief, griff gleichzeitig nach den acht Sovereigns und ließ sie schwungvoll in seiner geöffneten Wamstasche verschwinden.

Die Kirchenräte bedachten ihn dabei mit strafenden Blicken.

Ormsby richtete sich auf und hob seine Nase, als ob er den Geruch dieser ländlichen Pfeffersäcke nicht ertragen könne.

Und er sagte näselnd:

»Hätten Sie vielleicht ein Glas Portwein?«

»Nein, das haben wir nicht«, sagte Reverend Ruskell fest.

Die Kirchenräte verließen wie Leichenträger, die den Sarg los waren, das Pfarrhaus und gingen dicht nebeneinander über den Friedhof auf die Kirche zu.

Die graue Stute, die man später aus dem Stall des Müllers führte, war weit besser, als Ormsby eigentlich zu hoffen gewagt hätte. Sorgfältig begutachtete er ihre Beine, um herauszufinden, ob sie vielleicht lahmte, und untersuchte die Augen auf Blindheit. Er bemerkte, daß der Wallach unterdessen von Peleg gefüttert, geputzt und gestriegelt worden war. Es überraschte ihn, daß dieser Schotte in seinem Kilt seine finstere Art verloren hatte und jetzt fast fröhlich schien. Er befahl ihm, den Sattel vom Wallach zu nehmen und ihn der Stute auf den Rücken zu legen.

»Wo bleibt die Verpflegung!« rief der Lieutenant, und eine Negersklavin eilte aus dem Haus. Sie trug zwei große Segeltuchtaschen, die mit Lebensmitteln vollgestopft waren.

»Meinen aufrichtigsten Dank, Madam«, sagte Ormsby zu der Frau des Pfarrers. »Ich werde auf diesem vollbeladenen Pferd zwar für einen oder zwei Tage wie ein Hausierer aussehen, aber das wird sich schnell ändern, weil wir beide einen guten Appetit haben.«

Peleg befestigte die beiden unförmigen Packen hinter dem gestohlenen Sattel und verschränkte seine Hände, um dem Lieutenant in den Sattel zu helfen. Ormsby setzte seinen Fuß in ein paar frische Pferdeäpfel, trat in Pelegs Hände und hievte sich in den Sattel. Er löste Pelegs Säbel, die Muskete und das Kriegsbeil vom Sattel, warf alles in den Wassertrog und sah zu, wie es sank.

»Ich drehe niemals einem Hochländer den Rücken zu, es sei denn, sein Pulver ist naß«, schnarrte Ormsby. »Soldat, bringe die Waffen des Königs und dieses wertvolle Pferd zurück zu Major Ogilvy!« befahl er herrisch. »Richte ihm die besten Grüße aus und wage es nicht, unterwegs Zeit zu vertrödeln, oder ich lasse dich hängen.«

Er drehte den Kopf, blickte auf Sarah nieder und blies ein kurzes Schnauben durch seine lange knochige Nase, das wohl ein Auflachen sein sollte.

»Bleib da und verrotte mit diesen frommen Heuchlern. Ich habe mehr als genug von dir!«

Ohne die Dorfbewohner, die um ihn herumstanden, eines Blickes zu würdigen, zog er das Pferd an den Zügeln herum, grub die Absätze in die grauen Flanken und ruckte mit den Zügeln etwas an der Kandare, so daß sich die Stute aufbäumte und mit ihren Vorderhufen den Staub hochriß wie ein feuriges Kavalleriepferd. Der Lieutenant saß gerade wie ein Ladestock und in typisch englischer Haltung im Sattel. Im Schritt trieb er das Pferd die Straße hinunter. Sein Säbel rasselte in der Scheide, sein Zopf stand hinten vom Kopf ab, und sein Mantel leuchtete scharlachrot im Morgenlicht.

Lieutenant Ormsby kam an einem Haselnußhain vorbei, hinter dem letzten Haus der Stadt, und endlich fühlte er sich frei. Frei wie ein Vogel. Nicht von finsteren Wäldern umgeben. Nicht in den engen Palisadenwänden eines Forts und nicht bedroht von den Wilden auf ihren Streifzügen, befreit von diesem verdammten Soldaten und dem Mädchen, das er so gerne geküßt, ausgepeitscht, geliebt und getötet hätte ...

»Ich bin frei!« schrie er laut hinaus, und seine Gedanken jagten im Galopp vor ihm her, vorbei an den gemütlichen Tavernen mit dem wohlschmeckenden Portwein und den weichen Federbetten, in denen er die Nächte verbringen würde, zum Universitätsgelände, wo er dann endlich seinen liebsten Freund treffen würde. Er versuchte, sich den langen idyllischen Herbst auszumalen, den er mit ihm zusammen verbringen würde. Sie würden Musik hören und am Ufer des Charles River spazierengehen.

Er tastete voller Genugtuung nach den Sovereigns, die in seinem Wams ruhten. Mit der Eleganz eines erprobten Reiters zog er die Stute überraschend zur Seite und trieb sie über ein niederes Zauntor. Er durchquerte im Galopp ein Stoppelfeld, als würde er sich auf einer Fuchsjagd befinden. Vor ihm lag die staubige Poststraße weiß im Sonnenlicht. Sie führte nach Boston.

Lieutenant Ormsby schaute einmal über die Schulter zurück. Irgend etwas stimmte nicht. Er konnte einfach das Gefühl nicht loswerden, daß er beobachtet wurde. Er stand in den Steigbügeln auf und suchte den dunklen Wald vor sich ab. Zum erstenmal, seit sein Truppenschiff in Amerika gelandet war, empfand er wirkliche Furcht.

Vor der Kirche fischte Peleg die Muskete, das Kriegsbeil und das schottische Breitschwert aus dem Brunnentrog.

»Mädchen, ich verlasse dich jetzt«, sagte er, während er die Straße hinunterblickte, auf der der Lieutenant verschwunden war. »Ich reite nach Osten. Nach Boston. Hier, nimm Joshs nasse Muskete mit und gib sie Großvater zurück. Sag ihm, daß ich sie ihm für Josh zurückgebracht habe. Ich wünsche dir viel Glück und sage dir jetzt Lebewohl, Sarah. Vielleicht komme ich eines Tages zu dir zurück.« Das Schwert noch immer in seiner Faust, sprang Peleg auf den Rücken des Wallachs.

Sarah packte den Griff seines Tomahawks.

»Sie werden nach dir suchen und dich wegen Fahnenflucht aufhängen«, sagte sie. »Geh zurück! Bitte Peleg, mach keinen Fehler. Laß ihn ziehen. Versuche nicht, ihn abzufangen. Es wurden schon zu viele Menschen getötet.«

Er schob ihre Hand weg. »Wir sehen uns wieder, Sarah. Wenn nicht in dieser, dann in der anderen Welt. Gott schütze dich, Mädchen. Es gibt etwas, das ich einfach tun muß!« Sein Gesicht war rot vor Zorn, und sie sah, wie seine Adern am Hals angeschwollen waren. Er riß den Wallach herum und trieb ihn im Galopp die Straße hinunter. Sie sah noch, wie das Schwert aufblitzte, als Pferd und Reiter schon in einer Staubwolke verschwunden waren.

Der Pfarrer schüttelte den Kopf. »Wenn dieser rotznasige Rotmantel-Lieutenant nicht aufpaßt, so wird ihm dieser Hochländer die Sovereigns abknöpfen, bevor der nächste Morgen kommt, schätze ich.«

»Ich habe Angst«, sagte Sarah. »Es ist viel mehr als nur die Sovereigns, was Peleg dem Lieutenant nehmen will.«

»Jemma!« rief die Frau des Pfarrers nach der Sklavin, die sofort um die Hausecke geeilt kam. »Du und deine faule Lizzy, ihr beide nehmt Schmierseife mit zum Stall und schrubbt dieses Mädchen gründlich ab. Sie hat bei den Heiden gelebt. Durchsucht ihr Haar nach Läusen. Hast du mich gehört? Und macht ihr diese schmutzigen Zeichen am Kinn weg. Zieht ihr dieses lumpige Hirschlederzeug aus, das sie trägt, und gebt ihr das alte Leinenkleid von Großmutter. Das Mädchen muß von Kopf bis Fuß rein sein, bevor sie meine Kirche betreten kann.«

Als die beiden Sklavinnen Sarah in einem engen Kleid zurück zum Pfarrhaus führten, hatte sich eine kleine Menschenmenge versammelt.

»Schaut euch nur ihr Gesicht an!« schrie eine Frau, die rabenschwarz gekleidet war. »Diese Zeichen werden niemals aus ihrem Gesicht verschwinden. Die Heiden haben sie in ihre Haut eingeritzt und mit schmutzigem Ruß eingerieben. Sie ist für ihr ganzes Leben gezeichnet!«

»O Schande! Bedecke dein Kinn, Mädchen! Bedecke dein Gesicht«, rief eine andere Frau. »Verbirg diese heidnischen Zeichen vor Gott dem Allmächtigen.«

Einige Kinder wimmerten vor Furcht. Hunde bellten, und die Menge drängte sich immer näher an Sarah heran.

»Bringt sie in die Kirche, und wir werden für ihre Seele beten«, rief die Frau des Pfarrers.

Sarah starrte die Leute an. Tränen traten in ihre Augen. Sie fühlte sich verloren. Hilflos in einem fremden Land. Das war es nicht, was sie erwartet hatte. Diese Leute behandelten sie wie ein Ausstellungsobjekt oder eine Person mit einer schlimmen, unheilbaren Krankheit . . .

Sie betraten die Kirche.

»Knie nieder und bete, mein Kind!« sagte Reverend Ruskell. »Bitte den Herrn um Vergebung.«

Für was wohl? fragte sie sich. Die Kirchenglocken erklangen.

»Wir werden dich jetzt darauf vorbereiten, in die zivilisierte gottgefällige Welt und die Familie deines Vaters zurückzukehren.«

Das Haus war also nicht abgebrannt, wie Sarah immer gedacht hatte. Sie schauderte. Unzählige Bilder stiegen vor ihr auf. Sie dachte daran, das Haus und die Scheune wiederzusehen, ihre

Mutter, Großvater und die beiden Kleinen. Irgendwie gelang es ihr nicht, ein lebendiges Bild ihres Vaters zu schaffen, sosehr sie sich auch bemühte. Er erschien ihr immer wie ein blasses kaltes Gemälde, das an der Wand hing. Es jagte ihr Angst ein. Sie schloß die Augen.

»Lasset uns beten für dieses arme verlorene Mädchen. Lasset uns versuchen, dieses Kind dem Allmächtigen zurückzuführen, dieses Kind, das so grausam und teuflisch gepeinigt wurde. Sarah Wells, willst du bitte vortreten, damit du im Namen des Herrn unseres Erlösers wieder dem Baptisten-Glauben zurückgeführt werden kannst?«

Die Frau des Pfarrers zwang Sarah auf die Beine, und zusammen gingen sie zum Taufbecken.

»O Sarah«, sagte Reverend Ruskell salbungsvoll, »kannst du in deinem Herzen diesen grausamen Heiden Vergebung gewähren für alle schlimmen Dinge, die sie dir angetan haben? Kannst du ihnen vergeben, daß sie dein Gesicht für immer mit diesen teuflischen Zeichen entstellt haben? Kannst du es? Willst du es?«

»Ich . . . Ich . . . Nein! Laßt mich gehen!« schrie sie. »Laßt mich gehen!«

Sie wollte weglaufen, aber Reverend Ruskell packte sie mit seiner kräftigen Faust und zog ihren Körper eng an den seinen.

»Zügle deine heidnische Leidenschaft, Kind! Wir haben für dich bezahlt. Du bist gerettet. Wir werden deine Seele reinwaschen, bevor wir dich deiner Familie zurückgeben.«

Sarah schrie erneut. Sie fühlte sich wie ein Kalb mit zwei Köpfen, das man an einen Pfosten gebunden hatte, damit alle es besichtigen konnten. Man führte sie aus der Kirche und in ein unbewohntes Armenhaus, wo sie sich auf einer modrigen Spreumatratze niederließ und haltlos weinte. Die Frau des Pfarrers blieb bei ihr und versuchte, es ihr bequem zu machen. Aber als sich Sarah die grobe graue Decke über den Kopf zog, ärgerte sie sich über das undankbare Benehmen des Mädchens.

»Du brauchst nicht auf diese Art weiterzumachen!« schnappte sie wütend. »Du bist befreit worden! Hörst du mich? Frei! Morgen früh, so Gott das Wetter schön bleiben läßt, wird dich der Reverend auf die Farm deiner Familie bringen!«

Sie drehte sich um, ging die baufällige Treppe hinunter, schlug die Armenhaustür hart hinter sich zu und schob den Riegel vor.

Es war beinahe dunkel, als Sarah ihren Kopf hob. Ihr Gesicht war ausdruckslos wie das eines Fuchses. Sie zog die Luft ein und roch Staub, Seifenlauge und den Mauerverputz. Die Gedanken an die Stadt und ihre harten Bewohner machten ihr angst. Noch nie in ihrem Leben hatte sie sich so einsam gefühlt. Das verlotterte Armenhaus erinnerte sie an die Hütte in Missisquoi, in der sie zuerst von den Abnaki gefangengehalten worden war. Sie zog ihren Kopf unter die Decke, als Jemma ihr das Essen brachte, eine Kerze anzündete und ohne ein Wort davonschlich.

Draußen war Nacht. Sie hörte die großen Herbst-Nachtfalter mit ihren Flügeln gegen die Fenster schlagen. Sie erinnerten Sarah an die Seelen der Toten von Canadanskawa, die niemals begraben worden waren und keine Ruhe fanden. Sie pustete die Kerzenflamme aus, kroch unters Bett und rollte sich wie eine Katze zusammen. Die Härte des Bodens war ihr vertraut. Nachdem sie sich ein Kissen aus ihrem Hirschlederkleid gemacht hatte, zog sie die letzte getrocknete Nuß aus dem Versteck im Schaft ihres Mokassins und knackte sie mit ihren starken weißen Zähnen. Sie saugte sanft am bitteren Kern und hoffte, daß er die ganze Nacht hindurch halten würde.

Vor der Morgendämmerung hörte Sarah einen Hahnenschrei, und bei Sonnenaufgang sah sie, wie der Pfarrer sein Haus verließ und herüberkam, um den Riegel an der Armenhaustür hochzuheben. Er ging zum Stall, und während er ging, zog er seine langen grauen Strümpfe hoch. Er bewegte sich schwerfällig, immer noch halb schlafend. Sarah ging leise zu ihm und half ihm, den gescheckten Hengst an den schwarzen Kirchenwagen zu spannen.

»Leg deine Sachen rein!« sagte er.

Sarah warf ihr Hirschlederkleid in den Wagen und benutzte es als Polster für Joshs Muskete und sein Pulverhorn.

»Das sind keine sehr damenhaften Dinge, die du da hast«, meinte er, als er auf den Wagenbock kletterte.

»Ich hatte immer ein Kriegsbeil«, sagte sie. »Aber jemand warf es in den Fluß. Ich hatte auch ein Kind . . . aber ich konnte es nicht mitnehmen .... nicht einen so langen Weg ... es war so klein ...«

Der Pfarrer schnalzte mit der Zunge und klatschte die Zügel gegen den Rücken des Hengstes. »Es ist ein langes Stück Weg bis zur Farm deiner Familie.« Er seufzte und blinzelte mit einem Auge in die aufgehende Sonne. »Ich glaube, du bist mächtig begierig darauf, nach Hause zu kommen?«

»Ich weiß nicht«, murmelte Sarah und versuchte, ihre Nasenlöcher zusammenzuziehen, weil ihr der Geruch der Wagenfarbe nicht behagte.

Als die Morgensonne die höchsten Tannen berührte, überquerten sie den schmalen Hügel im Westen der Stadt. Und Sarah fing an, das Totenlied der Algonkian zu singen.

»Ich höre aus deinem Singen, daß du mächtig froh bist, nach Hause zu kommen«, sagte der Pfarrer. »Ich höre es, obwohl es eine heidnische Sprache ist.«

»Ich bin froh, daß ich unterwegs bin«, nickte Sarah. »Ich bin es gewohnt, unterwegs zu sein. Und ich bin froh, einen solchen Sommertag erleben zu dürfen.«

»Möchtest du ein Loblied mit mir singen?« fragte der Pfarrer.

»Nein, danke, heute nicht«, erwiderte Sarah. »Ich habe alle vergessen.«

Der Pfarrer blickte Sarah nach diesem Wortwechsel forschend von der Seite an, und es war ihm unmöglich, das, was er hörte und sah, zu verarbeiten. Sie drehte den Kopf abrupt von ihm weg, weil sie merkte, daß sein Blick auf der Tätowierung an ihrem Kinn ruhte, und sie ertappte sich dabei, daß sie ihm die Ablehnung in seinem Blick übelnahm.

»Ich frage mich, ob es wirklich richtig war, so viel Geld für dich auszugeben«, sagte er. »Vielleicht wäre es besser gewesen, wenn dich dieser junge Lieutenant bei den Wilden gelassen hätte, nachdem sie dich derart verdorben haben.«

»Ich wünschte, ich wäre ihm nie begegnet, ihm und seinen Mohawk, die im Sold des Königs stehen. Ich hatte ein Kind ... Es war ein so hübscher Junge, und ...«

»Sei still, Mädchen!« sagte der Pfarrer. »Gottes Richtspruch wird entscheiden, ob du ins Königreich des Himmels einziehen oder aber im Feuer der Hölle verkommen wirst!«

Danach redeten sie nicht mehr. Der Morgenwind legte sich, und es wurde drückend heiß. Es war fast Mittag, als der Hengst schnaubte und den Kopf hob. Sie wußte, daß er irgendeine Witterung aufgenommen hatte und sich ängstigte, aber Sarah konnte nichts entdecken. Eine Minute später tauchten unten am Weg Indianer auf, die ihnen in einer Reihe entgegenkamen. Die ersten drei waren Männer, und sie taumelten vollkommen betrunken den Weg hoch. Zwei Frauen, die ein paar Kinder hinterherschleppten, trotteten den Männern nach. Als sie näher kamen, konnte Sarah erkennen, daß sie alle in schäbige Kleidungsstücke von Weißen gekleidet waren. Die Männer redeten und sangen halb englisch und halb in einem Algonkiandialekt, den Sarah kaum verstehen konnte.

Als sich der Wagen näherte, taumelte der vorderste Mann, der einen Tonkrug in der Hand hatte, und stürzte in eine Radfurche.

»Wanaskwingan?« fragte Sarah. »Ist dies das Ende deiner Reise?«

»Kiga eskwait gwanso«, erwiderte der Mann am Boden. »Ich bleibe über Nacht hier, du lediges Mädchen.«

»Tsibai!« spottete sie, und das war das Abnakischimpfwort für Weiße, die man einfach Geister nannte. *»Tsibai matsi nepi kershigan itsin!* Feuerwasser ist gefährlich! Es verbrennt das Gehirn in euren Köpfen. Es zerreißt euer Fleisch.«

»Wo hast du gelernt, so zu sprechen?« fragte eine *nunksquaw*, die nüchtern war.

»Unter guten *Menschenwesen*. Unter Kriegern und Frauen von starken Familien. Ich sah sie um ihr Dorf kämpfen und sterben, weil die *awanoots* mit ihrem Rum kamen und sie sich davon täuschen ließen. Nun sind sie tot, ihre Kanus gestohlen und ihre Hütten verbrannt.«

»Du redest wie eine vom Norden«, rief der Mann am Boden.

»Laßt uns weiterfahren«, sagte Sarah zum Pfarrer, faßte nach vorn und zog an den Zügeln des Pferdes. »Ich kann nicht mit ansehen, wenn ich ein *Menschenwesen* kriechen sehe.«

»Menschenwesen«, höhnte der Pfarrer. »Warum nennst du sie Menschenwesen? Diese Wilden haben sich selbst zugrunde gerichtet. Sie wollen nicht mehr jagen und fischen. Sie zechen und huren die Nächte hindurch und verschlafen ihre Tage in Trunkenheit. Sie haben sich selbst zerstört.«

»Nein! Sie wurden von uns zerstört!« schrie Sarah.

»Unsinn! Sie taugen nichts! Wir sind es, die aus diesem Land etwas gemacht haben, und deshalb gehört dieses Land jetzt uns, den gesetzestreuen Weißen.«

»Und wo sollen sie leben?« fragte Sarah.

Der Pfarrer gab ihr keine Antwort.

Zwischen den dichtgedrängten Weidenbüschen konnte Sarah den Fluß schimmern sehen. Sie überquerten ihn auf einer schmalen Brücke. Die Wagenräder rumpelten über die schweren Planken. Die Straße machte eine Kurve und führte an einer Farm vorbei, die Sarah bekannt vorkam. Ihr Herz hämmerte wild, als sie einen der Nachbarssöhne ein Dutzend Schafe hüten sah. Sie konnte kaum glauben, wie groß er geworden war.

Er blieb stehen und blickte zum Pfarrer auf, als sie vorbeifuhren.

»Grüß dich, Obediah«, flüsterte ihm Sarah scheu zu.

»Wer bist denn du?« antwortete er schroff und starrte sie geringschätzig an.

»Es ist Sarah Wells, deine Nachbarin«, sagte der Pfarrer und knallte die Zügel gegen den Leib des Hengstes.

Als sie auf den engen ausgefahrenen Waldweg kamen, der zur Farm ihres Vaters führte, nahm Sarah die Unterlippe zwischen die Zähne und hielt sich aus Furcht, vielleicht in Ohnmacht zu fallen, krampfhaft am Wagensitz fest. Joshs Jagdhund stürmte aus dem Haus und kam ihnen wild bellend entgegengerannt, ohne daß er Sarah erkannt hätte. Das Pferd scheute, als der Pfarrer nach dem Hund schlug, der mit gebleckten Zähnen an Sarahs Seite am Wagen hochsprang.

»Er riecht deine Wildkatzen-Leggins«, sagte der Pfarrer und rümpfte die Nase. »Man wird dich noch einigemale mit Schmierseife abschrubben und dir süßes Parfüm hinter die Ohren streichen müssen, bis du ganz von diesem schrecklichen Gestank befreit bist.«

Sarah sah, wie ihr Vater aus der Vordertür kam, mit der Hand die Augen beschattete und auf die Straße trat. Er blickte dem schwarzen Wagen entgegen und blieb im Schatten unter den alten

Eichen wartend stehen. Zuerst erkannte er seine Tochter nicht. Als es ihm dann wie Schuppen von den Augen fiel, machte er eine Bewegung, als wollte er sich umdrehen und davonlaufen. Er blickte sie noch einmal an, legte die Hände trichterförmig an den Mund und rief ins Haus hinein: »Elizabeth! Elizabeth! Sarah ist zurückgekommen! Sie ist da! Hier!« Seine Stimme zitterte. Langsam drehte er sich wieder Sarah zu, runzelte die Stirn. Und während Sarah seiner Stimme nachlauschte, merkte sie, daß nicht die geringste Freude darin zu hören war.

Sarah hörte, wie die Hintertür geöffnet wurde, und dann erblickte sie ihre Mutter. Sie sah groß und hager und zehn Jahre älter aus. Sie rannte auf den Wagen zu.

»Sarah! Sarah! Bist du das, liebes Kind?« rief sie aus. »Bist du es wirklich? Kommst zu mir zurück von den Toten?«

»Hau ab!« donnerte der Vater und trat nach dem großen Jagdhund. Sarah konnte den Rum in seinem Atem riechen.

Der Pfarrer war vom Wagen gestiegen und zog das Pferd an den Zügeln bis zum Haus. Und er fragte sich, ob er schon jetzt oder vielleicht erst später versuchen sollte, wenigstens einen Teil des Lösegeldes zurückzukriegen.

Sarah blieb auf dem Wagenbock sitzen, so lange sie konnte. Dann kletterte sie unsicher herunter. Sie gab ihrem Vater die Hand und hielt dann ihre zitternden Arme gegen den Körper gepreßt, als sie von ihrer weinenden Mutter umarmt wurde. Sarah blickte hinüber zur halboffenen Tür der Scheune. Irgendwie schien ihr, als ob sie aufschreien müsse, denn sie sah, beinahe geisterhaft, den blutig geschlagenen Peleg, wie er wankte und in den Kuhmist fiel, niedergeschlagen von Olamon, dem Narbengesicht. Sie schloß die Augen. Nach einer Weile öffnete sie sie wieder und blickte zur Seite, über die Sommerfelder hinweg.

»Was zum Teufel haben denn die Heiden mit deinem Gesicht gemacht?« knurrte ihr Vater. »Wasch das Zeug weg! Und zwar schnell, sag ich! Geh hinüber zum Brunnen und mach dich sauber! Schrubbe dein Gesicht!«

»Es läßt sich nicht abwaschen«, sagte der Pfarrer beinahe traurig. »Ich fürchte, daß dieses arme Mädchen fürs Leben gezeichnet ist.«

»Oh, du armes Ding!« schluchzte ihre Mutter. »Du bist dünn

geworden. Hat dir denn niemand etwas zu essen gegeben? Du mußt am Verhungern sein.«

Und Sarahs Vater schnarrte: »Ich konnte dich nicht erkennen, weil du so braun geworden bist. Richtig die Hautfarbe der Wilden hast du. Und außerdem trägst du dein Haar wie eine von ihnen.«

Sarah stand vor ihnen, zitternd und verwundet. Sie blickte auf ihre Eltern, aber ihre Augen sahen ein anderes Bild. Durch eine Wolke von Pulverrauch sah sie, wie ihr Kind ungeliebt in den Armen des erschrockenen Mädchens lag. Und sie öffnete den Mund, wollte irgend etwas sagen, aber es war ihr nicht möglich, ein englisches Wort über die Lippen zu bringen.

Langsam stieg in ihr das Lied der *Menschenwesen* auf. Sie konnte spüren, wie ein Gefühl neuer Kraft durch ihren Körper floß, und lautlos sang sie das Lied in sich hinein, das ihr so viel bedeutete:

Ein Fuchsschwanz ward mir gegeben,
Ein Fuchsschwanz ward mir gegeben,
auf daß mein Herz stark werde.

Sarah griff in den Wagen und hob ihr Hirschlederzeug heraus und Joshs Muskete und das Pulverhorn.

»Dies hier, sagte mir Peleg, soll ich Großvater zurückbringen.«

»Dein Großvater ist tot«, sagte ihr Vater. »Er liegt schon seit zwei Jahren in seinem Grab, neben deinem Bruder Timothy und deiner armen jüngsten Schwester. Beide starben an den Pocken, während du mit diesem nichtsnutzigen Peleg und den Heiden im Norden herumgezogen bist.« Er schnaubte voller Abscheu. »Schau dir mein Gesicht an«, sagte er und deutete auf die tiefen Narben in seinen Wangen. »Wenn mich nicht ein Arzt aus Boston zur Ader gelassen hätte, wäre ich vorzeitig ins Grab gekommen.«

Sarah hatte die Vision, daß der Arm eines Medizinmannes über dem Kopf ihres Vaters in die Luft stach. Plötzlich war sein Gesicht rot von Blut und verschwand. Ihre Mutter legte den Arm um Sarahs Schultern und führte sie sanft ins Haus.

Eine ganze Woche lang ging Sarah früh ins Bett und blieb bis spät am Morgen in ihrem Zimmer. Sie trank kaum etwas von der köstlichen, dicken Lachssuppe, die ihre Mutter gekocht hatte, und aß auch kaum etwas von dem Truthahnfleisch oder von den Sonntagsbiskuits. Sie hatte allen Appetit verloren. In den Stunden, in denen sie wach war, konnte sie es zu Hause kaum aushalten. Es trieb sie hinaus, und stundenlang saß sie auf der niederen Steinmauer hinter der Scheune und starrte und lauschte endlos in den Wald hinaus.

Mehr als ein halber Monat verging, bevor Sarah Appetit bekam und die Energie zurückgewann, ihrer Mutter und dem Waisenmädchen, das als Magd angestellt war, bei den Arbeiten zu helfen. Sie half beim Kochen, machte Butter, spann Flachs und schrubbte den Boden. Es war fast so, als ob sie nie von zu Hause fortgewesen wäre. An den meisten Abenden, wenn sie das Zinngeschirr abgewaschen hatte, lauschte sie dem leisen Klicken des Webstuhles ihrer Mutter, während sie den Kopf zur Seite drehte, um nicht die tiefen Narben im Fußboden zu sehen, wo Chango und seine Krieger vor vier Jahren versucht hatten, das Haus anzuzünden.

Schweigsam saß sie mit ihren Eltern am Tisch und aß, während Vater ununterbrochen murrte. Er beschwerte sich über die Farm, meinte, daß man sie verkaufen sollte, und lobte das häßliche kleine Haus im Dorf, das so bequem zwischen der Kirche und der Kneipe lag. Er versuchte Sarahs Mutter zu überzeugen, wie angenehm es für sie sein würde, dort zu leben. Und Sarah duckte sich bei seinen Worten und bedeckte ihre Tätowierung am Kinn mit der Hand. Sie wußte, daß sie niemals im Dorf leben konnte.

Sobald es ihr gelang wegzukommen, wanderte sie den Pfad hinunter und verweilte bei den Grabstätten ihrer Familie und dem einzelnen Grab von Nashua und seiner Frau. Aus weiter Ferne glaubte sie das Wimmern ihres Babys hören zu können, bis die Stimme des Morgendämmerungssängers aufkam und es übertönte. Sie hielt die Hände gegen ihre Ohren gepreßt und rannte zum Haus zurück.

Vom Fenster aus beobachtete ihr Vater, wie sie rannte, anhielt und lauschte.

»Ich schwöre, daß diese Heiden deiner nichtswürdigen Tochter das Herz und die Seele aus dem Leib gerissen haben. Schau sie dir nur an, Frau! Wie sie an dieser Steinmauer entlangschleicht! Diese Heiden haben aus ihr eine andere gemacht. Hast du sie heute morgen unten bei der Scheune singen hören? Irgend so ein dreckiges Heidengesumme. Ohne Worte, nur so ein Singsang-Wehklagen. Ich habe ihr gesagt, daß sie sich auf dem Weg in die Hölle befindet.«

»Ja, ich habe es gehört, wie du es ihr gesagt hast«, sagte Sarahs Mutter. »Das arme Ding. Sie kann es nicht ändern. Sie ist eigenartig geworden. Bitte, hack nicht auf ihr herum. Damit machst du es nur schlimmer.«

»Unsinn!« schnaubte der Vater. »Hast du schon bemerkt, wie sie den Kopf hängen läßt und sich die rote Scheunentorfarbe auf den Scheitel reibt und wie sie mit ihren Zehen nach einwärts geht, genau wie eine von den Indianerweibern? Und Joshs Hund knurrt sie immer noch an. Der weiß, daß sie eine Indianerin ist. Diese Tätowierung, die ist nicht nur unter der Haut, Frau. Die ist in ihrem Wesen.«

An diesem Abend verschluckte sich Sarahs Vater am Rum und ließ seine Tasse fallen, als er die Feuer im Nordwald brennen sah. Über den Bäumen stiegen dünne lange Rauchsäulen in den stillen azurfarbenen Abendhimmel.

»Gott steh uns bei!« brüllte er. »Sie versucht, diese Farm niederzubrennen!«

Er sprang auf, ergriff einen Spaten und rannte zum Wald hoch. Er stolperte in seinen Schnallenschuhen durch den dicken Blätterteppich. Als er Sarah fand, war sie dabei, grüne Zweige auf alle drei Feuer zu legen.

»Bist du wahnsinnig geworden!« schrie er, während er auf das nächste Feuer zustolperte und sofort damit anfing, Erde über die hochzüngelnden Flammen zu werfen.

Sarah kauerte im Rauch und starrte ihn an, als ob sie seine Worte nicht verstanden hätte.

Ihr Vater rannte zum zweiten Feuer und stampfte die Flammen aus. Als Sarah die Sinnlosigkeit ihres Tuns einsah, warf sie Erde über das dritte Feuer und wartete regungslos.

Ihr Vater stand keuchend und zitternd vor Wut in der Dunkelheit. Die kalte Nachtluft schien einen Wall aus Eis zwischen ihnen aufzuwerfen.

»Du willst nicht diese Farm niederbrennen! Nein, du Verfluchte, du tust etwas viel Schlimmeres als das. Du versuchst, diese heimtückischen Heiden aus dem Norden hierher zurückzurufen. Versuchst, ihnen mit deinen versteckten Signalfeuern den Weg zu weisen. Bittest sie, hierher zurückzukommen und alle von uns niederzumetzeln außer dir. Nun, geh, wenn du willst, du hinterlistiges Luder! Geh zur Hölle zurück, wo du hergekommen bist! Du gehörst zu ihnen, nicht mehr zu uns!«

21

Der Herbst kam und färbte die Ahornbäume. Weiße Nebel krochen nachts über die Hügel, und entfernter Donner grollte der Atlantikküste entgegen. Der Wind trieb kalten Regen übers Land, der die jungen gelben Buchen peitschte und ihre Blätter auf ihr buntes Totenbett niederflattern ließ.

»Joshs Hund ist fort«, sagte Sarahs Mutter. »Das tut er sonst nicht. Er geht nie von der Farm weg. Er hetzt auch nicht hinter dem Wild her, sonst hätten wir ihn gehört.«

»Ich mag das nicht«, sagte Sarahs Vater. »Ein Hund warnt dich vor einer Gefahr, bevor du sie siehst. Wenn er in zwei Tagen nicht zurück ist, geh ich in die Stadt und kaufe ein Paar Bullenbeißer. Ohne Hund fühle ich mich hier draußen nicht sicher.«

In dieser Nacht war der Himmel bis zur Geisterstunde rabenschwarz. Dann heulten plötzlich Nachtwinde auf, rissen die Wolkendecke zu Fetzen, die in einem Kreis um das schreckliche Antlitz des Mondes herumtanzten.

Sarah lag nackt in ihrem schmalen Bett und lauschte. Seit sie von den Mohawk gefangengenommen worden war, hatte sie ihren sonst so gesunden Schlaf verloren. Die Stille im Raum dröhnte. Sie hielt den Atem an, hoffte, daß der Boden knarren würde. Oder daß eine Maus durchs Zimmer huschen und mit ihrem Geräusch die pulsierende Stille unterbrechen würde. Sie glaubte, sanfte gleichmäßige Atemzüge hören zu können, die von Joshs Bett herüberkamen. Sie schloß die Augen und versuchte zu schlafen, bis irgendwo draußen im Zedernwald ein Fuchs zweimal kläffte.

Sie setzte sich auf und lauschte. Der hohe scharfe Bellaut kam erneut durch die Dunkelheit. Sie schob die Decke zurück, und mit der Vorsicht einer Katze, die Augen weit offen, glitt sie leise durch den Raum und die schmale Treppe hinunter.

Sie zog die hintere Küchentür auf und trat hinaus in die im Mondschatten liegende Dunkelheit. Die Kälte der Nacht bedeckte ihre Arme und Beine mit einer Gänsehaut. Die Hände übereinander vor ihre Brust gelegt, verharrte sie still und wartete. Sie hörte nur eine Eule, die ihren einsamen Ruf durch den Wald sandte.

Im Zedernhain hörte sie einen Zweig knacken und das Rascheln fallender Blätter. Sie öffnete den Mund, um dem Fuchs zu antworten, aber kein Laut kam über ihre Lippen. Zitternd schlich sie ins Haus zurück.

Während des ganzen Tages blieb Sarah still und hielt sich zurück. Wenn sie von ihrer Mutter angesprochen wurde, hörte sie nichts. Kurz bevor es Abend wurde, ging sie in den Zedernhain, suchte dort den Boden nach Spuren ab und witterte in der Luft nach Fuchsgeruch. Sie entdeckte nichts.

An diesem Abend lauschte sie, als ob sie in Trance wäre, den Wildgänsen, die hoch über dem Haus ihre Schreie ausstießen. Und sie beobachtete, wie das plumpe Waisenmädchen den großen Eisenkessel mit Wasser füllte und ihn an den Haken hängte, das Küchenfeuer ausmachte und Reisig für den Morgen hereinbrachte, so wie sie es selbst früher tausendmal gemacht hatte.

Sarah zündete ihren Kerzenstummel an und ging barfuß die Treppe hoch. Sie kniete nicht nieder, um zu beten, und trotzdem hatte sie ein Schuldgefühl, als sie in ihrem engen Bett lag und zu schlafen versuchte.

Einmal erwachte sie, als sie glaubte, ihr Baby schreien zu hören, viele, viele Meilen entfernt. Sie schlief wieder ein. Irgendwann später schrak sie hoch, hielt den Atem an und lauschte. Vom Zedernhain her hörte sie zwei scharfe Bellaute, dann Stille.

Sie sprang auf, ergriff ihre Decke, warf sie um ihre Schultern und eilte barfuß die Treppe hinunter. Das letzte Viertel des silbernen Herbstmondes hob sich in den Himmel und ließ die Sterne matt erscheinen. Sarah fühlte die kalten flachen Steine unter ihren Füßen und sah den Tau wie ein Schleier von Spinnengewebe über dem sterbenden Gras schimmern. Sie blieb wartend und lauschend stehen, gedeckt vom mächtigen schwarzen Schatten des Hauses.

Wieder hörte sie den Fuchs.

Ohne nachzudenken, antwortete Sarah mit dem begierigen Kläffen einer Füchsin. Sie wartete. Plötzlich hörte sie einen Ton, sanft wie das schwingende Rauschen der Flügel einer Nachteule, und sie wußte nun ganz genau, daß dort *Menschenwesen* auf sie warteten.

Die Wolldecke enger um sich ziehend, stürzte sie durch die Lichtstreifen des Mondes und eilte den Fußweg entlang, der in den Wald führte.

Sie hielt an, als sie mitten im Hain war, lauschte und hoffte, daß sie zu ihr kommen würden. Aber sie waren Abnaki, kauerten irgendwo, beobachteten in aller Stille, mißtrauisch wie Tiere, die sich davor fürchteten, sich selbst zu verraten.

Plötzlich kläffte der Fuchs freudig auf.

Sarah sah, wie sich ein Krieger aus der Dunkelheit schälte.

»Sehe ich einen Geist vor mir?« fragte Sarah mit bebender Stimme. »Oder bist du das wirklich, Chango? Du, den ich in Canadanskawa sterben sah!«

»Nicht tot«, flüsterte er stolz, »verwundet, aber am Leben! Es ist wahr, ich habe viele Narben und Kugellöcher, und meine Skalplocke wurde mir weggerissen. Aber streck deine Hand aus, liebe Wagwise, berühre mich! Siehst du, ich bin kein Geist. Das Leben umklammert mich wie die Rinde einen Baum.«

Sarah zählte zwei, drei, vier andere Krieger, die in der Dunkelheit auftauchten, und vielleicht waren es noch mehr.

»Arami. Ich bin es«, flüsterte sie in der Sprache der *Menschenwesen. »Tanguago skawhigan.* Voller Freude bei unserem Herbsttreffen.«

»Ja, wir sind das zweitemal hier«, sagte Chango, »und wir glauben, daß du mit uns nach Norden kommen und in unserem Winterlager wohnen willst.«

»Ich sehne mich danach, mit euch zu gehen«, sagte Sarah. »Dieser Ort ist nicht länger mein Zuhause. Wartet, ich werde meine Kleider und mein Messer holen. Wartet auf mich!«

Sie drehte sich um und lief leise ins Haus und die Treppe hoch. Sie packte ihre Leggins, zog sie über die Beine bis zum Knie hoch und verschnürte sie um ihre Waden. Sie zog Bluse und den Wollrock an und rollte eine wollene Ersatzbluse in die Decke, denn sie wußte, daß der Winter lang und kalt sein würde. Sie nahm Joshs Pulverhorn und die Muskete, die über dem Kamin hing, und ihren eigenen Kupferkessel vom Haken. Fieberhaft versuchte sie, darüber nachzudenken, wie sie ihrer Mutter ein sicheres Zeichen dafür hinterlassen konnte, daß sie an sie dachte und daß sie diesmal freiwillig mitging.

Mit der scharfen Spitze des Schabmessers ritzte sie schnell die Umrisse eines Herzens in das weiche Tannenholz-Teigbrett ihrer Mutter und einen indianischen Pfeil, der zur Tür zeigte. In das Herz hinein schrieb sie einen zittrigen Buchstaben. Sie schrieb ihn verkehrt herum, denn niemand hatte ihr Lesen oder Schreiben beigebracht. Dicht unter dem Buchstaben ›S‹ für Sarah, ritzte sie ›M‹ in das Brett. Es war eine einfache Botschaft, voller Liebe. Ein Brief an ihre Mutter, die nicht besser lesen konnte als Sarah.

Die Abnaki bewegten sich schon an der Mauer entlang nach Norden. Während sie durch die Lichtstreifen des Mondes glitten, konnte sie jeden von ihnen erkennen: Chango, Tegwa, Skaasen und zwei andere junge Krieger, die vom Lager im Landesinnern gekommen waren. Diesmal waren keine Bogenschützen dabei. Alle besaßen Musketen. Sie hielten an und warteten auf Sarah. Sie waren alle leicht bemalt. Mehr zur Tarnung als für den Krieg.

»Wagwise«, flüsterte Chango. »Folge uns!«

»Huan«, gab sie zurück und benutzte dabei nur dieses eine Abnakiwort, das soviel wie »Ich werde durch Schnee gehen« hieß.

Die Muskete in der Armbeuge, folgte sie ihnen gewandt in ihren Fußstapfen.

Als sie an der Scheune vorbeigingen, blickte Sarah in den dunklen Eingang, konnte aber nichts erkennen. Die blassen Geister von Peleg und Olamon waren verschwunden. Sie sah, wie der mächtige Rhode-Island-Hahn seine bronzefarbenen Nackenfedern sträubte, bevor er den blassen neuen Morgen ankündigte. Ein grauer Nebelschleier hing über dem Weg, dort, wo die Steinmauer endete.

In einer Reihe wanderten sie durch den Wald, bis sie zu der seichten Furt des Flusses kamen. Sarah erblickte eine einsame Gestalt, die im gelben Farnkraut stand. Sie hielt an und riß verwundert die Augen auf. Es war Taliwan, und er kam auf sie zu.

Sarah sprang von ihrem Platz am Ende der Reihe und rannte auf ihn zu, hielt dann aber mitten im Lauf an, als sie sich der Beherrschungskunst der *Menschenwesen* bewußt wurde.

Sie schauten sich an, sagten lange nichts und berührten sich nicht.

»Ich kann meinen Augen nicht glauben«, keuchte sie dann.

Taliwan nickte triumphierend. »Er lebt!« flüsterte er. »Unser Sohn lebt. Norke hat das junge Mädchen und das Kind gestohlen und ist im Kanu einer toten Frau nach Süden geflohen. Sie sind im Wald versteckt, in der Nähe der großen Bucht, eine Tagesreise südlich von Tzawipi.«

»Oh, bist du sicher? Hast du ihn gesehen?« fragte Sarah.

»Ja, ja«, lächelte er. »Wir haben ihn alle gesehen.«

»Ganz bestimmt?«

Chango nickte zustimmend. »Das Mädchen nährt ihn gut. Er wird dick. Er sieht aus wie Taliwan, nur seine Augen sind blau wie deine.«

Sarah fing zu weinen an. »Ich . . . ich habe diese Muskete als Geschenk mitgenommen und gebetet, daß ich dich finden würde.«

»Sei still!« flüsterte er und wandte sich an Chango. »Ich habe dort unten bei der Brücke *awanoots* reden hören. Sie haben indianische Spurensucher bei sich. Die haben vielleicht unsere Fährte gefunden.«

Chango führte sie, und Taliwan nahm seinen Platz in der Marschreihe ein. Er war der dritte Mann hinter Chango. Als die Krieger an Sarah vorbeigingen, nahm sie Taliwan den kleinen Packen von den Schultern und übergab ihm die Muskete und das Pulverhorn. Dann nahm sie ihren Platz am Ende der Reihe ein.

»Beeilt euch!« befahl Chango, als sie in den Fluß hinauswateten und sich von der Stelle entfernten, wo Taliwan die Verfolger gehört hatte.

Erst als die Sonne unterging, verließen sie den Fluß, umwickelten ihre blutenden Füße und schlichen einen schmalen Hirschpfad entlang. Sarah brach eine lange dünne Rute ab und begann hinter sich und den Kriegern die Disteln und das niedergetretene Gras wiederaufzurichten, ohne daß sie einen einzigen geknickten Halm ausließ. Sie wollte unbedingt verhindern, daß ihnen die Weißen folgen konnten.

Nach einer Weile hielten sie einmal kurz an und tranken von einer Quelle.

»Wo sind die Kanus?« fragte sie. »Wie lange werden wir brauchen, um zu Norkes Lager zu kommen? Ich kann es fast nicht erwarten, mein Kind zu sehen.«

»Es wird nicht lange dauern, wenn du mit uns Schritt halten kannst«, lachte Chango.

Der Mond war aufgegangen, als sie jenen Platz unter dem überhängenden Felsen erreichten, wo sie ein kleines Feuer machten und Wachen aufstellten. Sarah schlich vorsichtig zum Fluß und füllte den Kessel mit Wasser. Als sie zu ihnen zurückkehrte, ließen sie ihn herumgehen. Jeder trank direkt aus dem Kupferschnabel. Heißhungrig machten sie sich über das Fleisch her, das mit Bärenfett bestrichen war. Die Krieger breiteten ihre Decken aus und hockten regungslos da, die Musketen schußbereit. Ihre eigenen Schatten tanzten wie unheilbringende Gespenster über den vom Mondlicht beschienenen Felsen.

Kurz vor Tagesanbruch, in der Stunde, wenn der Nachtwind stirbt, merkte Sarah, daß Taliwan erwachte und leise zum Fluß hinunterging. Sie nahm ihre Decke und folgte ihm. Die hohen Tannen standen regungslos in der Stille des frühen Morgens. Sie blieb stehen und beobachtete, wie sich die Nebel hoben und Dampfschleier über den Fluß wirbelten. Sie fragte sich, wie Taliwan an einem solchen Morgen zu ihr kommen würde.

Sie vernahm ein leises Platschen, drehte den Kopf und sah, wie er in den Fluß trat. Silberne Wasserringe umkreisten ihn, während er weiter hinausging, bis ihm das Wasser fast zu den Hüften reichte. Er beugte sich nieder, hob zwei Hände voll Sand vom Flußgrund auf und schrubbte sich damit den Leib, die Arme und die Beine.

Sarah zog ihre Kleider aus, trat in den Fluß und rieb sich ebenfalls sauber. Sie versuchte, sich an jedes Wort aus Blacksquaws Lied zu erinnern, das sie ihr zur Reinigung gesungen hatte.

Taliwan näherte sich ihr. Er bewegte sich vorsichtig, tastete mit seinen Füßen den glitschigen Flußgrund ab. Alle Farbe war von ihm gewaschen. Auf dem Rücken hatte er die Muskete und das Pulverhorn.

»Als ich nach Canadanskawa zurückkehrte«, sagte er sanft, »fand ich nur verkohlte Leichen und die rauchenden Ruinen der Hütten. Da habe ich alle Hoffnung aufgegeben und geglaubt, du wärst tot. Ich setzte mich in die Asche, die unser Bett gewesen war, und dachte daran, mir die Kehle durchzuschneiden. Ich wollte in der anderen Welt herumwandern und so lange nach dir suchen, bis ich dich gefunden hätte. Mein Vetter Tegwa muß meine Gedanken erraten haben, denn er rannte vom Kanu hoch und entriß mir das Messer.« Taliwan hob den Kopf etwas. »›Du kannst glücklich sein‹, sagte Tegwa zu mir. ›Du weißt wenigstens, wie es ist. Ich habe niemals eine Frau gehabt! Du bist mein einziger Verwandter. Es ist deine Pflicht, mir zu helfen, eine Frau zu finden!‹ Er schrie mich richtig an. Ich lachte, bis ich zu weinen anfing. Was er sagte, war richtig. Es war wegen Tegwa, daß ich nicht starb, und jetzt bin ich wieder bei dir.«

Er legte ihr die Hände unter die Achselhöhlen und half ihr aus dem Fluß. Zusammen sammelten sie Buchenblätter und trockneten sich mit ihnen gegenseitig ab. Die rauhen Blätter erregten sie. Eine heiße prickelnde Woge umspülte sie und ließ auf ihren Körpern eine Gänsehaut entstehen.

Sarah zeigte ihm die Stelle im Farnkraut, wo sie die Jagddecke ausgebreitet hatte. Sie ließen sich zusammen nieder, zitternd vor Erregung, und umhüllten sich mit der wollenen Decke.

»Es scheint, als wären hundert Winter vergangen, seit meine Augen dich das letztemal gesehen haben«, murmelte Taliwan. »Ich muß dir gestehen, daß ich mit anderen Frauen geschlafen habe. Immer im Glauben, daß ihr beide, du und das Kind, für immer von mir gegangen wäret . . . Viel haben mir diese Frauen nicht bedeutet, und ich habe alle Gedanken an sie im Fluß weggewaschen.«

»Nach Canadanskawa habe ich mit Soldaten geschlafen«, flüsterte Sarah. »Aber ich habe sie vergessen. Es gibt nur dich, meinen Mann, und meinen Sohn. Ich kann ihn sehen – und er lebt!«

Sie fühlte, wie Taliwan seine Arme um sie legte. Sie seufzte auf vor Wonne.

Taliwan flüsterte: »Welchen Namen soll er jetzt haben?«

Sarah überlegte einen Moment, dann erwiderte sie: »Können wir ihn Joshua nennen? Das war der Name meines älteren Bruders.«

»Josk-awa? Das gefällt mir«, sagte er. »Josk-awa! Das ist ein mächtiger Name. Er gebührt einem *Menschenwesen.* Ich werde eine neue Tragkrippe schnitzen für unseren Sohn, Josk-awa, und wir wollen Tabak in die Luft werfen, um unsere Dankbarkeit zu zeigen.«

Er blickte in ihr Gesicht. »Du bist bleich geworden, vom Leben in einem Haus«, sagte er. »Du siehst wieder wie eine *awanoots*-Frau aus.«

»Ich werde wieder braun werden«, sagte sie. »Ich werde nie wieder wie eine *awanoots* aussehen.« Sarah legte ihre Hand über das Kinn.

»Verdeck nicht deine Tätowierung«, sagte er. »Du mußt wissen, daß sie dich sehr schön macht. Ich mag es, wie diese drei zierlichen Linien sich verbreitern, wenn du mich anlächelst. Diese drei Zeichen zeigen der ganzen Welt, daß du eine Frau von höchstem Range bist, eine Persönlichkeit.«

»O mein Mann«, sagte sie, »du erfüllst mich mit neuem Leben.«

Sie vereinten sich, versteckt im wogenden Farnkraut, und sie überließen sich ihrer freudvollen Leidenschaft.

»Bleib so, Wagwise«, keuchte Taliwan. »Wenn meine ... Kraft wiederkommt, dann tun wir es noch einmal ... Ich bin sehr hungrig nach dir.«

»Nein, wir müssen uns jetzt beeilen.« Sie lachte und zog ihre Mokassins an, während das erste Licht der aufgehenden Sonne schräg durch die Baumkronen brach und die Ahornblätter in Flammen aufgehen ließ. »Ich kann es kaum erwarten, deinen Sohn wiederzusehen. Bald werde ich euch beide umarmen können.«

Sie schlossen sich der Reihe der Krieger an und machten sich auf den Weg nach Nordwesten, immer auf einem kaum sichtbaren Wildpfad, der den Bergen entgegenführte, die in weiter Ferne wie blaugrüne Wolken im schimmernden Herbstdunst hingen. Sarah fand es leicht, mit ihnen Schritt zu halten, und manchmal, wenn sie lagerten, war sie die erste, die wieder auf den Beinen war.

Am vierten Morgen sahen sie Rauch aus dem Wald aufsteigen, der sich wie eine dünne weiße Spirale in den Himmel hob. Chango schlug eine andere Richtung ein und eilte darauf zu. Sie konnten die Schläge einer Zweihandaxt hören, die in gleichmäßigen Abständen gegen einen Baum krachte.

»*Tsibai!* Geister«, sagte Chango und benutzte das Abnakiwort für Weiße.

»Das sind neue«, sagte Skaasen. »Sie bauen eine Holzhütte, auf einem Platz, wo sie kein Recht zum Bleiben haben.«

»Geh und zähle sie«, sagte Chango.

Skaasen schlich davon und kehrte nach kurzer Zeit zurück. Er kauerte bei Chango nieder und sagte: »Ein junger Mann und seine Frau, eine braune Kuh und eine kleine gelbe Katze, wie ich selber eine haben möchte. Ein neues Kind weint in einer Kiste in der Nähe der Tür.«

»Niemand sonst?«

»Nur die drei«, erwiderte Skaasen. »Und die Kuh und die kleine gelbe Katze. Wir können sie leicht überrumpeln.«

Chango nickte. »Gut, laßt uns ihre Skalps holen und die leichten, nützlichen Dinge mitnehmen. Dann machen wir, daß wir schnell nach Norden kommen, wo wir in der Nähe des Forts ein Lager aufschlagen, um mit den Soldaten zu handeln.«

»Wenn wir sie lebend nach Montreal mitnehmen«, sagte Tegwa, »können wir sie für drei neue Musketen eintauschen, vielleicht sogar für vier.«

»Für die! Niemals!« sagte Chango. »Ein lausiger Siedler, ein Weib und ihr Kind. Waaah! Wertlos. Es sind nur die reichen Stadtbewohner und Farmer, die Musketen einbringen. Wagwise wird dir bestätigen, daß es so ist.«

»Es ist mir gleichgültig, ob sie reich oder arm sind«, erwiderte Sarah. »Wir dürfen ihnen kein Leid antun.«

»Ich hätte nicht eine Frau, die davonläuft, fragen sollen«, sagte Chango. »Sie versteht uns nicht. Hat sie denn nicht gehört, warum wir *Menschenwesen* unsere Streifzüge durch den Süden machen? Haben sich ihre Verwandten geschämt, ihr zu sagen, daß wir *Menschenwesen* einst in allen diesen Kolonien, die jetzt von den Weißen besetzt sind, gelebt haben? Ihre Leute nennen das hier Wildnis!« Chango schwang seinen Arm über das ganze weite Land hinweg. »Für uns ist das keine Wildnis. Das alles ist unsere Heimat und unser Jagdgrund.«

Chango blickte gespannt auf Sarah. »Ich warte und ich lausche,

Füchsin, aber ich höre keine Antwort. Eines Winters sah ich meinen Onkel in Missisquoi. Er weinte, als er uns von einem Besuch im Land Connecticut erzählte. Er sagte, die Weißen dort hätten mächtige Lichtungen in die Wälder gebrannt und viele häßliche Häuser und Scheunen aufgestellt. Der Hirsch, sagte er, sei weggerannt, der Lachs in ihren Netzen verfault, und die Wasservögel nisteten nicht mehr an den Flußufern, weggescheucht vom ewigen Geknalle der viel zu vielen Gewehre.«

Taliwan und die anderen Abnaki blickten Sarah aus den Augenwinkeln an. Sie starrte trotzig in das Gesicht von Chango. Er kräuselte seine Lippen und zeigte ihr die Zähne.

»Ich trachte nach Rache für die, die in Missisquoi und Canadanskawa gestorben sind«, sagte Chango grimmig. »Und ich lasse mich nicht von einer Frau aufhalten. Was sagt Taliwan? Geht seine Frau zu ihren Leuten zurück oder bleibt sie bei uns?«

»Sie bleibt bei mir«, sagte Taliwan. »Wir trennen uns von euch in Tzawipi.«

Chango wirbelte herum und warf ihm einen Blick zu. Er sah die schöne Muskete, die schußbereit über Taliwans Knie lag.

»Ich werde diese Leute nicht überfallen«, sagte Taliwan.

»Soweit ist es also gekommen«, sagte Chango und erhob sich langsam. »*Menschenwesen* eines Stammes wenden sich gegeneinander wegen dieser *awanoots*-Frau.«

Sarah behielt Changos Hände im Auge. Taliwan und Tegwa belauerten ihn, ohne sich zu bewegen. Plötzlich schlug er sich gegen die Brust, drehte ihnen den Rücken zu und schritt in den Wald hinein. Skaasen und der jüngste Krieger erhoben sich und folgten ihm zögernd. Taliwan und sein Vetter Tegwa nahmen Sarah in die Mitte und gingen hinterher.

In seinem Ärger umging Chango das Haus der Siedler und lief so schnell westwärts, daß es Sarah fast unmöglich war, den Kriegern zu folgen.

Sie trottete hinter ihnen her und dachte dabei nur an ihren Sohn Josk-awa und an die Kanus. Verweht hörte sie noch einigemale die Axtschläge, und wenn sie den Kopf wandte, konnte sie die Rauchfahne sehen, die friedlich in den Himmel stieg. Sie lächelte vor sich hin, als sie sich das Baby der Siedler vorstellte, wie es in seiner Wiege bei der Tür schlief.

»Seht sie euch an«, wütete Chango. »Sie hat nicht mehr Sommer gesehen als ich Finger und Zehen habe. Sie hat eine Familie, von der sie angenommen wurde, und einen Ehemann, der ihr einiges hätte beibringen sollen. Sie ist unserer Sprache mächtig, und doch versteht sie uns nicht. Ich glaube, daß sie sich nie erziehen läßt. Ich glaube nicht, daß es genügt, wenn sie eine noch so lange Zeit bei den *Menschenwesen* lebt, um sie zu zivilisieren. Schaut, wie sie den Kopf zur Seite wendet und wie sie trotzig lächelt. Ich warne euch, dieses Mädchen wird immer eine Wilde bleiben.«

Als sie dann endlich zu der Stelle kamen, wo die Kanus lagen, machten sie ein Feuer und setzten sich weit auseinander nieder und aßen zwei wilde Truthähne, die Tegwa geschossen hatte.

Taliwan zeigte auf den See und flüsterte: »Norkes Lager ist nur zwei Tagesreise mit dem Kanu von hier entfernt. Etwas im Süden von Tzawipi.«

Am Morgen, als Sarah erwachte, breitete Taliwan die Arme aus und sagte: »Sie sind weg. Tegwa ging mit ihnen, um nach einer Frau für sich zu suchen. Sie haben das große Kanu genommen und das kleinere für uns dagelassen.«

»Komm, wir beeilen uns«, sagte Sarah. »Ich kann es nicht erwarten, dich und den lieben Josk-awa neben mir liegen zu sehen.«

Sie ließen das Rindenkanu ins Wasser nieder.

»Hat Chango dich gefragt, ob du mit ihm gehen willst?«

»Nein. Unsere Leben sind zu verschieden.« Taliwan kletterte ins Heck. »Chango ist ein Krieger. Voller Zorn auf die Mohawk und die feindlichen Soldaten, die ihn verwundet und sein Dorf niedergebrannt haben. Ich sah, wie er mit dem Kopf gegen einen Baum rannte, als er hörte, daß die englischen Rotmäntel einen Kampf gegen die Franzosen in Quebec gewonnen haben. Es betrübt mich, denn er ist ein alter Krieger. Er kennt nur den Kampf. Er ist hilflos ohne die Weißen, die Skalps kaufen und die Stämme gegeneinander aufhetzen! Er hat kein Volk mehr, keinen Ort, wo er hingehen könnte. Seine Krieger wurden alle im Kampf getötet. Oder sie starben an den Pocken, oder sie haben sich bei einem Fest zu Tode getrunken. Und daß das alles so ist, macht mich krank.«

Sarah kniete im Bug nieder und versuchte, mit ihrem Paddel sich den langen gleichmäßigen Schlägen Taliwans anzupassen, während sie den See hinaufzogen.

»Ich hoffe nur«, sagte Taliwan, »daß du mich niemals bitten wirst, in einer Stadt der Weißen zu leben.«

Sarah schüttelte den Kopf. »Nein, Taliwan, darum werde ich dich niemals bitten. Ich selbst möchte nicht länger bei den Weißen leben. Ich möchte allein mit dir und Josh . . . Josk-awa sein«, flüsterte sie. »Mit dir und Josk-awa allein am Ufer in der kleinen Bucht von Tzawipi. Wir werden zusammen neue Hüttenpfähle schneiden und friedlich in allen vier Jahreszeiten leben. Schließe deine Augen, und du kannst dir vorstellen, wie unser Leben sein wird. Kannst du nicht den Hirsch sehen, der am Morgen über den Hügel kommt? Und die große Forelle, die während der Speerzeit im Fackellicht schwimmt? Man sagt auch, daß dort wilde Pflaumen wachsen.«

»Wir werden einen Hund finden«, sagte Taliwan. »Ich werde einen langen Schlitten für den Winter bauen. Und du, liebe Füchsin, kannst neue Schneeschuhe bespannen.«

Sarah merkte, wie sein Paddelschlag schnell wurde.

»Wir werden manchmal andere *Menschenwesen* besuchen«, sagte sie. »Tegwa und andere. Aber ich muß dir gestehen, daß mir nichts dran liegt, ein neues Abnakidorf zu finden und dort zu leben. Manche Nächte erwache ich voller Schrecken, weil ich mich erinnere, wie man im Dorf den Krieger Kahogan verbrannte.«

»Keine Namen!« sagte er zusammenzuckend. »Ich will nicht, daß der Geist dieses Kriegers uns für immer heulend begleitet.«

Sarah erwachte, als hoch über ihr das Trompeten der Schwäne erklang.

»Ich glaube, daß es bald regnen wird«, sagte Taliwan. »Wenn wir uns beeilen, erreichen wir vielleicht noch das Lager, bevor es Nacht wird.«

»Ich kann es nicht erwarten«, sagte Sarah. »Laß uns essen, während wir paddeln. Machen wir keine Rast mehr. Dieses Mädchen, Plasawa, es ist so jung! Es weiß bestimmt nicht, wie man richtig mit einem Baby umgeht. Ich frage mich, was es ihm zu essen gibt. Armer Kleiner! Grüne Beeren machen ihn krank.«

Am Abend umfuhren sie die Landzunge und drehten auf die tiefe Bucht zu, die von kleinen Inseln umlagert war.

»Sag es mir schnell, wenn du den Rauch ihres Feuers siehst«, drängte Sarah.

»Man wird keinen Rauch sehen«, sagte Taliwan. »Norke wird sofort das Feuer ausmachen, wenn er uns um die Landzunge kommen sieht. Er hat nur meine alte Muskete, und er mißtraut allen Fremden.«

Der einsame Ruf einer Taucherente erscholl.

»Ihr Unterschlupf ist dort zwischen den beiden großen Tannen«, sagte Taliwan. »Aber von hier aus kannst du ihn unmöglich sehen.«

Sarah veränderte den Griff am Paddelstiel, um ihre wunden Hände etwas zu schonen. Sie paddelte so schnell und kräftig wie Taliwan. Die Oberfläche des Sees wurde langsam dunkler.

»Dort ist es!« stieß Taliwan hervor. »Kannst du ihr Lager sehen?«

Sarah starrte angestrengt unter die mächtigen Tannen, die am Ufer standen.

»Ja. Ich glaube, daß ich es sehen kann«, sagte sie leise. »Aber wo sind sie?«

»Wahrscheinlich verstecken sie sich. Schschsch! Duck dich tief«, flüsterte Taliwan.

Sie merkte, wie er kräftig rückwärts ruderte, um das Knau herumzudrehen, bis es zum Land zeigte. Sie hörte, wie seine Muskete den Rindenboden streifte, als er sie hochnahm und spannte. Sie warteten in der finsteren und bedrückenden Stille. Nur die Tropfen, die hin und wieder von Sarahs Paddel ins Wasser fielen, waren zu hören.

Taliwan ahmte den Ruf der Eule nach.

Keine Antwort.

»Sie sind fort«, flüsterte Sarah.

Taliwan sagte nichts, paddelte aber in einem weiten Halbkreis dem Ufer zu und legte zwischen einigen dichtstehenden Tannen, hart am Ende eines in den See hinauslaufenden Felsgrates, an.

»Warte hier«, sagte er leise. »Halte dich bereit! Vielleicht werden wir schnell fliehen müssen.«

Er trat leise ins Wasser. Sarah sah, wie er das Kriegsbeil ein

Stück aus seinem Gürtel zog. Die Muskete hielt er schußbereit über seiner Brust. Er glitt zwischen die Bäume und war verschwunden.

Sarah wagte kaum zu atmen, während sie wartete. Sie fühlte die ersten Regentropfen und hörte, wie sie auf die sterbenden Blätter der Bäume niederprasselten und im Wasser aufschlugen. Sonst war es totenstill, und die Furcht stieg in ihr hoch. Sie fühlte die eiskalten Knochenfinger des Todes über ihren Rücken streichen.

Plötzlich war zwischen den Büschen eine Bewegung, und im nächsten Moment tauchte Taliwan aus der Finsternis auf. Er trug irgend etwas Weißes in seinen Armen.

Sarah brachte fast das Kanu zum Kentern, als sie ins Wasser hetzte.

»Ist es Josk-awa?« keuchte sie. »Gib ihn mir!«

Sie konnte hören, daß Taliwan weinte.

»Es ist zu spät«, schluchzte er.

»Oh, wie bist du kalt«, flüsterte sie dem Baby zu. »Du bist eisig kalt und dünn. Dieses junge Mädchen, es hat nicht gut auf dich aufgepaßt.«

»Sag . . . sag das nicht«, preßte Taliwan hervor. »Das Mädchen hatte ihn im Arm, als ich kam . . . Aber es war tot . . . und auch Norke.«

Sie grub ihre Finger in seinen Arm.

»Haben *awanoots* dies getan?« fragte sie klagend.

»Ich weiß es nicht«, erwiderte er. »Es macht keinen Unterschied, jetzt. Alles, was sie zurückgelassen haben, haben sie in Stücke gerissen.« Taliwans Stimme brach. Er nahm ihr Paddel aus dem Wasser und führte sie zum Ufer. »Wir müssen einen weichen Platz finden«, sagte er. »Und dort graben wir ein Grab für ihn«.

Als sie wieder reden konnte, sagte sie: »Könnten wir ihn dort hinbetten, zwischen diese beiden Bäume, wo er den See sehen kann?«

Mit dem Blatt des Paddels grub Taliwan ein kleines Grab in die weiche schwarze Walderde. Dann stand er im Regen und sah zu, wie sie Josk-awa zärtlich in ihre Decke wickelte. Er versuchte, ihr das Baby sanft abzunehmen, aber sie wollte es nicht loslassen,

Schauerkrämpfe ließen ihren Körper erbeben. Sie verlor die Beherrschung und fing haltlos zu weinen an.

Jetzt nahm er das Baby aus ihren Armen und legte es kniend in das regennasse Grab.

»Oh, ich wünsche mir nichts mehr, als daß du mit uns kommst und mit uns lebst«, flüsterte Sarah in das offene Grab hinein.

Taliwan bedeckte den kleinen Leichnam behutsam mit Erde. Sie wollte ihm dabei helfen, aber ihre Hände gehorchten ihr nicht.

»Er ist noch sehr klein«, sagte Taliwan leise. »Aber er wird trotzdem wissen, welchen Weg er gehen muß. Er wird sich erinnern.«

Er begann das Todeslied anzustimmen. Sarah hörte, wie seine Stimme bebte und die Wörter fast in seiner Kehle steckenblieben. Als er geendet hatte, beobachtete sie, wie er sich langsam erhob. Und wie ein alter Mann stützte er sich auf das Paddel, während er davonging.

Sarah wollte ihm nachlaufen, aber er hielt sie zurück.

»Ich will nicht, daß du das zerstörte Lager siehst und erkennen kannst, wie sie gestorben sind. Geh zurück zum Kanu und warte auf mich! Geh!«

Taliwan ging allein weiter. In der Dunkelheit hob er ein einzelnes Grab aus, in das er den alten Jäger Norke und das Mädchen legte. Er bedeckte sie mit feuchter Erde und versuchte mit leiser Stimme, ein Todeslied zu singen, denn er wollte nicht, daß Wagwise ihn hören konnte.

Lautlos kehrte er dann zum Kanu zurück, und er merkte nicht, daß der Regen inzwischen aufgehört hatte und nur noch Tropfen von den nassen Blättern fielen.

Als er das Kanu vom Ufer abstieß, flüsterte Sarah: »Komm, Josk-awa! Kommt mit uns!«

Und laut sagte Taliwan: »Ja, komm Josk-awa. Folge uns nur, denn wir fürchten uns nicht.«

Sie paddelten kraftlos, schwerfällig, ohne einen Rhythmus einzuhalten. Zweimal schlug Sarahs Paddel hart gegen die Außenwand. Weit oben im See erklang der Ruf einer Taucherente.

Taliwan dachte an den Leichnam ihres Kindes, verborgen in der nassen Erde, und er erschauerte.

Sie mußte das Zittern entlang des Kanus gespürt haben, denn ohne ihn anzusehen, hörte sie auf zu paddeln und sagte leise in die Dunkelheit hinein: »O mein Mann, hilf mir, dir eine gute Frau zu sein. Laß uns weiterziehen, bis wir am nördlichen Ufer von Tzawipi einen neuen Lagerplatz finden, wo kein *Menschenwesen* und kein *awanoot* je zuvor gelagert hat. Laß uns miteinander noch ein neues Kind haben. Viele Kinder. Sei nicht traurig wegen mir oder wegen Josk-awa. Er ist in Sicherheit . . . in mir.«

Er blickte auf und sah, wie sie ihr Paddel wieder durch das Wasser gleiten ließ.

»Morgen«, sagte sie, »morgen wird für uns ein neues Leben beginnen.«

Sie paddelten nordwärts am Seeufer entlang, bis die Dämmerung kam und gegen die sich auftürmenden Gewitterwolken stieß, die über den Wäldern hingen. In der Stille ruhten sie, tranken das klare Seewasser aus ihren gewölbten Händen und beobachteten den kleinen Nachtreiher, der lautlos wie eine Seele nach Norden schwebte, der Bucht von Tzawipi zu.